suhrkamp taschenbuch 4604

»Ich bin der Menschheit und der Welt so überdrüssig, daß mich nichts interessieren kann, wenn es nicht wenigstens zwei Morde pro Seite gibt oder um namenlose Schrecken geht, die aus äußeren Welten kommen.« Das war nicht nur H. P. Lovecrafts Credo als Leser, auch als Autor hat er sich an diesen unumstößlichen Grundsatz gehalten.

Er schuf die von Ghoulen, Ghasts und Dryaden bevölkerten Traumweltgeschichten und erschuf den Cthulhu-Mythos. Er beeinflußte Meister des Phantastischen wie Neil Gaiman oder Stephen King und darüber hinaus so unterschiedliche Autoren wie H. C. Artmann (der auch einige der hier versammelten Geschichten ins Deutsche übersetzt hat), Jorge Luis Borges und Michel Houellebecq. Einer seiner bekanntesten Nachfolger ist Wolfgang Hohlbein, der hier eine persönliche Auswahl von Lovecrafts Erzählungen zusammengestellt hat. Ein Gipfeltreffen der Schauergeschichte.

Howard Phillips Lovecraft wurde am 20. August 1890 in Providence, Rhode Island geboren und starb am 15. März 1937 ebenda. Er begann im Alter von sechs Jahren, Gedichte zu schreiben. Mit neun Jahren verteilte er unter Freunden handschriftlich verfaßte Zeitschriften zur Geschichte Neuenglands, der Astronomie und Chemie. 1923 erschienen erste Erzählungen im Magazin *Weird Tales*. Mit seinem umfangreichen Werk aus Erzählungen, Gedichten und Briefen hatte er zu Lebzeiten kaum Erfolg. Heute gilt er als einflußreichster Autor der phantastischen Literatur.

Wolfgang Hohlbein, geboren 1953 in Weimar, ist der erfolgreichste und meistgelesene deutschsprachige Horror- und Fantasyautor. Er lebt in Neuss.

H. P. Lovecraft
HORROR STORIES

**Das Beste vom
Meister des Unheimlichen**

Aus dem amerikanischen Englisch
von H.C. Artmann,
Charlotte Gräfin von Klinckowstroem
und Rudolf Hermstein

Suhrkamp

Erste Auflage 2015
suhrkamp taschenbuch 4604
Copyrightnachweise am Schluß des Bandes
© der deutschen Ausgabe Suhrkamp Verlag Frankfurt am Main 2008
Suhrkamp Taschenbuch Verlag
Alle Rechte vorbehalten, insbesondere das der Übersetzung,
des öffentlichen Vortrags sowie der Übertragung
durch Rundfunk und Fernsehen, auch einzelner Teile.
Kein Teil des Werkes darf in irgendeiner Form
(durch Fotografie, Mikrofilm oder andere Verfahren)
ohne schriftliche Genehmigung des Verlages reproduziert
oder unter Verwendung elektronischer Systeme
verarbeitet, vervielfältigt oder verbreitet werden.
Druck und Bindung: CPI – Ebner & Spiegel, Ulm
Umschlagabbildung: M. Peekofen / Die Illustratoren
Umschlaggestaltung: Rothfos & Gabler, Hamburg
Printed in Germany
ISBN 978-3-518-46604-9

Inhalt

Vorwort von Wolfgang Hohlbein   7
Cthulhus Ruf 13
Der Fall Charles Dexter Ward 49
Die Farbe aus dem All 209
Berge des Wahnsinns 247
Stadt ohne Namen 379
Die Ratten im Gemäuer. 397
Schatten über Innsmouth 423
Die Musik des Erich Zann. 507

Vorwort von Wolfgang Hohlbein

Um ganz ehrlich zu sein: Als der Suhrkamp Verlag vor einigen Monaten mit dem Angebot an mich herantrat, eine Sammlung hochkarätiger Lovecraft-Geschichten herauszugeben und ein kleines Vorwort dazu zu schreiben, da fühlte ich mich (und das ist bis heute so geblieben) geehrt, aber auch ein bißchen verwirrt. Ich? Warum sollte irgend jemanden ausgerechnet *meine* Meinung zu Howard Phillips Lovecraft interessieren? Und selbstverständlich verbrachte ich die nächsten sechs Wochen vor Ehrfurcht erstarrt vor einem leeren Blatt und wartete vergeblich darauf, daß es sich von selbst mit geschliffenen Worten und eloquenten Gedanken füllt, und ebenso selbstverständlich dauerte es dann nicht mehr lange, bis ich begann, meine vielleicht doch etwas vorschnell gemachte Zusage zu bereuen und mich selbst dafür zu verfluchen, mal wieder nicht meine vorlaute Klappe gehalten zu haben und einfach die Wahrheit zu sagen, nämlich daß ich Lovecraft bewundere und verehre, aber eigentlich gar nicht genau sagen kann, *was* mich an seinen Geschichten und Romanen so fasziniert.

Aber zugesagt ist zugesagt, und dann muß es wohl sein. Also versuchen wir es:

Howard Phillips Lovecraft, geboren am 20. August 1890 in Providence, Rhode Island, gehört zu den wohl herausragendsten Vertretern der...

Nein. Diese Art von Vorwort liegt mir nicht, und zudem glaube ich, daß alles, was über seine literarischen Qualitäten, sein Leben und seinen Werdegang gesagt und geschrieben werden kann, schon hundert Mal (und hundert Mal besser, als ich es könnte) gesagt und geschrieben worden ist. Wer eine theoretische Abhandlung über das Leben und Werk des Howard Phillips Lovecraft lesen möchte, der mag bei Wikipedia nachschlagen oder zu einem der anderen zahlreichen Bücher greifen, die zu diesem Thema erschienen sind. Zu dieser Seite des – meiner Meinung nach wohl am meisten unterschätzten – Autors seiner Zeit kann ich lediglich mein Bedauern hinzufügen, daß er nur so wenig geschrieben hat; einige wenige Romane und eine Handvoll Kurzgeschichten, die nebeneinandergestellt nicht mal ein einziges Brett in meinen Billy-Regalen füllen.

Sprechen wir lieber über den *Einfluß*, den die Werke dieses zurückgezogen lebenden Sonderlings auf mich hatten. Ich will nicht so weit gehen und behaupten, daß ich ohne die Geschichten von Lovecraft nicht angefangen hätte zu schreiben oder daß mein Leben gar anders verlaufen wäre, aber er hat mir doch in weit größerem Maße den Weg gewiesen, als mir über lange, lange Zeit vielleicht selbst bewußt war.

Der erste Lovecraft, den ich gelesen habe, war gar nicht von Lovecraft, sowenig wie der erste Lovecraft-Film, den ich gesehen habe, eine getreue Umsetzung einer seiner Geschichten gewesen wäre. Beides hinterließ bei mir einen durchaus zwiespältigen Eindruck. Es handelte sich um eine mäßig unheimliche Erzählung von Clark Ashton Smith, einem der zahllosen Bewunderer und Nachfolger Lovecrafts, die seiner ausdrücklichen Aufforderung Folge geleistet haben, sein Werk fortzusetzen und ihre eigene Imagination hinzuzufügen (in diesem speziellen Fall sogar zu Lebzeiten des Autors, mit dem ihn eine langjährige Brieffreundschaft verband), bei dem Film um ein meiner verblassenden Erinnerung nach unsägliches Machwerk in Schwarzweiß (vermutlich von einem preisgekrönten Künstler, der den möglichen großen Erfolg einer Lovecraft-Verfilmung auf dem Altar seiner künstlerischen Vision opferte), das eigentlich nur aus einer Aneinanderreihung bewußt verwackelter, körniger Einzelbilder und einer eher verworrenen Handlung zu bestehen schien. Die Handlung blieb mir damals größtenteils verschlossen (ich glaube, es gab keine ...) und hatte irgend etwas mit einem uralten Buch, den geheimnisvollen Ruinen einer Stadt am Ende der Welt und einem Tor in die Unendlichkeit und die Abgründe der Zeit zu tun. Wer genau hinsieht, wird die dazu passende Geschichte vielleicht in dieser Sammlung wiederfinden.

Mir war sie damals jedenfalls vollkommen unbekannt, und vierzehn oder fünfzehn Jahre alt, wie ich damals war, hatte ich für solcherlei Kunst selbstverständlich nichts als Verachtung und bestenfalls Verständnislosigkeit übrig.

Ich glaube sogar, in diesem speziellen Fall zu Recht.

Und trotzdem: Irgend etwas ... *war* an dieser Geschichte, eine düstere Faszination hinter den Bildern, die sich weder mit Worten beschreiben noch wirklich begreifen ließ, aber ganz eindeutig *da* war, und dasselbe galt auch für das Buch, das ich damals (Clark Ashton Smith möge mir verzeihen, aber wie gesagt: Ich war vierzehn oder fünfzehn) ebenso wirr wie langweilig fand.

Aber da war etwas *unter* der Oberfläche, eine Geschichte hinter der Geschichte, die ebenso lautlos wie unüberhörbar Aufmerksamkeit reklamierte und die auch gar nicht daran dachte, nach dem Ende des Films und der letzten Seite des Buches wieder zu verschwinden.

Nicht einmal mir fiel es damals besonders schwer, den Autor herauszufinden, der wirklich hinter dieser Faszination steckt, und wenig später hielt ich dann meine erste *richtige* Lovecraft-Geschichte in Händen, ohne damit sonderlich glücklicher zu sein als mit ihren beiden Vorgängern: *Der Fall Charles Dexter Ward*, eine, wie ich finde, sogar eher untypische Story für diesen Autor und sicher nicht seine allerbeste. Aber auch für sie gilt, was für nahezu alle Lovecraft-Geschichten gilt: Sie hatte etwas, das mich packte und nicht mehr losließ, etwas, das uns an den dunkelsten Punkten unserer Seele berührt, sich dort einnistet und sich in unsere Träume schleicht. Nicht in die Träume, aus denen man nachts in Schweiß gebadet und mit klopfendem Herzen erwacht, weil man zu fallen und zu fallen glaubt oder von schrecklichen Gestalten verfolgt wird, vor denen man so schnell und lange davonlaufen kann, wie man will, ohne jemals von der Stelle zu kommen. O nein, so einfach macht es uns Lovecraft nicht.

Und er macht es uns schon gar nicht einfach, die Faszination zu ergründen, die von seinen Texten ausgeht. Genaugenommen ist nur sehr wenig wirklich außergewöhnlich an ihnen; um nicht zu sagen, eigentlich nichts.

Ist es der Mythos, den er erschaffen hat, die Geschichten von Cthulhu und den Großen Alten, schrecklichen Göttern, die vor Millionen Jahren von den Sternen kamen und nach einem gewaltigen Krieg gegen die Älteren Götter in finstere Kerker außerhalb der Zeit oder am Meeresgrund verbannt wurden, wo sie bis heute auf den Tag ihres Erwachens warten, um ihre Schreckensherrschaft über die Erde und die Menschen neu anzutreten?

Kaum. *Sooo* originell ist diese Idee nun auch wieder nicht.

Ist es seine Sprache, die so brillant und geschliffen ist, daß sie uns einfach in ihren Bann schlägt und nicht mehr loslässt?

Eher nicht. Auf den ersten Blick ist seine Sprache eher altertümelnd, manchmal holperig und nur zu oft langatmig und umständlich, auf jeden Fall aber sicher nicht mehr zeitgemäß; selbst damals schon nicht mehr, als ich vierzehn war.

Sind es die bizarren Bilder und Geschöpfe, die er heraufbeschwört? Gigantische Oktopoden, die am Meeresgrund lauern, Dinge, die in den Schatten hausen und in unseren Gedanken flüstern, oder gar menschengroße Schnecken, deren gierige Blicke uns über die Abgründe von Raum und Zeit hinweg belauern? Die zyklopischen Ruinen einer untergegangenen Kultur, deren verdrehte Geometrie unsere Sinne schwindeln läßt?

Nein. Hollywood hat gräßlichere Monster erschaffen, und so mancher Autor phantasievollere Welten und größere Bedrohungen, die uns den Schweiß auf die Stirn und den Puls in die Höhe treiben.

Oder sind es die uralten Beschwörungsformeln, die verbotenen Worte einer Sprache, die älter ist als die Menschheit, und die allein auszusprechen schon den Tod oder Schrecklicheres bringt?

Nun ja, geschrieben sehen sie ... sonderbar aus, und wer jemals versucht hat, sie laut auszusprechen, der hat wohl eher die Feststellung gemacht, daß sie *bestenfalls* sonderbar klingen, mit einem ganz leichten Hang zum Lächerlichen.

Nein, es ist nichts von alledem. Was aber nun *ist* das Geheimnis dieses Autors? Daß er unheimliche Geschichten geschrieben hat sicher nicht, das haben andere vor und nach ihm ebenfalls getan, und viele mit größerem Erfolg (oder zumindest mehr öffentlicher Akzeptanz). Auch wenn der Name Howard Phillips Lovecraft heute bekannter ist als seinerzeit, so hat er doch nie die literarische Anerkennung gefunden wie etwa ein Edgar Allen Poe, oder die breite Akzeptanz eines Stephen King, Dean Koontz oder Clive Barker. Zu Unrecht, finde ich, denn in den Werken und vieler, vieler Autoren unheimlicher Geschichten ist sein Einfluß deutlich zu spüren.

Und nicht nur dort. Sieht man genau hin, findet man ihn nahezu überall in der unheimlich-phantastischen Literatur. Kaum ein unheimlicher Roman, in dem man seinen Geist nicht spürt, kaum ein phantastisches Verlagsprogramm, das ganz ohne einen Lovecraft-Titel oder zumindest ein von ihm inspiriertes Werk auskommt, und selbst Hollywood kann seinen Einfluß nicht leugnen – auch wenn die allermeisten Filme (auch die, die nicht aus Hollywood kommen) eher als kläglich gescheitert bezeichnet werden müssen.

Vielleicht ist das Teil des Geheimnisses, das die Geschichten von Lovecraft umgibt: Die Faszination, die von seinen Werken ausgeht, läßt sich schwer in Worte und möglicherweise gar nicht in Bilder fassen. Seine Geschichten berühren etwas in uns, vielleicht eine Urangst, die wir alle tief in uns tragen und die uns an Dinge erinnert, an die wir nicht erinnert werden wollen, vielleicht den dunklen Teil unserer Seele.

Das alles sind natürlich nur Erklärungs-*Versuche*, und ich maße mir auch nicht an, sein Geheimnis lüften zu können. Ganz gleich, mit wem man Lovecraft auch vergleicht, welche Schwäche, Stärken oder Besonderheiten man auch zu entdecken mag, eigentlich läuft es auf jene klitzekleine Kleinigkeit hinaus, von der jeder Autor träumt und die die wenigsten erreichen: Seine Geschichten atmen den vielgerühmten *sense of wonder*, dieses gewisse Etwas, das sich unmöglich in Worte fassen läßt und uns doch nicht losläßt.

Es war dieses Etwas, das ich damals gespürt habe, und zumindest für mich ist dieses *Etwas* bis heute geblieben, und es hat einen Namen: Howard Phillips Lovecraft.

Wolfgang Hohlbein

Cthulhus Ruf

Ein Überleben jener großen Mächte oder Wesen ist durchaus vorstellbar, ein Überleben aus einer fernen Zeit, als das Bewußtsein sich vielleicht in Formen offenbarte, die vor dem Heraufdämmern der Menschheit wieder verschwunden sind, Formen, von welchen allein Dichtung und Sage eine flüchtige Erinnerung bewahrt haben, und die von ihnen Götter, Monstren, mythische Wesen genannt wurden.

Algernon Blackwood

1 Das Basrelief

Die größte Gnade auf dieser Welt ist, so scheint es mir, das Nichtvermögen des menschlichen Geistes, all ihre inneren Geschehnisse miteinander in Verbindung zu bringen. Wir leben auf einem friedlichen Eiland des Unwissens inmitten schwarzer Meere der Unendlichkeit, und es ist uns nicht bestimmt, diese weit zu bereisen. Die Wissenschaften – deren jede in eine eigene Richtung zielt – haben uns bis jetzt wenig gekümmert; aber eines Tages wird das Zusammenfügen der einzelnen Erkenntnisse so erschreckende Aspekte der Wirklichkeit eröffnen, daß wir durch diese Enthüllung entweder dem Wahnsinn verfallen oder aus dem tödlichen Licht in den Frieden und die Sicherheit eines neuen, dunklen Zeitalters fliehen werden.

Theosophen haben die schreckliche Größe des kosmischen Zyklus geahnt, in dem unsere Welt und menschliche Rasse nur flüchtige Zufälle sind. Sie haben die Existenz merkwürdiger Überwesen angedeutet in Worten, die unser Blut erstarren ließen, wären sie nicht hinter einem schmeichelnden Optimismus versteckt. Aber nicht durch sie wurde der einzelne flüchtige Blick in verbotene Äonen ausgelöst, der mich frösteln macht, wenn ich daran denke, und wahnsinnig, wenn ich davon träume. Dieser Blick, wie jede furchtbare Schau der Wahrheit, blitzte aus einem zufälligen Zusammensetzen zweier getrennter Dinge auf – in diesem Fall einer alten Zeitungsnotiz und der Aufzeichnungen eines verstorbenen Professors. Ich hoffe, niemand mehr wird dieses Zusammensetzen durchführen – ich für meinen Teil werde nicht wissentlich auch nur ein Glied dieser grauenhaften Kette preisgeben. Ich glaube, auch der Professor hatte vorgehabt, Schweigen zu bewahren über das, was er wußte, und er hätte seine Notizen vernichtet, wäre er nicht plötzlich vom Tod überrascht worden.

Meine Berührung mit dem *Ding* begann im Winter 1926/27, mit dem Tod meines Großonkels George Gammell Angell, emeritierter Professor für semitische Sprachen an der Brown-University, Providence, Rhode Island. Prof. Angell war eine Autorität für alte Inschriften gewesen, und oft letzter Ausweg für die Leiter prominenter Museen; viele werden sich an sein Hinscheiden im Alter von 92 Jahren erinnern. Am Orte selbst gewann der Todesfall durch seine seltsamen Begleitumstände an Bedeutung. Es traf den Professor, als er von der Newport-Fähre nach Hause zurückkehrte; er stürzte plötzlich zu Boden, nachdem er laut Aussage mehrerer Zeugen von einem seemännisch aussehenden Neger angerempelt worden war, der aus einem der obskuren Hinterhöfe auf der Steilseite des Hügels kam, die eine Abkürzung von der Anlegestelle zum Hause des Verstorbenen in der Wiliam Street bildeten. Die Ärzte konnten keine sichtbare Verletzung feststellen; sie beschlossen nach langem Hin und Her, daß irgendein verborgener Herzschaden, verursacht durch den schnellen, steilen Anstieg des schon bejahrten Mannes, den Tod herbeigeführt haben müsse. Damals sah ich keinen Grund, warum ich mich mit dieser Darstellung nicht zufriedengeben sollte; aber in letzter Zeit neige ich dazu, mir Fragen zu stellen – und mehr als nur das ...

Als Erbe und Testamentsvollstrecker meines Großonkels – denn er starb als kinderloser Witwer – hatte ich seine Papiere mit einiger Sorgfalt durchzusehen; zu diesem Zwecke schaffte ich seine ganzen Stapel von Zetteln und Schachteln in meine Wohnung nach Boston. Viel von diesem Material wird später durch die American Archeological Society veröffentlicht werden; aber da gab es eine Schachtel, die mir äußerst rätselhaft erschien, und es widerstrebte mir, sie anderen zu zeigen. Sie war verschlossen, und ich fand nicht den Schlüssel, bis ich auf den Gedanken kam, den privaten Schlüsselbund des Professors zu untersuchen, den er stets in seinen Taschen getragen hatte. Daraufhin gelang es mir tatsächlich, sie zu öffnen; aber ich sah mich nur einem größeren Hindernis gegenüber. Denn was konnte die Bedeutung jenes merkwürdigen Basreliefs sein, dieses unzusammenhängende wuchernde Gewirr, das ich vorfand? Sollte mein Onkel plötzlich, im hohen Alter, an irgendeinen oberflächlichen Schwindel geglaubt haben? Ich war fest entschlossen, den exzentrischen Bildhauer herauszufinden, der für diese so offensichtliche Geistesverwirrung des alten Mannes verantwortlich war.

Das Basrelief bestand aus einem groben Rechteck, war weniger als

1 Inch breit und betrug etwa 5 bis 6 Inches Flächeninhalt; sehr wahrscheinlich stammte es aus jüngster Zeit. Die Zeichnungen darauf jedoch waren in Stimmung und Suggestion alles andere als modern; denn obwohl die Phantasien des Kubismus und Futurismus vielfältig und abenteuerlich sind, zeigen sie kaum diese geheime Regelmäßigkeit, die in prähistorischen Inschriften verborgen ist. Und irgendeine Schrift war diese Anhäufung von Zeichen sicherlich; aber obwohl ich sehr mit den Papieren und Sammlungen meines Onkels vertraut war, gelang es mir nicht, irgendeine besondere Zugehörigkeit herauszufinden, nicht einmal eine entfernteste Verwandtschaft.

Über diesen Hieroglyphen befand sich etwas, das allem Anschein nach ein Bild sein sollte, dessen impressionistische Ausführung jedoch ein genaues Erkennen verhinderte. Es schien eine Art Monster zu sein, oder ein Symbol, das ein Monster darstellte, von einer Gestalt, wie sie nur krankhafte Phantasie ersinnen kann. Wenn ich sage, daß meine irgendwie überspannte Vorstellungskraft gleichzeitige Bilder eines Tintenfisches, eines Drachen und der Karikatur eines Menschen lieferte, werde ich, glaube ich, dem Geist der Sache entfernt gerecht. Ein fleischiger, mit Fangarmen versehener Kopf saß auf einem grotesken, schuppigen Körper mit rudimentären Schwingen; aber es war die Anlage des Ganzen, die es so fürchterlich erschreckend machte. Hinter der Figur war die nebulose Andeutung einer zyklopischen Architektonik.

Die Notizen, die diese Wunderlichkeit begleiteten, waren, neben einer Menge Zeitungsartikel, in Prof. Angells eigener, letzter Handschrift und erhoben keinen Anspruch auf literarischen Stil. Was das Hauptdokument zu sein schien, war »Cthulhu Kult« überschrieben, in peinlich genau gemalten Buchstaben, wohl um ein falsches Buchstabieren dieses so fremdartigen Wortes auszuschließen. Das Manuskript war in zwei Abschnitte unterteilt, dessen erster »1925 – Traum und Traumresultate von H. A. Wilcox, 7 Thomas Street, Providence, R. I.« überschrieben war und der zweite »Darstellung von Inspector John. R. Legrasse, 121 Bienville St., New Orleans, La, 1908 A. A. S. Mtg. – Bemerkungen eben darüber & Prof. Webbs Bericht«. Die anderen Manuskriptbögen enthielten durchwegs kurze Notizen, einige von ihnen waren Berichte über merkwürdige Träume von verschiedenen Personen, andere Zitate aus theosophischen Büchern und

Zeitschriften (bemerkenswert W. Scott-Elliotts *Atlantis und das Verlorene Lemuria*), und der Rest von ihnen Bemerkungen über lang bestehende Geheimverbindungen und verborgene Kulte, mit Bezug auf Abschnitte in solchen mythologischen und anthropologischen Quellenwerken wie Frazers *Goldener Zweig* und Miss Murrays *Hexenkult in Westeuropa*. Die Zeitungsausschnitte wiesen größtenteils auf Fälle von extremem Wahnsinn und Auftreten von Massenpsychosen oder Manien im Frühjahr 1925 hin.

Die erste Seite des Manuskripts berichtete von einer sehr merkwürdigen Geschichte. Es scheint, daß am ersten März 1925 ein schmaler, dunkler Mann von überspanntem neurotischem Äußeren Prof. Angell besuchte und das eigenartige Basrelief mitbrachte, das ganz feucht und frisch war. Seine Karte trug den Namen Henry Anthony Wilcox, und mein Onkel hatte in ihm den jüngsten Sohn einer Upper-class-Familie erkannt, mit der er befreundet war. In letzter Zeit hatte er in der Rhode Island School of Design Bildhauerei studiert und wohnte in der Nähe des Instituts im Fleur-de-Lys-Gebäude. Wilcox war ein genialer, aber exzentrischer junger Mann. Von Kindheit an hatte er Aufmerksamkeit auf sich gelenkt durch die seltsamen Geschichten und merkwürdigen Träume, die er für gewöhnlich erzählte. Er selbst bezeichnete sich als psychisch hypersensitiv; die nüchternen Bewohner der alten Handelsstadt taten ihn als einfach verrückt ab. Nie hatte er sich sehr mit seinesgleichen abgegeben, ließ sich immer seltener in der Gesellschaft sehen und war nun nur noch einem kleinen Kreis von ästhetisch Interessierten aus anderen Städten bekannt. Selbst der Providence Art Club, der darauf bedacht ist, seine konservative Linie zu erhalten, hatte ihn eher hoffnungslos gefunden.

Bei diesem Besuch, so hieß es im Manuskript des Professors, erbat er sich abrupt die Vorteile des archäologischen Fachwissens seines Gastgebers und wollte von ihm die Hieroglyphen auf dem Basrelief entziffert wissen. Er sprach in abwesender, geschraubter Manier, die Pose vermuten ließ und Sympathien entzog; und mein Onkel antwortete mit einiger Schärfe, denn die augenfällige Frische der Tafel implizierte Verwandtschaft mit allem möglichen, nur nicht mit Archäologie. Des jungen Wilcox Erwiderung, die meinen Onkel immerhin so beeindruckte, daß er sich später an ihren genauen Wortlaut erinnerte, war von einem phantastischen poetischen Flair, das dieses ganze Gespräch gekennzeichnet haben muß und das ich seitdem so charakteristisch für ihn finde. Was er sagte, war: »Das Relief ist tatsächlich ganz neu, denn ich fertigte es heute nacht in einem Traum, der von fremdartigen Städten handelte; und Träume sind älter als der brütende Tyrus, oder Sphinx, die nachdenkliche, oder das gartenumkränzte Babylon.«

An dieser Stelle begann er also mit der verworrenen Erzählung, die auf schlummernde Erinnerungen zurückgeht und sofort das fieberhafte Interesse meines Onkels besaß. In der Nacht zuvor hatte es ein leichtes Erdbeben gegeben, seit Jahren die spürbarste Erschütterung in Neu England; und Wilcox' Imagination war in hohem Maße erregt worden. Nachdem er eingeschlafen war, befiel ihn ein noch nie dagewesener Traum von riesigen Zyklopenstädten aus titanischen Blöcken und vom Himmel gestürzten Monolithen, die vor grünem Schlamm troffen und unheilvolle Schrecken bargen. Wände und Säulen waren von Hieroglyphen bedeckt, und von unten, unbestimmbar, von wo, war eine Stimme erklungen, die keine Stimme war; eine chaotische Sensation, die nur der phantastischste Wahnsinn in Laute übersetzen konnte; die er durch die fast nicht aussprechbare Unordnung von Buchstaben, durch »Cthulhu fhtagn« wiederzugeben suchte. Dieses Lautgewirr war der Schlüssel zu dem ungeheuren Interesse, das den Professor packte und beunruhigte. Er fragte den Bildhauer mit wissenschaftlicher Genauigkeit aus und untersuchte mit nahezu panischer Intensität das Basrelief, das zu schaffen sich der junge Mann überraschte, fröstelnd, nur mit dem Pyjama bekleidet, als er das wache Bewußtsein langsam wiedererlangte. Mein Onkel entschuldigte es, wie mir Wilcox später sagte, mit seinem Alter, daß er nicht sofort die Hieroglyphen und die Zeichnung erkannt habe. Viele seiner Fragen schienen dem Besucher höchst fehl am Platze, vor allem jene, die die Figur mit fremdartigen Kulten und Gesellschaftsformen in Verbindung zu bringen suchten; und Wilcox verstand nicht das wiederholte Versprechen des Professors, Schweigen zu bewahren, wenn er dafür nur die Mitgliedschaft zu irgendeiner mystischen oder heidnischen Sekte erhielte. Als Prof. Angell endlich davon überzeugt war, daß der Bildhauer tatsächlich weder einen Kult kannte noch ein System kryptischer Überlieferung, bat er seinen

Besucher eindringlich, ihm doch auch weiterhin über seine Träume zu berichten. Darauf ging Wilcox bereitwillig ein, und schon nach dem ersten Gespräch berichtet das Manuskript von täglichen Besuchen des jungen Mannes, während der er erregende Fragmente nächtlicher Bilderfolgen lieferte; gigantischer Terror türmt sich auf, von riesigen Monolithen tropft dunkler Schlamm, unterirdische Stimmen fressen sich quälend in das Gehirn ...

Die beiden am häufigsten vorkommenden Laute sind durch die Buchstabierung »Cthulhu r'lyeh« annähernd wiedergegeben.

Am 23. März, so hieß es weiter im Manuskript, erschien Wilcox nicht wie üblich, und Nachfragen ergaben, daß ihn ein merkwürdiges Fieber befallen hatte, und er war zu seiner Familie in die Waterman Street gebracht worden. Er hatte in der Nacht mehrere andere Künstler im Hause durch einen Schrei geweckt und befand sich seitdem in einem Dämmerzustand zwischen Bewußtlosigkeit und Fieberphantasien.

Mein Onkel setzte sich sofort mit der Familie in Verbindung und überwachte von nun an den Fall aufs gewissenhafteste; oft rief er Dr. Tobey, der den Kranken betreute, in seiner Praxis in der Thayer Street an.

Der fiebernde Geist des jungen Bildhauers brütete offensichtlich über grauenvoll seltsamen Dingen; und hin und wieder schauderte der Arzt, wenn er von ihnen sprach. Sie schlossen nicht nur eine Wiederholung des zuvor Geträumten ein, sondern berührten ganz unzusammenhängend ein gigantisches Ding, »Meilen hoch«, ein Umhergepolter und Getapse. Nie beschrieb er genau diesen Gegenstand, aber gelegentlich hervorgestoßene Worte, die Dr. Tobey wiederholte, überzeugten den Professor, daß er mit der unaussprechlichen Monstrosität identisch sein müsse, die der junge Mann in seiner Traumskulptur bildlich darzustellen versucht hatte. Wenn er dieses Objekt erwähnte, so bedeutete das das Vorspiel für einen unweigerlichen Rückfall in Lethargie, fügte der Doktor hinzu. Es befremde, daß seine Körpertemperatur gar nicht viel über der normalen liege, aber sein ganzer Zustand ließe ansonst eher echtes Fieber vermuten als geistige Verwirrung.

Am 2. April, etwa gegen drei Uhr nachmittags, schwand plötzlich jede Spur von Wilcox' Krankheit. Er saß, erstaunt, sich zu Hause zu finden, aufrecht in seinem Bett und erinnerte sich nicht im leisesten, was, in Traum oder Wirklichkeit, seit der Nacht des 22. März geschehen war. Vom Arzt für gesund befunden, kehrte er nach drei Tagen in seine Wohnung zurück; für Prof. Angell aber konnte er nicht länger von Nutzen sein. Alle Spuren kosmischer Träume waren mit dem Augenblick seiner Genesung geschwunden, und nachdem mein Onkel eine Woche lang eine Reihe von sinnlosen und unbedeutenden Berichten über völlig normale Visionen aufgenommen hatte, ließ er es sein.

Hier endet der erste Teil des Manuskriptes; aber Hinweise auf gewisse einzelne Notizen gaben mir viel zu denken – so viel in der Tat, daß ich es nur auf das eingewurzelte Mißtrauen, das damals meine Philosophie ausmachte, zurückführen kann, daß ich dem jungen Künstler noch immer mißtraute. Die fraglichen Aufzeichnungen waren die, die Träume verschiedener Personen in der gleichen Periode beschrieben, in der der junge Wilcox seine nächtlichen Visionen hatte. Mein Onkel, so scheint es, hatte schnell einen erstaunlich weit gezogenen Kreis von Umfragen an diejenigen Freunde gerichtet, an die er sich ohne Ungehörigkeit wenden konnte; sie bat er um Berichte ihrer Traumgesichte und um die genauen Daten irgendwelcher bemerkenswerter Visionen in letzter Zeit. Seine Umfrage scheint verschieden aufgenommen zu sein; aber schließlich muß er doch mehr Antworten erhalten haben, als ein normaler Mensch sie ohne Sekretär hätte auswerten können. Die Originalkorrespondenz war zwar nicht erhalten, aber seine Notizen bildeten eine gründliche und wirklich umfassende Sammlung. Durchschnittliche Leute aus Gesellschaft und Geschäftsleben – Neuenglands traditionelles »Salz der Erde« – lieferten ein fast völlig negatives Ergebnis, obwohl vereinzelte Fälle von beängstigenden, aber formlosen Eindrücken hier und dort auftauchen, stets zwischen dem 23. März und dem 2. April – dem Zeitabschnitt also, in dem der junge Wilcox im Delirium versank. Wissenschaftler waren wenig mehr angegriffen, obgleich vier Fälle in vagen Beschreibungen flüchtige Eindrücke fremdartiger Landschaften erstellen, und in einem Fall ist von grauenhafter Angst vor etwas Übernatürlichem die Rede.

Die wichtigsten Antworten kamen von Malern und Dichtern, und ich bin überzeugt, daß Panik unter ihnen ausgebrochen wäre, hätten sie ihre Aussagen untereinander vergleichen können. Da ihre Originalbriefe fehlten, hatte ich den Kompilator halb im Verdacht, Suggestivfragen gestellt zu haben oder sich um die Korrespondenz nur zur Bekräftigung dessen bemüht zu haben, was er im geheimen zu finden entschlossen war. Darum kam ich auch nicht von dem Gedanken los, daß Wilcox, wissend um die Unterlagen, die mein Onkel besaß, den greisen Wissenschaftler bewußt getäuscht hatte. Diese Antworten der Ästheten ergaben eine verwirrende, beunruhigende Geschichte. Zwischen dem 28. Februar und dem 1. April hatte ein großer Teil von ihnen höchst bizarre Dinge geträumt, und die Intensität dieser Träume steigerte sich während Wilcox' Delirium ins Unermeßliche. Über ein Viertel derer, die irgendwelche Angaben machten, berichteten von Szenen und wirren Lauten, nicht unähnlich denen, die Wilcox beschrieben hatte. Und einige der Träumer gestanden heftige Furcht vor dem gigantischen namenlosen Ding, das gegen Ende in Erscheinung trat. Ein Fall, dem sich die Anmerkungen mit Nachdruck widmeten, war tragisch. Das Objekt, ein sehr bekannter Architekt mit Neigungen für Theosophie und Okkultismus, wurde genau am gleichen Tag wie Wilcox von heftigem Wahnsinn befallen und starb einige Monate später nach endlosem Schreien, ihn doch vor ausgebrochenen Bewohnern der Hölle zu retten. Hätte sich mein Onkel in all diesen Fällen auf Namen bezogen anstatt auf bloße Zahlen, hätte ich zu ihrer Bestätigung einige private Nachforschungen unternommen; so aber gelang es mir, nur wenige ausfindig zu machen. Diese jedoch unterstützten die Notizen voll und ganz. Ich habe mich oft gefragt, ob wohl alle Objekte dieser Untersuchung so außer sich waren wie diese kleine Gruppe. Es ist jedenfalls gut, daß sie nie eine Erklärung erreichen wird.

Die Zeitungsausschnitte, wie ich schon andeutete, berührten Fälle von Panik, Manie und exzentrischem Verhalten während der fraglichen Zeit. Prof. Angell muß ein ganzes Büro beschäftigt haben, denn die Anzahl der ausgeschnittenen Artikel war überwältigend, und ihre Quellen waren über die ganze Erde verteilt. Hier ein nächtlicher Selbstmord in London, wo sich ein einsamer Schläfer nach einem grauenhaften Schrei aus dem Fenster gestürzt hatte; da ein weitschweifiger Brief an den Herausgeber eines Blattes in Südamerika, in dem ein Fanatiker ein gräßliches Zukunftsbild nach seinen Visionen entwirft; dort bringt eine Depesche aus Kalifornien eine Meldung über eine Theosophenvereinigung, die sich aus Anlaß einer »glorreichen Erfüllung«, die nie eintritt, mit weißen Gewändern schmückt, während verschiedene Notizen aus Indien gegen Ende Mai ernstzunehmende Unruhen unter den Eingeborenen berühren. Vudu-Orgien nehmen in Haiti zu, und afrikanische Vorposten melden rätselhaftes Gemurre im Busch. Amerikanische Offiziere auf den Philippinen finden gewisse Dschungelstämme um diese Zeit aufrührerisch, und New Yorker Polizisten werden in der Nacht vom 22. zum 23. März von hysterischen Levantinern terrorisiert. Auch der Westen Irlands ist voll von wilden Gerüchten und Legenden, und ein Maler der phantastischen Schule namens Ardois-Bonnot hängt in die Pariser Frühlingsausstellung 1926 eine blasphemische Traumlandschaft. Und so zahlreich sind die gemeldeten Fälle in Nervenheilanstalten, daß es nur auf ein Wunder zurückzuführen sein kann, daß die Ärzteschaft nicht diese beunruhigenden Parallelen sah und dunkle Schlüsse zog. Alles in allem ein grausiger Haufen Zeitungsausschnitte; und heute kann ich mir kaum diesen dreisten Rationalismus mehr vorstellen, mit dem ich ihn beiseite schob. Damals aber war ich eben überzeugt, daß der junge Wilcox um die uralten verbotenen Dinge wußte, die der Professor erwähnte.

2 Die Erzählung des Inspektors Legrasse

Die alten Dinge, die den Alptraum des Bildhauers und das Basrelief für meinen Onkel so bedeutungsvoll gemacht hatten, bildeten das Thema der anderen Hälfte seines langen Manuskriptes. Schon früher einmal, so scheint es, hatte Prof. Angell die infernalischen Umrisse der unaussprechlichen Ungeheuerlichkeiten gesehen, über den unbekannten Hieroglyphen gerätselt und die enigmatischen Silben gehört, die nur mit »Cthulhu« wiederzugeben sind; und all das in so aufregendem und schrecklichem Zusammenhang, daß es nicht wunder nimmt, wenn er den jungen Wilcox mit Fragen bedrängte.

Diese frühere Erfahrung stammte aus dem Jahre 1908, siebzehn Jahre zuvor, als die American Archeological Society ihren Jahreskongreß in St. Louis abhielt. Prof. Angell nahm als anerkannte Kapazität bei allen Beratungen eine erste Stellung ein; und er war auch einer der ersten, dem sich die zahlreichen Außenstehenden, die diese Versammlung zum Anlaß nahmen, sich Fragen und Probleme beantworten zu lassen, zuwandten. Deren Wortführer und innerhalb kurzer Zeit für alle Teilnehmer der Mittelpunkt des Interesses war ein durchschnittlich aussehender Mann mittleren Alters, der von New Orleans angereist war, um Erklärung zu suchen, die er von keiner anderen Seite erwarten konnte. Es war der Polizeiinspektor John Raymond Legrasse; er brachte den Gegenstand mit, um dessentwillen er gekommen war – eine groteske, ungeheuerlich abstoßende und augenscheinlich sehr alte Steinstatuette, deren Ursprung er nicht zu bestimmen vermochte.

Man glaube nur nicht, Inspektor Legrasse habe auch bloß das geringste Interesse für Archäologie gehabt. Im Gegenteil, sein Wunsch nach Aufklärung entsprang rein beruflichen Erwägungen. Die Statue, Idol, Fetisch oder was immer es sein mochte, war einige Monate zuvor in den dichtbewaldeten Sümpfen südlich New Orleans während eines Streifzuges sichergestellt worden; man hatte ein Vudu-Treffen vermutet. Die damit verknüpften Riten waren in ihrer Grausamkeit so einzigartig, daß die Polizei annahm, auf einen dunklen Kult gestoßen zu sein, der ihnen völlig unbekannt war und unglaublich diabolischer als selbst die schwärzesten der afroamerikanischen Vudu-Zirkel. Der Ursprung der Figur war absolut nicht festzustellen – wenn man von den kargen und unglaubhaften Erzählungen, die man aus den Gefangenen herauspreßte, absieht; daher das Verlangen der Polizei nach irgendeiner Erklärung der Altertumsforscher, die ihnen dienlich sein könnte, das unheilvolle Symbol einzuordnen und daraufhin den ganzen Kult mit Stumpf und Stiel auszurotten.

Inspektor Legrasse hatte wohl kaum mit dem Aufsehen gerechnet, das seine Eröffnung machen würde. Ein einziger Blick auf die Statuette hatte genügt, um die versammelten Wissenschaftler in einen Zustand ungeheurer Spannung zu versetzen, und ohne Zeit zu verlieren, scharten sie sich um ihn und starrten auf die winzige Figur, deren Fremdartigkeit und Ausstrahlung wahrhaft unergründlichen Alters möglicherweise archaische, bisher ungeschaute Ausblicke eröffnete. Keine erkennbare Schule der Bildhauerkunst hatte diesen grauenvollen Gegenstand belebt; doch Jahrhunderte, ja sogar Jahrtausende schienen in dem Staub und der grünlichen Oberfläche des nicht einzuordnenden Steines festgehalten.

Die Figur, die schließlich herumgereicht wurde, damit sie jeder sorgfältig von nahem studieren könne, besaß eine Höhe von 7 bis 8 Inches und war künstlerisch vollkommen. Sie stellte ein Ungeheuer von entfernt menschenähnlichen Umrissen dar, hatte aber einen tintenfischgleichen Kopf, dessen Gesicht aus einem Wirrwarr von Tentakeln bestand; darunter ein schuppiger moluskenhaft aussehender Körper, eklige Klauen an Hinter- und Vorderfüßen und lange schmale Flügel auf dem Rücken.

Dieses Ding, in dem Naturtrieb mit fürchterlicher widernatürlicher Bösartigkeit gemischt zu sein schien, war von aufgedunsener Beleibtheit und hockte, ekelerregend, auf einem rechteckigen Block oder Podest, das mit unleserlichen Zeichen bedeckt war. Die Flügelspitzen berührten den hinteren Rand des Blocks, das Ding selbst nahm die Mitte ein, während die langen säbelartigen Klauen der gekrümmten Hinterpfoten die Vorderkante in den Griff genommen hatten und bis über ein Viertel des Sockels hinabhingen. Der kephalopode Kopf war nach vorne geneigt, so daß die Fühlarme des Gesichts die Rückseite der gewaltigen Vorderpranken streiften, die dessen ungeheueres Knie umklammert hielten. Der Anblick des Ganzen hatte abnormerweise nichts Unnatürliches an sich und verbreitete um so mehr geheime Furcht, als der Ursprung der Statue völlig unbekannt war. Sein unermeßliches, nicht berechenbares Alter war unverkennbar; doch gab es nicht einen einzigen Hinweis, der auf eine Zugehörigkeit zu irgendeiner bekannten Kultur unserer jüngeren Zivilisation – oder irgendeiner anderen Epoche – hätte schließen lassen.

Ein Geheimnis für sich war das Material; denn der schmierige grünlich-schwarze Stein mit seinen goldenen oder irisierenden Flächen und Furchungen hatte mit Geologie oder Mineralogie nichts gemein. Rätselhaft waren auch die Zeichen auf dem Sockel; und keiner der Kongreßteilnehmer, obwohl sie etwa die Hälfte der Experten auf diesem Gebiet repräsentierten, konnte auch nur die entfernteste sprachliche Verwandtschaft feststellen. Die Zeichen gehörten, wie der Gegenstand und sein Material, zu etwas grauenhaft außerhalb Liegendem und von der Menschheit, wie sie uns bekannt ist, Getrenntem; etwas, das in schrecklicher Weise alte, unheilige Zusammenhänge des Lebens ahnen läßt, an denen unsere Welt und unsere Vorstellungen nicht teilhaben.

Und doch, als jeder der Teilnehmer den Kopf schüttelte und dem Inspektor eine Niederlage eingestehen mußte, gab es einen Mann in der Versammlung, der einen Schimmer von bizarrer Verwandtschaft in der monströsen Gestalt und Schrift erkennen wollte, und der, wenn auch mit einiger Schüchternheit, das merkwürdige Wenige erzählte, das er wußte. Dieser Mann war der nun verstorbene William Channing Webb, Prof. für Anthropologie an der Princeton University, ein Forscher von nicht geringem Ruf.

Prof. Webb war vor 48 Jahren auf einer Expedition in Grönland und Island auf der Suche nach Runenschriften gewesen, die er jedoch nicht fand; und hoch oben an der Küste Westgrönlands war er auf einen vereinzelten Stamm oder Kult degenerierter Eskimos gestoßen, deren Religion, eine seltsame Form der Teufelsanbetung, ihn durch ihre kalte Blutrünstigkeit und Widerwärtigkeit abstieß. Es war ein Glaube, der unter den übrigen Eskimos kaum bekannt war, den sie nur mit Schaudern erwähnten und behaupteten, er sei aus schrecklichen, uralten Äonen herabgestiegen, noch bevor die Welt geschaffen worden sei. Neben unaussprechlichen Riten und Menschenopfern gab es gewisse merkwürdige überlieferte Rituale, die an den höchsten ältesten Teufel oder *tornasuk* gerichtet waren; und davon hatte Prof. Webb durch einen alten *angekok* oder Teufelsschamanen eine sorgfältige phonetische Kopie, die die Laute, so gut es ging, in lateinische Buchstaben übertrug. Aber von größter Bedeutung war im Augenblick der Fetisch, den dieser Kult verehrt hatte und um den sie tanzten, wenn das Nordlicht hoch über den Eisklippen aufglühte. Er war, so berichtete der Professor, ein rohes Basrelief aus Stein, mit einem grauenerregenden Bildnis und kryptischen Schriftzeichen darauf. Und soviel er glaubte, war er in allen wesentlichen Zügen eine grobe Parallele dieses bestialischen Dinges, das da vor ihnen lag.

Diese Angaben, mit Spannung und Erstaunen von den versammelten Teilnehmern aufgenommen, schienen für Inspektor Legrasse doppelt aufregend zu sein; er begann sofort, seinen Informanten mit Fragen zu bedrängen. Da er ein Ritual der Kultverehrer aus dem Sumpf, die seine Leute festgenommen hatten, aufgezeichnet hatte, bat er den Professor inständig, sich so genau wie nur möglich an die Laute zu erinnern, die er bei den teuflischen Eskimos schriftlich niedergelegt hatte. Es folgte ein erschöpfender Vergleich von Details und ein Augenblick wahrhaft schauerergriffenen Schweigens, als der Detektiv und der Wissenschaftler übereinkamen, daß der Satz, der beiden höllischen Ritualen gemeinsam war – die doch Welten an Entfernung auseinander lagen – tatsächlich identisch sei. Was im wesentlichen die Eskimozauberer und die Sumpfpriester aus Louisiana zu ihren gleichartigen Götzenbildern sangen, ähnelte folgendem (die Wortunterteilungen sind angenommen, nach den Pausen im Satz, so wie sie ihn sangen):

»Ph'nglui mglw'nafh Cthulhu R'lyeh wgah'nagl fhtagn.«

Legrasse hatte Prof. Webb eines voraus – einige der Bastardpriester hatten ihm wiederholt, was ältere Zelebranten noch wußten, nämlich die Bedeutung dieser Worte. Der Text hieß, ihnen zufolge, etwa:

»In diesem Haus in R'lyeh wartet träumend der tote Cthulhu.«

Und jetzt, da ihn alle bedrängten, erzählte Inspektor Legrasse so ausführlich wie möglich sein Abenteuer mit den Sumpfanbetern; eine Geschichte, der, wie ich sah, mein Onkel größte Bedeutung zumaß. Sie erfüllte die wildesten Träume der Mythenschöpfer und Theosophen und offenbarte ein erstaunliches Maß an kosmischer Vorstellungskraft unter solchen half-casts und Parias, wo man sie am wenigsten vermutet. Am 1. November 1907 hatten die Bewohner der Sümpfe und Lagunen im Süden von New Orleans ein dringendes Schreiben an die Polizei gerichtet. Die Ansiedler dieser Gegend, meist einfache, gutartige Nachkommen der Lafitte-Leute, befanden sich in einem Zustand nackter Angst vor einem Ding, das über Nacht gekommen war. Offensichtlich handelte es sich um Vudu, aber in einer schrecklicheren Form, als sie es je erfahren hatten; und einige ihrer Frauen und Kinder waren spurlos verschwunden, seit das bösartige tomtom mit seinem ununterbrochenen Getrommel in den schwarzen verfluchten Wäldern eingesetzt hatte, in die sich kein Mensch wagte. Da waren wahnsinnige Rufe und gehirnzermarternde Schreie, schaurige wilde Litaneien und irrlichternde Teufelsflammen; und, fügte der verschreckte Bote hinzu, das Volk könne es nicht länger ertragen.

So waren zwanzig Polizisten in zwei Pferdewagen und einem Automobil am späten Nachmittag mit dem zitternden Siedler als Führer ausgerückt. Als die passierbare Straße zu Ende war, stiegen sie aus und kämpften sich meilenweit unter Schweigen durch die schrecklichen Zypressenwälder, die niemals Tageslicht gesehen hatten. Widerwärtige Wurzeln und die feindseligen Schlingen des Spanischen Mooses behinderten auf Schritt und Tritt ihren Marsch, und hier und da verstärkten ein Haufen schleimigkühler Steine oder die Reste einer verfaulenden Mauer durch ihre Andeutung auf vergangene morbide Behausungen ein ungutes Gefühl, das jeder mißgebildete Baum, jedes weißschimmelige Pilznest schafft. Schließlich kam die Ansiedlung in Sicht, ein armseliger Haufen von Hütten, aus denen die hysterischen Bewohner herausstürzten, um sich um die flackernde Laterne zu scharen. Das dumpfe Trommeln der tomtoms war nun in der Ferne ganz schwach hörbar; und markerschütterndes Kreischen drang, wenn der Wind sich drehte, in unregelmäßigen Abständen herüber. Auch schien ein rötlicher Schimmer durch das mondbleiche Unterholz zu leuchten, jenseits des endlosen Nachtdunkels. Obwohl ihnen davor graute, wieder allein gelassen zu werden, wies es jeder einzelne der verschreckten Bewohner weit von sich, auch nur einen Schritt weiter in das Gebiet jener unheiligen Anbetung vorzudringen, so daß Inspektor Legrasse nichts anderes übrigblieb, als mit seinen neunzehn Kollegen führerlos in die schwarzen Gewölbe des Schreckens einzutauchen, in die nie jemand vor ihnen je den Fuß gesetzt hatte.

Das Gebiet, in das die Polizeitruppe jetzt drang, hatte schon seit jeher als unheilvoll gegolten. Es war völlig undurchforscht, kein Weißer hatte es je durchquert. Es spannen sich Legenden um einen verborgenen See, in dem, unberührt von den Augen Sterblicher, ein riesiges, formloses, fahles, tintenfischähnliches Ding mit glühenden Augen lebte; die Ansiedler flüsterten, daß fledermausflügelige Teufel aus Höhlen im Inneren der Erde kamen, um es um Mitternacht zu verehren. Sie sagten, es sei vor D'Iberville dagewesen, vor La Salle, noch vor den Indianern und selbst vor den Tieren und Vögeln des Waldes. Es war der Nachtmahr persönlich, und ihn sehen, hieß sterben. Aber er stieg hin und wieder in die Träume der Menschen, und so wußten sie sich vor ihm zu hüten. Die gegenwärtige Vudu-Orgie fand tatsächlich ganz am Rande dieser Schreckenszone statt; dieser Platz war schon schlimm genug; vielleicht hatte ebendieser Ort der Anbetung die Siedler mehr erschreckt als die entsetzlichen Schreie und die vorhergegangenen makabren Zwischenfälle.

Nur Dichtkunst oder Wahnsinn können den Geräuschen gerecht werden, die Legrasses Männer hörten, als sie sich durch den schmatzenden Morast in Richtung auf das rote Leuchten und das gedämpfte tomtom arbeiteten. Es gibt stimmliche Eigenheiten, die für Menschen charakteristisch sind, und andere, die auf Tiere hinweisen; und es macht einen schaudern, die einen zu hören, wenn ihr Ursprung der der anderen sein sollte. Hier übertrafen sich animalische Raserei und menschliche Ausschweifung, gipfelten in dämonischem Geheule und grellen Ekstasen, die diese nächtlichen Wälder zerrissen und in ihnen widerhallten, als wären es pestartige Stürme aus den Schlünden der Hölle. Hin und wieder pflegte das wahnsinnige Geheule abzubrechen, und ein geordneter Chor rauher Stimmen erhob sich in dem Singsang des schreckensvollen Satzes, des rituellen »Ph'nglui mglw'nafh Cthulhu R'lyeh wgah'nagl fhtagn«.

Die Männer kamen nun in einen Teil des Waldes, wo sich die Bäume lichteten, und plötzlich sahen sie sich dem Schauspiel selbst gegenüber. Vier von ihnen wankten, einer brach bewußtlos zusammen, und zwei wurden von wahnsinnigen Schreikrämpfen geschüttelt, die durch die tolle Kakophonie glücklicherweise gedämpft wurden. Legrasse flößte dem Ohnmächtigen etwas Kentucky Bourbon ein, und alle standen zitternd und vor Schreck wie hypnotisiert.

In der Sumpflichtung befand sich eine grasbewachsene Insel von vielleicht einem *acre* Ausmaß, baumlos und relativ trocken. Darauf nun hopste und wand sich eine Horde von so unbeschreiblicher menschlicher Abnormität, wie sie niemand außer einem Sime oder Angarola malen könnte. Völlig unbekleidet wieherten, heulten und zuckten sie um ein riesiges kreisförmiges Feuer; gelegentliche Öffnungen in dem Flammenvorhang enthüllten in der Mitte einen gigantischen Granitmonolithen, einige acht Fuß hoch, auf dessen Spitze, grotesk in ihrer Winzigkeit, die unheilschwangere gemeißelte Statuette thronte. In einem großen Kreis waren zehn Gerüste in regelmäßigen Abständen mit dem flammenumgürteten Monolithen als Zentrum aufgebaut, an denen, mit dem Kopf nach unten, die grausig verzerrten Körper der hilflosen Siedler hingen, die als verschwunden gemeldet worden waren. Innerhalb dieses Kreises stampfte und brüllte die Kette der Götzenanbeter, wobei die Hauptrichtung der Bewegung von links nach rechts lief, in einem unendlichen Bacchanal zwischen dem Ring der Körper und dem Ring des Feuers.

Es mag nur Einbildung gewesen sein oder ein Echo, das einen der Leute, einen erregbaren Spanier, veranlaßte, sich einzubilden, er höre antiphonale Antworten auf das unheilige Ritual irgendwo aus der dunklen Ferne, tiefer in dem Wald des Grauens und der alten Legenden. Diesen Mann, einen gewissen Joseph D. Galvez, traf ich später und fragte ihn aus; und er zeigte sich in beunruhigender Weise phantasiereich, ging sogar so weit, ein entferntes Flügelrauschen, das Schimmern glänzender Augen und eine gebirgige fahlweise Masse hinter den Wipfeln der Bäume anzudeuten – aber ich glaube, er hatte wohl bloß zu viel von dem Aberglauben der Einheimischen gehört.

Tatsächlich dauerte die Erstarrung der Männer nur relativ kurze Zeit. Obwohl sich in der Menge etwa hundert dieser Bastardpriester befanden, vertrauten die Polizeibeamten auf ihre Waffen und stürzten sich entschlossen in die ekelhafte Meute. Für fünf Minuten herrschte ein unbeschreibliches Getöse und ein Chaos aus Schlägen, Schüssen und Fluchtversuchen; aber schließlich konnte Legrasse 47 trotzige Gefangene zählen, die sich ankleiden und zwischen zwei Reihen von Polizisten aufstellen mußten. Vier der Götzenanbeter lagen tot am Boden, und zwei Schwerverletzte wurden von ihren Mitgefangenen auf rasch improvisierten Bahren transportiert. Das Bildwerk auf dem Monolithen wurde vorsichtig heruntergeholt und Legrasse anvertraut.

Nach einem Marsch äußerster Anstrengung und Strapazen wurden die Gefangenen im Hauptquartier untersucht, und sie alle stellten sich als Menschen von sehr niedrigem Typus heraus, mischblütig und geistig unausgeglichen. Die meisten von ihnen waren Seeleute; und ein paar Neger und Mulatten, meist Leute von den Antillen oder Bravaportugiesen, brachten eine Spur von Vudu in den ursprünglich heterogenen Kult. Aber bevor noch viele Fragen gestellt wurden, zeigte sich bereits, daß es sich hier um etwas viel Tiefergehendes und Älteres handelte als um bloßen schwarzafrikanischen Fetischismus. Heruntergekommen und unwissend wie sie waren, hielten diese viehischen Kreaturen doch mit erstaunlicher Beharrlichkeit an der zentralen Idee ihres verabscheuungswürdigen Glaubens fest.

Sie verehrten, so sagten sie, die *Großen Alten*, die Äonen vor der Existenz des Menschen gelebt hätten, und die aus dem All in die junge Welt kämen. Die *Alten* hätten sich nun in das Erdinnere und in das Meer zurückgezogen; ihre toten Leiber jedoch hätten ihr Geheimnis einem Mann anvertraut, der daraus einen Kult schuf, der seither nicht ausgestorben ist. Das war ebendieser Kult, und die Gefangenen behaupteten, er habe immer existiert und werde immer existieren, in entlegenen Einöden und an dunklen Orten über die ganze Welt verstreut, bis der große Priester Cthulhu aus seinem dunklen Haus in der mächtigen Stadt R'lyeh vom Grund des Ozeans auftauche und die Erde wieder unter seine Herrschaft zwinge. Eines Tages würde er rufen, wenn die Gestirne günstig seien, und der geheime Kult wäre zu jeder Zeit bereit, ihn zu befreien.

Doch nichts weiteres durfte erzählt werden. Es bestand ein Geheimnis, das selbst die Folter nicht entlocken konnte. Der Mensch war nicht alleine inmitten der ihm bewußten Dinge auf der Erde, denn Schemen kamen aus dem Schatten, die wenigen Gläubigen aufzusuchen. Aber das waren nicht die *Großen Alten*. Kein Sterblicher hatte je die *Großen Alten* zu Gesicht bekommen. Das gemeißelte Idol war der *Große Cthulhu*, aber niemand hätte sagen können, ob die anderen gleich ihm waren. Heute konnte niemand mehr die Schriftzeichen lesen, aber es wurden Dinge erzählt ... Das gesungene Ritual enthielt nicht das Geheimnis – das wurde nie laut ausgesprochen, nur geflüstert. Der Gesang bedeutet nur »*In diesem Hause wartet träumend der große Cthulhu*«.

Nur zwei der Gefangenen wurden für gesund genug befunden, gehängt zu werden; der Rest wurde verschiedenen Institutionen übergeben. Alle leugneten hartnäckig, an den Ritualmorden beteiligt gewesen zu sein, und gaben vor, die Tötungen seien von den *Schwarzgeflügelten* durchgeführt worden, die von ihrem Versammlungsort in den fluchbeladenen Wäldern zu ihnen gekommen seien. Aber über deren geheimen Pfade konnte nichts Näheres in Erfahrung gebracht werden. Was die Polizei überhaupt herausfinden konnte, das kam hauptsächlich von einem steinalten Mestizen namens Castro, der behauptete, er sei in fremde, ferne Häfen gesegelt und habe in den Gebirgen Chinas mit den todlosen Führern des Kults gesprochen.

Der alte Castro erinnerte sich schwach an schreckliche Legenden, die die Spekulationen der Theosophen verblassen und den Menschen und seine Welt tatsächlich ganz jung und vergänglich erscheinen ließen. Es hatte Äonen gegeben, in denen andere Dinge die Welt beherrschten, und *Sie* hatten große Städte besessen: Überreste von denen, wie der todlose Chinese ihm erzählt habe, noch als zyklopische Felsen auf Inseln im Stillen Ozean zu finden seien. *Sie* alle starben ganze Zeitalter, bevor der Mensch kam, aber es gab gewisse Künste, durch die *Sie* wiederbelebt werden konnten, wenn die Gestirne wieder in die richtige Position in dem Zyklus der Ewigkeit gelangten. *Sie* waren nämlich selbst von den Sternen gekommen und hatten *Ihre* Abbilder mitgenommen.

Diese *Großen Alten* beständen nicht vollständig aus Fleisch und Blut, fuhr Castro fort, sie besäßen Gestalt – bewies das denn nicht dieses sterngeprägte Bildnis? –, aber die war nicht stofflich. Wenn die Gestirne richtig standen, konnten *Sie* durch das All von Welt zu Welt tauchen; standen sie aber falsch, konnten *Sie* nicht leben. Aber obwohl *Sie* nicht länger am Leben waren, so würden *Sie* dennoch nie wirklich sterben. *Sie* alle ruhten in Felshäusern *Ihrer* großen Stadt R'lyeh, geschützt durch den Zauber des mächtigen Cthulhu bis zu *Ihrer* glorreichen Auferstehung, wenn Sterne und Erde wieder für *Sie* bereit seien. Aber zu dem Zeitpunkt bedürften *Sie* einer Kraft von außerhalb, die *Ihre* Körper befreien mußte. Die Beschwörungen, die *Sie* behüteten, verhinderten gleichzeitig, daß *Sie* sich bewegten, und so konnten *Sie* nichts tun als wach im Dunkel zu liegen und nachzudenken, während ungezählte Jahrmillionen vorüberzogen. *Sie* wußten von allem, was im Universum vor sich ging, denn *Ihre* Art zu sprechen bestand in der Vermittlung von Gedanken. Auch jetzt unterhielten *Sie* sich in *Ihren* Gräbern. Dann, flüsterte Castro, schufen die Menschen einen traumbefohlenen Kult um die kleinen Idole, die ihnen die *Großen Alten* gezeigt hatten; Bilder, die in den düsteren Zeiten von dunklen Sternen zu ihnen gebracht worden waren. Niemals würde dieser Kult sterben, bis die Gestirne die rechte Position zueinander hätten, und die geheimen Priester würden den großen Cthulhu aus seinem Grab holen, um seine Untertanen ins Leben zurückzurufen und wieder seiner Weltherrschaft zu dienen. Dieser Zeitpunkt wäre leicht zu erkennen, denn der Mensch sei dann wie die *Großen Alten* geworden: wild und frei jenseits von Gut und Böse; Gesetze und Moral wären dann niedergerissen, und alle Menschen brülllten, töteten und schwelgten in Lust. Dann würden ihnen die *Großen Alten* neue Wege zu brüllen, zu töten, zu schwelgen und zu genießen zeigen, und die Erde würde in Vernichtung, Ekstase und Freiheit flammen. In der Zwischenzeit müßte der Kult durch angemessene Riten die Erinnerung wachhalten und *Ihre* sichere Rückkehr prophezeien.

In früheren Zeiten hätten auserwählte Männer mit den eingeschlossenen *Alten* in ihren Träumen geredet, aber dann sei etwas geschehen. Die gewaltige Steinstadt R'lyeh sei mitsamt ihren Monolithen und Grabstätten im Meer versunken; und die tiefen Wässer, voller Urgeheimnisse, durch die nicht einmal Gedanken dringen, hätten die spektrischen Strahlen durchschnitten. Aber die Erinnerung lebte weiter, und hohe Priester sagten, die Stadt tauche wieder auf, sobald die Sterne günstig seien ... Hier aber unterbrach sich der alte Castro hastig, und keine Überredung oder List konnten ihm mehr in dieser Richtung entlocken. Auch die Größe der *Alten* weigerte er sich kurioserweise zu beschreiben. Er glaube, setzte er fort, das Zentrum des Kultes befände sich inmitten unwegsamer Wüsten Arabiens, wo Irem, die Stadt der Säulen, im Verborgenen träumt. Mit der europäischen Hexerei stünde der Kult nicht in Verbindung, und im Grunde genommen wisse man außerhalb seiner Mitglieder nichts Genaues über ihn.

In keinem Buch sei ein Hinweis auf ihn enthalten; aber der todlose Chinese habe gesagt, im *Necronomicon* des wahnsinnigen Arabers Abdul Alhazred seien gewisse Doppeldeutigkeiten enthalten, die die Eingeweihten so lesen konnten, wie sie mochten, vor allem der umstrittene Vers

»Das ist nicht tot, was ewig lie(lü)gen kann,
Da selbst der Tod als solcher sterben kann«.

Legrasse, zutiefst beeindruckt und nicht im geringsten erstaunt, hatte vergeblich nachgeforscht, worauf der Kult zurückzuführen sei. Castro schien zweifellos die Wahrheit gesagt zu haben, als er behauptete, das sei ganz und gar geheim. Die Autoritäten der Tulane

University konnten kein Licht in die Angelegenheit bringen, weder was den Kult betraf noch das Götzenbild; und nun war der Detektiv zu der größten Autorität gekommen und stieß auf nichts Geringeres als auf die Grönlandgeschichte Prof. Webbs.

Das fieberhafte Interesse, das Legrasses Bericht bei der Versammlung weckte – den die Statue unterbaute –, spiegelt sich in der Korrespondenz derer wider, die damals zugegen waren; in der Öffentlichkeit allerdings fand diese Geschichte kaum Erwähnung. Vorsicht ist die erste Sorge derer, die gelegentlich Betrug und Scharlatanerie ausgesetzt sind. Legrasse lieh Prof. Webb für einige Zeit das Bildnis, aber nach dessen Tod wurde es ihm wieder ausgehändigt und befindet sich noch heute in seinem Besitz, wo ich es vor nicht langer Zeit selbst in Augenschein nahm. Es ist wirklich ein grauenhaftes Ding und zweifellos der Traumskulptur des jungen Wilcox ähnlich.

Es erstaunte mich keineswegs, daß mein Onkel durch die Erzählung des Bildhauers so in Erregung versetzt wurde, denn was für Gedanken müssen auftauchen, wenn man, nachdem man weiß, was Legrasse über den Kult erfahren hatte, von einem jungen sensitiven Mann hört, der nicht nur die Figur und die genauen Hieroglyphen des im Sumpf gefundenen Bildnisses und der grönländischen Höllentafel träumt, sondern der sich in seinen Träumen an mindestens drei der exakten Worte der Formel erinnert, die die schwarzen Eskimoschamanen gleichermaßen aussprachen wie die Bastarde in Louisiana. Daß Prof. Angell sofort eine Untersuchung von allergrößter Genauigkeit begann, versteht sich von selbst; obwohl ich persönlich den jungen Wilcox im Verdacht hatte, daß er auf irgendeine Weise von dem Kult erfahren und eine Folge von Träumen erfunden hatte, um das Geheimnis auf Kosten meines Großonkels zu steigern. Die Traumberichte und Zeitungsausschnitte, die der Professor gesammelt hatte, lieferten jedoch eine eindeutige Bestätigung; aber meine rationalistische Einstellung und die Ausgefallenheit der ganzen Geschichte ließen mich, wie ich glaubte, sehr vernünftige Schlußfolgerungen ziehen.

Nachdem ich also das Manuskript noch einmal gründlich studiert hatte und die theosophischen und anthropologischen Bemerkungen mit Legrasses Bericht über den Kult in Beziehung gebracht hatte, machte ich mich auf den Weg nach Providence, um den Bildhauer zu besuchen und ihn zu tadeln, daß er es gewagt habe, einen gelehrten alten Mann derart dreist hinters Licht zu führen.

Wilcox wohnte noch immer alleine in dem Fleur-de-Lys-Gebäude in der Thomas Street, einer unschönen viktorianischen Nachahmung bretonischer Architektur des 17. Jahrhunderts, das mit seiner Stuckfront zwischen den hübschen Häusern im Kolonialstil auf dem alten Hügel prunkt, genau im Schatten des schönsten georgianischen Kirchturms von Amerika. Ich traf ihn in seinem Zimmer bei der Arbeit an und mußte sofort zugeben, daß er wirklich, nach den Plastiken zu urteilen, die herumstanden, außerordentliches Genie besaß. Er wird, glaube ich, sich in einiger Zeit als einer der großen *décadents* einen Namen machen; denn er hat jene Schemen und Phantasien in Ton geformt – und wird sie eines Tages in Marmor hauen –, wie sie Arthur Machen in Prosa beschwört und Clark Ashton Smith in Versen und Gemälden erstehen läßt.

Dunkelhaarig, schwächlich und etwas vernachlässigt sah er aus; müde drehte er sich auf mein Klopfen hin mir zu und fragte mich, ohne sich zu erheben, was ich denn wolle. Als ich ihm sagte, wer ich sei, zeigte er einiges Interesse; denn mein Onkel hatte seine Neugierde geweckt, als er seine befremdlichen Träume untersuchte, jedoch nie eine Begründung hierfür angab. Auch ich gab ihm, was diese Dinge betraf, keine Aufklärung, versuchte aber, ihn vorsichtig aus seiner Reserve zu locken.

Innerhalb kurzer Zeit war ich von seiner absoluten Aufrichtigkeit überzeugt, denn er sprach von seinen Träumen in nicht mißzuverstehender Weise. Sie und ihre unterbewußten Folgen hatten seine Kunst entscheidend beeinflußt, und er zeigte mir eine morbide Statue, deren Umrisse mich fast durch ihre Macht schwarzer Suggestion zittern machte. Er konnte sich nicht erinnern, ein Original dieses Dinges gesehen zu haben außer in seinem geträumten Basrelief; die Konturen hatten sich selbst unmerklich unter seinen Händen geformt. Zweifellos handelte es sich um die riesenhafte Gestalt, von der er in seinem Delirium phantasiert hatte. Daß er tatsächlich nichts über den geheimen Kult wußte, außer dem, was die erbarmungslosen Fragen meines Großonkels angedeutet hatten, wurde mir bald vollständig klar; und wieder überlegte ich angestrengt, auf welchem möglichen Weg er zu den grausigen Eindrücken gekommen war.

Er sprach von seinen Träumen in einer merkwürdigen poetischen Weise; er zeigte mir mit schrecklicher Ausdruckskraft die düstere titanische Schattenstadt aus schleimigen grünen Blöcken – deren *Geometrie*, wie er seltsamerweise sagte, *gar nicht stimmte* –, und ich vernahm mit banger Erwartung das endlose Rufen aus der Unteren Welt:

»Cthulhu fhtagn, Cthulhu fhtagn.«

Diese Worte hatten zu dem schrecklichen Ritual gehört, das von der Traumvigilie des toten Cthulhu in seinem Steingewölbe in R'lyeh erzählt, und trotz meiner rationalistischen Auffassung der Dinge war ich sehr bewegt. Wilcox hatte, dessen war ich ziemlich sicher, in einem Gespräch etwas über den Kult aufgeschnappt, dann war es aber in der Masse seines schauerlichen Lesestoffes und Einbildungsvermögens untergegangen. Später hatte es dann, da es so aufwühlend war, unterschwellig in seinen Träumen, in dem Basrelief und in der fürchterlichen Statue, die ich jetzt in meinen Händen hielt, Ausdruck gefunden. Mithin war dieser Betrug meines Großonkels ein recht unschuldiger. Der junge Mann war von einem Typ, den ich nicht sonderlich leiden konnte; ein wenig blasiert und arrogant; aber ich erkannte jetzt durchaus seine Aufrichtigkeit und sein Genie an. Freundschaftlich verabschiedete ich mich von ihm und wünschte ihm den Erfolg, den sein Talent versprach.

Alles, was mit dem Kult zusammenhing, faszinierte mich noch immer, und zuweilen träumte ich, daß ich durch Untersuchungen über seinen Ursprung und seine Zusammenhänge zu Ruhm gelangte. Ich reiste nach New Orleans, suchte Legrasse und andere auf, die seinerzeit an der Razzia beteiligt gewesen waren, sah die grauenerregende Statue und befragte sogar die gefangengenommenen Mischlinge, soweit sie noch am Leben waren. Der alte Castro war leider vor einigen Jahren gestorben. Was ich nun so lebhaft, aus berufenem Mund, hörte – obwohl es tatsächlich nichts anderes war als eine genaue Bestätigung der Aufzeichnungen meines Großonkels –, erschreckte mich von neuem; ich war sicher, mich auf der Spur einer sehr ursprünglichen, sehr geheimen, sehr alten Religion zu befinden, deren Entdeckung mich zu einem Anthropologen von Ruf machen würde. Meine Einstellung war damals noch absolut materialistisch – *wie ich wünschte, daß sie es noch heute wäre* –, und mit unerklärlichem

Eigensinn nahm ich das Zusammentreffen der Traumberichte und der Zeitungsausschnitte als ganz natürlich hin.

Was mir verdächtig zu sein begann und was ich jetzt fürchte zu *wissen* ist, daß das Ableben meines Großonkels alles andere als natürlich war. Er stürzte in einer schmalen, engen Gasse, die vom Hafenkai den Berg hinaufführt, und die von fremden Mischlingen wimmelte, nach dem rücksichtslosen Stoß eines schwarzen Seemannes. Ich habe nicht die Methoden der Kultanhänger in Louisiana vergessen, und es würde mich nicht wundern, von geheimen Tricks und vergifteten Nadeln zu hören, die ebenso alt und gnadenlos sind wie lichtscheue Riten und Aberglaube. Legrasse und seine Männer sind zwar gut davongekommen, aber ein Mann in Norwegen, der gewisse Dinge sah, ist tot. Können nicht die Nachforschungen meines Großonkels, nachdem sie durch die Träume des Bildhauers intensiviert worden waren, sinistren Mächten zu Ohren gelangt sein? Ich glaube, Prof. Angell mußte sterben, weil er zuviel wußte oder weil er auf dem Wege war, zuviel zu erfahren. Ob mir ein gleiches Schicksal wie ihm bestimmt ist, das wird sich zeigen; auch ich weiß jetzt eine ganze Menge.

3 Der Wahnsinn aus der See

Wenn der Himmel mir je eine Gnade gewährte, so wünschte ich die Folgen eines reinen Zufalls vergessen zu können, der meinen Blick auf ein altes Zeitungsblatt, das als Unterlage diente, fesselte. Normalerweise hätte ich es überhaupt nicht beachtet, denn es war die alte Nummer einer australischen Zeitschrift, des »Sydney Bulletin«, vom 18. April 1925. Es muß dem Team entgangen sein, das zur Zeit dieses Erscheinungstermins eifrig Stoff für die Untersuchung meines Großonkels sammelte.

Ich hatte meine Nachforschungen über das, was Prof. Angell den »Cthulhu-Kult« nannte, schon fast aufgegeben und war bei einem gelehrten Freund in Paterson, New Jersey, zu Besuch; dem bekannten Mineralogen und Kurator des städtischen Museums. Ich schaute mir einige unausgestellte Exemplare an, die in einem Magazin des Museums ungeordnet in einem Regal aufgestellt waren, als mein

Blick auf ein seltsames Bild in einer der alten Zeitungen fiel, die man unter den Steinen ausgebreitet hatte. Es war das schon erwähnte »Sydney Bulletin«; das Photo zeigte ein grauenvolles Steinbild, das fast mit dem identisch war, das Legrasse in den Louisianasümpfen gefunden hatte.

Fieberhaft entfernte ich die wertvollen Steine von dem Blatt und durchflog den Artikel; war aber enttäuscht, daß er nichts Ausführliches brachte. Was er jedoch enthielt, war von unerhörter Bedeutung für meine ins Stocken geratene Untersuchung, und ich riß ihn sorgfältig heraus. Er hieß wie folgt:

Geheimnisvolles Wrack im Meer

Vigilant läuft Hafen mit seeuntüchtiger Neuseelandyacht im Schlepptau an. Ein Überlebender und ein Toter an Bord gefunden. Bericht über verzweifelte Schlacht und Menschenverluste auf dem Meer. Geretteter Seemann verweigert Einzelheiten über Vorfälle. Rätselhaftes Götzenbild in seinem Besitz gefunden. Untersuchung folgt.

Der Morrisons Companies Frachter *Vigilant* erreichte heute morgen auf dem Rückweg von Valparaiso Darling Harbour und führte im Schlepptau die seeuntüchtig gewordene, aber schwer bestückte Dampfyacht *Alert* aus Dunedin, Neuseeland, mit sich, die zuletzt am 12. April in 34° 21′ südl. Breite und 152° 17′ westl. Länge gesichtet wurde; an Bord befanden sich ein lebender und ein toter Mann.

Die *Vigilant* hatte Valparaiso am 25. März verlassen und wurde am 2. April durch ungewöhnlich schwere Stürme und Brecher von ihrem Kurs beträchtlich nach Süden abgetrieben. Am 12. April wurde sie als Wrack gesichtet. An Bord wurde ein halb irrsinniger Überlebender und ein Mann, der allem Anschein nach seit über einer Woche tot war, aufgefunden. Der Überlebende hielt in seinen Händen ein steinernes Idol unbekannten Ursprungs umklammert, über das die Autoritäten der Sydney University der Royal Society und das College Street Museum keinerlei Aufschluß zu geben vermochten. Der Überlebende behauptete, er habe es in einer Kabine der Yacht in einem geschnitzten Kästchen gefunden.

Der Mann erzählte eine außerordentlich merkwürdige Geschichte von Piraterie und Gemetzel. Er nennt sich Gustaf Johansen, ist

Norweger, ziemlich intelligent, und fuhr als zweiter Maat auf dem Zweimastschoner *Emma* aus Auckland, der am 20. Februar mit einer Besatzung von 11 Mann nach Callao in See stach.

Die *Emma*, so sagte er, wurde am 1. März durch die stürmische Wetterlage weit von ihrem Kurs abgetrieben und traf am 22. März 49° 51′ südl. Breite und 128° 34′ westl. Länge auf die *Alert*, die mit einer ziemlich übelwirkenden Crew aus Kanaken und halfcasts bemannt war. Auf ihre kategorische Forderung hin umzukehren, weigerte sich Capt. Collins, worauf die *Alert* ohne Vorwarnung aus allen Rohren zu schießen begann. Die Männer der *Emma* setzten sich zur Wehr, und obwohl der Schoner durch Schüsse leckgeschlagen war und zu sinken drohte, gelang es ihnen dennoch, ihr Schiff an die feindliche Yacht zu manövrieren und sie zu entern. An Bord entspann sich ein Kampf mit der wilden Besatzung, und man sah sich gezwungen, sie alle zu töten – es handelte sich bei ihnen um nahezu tierische Menschen, die, obgleich in der Überzahl, nicht richtig zu kämpfen verstanden. Drei Leute, darunter Capt. Collins und der erste Maat Green, fielen im Kampf; und die restlichen acht unter Befehl des zweiten Maats Johansen navigierten mit der gekaperten Yacht weiter, und zwar mit gleichem Kurs, um festzustellen, warum man sie an der Weiterfahrt hatte hindern wollen.

Am nächsten Tag legten sie an einer Insel an (in diesem Teil des Ozeans ist keine Insel bekannt, Anm. d. Red.), und sechs der Männer kamen in der Folge auf irgendeine Weise um. Johansen gibt an, sie seien in eine Felsspalte gestürzt, und verweigert jede weitere Aussage über ihren Tod.

Später seien er und ein anderer zur Yacht zurückgekehrt und hätten sie zu steuern versucht, sie seien aber durch den Sturm am 2. April verschlagen worden.

Von diesem Zeitpunkt bis zu seiner Bergung am 12. weist der Mann eine Gedächtnislücke auf; er erinnert sich auch nicht, wann sein Gefährte William Briden starb. Bridens Todesursache ist nicht festzustellen; wahrscheinlich beruht sie auf Erschöpfung.

Aus Dunedin wird gekabelt, daß die *Alert* als Inselfrachter bekannt ist und entlang der Küste in üblem Ruf steht. Sie gehörte einer merkwürdigen Gruppe half-casts, deren häufige Zusammenkünfte und nächtliche Streifereien durch Wälder nicht geringe Neugier

weckte; sie habe sofort nach dem Sturm und dem Erdbeben vom
1. März in großer Hast Segel gesetzt.

Unser Korrespondent in Auckland bestätigt der Mannschaft der
Emma ihren hervorragenden Ruf und schildert Johansen als einen
achtbaren und besonnenen Mann.

Die Admiralität wird morgen mit der Untersuchung der Angelegenheit beginnen, und man wird nichts unversucht lassen, um Johansen zum freieren Reden zu veranlassen, als er es bisher getan hat.

Das war alles; das und das teuflische Bildnis; aber was für Gedanken löste es nicht in mir aus! Hier waren neue Angaben über den Cthulhu-Kult enthalten und Beweise, daß man sich auf dem Wasser wie auf dem Festland intensiv mit ihm beschäftigte. Was hatte die Mannschaft der *Alert*, die mit ihrem schrecklichen Götzenbild an Bord herumkreuzte, veranlaßt, die *Emma* an der Weiterfahrt zu hindern? Was hatte es mit dem unbekannten Eiland auf sich, auf dem sechs Leute der *Emma* umgekommen waren und über das der Maat Johansen so hartnäckig schwieg? Was hatte die Untersuchung der Vizeadmiralität ergeben und wieviel war über den verderblichen Kult in Dunedin bekannt? Und, am erregendsten von allem, was für eine hintergründige und mehr als natürliche Verkettung von Daten war das, die nun eine unheilvolle und unleugbare Bedeutung der verschiedenen Ereignisse ergab, die mein Onkel so sorgfältig notiert hatte?

Am 1. März – unserem 28. Februar – hatte das Erdbeben stattgefunden, und Sturm war aufgekommen. Aus Dunedin brach ganz plötzlich die *Alert* auf, als hätte sie einen Befehl von oben erhalten, und auf der anderen Seite der Erdkugel begannen Dichter und Künstler von einer merkwürdigen dumpfen Zyklopenstadt zu träumen, und der junge Bildhauer formte im Traum die Gestalt des furchtbaren Cthulhu. Am 23. März landete die Mannschaft der *Emma* auf einer unbekannten Insel, ließ dort sechs Tote; und genau zu diesem Zeitpunkt steigerten sich die Träume der sensitiven Künstler zu ihrem Höhepunkt und schwärzten sich in Furcht vor der grauenhaften Verfolgung eines titanischen Ungeheuers, und ein Architekt war wahnsinnig geworden, und ein Bildhauer war plötzlich im Delirium versunken! Und was hatte es mit diesem Sturm vom 2. April auf sich – dem Datum, da alle Träume von der feuchtkalten Stadt mit einem Male abbrachen und Wilcox unversehrt aus der Knechtschaft seines seltsamen Fiebers zurückkehrte? Was hatte all das zu bedeuten – und was die Andeutungen des alten Castro über die versunkenen, sterngeborenen *Alten* und ihre kommende Herrschaft; deren gläubige Verehrung und ihre *Beherrschung der Träume*? Wankte ich am Rande kosmischer Schrecken, die weit über die Kraft des Menschen hinausgehen? Wenn es so sein sollte, mußte das Grauen allein im Bewußtsein liegen, denn auf irgendeine Weise war die infernalische Bedrohung plötzlich abgebrochen, die begonnen hatte, von den Menschen Besitz zu ergreifen.

Noch am selben Abend, nachdem ich eiligst alles Nötige arrangiert hatte, sagte ich meinem Gastgeber Lebewohl und nahm den Zug nach San Francisco. Nach knapp einem Monat war ich in Dunedin: Dort jedoch fand ich kaum etwas über die eigenartigen Kultanhänger heraus, die in den kleinen Hafenspelunken herumgelungert waren; doch stieß ich auf Andeutungen über eine Fahrt ins Landesinnere, die die Mischlinge gemacht hatten, während der man auf entfernten Hügeln schwaches Trommeln und rötliches Leuchten bemerkte.

In Auckland erfuhr ich, daß Johansen weißhaarig aus einem ergebnislosen Verhör in Sydney zurückgekehrt war, seine Wohnung in der West Street aufgegeben hatte und mit seiner Frau nach Oslo gereist war. Von seinen Erfahrungen wollte er auch Freunden nicht mehr als das erzählen, was er bereits der Admiralität zu Protokoll gegeben hatte, und alles, was man für mich tun konnte, war, mir seine Osloer Adresse zu nennen.

Danach reiste ich nach Sydney und führte fruchtlose Gespräche mit Seeleuten und Mitgliedern des Admiralsgerichtes. Ich besichtigte die *Alert*, die verkauft worden war und nun Handelszwecken diente, fand aber nichts, was mich interessiert hätte. Die hockende Statue mit dem Tintenfischkopf wurde im Hyde Park Museum aufbewahrt; ich studierte sie lange und sorgfältig und fand, daß sie von schrecklicher Vollkommenheit war, von ebendem gleichen Geheimnis, dem grausigen Alter und dem außerirdisch fremden Material, das mir bei Legrasses kleinerem Exemplar aufgefallen war. Geologen, so sagte mir der Museumsdirektor, war das ein völliges Rätsel; sie schworen, auf der Erde gebe es keinen Stein, der diesem gleiche. Mit

Schaudern entsann ich mich, was der alte Castro Legrasse über die *Frühen Alten* erzählt hatte: »*Sie* kamen von den Sternen, und *Sie* brachten *Ihre* Bildnisse mit sich.«

Von innerem Aufruhr geschüttelt, wie ich ihn nie zuvor gekannt hatte, beschloß ich endlich, Johansen in Oslo aufzusuchen. Ich fuhr nach London, schiffte mich unverzüglich nach der norwegischen Hauptstadt ein und betrat an einem Herbsttag den schmucken Hafenkai im Schatten des Egebergs. Ich legte den kurzen Weg in der Droschke zurück und klopfte an die Tür eines hübschen kleinen Hauses. Eine traurig blickende Frau in Schwarz beantwortete meine Fragen, und ich war bitter enttäuscht, als ich hörte, daß Johansen tot sei.

Er habe seine Ankunft nicht lange überlebt, sagte seine Frau, denn die Geschehnisse auf See im Jahre 1925 hätten ihn zugrunde gerichtet. Auch ihr habe er nicht mehr erzählt als den anderen; er habe aber ein langes auf englisch geschriebenes Manuskript hinterlassen, das sie nicht verstünde. Auf einem Spaziergang durch eine enge Gasse nahe den Göteborgdocks habe ihn ein Ballen Papier, der von einem Dachfenster herunterfiel, zu Boden gerissen. Zwei Lascer-Matrosen hätten ihm sofort wieder auf die Beine geholfen, aber noch vor dem Eintreffen der Ambulanz war er tot. Die Ärzte konnten keinen plausiblen Grund für sein Ableben entdecken und führten es auf Herzschwäche zurück.

Ich überzeugte die Witwe von meiner engen Beziehung zu ihrem toten Gatten, so daß sie mir das Manuskript zu treuen Händen übergab; ich nahm das Dokument mit mir und begann es gleich während der Überfahrt nach London zu lesen.

Es war eine einfache, eher zusammenhanglose Geschichte – der naive Versuch eines nachträglichen Tagebuchs –, und sie bemühte sich, jeden Tag dieser letzten schrecklichen Reise zurückzurufen. Ich will nicht versuchen, sie wörtlich in ihrer ganzen Unklarheit und Weitschweifigkeit wiederzugeben, aber ich werde das Wesentliche daraus zusammenfassen, um zu zeigen, warum das Klatschen des Wassers gegen die Wände der Yacht für mich so unerträglich wurde, daß ich mir die Ohren verstopfte.

Johansen wußte Gott sei Dank nicht alles, obwohl er die Stadt und das Ding erblickt hatte; ich aber werde nie wieder ruhig schlafen können, wenn ich an das Grauen denke, das unaufhörlich hinter dem Leben in Zeit und Raum lauert, und an jene unerhörten Blasphemien von den alten Sternen, die im Ozean träumen; verehrt und angebetet durch einen Alptraum von Kult, der jederzeit bereit ist, es zu befreien und auf die Welt loszulassen, wenn je wieder ein Erdbeben seine monströse Felsstadt zu Sonne und Licht erhebt.

Johansens Reise hatte begonnen, wie er es der Admiralität berichtet hatte. Die *Emma* hatte mit Fracht am 20. Februar Auckland verlassen und war in die volle Gewalt des erdbebengeborenen Sturmes geraten, der aus dem Grunde des Meers die Schrecken emporgeholt hatte, die sich in die Träume der Menschen fraßen. Als man das Schiff wieder unter Kontrolle bekommen hatte, segelten sie auf neuem Kurs weiter, bis sie am 22. März von der *Alert* aufgehalten wurden. Von den dunkelhäutigen Kultteufeln spricht der Maat nur mit äußerstem Ekel. Irgendeine Scheußlichkeit war um sie, die ihre Vernichtung fast zur Pflicht machte, und Johansen zeigt aufrichtiges Erstaunen, als man ihm im Lauf der Verhandlung Grausamkeit vorwirft. Dann, als Neugierde sie unter Johansens Kommando auf der gekaperten Yacht weitersegeln läßt, erblicken die Männer eine große steinerne Säule, die aus dem Meer herausragt, und in 47° 9′ südl. Breite und 126° 43′ westl. Länge stoßen sie auf die Umrisse schlamm-, schlick- und tangverwesten Quaderwerks zyklopischer Ausmaße, das nichts anderes ist als das greifbare Grauen, das die Erde nur einmal aufzuweisen hat – die schreckgespenstische Leichenstadt R'lyeh, die unabsehbare Äonen vor der Geschichte von jenen grausenhaften Riesen errichtet wurde, die von dunklen Sternen zur Erde stiegen. Hier ruhten der große Cthulhu und seine Horden in grünschleimigen Gewölben, und von hier aus sendeten sie schließlich nach unmeßbaren Jahrtausenden jene Gedanken, die in den Träumen der Empfindsamen Furcht und Grauen verbreiteten und die Gläubigen gebieterisch zur Pilgerschaft zu ihrer Befreiung und Wiedereinsetzung befahlen. All das ahnte Johansen nicht, aber, weiß Gott, er sah genug!

Ich vermute, daß tatsächlich nur eine einzelne Bergkuppe, die grausige monolithgekrönte Zitadelle, in der der große Cthulhu begraben lag, aus den Fluten herausragte. Wenn ich an die Ausmaße all dessen denke, was da unten im Verborgenen schlummern mag, wünschte ich fast, mich auf der Stelle umzubringen. Johansen und seine Leute waren vor der kosmischen Majestät dieses triefenden Babels alter Dämonen von panischer Furcht ergriffen, und sie ahnten, daß dies nicht von diesem oder irgendeinem anderen heilen Planeten stammen konnte. Horror vor der unglaublichen Größe der grünlichen Steinblöcke, vor der schwindelerregenden Höhe des großen gemeißelten Monolithen und vor der verblüffenden Ähnlichkeit der mächtigen Statuen und Basreliefs mit dem befremdlichen Bildnis, das sie auf der *Alert* gefunden hatten, ist in jeder Zeile der angstvollen Beschreibung nur zu deutlich spürbar.

Ohne zu wissen, was Futurismus ist, kam Johansen dem sehr nahe, als er von der Stadt sprach; denn anstatt irgendeine präzise Struktur oder ein Gebäude zu beschreiben, verweilt er nur bei Eindrücken weiter Winkel und Steinoberflächen – Oberflächen, die zu groß waren, um von dieser Erde zu sein; unselig, mit schauderhaften Bildern und blasphemischen Hieroglyphen bedeckt. Ich erwähne seine Bemerkung über die Winkel deshalb, weil sie auf etwas hinweist, das Wilcox mir aus seinen Schreckensträumen erzählt hatte. Er hatte gesagt: die Geometrie der Traumstädte, die er sah, sei abnorm, uneuklidisch und in ekelhafter Weise von Sphären und Dimensionen erfüllt gewesen, die fern von den unseren seien. Nun fühlte ein einfacher Seemann dasselbe, da er auf die schaudervolle Realität blickte.

Johansen und seine Leute gelangten über eine ansteigende Sandbank in diese monströse Akropolis, und sie erklommen titanische, von schlüpfrigem, grauenhaft grünem Tang überwucherte Blöcke, die niemals eine Treppe für Menschenmaß gewesen sein konnten. Sogar die Sonne am Himmel schien verzerrt, als sie durch das polarisierte Miasma strahlte, das aus diesen widernatürlichen Wässern wie Gift hochstieg; und fratzenhafte Bedrohung und Spannung grinste boshaft aus diesen trügerischen Ecken und Winkeln der behauenen Felsen, die auf den ersten Blick konkav erschienen und auf den zweiten konvex.

Furcht hatte alle Abenteurer ergriffen, noch bevor sie etwas anderes als nur Felsen, Schlick und Tang erblickt hatten. Jeder von ihnen wäre lieber geflüchtet, hätte er nicht die Verachtung der anderen gescheut; und nur mit halbem Herzen suchten sie – vergeblich, wie sich herausstellte – nach irgendeinem beweglichen Objekt, das sie als Andenken hätten mitnehmen können.

Rodriguez der Portugiese war es, der den Sockel des Monolithen erkletterte und herunterrief, was er entdeckt habe. Die übrigen folgten ihm und schauten neugierig auf die gewaltige gemeißelte Tür mit dem nun schon bekannten Oktopus – oder drachenähnlichen als Basrelief gehauenen Bildwerk. Sie war, so berichtet Johansen, wie ein großes Scheunentor; und alle fühlten, daß es sich um eine Tür handeln müsse wegen der verzierten Schwellen und Pfosten, die sie umgaben, doch sie konnten sich nicht klar darüber werden, ob sie flach wie eine Falltüre oder schrägliegend wie eine im Freien befindliche Kellertür war. Wie Wilcox gesagt haben würde: Die Geometrie dieses Ortes war völlig verkehrt. Sie wußten nicht genau, ob das Meer und der Grund, auf dem sie sich bewegten, in der Horizontalen lagen, infolgedessen war die relative Position alles übrigen auf phantastische Weise variabel.

Briden drückte an mehreren Stellen auf dem Stein herum, doch ohne Ergebnis. Dann tastete Donovan sorgfältig die Ränder ab und befühlte jeden einzelnen Punkt. Er kletterte an diesem grotesken Steingebilde unendlich hoch – das heißt, wenn man es klettern nennen wollte – vielleicht war das Ding am Ende doch horizontal? –, und alle Männer fragten sich, wie es eine so hohe Tür im Universum überhaupt geben könne. Da begann plötzlich die mehrere *acres* große Tür ganz sanft und leise am oberen Ende nachzugeben; und sie sahen, daß sie ausbalanciert war. Donovan glitt die Pfosten herunter und beobachtete zusammen mit seinen Kameraden das unheimliche Zurückweichen des monströsen Portals. In dieser verrückten prismatischen Verzerrung bewegte sie sich völlig pervers, in einer Diagonale, und alle Regeln von Materie und Perspektive schienen auf dem Kopf zu stehen.

Die Öffnung war tiefschwarz, von einer Dunkelheit, die fast stofflich war. Diese Finsternis war tatsächlich von *positiver Qualität*; sie quoll wie Rauch aus ihrem jahrtausendealten Gefängnis heraus und verdunkelte sichtbar die Sonne, als sie mit schlagenden häutigen Flügeln dem zurückweichenden Himmel entgegenkroch. Der Geruch, der aus den frischgeöffneten Tiefen drang, war unerträglich. Schließlich glaubte der feinhörige Hawkins ein ekelhaft schlurfendes Geräusch dort unten zu vernehmen. Jeder lauschte, lauschte noch immer, als ES sabbernd hervortappte und tastend seine gallertartige grüne Masse durch die schwarze Öffnung in die durchgiftete Luft dieser wahnsinnigen Stadt preßte.

Die Handschrift des armen Johansen versagte fast, da er dies beschrieb. Zwei der sechs Männer, die das Schiff nie wieder erreichten, starben in diesem verfluchten Augenblick, wahrscheinlich aus reinem Grauen. Das *Ding* kann unmöglich beschrieben werden – es gibt keine Sprache für solche Abgründe brüllenden unvorstellbaren Irrsinns, für diese Verneinung von Materie, kosmischer Gültigkeit und Ordnung. Ein Berg bewegte sich wie eine Qualle, stolperte schlingernd einher. O Gott! war es da zu verwundern, daß auf der anderen Seite der Erde ein großer Architekt verrückt wurde und der unglückliche Wilcox in diesem telepathischen Augenblick im Fieber raste? Das *Ding* der Idole, das schleimgrüne klebrige Gezücht der Sterne, war aufgestanden, um sein Recht zu beanspruchen. Die Planeten standen wieder in der richtigen Position, und was ein jahrtausendealter Kult vergeblich beabsichtigt hatte, das hatte durch Zufall ein Haufen nichtsahnender Seeleute vollbracht. Nach Vigintillionen Jahren erblickte der große Cthulhu zum erstenmal wieder das Licht, und er raste vor Lust.

Drei der Leute wurden von den glitschigen Fängen verschlungen, noch bevor sich jemand bewegte. Gott möge ihnen Frieden schenken – wenn es irgendeinen Frieden im Universum gibt! Es waren Donovan, Guerrera und Angström. Parker glitt aus, als die übrigen drei in panischem Schrecken über endlose Flächen grünverkrusteter Felsen zum Boot stürzten, und Johansen geht jeden Eid ein, daß er von einem Winkel in dem Quaderwerk verschluckt wurde, den es eigentlich gar nicht hätte geben dürfen; einem Winkel, der spitz war, aber alle Eigenschaften eines stumpfen besaß. So erreichten nur Briden und Johansen das Boot, und sie ruderten verzweifelt auf die *Alert* zu, als sich das gebirgige monströse Schleimding die glitschigen Felsen herunterplumpsen ließ und zögernd im seichten Wasser umherwatete. Es war nur das Werk von ein paar Sekunden, fieberhaftes Hin- und Herhasten zwischen Dampfkesseln und Steuerhaus, um die *Alert* flottzumachen; langsam begann sie inmitten dieser grauenhaften unbeschreiblichen Szene die letalen Gewässer aufzuwühlen; während auf den Felsblöcken dieser Leichenküste, die nicht von dieser Welt war, das *Ding* von den unseligen Sternen geiferte und sabberte und grunzte wie Polyphem, der das fliehende Boot des Odysseus verfluchte. Dann glitt der große Cthulhu, verwegener als der historische Kyklop, schleimig ins Wasser und machte sich mit wellenaufwühlenden Schlägen von kosmischer Gewalt auf die Verfolgung. Briden verlor den Verstand, als er zurückschaute, und wurde von wildem Lachen geschüttelt, das erst sein Tod eines Nachts beendete, während Johansen wie im Delirium auf dem Schiff herumirrte.

Aber Johansen hatte noch nicht aufgegeben. Er wußte, daß das *Ding* die *Alert* leicht überholen konnte, auch wenn die Yacht das Letzte hergab; er wußte, daß er nur eine einzige Chance hatte; und er ging mit dem Schiff auf volle Geschwindigkeit und riß das Steuer herum. Da die aufgewühlte See schäumte und wirbelte und der Dampf höher und höher stieg, lenkte der wackere Norweger den Bug des Schiffes geradewegs gegen die ihn verfolgende Gallertmasse, die sich aus diesem unreinen Schaum wie das Heck einer grausigen Galeone erhob. Der scheußliche Tintenfischkopf mit den wühlenden Armen berührte schon fast den Bugspriet der Yacht, aber Johansen steuerte unnachgiebig weiter.

Es folgte ein Bersten wie von einer Blase, die birst, eine schlammige eitergelbe Ekligkeit wie die eines geplatzten Mondfisches, ein Gestank wie aus Millionen offenen Gräbern und ein Geräusch, das zu beschreiben sich die Feder des Chronisten sträubt. Für einen Augenblick war das Schiff von einer beißenden und blindmachenden grünen Wolke eingehüllt; dann wallte es achterwärts giftig auf, wo – Gott im Himmel – die versprengte Plastizität dieser namenlosen Himmelsbrut sich nebelhaft wieder zu seiner verhaßten ursprünglichen Gestalt zusammensetzte, während sich die Distanz mit jedem Augenblick vergrößerte und die *Alert* neuen Antrieb aus dem hochsteigenden Dampf erhielt.

Das war alles. Danach brütete Johansen bloß noch über dem Götzenbild in der Schiffskabine, nahm kaum etwas zu sich und schenkte dem lachenden Irren an seiner Seite wenig Aufmerksamkeit. Er versuchte gar nicht mehr, das Schiff zu steuern, denn der Umschwung hatte irgend etwas in seinem Inneren zerstört. Dann kam der Sturm vom 2. April, und hier verdichteten sich die Wolken in seinem Erinnerungsvermögen. Er weiß nur von gespenstischem Wirbeln durch die Strudel der Unendlichkeit, von schwindelerregenden Ritten auf

Kometenschweifen durch schwankende Welten und von hysterischen Stürzen vom Mond in die höllischen Abgründe und zurück aus den Tiefen auf den Mond; all das begleitet vom brüllenden Gelächter der ausgelassenen *Alten Götter* und der grünen fledermausflügeligen spottenden Teufel des Tartarus.

Rettung aus diesen Träumen kam durch die *Vigilant*, das Admiralitätsgericht, die Straßen von Dunedin und die lange Reise heimwärts, in sein Haus am Egeberg. Er konnte einfach nichts erzählen – man würde ihn für verrückt halten. Er wollte aufschreiben, was er wußte, bevor der Tod zu ihm kam; aber seine Frau durfte nichts erfahren. Der Tod war ja eine Gnade, wenn er nur diese Erinnerungen auslöschen konnte.

Das war das Dokument, das ich las, und nun liegt es in der Kassette neben dem Basrelief und Prof. Angells Papieren. Meine eigene Niederschrift werde ich hinzufügen – diesen Beweis meiner Zurechnungsfähigkeit, in dem ich aneinanderfügte, was, wie ich hoffe, nie wieder jemand aneinanderfügen wird. Ich habe gesehen, was das Universum nur an Grauenvollem besitzt, und danach müssen mir selbst der Frühlingshimmel und die Sommerblumen vergiftet sein. Aber ich glaube nicht, daß ich noch lange leben werde. Wie mein Großonkel ging, wie Johansen ging, so werde auch ich gehen. Ich weiß zuviel, und der Kult ist noch lebendig.

Und Cthulhu lebt noch – wie ich annehme –, wieder in dem steinernen Abgrund, der ihn schützt seit der Zeit, da die Sonne jung war. Seine verfluchte Stadt ist wieder versunken, denn die *Vigilant* segelte nach dem Aprilsturm über die Stelle hinweg; aber seine Diener auf Erden heulen, tanzen und morden noch immer in abgelegenen Wäldern um götzengekrönte Monolithen. *Er* muß beim Untertauchen wieder in seiner schwarzschlündigen Versenkung verschwunden sein, sonst würde jetzt die Welt in Furcht und Schrecken rasen. Wer weiß das Ende? Was aufstieg, kann wieder untergehen, und was versank, kann wieder erscheinen. Grauenvolles wartet und träumt in der Tiefe, und Fäulnis kommt über die wankenden Städte der Menschen. Es wird eine Zeit geben – aber ich darf und kann daran nicht denken! Ich bete darum, daß, falls ich das Manuskript nicht überleben sollte, meine Testamentsvollstrecker Vorsicht und Wagemut walten lassen und dafür sorgen, daß kein anderes Auge es je erblickt.

Der Fall Charles Dexter Ward

1 Ein Resultat und ein Prolog

Die essentiellen Saltze von Thieren können dergestalt
präpariret und conserviret werden, daß ein gewitzter Mann
die gantze Arche Noah in seiner eigenen Studir-Stube
zu haben und die vollkommne Gestalt eines Thieres nach
Belieben aus der Asche desselbigen zu erwecken vermag;
und vermittelst derselbigen Methode vermag ein Philosoph,
ohne jede verbrecherische Necromantie, die Gestalt
eines jeden todten Ahnen aus dem Staube zu erwecken,
zu welchem sein Cörper zerfallen ist.

Borellus

I

Aus einer privaten Irrenanstalt in der Nähe von Providence, Rhode Island, verschwand kürzlich eine höchst sonderbare Person. Der Mann hieß Charles Dexter Ward und war nach langem Zögern von seinem gramgebeugten Vater eingeliefert worden, der mit angesehen hatte, wie die Geistesverwirrung seines Sohnes sich von bloßer Exzentrizität zu dunkler Raserei gesteigert hatte, die sowohl von möglichen mörderischen Tendenzen als auch von einer merkwürdigen Veränderung seiner offenbaren Geistesinhalte begleitet war. Die Ärzte geben zu, daß sie völlig ratlos waren, weil sein Fall ihnen allgemeine physiologische wie auch psychologische Rätsel aufgab.

Zum einen sah der Patient merkwürdigerweise viel älter aus, als man aufgrund seiner sechsundzwanzig Jahre angenommen hätte. Nun ist zwar bekannt, daß Geistesgestörtheit einen rapide altern läßt; aber das Gesicht dieses jungen Mannes hatte einen eigentümlichen Ausdruck angenommen, wie man ihn gemeinhin nur bei sehr alten Menschen beobachten kann. Zum anderen zeigten seine organischen Körperfunktionen eine Unausgewogenheit, die in der Geschichte der Medizin keine Parallele findet. Atmung und Herztätigkeit entbehren auf verblüffende Weise der Symmetrie, die Stimme war geschwunden, so daß der Patient nur noch flüstern konnte, die Verdauung war auf unglaubliche Weise verlangsamt und auf ein Minimum reduziert, und die nervlichen Reaktionen auf normale Reize waren durchaus verschieden von allem, was man je an gesunden oder kranken Menschen beobachtet hat. Die Haut war auf morbide Art kalt und trocken, und die Zellstruktur des Gewebes schien außerordentlich grob und brüchig. Sogar ein großer, olivgrauer Leberfleck auf seiner rechten Hüfte war verschwunden, wogegen sich auf seiner Brust ein sehr sonderbares Muttermal, ein schwarzer Fleck, gebildet hatte, von dem vorher keine Spur zu sehen gewesen war. Grundsätzlich stimmen die Ärzte alle darin überein, daß sich bei Ward die Stoffwechselvorgänge auf beispiellose Weise verlangsamt hatten.

Auch in psychologischer Hinsicht war Charles Ward ein einmaliger Sonderfall. Seine Geistesverwirrung wies keines der in den neuesten und umfassendsten Darstellungen erwähnten Symptome auf und war von einer Verstandeskraft begleitet, die aus ihm ein Genie oder eine führende Persönlichkeit gemacht hätte, wäre sie nicht zu sonderbaren und grotesken Formen verzerrt worden. Dr. Willett, der Wards Hausarzt war, bestätigt, daß die allgemeinen geistigen Fähigkeiten des Patienten, gemessen an seinen Reaktionen auf Dinge, die außerhalb der Sphäre seiner Umnachtung lagen, seit seiner Einweisung in die Irrenanstalt sich sogar noch gesteigert hatten. Nun war Ward zwar schon immer ein Gelehrter und Altertumsforscher gewesen; aber selbst seine brillantesten frühen Arbeiten offenbarten nicht jene ungeheure Fassungskraft und Einsicht, wie er sie bei den letzten Untersuchungen durch die Nervenärzte an den Tag legte. Es war in der Tat nicht leicht gewesen, die amtliche Einweisung in die Irrenanstalt zu erreichen, so außerordentlich klar schien der Verstand des jungen Mannes zu sein; und nur aufgrund von Zeugenaussagen und der in Anbetracht der hohen Intelligenz ungewöhnlichen Wissenslücken wurde er schließlich doch in Verwahrung genommen. Bis zum Augenblick seines Verschwindens hatte er Lesestoff aller Art geradezu verschlungen und sich so ausgiebig mit anderen unterhalten, wie seine schwache Stimme es ihm gestattet hatte; und sorgfältige Beobachter, die nicht an die Möglichkeit eines Ausbruchs dachten, hatten wiederholt vorhergesagt, es würde nicht mehr lange dauern, bis man ihn wieder entlassen würde.

Nur Dr. Willett, der Charles Ward ans Licht der Welt gebracht und seitdem ständig seine körperliche und geistige Entwicklung verfolgt hatte, schien bei dem Gedanken an die zukünftige Freiheit des jungen Mannes zu erschrecken. Er hatte ein grausiges Erlebnis gehabt und eine furchtbare Entdeckung gemacht, über die er nicht mit seinen skeptischen Kollegen sprechen wollte. Willett stellt tatsächlich schon allein für sich ein Geheimnis im Zusammenhang mit diesem Fall dar. Er war der letzte, der den Patienten vor dessen Flucht gesehen hat, und kam von dieser letzten Unterhaltung in einer aus Grauen und Erleichterung gemischten Gemütsverfassung zurück, woran sich mehrere Leute erinnerten, als drei Stunden später Wards Flucht entdeckt wurde. Diese Flucht selbst ist eines der ungelösten Rätsel in Dr. Waites Irrenanstalt. Ein offenes Fenster, volle sechzig Fuß über dem Erdboden, kann wohl kaum als Erklärung dienen, und doch war der junge Mann nach diesem Gespräch mit Willett unbestreitbar verschwunden. Willett selbst hat der Öffentlichkeit keine Erklärung anzubieten, doch er wirkt merkwürdigerweise viel ruhiger als vor dem Ausbruch. In der Tat meinen viele, er würde gerne mehr sagen, wenn er nur damit rechnen könnte, daß eine nennenswerte Anzahl von Leuten ihm Glauben schenken würde. Er hatte Ward noch in seinem Zimmer vorgefunden, aber kurz danach klopften die Wächter vergebens. Als sie die Tür aufmachten, war der Patient verschwunden, und alles, was sie bemerkten, war das offene Fenster, durch das der kalte Aprilwind eine Wolke feinen, blaugrauen Staubes ins Zimmer blies, die ihnen fast den Atem nahm. Zwar hatten die Hunde kurz zuvor gebellt, aber zu diesem Zeitpunkt war Willett noch dagewesen, und sie hatten nichts gefangen und auch später keine Unruhe mehr gezeigt. Wards Vater wurde sofort telefonisch benachrichtigt, aber er schien eher betrübt als überrascht. Als Dr. Waite ihn dann persönlich aufsuchte, hatte Dr. Willett schon mit ihm gesprochen, und sie bestritten beide, etwas mit dem Ausbruch zu tun zu haben. Nur von einigen sehr engen Freunden von Willett und dem alten Ward waren ein paar Hinweise zu bekommen, doch diese sind allzu abenteuerlich und phantastisch, um nicht bei den meisten auf Ungläubigkeit zu stoßen. Als Tatsache bleibt nur bestehen, daß bis zum heutigen Tage keine Spur von dem verschwundenen Irren entdeckt wurde.

Charles Ward hatte von Kindheit an eine Neigung zum Altertümlichen gezeigt, die zweifellos durch die ihn umgebende altehrwürdige Stadt und die Überreste aus der Vergangenheit genährt wurde, mit denen das alte Herrenhaus seiner Eltern an der Prospect Street auf dem Gipfel des Hügels bis in den letzten Winkel angefüllt war. Mit den Jahren vertiefte sich seine Liebe zu den alten Dingen, so daß Geschichte, Genealogie und die Beschäftigung mit der Architektur, den Möbeln und dem Handwerk der Kolonialzeit schließlich alle anderen Interessen verdrängten. Diese Neigungen muß man bei der Beurteilung seines Wahnsinns berücksichtigen; denn obwohl sie nicht den eigentlichen Kern seiner geistigen Umnachtung darstellen, spielen sie doch als äußere Symptome eine wichtige Rolle. Die von den Nervenärzten festgestellten Wissenslücken bezogen sich alle auf moderne Angelegenheiten und wurden, wie man durch geschickte Fragen herausfand, in jedem Fall durch ein entsprechend tiefes, wenn auch nach außen hin verheimlichtes Wissen um vergangene Dinge ausgeglichen, so daß man beinahe den Eindruck bekommen konnte, der Patient habe sich durch irgendeine dunkle Art von Selbsthypnose buchstäblich in ein vergangenes Zeitalter versetzt. Das Merkwürdige war, daß Ward sich nicht mehr für die Altertümer zu interessieren schien, die er doch so gut kannte. Er hatte, so schien es, seine Vorliebe für diese Dinge verloren, weil er allzu sehr mit ihnen vertraut war, und am Schluß konzentrierte er offenbar all seine Kräfte darauf, jene alltäglichen Dinge der modernen Welt zu meistern, die so vollständig aus seinem Gehirn getilgt worden waren. Daß eine solche umfassende Tilgung stattgefunden hatte, suchte er mit allen Mitteln zu verbergen; aber es war allen, die ihn beobachteten, klar, daß seine gesamte Lektüre und all seine Unterhaltungen von dem verzweifelten Wunsch bestimmt waren, sich jenes Wissen über sein eigenes Leben und den gewöhnlichen, praktischen und kulturellen Hintergrund des zwanzigsten Jahrhunderts anzueignen, das man angesichts seiner Geburt im Jahre 1902 und seiner Erziehung in Schulen unserer Zeit von ihm hätte erwarten können. Die Nervenärzte fragen sich jetzt, wie der entwichene Patient in Anbetracht seiner großen Wissenslücken es schafft, sich in der komplizierten Welt von heute zurechtzufinden; die vorherrschende Meinung geht dahin, daß er sich irgendeine erniedrigende, anspruchslose Beschäftigung gesucht habe und sich so lange versteckt halten wolle, bis seine Kenntnis moderner Dinge einen normalen Stand erreicht habe.

Wann Wards geistige Umnachtung begonnen hat, darüber sind die Nervenärzte unterschiedlicher Auffassung. Dr. Lyman, die überragende Kapazität aus Boston, ist der Ansicht, es sei 1919 oder 1920 gewesen, während des letzten Jahres des jungen Ward an der Moses Brown-Schule, als er plötzlich dem Studium der Vergangenheit entsagt und sich dem Studium des Okkulten zugewandt und sich geweigert habe, die Qualifikation für das College zu erwerben, mit der Begründung, er müsse private Forschungen von weit größerer Bedeutung treiben. Für diese Theorie sprechen sicherlich die veränderten Gewohnheiten Wards zu jener Zeit und besonders sein beständiges Herumstöbern in den Stadtarchiven und die Suche nach einem im Jahre 1741 angelegten Grab auf den alten Friedhöfen; es handelte sich um das Grab eines Ahnen namens Joseph Curwen, von dem Ward einige Papiere hinter der Holztäfelung eines uralten Hauses in Olney Court, auf Stampers Hill, gefunden haben wollte, von dem man wußte, daß Curwen es zu seinen Lebzeiten bewohnt hatte.

Nun ist es tatsächlich unbestreitbar, daß sich im Winter 1919-1920 eine auffallende Veränderung mit Ward vollzog; er gab unvermittelt seine allgemeinen Altertumsforschungen auf und betrieb – zu Hause und anderswo – okkulte Studien, die er nur unterbrach, um nach dem Grab seines Vorfahren zu suchen.

Dr. Willett dagegen widerspricht dieser Theorie nachdrücklich; er gründet sein Urteil auf seine enge und seit langem bestehende Bekanntschaft mit dem Patienten sowie auf bestimmte schreckliche Nachforschungen und Entdeckungen in der letzten Zeit. Diese Nachforschungen und Entdeckungen sind nicht spurlos an ihm vorübergegangen; seine Stimme zittert, wenn er darüber spricht, und seine Hand zittert, wenn er darüber zu schreiben versucht. Willett räumt ein, daß die Veränderung der Jahre 1919-1920 gemeinhin als der Beginn eines progressiven Verfalls angesehen werden könnte, der in der furchtbaren, traurigen und unheimlichen Umnachtung des Jahres 1928 gipfelte, ist aber aufgrund persönlicher Beobachtungen der Ansicht, daß eine feinere Unterscheidung gemacht werden müsse. Während er bereitwillig zugibt, daß der Junge immer von unausgeglichenem Temperament und in seinen Reaktionen auf die Erscheinungen seiner Umwelt reizbar und äußerst überschwenglich gewesen sei, will er es auf keinen Fall wahrhaben, daß jene frühe Veränderung den tatsächlichen Übergang von der Verstandesklarheit zum Wahnsinn markiert habe; statt dessen beruft er sich auf Wards eigene Aussage, er habe etwas entdeckt oder wiederentdeckt, dessen Auswirkung auf das menschliche Denken wahrscheinlich wunderbar und tiefgreifend sein werde.

Die eigentliche geistige Umnachtung, davon ist Willett überzeugt, kam mit einer späteren Veränderung; nachdem Curwens Porträt und die alten Papiere entdeckt waren; nachdem eine Fahrt an sonderbare, ferne Orte unternommen worden und bestimmte schreckliche Beschwörungen unter geheimnisvollen Umständen gesungen worden waren; nachdem gewisse *Antworten* auf diese Anrufungen deutlich vernehmbar geworden waren und ein verzweifelter Brief unter quälenden und unerklärlichen Umständen geschrieben worden war; nach der Welle des Vampirismus und den ominösen Gerüchten in Pawtuxet; und nachdem das Gedächtnis des Patienten begonnen hatte, gegenwärtige Bilder auszuschließen, während seine Stimme versagte und seine äußere Erscheinung jene fast unmerklichen Veränderungen durchmachte, die später von so vielen Leuten bemerkt wurden.

Erst um diese Zeit, so versichert Willett mit Nachdruck, hätten sich die nachtmahrhaften Merkmale bei Ward gezeigt, und der Arzt bekennt schaudernd, er sei überzeugt, es gebe genügend handfestes Beweismaterial für die Richtigkeit der Behauptung des jungen Mannes über seine entscheidende Entdeckung. Zum einen sahen zwei intelligente Arbeiter mit eigenen Augen, wie die alten Papiere von Joseph Curwen gefunden wurden. Zum zweiten zeigte ihm der junge Mann einmal diese Papiere sowie eine Seite aus Curwens Tagebuch, und jedes dieser Dokumente wies alle Anzeichen von Echtheit auf. Das Loch, in dem Ward sie gefunden haben wollte, ist sichtbare Wirklichkeit, und Willett konnte einen abschließenden und sehr überzeugenden Blick auf sie werfen, durch eine Fügung, die kaum glaublich ist und vielleicht nie wird bewiesen werden können. Dann waren da die Geheimnisse und die seltsamen Übereinstimmungen in den Briefen von Orne und Hutchinson, das Problem der Handschrift Curwens und das, was die Detektive über Dr. Allen herausfanden; all dies, und außerdem noch die furchtbare Botschaft in mittelalterlicher Minuskelschrift, die in Willetts Tasche gefunden wurde, als er nach seinem schrecklichen Erlebnis das Bewußtsein wiedererlangt hatte.

Und als die schlüssigsten Beweise von allen sind da noch die zwei gräßlichen *Ergebnisse*, die der Doktor bei seinen letzten Nachforschungen aus zwei Formeln bekam; Ergebnisse, die praktisch die Authentizität der Papiere und ihrer monströsen Bedeutung in demselben Augenblick bewiesen, da diese Papiere für immer menschlichem Zugriff entzogen wurden.

2

Man muß auf Charles Wards früheres Leben zurückblicken wie auf etwas, das der Vergangenheit angehört wie die Altertümer, die er so sehr liebte. Im August 1918 war er mit deutlichen Anzeichen der Begeisterung für die damals üblichen militärischen Erziehungsmethoden in die erste Klasse der Moses-Brown-Schule eingetreten, die ganz in der Nähe seines Elternhauses steht. Das alte, im Jahre 1819 errichtete Hauptgebäude hatte schon immer seiner jugendlichen Begeisterung für das Altertümliche entsprochen, und der weitläufige Park, in dem die Akademie gelegen ist, seinem Blick für landschaftliche Schönheit. Sein gesellschaftlicher Umgang war recht begrenzt, und er verbrachte seine Zeit hauptsächlich zu Hause, mit langen, ziellosen Spaziergängen, im Unterricht und beim Exerzieren sowie mit der Suche nach altertumswissenschaftlichen und genealogischen Daten im Rathaus, im Parlamentsgebäude, in der Stadtbibliothek, dem Athenäum, der Historischen Gesellschaft, der John-Carter-Brown- und der John-Hay-Bibliothek der Brown-Universität und der neueröffneten Shepley-Bibliothek in der Benefit Street. Man erinnert sich noch, wie er damals ausgesehen hat; hochgewachsen, schlank und blond, mit wißbegierigen Augen, leicht gebeugt und ein wenig nachlässig gekleidet, ein junger Mann, der eher harmlos und linkisch als attraktiv wirkte.

Seine Spaziergänge waren immer abenteuerliche Ausflüge in die Vergangenheit, auf denen er es fertigbrachte, aus den zahllosen Überbleibseln einer glanzvollen alten Stadt ein zusammenhängendes Bild vergangener Jahrhunderte heraufzubeschwören. Sein Elternhaus war eine große georgianische Villa auf dem Gipfel des beinahe steil zu nennenden Hügels, der sich am östlichen Ufer des Flusses erhebt, und aus den rückwärtigen Fenstern der weitläufigen Seitentrakte konnte er benommen über all das Gewirr von Türmchen, Kuppeln, Dächern und Hochhäusern der tiefer gelegenen Stadtteile bis zu den purpurnen Hügeln der Landschaft jenseits des Stadtrands hinüberschauen. Hier war er geboren, und von der hübschen klassischen Veranda an der zweigiebligen Ziegelfassade aus hatte sein Kindermädchen die ersten Ausfahrten im Kinderwagen mit ihm unternommen; vorbei an dem kleinen weißen Bauernhaus, das vor zweihundert Jahren erbaut und inzwischen längst von der Stadt übernommen worden war, und weiter zu den schattigen Colleges an der stattlichen, prunkvollen Straße, wo die alten, massigen Steinvillen und die kleineren Holzhäuser mit den schmalen, von mächtigen dorischen Säulen umrahmten Veranden solide und exklusiv inmitten ihrer großen Parks und Gärten dahinträumten.

Er war auch durch die lange, verschlafene Congdon Street geschoben worden, eine Reihe weiter unten an dem steilen Abhang des Hügels, vorbei an den vielen nach Osten gelegenen Häusern mit ihren hohen Terrassen. Die kleinen Holzhäuser hier waren im Durchschnitt älter, denn die sich ausdehnende Stadt war nach und nach den Hügel hinaufgeklettert; und auf diesen Ausfahrten hatte er etwas vom Kolorit einer typischen Stadt der Kolonialzeit in sich aufgenommen. Auf der Aussichtsterrasse hielt das Kindermädchen gewöhnlich an, um sich auf eine Bank zu setzen und mit einem Polizisten zu schwatzen; und eine der frühesten Erinnerungen des Kindes war das große, nach Westen sich erstreckende Meer von diesigen Dächern und Kuppeln und Türmchen und fernen Hügeln, die es eines Winternachmittags von der großen Balustrade aus erblickt hatte, violett und mystisch vor einem fiebrigen, apokalyptischen Sonnenuntergang aus Rot und Gold und Purpur und seltsamen Schattierungen von Grün. Die riesige Marmorkuppel des Parlamentsgebäudes ragte als gewaltige Silhouette empor, und die Statue auf ihrer Spitze bekam eine phantastische Gloriole, als eine der dunklen Schichtwolken aufriß, die den flammenden Himmel verdeckten.

Als er größer war, begannen seine berühmten Spaziergänge; anfangs an der Hand des ungeduldig weitergezogenen Kindermädchens und später allein, in träumerisches Grübeln versunken. Immer weiter den abschüssigen Hügel hinab wagte er sich, und jedesmal erreichte er noch ältere Schichten der alten Stadt. Zaghaft blieb er dann wohl unten an der steilen Jenckes Street stehen, mit ihren Hinterhöfen und den Giebeln im Kolonialstil an der Ecke zur schattigen Benefit Street, wo vor ihm ein altes Holzhaus mit zwei von ionischen Stützpfeilern getragenen Vordächern lag und neben ihm ein noch älteres Walmdachhaus mit Resten eines einstigen Bauernhofes und das große Haus des Richters Durfee mit schwindenden Spuren georgianischer Größe. Irgendwann würde das hier einmal ein Elendsviertel werden; aber die gigantischen Ulmen tauchten den Platz in beschönigenden Schatten, und der Junge schlenderte gewöhnlich in südlicher Richtung weiter, vorbei an den langen Häuserreihen aus der Zeit vor dem Freiheitskrieg mit ihren großen zentralen Kaminen und ihren klassischen Portalen. Auf der Ostseite standen sie auf hohen Fundamenten und hatten doppelte Aufgänge aus Steintreppen mit Geländern, und der junge Charles konnte sich ausmalen, wie sie ausgesehen hatten, als die Straße noch neu gewesen war und rote Sparren und Zahnleisten die Giebel geziert hatten, deren Verfall jetzt so offenkundig geworden war.

Nach Westen hin fiel der Hügel fast so steil ab wie weiter oben, bis hinunter zur alten »Town Street«, die 1636 von den Stadtgründern am Flußufer angelegt worden war. Hier gab es zahllose kleine Gassen mit schiefen, zusammengekauerten Häusern von unermeßlichem Alter; und sosehr sie ihn auch faszinierten, wagte er es doch lange Zeit nicht, diese steilen Gäßchen zu betreten, aus Angst, sie könnten sich als Traumgebilde oder Tor zu unbekannten Schrecken erweisen. Viel weniger schlimm fand er es, die Benefit Street entlang weiterzugehen, vorbei am Eisenzaun des versteckten Friedhofes von St. John, der Rückseite des Colony House aus dem Jahre 1761 und den zerbröckelnden Mauern der Golden Ball Inn, in der Washington einmal abgestiegen war. An der Meeting Street, die früher einmal Goal Lane und dann King Street geheißen hatte, pflegte er in östlicher Richtung nach oben zu schauen, wo die Straße sich gewundener Treppen bedienen mußte, um den Abhang zu erklettern, und in westlicher Richtung nach unten, wo das alte, im Kolonialstil erbaute Schulhaus mit seiner Ziegelfassade über die Straße hinweg dem uralten Haus zu Shakespeares Kopf zulächelt, wo vor dem Freiheitskrieg die *Providence Gazette and Country-Journal* gedruckt worden war. Dann kam die wundervolle First Baptist Church aus dem Jahre 1775, prachtvoll mit ihrem unvergleichlichen Gibbs-Turm und den georgianischen Dächern und Kuppeln. Hier und weiter nach Süden wurde die Umgebung besser, um schließlich in einer herrlichen Gruppe früher Herrenhäuser ihre ganze Schönheit zu entfalten; aber noch immer führten die alten Gäßchen an der Westseite des Hügels herab, gespenstisch in ihrer vieltürmigen Altertümlichkeit, und senkten sich schließlich in einen Wirbel schillernden Verfalls, dort, wo die verkommene Hafengegend von ihren stolzen ostindischen Tagen träumte, inmitten vielsprachigen Lasters und Schmutzes, zerbrökkelnder Kais, blindäugiger Schiffsbedarfshandlungen und aus der Vergangeheit übriggebliebener Gassennamen wie Packet, Bullion, Gold, Silver, Coin, Doubloon, Sovereign, Guilder, Dollar, Dime und Cent.

Als er noch größer und abenteuerlustiger wurde, wagte der junge Ward sich manchmal in diesen Mahlstrom wackliger Häuser, zerbrochener Türbalken, verwitterter Treppen, verbogener Geländer, dunkler Gesichter und unbeschreiblicher Gerüche hinab, dann schlängelte er sich von South Main nach South Water durch, suchte sich die Piers aus, an denen die Küstendampfer noch anlegten, und kehrte dann auf dieser niedrigeren Ebene nach Norden zurück, vorbei an den spitzgieblingen Lagerhäusern aus dem Jahre 1816 und dem weiten Platz an der Großen Brücke, wo die im Jahre 1773 erbaute Markthalle noch immer fest auf ihren alten Bögen ruht. Auf diesem Platz pflegte er stehenzubleiben, um die verwirrende Schönheit der alten Stadt in sich aufzunehmen, wie sie sich, steil ansteigend, nach Osten hin den Hang hinauf erstreckte, verziert mit georgianischen Türmchen und gekrönt von der riesigen Kuppel der neuen Christian-Science-Kirche, wie London gekrönt ist von der Kuppel von St. Paul's. Am liebsten hatte er es, wenn er diese Stelle am Spätnachmittag erreichte, denn dann taucht die tiefstehende Sonne die Markthalle und die uralten Dächer und Türme des Hügels in goldenes Licht und verzaubert die verträumten Kais, wo die Ostindienfahrer aus Providence vor Anker zu gehen pflegten. Lange schaute er dann so, bis er von der schwärmerischen Begeisterung für diese Aussicht ganz benommen war, und dann stieg er in der Dämmerung heimwärts den Hügel hinan, vorbei an der alten weißen Kirche und durch die engen, steilen Gassen, wo gelbe Lichter hinter Fenstern mit kleinen Scheiben und aus Lünetten über doppelten Treppenaufgängen mit eigenartigen schmiedeeisernen Geländern zu leuchten begannen.

Zu anderer Zeit, besonders in späteren Jahren, suchte er dagegen lebhafte Kontraste; dann führte ihn etwa die eine Hälfte seines Spaziergangs durch die verfallenden Viertel aus der Kolonialzeit nordwestlich von seinem Elternhaus, wo der Hügel sich zu der niedrigeren Erhebung des Stampers Hill mit seinem Getto und dem Negerviertel hinabsenkt, rings um den Platz, von dem aus vor dem Freiheitskrieg die Bostoner Postkutsche abfuhr, die andere Hälfte dagegen in die anmutigen südlichen Viertel um die George, Benevolent, Power und Williams Street, wo der Hügelabhang unverändert die schönen alten Herrenhäuser mit ihren untermauerten Gärten und steilen Rasenflächen trägt, in denen so viele duftende Geheimnisse fortleben. Diese Wanderungen und die eifrigen Studien, von denen sie begleitet waren, trugen sicherlich sehr zur Entwicklung jener Vorliebe für das Altertümliche bei, die schließlich die moderne Welt aus Charles Wards Bewußtsein verdrängte; dies war der geistige Boden, auf den in jenem schicksalhaften Winter 1919-1920 der Samen fiel, der später auf so sonderbare und schreckliche Weise aufgehen sollte.

Dr. Willett ist überzeugt, daß bis zu jenem unseligen Winter der ersten Veränderung Charles Wards Altertümelei nichts Morbides hatte. Friedhöfe erregten sein Interesse höchstens durch die Eigenart ihrer Anlage oder ihre geschichtliche Bedeutung, und Gewalttätigkeit oder wilde Instinkte waren ihm absolut fremd. Doch dann schien sich auf heimtückisch langsame Weise ein Nachspiel zu einem seiner genealogischen Erfolge aus dem Jahr zuvor zu entwickeln; damals hatte er unter seinen Vorfahren mütterlicherseits einen gewissen Joseph Curwen entdeckt, der ein sehr hohes Alter erreicht hatte. Curwen war im März 1692 aus Salem gekommen, und eine Reihe höchst merkwürdiger und beunruhigender Flüstergeschichten rankte sich um seine Person.

Wards Ururgroßvater Welcome Potter hatte im Jahre 1785 eine gewisse »Ann Tillinghast, Tochter der Mrs. Eliza, der Tochter des Kapitäns James Tillinghast«, geehelicht, über deren Abkunft väterlicherseits die Familienchronik nichts zu berichten wußte. Gegen Ende 1918 stieß der junge Genealoge bei der Durchsicht einer Originalhandschrift im Stadtarchiv auf eine Eintragung über eine legale Namensänderung, durch die im Jahre 1772 eine Mrs. Eliza Curwen, Witwe des Joseph Curwen, zusammen mit ihrer sieben Jahre alten Tochter Ann wieder ihren Mädchennamen Tillinghast angenommen hatte; die Begründung lautete, daß »der Name ihres Gemahls eine öffentliche Beschimpfung geworden sei, aufgrund dessen, was nach seinem Hinscheiden bekannt wurde; wodurch ein altes Gerücht sich bestätigt habe, welchem ein treues Eheweib jedoch nicht habe Glauben schenken können, bevor es gänzlich zweifelsfrei bewiesen worden sei«. Diese Eintragung entdeckte er, als er zufällig zwei Blätter voneinander trennte, die sorgfältig zusammengeklebt und bei einer Revision der Seitenzahlen als ein Blatt behandelt worden waren.

Charles Ward war augenblicklich überzeugt, daß er tatsächlich einen bisher unbekannten Urururgroßvater gefunden hatte. Diese Entdeckung erregte ihn um so mehr, als er schon früher auf verschwommene Berichte und vereinzelte Anspielungen im Zusammenhang mit diesem Mann gestoßen war, über den es so wenige öffentlich zugängliche Unterlagen gab, abgesehen von jenen, die erst in modernen Zeiten zugänglich wurden, daß es beinahe schien, als sei ein Komplott geschmiedet worden, um sein Andenken gänzlich zu tilgen. Überdies war das, was zutage trat, so außergewöhnlich und herausfordernd, daß man nicht umhinkonnte, sich neugierig zu fragen, was es denn gewesen sein mochte, das die Archivare der Kolonialzeit so ängstlich zu verbergen und zu vergessen gesucht hatten – oder zu argwöhnen, daß sie nur allzu gute Gründe für die Tilgung gehabt hatten.

Bis zu diesem Ereignis hatte Ward sich immer damit begnügt, müßige Vermutungen über den alten Joseph Curwen anzustellen; als er jedoch seine eigene Verbindung mit dieser offensichtlich »totgeschwiegenen« Gestalt entdeckt hatte, machte er sich daran, so systematisch wie möglich nach allen Hinweisen zu forschen, deren er irgend habhaft werden konnte. Der Erfolg dieser fieberhaften

Suche übertraf schließlich die kühnsten Erwartungen, denn alte Briefe, Tagebücher und Bündel unveröffentlichter Memoiren in verstaubten Bodenkammern in Providence und anderswo enthielten viele aufschlußreiche Passagen, die zu vernichten die Verfasser nicht der Mühe wert erachtet hatten. Ein wichtiger Hinweis kam aus New York, wo im Museum von Fraunces' Tavern Korrespondenz aus dem Rhode Island der Kolonialzeit aufbewahrt wurde. Die wirklich entscheidende Wendung, die nach Dr. Willetts Ansicht die eigentliche Ursache für Wards Geistesverwirrung darstellte, brachten jedoch die Dinge, die im August 1919 hinter der Täfelung des verfallenen Hauses in Olney Court gefunden wurden. Das war es, daran ist kein Zweifel, was jene schwarzen, tiefen Abgründe auftat, tiefer als der Höllenschlund.

2 Ein Vorzeichen und ein Schrecknis

1

Joseph Curwen, so offenbarten die weitschweifigen Legenden, die Ward hörte und aufstöberte, war ein äußerst befremdliches, rätselhaftes und dunkel furchterregendes Individuum gewesen. Er war aus Salem nach Providence geflohen – jenem Zufluchtsort aller Sonderlinge, Freidenker und Nonkonformisten –, als der große Hexenwahn ausgebrochen war, weil er fürchtete, man würde ihn wegen seines Einzelgängertums und seiner sonderbaren chemischen oder alchimistischen Experimente unter Anklage stellen. Er war ein farblos wirkender Mann um die dreißig und wurde bald für würdig befunden, freier Bürger von Providence zu werden, worauf er sich ein Grundstück unmittelbar nördlich vom Anwesen des Gregory Dexter kaufte, ungefähr am unteren Ende der Olney Street. Sein Haus wurde auf dem Stampers Hill westlich der Town Street gebaut, in dem Viertel, das später den Namen Olney Court bekam; im Jahre 1761 ersetzte er es durch ein größeres, auf demselben Grundstück, das noch heute steht.

Was die Leute an Joseph Curwen als erstes merkwürdig fanden, war, daß er seit seiner Ankunft in Providence nicht mehr nennenswert zu altern schien. Er betätigte sich als Schiffskaufmann, erwarb in der Nähe der Mile-End-Bucht Kaianlagen, half im Jahre 1713 die Große Brücke wiederaufbauen und gehörte 1723 zu den Gründern der Kirche der freien Gemeinden auf dem Hügel; doch er behielt immer das undefinierbare Aussehen eines Mannes kaum über dreißig oder fünfunddreißig. Als ein Jahrzehnt nach dem anderen verging, erregte diese einzigartige Eigenschaft beträchtliches Aufsehen, aber Curwen erklärte sie stets damit, daß er von robusten Vorfahren abstamme und ein einfaches Leben führe, bei dem er sich nicht abnutze. Wie diese Einfachheit mit dem unerklärlichen Kommen und Gehen des geheimnisvollen Kaufmanns und dem seltsamen Leuchten hinter allen Fenstern seines Hauses die ganze Nacht hindurch in Einklang zu bringen sei, war den Bürgern der Stadt nicht ganz klar; und sie waren geneigt, seine ewige Jugend und sein hohes Alter auf andere Gründe zurückzuführen. Die meisten Leute glaubten, daß Curwens unaufhörliches Mischen und Kochen von Chemikalien viel mit seinem Zustand zu tun habe. Man klatschte über die sonderbaren Substanzen, die er auf seinen Schiffen aus London und von den Westindischen Inseln holte oder in Newport, Boston und New York kaufte; und als der alte Dr. Jabez Browen aus Rehoboth kam und gegenüber der Großen Brücke seinen Apothekerladen mit Einhorn und Mörser auf dem Firmenschild aufmachte, wollte das Gerede über die Drogen, Säuren und Metalle, die der wortkarge Sonderling ständig bei ihm kaufte oder bestellte, kein Ende nehmen. In der Annahme, Curwen besäße wundersame geheime medizinische Fähigkeiten, gingen ihn Leidende mit verschiedenen Gebrechen um Hilfe an; doch obwohl er sie auf unverfängliche Weise in ihrem Glauben zu bestärken schien und ihnen auf ihre Bitten hin immer seltsam gefärbte Tränke verabreichte, bemerkte man, daß die Mittelchen, die er anderen gab, kaum jemals eine Besserung bewirkten. Als schließlich seit der Ankunft des Fremden über fünfzig Jahre vergangen waren, ohne daß er dem Gesicht und dem gesamten Aussehen nach um mehr als fünf Jahre gealtert wäre, fingen die Leute an, über finstere Dinge zu raunen; und sie entsprachen nur allzu bereitwillig seinem Hang zur Isolierung, den er schon immer hatte erkennen lassen.

Private Briefe und Tagebücher aus jener Zeit berichten noch über eine Unmenge anderer Dinge, derentwegen Joseph Curwen bestaunt, gefürchtet und schließlich wie die Pest gemieden wurde. Seine Leidenschaft für Friedhöfe, auf denen man ihn zu jeder Tages- und Nachtzeit und unter allen erdenklichen Umständen beobachtete, war stadtbekannt; allerdings hatte ihn nie jemand bei einer Handlung ertappt, die man als Leichenschändung hätte auslegen können. An der Landstraße nach Pawtuxet hatte er einen Bauernhof, auf dem er gewöhnlich den Sommer über lebte und zu dem man ihn oft zu den merkwürdigsten Tages- und Nachtstunden reiten sehen konnte. Als einzige sichtbare Diener, Landarbeiter oder Verwalter beschäftigte er dort ein mürrisches Indianerpaar vom Stamme der Narragansetts; der Mann war stumm und hatte merkwürdige Narben, und die Frau war von ganz besonders abstoßendem Äußeren, wahrscheinlich wegen einer Beimischung von Negerblut. In einem Anbau dieses Hauses befand sich das Laboratorium, in dem die meisten chemischen Experimente durchgeführt wurden. Neugierige Träger und Fuhrleute, die an der kleinen Hintertür Flaschen, Säcke oder Kisten ablieferten, erzählten sich von den phantastischen Glaskolben, Schmelztiegeln, Öfen und Retorten, die sie in dem niedrigen, mit Regalen vollgestellten Raum gesehen hatten; und sie prophezeiten flüsternd, daß der »Alchemiker« – womit sie *Alchimist* meinten – über kurz oder lang den Stein der Weisen finden werde. Seine nächsten Nachbarn auf diesem Bauernhof – die Fenners, deren Anwesen eine viertel Meile entfernt war – wußten noch seltsamere Geschichten über bestimmte Geräusche zu erzählen, die sie angeblich in der Nacht von Curwens Hof her vernahmen. Manchmal seien es Schreie, so behaupteten sie, und manchmal ein langgezogenes Heulen; auch waren ihnen die großen Viehherden auf der Weide nicht ganz geheuer, denn schließlich wären längst nicht so viele Tiere nötig gewesen, um einen einzelnen Mann und ein paar Dienstboten mit Fleisch, Milch und Wolle zu versorgen. Die Zusammensetzung der Herden änderte sich anscheinend von Woche zu Woche, denn dauernd wurden neue Tiere bei den Bauern in Kingstown gekauft. Besonders unheimlich war schließlich auch noch jenes große steinerne Nebengebäude, das lediglich hohe, schmale Schlitze als Fenster hatte.

Müßiggänger, die immer in der Nähe der Großen Brücke herumlungerten, wußten allerhand von Curwens Stadthaus in Olney Court zu berichten; und zwar weniger über das schöne neue Gebäude, das 1761 errichtet worden war, als der Mann bald hundert Jahre alt gewesen sein mußte, sondern das alte mit dem Walmdach, der fensterlosen Mansarde und den Schindelwänden, bei dessen Abbruch Curwen die ungewöhnliche Vorsichtsmaßnahme ergriffen hatte, alle Holzteile zu verbrennen. Zwar war hier alles nicht ganz so unheimlich; aber die Stunden, zu denen Licht brannte, die Heimlichtuerei der beiden dunkelhäutigen Ausländer, die die einzigen männlichen Dienstboten darstellten, das fürchterlich undeutliche Gemurmel der uralten französischen Wirtschafterin, die großen Mengen von Lebensmitteln, die man durch eine Tür verschwinden sah, hinter der nur vier Leute wohnten, und die *Art* der Stimmen, die man oft zu höchst unchristlicher Zeit in gedämpftem Gespräch vernehmen konnte – all das war im Verein mit dem, was man von dem Bauernhof an der Pawtuxet Road wußte, dazu angetan, das Haus in Verruf zu bringen.

Aber auch in den besseren Kreisen sprach man nicht selten von Curwens Haus; denn als der Neuankömmling sich nach und nach am christlichen und geschäftlichen Leben der Stadt beteiligt hatte, war es nicht ausgeblieben, daß er die Bekanntschaft von besseren Leuten gemacht hatte, deren Anforderungen in bezug auf gesellschaftliche Umgangsformen und Konversation er durchaus gewachsen war. Man wußte, daß er aus einer guten Familie stammte, denn die Curwens oder Carwens aus Salem waren in Neuengland alles andere als unbekannt. Es stellte sich heraus, daß Joseph Curwen als junger Mann viel gereist war, eine Zeitlang in England gelebt und mindestens zwei Reisen in den Orient unternommen hatte; seine Sprache – wenn er sich dazu herabließ, sie zu gebrauchen – war die eines gebildeten und kultivierten Engländers. Doch aus irgendwelchen Gründen legte Curwen keinen Wert auf gesellschaftlichen Umgang. Obwohl er nie einen Besucher wirklich abwies, umgab er sich immer mit einer solchen Mauer der Zurückhaltung, daß nur wenige ihm etwas zu sagen gewußt hätten, was nicht albern geklungen hätte. Sein Verhalten schien auf fast unmerkliche Weise von einer kryptischen, zynischen Arroganz bestimmt zu sein, so als sei er durch den Umgang mit eigenartigeren und mächtigeren Wesen zu dem Schluß gekommen, daß alle menschlichen Wesen langweilig seien. Als der für seinen Scharfsinn und seine Schlagfertigkeit berühmte Dr. Checkley im Jahre 1783 aus Boston kam, um Pfarrherr der King's Church zu werden, versäumte er nicht, den Mann aufzusuchen, von dem er so viel gehört hatte; aber er ging schon bald wieder, weil er in den Äußerungen seines Gastgebers einen unheimlichen Unterton wahrgenommen hatte. Charles Ward sagte einmal zu seinem Vater, als die beiden sich an einem Winterabend über Curwen unterhielten, er würde zu gerne erfahren, was der geheimnisvolle alte Mann zu dem geistsprühenden Kleriker gesagt habe, aber alle Tagebuchschreiber stimmten darin überein, daß Dr. Checkley sich geweigert habe, irgend etwas von dem, was er gehört hatte, zu wiederholen. Der gute Mann hatte einen argen Schock erlitten und konnte fortan nicht an Joseph Curwen denken, ohne sogleich in auffälliger Weise jene fröhliche Urbanität einzubüßen, für die er berühmt war.

Konkreter war dagegen der Grund, weshalb ein anderer Mann von Bildung und Geschmack den hochmütigen Einsiedler mied. Im Jahre 1764 kam Mr. John Merritt, ein ältlicher englischer Gentleman mit literarischen und wissenschaftlichen Neigungen von Newport in die Stadt, die sich immer schneller zu der bedeutenderen von beiden entwickelte, und baute sich einen stattlichen Landsitz am Neck, wo heute das Zentrum der besten Wohngegend liegt. Er lebte stilvoll und komfortabel, hielt sich als erster in der Stadt eine Kutsche und livrierte Diener und war ungemein stolz auf sein Teleskop, sein Mikroskop und seine gutsortierte Bibliothek englischer und lateinischer Werke. Da ihm zu Ohren gekommen war, Curwen besäße die beste Bibliothek in Providence, stattete Mr. Merritt ihm bald einen Besuch ab und wurde mit größerer Herzlichkeit empfangen als die meisten anderen Besucher des Hauses. Seine Bewunderung für die stattlichen Bücherregale des Gastgebers, die neben den griechischen, lateinischen und englischen Klassikern mit einer bemerkenswerten Batterie philosophischer, mathematischer und wissenschaftlicher Werke bestückt waren, darunter Paracelsus, Agricola, Van Helmont, Sylvius, Glauber, Boyle, Boerhaave, Becher und Stahl, bewog Curwen, einen Besuch auf seinem Bauernhof mit dem Laboratorium vorzuschlagen, wohin er noch nie jemand anderen eingeladen hatte; und die beiden fuhren auf der Stelle in Merritts Kutsche hinaus.

Mr. Merritt hatte stets betont, er habe zwar in dem Bauernhaus nichts im eigentlichen Sinne Schreckliches gesehen, aber die Titel der Bücher der Spezialbibliothek über thaumaturgische, alchimistische und theologische Themen, die Curwen in einem Vorzimmer untergebracht hatte, hätten schon allein ausgereicht, ihn mit einem bleibenden Grauen zu erfüllen. Vielleicht habe aber auch der Gesichtsausdruck des Besitzers während der Vorführung viel zu diesem Vorurteil beigetragen. Diese bizarre Sammlung umfaßte neben einer langen Reihe von Standardwerken, um die Mr. Merritt seinen Gastgeber trotz seiner Beunruhigung beneidete, nahezu alle der Menschheit bekannten Kabbalisten, Dämonologen und Magier und stellte einen wahren Wissensschatz auf den zweifelhaften Gebieten der Alchimie und Astrologie dar. Hermes Trismegistus in Mesnards Ausgabe, die *Turba Philosophorum*, Gebers *Liber Investigationis* und Artephous' *Stein der Weisheit* – keines dieser Werke fehlte; und dicht neben ihnen standen der kabbalistische *Zohar*, Peter Jamms mehrbändige Ausgabe des *Albertus Magnus*, Raymond Lullys *Ars Magna et Ultima* in Zetsners Ausgabe, Roger Bacons *Thesaurus Chemicus*, Fludds *Clavis Alchimiae* und Trithemius' *De Lapide Philosophico*. Mittelalterliche Juden und Araber waren zahlreich vertreten, und Mr. Merritt wurde blaß, als er einen schönen Band mit der auffälligen Aufschrift *Qanoon-é-Islam* herausnahm und feststellen mußte, daß es sich in Wahrheit um das verbotene *Necronomicon* des verrückten Arabers Abdul Alhazred handelte, über das er die Leute einige Jahre zuvor so mönströse Dinge hatte flüstern hören, nach der Aufdeckung namenloser Riten in dem sonderbaren kleinen Fischerdorf Kingsport in der Provinz Massachusetts-Bay.

Merkwürdigerweise fühlte sich der ehrenwerte Gentleman jedoch auf die unerklärlichste Weise durch eine unbedeutende Einzelheit beunruhigt. Auf dem riesigen Mahagonitisch lag mit dem Rücken nach oben ein stark zerlesenes Exemplar von Borellus, das viele kryptische Randbemerkungen und Unterstreichungen in Curwens Handschrift aufwies. Das Buch war ungefähr in der Mitte aufgeschlagen, und in einem Absatz entdeckte Merritt unter den Reihen mystisch-schwarzer Buchstaben so dicke, zittrige Federstriche, daß er nicht der Versuchung widerstehen konnte, ihn zu lesen. Ob es nun der Inhalt der unterstrichenen Passage war oder die fieberhafte Stärke der Unterstreichungen, vermochte er nicht zu sagen; aber irgend etwas an dieser Kombination berührte ihn auf sehr eigenartige und ungute Weise. Er erinnerte sich des Wortlauts bis an sein Lebensende, schrieb ihn aus dem Gedächtnis in ein Tagebuch und versuchte einmal, die Worte seinem guten Freund Dr. Checkley vorzulesen, bis er bemerkte, in welch tiefe Verwirrung sie den urbanen Pfarrherrn stürzten. Der Absatz lautete wie folgt:

»Die essentiellen Saltze von Thieren können dergestalt präpariret und conserviret werden, daß ein gewitzter Mann die ganze Arche Noah in seiner eigenen Studir-Stube zu haben und die vollkommne Gestalt eines Thieres nach Belieben aus der Asche desselbigen zu erwecken vermag; und vermittelst derselbigen Methode vermag ein Philosoph, ohne jede verbrecherische Necromantie, die Gestalt eines jeden todten Ahnen aus dem Staube zu erwecken, zu welchem sein Cörper zerfallen ist.«

Doch die schlimmsten Dinge über Joseph Curwen raunte man sich an den Pieren entlang dem südlichen Teil der Town Street zu. Seeleute sind ein abergläubisches Volk; und die mit allen Wassern gewaschenen Seebären auf den zahllosen Rum-, Sklaven- und Melasse-Schaluppen, die Mannschaften der schnittigen Kaperschiffe und der großen Briggs der Browns, Crawfords und Tillinghasts machten alle verstohlen irgendwelche magischen Zeichen, wenn sie die schlanke, trügerisch jugendliche Gestalt mit dem gelben Haar und der leicht vornübergebeugten Haltung erblickten, wie sie das Curwensche Lagerhaus in der Doubloon Street betrat oder mit den Kapitänen oder Ladungsaufsehern an dem langen Kai sprach, an dem Curwens Schiffe vor Anker lagen. Curwens eigene Aufseher und Kapitäne haßten und fürchteten ihn, und seine Seeleute waren allesamt Mischlingsgesindel aus Martinique, St. Eustatius, Havanna oder Port Royal. In gewisser Weise war es die Häufigkeit, mit der diese Seeleute ausgewechselt wurden, die den stärksten und greifbarsten Anlaß zu der Furcht lieferte, die diesen Mann umgab. So konnte es vorkommen, daß die Mannschaft in der Stadt für einen Landurlaub von Bord gehen durfte und der eine oder andere vielleicht mit einem Botengang betraut wurde; wenn die Mannschaft sich dann wieder an Bord versammelte, konnte man fast sicher sein, daß einer oder mehrere fehlten. Daß viele dieser Botengänge den Bauernhof an der Pawtuxet Road zum Ziel gehabt hatten und man nur wenige von dort hatte zurückkehren sehen, wurde nicht vergessen; im Laufe der Zeit wurde es deshalb für Curwen äußerst schwierig, seine seltsam zusammengewürfelten Mannschaften zu halten. Fast immer musterten mehrere Leute ab, sobald sie die Hafengerüchte in Providence gehört hatten, und es wurde für den Kaufmann ein immer größeres Problem, entsprechenden Ersatz von den Westindischen Inseln zu beschaffen.

Um das Jahr 1760 war Joseph Curwen praktisch ein Ausgestoßener, den man finsterer Machenschaften und dämonischer Bündnisse verdächtigte, die um so bedrohlicher schienen, als man sie nicht benennen und verstehen oder gar ihre Existenz beweisen konnte. Einen letzten Anstoß mag die Affäre mit den vermißten Soldaten im Jahre 1785 gegeben haben, denn in den Monaten März und April jenes Jahres waren zwei königliche Regimenter auf dem Weg nach Neufrankreich in Providence einquartiert und aus unerklärlichen Gründen weit über die normale Desertionsrate hinaus dezimiert worden. Die Gerüchte beschäftigten sich vor allem damit, wie häufig Curwen angeblich im Gespräch mit den rotröckigen Ausländern gesehen worden sei; und als man dann mehrere von ihnen vermißte, erinnerten sich die Leute an die merkwürdigen Zustände unter seinen eigenen Seeleuten. Niemand weiß, was geschehen wäre, wenn die Regimenter nicht weiterbeordert worden wären.

Unterdessen gediehen die weltlichen Geschäfte des Kaufmanns aufs vortrefflichste. Für den Handel mit Salpeter, schwarzem Pfeffer und Zimt hatte er praktisch das Monopol in Providence, und mit seinen Importen von Messingwaren, Indigo, Baumwolle, Wollsachen, Salz, Takelwerk, Eisen, Papier und englischen Waren aller Art stellte er alle anderen Reeder mit Ausnahme der Browns weit in den Schatten. Manche Ladenbesitzer, wie beispielsweise James Green – »Zum Elefanten in Cheapside« –, die Russels – »Zum Goldenen Adler über der Brücke« – oder Clark und Nightingale – »Zur Bratpfanne und zum Fisch beim neuen Kaffeehaus« –, waren fast vollständig auf seine Lieferungen angewiesen; und seine Vereinbarungen mit den örtlichen Brennereien, den Käsern und Pferdezüchtern der Narrangansetts und den Kerzenmachern von Newport machten ihn zu einem der führenden Exporteure der Kolonie.

Obwohl er ausgestoßen war, mangelte es ihm nicht an einem gewissen Bürgersinn. Als das Regierungsgebäude abbrannte, beteiligte er sich mit einer hübschen Summe an der Lotterie, mit deren Ertrag der neue Ziegelbau – der noch immer am Ende der Promenade in der alten Hauptstadt steht – im Jahre 1761 errichtet wurde. Im selben Jahr half er auch, die Große Brücke nach dem Sturm im Oktober wiederaufzubauen. Er ersetzte viele der Bücher in der öffentlichen Bibliothek, die beim Brand des Regierungsgebäudes vernichtet worden waren, und kaufte große Mengen von Losen für die Lotterie, mit deren Erlösen die schlammige Marktpromenade und die zerfurchte Town Street mit einem Pflaster aus großen runden Steinen und einem Fußweg in der Mitte versehen wurden. Ungefähr zur selben Zeit baute er auch das einfache, aber gediegene neue Haus, dessen Portal ein Meisterwerk der Bildhauerkunst darstellt. Als die Anhänger von Whitefield sich 1743 von Dr. Cottons Hügelkirche lossagten und auf der anderen Seite des Flusses die Deacon-Snow-Kirche bauten, schlug Curwen sich auf ihre Seite; seine Begeisterung erlahmte jedoch bald. Jetzt aber wandte er sich wieder der Frömmigkeit zu, so als wollte er die Schatten zerstreuen, die ihn in die Isolierung gedrängt hatten und bald auch seine geschäftlichen Erfolge zunichte machen würden, wenn er nicht energisch etwas dagegen unternahm.

2

Der Anblick dieses merkwürdigen, blassen Menschen, der dem Anschein nach kaum in den besten Mannesjahren und dennoch nicht weniger als volle hundert Jahre alt war und jetzt endlich versuchte, einer Wolke der Furcht und des Abscheus zu entrinnen, die zu unbestimmt war, als daß man sie hätte näher bezeichnen oder analysieren können, war pathetisch, dramatisch und verachtenswert zugleich. Doch so groß ist die Macht des Reichtums und oberflächlicher Gesten, daß sich tatsächlich ein leichtes Nachlassen der ihm gegenüber gezeigten Abneigung bemerken ließ, zumal neuerdings keiner von seinen Seeleuten mehr verschwand. Ebenso mußte er damit begonnen haben, bei seinen Friedhofsexkursionen äußerste Vorsicht und Heimlichkeit walten zu lassen, denn er wurde nie wieder bei solchen Unternehmungen beobachtet; gleichzeitig wurden die Gerüchte über unheimliche Geräusche und Vorkommnisse auf dem Hof an der Pawtuxet Road immer seltener. Sein Lebensmittelverbrauch und sein Bedarf an Viehherden blieben weiterhin abnorm hoch; aber bis zu dem Zeitpunkt, da Charles Ward in der Shepley-Bibliothek einen Stapel Rechnungen und buchhalterische Unterlagen überprüfte, war niemand – vielleicht mit Ausnahme eines einzigen verbitterten jungen Mannes – auf den Gedanken verfallen, dunkle Vergleiche zu ziehen zwischen der großen Anzahl von Negern aus Guinea, die er bis zum Jahre 1766 importierte, und der verwirrend geringen Anzahl, für die er glaubwürdige Empfangsbestätigungen, sei es von den Sklavenhändlern an der Großen Brücke oder von den Pflanzern im Land der Narrangansetts, vorweisen konnte. Offenbar hatte dieser verabscheute Mensch in dem Moment große Schläue und außerordentlichen Erfindungsreichtum entwickelt, als die Umstände ihn dazu zwangen.

Aber natürlich mußte der Erfolg all dieser verspäteten Vorsichtsmaßnahmen gering bleiben. Curwen wurde weiterhin gemieden und mit Mißtrauen betrachtet, was schon durch die eine Tatsache seiner scheinbar ewigen Jugend bei tatsächlich hohem Alter gerechtfertigt gewesen wäre; und er sah voraus, daß seine kaufmännischen Geschicke sich schließlich zum Schlechten wenden würden. Für seine umfangreichen Studien und Experimente, welcher Art sie auch immer gewesen sein mögen, brauchte er offenbar ein sehr hohes Einkommen; und da ein Ortswechsel ihn um die Handelsvorteile gebracht hätte, die er sich verschafft hatte, hätte es sich für ihn nicht ausgezahlt, zu diesem Zeitpunkt noch einmal in einer anderen Gegend von vorne anzufangen. Die Vernunft gebot, daß er seine Beziehungen zu den Bürgern von Providence notdürftig in Ordnung brachte, damit seine Anwesenheit fortan nicht mehr Anlaß zu gedämpften Unterhaltungen, durchsichtigen Ausflüchten und einer allgemeinen Atmosphäre der Bedrückung und des Unbehagens gab. Seine Leute, bei denen es sich jetzt nur noch um arbeitsscheues, mittelloses Gesindel handelte, das nirgendwo anders unterkam, bereiteten ihm ernste Sorgen; und er konnte seine Kapitäne und Maate nur halten, weil er gerissen genug war, sie auf irgendeine Art unter Druck zu setzen – durch eine Hypothek, einen Schuldschein oder dadurch, daß er über Dinge Bescheid wußte, die für ihr Wohlergehen von größter Bedeutung waren. In vielen Fällen, so vermerken die Chronisten mit einer gewissen Scheu, habe Curwen sich geradezu als Hexenmeister in der Aufspürung von Familiengeheimnissen für fragwürdige Zwecke erwiesen. In den letzten fünf Jahren seines Lebens schien es, als hätte er sich nur durch direkten Kontakt mit längst Dahingeschiedenen einige der Informationen verschaffen können, die er dann im rechten Moment ohne Zögern auszuplaudern bereit war.

Ungefähr zu diesem Zeitpunkt stieß der wackere Gelehrte auf einen letzten verzweifelten Ausweg, um sein Ansehen in der Gemeinschaft zurückzugewinnen. Während er bis dahin ganz und gar Einsiedler gewesen war, entschloß er sich nun, eine vorteilhafte Ehe zu schließen und sich als Braut eine junge Dame zu wählen, deren gesellschaftliche Stellung die Ächtung seines Hauses fortan unmöglich machen würde. Es kann sein, daß er außerdem auch tiefere Gründe hatte, eine solche Verbindung anzustreben; Gründe so weit außerhalb der kosmischen Sphäre, daß nur Papiere, die anderthalb Jahrhunderte nach seinem Tode gefunden wurden, jemanden auf ihre Spur bringen konnten; aber darüber wird man nie etwas erfahren. Natürlich war er sich darüber im klaren, mit welchem Entsetzen und welcher Entrüstung man in jeder normalen Familie einem Heiratsbegehren seinerseits begegnen würde, weshalb er nach einer möglichen Kandidatin Ausschau hielt, auf deren Eltern er einen angemessenen Druck würde ausüben können. Aber solche Kandidatinnen waren, das mußte er feststellen, gar nicht leicht zu finden, denn er stellte ganz besondere Anforderungen an Schönheit, Charakter und gesellschaftliche Stellung. Schließlich konzentrierte sich sein Interesse auf das Haus eines seiner besten und ältesten Schiffskapitäne, eines Witwers von untadeliger Abstammung und makellosem Ruf namens Dutie Tillinghast, dessen einzige Tochter Eliza mit allen erdenklichen Vorzügen außer der Aussicht auf eine reiche Erbschaft ausgestattet schien. Kapitän Tillinghast war völlig in Curwens Gewalt und erklärte sich nach einer schrecklichen Unterredung in seinem von einer Kuppel überwölbten Haus auf dem Power's-Lane-Hügel bereit, der gotteslästerlichen Verbindung seinen Segen zu geben.

Eliza Tillinghast war damals achtzehn Jahre alt; sie war mit aller in

Anbetracht der bescheidenen Mittel ihres Vaters nur möglichen Sorgfalt erzogen worden. Sie hatte die Stephen-Jackson-Schule gegenüber dem Gerichtsgebäude besucht und war von ihrer Mutter, bevor diese ihm Jahre 1757 an den Pocken gestorben war, aufs trefflichste in allen häuslichen Tugenden und Fertigkeiten unterwiesen worden. Ein besticktes Tuch, das sie 1753 im Alter von neun Jahren angefertigt hat, kann noch heute in den Räumen der Historischen Gesellschaft von Rhode Island besichtigt werden. Nach dem Tod ihrer Mutter hatte sie den Haushalt geführt, mit einer alten Negerin als einziger Dienerin. Ihre Auseinandersetzungen mit ihrem Vater über die beabsichtigte Vermählung mit Curwen müssen in der Tat schmerzlich gewesen sein, doch darüber ist nichts erhalten. Sicher ist jedoch, daß ihr Verlöbnis mit dem jungen Ezra Weeden, dem zweiten Maat auf dem Paketboot *Enterprise* der Crawfords, pflichtgemäß aufgelöst und ihre Verbindung mit Joseph Curwen am siebenten März 1763 in der Baptistenkirche vollzogen wurde, in Anwesenheit einer der erlesensten Hochzeitsgesellschaften, deren die Stadt sich rühmen konnte; die Zeremonie wurde von dem jüngeren Samuel Winson vorgenommen. Die *Gazette* brachte einen kurzen Bericht über das Ereignis, und aus den meisten erhaltenen Exemplaren ist der betreffende Artikel offenbar herausgeschnitten oder -gerissen worden. Ward fand nach langem Suchen nur ein einziges vollständiges Exemplar bei einem privaten Sammler typographischer Erzeugnisse und amüsierte sich über die nichtssagende Urbanität der Sprache:

> Am vergangenen Montag abends wurde der Kaufmann Mr. Joseph Curwen, wohnhaft in dieser Stadt, mit Miss Eliza Tillinghast vermählt, der Tochter des Kapitäns Dutie Tillinghast, deren vortrefflicher Charakter und anmutiges Äußeres dem ehelichen Stand zur Zierde gereichen und dieser glückhaften Verbindung Dauer verleihen werden.

Die Sammlung von Durfee-Arnold-Briefen, die von Charles Ward kurz vor dem angeblichen Eintritt seiner geistigen Umnachtung in der Privatsammlung des Melville F. Peters aus der George Street entdeckt wurde und diese sowie die unmittelbar vorhergehende Zeit umfaßt, offenbart auf eindringliche Weise, wie sehr die Öffentlichkeit über diese unselige Verbindung aufgebracht war. Der gesellschaftliche Einfluß der Tillinghasts ließ sich jedoch nicht von der Hand weisen, und Joseph Curwen konnte in seinem Haus wieder Leute empfangen, die er sonst niemals dazu hätte bewegen können, über seine Schwelle zu treten. Er wurde aber keineswegs allgemein akzeptiert, und seine Braut war in gesellschaftlicher Hinsicht die Leidtragende dieser erzwungenen Heirat; immerhin war die Mauer der totalen Ächtung wenigstens teilweise abgetragen worden. Im Umgang mit seiner Ehefrau setzte der sonderbare Bräutigam sowohl sie selbst als auch die Gesellschaft in höchstes Erstaunen, indem er nämlich die größte Güte und Rücksichtnahme an den Tag legte. Das neue Haus in Olney Court war jetzt völlig frei von irgendwelchen unheimlichen Erscheinungen, und obwohl Curwen oft auf seinem Hof bei Pawtuxet war, den seine Frau nie besuchte, erweckte er mehr als je zuvor während der ganzen langen Jahre, seit er in die Stadt gekommen war, den Anschein, ein normaler Bürger zu sein. Nur einer verharrte in unverhohlen feindseliger Haltung zu ihm, nämlich der junge Schiffsoffizier, dessen Verlöbnis mit Eliza Tillinghast so abrupt gelöst worden war. Ezra Weeden hatte in aller Offenheit Rache geschworen und entwickelte jetzt, obwohl er von Natur aus eher ruhig und sanftmütig war, eine haßerfüllte, hartnäckige Zielstrebigkeit, die für den Mann, der ihm seine Braut geraubt hatte, nichts Gutes verhieß.

Am siebenten Mai 1765 wurde Curwens einziges Kind Ann geboren; das Mädchen wurde von Hochwürden John Graves von der King's Church getauft, der beide Eltern kurz nach der Hochzeit beigetreten waren, um einen Kompromiß zwischen ihrer Zugehörigkeit zu den Kongregationalisten respektive den Baptisten zu schließen. Die amtliche Eintragung über diese Geburt wie auch über die zwei Jahre zuvor vollzogene Vermählung wurden aus den meisten Exemplaren der Kirchenbücher und Stadtarchive getilgt, in denen sie eigentlich hätten stehen müssen; Charles Ward jedoch hatte beide Eintragungen unter großen Schwierigkeiten ausfindig gemacht, nachdem die Entdeckung der Namensänderung der Witwe ihn über ihre persönliche Verbindung aufgeklärt und jenes fieberhafte Interesse hervorgebracht hatte, das schließlich in seinem Wahnsinn gipfelte. Die Geburtseintragung fand er auf recht ungewöhnliche Weise, nämlich durch einen Briefwechsel mit den Erben des Königstreuen Dr. Graves, der eine Kopie des Kirchenbuches mitgenommen hatte, als er seine Pfarrstelle bei Ausbruch des Freiheitskrieges verlassen hatte. Ward hatte es mit dieser Quelle versucht, weil er wußte, daß seine Ururgroßmutter Ann Tillinghast Potter der Episkopalkirche angehört hatte.

Kurz nach der Geburt seiner Tochter beschloß Curwen, sein Porträt malen zu lassen, ein Ereignis, dem er offenbar mit einer Begeisterung entgegensah, die seiner üblichen kühlen Zurückhaltung durchaus zuwiderlief. Er ließ das Bild von einem sehr begabten Schotten namens Cosmo Alexander malen, der damals in Newport lebte und seither als Lehrer des jungen Gilbert Stuart Berühmtheit erlangt hat. Angeblich war das Porträt auf die Täfelung der Bibliothek des Hauses in Olney Court gemalt worden, aber keine der beiden alten Chroniken, die es erwähnten, wußte etwas über seinen endgültigen Aufbewahrungsort zu vermelden. Zu dieser Zeit ließ der exzentrische Gelehrte Anzeichen ungewöhnlicher Geistesabwesenheit erkennen und verbrachte so viel Zeit wie nur irgend möglich auf seinem Hof an der Pawtuxet Road. Er schien, so hieß es, in einem Zustand unterdrückter Spannung oder Erregung, als erwarte er ein außerordentliches Phänomen oder als stünde er dicht vor einer entscheidenden Entdeckung. Chemie oder Alchimie schien dabei eine große Rolle zu spielen, denn er nahm zahlreiche Bücher über solche Themen aus dem Stadthaus auf den Bauernhof mit.

Sein vorgetäuschtes Interesse für die Angelegenheiten der Gemeinde erlahmte nicht, und er ließ keine Gelegenheit vorübergehen, die Stadtväter Stephen Hopkins, Joseph Brown und Benjamin West in ihrem Bemühen zu unterstützen, das kulturelle Niveau der Stadt zu heben, die zum damaligen Zeitpunkt in der Förderung der freien Künste weit hinter Newport zurückstand. Er unterstützte Daniel Jenckes bei der Gründung seiner Buchhandlung im Jahre 1763 und war von da an sein bester Kunde; auch die um ihre Existenz ringende *Gazette* unterstützte er, die jeden Mittwoch im »Haus zu Shakespeares Kopf« erschien. Auf politischem Gebiet unterstützte er aufs entschiedenste den Gouverneur Hopkins gegen die Ward-Partei, deren Hochburg Newport war, und seine wahrhaftig meisterliche Rede im Jahre 1765 in der Hacher's Hall gegen die Erhebung des nördlichen Teils von Providence zur selbständigen Stadt sowie seine Stimmabgabe bei der Generalversammlung zugunsten von Hopkins trugen sehr zum Abbau der Vorurteile gegen ihn bei. Doch Ezra Weeden, der ihn aufmerksam beobachtete, höhnte nur über diese nach außen hin zur Schau getragene Aktivität und schwor in aller Öffentlichkeit, dabei handle es sich nur um eine Maske für Curwens unheimlichen Umgang mit den schwärzesten Abgründen des Tartarus. Der rachedurstige junge Mann fing an, den Mann und sein Verhalten systematisch zu studieren, sooft er im Hafen war; oft wartete er stundenlang des Nachts an den Kais bei seinem kleinen Boot, wenn er Licht in Curwens Lagerhäusern gesehen hatte, und folgte einem jener anderen Boote, die manchmal lautlos vom Kai ablegten und die Bucht hinunterglitten. Aber auch den Hof bei Pawtuxet behielt er, so gut es ging, im Auge, und einmal wurde er ernsthaft von den Hunden gebissen, die das alte Indianerpaar auf ihn losgelassen hatte.

3

Im Jahre 1778 vollzog sich die letzte, entscheidende Veränderung mit Joseph Curwen. Sie trat ganz plötzlich ein und erregte bei dem neugierigen Stadtvolk allerhand Aufsehen; denn der Ausdruck der Spannung und Erwartung fiel von ihm ab wie ein altes Gewand und machte augenblicklich einer nahezu unverhohlenen Verklärung vollkommenen Triumphes Platz. Curwen schien sich kaum davor zurückhalten zu können, öffentliche Ansprachen über das zu halten, was er gefunden oder erfahren oder vollbracht hatte; aber offenbar war die Notwendigkeit der Geheimhaltung stärker als die Sehnsucht, seine Freude mit anderen zu teilen, denn er gab niemandem eine Erklärung. Erst nach dieser Wende, die sich anscheinend Anfang Juli vollzogen hatte, fing der finstre Scholar an, die Leute durch den Besitz von Informationen zu verblüffen, die ihm eigentlich nur deren längst dahingeschiedene Vorfahren übermittelt haben konnten.

Aber Curwens fieberhaft geheimnisvolle Aktivitäten hörten nach dieser Wende keineswegs auf. Im Gegenteil, sie schienen sich eher sogar zu verstärken; schließlich überließ er die Führung seiner Seehandelsgeschäfte mehr und mehr seinen Kapitänen, die er jetzt mit

Fesseln der Angst an sich band, die genauso stark waren, wie es früher die des Bankrotts gewesen waren. Den Sklavenhandel gab er ganz auf, angeblich weil er sich immer weniger rentierte. Jeden freien Moment verbrachte er auf seinem Hof; allerdings ging hin und wieder das Gerücht, er sei an Stellen gesehen worden, die zwar nicht direkt in der Nähe von Friedhöfen waren, sich aber doch in einer solchen Lage zu Friedhöfen befanden, daß nachdenkliche Leute sich fragten, wie weit die Änderungen im Verhalten des alten Kaufmanns denn nun wirklich gingen. Die Zeitspannen, in denen Ezra Weeden sich der Spionage widmen konnte, waren natürlich wegen seiner Fahrten zur See nur kurz und durch lange Pausen unterbrochen, aber sein Rachedurst verlieh ihm eine Zähigkeit, die der Mehrzahl der praktisch veranlagten Bürger und Bauern fehlte; und er unterzog Curwens Angelegenheiten einer so gründlichen Prüfung, wie es vor ihm noch keiner getan hatte.

Bei vielen der ungewöhnlichen Manöver der Schiffe des sonderbaren Kaufmanns hatte man bis dahin keinen Argwohn gehegt, denn in diesen unruhigen Zeiten schien jeder Kolonist entschlossen, die Vorschriften des Zuckergesetzes zu umgehen, die einem regen Handel im Wege standen. Schmuggel und andere illegale Praktiken waren an der Narrangansett Bay an der Tagesordnung, und das heimliche Löschen unverzollter Ladungen bei Nacht und Nebel war gang und gäbe. Aber Weeden, der Nacht für Nacht den Leichtern oder kleinen Schaluppen folgte, die sich von Curwens Lagerhäusern an den Town-Street-Kais davonstahlen, kam bald zu der Überzeugung, daß es nicht nur die bewaffneten Schiffe Seiner Majestät waren, denen der finstere Kaufmann auf keinen Fall begegnen wollte. Bis zu der Veränderung im Jahre 1766 waren auf diesen Schiffen meist in Ketten gelegte Neger gewesen, die an der Küste entlang und über die Bai geschafft und an einer abgelegenen Stelle an der Küste nicht weit nördlich von Pawtuxet an Land gebracht wurden; sodann waren sie die Steilküsten hinauf und querfeldein zu Curwens Bauernhof gebracht worden, wo man sie in jenes riesige steinerne Nebengebäude eingesperrt hatte, das anstelle von Fenstern nur schmale hohe Schlitze hatte. Nach dieser Wende jedoch wurde das ganze Programm geändert. Die Einfuhr von Sklaven hörte von einem Tag auf den anderen auf, und Curwen unterließ eine Zeitlang seine mitternächtlichen Fahrten. Dann jedoch, im Frühjahr 1767, schien Curwen eine neue Politik zu verfolgen. Jetzt legten die Leichter wieder von den dunklen, stillen Kais ab, aber sie fuhren ein Stück die Bai hinab, etwa bis auf die Höhe von Nanquit Point, wo sie mit seltsamen Schiffen von beträchtlicher Größe und unterschiedlichem Aussehen zusammentrafen und Ladung von ihnen übernahmen. Curwens Seeleute pflegten dann diese Ladungen an der gewohnten Stelle der Küste an Land zu bringen und sie über Land zu seinem Bauernhof zu transportieren; die Waren wurden dann in dasselbe kryptische Steingebäude gebracht, das früher die Neger aufgenommen hatte. Die Ladung bestand fast immer aus Schachteln und Kisten, von denen viele länglich waren und auf unheimliche Weise an Särge erinnerten.

Weeden beobachtete den Bauernhof mit unermüdlicher Ausdauer, stattete ihm lange Zeit hindurch allnächtlich einen Besuch ab und ließ ansonsten nur selten eine Woche verstreichen, ohne wenigstens einmal dort gewesen zu sein, außer wenn es geschneit hatte und seine Fußspuren ihn verraten hätten. Aber selbst dann schlich er sich oft auf der Straße oder dem zugefrorenen Fluß so nahe wie möglich an das Haus heran, um zu sehen, was für Spuren vielleicht andere Leute hinterlassen hatten. Da er seine Nachtwachen wegen seiner seemännischen Pflichten nur sehr unregelmäßig ausüben konnte, bezahlte er einen Zechkameraden namens Eleazar Smith dafür, daß er in seiner Abwesenheit die Beobachtung übernahm; und die beiden hätten ein paar ganz außergewöhnliche Gerüchte in Umlauf setzen können. Sie taten es jedoch nicht, weil sie wußten, daß durch solches Gerede in der Öffentlichkeit ihr Opfer gewarnt und weitere Fortschritte unmöglich gemacht würden. Sie aber wollten etwas Entscheidendes in Erfahrung bringen, bevor sie irgend etwas unternahmen. Was sie in Erfahrung brachten, muß denn auch wahrhaft erstaunlich gewesen sein, denn Charles Ward sprach oft mit seinen Eltern darüber, wie schade es sei, daß Weeden später seine Notizbücher verbrannt habe. Alles, was man über ihre Entdeckungen weiß, sind Eleazar Smith' reichlich unzusammenhängende Tagebuchnotizen, ergänzt durch das, was andere Tagebuch- und Briefschreiber furchtsam über die Angaben berichtet haben, die die beiden schließlich gemacht haben – und denen zufolge das Bauernhaus nur die äußere Schale einer ungeheuren, abscheuerregenden Bedrohung gewesen sei, einer Bedrohung von so unermeßlichem Umfang und so unfaßbarer Tiefe, daß man nur schattenhafte Vermutungen darüber anstellen konnte.

Man nimmt an, daß Weeden und Smith schon bald zu der Überzeugung kamen, daß unter dem Bauernhaus ein weitverzweigtes Netz von Tunneln und Katakomben lag, das von einer ganzen Reihe weiterer dienstbarer Geister neben dem alten Indianer und seiner Frau bewohnt wurde. Das Haus selbst war ein altes, spitzgiebliges Überbleibsel aus der Mitte des siebzehnten Jahrhunderts, mit einem riesigen Kamin und vergitterten Fenstern mit rautenförmigen Fensterscheiben, und das Laboratorium befand sich in einem Anbau auf der Nordseite, wo das Dach fast bis auf den Erdboden reichte. Dieses Gebäude stand allein auf weiter Flur, doch nach den verschiedenen Stimmen zu urteilen, die zu sonderbaren Zeiten in diesem Haus vernommen wurden, muß es durch unterirdische Geheimgänge zugänglich gewesen sein. Vor 1766 handelte es sich bei diesen Stimmen um bloßes Gemurmel, das Geflüster von Negern, wahnsinnige Schreie sowie absonderliche Gesänge und Anrufungen. Nach dieser Zeit jedoch wurden sie immer einzigartiger und schrecklicher und umfaßten die ganze Skala vom Dröhnen dumpfen Einverständnisses über rasende Wutausbrüche, gemurmelte Gespräche und weinerliches Flehen bis hin zu erregtem Stöhnen und Protestschreien. Offenbar wurde in mehreren Sprachen gesprochen, die Curwen alle beherrschte, denn es war oft zu hören, wie er mit seiner rauhen Stimme antwortete, tadelte oder drohte.

Manchmal schien es so, als befänden sich mehrere Personen in dem Haus; Curwen, irgendwelche Gefangene und die Wächter dieser Gefangenen. Es gab Sprachen, wie sie Weeden und Smith noch in keinem der vielen fremden Häfen, in denen sie schon gewesen waren, gehört hatten, und wieder andere, die sie anscheinend der einen oder anderen Nationalität zuordnen konnten. Ihrer Art nach schienen die Gespräche stets Verhören ähnlich, so als versuche Curwen, furchtsamen oder aufsässigen Gefangenen irgendwelche Aussagen abzupressen.

Weeden hatte in seinem Notizbuch zahlreiche wörtliche Berichte über belauschte Gesprächsfetzen, denn oft wurden Englisch, Französisch und Spanisch verwendet, und diese Sprachen beherrschte er, aber davon ist nichts erhalten geblieben. Er äußerte jedoch einmal, daß, abgesehen von einigen unheimlichen Dialogen, in denen es um die Vergangenheit bestimmter Familien aus Providence ging, die meisten verständlichen Fragen historischer oder wissenschaftlicher Art gewesen seien; hin und wieder hätten sie sich auf sehr ferne Orte oder Zeitalter bezogen. Einmal zum Beispiel sei ein abwechselnd wütender und wortkarger Mann auf französisch über das Massaker des Schwarzen Prinzen in Limoges im Jahre 1370 befragt worden, als gäbe es dafür einen geheimen Grund, über den er Bescheid wissen müsse. Curwen fragte den Gefangenen – wenn es ein Gefangener war –, ob der Befehl für die Metzelei gegeben worden sei, weil auf dem Altar in der alten römischen Krypta das Zeichen der Ziege gefunden worden sei oder weil der Dunkle Mann vom Konvent Haute Vienne die Drei Worte gesprochen habe. Als er keine Antwort bekam, griff der Inquisitor offenbar zu extremen Mitteln; denn es ertönte ein entsetzlicher Schrei, dem Stille, Gemurmel und ein dumpfes Geräusch folgten.

Bei keinem dieser Gespräche konnte Weeden jemals einen Blick auf die Beteiligten erhaschen, denn die Fenster waren immer dick verhängt. Einmal sah er jedoch während eines Gesprächs mit einer unbekannten Sprache auf dem Vorhang einen Schatten, der ihn zu Tode erschreckte; er erinnerte ihn an eine der Figuren in einem Puppentheater, das er im Herbst des Jahres 1764 in der Hacher's Hall gesehen hatte; ein Mann aus Germantown, Pennsylvania, hatte das sinnreiche, mechanische Puppenspiel aufgeführt, das er wie folgt angekündigt hatte: »Angesichts der berühmten Stadt Jerusalem, in welcher Jerusalem, der Tempel des Salomon, sein Königsthron, die berühmten Türme und Hügel zu sehen sind; gleichermaßen die Leiden unseres Heilands vom Garten Gethsemane bis zum Kreuz auf dem Hügel von Golgatha; ein höchst kunstreiches Schauspiel, würdig, von allen Neugierigen betrachtet zu werden.« Bei diesem Anblick war der Lauscher, der sich dicht an das Fenster des vorderen Zimmers herangeschlichen hatte, aus dem die Stimmen kamen, so zusammengefahren, daß das alte Indianerpaar ihn bemerkt und die Hunde auf ihn losgelassen hatte. Von da an waren nie wieder Gespräche in dem Haus zu hören gewesen, und Weeden und Smith hatten daraus geschlossen, daß Curwen den Ort seiner Handlungen in tiefere Regionen verlegt hatte.

Daß diese Regionen tatsächlich existierten, dafür gab es zahlreiche recht eindeutige Hinweise. Ab und zu ließen sich schwache Schreie und Seufzer deutlich aus dem scheinbar festen Erdboden vernehmen, an Stellen, die weitab von jedem Gebäude lagen; im dichten Gebüsch am Flußufer hinter dem Haus aber, wo das Gelände steil zum Tal des Pawtuxet abfiel, entdeckte man eine überwölbte Tür aus Eichenholz in einem massiv gemauerten Rahmen, die offensichtlich den Eingang zu einer Höhle in dem Hügel darstellte. Wann und wie diese Katakomben angelegt worden sein konnten, darüber wußte Weeden nichts zu sagen; er wies aber häufig darauf hin, wie leicht es für die Gruppe von Arbeitern sei, diese Stelle vom Fluß her zu erreichen. Joseph Curwen setzte wahrhaftig seine Mischlings-Seeleute für die unterschiedlichsten Aufgaben ein! Während der starken Regenfälle im Frühjahr 1769 beobachteten die beiden Männer ständig das steile Flußufer, um festzustellen, ob irgendwelche unterirdischen Geheimnisse ans Licht des Tages gespült würden, und sie wurden durch den Anblick großer Mengen von Menschen- und Tierknochen belohnt, an Stellen, wo das Wasser tiefe Rinnen in die Uferböschung gegraben hatte. Natürlich hätte man für diese Dinge in der Umgebung eines Bauernhofes mit Viehzucht, wo überdies noch viele alte Indianerfriedhöfe lagen, auch normale Erklärungen finden können, aber Weeden und Smith zogen ihre eigenen Schlüsse.

Im Januar 1770, als Weeden und Smith noch immer vergeblich darüber debattierten, was von der ganzen höchst befremdlichen Angelegenheit zu halten sei, ereignete sich dann der Zwischenfall mit der *Fortaleza*. Erbost über die Verbrennung der Zollschaluppe *Liberty* im Sommer des Vorjahres in Newport, hatte die Zollflotte unter Admiral Wallace auffällige Schiffe mit erhöhter Wachsamkeit beobachtet. So kam es, daß Seiner Majestät bewaffneter Schoner *Cygnet* unter Kapitän Harry Leshe eines Tages im Morgengrauen nach kurzer Verfolgung die Brigg *Fortaleza* aus Barcelona, Spanien, kaperte, die gemäß ihrem Logbuch unter ihrem Kapitän Manuel Arruda von Groß-Kairo, Ägypten, nach Providence unterwegs war. Als man das Schiff auf Schmuggelware untersuchte, machte man die verblüffende Entdekkung, daß die Ladung ausschließlich aus ägyptischen Mumien bestand, die laut Aufschrift für den »Seemann A. B. C.« bestimmt waren, der die Ladung unmittelbar vor Nanquit Point in einem Leichter übernehmen würde und dessen Identität zu offenbaren Kapitän Arruda nicht mit seiner Ehre vereinbaren zu können glaubte. Der Gerichtshof der Vizeadmiralität in Newport war unschlüssig, was zu tun sei, da einerseits die Ladung nicht aus Schmuggelware bestand, das Schiff jedoch andererseits illegal in die Hoheitsgewässer eingedrungen war, erkannte dann aber auf Empfehlung des obersten Zollbeamten Robinson auf einen Kompromiß, dem zufolge das Schiff unter der Bedingung freigegeben wurde, daß es keinen Hafen Rhode Islands anlaufen würde. Später tauchten Gerüchte auf, das Schiff sei vor Boston gesichtet worden, obwohl es nie offiziell in den Häfen von Boston eingelaufen war.

Dieser außergewöhnliche Zwischenfall erregte in Providence beträchtliches Aufsehen, und nur wenige zweifelten daran, daß zwischen der Ladung Mumien und dem finstren Joseph Curwen irgendein Zusammenhang bestand. Seine exotischen Studien und seine merkwürdigen Chemikalien-Einfuhren waren allgemein bekannt, und seine Vorliebe für Friedhöfe erregte allgemein Argwohn; es bedurfte keiner allzu großen Phantasie, ihn mit einer so makabren Schiffsladung in Verbindung zu bringen, die mit Sicherheit für keinen anderen Bürger der Stadt bestimmt gewesen war. Als sei er sich über diese naheliegende Vermutung im klaren, unterzog Curwen sich der Mühe, bei mehreren Anlässen beiläufig über den chemischen Wert der Balsame zu sprechen, die man in Mumien fände. Vielleicht glaubte er, die Angelegenheit damit in ein weniger unnatürliches Licht rücken zu können; trotzdem gab er nie zu, etwas damit zu tun zu haben. Weeden und Smith dagegen hegten natürlich keinerlei Zweifel an der Bedeutung der Angelegenheit und ergingen sich in den abenteuerlichsten Spekulationen über Curwen und seine monströsen Unternehmungen.

Das folgende Frühjahr brachte abermals heftige Regenfälle; und die Beobachter behielten das Flußufer hinter Curwens Bauernhof sorgfältig im Auge. Große Teile des Ufers wurden weggespült, und eine gewisse Anzahl von Knochen war zu sehen; irgendwelche unterirdischen Kammern oder Gänge wurden jedoch nicht freigelegt. Allerdings machten im Dorf Pawtuxet, ungefähr eine Meile flußabwärts, sonderbare Gerüchte die Runde; an dieser Stelle ergießt sich der Fluß in Kaskaden über Felsenterrassen, um dann in die ruhige, von Land umschlossene Bucht einzumünden. Dort, wo von der rustikalen Brücke aus eigentümlich alte Hütten sich den Hügel hinaufzogen und Fischerkähne an ihren verschlafenen Anlegeplätzen vor Anker lagen, erzählte man sich unsicher von Dingen, die den Fluß hinunterschwammen und für eine Minute sichtbar wurden, während sie die Wasserfälle hinunterstürzten. Natürlich ist der Pawtuxet ein langer Fluß, der sich durch viele besiedelte Gegenden schlängelt, in denen es zahlreiche Friedhöfe gibt, und natürlich waren die Regenfälle sehr stark gewesen; aber den Fischersleuten, die in der Nähe der Brücke wohnten, hatte es gar nicht gefallen, wie eines dieser Dinge wild um sich blickte, als es in das ruhige Wasser hinabschoß, oder wie ein anderes halb aufgeschrien hatte, obwohl es den Zustand, in dem Lebewesen noch aufschreien können, schon weit hinter sich gelassen hatte. Auf dieses Gerücht hin begab sich Smith – denn Weeden war gerade auf See – eiligst ans Flußufer hinter dem Bauernhof, wo er denn auch prompt die Spuren eines ausgedehnten Erdeinsturzes entdeckte. Er fand jedoch kein Anzeichen für einen Zugang zum Innern des Steilufers, denn der kleine Erdrutsch hatte einen massiven Wall aus Erdreich und entwurzelten Büschen aufgehäuft. Smith ging so weit, versuchsweise zu graben, gab aber auf, als er keinen Erfolg hatte – oder vielleicht auch deshalb, weil er sich vor einem Erfolg fürchtete. Es ist interessant, sich auszumalen, was der zu allem entschlossene, rachedurstige Weeden unternommen hätte, wäre er zu der Zeit an Land gewesen.

4

Im Herbst 1770 entschied Weeden, es sei an der Zeit, andere in seine Entdeckungen einzuweihen; denn er hatte eine lange Reihe von Tatsachen, die er miteinander verknüpfen konnte, und einen zweiten Augenzeugen, der den möglichen Vorwurf widerlegen konnte, Eifersucht und Rachedurst hätten seine Phantasie beflügelt. Als erstem wollte er sich dem Kapitän der *Enterprise*, James Mathewson, anvertrauen, der ihn einerseits gut genug kannte, um nicht an seiner Aufrichtigkeit zu zweifeln, und andererseits genügend Einfluß in der Stadt hatte, um seinerseits ernst genommen zu werden. Die Unterredung fand in einem Zimmer im ersten Stock von Sabins Taverne nahe bei den Kais statt, und Smith war dabei, um praktisch jede Behauptung Weedens zu bestätigen; es war nicht zu übersehen, daß Kapitän Mathewson ungeheuer beeindruckt war. Wie fast jedermann in der Stadt, hegte er selbst einen dunklen Verdacht gegen Joseph Curwen, weshalb es nur dieser Bestätigung und der Aufzählung weiterer Fakten bedurfte, um ihn vollends zu überzeugen. Am Schluß der Zusammenkunft war er sehr ernst und trug den beiden jüngeren Männern absolute Verschwiegenheit auf. Er würde, so sagte er, die Informationen den ungefähr zehn gebildetsten und prominentesten Bürgern von Providence unterbreiten, und zwar jedem einzeln, würde diese Persönlichkeiten um ihre Meinung fragen und ihre Ratschläge befolgen. Verschwiegenheit würde wahrscheinlich in jedem Fall von entscheidender Bedeutung sein, denn dies sei keine Angelegenheit, die man der städtischen Gendarmerie oder der Miliz übertragen könne. Vor allem aber dürfe der erregbare Pöbel nichts davon erfahren, damit sich nicht in diesen ohnehin schon unruhigen Zeiten jener Massenwahn wiederhole, der vor weniger als einem Jahrhundert Curwen aus Salem vertrieben und in diese Stadt gebracht hatte.

Die richtigen Leute würden seiner Meinung nach sein: Dr. Benjamin West, der durch seine Schrift über den letzten Durchgang der Venus bewiesen habe, daß er ein Gelehrter und scharfsinniger Denker sei; Hochwürden James Manning, der Präsident des Colleges, der gerade erst aus Warren zugezogen war und vorübergehend im neuen Schulhaus an der King Street wohnte, bis sein eigenes Haus über der Presbyterian Lane fertig sein würde; der Exgouverneur Stephen Hopkins, der Mitglied der Philosophischen Gesellschaft von Newport gewesen sei und einen weiten geistigen Horizont habe; John Carter, der Herausgeber der *Gazette*; die vier Brüder Brown – John, Joseph, Nicholas und Moses –, die anerkanntermaßen einflußreichsten Bürger der Stadt, von denen einer, Joseph, außerdem noch ein fähiger Amateurwissenschaftler sei; der alte Dr. Jabez Bowen, dessen Belesenheit bemerkenswert sei und der aus erster Hand sehr gut über Curwens sonderbare Einkäufe Bescheid wisse, sowie Kapitän Abraham Whipple, ein Kaperer von phänomenaler Kühnheit, auf den man als Anführer bei allen aktiven Unternehmungen zählen konnte, die sich als nötig erweisen mochten. Diese Männer könne man, falls sie grundsätzlich geneigt sein würden, schließlich vielleicht dazu bringen, gemeinschaftliche Überlegungen anzustellen; und von ihrer Entscheidung würde es abhängen, ob man den Gouverneur der Kolonie, Joseph Wanton aus Newport, informieren würde, bevor etwas unternommen würde.

Der Erfolg der Mission von Kapitän Mathewson übertraf seine kühnsten Hoffnungen; denn obwohl er feststellen mußte, daß einer oder zwei der auserwählten Mitwisser im Hinblick auf die übernatürliche Seite von Weedens Geschichte etwas skeptisch waren, hielt es doch jeder einzelne für nötig, zu irgendwelchen geheimen und gut abgestimmten Taten zu schreiten. Curwen, soviel war klar, stellte eine vage potentielle Bedrohung für das Wohlergehen der Stadt und der Kolonie dar und mußte um jeden Preis ausgeschaltet werden. Gegen Ende Dezember 1770 versammelte sich eine Gruppe prominenter Bürger im Hause von Stephen Hopkins und diskutierte über vorläufige Maßnahmen. Weedens Aufzeichnungen, die er Kapitän Mathewson gegeben hatte, wurden sorgfältig studiert; und er und Smith wurden zitiert, um Einzelheiten zu bestätigen. Ein Gefühl, das nicht weit von Angst entfernt war, beschlich die ganze Versammlung, bevor noch das Treffen beendet war, doch in dieser Angst lag auch eine grimmige Entschlossenheit, die am besten durch Kapitän Whipples barsche und lautstarke Profanität gekennzeichnet wurde. Den Gouverneur würde man nicht unterrichten, denn mehr als der normale Weg des Gesetzes schien notwendig. Da er offensichtlich über geheime Kräfte unbekannten Ausmaßes verfügte, war Curwen kein Mann, den man gefahrlos hätte davor warnen können, noch länger in der Stadt zu bleiben. Unsagbare Respressalien hätten die Folge sein können, und selbst wenn die finstre Kreatur sich gefügt hätte, wäre dies nur einer Verlagerung dieser unreinen Bürde an einen anderen Ort gleichgekommen. Man lebte in einer gesetzlosen Zeit, und die Männer, die jahrelang die Zollbeamten des Königs verhöhnt hatten, würden auch vor schlimmeren Dingen nicht zurückschrekken, wenn die Pflicht es gebot. Curwen mußte auf seinem Bauernhof an der Pawtuxet Road durch ein großes Aufgebot erfahrener Kaperer überrascht werden und eine einzige, entscheidende Chance bekommen, alles zu erklären. Erwies er sich als Verrückter, der sich mit imaginären Gesprächen mit verstellter Stimme amüsierte, so würde er, wie es sich gehörte, in Verwahrung genommen. Sollten aber ernstere Dinge ans Licht kommen und die unterirdischen Schrecknisse wirklich existieren, so mußte er mit all seinen Helfershelfern sterben. Das konnte in aller Stille geschehen, sogar ohne daß man seine Witwe und deren Vater davon unterrichtete, wie es dazu gekommen war.

Während man diese ernsten Maßnahmen erwog, ereignete sich in der Stadt ein so gräßlicher und unerklärlicher Vorfall, daß eine Zeitlang in der ganzen Gegend kaum über etwas anderes gesprochen wurde. In einer mondhellen Januarnacht, als die Erde unter einer tiefen Schneedecke lag, gellte über den Fluß und den Hügel hinauf eine schreckliche Folge von Schreien, die hinter jedem Fenster schläfrige Gesichter auftauchen ließ; und die Leute, die in der Nähe von Weybosset Point wohnten, sahen ein großes weißes Ding, das sich wie rasend einen Weg über den schlecht geräumten Platz vor dem »Türkenkopf« bahnte. In der Ferne ließ sich Hundegebell vernehmen, doch es legte sich, als der Lärm der aufgestörten Stadt hörbar wurde. Gruppen von Männern mit Laternen und Musketen eilten hinaus, um zu sehen, was es gäbe, aber ihre Suche blieb ergebnislos. Am nächsten Morgen aber fand man einen riesigen, muskulösen Leichnam splitternackt auf dem Eisstau rund um die Kais der Großen Brücke, dort wo der Lange Kai sich neben Abbotts Brennerei erstreckte, und die Identität dieses Leichmans war sogleich Gegenstand endloser Spekulationen und Gerüchte. Es waren nicht so sehr die jüngeren, sondern vielmehr die alten Leute, die flüsternd darüber sprachen, denn nur bei den Patriarchen weckte dieses starre Gesicht mit den vor Entsetzen geweiteten Augen eine vage Erinnerung. Zitternd standen sie beisammen und flüsterten verstohlen miteinander, und Staunen und Furcht standen ihnen ins Gesicht geschrieben; denn diese starren, gräßlichen Züge wiesen eine so erstaunliche Ähnlichkeit auf, daß man schon fast von einer Identität sprechen konnte – eine Ähnlichkeit mit einem Mann, der schon volle fünfzig Jahre tot war.

Ezra Weeden war zugegen, als man den Leichnam fand; und als er sich an das Hundegebell in der Nacht erinnerte, ging er die Weybosset Street entlang und über die Muddy-Dock-Brücke, denn von dorther waren die Geräusche gekommen. Er erwartete, daß er etwas ganz

Bestimmtes finden würde, und war nicht überrascht, als er am Rande der besiedelten Viertel, dort, wo die Straße in die Pawtuxet Road mündete, auf ein paar sehr merkwürdige Spuren im Schnee stieß. Der nackte Riese war von Hunden und vielen Männern in Stiefeln verfolgt worden, und die Spuren der zurückkehrenden Hunde und ihrer Herren waren deutlich zu sehen. Sie hatten die Jagd aufgegeben, als sie zu nahe an die Stadt herangekommen waren. Weeden lächelte grimmig und verfolgte sicherheitshalber die Spuren bis zu ihrem Ursprung zurück. Wie er nur allzu richtig vermutet hatte, war es Joseph Curwens Bauernhof an der Pawtuxet Road; und er hätte viel darum gegeben, wenn der Schnee im Hof nicht so viele wirre Spuren aufgewiesen hätte. So aber wagte er nicht, am hellichten Tage allzu viel Interesse zu zeigen. Dr. Bowen, den Weeden sofort über seine Beobachtungen unterrichtete, nahm an dem merkwürdigen Leichnam eine Autopsie vor und entdeckte Einzelheiten, die ihn im höchsten Grade verblüfften. Der Verdauungstrakt des riesigen Mannes schien niemals gearbeitet zu haben, und die Haut war von einer rauhen, brüchigen Beschaffenheit, die er sich beim besten Willen nicht erklären konnte. Beeindruckt von dem Geraune der alten Männer über die Ähnlichkeit dieses Leichnams mit dem längst verstorbenen Schmied Daniel Green, dessen Urenkel Aaron Hoppin als Ladungsaufseher in Curwens Diensten arbeitete, stellte Weeden beiläufig ein paar Fragen, bis er herausbekommen hatte, wo Green begraben lag. In der folgenden Nacht gingen zehn Mann zum Nordfriedhof gegenüber von Herrenden's Lane und öffneten ein Grab. Sie fanden es leer, genau wie sie es erwartet hatten.

Unterdessen hatte man die Postreiter instruiert, daß Curwens Post abgefangen werden sollte, und kurz vor dem Zwischenfall mit dem nackten Leichnam hatte man einen Brief von einem Jedediah Orne aus Salem gefunden, der den zusammenarbeitenden Bürgern sehr zu denken gab. Ein Teil davon, kopiert und in den Privatarchiven der Familie aufbewahrt, wo Charles Ward ihn gefunden hatte, lautete wie folgt:

»Ich freue mich, daß Ihr fortfahret, auf Eure Weise an die Alten Stoffe zu kommen, und ich glaube nicht, daß bey Mr. Hutchinson im Dorfe Salem Besseres vollbracht wurde. Fürwahr, es lag nichts denn schieres Entsetzen in dem, was H. aus jenem erwecket, wovon wir nur Theile ahnen konnten. Was Ihr sandtet, funktionirte nicht, sei es, weil irgend etwas fehlte, oder weil Eure Worte nicht recht waren, von meinem Sprechen oder Eurem Abschreiben. Alleine kann ich mir nicht helfen. Ich besitze nicht Euren chymischen Verstand, um Borellus zu folgen, und gestehe meine Verwirrung ob des VII. Buches des *Necronomicon*, welches Ihr empfehlet. Aber ich wünschte, Ihr würdet dessen eingedenk sein, was uns gesaget wurde – wir sollten uns in Acht nehmen, wen wir rufen, denn Ihr wisset, was Mr. Mather in den Magnalia von – – – – – geschrieben hat, und könnet ermessen, wie getreulich das schreckliche Ding abgeschildert ist. Ich sage Euch abermals, erwecket Keinen, welchen Ihr nicht auszutreiben vermöget; will sagen, Keinen, welcher etwas gegen Euch erwecken kan, wogegen Eure mächtigste Zauberey nichts ausrichten könnte. Ruffet nach dem Niedrigen, auf daß nicht das Höhere Euch antworte und Macht über Euch gewinne. Furcht ergriff mich, als ich las, Ihr wüßtet, was Ben Zaristnatmik in seiner Elfenbeinschachtel hatte, denn ich wußte wohl, wer Euch davon Kunde gethan haben muß. Abermals bitte ich, daß Ihr mir als Jedediah und nicht als Simon schreiben möget. In dieser Gemeinde kan ein Mann nicht allzu lange leben, und Ihr wisset um meinen Plan, durch den ich zurückkam als mein Sohn. Ich bin begierig, daß Ihr mich in das einweihet, was der Schwartze Mann von Sylvanus Cocidius in dem Gewölbe erfahren, unter der Römischen Mauer, und wäre Euch für das Manuscriptum dankbar, von dem Ihr sprechet.« Ein weiterer Brief, der keinen Absender trug, kam aus Philadelphia und stimmte die Männer genauso nachdenklich, insbesondere wegen der folgenden Passage:

»Ich werde befolgen, was Ihr saget in Bezug darauf, daß ich die Rechnungen nur mit Euren Schiffen schicken solle, indessen kan ich nicht stets sicher seyn, wann ich sie erwarten soll. Bey der in Rede stehenden Sache benötige ich nur noch einen Gegenstand; allein ich möchte sicher seyn, Euch genau zu verstehen. Ihr informiret mich, daß kein Theil fehlen dürfe, wenn die feinsten Effecte erzielt werden sollen, allein Ihr habet sicherlich gemerckt, wie schwierig es sey, sicher zu seyn. Es scheinet eine groß Gefahr und Bürde, die gantze Schachtel wegzunehmen, und in der Stadt (d. i. St. Peter, St. Paul, St. Mary oder Christ Church) lässet es sich kaum vollbringen. Allein ich weiß, welche Mängel jener hatte, welcher im October letzten

Jahres erwecket wurde, und wie viele lebende Exemplare Ihr einsetzen mußtet, bevor Ihr anno 1766 die richtige Art und Weise fandet; so werde ich mich in allen Dingen von Euch leiten lassen. Ich harre ungeduldig Eurer Brigg und erkundige mich täglich an Mr. Briddles Kai.«

Ein dritter verdächtiger Brief war in einer unbekannten Sprache und sogar in einem unbekannten Alphabet abgefaßt. In Smith' Tagebuch, das Charles Ward fand, war nur eine einzige, oft wiederholte Kombination von Schriftzeichen mit ungelenker Hand kopiert; und Gelehrte der Brown-Universität haben erklärt, es handle sich um das amharische oder abessinische Alphabet, obwohl sie das Wort nicht entziffern konnten. Keiner dieser Briefe erreichte jemals Curwen, doch das bald darauf festgestellte Verschwinden von Jedediah Orne aus Salem bewies, daß die Männer aus Providence in aller Stille gewisse Schritte unternahmen. Im Besitz der Historischen Gesellschaft von Pennsylvanien befinden sich auch einige merkwürdige Briefe an Dr. Shippen, in denen von einem seltsamen Individuum in Philadelphia die Rede ist. Aber es lagen einschneidendere Maßnahmen in der Luft, und wir müssen die wichtigsten Ergebnisse von Weedens Enthüllungen in jenen geheimen Zusammenkünften eingeschworener und erprobter Seeleute und treuer alter Kaperer suchen, die bei Nacht und Nebel in den Lagerhäusern der Browns abgehalten wurden. Langsam, aber sicher reifte ein Plan für eine Kampagne heran, die keine Spur von Joseph Curwens unheilvollen Geheimnissen übriglassen würde.

Curwen spürte offenbar trotz aller Vorsichtsmaßnahmen, daß sich etwas zusammenbraute; denn es fiel auf, wie besorgt er neuerdings aussah. Seine Kutsche tauchte zu allen Tageszeiten in der Stadt und auf der Pawtuxet Road auf, und nach und nach verlor sich das übertrieben freundliche Gebaren, mit dem er in der letzten Zeit versucht hatte, die Bedenken der Stadtbevölkerung zu zerstreuen. Seine nächsten Nachbarn auf dem Bauernhof, die Fenners, beobachteten eines Nachts einen starken Lichtstrahl, der aus einer Öffnung im Dach jenes kryptischen Steingebäudes mit den hohen, außerordentlich schmalen Fenstern zum Himmel aufschoß; sie meldeten das Ereignis sofort John Brown in Providence. Mr. Brown war der mit allen Vollzugsgewalten ausgestattete Führer der auserwählten Gruppe geworden, die sich Curwens Beseitigung zum Ziel gesetzt hatte, und hatte die Fenners davon unterrichtet, daß man etwas unternehmen würde. Er hatte dies für notwendig erachtet, weil es unmöglich war, daß sie von dem abschließenden Überfall nichts merken würden; und er erklärte sein Vorgehen damit, daß man wisse, daß Curwen ein Spion der Zollbeamten in Newport sei und jeder Schiffer, Kaufmann und Bauer aus Providence ihm öffentlich oder im geheimen Rache geschworen habe. Ob die Nachbarn ihm das wirklich glaubten, da sie doch so viele merkwürdige Dinge gesehen hatten, ist nicht sicher, doch auf alle Fälle waren die Fenners geneigt, einem Mann von so seltsamem Gebaren auch das Schlimmste zuzutrauen, Mr. Brown hatte sie beauftragt, Curwens Bauernhaus ständig zu beobachten und regelmäßig über alle Vorfälle, die sich dort abspielten, Bericht zu erstatten.

5

Die Wahrscheinlichkeit, daß Curwen auf der Hut war und zu ungewöhnlichen Mitteln greifen würde, wofür der sonderbare Lichtstrahl sprach, führte schließlich zur überstürzten Durchführung der Maßnahmen, die von der Gruppe angesehener Bürger so sorgfältig geplant worden war. Laut Smith' Tagebuch trafen sich am Freitag, dem zwölften April 1771, abends zehn Uhr, etwa hundert Männer im großen Zimmer von Thurstons Taverne zum Goldenen Löwen am Weybosset Point auf der anderen Seite der Brücke. Aus der leitenden Gruppe prominenter Bürger waren neben dem Führer John Brown noch die folgenden Herren anwesend: Dr. Bowen mit seinem Koffer voll chirurgischer Instrumente, Präsident Manning, ohne die große Perücke (die größte in den ganzen Kolonien), für die er berühmt war, Gouverneur Hopkins, in seinen schwarzen Umhang gekleidet und begleitet von seinem zur See fahrenden Bruder, den er im letzten Moment mit Zustimmung der anderen eingeführt hatte, John Carter, Kapitän Mathewson und Kapitän Whipple, der die eigentliche Strafexpedition leiten sollte. Diese Oberhäupter konferierten für sich in einem Hinterzimmer, und dann kam Kapitän Whipple in das große Zimmer, vereidigte die versammelten Seeleute und gab ihnen letzte Instruktionen. Eleazar Smith saß bei den Anführern im Hinterzimmer, während sie auf die Ankunft Ezra Weedens warteten, dessen Aufgabe es war, Curwen im Auge zu behalten und die Abfahrt seiner Kutsche zum Bauernhof zu melden.

Gegen halb elf ließ sich ein lautes Poltern auf der Großen Brücke vernehmen, und danach hörte man eine Kutsche auf der Straße draußen vorbeifahren; und zu dieser Stunde brauchte man nicht mehr auf Weeden zu warten, um zu wissen, daß der Verdammte zum letztenmal zu seiner unseligen nächtlichen Hexerei aufgebrochen war. Einen Augenblick später, als die sich entfernende Kutsche mit leisem Rattern über die Muddy Dock Bridge fuhr, tauchte Weeden auf; und die Seeleute stellten sich schweigend auf der Straße in militärischer Marschordnung auf und schulterten die mitgebrachten Musketen, Schrotflinten oder Walfangharpunen. Weeden und Smith waren mit von der Partie, und von den prominenten Bürgern waren als aktive Teilnehmer Kapitän Whipple – der Anführer –, Kapitän Eseh Hopkins, John Carter, Präsident Manning, Kapitän Mathewson und Dr. Bowen dabei; außerdem Moses Brown, der gegen elf Uhr gekommen war, obwohl er an der vorher abgehaltenen Zusammenkunft in der Taverne nicht teilgenommen hatte. Alle diese freien Bürger und ihre hundert Seeleute machten sich unverzüglich auf den Marsch, grimmig entschlossen und ein klein wenig beklommen, als sie den Muddy Dock hinter sich ließen und die sanft ansteigende Broad Street hinauf in Richtung auf die Pawtuxet Road gingen.

Kurz hinter der Elder Snow's Church drehten sich einige der Männer um und warfen einen Abschiedsblick auf Providence zurück, das ruhig unter dem Frühjahrs-Sternenhimmel dalag. Türmchen und Giebel zeichneten sich dunkel und malerisch ab, und salzige Brisen strichen sanft von der Bucht nördlich der Brücke herüber. Wega ging über dem großen Hügel jenseits des Wassers auf, auf dessen baumbestandenem Gipfel die Umrisse des unvollendeten College-Gebäudes zu sehen waren. Am Fuße dieses Hügels und entlang den engen, ansteigenden Gassen an seiner Flanke träumte die alte Stadt; Alt-Providence, um dessen Sicherheit und Wohlergehen willen jene monströse, kolossale Blasphemie vom Angesicht der Erde getilgt werden sollte.

Eineinviertel Stunden später trafen die Leute wie vereinbart auf dem Hof der Fenners ein, wo sie einen letzten Bericht über ihr erklärtes Opfer hörten. Er war vor einer halben Stunde auf seinem Hof eingetroffen, und der sonderbare Lichtstrahl war kurz darauf einmal zum Himmel aufgeschossen, doch die sichtbaren Fenster waren alle ohne Licht. Das war in letzter Zeit immer so gewesen. Noch während man diese Neuigkeit erfuhr, flammte im Süden abermals die gewaltige Lichtsäule auf, und den Männern wurde klar, daß sie sich tatsächlich ganz dicht vor dem Schauplatz unheimlicher und unnatürlicher Wunder befanden. Kapitän Whipple befahl jetzt seinen Leuten, sich in drei Gruppen aufzuteilen; die eine sollte mit zwanzig Mann unter Eleazar Smith zur Küste vorstoßen, die Landestelle gegen mögliche Verstärkungen für Curwen bewachen und nur im äußersten Notfall von einem Boten zu Hilfe geholt werden; die zweite Abteilung von zwanzig Mann sollte sich unter Kapitän Eseh Hopkins ins Flußtal hinter Curwens Bauernhof hinabschleichen und mit Äxten oder Schießpulver die eichene Tür in der hohen, steilen Uferböschung zerstören; die dritte Abteilung schließlich sollte das Haus und die Nebengebäude selbst umzingeln. Ein Drittel dieser Abteilung sollte von Kapitän Mathewson zu dem kryptischen Steingebäude mit den hohen, schmalen Fenstern geführt werden, ein weiteres Drittel Kapitän Whipple selbst zum Hauptgebäude folgen und das letzte Drittel einen Kreis um den ganzen Gebäudekomplex bilden und nur auf ein Notsignal hin eingreifen.

Die Flußabteilung würde auf einen einzigen Pfiff hin die Tür in der Uferböschung aufbrechen, warten und alles gefangennehmen, was aus den unterirdischen Räumen hervorkommen mochte. Beim Ertönen eines zweiten Pfiffes würde sie durch die Öffnung eindringen, um sich dem Feind entgegenzustellen oder sich mit dem übrigen Kontingent zu vereinigen. Die Abteilung an dem Steingebäude würde in analoger Weise auf die Pfeifsignale reagieren, sich also zunächst den Zutritt zu dem Gebäude erzwingen und beim zweiten Pfiff auf jedem Weg, der sich bieten würde, nach unten vordringen und sich an dem allgemeinen oder auf bestimmte Stellen konzentrierten Kampf beteiligen, von dem man glaubte, daß er sich in den Höhlen abspielen würde. Ein drittes Signal, das Notsignal, das aus drei Pfiffen bestehen würde, sollte die Reserveeinheit, die bis dahin rings um die Gebäude Wache halten würde, herbeirufen; die zwanzig Mann sollten sich in zwei Hälften aufteilen und sowohl durch das Bauernhaus als auch durch das Steingebäude in die unbekannten Tiefen vordringen. Kapitän Whipples Glaube an die Existenz von Katakomben war uneingeschränkt, und er zog bei der Aufstellung seines Planes keine Alternative in Erwägung. Er hatte eine sehr laute, schrille Pfeife bei sich und befürchtete nicht, daß die Signale überhört oder mißverstanden werden könnten. Die letzte Reserve an der Landungsstelle war natürlich beinahe außerhalb der Reichweite der Pfeife, und ein besonderer Bote würde nötig sein, um sie zu Hilfe zu holen. Moses Brown und John Carter gingen mit Kapitän Hopkins zum Flußufer, während Präsident Manning mit Kapitän Mathewson für das Steingebäude eingeteilt wurde. Dr. Bowen blieb mit Ezra Weeden in Kapitän Whipples Abteilung, die das Bauernhaus selbst stürmen sollte. Der Angriff sollte beginnen, sobald ein Bote von Kapitän Hopkins den Kapitän Whipple informiert haben würde, daß die Abteilung am Fluß bereit sei. Dann würde der Anführer das erste laute Pfeifsignal geben, und die verschiedenen Sturmtrupps würden an den drei verschiedenen Stellen gleichzeitig losschlagen. Kurz vor ein Uhr verließen die drei Abteilungen den Hof der Fenners; die eine, um die Landestelle zu bewachen, die andere, um das Flußufer und die Eichentür zu suchen, und die dritte, um sich zu teilen und sich die Gebäude von Curwens Hof selbst vorzunehmen.

Eleazar Smith, der mit der Küstenwache mitging, berichtet in seinem Tagebuch von einem ereignislosen Marsch und einer langen Wartezeit auf der Steilküste über der Bucht; die Stille sei nur einmal durch ein kaum wahrnehmbares, fernes Pfeifsignal und später noch einmal durch ein merkwürdig gedämpftes Dröhnen und Schreien und eine Pulverexplosion unterbrochen worden, wobei all diese Geräusche anscheinend aus derselben Richtung gekommen seien. Später glaubte einer der Männer, ferne Flintenschüsse zu hören, und wieder später fühlte Smith selbst, wie die oberen Luftschichten vom Widerhall titanischer, donnernder Worte erbebten. Kurz vor Tagesanbruch erschien schließlich ein einzelner, verstörter Bote mit wildem Blick und einem abscheulichen, unbekannten Gestank in den Kleidern und wies die Männer an, unauffällig in ihre Häuser zurückzukehren und nie wieder von den Geschehnissen der Nacht oder von jenem zu sprechen, der einmal Joseph Curwen gewesen sei. Irgend etwas im Aussehen des Boten hatte eine Überzeugungskraft, wie bloße Worte sie niemals hätten vermitteln können, denn obwohl er ein Seemann war, den viele von ihnen kannten, schien seiner Seele irgend etwas auf unbegreifliche Weise verlorengegangen oder hinzugefügt worden zu sein, das ihn ein für allemal zum Außenseiter stempelte. Dasselbe Gefühl hatten sie später, als sie andere alte Kameraden wiedersahen, die sich in die Zone des Schreckens gewagt hatten. Die meisten von ihnen hatten etwas Unwägbares und Unbeschreibliches verloren oder dazubekommen. Sie hatten etwas gesehen oder gehört oder gespürt, das nicht für menschliche Wesen bestimmt war, und konnten es nicht vergessen. Keiner von ihnen hat auch nur das Geringste ausgeplaudert, denn selbst für die gemeinsten Instinkte der Sterblichen gibt es furchtbare Grenzen. Und beim Anblick jenes einzelnen Boten beschlich die Angehörigen der Abteilung an der Küste ein namenloses Grauen, das ihnen beinahe für immer die Lippen verschloß. Ganz spärlich nur waren die Gerüchte, die jemals von einem dieser Männer in Umlauf gesetzt wurden, und Eleazar Smith' Tagebuch ist der einzige erhaltene schriftliche Bericht über die Expedition, die beim Goldenen Löwen unter den Sternen aufgebrochen war.

Charles Ward entdeckte jedoch noch einen anderen verschwommenen Hinweis in einigen Briefen der Fenners, die er in New London fand, wo, wie er wußte, eine andere Seitenlinie der Familie gelebt hatte. Es scheint, daß die Fenners, von deren Haus man den verfluchten Bauernhof in der Ferne sehen konnte, die heimkehrenden Kolonnen der Rächer gesehen und sehr deutlich das wütende Bellen von Curwens Hunden und danach den ersten schrillen Pfiff gehört hatten, der die Attacke einleitete. Diesem ersten Pfiff war abermals eine hohe Lichtsäule aus dem Steingebäude gefolgt, und einen Moment später, nach dem kurzen Aufschrillen des zweiten, zum allgemeinen Angriff rufenden Signals, hatte man gedämpftes Musketengeknatter und gleich darauf einen furchtbaren, dröhnenden Schrei gehört, den der Briefschreiber, Luke Fenner, mit den Buchstaben »Waaaahrrrr-Ruaaahrrr« wiedergegeben hatte. Dieser Schrei war jedoch von einer Art gewesen, wie man sie niemals schriftlich schildern könnte, und der Briefschreiber erwähnt, seine Mutter sei bei diesem Geräusch in eine tiefe Ohnmacht gefallen. Später ließ er sich noch einmal weniger laut vernehmen, und dann folgten weitere, aber diesmal stärker gedämpfte Geräusche von abgefeuerten Musketen sowie eine laute Pulverexplosion vom Fluß her. Etwa eine Stunde später begannen alle Hunde wie rasend zu bellen, und die Erde zitterte so stark, daß die Kerzen auf dem Kamin umfielen. Starker Schwefelgeruch machte sich bemerkbar, und Luke Fenners Vater behauptete, er habe das dritte Signal, also das Notsignal, gehört, wogegen die anderen nichts davon gemerkt hatten. Wieder ertönten gedämpfte Schüsse, und dann ein tiefer Schrei, der weniger durchdringend, aber sogar noch schrecklicher war als die vorausgegangenen; es war eine Art kehliges, widerliches weiches Husten oder Gurgeln, das sich mehr wegen seiner Dauer als seines tatsächlichen akustischen Werts wie ein Schrei anhörte.

Dann flammte die Lichterscheinung wieder auf, an der Stelle, wo Curwens Hof liegen mußte, und Schreie verzweifelter, entsetzter Männer ließen sich vernehmen. Mündungsfeuer blitzten auf, Musketen krachten, und dann fiel die Flammensäule in sich zusammen. Ein zweites flammendes Ding erschien, und deutlich war ein kreischender Schrei eines Menschen zu hören. Fenner schrieb, er habe sogar ein paar der wie rasend hervorgestoßenen Worte verstehen können: »Allmächtiger, beschütze dein Lamm!« Dann ertönten weitere Schüsse, und das zweite Flammending fiel zusammen. Danach war es ungefähr drei viertel Stunden lang still, bis der kleine Arthur Fenner, Lukes Bruder, ausrief, er habe gesehen, wie »roter Nebel« von dem fluchbeladenen Hof in der Ferne zu den Sternen aufgestiegen sei. Niemand außer dem Kind konnte dies bezeugen, doch Luke erwähnt immerhin, daß seltsamerweise genau in demselben Moment die drei Katzen, die im Zimmer waren, in panischer, beinahe konvulsivischer Furcht einen Buckel machten und ihr Fell sich sträubte.

Fünf Minuten später kam ein eisiger Wind auf, und die Luft füllte sich mit einem so entsetzlichen Gestank, daß nur der frische Seewind verhindert haben kann, daß ihn auch die Leute an der Küste oder die wachenden Bewohner des Dorfes Pawtuxet wahrnahmen. Dieser Gestank war etwas, das die Fenners nie zuvor erlebt hatten, und er erzeugte eine würgende, namenlose Angst, schlimmer als die vor dem Grab oder dem Leichenhaus. Gleich danach kam jene schreckliche Stimme, die keiner der unglücklichen Ohrenzeugen zeit seines Lebens vergessen konnte. Donnernd erdröhnte sie vom Himmel herab wie ein Fluch, und die Fensterscheiben klirrten, als sie in der Ferne verhallte. Sie war tief und melodiös, kräftig wie das Baßregister der Orgel, aber böse wie die verbotenen Bücher der Araber. Was sie sagte, konnte niemand erklären, denn sie sprach in einer unbekannten Sprache, doch dies sind die Buchstaben, die Luke Fenner zu Papier brachte, um die dämonischen Laute zu beschreiben: »DEESMEES – JESHET – BONEDOSEFEDUVEMA – ENTTEMOSS.« Bis zum Jahre 1919 brachte keine Menschenseele diese unbeholfene Lautschrift irgendwie mit dem Wissen der Sterblichen in Verbindung, doch Charles Ward erbleichte, als er erkannte, was Mirandola schaudernd als den äußersten Schrecken unter den Beschwörungen der Schwarzen Magie enthüllt hatte.

Ein unverkennbar menschlicher Ruf oder ein tiefer Schrei aus vielen Kehlen schien diesem bösartigen Wunder von Curwens Bauerhof her zu antworten, und zugleich mischte sich dem unbekannten Gestank noch ein weiterer, ebenso unerträglicher Geruch bei. Ein Jammern, ganz unähnlich dem Schrei, brach jetzt aus, das in ein langgezogenes, krampfartiges Geheul von wechselnder Tonhöhe überging. Hin und wieder schien es beinahe artikuliert, doch keiner der Ohrenzeugen vermochte ein bestimmtes Wort zu unterscheiden; und an einem Punkt hatte man den Eindruck, als wollte es im nächsten Augenblick in hysterisches, diabolisches Gelächter umschlagen. Dann drang ein Schrei äußerster, entsetzlichster Furcht und schieren Wahnsinns aus zahlreichen menschlichen Kehlen, ein Schrei, der laut und deutlich zu hören war, obwohl er aus unterirdischen Tiefen heraufdringen mußte; danach herrschte nur noch Stille und Finsternis. Spiralen beißenden Rauches stiegen auf und verdunkelten die Sterne, obwohl keine Flammen sich zeigten und am folgenden Tage nichts davon zu sehen war, daß eines der Gebäude zerstört oder beschädigt worden wäre.

Gegen Morgen pochten zwei völlig verstörte Boten in Kleidern, die von monströsen, unbestimmbaren Gerüchen gesättigt waren, an die Tür der Fenners und baten um ein Fäßchen Rum, bei dessen Bezahlung sie sich weiß Gott nicht lumpen ließen. Einer von ihnen sagte den Fenners, die Affäre Joseph Curwen sei vorbei, und die Ereignisse der Nacht dürften nie wieder erwähnt werden. So anmaßend dieser Befehl auch schien, das Aussehen des Mannes, der ihn aussprach, ließ keinen Groll aufkommen und verlieh seinen Worten eine schreckliche Autorität; so kam es, daß nur diese heimlichen Briefe von Luke Fenner, die zu vernichten er seinen Verwandten in Connecticut beschwor, geblieben sind, um zu vermelden, was gehört und gesehen wurde. Nur dadurch, daß der Verwandte der Bitte nicht entsprach, blieben die Briefe schließlich doch erhalten und wurde die ganze Angelegenheit davor bewahrt, barmherziger Vergessenheit anheimzufallen. Charles Ward brachte noch eine weitere Einzelheit in Erfahrung, als er sich die Mühe machte, die Bewohner von Pawtuxet einen nach dem anderen über die Überlieferung ihrer Vorfahren zu befragen. Der alte Charles Slocum, der in diesem Dorf wohnte, wußte zu berichten, seinem Großvater sei ein merkwürdiges Gerücht in Erinnerung gewesen über einen verkohlten, verstümmelten Leichnam, der eine Woche nach der Nachricht vom Tode Joseph Curwens auf einem Acker gefunden worden sei. Was das Gerede über diesen Fund nicht verstummen ließ, war die Tatsache, daß dieser Körper, soweit man dies angesichts seines verkohlten und verstümmelten Zustands noch feststellen konnte, weder menschlich noch auch der Kadaver irgendeines Tieres gewesen sein könne, das die Leute in Pawtuxet jemals zu Gesicht bekommen hatten.

6

Nicht einer der Männer, die an diesem furchtbaren Überfall teilgenommen hatten, ließ sich jemals dazu bewegen, ein Sterbenswörtchen darüber verlauten zu lassen, und jede kleinste Einzelheit in den verschwommenen Angaben, die sich erhalten haben, stammt von Leuten, die nicht bei jenem letzten Gefecht dabeigewesen waren. Die Sorgfalt, mit der diese Kämpfer alles vernichteten, was auch nur den geringsten Hinweis auf die ganze Angelegenheit enthielt, hat etwas Erschreckendes.

Acht Seeleute waren getötet worden, aber obwohl ihre Leichen nicht geborgen wurden, gaben sich ihre Familien mit der Auskunft zufrieden, es habe ein Zusammenstoß mit Zollbeamten stattgefunden. Dieselbe Erklärung wurde für die zahlreichen Verwundungen angeführt, die allesamt ausschließlich von Dr. Jabez Bowen verbunden und behandelt wurden, der an dem Kampf teilgenommen hatte. Am schwersten war der unsägliche Gestank zu erklären, der allen Kämpfern anhaftete, eine Tatsache, über die wochenlang diskutiert wurde. Von den prominenten Bürgern waren Kapitän Whipple und Moses Brown am stärksten verwundet, und Briefe ihrer Frauen bezeugen, welche Verwirrung die Männer durch ihre Zurückhaltung und Wachsamkeit im Zusammenhang mit den Verbänden stifteten. In seelischer Hinsicht war jeder einzelne Kämpfer gealtert, ernüchtert und erschüttert. Glücklicherweise waren sie allesamt robuste Männer der Tat und einfache orthodoxe Gläubige, denn hätten sie über eine verfeinerte Phantasie und komplexe Geistesgaben verfügt, so wäre es ihnen bei Gott schlimm ergangen. Präsident Manning litt am meisten, aber selbst er befreite sich von den dunkelsten Schatten und erstickte seine Erinnerung im Gebet. Jeder dieser führenden Männer hatte in den folgenden Jahren eine wichtige Rolle zu spielen, und sie konnten vielleicht von Glück sagen, daß dem so war. Kaum mehr als zwölf Monate danach führte Kapitän Whipple den Pöbelhaufen an, der das Zollschiff *Gaspee* in Brand steckte, und in dieser ruchlosen Tat könnte man den Versuch erblicken, bedrückende Erinnerungen auszulöschen.

Der Witwe Joseph Curwens wurde ein versiegelter Bleisarg von merkwürdiger Form übergeben, der offenbar schon bereitgestanden hatte, als man ihn brauchte. In diesem Sarg, so sagte man ihr, läge der Leichnam ihres Mannes. Er sei, so wurde erklärt, in einem Kampf mit Zöllnern getötet worden, über den aus politischen Rücksichten keine weiteren Einzelheiten verlauten dürften. Mehr als dies hat nie ein Sterblicher über den Tod Joseph Curwens verraten, und Charles Ward fand nur einen einzigen Hinweis, auf dem er eine Theorie aufbauen konnte. Auch dieser Hinweis war undeutlich genug – eine zittrige Unterstreichung unter einer Passage in Jedediah Ornes konfisziertem Brief an Joseph Curwen, teilweise abgeschrieben in Ezra Weedens Handschrift. Die Abschrift fand sich im Besitz von Smith' Nachkommen; und wir müssen selbst entscheiden, ob Weeden sie seinem Gehilfen gegeben hat, nachdem alles vorüber war, sozusagen als stummen Hinweis auf abnorme Dinge, die vorgefallen waren, oder ob, und das ist das Wahrscheinlichere, Smith die Abschrift schon vorher besessen und die Unterstreichungen selbst vorgenommen hatte, nachdem er durch kluges Kombinieren und geschickte Fragen doch das eine oder andere aus seinem Freund herausbekommen hatte. Bei dem unterstrichenen Absatz handelte es sich lediglich um folgende Zeilen:

»Ich sage Euch abermals, erwecket Keinen, welchen Ihr nicht auszutreiben vermöget; will sagen, Keinen, welcher etwas gegen Euch erwecken kann, wogegen Eure mächtigste Zauberey nichts ausrichten könnte.«

Aufgrund dieser Passage sowie der Überlegung, welche letzten unnennbaren Bundesgenossen ein geschlagener Mann in der höchsten Not anrufen könnte, mag Charles Ward sich wohl gefragt haben, ob irgendein Bürger von Providence Joseph Curwen getötet hatte.

Die vorsätzliche Tilgung jedes Andenkens an den Toten aus dem Leben und den Annalen von Providence wurde durch den Einfluß der prominenten Bürger, die an dem Überfall teilgenommen hatten, sehr erleichtert. Sie hatten zunächst nicht vorgehabt, so gründliche Arbeit zu leisten, und hatten die Witwe, deren Vater und das Kind im unklaren über die wahren Verhältnisse gelassen; aber Kapitän Tillinghast war ein kluger Kopf und brachte bald so viel in Erfahrung, daß er zutiefst entsetzt war und seine Tochter und Enkeltochter veranlaßte, ihren Namen zu ändern, die Bibliothek und die übriggebliebenen Schriftstücke zu verbrennen und die Inschrift auf dem schiefernen Grabstein Joseph Curwens tilgen zu lassen. Er kannte den Kapitän Whipple gut und entlockte dem barschen Seebären wahrscheinlich mehr Hinweise auf das Ende des fluchbeladenen Hexenmeisters, als je ein anderer in Erfahrung bringen konnte.

Von dieser Zeit an wurde das Schweigen über Curwen immer eisiger und erstreckte sich schließlich nach allgemeiner Übereinkunft sogar auf die städtischen Chroniken und die Archive der *Gazette*. Man kann es der Art nach nur damit vergleichen, wie Oscar Wildes Name ein Jahrzehnt lang totgeschwiegen wurde, nachdem er in Ungnade gefallen war, und dem Umfang nach nur mit dem Schicksal jenes sündigen Königs von Runagur in Lord Dunsanys Erzählung, der nach dem Willen der Götter nicht nur aufhören mußte zu existieren, sondern den es auch nie gegeben haben durfte.

Mrs. Tillinghast, wie die Witwe sich nach 1772 nannte, verkaufte das Haus in Olney Court und wohnte bis zu ihrem Tode im Jahre 1817 im Haus ihres Vaters an der Power's Lane. Den Bauernhof bei Pawtuxet, von jeder lebenden Seele gemieden, ließ man vermodern, und er schien im Laufe der Jahre mit unerklärlicher Schnelligkeit zu verfallen. Im Jahre 1780 standen nur noch die Stein- und Ziegelmauern, und bis zur Jahrhundertwende waren selbst diese zu formlosen Trümmerhaufen eingestürzt. Niemand wagte es, das dichte Gestrüpp am Flußufer zu durchdringen, hinter dem vielleicht die große Tür lag, noch unternahm irgend jemand den Versuch, sich ein Bild von den Szenen zu machen, inmitten derer Joseph Curwen aus den Greueln abgerufen wurde, die er selbst heraufbeschworen hatte.

Nur den robusten Kapitän hörten aufmerksame Leute hin und wieder vor sich hin murmeln: »Die Pest über diesen – – – – –, was mußte der Kerl auch lachen, während er schrie. Man hätt' fast glauben können, der verdammte – – – – – hätt' noch was auf Lager gehabt. Für 'ne halbe Krone würd' ich sein – – – – – Haus anstecken.«

3 Eine Suche und eine Anrufung

I

Charles Ward entdeckte, wie wir gesehen haben, erst im Jahre 1918, daß er von Joseph Curwen abstammte. Daß er sich auf der Stelle intensiv für alles zu interessieren begann, was mit dem vergangenen Geheimnis zu tun hatte, braucht uns nicht zu wundern; denn jedes vage Gerücht, das er über Curwen gehört hatte, war plötzlich von größter Bedeutung für ihn selbst, in dessen Adern Curwens Blut floß. Kein begeisterter und phantasiebegabter Genealoge hätte etwas anderes getan, als unverzüglich damit zu beginnen, sich mit größtem Eifer dem Sammeln von Fakten über diesen Mann zu widmen.

Bei seinen ersten Nachforschungen machte Ward keinerlei Anstalten, etwas geheimzuhalten, so daß sogar Dr. Lyman zögert, den Beginn der geistigen Umnachtung des jungen Mannes zu irgendeinem Zeitpunkt vor dem Jahresende 1919 anzusetzen. Er sprach offen mit seiner Familie – obwohl seine Mutter nicht gerade erfreut darüber war, einen Vorfahren wie Curwen zu haben – und mit den Angestellten verschiedener Museen und Bibliotheken, die er aufsuchte. Wenn er Privatfamilien um die Überlassung von Unterlagen bat, von denen er glaubte, sie befänden sich in ihrem Besitz, machte er aus seinen Absichten keinen Hehl und teilte die leicht amüsierte Skepsis, mit der man die Berichte der alten Tagebuch- und Briefschreiber betrachtete. Er bekannte oft, daß er zu gerne gewußt hätte, was sich vor anderthalb Jahrhunderten auf jenem Bauernhof bei Pawtuxet wirklich abgespielt hatte, dessen Lage er vergeblich zu ermitteln versucht hatte, und was Joseph Curwen wirklich gewesen war.

Als er auf Smith' Tagebuch und Archiv stieß und den Brief von Jedediah Orne fand, beschloß er, nach Salem zu fahren und dort Nachforschungen über Curwens frühe Aktivitäten und Verbindungen anzustellen, was er in den Osterferien 1919 tat. Im Essex-Institut, das er von früheren Besuchen in der glanzvollen alten Stadt verfallender puritanischer Giebel und dichtgedrängter Walmdächer her gut kannte, wurde er sehr freundlich empfangen und grub eine ganze Menge Unterlagen über Curwen aus. Er fand heraus, daß sein Vorfahr am 18. Februar (alten Stils) 1662-3 im Dorf Salem, dem heutigen Danvers, sieben Meilen vor der Stadt, geboren war und daß er im Alter von fünfzehn Jahren von zu Hause fortgelaufen und zur See gefahren war, um erst neun Jahre später mit der Kleidung, der Sprache und dem Gebaren eines gebürtigen Engländers wiederaufzutauchen und sich in Salem selbst niederzulassen. Damals befaßte er sich kaum mit seiner Familie, sondern verbrachte die meiste Zeit mit den seltsamen Büchern, die er aus Europa mitgebracht hatte, und den sonderbaren Chemikalien, die für ihn auf Schiffen aus England, Frankreich und Holland kamen. Mit seinen Fahrten aufs Land erregte er die Neugier der Einheimischen, die sie flüsternd mit vagen Gerüchten über nächtliche Feuer auf den Hügeln in Verbindung brachten.

Curwens einzige engen Freunde waren ein Edward Hutchinson aus dem Dorf Salem und ein Simon Orne aus Salem gewesen. Mit diesen Männern sah man ihn sich oft in der Öffentlichkeit unterhalten, und gegenseitige Besuche waren keineswegs selten. Hutchinson hatte ziemlich weit draußen vor den Wäldern ein Haus, das wegen der Geräusche, die dort des Nachts zu hören waren, sensibleren Naturen nicht ganz geheuer war. Man sagte, er empfange sonderbare Besucher, und das Licht hinter seinen Fenstern sei immer von derselben Farbe.

Sein Wissen um längst verstorbene Personen und längst vergessene Ereignisse empfand man als ausgesprochen unheimlich; er verschwand um die Zeit, als der Hexenwahn begann, und wurde nie mehr gesehen. Zur selben Zeit zog auch Joseph Curwen fort, aber man erfuhr bald, daß er sich in Providence niedergelassen hatte. Simon Orne lebte in Salem bis zum Jahre 1720; von da an erregte er Aufsehen, weil er äußerlich nicht zu altern schien. Deshalb verschwand er aus der Stadt, doch dreißig Jahre später tauchte ein Mann auf, der ihm wie aus dem Gesicht geschnitten schien, nach eigenen Angaben sein Sohn war und Anspruch auf die Besitztümer seines Vaters erhob. Man entsprach seinem Begehren aufgrund von Dokumenten in Simon Ornes bekannter Handschrift, und Jedediah Orne lebte noch bis 1771 in Salem; in diesem Jahr erfuhr man aus Briefen von Bürgern der Stadt Providence an Hochwürden Thomas Barnard und andere, er sei in aller Stille in unbekannte Gegenden verzogen.

Im Essex-Institut, im Gerichtsarchiv und im Handelsregister fanden sich Dokumente über all diese sonderbaren Angelegenheiten, darunter harmlose Geschäftsurkunden wie Grundstücks- und allgemeine Kaufverträge, aber auch geheime Schriftstücke, die zu allerlei Spekulationen Anlaß gaben. In den Protokollen der Hexenprozesse waren vier oder fünf unmißverständliche Anspielungen enthalten; so hatte zum Beispiel ein Hepzibah Lawson am zehnten Juli 1692 vor dem Gericht von Oyer und Terminen unter Richter Hathorne beeidet, daß »vierzig Hexen und Schwarze Männer regelmäßig in den Wäldern hinter Mr. Hutchinsons Haus zusammenkommen«, und ein gewisser Amity How erklärte in einer Verhandlung am achten August vor Richter Gedney, »Mr. G. B. (George Burroughs) hat jenes Nachts Bridget S., Johatan A., *Simon O.*, Deliverance W., *Joseph C.*, Susan P., Mehitable C. und Deborah B. mit dem Teufel seinem Zeichen gebranntmarket«. Weiterhin war da ein Katalog von Hutchinsons unheimlicher Bibliothek, wie sie nach seinem Verschwinden vorgefunden worden war, sowie ein unvollendetes Manuskript in seiner Handschrift, abgefaßt in einer Geheimschrift, die niemand lesen konnte. Ward ließ sich eine Photokopie von diesem Manuskript anfertigen und begann, nebenbei an der Entzifferung der Schriftzeichen zu arbeiten, sobald er die Kopie in Händen hatte. Vom folgenden August an bemühte er sich intensiv und fieberhaft um die

Dechiffrierung der Geheimschrift, und es besteht Grund dafür, aus seinen Aussagen und seinem Verhalten zu schließen, daß er noch vor Oktober oder November den Schlüssel fand. Er verriet jedoch nie, ob er Erfolg gehabt hatte oder nicht.

Von größtem unmittelbarem Interesse war jedoch das Material über Orne. Ward brauchte nur kurze Zeit, um aufgrund von Schriftvergleichen etwas nachzuweisen, was er schon anhand des Textes des Briefes an Curwen für sicher gehalten hatte, nämlich daß Simon Orne und sein vermeintlicher Sohn ein und dieselbe Person gewesen seien. Wie Orne seinem Briefpartner anvertraut hatte, war es ziemlich unsicher, in Salem zu lange zu leben, weshalb er auf den Ausweg verfiel, sich dreißig Jahre im Ausland aufzuhalten und als Vertreter einer neuen Generation zurückzukehren, um wieder Anspruch auf seinen Grund und Boden zu erheben. Orne hatte offenbar vorsichtshalber den größten Teil seiner Korrespondenz vernichtet, aber die Bürger, die im Jahre 1771 zur Tat schritten, fanden und bewahrten ein paar Briefe, die ihnen viel zu denken gaben. Da waren kryptische Formeln und Diagramme in seiner und anderen Handschriften, die Ward jetzt entweder kopierte oder photographieren ließ, sowie ein in höchstem Maße mysteriöser Brief, die der Forscher anhand von Eintragungen im Handelsregister eindeutig als Joseph Curwens Handschrift identifizierte.

Obwohl Curwens Brief keine Jahresangabe trug, war es offensichtlich nicht der, auf den Orne jene konfiszierte Nachricht als Antwort abgeschickt hatte. Aufgrund seines Inhalts glaubte Ward, er könne nicht viel später als 1750 entstanden sein. Es mag nicht unangebracht sein, den Text hier wörtlich wiederzugeben, als Beispiel für den Stil eines Mannes, dessen Lebensgeschichte so dunkel und schrecklich war. Der Empfänger wird als »Simon« bezeichnet, doch das Wort war durchgestrichen worden – ob von Curwen oder Orne, wußte Ward nicht zu sagen.

Providence, 1. Mai

Bruder:
Mein alter Freund, geziemenden Respeckt und ehrfürchtige Wünsche Ihm, welchem wir zu Seinem ewigen Ruhme dienen. Ich bin soeben auf jenes gestoßen, was Ihr wissen müßtet, bezüglich jener

letzten und äußersten Angelegenheit, und was im Hinblick darauf zu thun sey. Ich bin nicht in der Lage, Eurem Rathe zu folgen, in Ansehen meines hohen Alters wegzugehen, denn in Providence pfleget man ungewöhnliche Dinge nicht mit derselbigen Schärffe zu verfolgen und vor Gericht zu stellen wie andernorts. Ich bin mit meinen Schiffen und Waren beschäfftiget und könnte nicht thun, was Ihr gethan, auch weil das, welches unter meinem Bauernhof sich befindet und Euch bekannt ist, nicht meiner Rückkunfft als ein Anderer harren würde.

Aber ich bin nicht unvorbereitet für ein hartes Los, wie ich Euch schon gesagt habe, und habe lange Zeit daran gearbeitet, wie eine Rückkunfft nach einer Katastrophe zu bewerckstelligen sey. Letzte Nacht stieß ich auf jene Worte, welche YOGGE-SOTHOTHE erwecken, und sahe zum ersten Mahle jenes Gesicht, von welchem Ibn Schacabac in dem – – – – – spricht. Und Es sagte, daß der III. Psalm in dem Liber Damnatus den Schlüssel berge. Mit der Sonne im V. Hause, Saturn im Gedrittschein, zeichnet das Pentagramm des Feuers und saget den neunten Vers dreymahl. Diesen Vers wiederholet sowohl am Tage der Kreuzerhöhung als auch an Allerheiligen, und das Ding wird in den Äußeren Sphären erscheinen. *Und aus dem Samen des Alten wird Einer geboren werden, welcher zurückschauen wird, ohne zu wissen, wonach er suchet.*

Dennoch wird alles nichts fruchten, wenn es keinen Erben giebt, und wenn die Saltze oder die Art und Weise, die Saltze zu präpariren, ihm nicht zur Hand seyn. Und hier muß ich gestehen, daß ich nicht die nöthigen Schritte gethan und nicht viel erfunden habe. Der Prozeß ist äußerst complizirt und man brauchet dafür so viele Exemplare, daß ich Mühe habe, genügend zu bekommen, trotz der Seeleute, welche ich von den Westindischen Inseln habe. Die Leute hier herumb werden neubegierig, allein ich vermag sie fernzuhalten. Die Edelleute sind ärger als das gemeine Volk, weil sie in ihren Berichten genauer sind und man ihnen eher glaubet. Jener Pastor und Mr. Merritt haben etliches erzählet, wovon mir Angst wird, allein bisher ist es nicht gefährlich. Die chymischen Substanzen sind leicht zu bekommen, denn es giebt in der Stadt gute Apotheker, Dr. Bowen und Sam Carew. Ich befolge, was Borellus saget, und habe eine Hilfe in Abdool Al-Hazreds VII. Buche. Was auch immer ich finden mag,

Ihr sollet es bekommen. Und inzwischen versäumet nicht, Nutzen aus den Worten zu ziehen, welche Ihr hier findet; es sind die Richtigen, doch wenn Ihr Ihn zu sehen wünschet, so schreibet auf das Stück – – – –, welches Ihr in diesem Päckchen findet. Saget die Verse an jedem Tag der Kreuzerhöhung und jedem Allerheiligentage; und wenn Ihr nicht ablasset, *so wird in Jahren Einer kommen, der zurückblicken wird und jene Saltze oder Stoffe für Saltze verwenden, welche Ihr Ihm hinterlassen werdet.* Hiob XIV. XIV.

Ich freue mich, daß Ihr wieder in Salem seid, und hoffe, Euch in Bälde wiederzusehen. Ich habe einen guten Hengst und denke daran, eine Kutsche zu kaufen, da es bereits eine (Mr. Merritts) in Providence giebt, wiewohl die Straßen schlecht sind. So Ihr bereit seid, zu reysen, so kommet bey mir vorbey. Nehmet von Boston die Poststraße durch Dedham, Wrentham und Attleborough, in welchen Städten es überall gute Herbergen giebt. Steiget in Mr. Bolcoms Hause in Wrentham ab, wo die Betten besser sind als in Mr. Hatchs, doch esset in dem anderen Hause, denn deren Koch ist besser. Fahret an den Pantucket-Fällen vorbey nach Providence, auf der Straße, an der Mr. Sayles' Taverne lieget. Mein Haus befindet sich gegenüber Mr. Epenetus Olneys Taverne an der Town Street, das erste auf der Nordseite von Olney Court. Entfernung von Boston an XLIV Meilen.

Mein Herr, ich bin Euer alter und getreuer Freund und Diener in Almonsin-Metraton

Josephus C.

An Mr. Simon Orne,
William's Lane, Salem.

Merkwürdigerweise erfuhr Ward erst durch diesen Brief, an welcher Stelle genau Curwens Haus in Providence gestanden hatte, denn keine der Unterlagen, auf die er bis dahin gestoßen war, hatte darüber genaue Angaben enthalten. Die Entdeckung war doppelt aufregend, weil sie als das neuere Haus Curwens, das im Jahre 1761 an derselben Stelle wie das alte errichtet worden war, ein heruntergekommenes Gebäude auswies, das noch immer in Olney Court stand und Ward von seinen Streifzügen über Stampers Hill her vertraut war. Das

Haus war in der Tat nur ein paar Blöcke von seinem Elternhaus weiter oben auf dem Hügel entfernt und wurde jetzt von einer Negerfamilie bewohnt, die allgemein beliebt war und gerne zu gelegentlichen Dienstleistungen wie Wäschewaschen, Hausputz und Ofenreinigung herangezogen wurde. Daß er im fernen Salem so plötzlich einen Beweis für die Bedeutung einer so vertrauten Elendsunterkunft entdeckt hatte, beeindruckte Ward aufs tiefste, und er beschloß, sich das Haus sofort nach seiner Rückkehr näher anzusehen. Die mystischeren Passagen des Briefes, die er für eine extravagante Art von Symbolismus hielt, setzten ihn in blankes Erstaunen; doch er vermerkte mit neugieriger Erregung, daß es sich bei dem erwähnten Bibelzitat – Hiob 14, 14 – um den bekannten Vers »Wird ein toter Mensch wieder leben? Alle Tage meines Streites wollte ich harren, bis daß meine Veränderung komme!« handelte.

2

Der junge Ward kam in freudiger Erregung nach Hause und brachte den folgenden Samstag damit zu, das Haus in Olney Court lange und gründlich zu durchsuchen. Das Gebäude, jetzt vom Alter gezeichnet, war nie eine Villa gewesen; es war vielmehr ein bescheidenes, zweieinhalbstöckiges Holzhaus im vertrauten Kolonialstil von Providence, mit einem einfachen, spitzgiebligen Dach, einem großen Kamin in der Mitte und einem kunstvollen Portal mit einer strahlenförmigen Lünette, einem dreieckigen Giebelfeld und schmucken dorischen Säulen. Äußerlich hatte es kaum gelitten, und Ward spürte, daß er etwas vor sich hatte, was den finstren Objekten seiner Nachforschungen sehr nahestand.

Die derzeitigen Bewohner kannten ihn, und der alte Asa und seine stämmige Frau Hannah geleiteten ihn höflich ins Hausinnere. Hier hatte sich mehr verändert, als von außen zu sehen war, und Ward sah mit Bedauern, daß die geschmackvolle, eine Urne und eine Schriftrolle darstellende Stuckverzierung über dem Kaminsims und das Schnitzwerk an den Schränken mehr als zur Hälfte verschwunden waren, während ein großer Teil der schönen Wandtäfelung und des Leistenwerks zerschrammt, durchlöchert, abgerissen oder mit billigen Tapeten überklebt war. Alles in allem erbrachte die Untersuchung nicht so viel, wie Ward sich versprochen hatte; doch war es immerhin aufregend, innerhalb der uralten Mauern zu stehen, die einmal einen solch schrecklichen Mann wie Joseph Curwen beherbergt hatten. Mit leisem Schaudern sah er, daß von dem alten messingnen Türklopfer sorgsam ein Monogramm entfernt worden war.

Von da an bis nach Beendigung seiner Schulzeit befaßte sich Ward mit der Photokopie von Hutchinsons Geheimschrift und der Sammlung weiterer Fakten über Curwen. Das Manuskript widerstand noch immer seinen Bemühungen, doch Fakten über Curwen entdeckte er so viele, daß die darin enthaltenen Hinweise auf weiteres Material an anderen Orten ihn veranlaßten, eine Reise nach New London und New York zu machen, um die alten Briefe zu studieren, die sich an diesen Orten befinden sollten. Diese Reise war sehr ertragreich, denn sie verschaffte ihm die Fenner-Briefe mit der furchtbaren Beschreibung des Überfalls auf den Bauernhof an der Pawtuxet Road sowie die Nightingale-Talbot-Briefe, aus denen er von dem Porträt erfuhr, das auf eine Wandtäfelung in Curwens Bibliothek gemalt worden war. Die Sache mit diesem Porträt interessierte ihn ganz besonders, denn er würde viel darum gegeben haben, zu erfahren, wie Joseph Curwen ausgesehen hatte; und er beschloß, in dem Haus in Olney Court nochmals Nachforschungen anzustellen, um herauszufinden, ob nicht vielleicht eine Spur des alten Gemäldes unter abblätternden Schichten später aufgetragener Farbe oder muffigen Tapeten zu entdecken sein würde.

Diese zweite Durchsicht fand Anfang August statt, und Ward klopfte sorgfältig die Wände in jedem Raum ab, der groß genug war, um auch nur mit einiger Wahrscheinlichkeit dem unseligen Erbauer einmal als Bibliothek gedient zu haben. Besondere Aufmerksamkeit widmete er den großen Paneelen derjenigen Verzierungen über den Kaminsimsen, die noch erhalten waren; und äußerste Erregung bemächtigte sich seiner, als er nach ungefähr einer Stunde auf einem großen Wandstück über der Feuerstelle in einem geräumigen Zimmer im Erdgeschoß nach dem Abkratzen mehrerer Farbschichten auf eine Oberfläche stieß, die ohne Zweifel merklich dunkler war als jeder normale Innenanstrich oder das Holz, unter dem sich dieser wahrscheinlich einmal befunden hatte. Nach ein paar weiteren vorsichtigen Proben mit einem Messerchen hatte er die Gewißheit, daß er auf ein ausgedehntes Ölgemälde gestoßen war. Mit der Zurückhaltung eines wahren Gelehrten wagte er nicht, den Schaden zu risikieren, den der Versuch, das verborgene Bild auf der Stelle mit dem Messer freizulegen, hätte anrichten können, sondern zog sich vom Schauplatz seiner Entdeckung zurück, um sich der Mithilfe eines Experten zu versichern. Drei Tage später kam er mit einem erfahrenen Künstler wieder, nämlich mit Mr. Walter Dwight, dessen Atelier sich am Fuße des College Hill befindet; und dieser befähigte Restaurator ging sogleich mit den entsprechenden Methoden und chemischen Substanzen ans Werk. Der alte Asa und seine Frau wunderten sich gehörig über die sonderbaren Besucher und wurden für diese Störung ihrer häuslichen Ruhe angemessen entschädigt.

Während die Restaurierungsarbeiten Tag für Tag Fortschritte machten, sah Charles Ward mit wachsendem Interesse zu, wie die Linien und Farben, die so lange verborgen gewesen, nach und nach entschleiert wurden. Dwight hatte am unteren Bildrand begonnen; da es sich um ein Kniestück handelte, kam deshalb das Gesicht zunächst noch nicht zum Vorschein. Unterdessen sah man aber bereits, daß das Modell ein schlanker Mann von guter Figur, mit dunkelblauem Rock, Stickweste, schwarzen Seidenkniehosen und weißen Seidenstrümpfen war, der in einem geschnitzten Sessel vor einem Fenster saß, das den Blick auf Kaianlagen und Schiffe freigab. Als der Kopf hervortrat, stellte sich heraus, daß der Mann eine schmucke Albemarle-Perücke trug und schmale, ruhige, unauffällige Gesichtszüge hatte, die sowohl Ward als auch dem Künstler irgendwie bekannt vorkamen. Doch erst im allerletzten Augenblick hielten der Restaurator und sein Klient beim Anblick der Einzelheiten dieses hageren, bleichen Gesichtes erschrocken den Atem an und erkannten mit ehrfürchtigem Staunen, welch dramatischen Scherz die Vererbung sich hier geleistet hatte. Denn erst nach dem letzten Ölbad und dem letzten Strich mit einem feinen Schabmesser wurde der Gesichtsausdruck, den Jahrhunderte verborgen hatten, voll erkennbar; und erst in diesem Moment erkannte der verblüffte Charles Dexter Ward, Bewohner der Vergangenheit, daß er sein getreues Abbild in der Gestalt seines schrecklichen Ururugroßvaters vor sich hatte.

Ward holte seine Eltern, um ihnen das Wunder zu zeigen, das er aufgedeckt hatte, und sein Vater beschloß auf der Stelle, das Bild zu erwerben, obwohl es auf die stationäre Täfelung gemalt war. Die Ähnlichkeit mit dem jungen Mann war trotz des unverkennbar höheren Alters phantastisch; und es war nicht zu übersehen, daß durch einen launischen Atavismus die äußeren Züge des Joseph Curwen nach anderthalb Jahrhunderten ihr getreues Gegenstück erhalten hatten. Dagegen war Mrs. Wards Ähnlichkeit mit ihrem Vorfahren keineswegs genauso ausgeprägt, obschon sie sich an Verwandte erinnern konnte, die einige der Merkmale aufgewiesen hatten, die ihrem Sohn und dem verblichenen Joseph Curwen gemeinsam waren. Sie konnte der Entdeckung nicht recht froh werden und sagte ihrem Mann, er solle das Bild lieber verbrennen, anstatt es nach Hause zu schaffen. Sie behauptete, es sei ihr unheimlich, nicht nur das Bild als solches, sondern auch wegen der Ähnlichkeit mit Charles. Mr. Ward aber war ein praktisch veranlagter und einflußreicher Geschäftsmann – Baumwolltuchfabrikant mit einer ansehnlichen Weberei in Riverpoint im Tal des Pawtuxet – und somit nicht der Mann, der auf weibliche Einwände gehört hätte. Das Bild beeindruckte ihn sehr durch die Ähnlichkeit mit seinem Sohn, und er glaubte, sein Sohn habe es als Geschenk verdient. Dieser Meinung schloß Charles Ward sich natürlich bereitwilligst an, und ein paar Tage später hatte Mr. Ward den Besitzer des Hauses ausfindig gemacht, einen kleinen Menschen mit dem Aussehen eines Nagetieres und einem gutturalen Akzent – und erwarb den ganzen Kaminsims einschließlich der Täfelung darüber zu einem kurzerhand abgemachten Preis, ohne es erst zu dem zu erwartenden schmierigen Gefeilsche kommen zu lassen.

Nun mußte nur noch die Täfelung abgenommen und in das Haus der Wards transportiert werden, wo man Vorbereitungen für die endgültige Restaurierung des Bildes und seine Anbringung über einem elektrischen Kamin in Charles' Arbeitsbibliothek im dritten Stock getroffen hatte. Die Aufgabe, den Transport zu überwachen, fiel Charles zu, und am achtundzwanzigsten August begleitete er zwei fachkundige Arbeiter der Dekorationsfirma Crooker zu dem Haus in Olney Court, wo der Kaminsims und die darüber befindliche Täfelung mit dem Porträt mit großer Sorgfalt abgenommen und zum Transport auf den firmeneigenen Lastwagen verladen wurden. Zurück blieb eine kahle Mauerfläche, die den Verlauf des Kamins markierte, und in dieser entdeckte der junge Ward eine würfelförmige Vertiefung von ungefähr einem Fuß im Quadrat, die direkt hinter dem Kopf des Porträts gelegen haben mußte. Neugierig, was eine solche Nische wohl bedeuten oder enthalten mochte, trat der junge Mann näher und schaute hinein; und unter der dicken Staub- und Rußschicht fand er ein paar lose, vergilbte Blätter, ein ungeschlachtes, dickes Notizbuch und ein paar vermodernde Textilfetzen, die vielleicht einmal das Band gewesen waren, das die übrigen Dinge zusammengehalten hatte. Nachdem er den größten Staub weggeblasen hatte, nahm er das Buch heraus und betrachtete die deutliche Aufschrift auf dem Deckel. Diese war in einer Handschrift geschrieben, die er im Essex-Institut kennengelernt hatte, und lautete: »Tagebuch und Notizen des ehrenwerten Jos. Curwen, aus Providence-Plantations, weiland Salem.«

Durch seine Entdeckung aufs äußerste erregt, zeigte Ward das Buch den beiden neugierig neben ihm stehenden Arbeitern. Ihr Zeugnis in bezug auf die Art und Echtheit des Fundes ist unanfechtbar, und auf sie stützt Dr. Willett vor allem seine Theorie, daß der junge Mann noch nicht wahnsinnig war, als er wahrhaft exzentrisch zu werden begann. Auch alle die anderen Papiere trugen Curwens Handschrift, und eines davon schien wegen seiner Aufschrift besonders unheilverkündend: »*An Ihn, welcher danach kommen wird, und wie Er über die Zeit und die Sphären hinaus gelangen kann.*« Ein weiteres war in einer Geheimschrift abgefaßt, derselben, so hoffte Ward, wie Hutchinsons Chiffre, die er noch immer nicht entziffert hatte. Ein drittes – und hier frohlockte der Forscher – schien ein Schlüssel zu der Geheimschrift zu sein, während das vierte und fünfte an »Edw.: Hutchinson, Wappenträger« respektive »Jedediah Orne, Edelmann«, »oder deren Erbe oder Erben oder deren Repräsentanten« gerichtet waren. Auf dem sechsten und letzten stand zu Lesen: »*Joseph Curwen, sein Leben und Reisen von anno 1678 bis anno 1687: wohin er gereiset, wo er geweilet, wen er gesehen und was er gelernet.*«

3

Wir sind nun an dem Punkt angelangt, von dem an die Nervenärzte der akademischeren Richtung den Beginn von Charles Wards geistiger Umnachtung datieren. Nach seiner Entdeckung hatte der junge Mann sofort einen Blick auf einige Seiten des Buches und der Manuskripte geworfen und offenbar etwas gesehen, was ihn zutiefst beeindruckt hatte. Ja, die Arbeiter hatten sogar den Eindruck gehabt, daß er, als er ihnen die Titel zeigte, den Text selbst sorgfältig vor ihnen verbarg und daß er unter einer Verwirrung litt, die sich kaum durch die antiquarische und genealogische Bedeutung seines Fundes erklären ließ. Nach Hause zurückgekehrt, wirkte er beinahe verlegen, als er die Neuigkeit verkündete, so als wollte er die anderen von der überragenden Bedeutung seines Fundes überzeugen, ohne das Beweismaterial selbst vorlegen zu müssen. Er zeigte seinen Eltern nicht einmal die Titelseiten, sondern sagte ihnen lediglich, er habe einige Dokumente in Joseph Curwens Handschrift gefunden, »überwiegend in Geheimschrift«, die er sehr sorgfältig würde studieren müssen, um ihre wahre Bedeutung herauszufinden. Es ist unwahrscheinlich, daß er den Arbeitern überhaupt etwas gezeigt hätte, wäre nicht deren unverhohlene Neugier gewesen. So aber wollte er zweifellos den Eindruck übertriebener Geheimnistuerei vermeiden, denn dadurch hätte er ihre Neugierde nur noch mehr angestachelt.

Die ganze Nacht saß Charles Ward in seinem Zimmer wach und las in dem neuentdeckten Buch und den Manuskripten, und auch als der Tag anbrach, ließ er noch nicht ab. Nachdem seine Mutter hinaufgegangen war, um zu sehen, ob etwas nicht in Ordnung war, wurden ihm seine Mahlzeiten auf seine dringende Bitte hin aufs Zimmer gebracht; und am Nachmittag tauchte er nur kurz auf, als die Arbeiter kamen, um das Porträt von Curwen und den Kaminsims zu installieren. In der folgenden Nacht schlief er ab und zu kurze Zeit in den Kleidern und arbeitete zwischendurch fieberhaft an der Entschlüsselung des chiffrierten Manuskriptes. Am Morgen sah seine Mutter, daß er über der Photokopie der Geheimschrift Hutchinsons saß, die er ihr vorher schon oft gezeigt hatte, aber auf ihre Frage gab er zur Antwort, der Schlüssel von Curwen ließe sich darauf nicht anwenden. An diesem Nachmittag ließ er seine Arbeiten liegen, um fasziniert den Arbeitern zuzuschauen, wie sie das Porträt mit den dazugehörigen Paneelen endgültig über einem täuschend echten elektrischen Kaminfeuer anbrachten; Kaminsims und Täfelung wurden so installiert, daß sie ein wenig über der Nordwand erhaben waren und der Eindruck entstand, daß wirklich ein Kamin vorhanden sei, und die Seiten wurden mit Paneelen aus demselben Holz wie die Täfelung des Zimmers verkleidet. Das vordere Paneel, auf dem das Bild sich befand, wurde herausgesägt und mit Schanieren versehen, so daß dahinter Schrankraum geschaffen wurde. Als die Arbeiter gegangen waren, holte er die Sachen ins Arbeitszimmer, setzte sich davor und schaute abwechselnd auf die Geheimschrift und auf das Porträt, das ihn anstarrte wie ein altmachender, Jahrhunderte überbrückender Spiegel. Seine Eltern wußten, wenn sie an sein damaliges Verhalten zurückdachten, interessante Einzelheiten über seine Vorsichtsmaßnahmen zu berichten. Vor den Dienstboten verbarg er kaum jemals eines der Schriftstücke, an denen er gerade arbeiten mochte, weil er mit Recht annahm, daß Curwens verschnörkelte, altmodische Handschrift für sie unleserlich sei. Bei seinen Eltern jedoch ließ er größere Umsicht walten. Wenn das in Frage stehende Manuskript nicht gerade in Geheimschrift abgefaßt war oder eine bloße Anhäufung kryptischer Symbole und unbekannter Ideogramme darstellte (was bei jenem mit dem Titel »*An Ihn, welcher danach kommen wird*« usw. der Fall zu sein schien), pflegte er es mit irgendeinem belanglosen Blatt Papier zuzudecken, bis sein Besucher gegangen war. Nachts hielt er die Papiere in einem antiken Schränkchen unter Verschluß, wo er sie auch stets deponierte, wenn er tagsüber das Zimmer verließ. Er nahm bald wieder seinen gewohnten Lebensrhythmus auf, außer daß seine langen Spaziergänge und anderen Unternehmungen außer Haus aufzuhören schienen. Der Beginn der Schulzeit und damit seines letzten Schuljahres schien ihm außerordentlich ungelegen zu kommen, und er bekräftigte wiederholt, er sei entschlossen, sich nie mit dem Besuch des Colleges abzugeben. Er müsse, so behauptete er, spezielle Nachforschungen anstellen, die ihm mehr Wege zur Weisheit und den humanistischen Wissenschaften ebnen würden als die beste Universität, deren die Welt sich rühmen könne.

Natürlich konnte nur einer, der immer mehr oder weniger gelehrtenhaft, exzentrisch und einzelgängerisch gewesen war, sich tagelang so merkwürdig verhalten, ohne Aufsehen zu erregen. Ward aber war von der Veranlagung her ein Gelehrter und Einsiedler; seine Eltern waren deshalb weniger überrascht als betrübt über seine selbst auferlegte Abgeschiedenheit und seine Geheimnistuerei. Gleichzeitig empfanden es sowohl sein Vater als auch seine Mutter als merkwürdig, daß er ihnen auch nicht das kleinste Stückchen von seinem Schatz zeigte und auch keinen zusammenhängenden Bericht über die Einzelheiten abgab, die er entziffert hatte. Diese Zurückhaltung versuchte er damit zu erklären, daß er warten wolle, bis er eine zusammenhängende Enthüllung vorweisen könne, doch als die Wochen ohne weitere Erklärungen vergingen, begann sich zwischen dem jungen Mann und seinen Eltern ein gespanntes Verhältnis zu entwickeln, das im Falle seiner Mutter noch dadurch verschärft wurde, daß sie die ganzen Nachforschungen über Curwen unverhohlen mißbilligte.

Im Oktober begann Ward wieder die Bibliotheken aufzusuchen, aber nicht um derselben Dinge willen wie früher. Hexerei und Magie, Okkultismus und Dämonologie waren die Gebiete, um die es ihm jetzt zu tun war; und wenn die Quellen in Providence sich als unergiebig erwiesen, setzte er sich in den Zug nach Boston und bediente sich der reichen Bestände der großen Bibliothek am Copley Square, der Widener-Bibliothek in Harvard oder der Zioṅ-Forschungsbibliothek in Brookline, die manches seltene Werk über biblische Themen besitzt. Er kaufte in großem Umfang Bücher und stellte in seinem Arbeitszimmer ein ganz neues Regal für die neuerworbenen Bücher über unheimliche Themen auf; während der Weihnachtsferien aber unternahm er mehrere Reisen in umliegende Städte, unter anderem auch nach Salem, um bestimmte Unterlagen im Essex-Institut zu konsultieren.

Gegen Mitte Januar 1920 war dann Wards Verhalten plötzlich durch ein Triumphgefühl gekennzeichnet, das er nicht erklärte, und man sah ihn nicht mehr an der Entzifferung von Hutchinsons Geheimschrift arbeiten. Statt dessen verteilte er seine Zeit jetzt gleichmäßig auf chemische Experimente und das Stöbern in alten Archiven; für die ersteren richtete er in dem leerstehenden Dachgeschoß des Elternhauses ein Laboratorium ein, und das letztere erstreckte sich auf alle alten Schriften, die in Providence zu finden waren. Die örtlichen Händler für Drogen und wissenschaftliche Geräte lieferten, als sie später befragt wurden, verblüffend sonderbare und unzusammenhängende Kataloge der Substanzen und Instrumente, die er bei ihnen gekauft hatte; doch die Angestellten im Regierungsgebäude, im Rathaus und in den verschiedenen Bibliotheken äußerten sich einmütig über das unverkennbare Ziel seiner Forschungen auf seinem zweiten Interessengebiet: Er suchte intensiv und fieberhaft nach Joseph Curwens Grab, von dessen schiefernem Grabstein eine ältere Generation in weiser Voraussicht den Namen entfernt hatte.

Ganz allmählich bildete sich in Wards Familie die Überzeugung heraus, daß irgend etwas nicht in Ordnung sei. Charles hatte zwar auch vorher schon Launen und schwankendes Interesse für bestimmte kleinere Gebiete gezeigt, doch seine wachsende Verschwiegenheit und Beschäftigung mit abseitigen Dingen war selbst bei ihm etwas völlig Neues. Seine Schularbeiten machte er nur, um wenigstens halbwegs den Schein zu wahren, und obwohl er alle Prüfungen bestand, war nicht zu übersehen, daß sein einstiger Lerneifer völlig verflogen war. Er hatte jetzt andere Interessen; und wenn er einmal nicht in seinem Laboratorium mit den Unmengen alter Folianten über Alchimie war, konnte man ihn entweder unten in der Stadt über alten Kirchenbüchern brüten sehen oder in seinem Arbeitszimmer in seine Bücher über dunkle Geheimwissenschaften vergraben finden, wo das Antlitz Joseph Curwens, das ihm so erstaunlich – und man hatte fast den Eindruck, zunehmend – ähnelte, ihn von der Täfelung über dem Kamin an der Nordseite herab unverwandt anstarrte.

Gegen Ende März ergänzte Ward sein Stöbern in den Archiven noch durch eine unheimliche Serie von Gängen zu den verschiedenen alten Friedhöfen der Stadt. Der Grund wurde später bekannt, als man von Rathausangestellten erfuhr, daß er wahrscheinlich einen wichtigen Hinweis entdeckt habe. Seine Wißbegierde hatte sich unvermittelt vom Grab Joseph Curwens auf das eines gewissen Naphtali Field verlagert, und dieser Wechsel wurde verständlich, als man bei Durchsicht der Bücher, mit denen er sich befaßt hatte, tatsächlich eine unvollständige Eintragung über Curwens Begräbnis entdeckte, die der allgemeinen Tilgung entgangen war; sie besagte, daß der sonderbare Bleisarg »10 Fuß s. und 5 Fuß w. vom Grab des Naphtali Field auf dem – – – –« beerdigt worden sei. Die Suche wurde durch die fehlende Angabe über den Friedhof sehr erschwert, und Naphtali Fields Grab schien ebenso unauffindbar wie das des Joseph Curwen; doch in diesem Falle hatte niemand versucht, alle Hinweise zu vernichten, und man konnte mit Recht hoffen, den Grabstein selbst zu finden, selbst wenn alle sonstigen Anhaltspunkte verschwunden waren. Daher diese Friedhofsgänge – von denen der Kirchhof von St. John's (früher King's Church) und der alte Friedhof der freien Gemeinden in der Mitte des Swan Point-Friedhofs ausgeschlossen waren, weil andere Unterlagen ergeben hatten, daß der einzige Naphtali Field (ob. 1729), dessen Grab gemeint sein konnte, Baptist gewesen war.

4

Es war Mai geworden, als Dr. Willett auf Bitten des älteren Ward und ausgerüstet mit allen Fakten über Curwen, die die Familie in jenen Momenten erfahren hatte, in denen Charles nicht ganz so zugeknöpft gewesen war, mit dem jungen Mann sprach. Die Unterredung führte zu keinem brauchbaren oder schlüssigen Ergebnis, weil Willett in jedem Augenblick spürte, daß Charles vollkommen Herr seiner selbst und mit Dingen von wirklicher Bedeutung in Kontakt war; aber immerhin wurde der junge Mann dadurch gezwungen, eine plausible Erklärung für sein Verhalten in der letzten Zeit abzugeben. Ward war ein farbloser, leidenschaftsloser Typ, der nicht leicht in Verlegenheit zu bringen war, und schien durchaus bereit, über seine Arbeiten zu sprechen, ohne jedoch deren Ziel zu verraten. Er erklärte, die Schriftstücke seines Vorfahren hätten bemerkenswerte Geheimnisse früher Wissenschaften enthalten, größtenteils in Geheimschrift, die offenbar in ihrer Tragweite nur mit den Entdeckungen von Friar und Bacon zu vergleichen seien, ja diese vielleicht sogar noch überträfen. Sie seien jedoch bedeutungslos, wenn man sie nicht zu einem heute völlig veralteten Wissensgebiet in Beziehung setze, so daß sie, würde man sie unverzüglich einer nur mit der modernen Wissenschaft vertrauten Welt vorlegen, all ihrer dramatischen Bedeutung beraubt würden. Um den ihnen gebührenden Platz in der Geschichte des menschlichen Denkens einnehmen zu können, müßten sie erst von einem Kundigen in eine Korrelation mit dem Hintergrund gebracht werden, aus dem sie sich entwickelt hatten, und dieser Aufgabe widme er sich zur Zeit. Er versuche, sich so schnell wie möglich jene vergessenen Fertigkeiten der Alten anzueignen, die ein getreuer Deuter der Fakten über Curwen besitzen müsse, und er hoffe, zu gegebener Zeit umfassendes Material vorlegen zu können, das für die Menschheit und die Geistesgeschichte von höchstem Interesse sein würde. Nicht einmal Einstein, so behauptete er, könne die herrschenden Ansichten über die Dinge tiefgreifender revolutionieren.

Zu seinen Nachforschungen auf den Friedhöfen, deren Zweck er freimütig eingestand, über deren Fortschreiten er sich jedoch nicht näher ausließ, sagte er, er habe Grund zu der Annahme, daß Joseph Curwens verstümmelte Grabinschrift bestimmte mystische Symbole enthalte – eingemeißelt in Ausführung seines letzten Willens und unwissentlich verschont von jenen, die den Namen getilgt hatten –, die für die letzte Lösung seines kryptischen Systems absolut unerläßlich seien. Curwen, so glaube er, habe sein Geheimnis sorgsam bewahren wollen und deshalb die einzelnen Daten auf äußerst sonderbare Weise verstreut. Als Dr. Willett die mystischen Dokumente zu sehen begehrte, zeigte sich Ward äußerst abgeneigt und versuchte, ihn mit Dingen wie den Photokopien der Geheimschrift von Hutchinson und der Formel und den Diagrammen Ornes abzuspeisen; doch schließlich zeigte er ihm wenigstens von außen einige der echten Curwen-Funde – sein »Tagebuch«, die Geheimschrift (Titel ebenfalls in Geheimschrift) und die mit Formeln angefüllte Botschaft »*An Ihn, welcher danach kommen wird*« – und ließ ihn auch in diejenigen Schriftstücke hineinschauen, die in obskuren Buchstaben geschrieben waren.

Auch schlug er das Tagebuch an einer Stelle auf, die er mit Vorbedacht wegen ihrer Harmlosigkeit ausgesucht hatte, und ließ Willett einen Blick auf Curwens zusammenhängende Handschrift in englischer Sprache werfen. Der Doktor besah sich sehr aufmerksam die krakeligen, verschnörkelten Buchstaben, und ihm fiel auf, daß sowohl die Schriftzüge als auch der Stil typisch für das siebzehnte

Jahrhundert waren, obwohl der Verfasser bis ins achtzehnte Jahrhundert hinein gelebt hatte; er war schnell überzeugt, daß das Dokument echt war. Der Text selbst war verhältnismäßig belanglos, und Willett konnte sich nur an ein Fragment erinnern:

»Mittw. 16. Okt. 1754. Meine Schaluppe *Wahefal* lief heute aus London ein, mit XX neuen Mannen von den Westindischen Inseln, Spanier aus Martineco und Niederländer aus Surinam. Die Niederländer werden wohl dersertiren, da sie gehört haben, es sey etwas Böses an diesen Abenteuern, doch ich will sie zu halten suchen. Für Mr. Knight Dexter, Zum Lorbeer mit dem Buche, 120 Ballen Kamelott, 100 Ballen sort. Kamelott-Imitation, 20 Ballen blauen Düffel, 100 Ballen Schalaune, 50 Ballen Kalmank, je 300 Ballen Sehndsoy- und Humhum-Tuch. Für Mr. Green, Zum Elefanten, 50 Gallonen-Kessel, 20 Pfannen, 15 Backformen, 10 Paar Kohlenzangen. Für Mr. Perrigo 1 Satz Pfrieme. Für Mr. Nightingale 50 Ries bestes Propatria. Sagte letzte Nacht dreymahl das SABA-OTH, aber keiner erschien. Ich muß von Mr. H. in Transsilvania hören, wiewohl es schwer ist, ihn zu erreichen, und merckwürdig, daß er mir nicht sagen kann, wie das zu gebrauchen sey, welches er hundert Jahre lang so klug gebrauchet. Simon hat die V. Woche nicht geschrieben, doch ich hoffe, in Bälde von ihm zu hören.«

Als er an dieser Stelle angelangt war, blätterte Dr. Willett um, doch Ward griff sofort ein und riß ihm das Buch beinahe aus der Hand. Alles, was der Doktor auf den neu aufgeschlagenen Seiten sehen konnte, waren zwei kurze Sätze; doch merkwürdigerweise blieben ihm diese hartnäckig im Gedächtnis. Sie lauteten: »Wenn der Vers aus Liber Damnatus V Tage der Kreuzerhöhung und IV Allerheiligenabende gesprochen wird, vertraue ich darauf, daß jenes Ding außerhalb der Sphären erscheinet. Es wird Einen ziehen, welcher kommen wird, so ich es vollbringen kann, daß er seyn wird, und er wird an vergangene Dinge denken und zurückblicken auf alle die Jahre, gegen welche ich die Saltze bereit haben muß oder jenes, aus welchem sie zu fertigen seyn.«

Mehr konnte Willett nicht lesen, doch irgendwie verlieh dieser kurze Blick den gemalten Zügen Joseph Curwens, die unverwandt von der Täfelung über dem Kamin herabstarrten, eine neue, vage Schrecklichkeit. Und seither konnte er sich nicht von der sonderbaren Vorstellung losmachen – die seine medizinische Bildung ihn natürlich als bloße Einbildung verwerfen ließ –, daß die Augen des Mannes auf dem Porträt den Wunsch, wenn auch nicht gerade die eindeutige Tendenz hatten, dem jungen Charles nachzuschauen, wenn er sich im Zimmer hin und her bewegte. Bevor er das Arbeitszimmer verließ, blieb er stehen, um das Bild genau zu betrachten, und er staunte über die Ähnlichkeit mit Charles und prägte sich jede winzige Einzelheit des kryptischen, farblosen Antlitzes ein, bis hin zu einer kleinen Narbe auf der glatten Stirn über dem rechten Auge. Cosmo Alexander, so entschied er bei sich, war als Künstler ein würdiger Sohn jenes Schottland gewesen, das Raeburn hervorgebracht hatte, und ein würdiger Lehrer seines berühmten Schülers Gilbert Stuart.

Nachdem der Doktor ihnen versichert hatte, daß Charles' geistige Gesundheit nicht in Gefahr war und er im Gegenteil sich mit Forschungen befaßte, die sich als wirklich bedeutungsvoll erweisen konnten, waren die Wards nachsichtiger, als sie es sonst vielleicht gewesen wären, als der junge Mann sich im Juni strikt weigerte, sich am College einzuschreiben. Er müsse sich, so erklärte er, Studien von weit größerer Bedeutung widmen, und teilte seinen Eltern mit, er wolle im nächsten Jahr ins Ausland gehen, um sich Zugang zu Informationsquellen zu verschaffen, die in Amerika nicht vorhanden seien. Ward senior schlug ihm zwar diesen letzteren Wunsch ab, weil er für einen erst achtzehnjährigen Jungen absurd sei, gab aber in der Frage des Universitätsstudiums nach, so daß für den jungen Charles auf den nicht gerade brillanten Abschluß an der Moses-Brown-Schule drei Jahre intensiver okkulter Studien und ausgedehnter Friedhofsbesichtigungen folgten. Es sprach sich herum, daß er ein Exzentriker sei, und die Freunde der Familie verloren ihn noch mehr aus den Augen, als es bisher schon der Fall gewesen war. Er widmete sich ausschließlich seiner Arbeit und unternahm nur hin und wieder Fahrten in andere Städte, um obskure alte Archive zu durchstöbern. Einmal fuhr er in den Süden, um sich mit einem sonderbaren alten Mulatten zu unterhalten, der in einem Sumpf lebte und über den eine Zeitung einen merkwürdigen Artikel gebracht hatte. Ein andermal suchte er ein kleines Dorf in den Adirondacks auf, aus dem Berichte über merkwürdige Zeremonien gekommen waren. Aber immer noch gestatteten ihm die Eltern nicht jene Reise in die Alte Welt, die er sich wünschte.

Nachdem er im April 1923 volljährig geworden war, entschloß sich Ward, da er schon vorher ein kleines Vermögen von seinem Großvater mütterlicherseits geerbt hatte, endlich die Reise nach Europa anzutreten, die man ihm so lange verweigert hatte. Wohin er überall fahren würde, sagte er nicht, außer daß seine Studien den Besuch vieler verschiedener Orte erforderlich machen würden; er versprach jedoch, seinen Eltern regelmäßig und ausführlich zu schreiben. Als sie sahen, daß er nicht von seinem Vorhaben abzubringen war, gaben sie allen Widerstand auf und halfen ihm, so gut sie konnten; im Juni bestieg der junge Mann dann ein Schiff nach Liverpool, begleitet von den guten Wünschen seines Vaters und seiner Mutter, die ihn nach Boston brachten und ihm vom White Star Pier in Charlestown aus zuwinkten, bis das Schiff außer Sicht war. Seine Briefe berichteten bald danach, er sei gut angekommen, habe eine gute Unterkunft in der Great Russell Street in London gefunden, wo er zu bleiben beabsichtige, ohne irgendwelche Freunde der Familie aufzusuchen, bis er die Möglichkeiten des Britischen Museums in einer bestimmten Richtung ausgeschöpft habe. Über seinen Tagesablauf schrieb er nur wenig, denn darüber gab es wenig zu berichten. Studium und Experimente beanspruchten seine ganze Zeit, und er erwähnte einmal ein Laboratorium, das er sich in einem seiner Zimmer eingerichtet habe. Daß er nichts über Wanderungen durch die alten Teile der glanzvollen Stadt mit ihrer faszinierenden Silhouette alter Kuppeln und Türme und ihrem Gewirr von Straßen und Gassen schrieb, deren geheimnisvolle Windungen und unvermittelte Aussichten gleichzeitig verlocken und überraschen, nahmen die Eltern als ein gutes Zeichen dafür, daß seine neuen Interessengebiete jetzt seine ganze Aufmerksamkeit beanspruchten.

Im Juni 1924 kam eine kurze Nachricht über seine Abreise nach Paris, wo er schon vorher ein- oder zweimal für ganz kurze Zeit gewesen war, um sich Material aus der Nationalbibliothek zu besorgen. In den folgenden drei Monaten schickte er nur Postkarten, auf denen er seine Adresse in der Rue St. Jacques angab und einmal von besonderen Nachforschungen in alten Manuskripten in der Bibliothek eines ungenannten Privatsammlers sprach. Er ging Bekanntschaften aus dem Wege, und keine Touristen konnten berichten, daß sie ihn getroffen hätten. Dann ließ er lange nichts hören, und im Oktober erhielten die Wards eine Postkarte aus Prag, aus der sie erfuhren, daß Charles sich in dieser alten Stadt aufhielt, um mit einem hochbetagten Mann zusammenzutreffen, der angeblich der letzte lebende Mensch sei, der über irgendeine äußerst merkwürdige Information aus dem Mittelalter verfüge. Er nannte eine Adresse in der Neustadt und schrieb, er würde bis zum folgenden Januar dort bleiben. In diesem Monat kamen dann auch mehrere Postkarten aus Wien, auf denen er erzählte, er sei auf der Durchreise zu einer weiter östlich gelegenen Region, wohin ihn einer seiner Briefpartner und Kollegen auf dem Gebiet okkulter Studien eingeladen habe.

Die nächste Karte kam aus Klausenburg in Transsilvanien und berichtete davon, daß er sich seinem Ziel nähere. Er würde einen Baron Ferenczy besuchen, dessen Gut in den Bergen östlich von Rakus liege, und man solle ihm seine Post per Adresse dieses Adligen schicken. Eine weitere Karte, die eine Woche später in Rakus abgeschickt worden war und berichtete, er sei mit der Kutsche des Gastgebers abgeholt worden und befände sich auf dem Weg in die Berge, war seine letzte Nachricht für einen längeren Zeitraum; er beantwortete nicht einmal die zahlreichen Briefe seiner Eltern, bis er dann im Mai schrieb, um seine Mutter von dem Vorhaben abzubringen, sich mit ihm im Sommer in London, Paris oder Rom zu treffen; um diese Zeit wollten die älteren Wards eine Europareise machen. Seine Nachforschungen, so schrieb er, seien so geartet, daß er seinen derzeitigen Aufenthaltsort nicht verlassen könne, das Schloß des Barons Ferenczy aber sei wegen seiner Lage für Besuche nicht geeignet. Es stünde auf einem Felsen in den dunklen bewaldeten Bergen, und die Gegend werde von den Einheimischen in der Weise gemieden, daß normale Leute sich dort unweigerlich unbehaglich fühlten. Überdies sei der Baron kein Typ, der aufrechten und konservativen Bürgern Neuenglands zusagen würde. Er sei von eigentümlichem Aussehen und Gebaren und von beunruhigend hohem Alter. Es wäre besser, so meinte Charles, wenn seine Eltern bis zu seiner Rückkehr nach Providence warten würden, die nicht mehr in allzu ferner Zukunft läge.

Doch diese Rückkehr fand erst im Mai 1925 statt, als der junge

Weltenbummler nach einigen das Ereignis ankündigenden Postkarten in aller Stille auf der *Homeric* in New York eintraf und die lange Strecke bis nach Providence im Autobus zurücklegte; wie im Traum nahm er den Anblick der grünen, welligen Hügel, der duftenden, blühenden Gärten und der weißen, von Türmen überragten Städte des frühlingshaft erstrahlenden Connecticut in sich auf – den ersten Vorgeschmack auf Neuengland nach fast vier Jahren. Als der Bus den Pawcatuck überquerte und im feenhaften Gold eines Spätnachmittags im Frühling nach Rhode Island hineinfuhr, begann sein Herz schneller zu schlagen, und die Ankunft in Providence, entlang der Reservoir- und Elmwood-Allee, war ein atemberaubendes, wunderbares Erlebnis, trotz der Tiefen verbotener Geheimwissenschaften, in die er vorgedrungen war. Auf dem hohen Platz, wo die Weybosset und die Empire Street zusammentrafen, sah er vor und unter sich im Feuer des Sonnenunterganges die anmutigen und vertrauten Häuser und Kuppeln und Türmchen der alten Stadt liegen; und ihm wurde ganz benommen zumute, als das Fahrzeug zu der Haltestelle hinter dem Biltmore hinabrollte und die große Kuppel und die weichen, von Dächern unterbrochenen Grünflächen der alten Hügel jenseits des Flusses auftauchten und der im Kolonialstil erbaute Turm der First Baptist Church sich im magischen Abendlicht rosa vor dem frischen Grün des steilen Hügels im Hintergrund abzeichnete.

Gutes, altes Providence! Diese Stadt und die geheimnisvollen Kräfte ihrer langen, kontinuierlichen Geschichte hatten ihn hervorgebracht und ihn zurückgerufen zu Wundern und Geheimnissen, deren Grenzen kein Prophet festsetzen konnte. Hier lagen die Arkana, mochten sie wunderbar oder schrecklich sein, auf die all seine Wander- und Studienjahre ihn vorbereitet hatten. Ein Taxi brachte ihn im Nu über den Postplatz, mit dem kurzen Ausblick auf den Fluß, die alte Markthalle und den Anfang der Bucht, und die steile Waterman Street hinauf zur Prospect Street, wo die gewaltige, glänzende Kuppel und die von der Abendsonne geröteten ionischen Säulen der Christian Science Church von Norden herüberschauten. Dann noch acht Blöcke weiter, vorbei an den alten Villen, die ihm von Kindheit auf vertraut waren, und den eigentümlichen Ziegeltrottoirs, über die er in seinen Jugendjahren so oft gegangen war. Und schließlich dann das kleine, weiß angestrichene Bauernhaus zur

Rechten, und zur Linken die klassische Adam-Veranda und die imposante Fachwerkfassade des großen, massiv gebauten Hauses, in dem er geboren war. Es dämmerte, und Charles Dexter Ward war heimgekehrt.

5

Eine etwas weniger akademische Schule von Nervenärzten als die des Dr. Lyman vertritt die Auffassung, der eigentliche Wahnsinn sei bei Ward während seiner Europareise ausgebrochen. Sie räumen ein, daß er normal war, als er losfuhr, glauben aber, sein Verhalten nach seiner Rückkehr lasse auf eine katastrophale Veränderung schließen. Aber selbst dieser Theorie vermag Dr. Willett nicht zuzustimmen. Er beharrt darauf, es sei da später noch etwas gewesen; und das absonderliche Gebaren des jungen Mannes nach seiner Rückkehr führt er auf die Ausübung von Ritualen zurück, die er in der Fremde kennengelernt habe – recht abseitige Dinge, gewiß, aber keineswegs von solcher Art, daß sie gleich geistige Umnachtung des Zelebranten vermuten ließen. Ward selbst, obzwar sichtlich gealtert und verhärtet, zeigte im allgemeinen noch völlig normale Reaktionen; und in mehreren Unterredungen mit Willett legte er eine Ausgeglichenheit an den Tag, wie sie kein Wahnsinniger – nicht einmal im Frühstadium – längere Zeit hindurch würde vortäuschen können. Was den Verdacht des Wahnsinns in jener Periode nährte, waren die *Geräusche*, die zu allen Tages- und Nachtstunden aus Wards Labor im Dachgeschoß zu hören waren, in dem er sich die meiste Zeit über aufhielt. Man vernahm Gesänge und endlose Widerholungen sowie dröhnende Deklamationen in unheimlichen Rhythmen; und obwohl es sich immer um Wards eigene Stimme handelte, lag etwas im Klang dieser Stimme und im Akzent der Formeln, die sie aussprach, das jedem Zuhörer unweigerlich das Blut in den Adern gerinnen ließ. Auch konnte man beobachten, daß Nig, der majestätische schwarze Kater, der den Wards ans Herz gewachsen war, unruhig hin und her lief und einen Buckel machte, wenn manche dieser Töne durch das Haus schallten.

Auch die Gerüche, die gelegentlich aus dem Laboratorium drangen, waren äußerst merkwürdig. Manchmal waren sie beißend und giftig, meist jedoch aromatisch, geisterhafte, unbestimmbare Düfte, die die Macht zu besitzen schienen, phantastische Trugbilder hervorzurufen. Leute, die diese Gerüche wahrnahmen, hatten oft einen flüchtigen Augenblick Visionen von überwältigenden Landschaften mit sonderbaren Gebirgen oder langen, von Sphinxen oder Hippogryphen gesäumten Straßen, die sich in unendliche Fernen erstreckten. Ward nahm seine früheren Spaziergänge nicht wieder auf, sondern widmete sich eifrig den seltsamen Büchern, die er mitgebracht hatte, und nicht weniger seltsamen Experimenten in seinen Zimmern; und er erklärte, das in Europa gefundene Material habe die Möglichkeiten seiner Arbeit beträchtlich erweitert und verspreche große Enthüllungen in den folgenden Jahren. Sein älteres Aussehen verstärkte in erstaunlichem Maße die Ähnlichkeit mit Curwens Porträt in der Bibliothek, und Dr. Willett blieb oft nach einem Besuch vor dem Bild stehen und staunte über die praktisch vollkommene Identität, wobei er überlegte, daß jetzt nur die kleine Narbe über dem rechten Auge den längst verblichenen Hexenmeister von seinem lebendigen Spiegelbild unterschied. Diese Besuche Willetts, die auf Bitten der alten Wards stattfanden, waren ein kurioses Geschäft. Ward wies den Doktor nie ab, doch dieser spürte, daß das Innenleben des jungen Mannes ihm verschlossen blieb. Oft bemerkte er sonderbare Dinge; kleine Wachsfiguren von grotesker Gestalt auf den Bücherborden oder Tischen und die halb verwischten Spuren von Kreisen, Dreiecken und Pentagrammen in Kreide oder Holzkohle auf dem leeren Fußboden in der Mitte des großen Raumes. Und unablässig dröhnten des Nachts jene Rhythmen und Zaubergesänge durch das Haus, bis es fast unmöglich wurde, Dienstboten zu halten und verstohlenes Geraune über Charles' Wahnsinn zu verhindern.

Im Januar 1927 ereignete sich ein sonderbarer Vorfall. Eines Nachts gegen Mitternacht, als Charles einen rituellen Gesang zelebrierte, dessen geisterhafte Kadenzen unheimlich durch das Haus hallten, erhob sich plötzlich ein böiger, eiskalter Wind von der Bucht her, begleitet von einem leichten Erdbeben, das jeder in der ganzen Umgebung bemerkte. Gleichzeitig ließ der Kater Anzeichen entsetzlicher Furcht erkennen, und im Umkreis von nicht weniger als einer Meile bellten die Hunde. Das war das Vorspiel zu einem schweren

Gewitter, das für diese Jahreszeit ungewöhnlich war und in einem solchen Donnerschlag gipfelte, daß Mr. und Mrs. Ward glaubten, der Blitz habe in ihr Haus eingeschlagen. Sie rannten nach oben, um zu sehen, was für ein Schaden angerichtet worden sei, doch Charles erwartete sie an der Tür zum Dachgeschoß; bleich, entschlossen und unheimlich, mit einer beinahe furchterregenden Mischung aus Triumph und tiefem Ernst auf dem Gesicht. Er versicherte ihnen, es habe nicht eingeschlagen und das Gewitter würde bald vorüber sein. Sie hielten inne, schauten aus dem Fenster und sahen, daß er recht hatte; denn die Blitze entfernten sich immer weiter, und die Bäume bogen sich nicht mehr unter eisigen Windstößen vom Wasser her. Der Donner sank zu einem dumpf grollenden Gemurmel ab und verebbte schließlich ganz. Die Sterne kamen heraus, der Triumph auf Charles Wards Antlitz verdichtete sich zu einem höchst einzigartigen Ausdruck.

In den auf diesen Vorfall folgenden zwei Monaten vergrub sich Ward nicht so häufig wie sonst in seinem Laboratorium. Er zeigte ein merkwürdiges Interesse für das Wetter und stellte kuriose Untersuchungen an, um herauszufinden, wann im Frühjahr der Erdboden auftauen würde. Eines Nachts gegen Ende März ging er nach Mitternacht aus dem Haus und kehrte erst kurz vor Tagesanbruch zurück; zu dieser Stunde hörte seine Mutter, die nicht mehr schlafen konnte, wie ein Auto mir ratterndem Motor vor der Einfahrt hielt. Gedämpfte Flüche ließen sich vernehmen, und als Mrs. Ward sich erhob und ans Fenster trat, sah sie vier dunkle Gestalten, die eine lange, schwere Kiste nach Charles' Anweisungen von einem Lastwagen abluden und durch die Seitentür ins Haus trugen. Sie hörte angestrengtes Keuchen und schwere Fußtritte auf der Treppe und schließlich einen dumpfen Schlag vom Dachgeschoß her; danach kamen die Fußtritte wieder die Treppe herunter, die vier Männer tauchten draußen auf und fuhren in ihrem Lastwagen davon. Am folgenden Tag zog sich Charles wieder in sein Labor im Dachgeschoß zurück, ließ die dunklen Jalousien vor den Fenstern herunter und arbeitete offenbar an irgendeinem Metallgegenstand. Er öffnete keinem und wies standhaft alles Essen zurück, das man ihm anbot. Gegen Mittag waren ein Reißgeräusch, ein gräßlicher Schrei und das Fallen eines schweren Gegenstandes zu hören, aber als Mrs. Ward an die Tür pochte, antwortete ihr Sohn nach einer Weile mit schwacher Stimme, es sei nichts passiert. Der widerwärtige und unbeschreibliche Geruch, der sich jetzt ausbreitete, sei völlig harmlos und leider unvermeidlich. Das wichtigste sei jetzt, daß er allein bleibe, und er würde später zum Abendessen herunterkommen. Nachdem hinter der Tür mehrmals merkwürdige Zischgeräusche ertönt und endlich verstummt waren, kam er am Nachmittag schließlich heraus; er sah völlig verstört aus und verbot jedem einzelnen, unter welchem Vorwand auch immer, das Laboratorium zu betreten. Das erwies sich als der Beginn einer neuen Geheimhaltungspolitik, denn von diesem Tage an erlaubte er niemandem mehr, das mysteriöse Arbeitszimmer oder den daran anschließenden Lagerraum zu betreten, den er reinigte, behelfsmäßig möblierte und seinem geheiligten Privatbezirk als Schlafzimmer angliederte. Hier lebte er, mit den Büchern, die er aus seiner Bibliothek heraufholte, bis er den Bungalow in Pawtuxet kaufte und alle seine wissenschaftlichen Geräte und Hilfsmittel dorthin schaffte.

Am Abend desselben Tages nahm Charles die Zeitung an sich und vernichtete einen Teil davon, scheinbar durch bloße Unachtsamkeit. Dr. Willett stellte später durch Befragung mehrerer Mitglieder des Haushalts das genaue Datum fest, ließ sich im Büro des *Journal* eine vollständige Nummer vorlegen und entdeckte, daß in dem von Charles beseitigten Teil der folgende Artikel gestanden hatte:

Nächtliche Ruhestörung auf dem Nordfriedhof

Robert Hart, Nachtwächter auf dem Nordfriedhof, bemerkte heute in den frühen Morgenstunden eine Gruppe von mehreren Männern mit einem Lastwagen im ältesten Teil des Friedhofes, schlug sie aber offenbar durch sein Auftauchen in die Flucht, bevor sie ihr Vorhaben ausführen konnten.

Hart entdeckte die Männer ungefähr gegen vier Uhr, als ihm das Geräusch eines Lastkraftwagens nicht weit von seinem Unterstand auffiel. Er ging dem Geräusch nach und sah einen großen Lastwagen auf dem Hauptweg stehen, mehrere Ruten entfernt; er konnte ihn jedoch nicht mehr erreichen, da offenbar seine Tritte auf dem Kiesweg die Männer auf ihn aufmerksam gemacht hatten. Die Unbekannten luden eilig eine große Kiste auf den Lastwagen und fuhren in Richtung auf die Straße davon, bevor Hart sie einholen konnte. Da kein Grab angetastet wurde, glaubt Hart, bei dieser Kiste habe es sich um einen Gegenstand gehandelt, den die Männer vergraben wollten.

Die Unbekannten mußten schon eine ganze Weile am Werk gewesen sein, als sie überrascht wurden, denn Hart fand ein riesiges Loch, das in beträchtlicher Entfernung vom Hauptweg auf der Parzelle von Amosa Field gegraben worden war, wo früher alte Grabsteine gestanden haben, die jedoch inzwischen längst entfernt wurden. Das Loch, so groß und tief wie ein Grab, war leer. Seine Lage entsprach keiner der in den Kirchenbüchern erwähnten Grabstätten.

Sergeant Riley vom Zweiten Revier nahm die Stelle in Augenschein und äußerte die Ansicht, das Loch sei von Schmugglern gegraben worden, die den äußerst makabren Einfall gehabt hätten, diesen ruhigen Ort als sicheres Versteck für Spirituosen zu mißbrauchen. Auf entsprechende Fragen gab Hart an, er glaube, der Lastwagen sei in die Rochambeau Avenue eingebogen, doch sei er sich dessen nicht sicher.

Während der folgenden fünf Tage bekamen die Wards von Charles nicht viel zu sehen. Nachdem er sich im Dachgeschoß auch eine Schlafstelle eingerichtet hatte, blieb er dort oben ganz für sich und gab Anweisung, man solle sein Essen vor die Tür stellen, wo er es sich erst holte, wenn der Dienstbote gegangen war. Das Dröhnen monotoner Formeln und Rhythmen bizarrer Gesänge waren hin und wieder zu vernehmen, während man zu anderen Zeiten Geräusche wie von klirrendem Glas, zischenden Chemikalien, laufendem Wasser und fauchenden Gasflammen hören konnte. Gerüche völlig unbestimmter Art, wie sie nie zuvor jemand wahrgenommen hatte, drangen zuzeiten durch die Tür; und die innerliche Spannung, die man dem jungen Einsiedler ansehen konnte, wenn er sich einmal kurz herauswagte, gab Anlaß zu den absonderlichsten Spekulationen. Einmal begab er sich in aller Eile zum Athenäum, um sich ein bestimmtes Buch zu beschaffen, und ein andermal mietete er einen Boten, der ihm einen höchst obskuren Band aus Boston holen mußte. Spannung hing bedrohlich über der ganzen Situation, und sowohl die

Eltern als auch Dr. Willett mußten sich eingestehen, daß sie völlig ratlos waren, was davon zu halten sei oder was man unternehmen könne.

6

Dann aber trat am fünften April eine bemerkenswerte Wende ein. Zwar vollzog sich offenbar keine grundsätzliche Veränderung, doch war eine furchtbare Steigerung in der Intensität nicht zu übersehen; und Dr. Willett mißt dieser Veränderung irgendwie eine große Bedeutung bei. Es geschah an einem Karfreitag, ein Umstand, von dem die Dienstboten viel Aufhebens machten, während andere ihn natürlich als einen bloßen Zufall abtaten. Am Spätnachmittag fing der junge Ward an, eine bestimmte Formel mit ungewöhnlich lauter Stimme immer wieder aufzusagen, wobei er irgendeine so beißende Substanz verbrannte, daß der Rauch sich im ganzen Haus ausbreitete. Die Formel war im Flur außerhalb der abgeschlossenen Tür so deutlich zu verstehen, daß Mrs. Ward sie sich unwillkürlich einprägte, als sie angstvoll lauschend wartete, und sie später auf Dr. Willetts Verlangen aufschrieb. Sie lautete wie folgt, und Experten haben Dr. Willett darüber aufgeklärt, daß sich eine ganz ähnliche Formel in den mystischen Schriften des »Eliphas Levi« fände, jener kryptischen Seele, die durch einen Spalt in der verbotenen Tür kroch und einen Blick auf die schrecklichen Abgründe auf der anderen Seite erhaschte:

»Per Adonai Eloim, Adonai Jehova,
Adonai Sabaoth, Metraton Ou Agla Methon,
Verbum pythonicum, mysterium salamandrae,
cenventus sylvorum, antra gnomorum,
daemonia Coeli God, Almonsin, Gibor,
Jehosua, Evam, Zariathnatmik, Veni, veni, veni.«

Diesen Spruch hatte Ward zwei Stunden lang unverändert und ohne Unterbrechung rezitiert, als plötzlich in der ganzen Nachbarschaft ein pandämonisches Hundegeheul einsetzte. Das Ausmaß dieses Geheuls mag man daran ermessen, wieviel Raum ihm tags darauf in den

Zeitungen gewidmet wurde, aber für die Menschen im Haus der Wards wurde es von dem Geruch überschattet, der sich unmittelbar darauf ausbreitete. Ein widerwärtiger, alles durchdringender Gestank, den keiner von ihnen je zuvor noch jemals danach gerochen hat. Mitten in dieser memphitischen Flut flammte ein Lichtstrahl von der Helligkeit eines Blitzes auf, der höchst eindrucksvoll gewesen wäre und die Augen geblendet hätte, wäre es nicht taghell gewesen; und dann ließ sich die *Stimme* vernehmen, die keiner von denen, die sie hörten, je vergessen wird, so donnernd laut und doch entfernt, so unglaublich tief und so unheimlich anders als Charles' Stimme war sie. Sie erschütterte das Haus und wurde von mindestens zwei Nachbarn deutlich wahrgenommen, trotz des Hundegeheuls. Mrs. Ward, die verzweifelt vor der Tür des verschlossenen Laboratoriums ihres Sohnes gelauscht hatte, schauderte, als sie die höllische Bedeutung dieser Stimme erkannte; denn Charles hatte ihr von deren unheilvollem Ruf in dunklen Büchern erzählt, und auch davon, wie sie, wenn man den Fenner-Briefen glauben konnte, donnernd über dem Bauernhof bei Pawtuxet ertönt war, in der Nacht von Joseph Curwens Vernichtung. Es konnte kein Zweifel über diesen nachtmahrhaften Spruch geben, denn Charles hatte ihn allzu lebhaft beschrieben, damals, als er noch freimütig von seinen Nachforschungen über Curwen erzählt hatte. Und doch war es nur dieses Fragment in einer archaischen und vergessenen Sprache: »DIES MIES JESCHET BOENE DOESEF DOUVEMA ENITEMAUS.«

Unmittelbar nach diesem Donner verdunkelte sich für einen Moment das Licht des Tages, obwohl es bis zum Sonnenuntergang noch eine Stunde war, und dann quoll ein neuer Gestank auf, anders als der erste, doch ebenso unbekannt und unerträglich. Charles hatte jetzt seinen Singsang wiederaufgenommen, und seine Mutter konnte Silben verstehen, die etwa wie folgt lauteten: »Yi-nash-Yog-Sothoth-helglb-fi-throdag« und in einem »Yah!« endeten, dessen irrwitzige Lautstärke zu einem ohrenbetäubenden Crescendo anschwoll. Eine Sekunde später wurden alle bisherigen Eindrücke ausgelöscht durch den wimmernden Schrei, der mit rasender Explosivität ausbrach und sich nach und nach zu einem krampfhaften, diabolischen und hysterischen Gelächter wandelte. Hin und her gerissen zwischen Furcht und dem verzweifelten Mut einer Mutter, trat Mrs. Ward ein paar

Schritte vor und klopfte zaghaft an die alles verbergende Holztür, doch sie erhielt keine Antwort. Wieder klopfte sie, hielt aber entnervt inne, als ein zweiter Schrei sich erhob, diesmal unverkennbar in der vertrauten Stimme ihres Sohnes, *und im Gleichklang mit dem noch immer andauernden Gekecker jener anderen Stimme ertönte.* Im nächsten Augenblick fiel sie in Ohnmacht, doch bis heute weiß sie nicht zu sagen, was der eigentliche und unmittelbare Anlaß dafür war. Das Gedächtnis versagt uns manchmal auf wohltätige Weise den Dienst.

Mr. Ward kam Viertel vor sechs aus dem Industriegebiet nach Hause, und als er seine Frau unten nicht fand, erfuhr er von den verschüchterten Dienstboten, sie beobachte wahrscheinlich Charles' Tür, hinter der seltsamere Geräusche als je zuvor ertönt seien. Er eilte unverzüglich die Treppe hinauf und fand Mrs. Ward der Länge nach auf dem Fußboden des Korridors vor dem Laboratorium liegen. Er folgerte sogleich, daß sie in Ohnmacht gefallen sei, und holte schnell ein Glas Wasser aus einem Krug, der in einer Nische des Korridors stand. Er schüttete ihr die kalte Flüssigkeit ins Gesicht und bemerkte zu seiner Freude, daß sie sofort reagierte; während er aber noch zusah, wie sie erstaunt die Augen öffnete, durchfuhr ihn ein Schreck, der ihn beinahe in jenen Zustand versetzt hätte, aus dem seine Frau eben aufgewacht war. Denn das scheinbar stille Laboratorium war keineswegs so still, wie er zunächst gedacht hatte, sondern von den gedämpften Lauten einer gespannten Unterredung erfüllt, die zu leise war, als daß man etwas verstehen konnte, aber doch von einer Art, die einen in tiefster Seele beunruhigen konnte.

Nun war es natürlich nichts Neues, daß Charles irgendwelche Formeln murmelte; doch dieses Gemurmel war entschieden anders geartet. Es war so eindeutig ein Dialog oder doch die Imitation eines Gespräches mit Frage und Antwort, Rede und Gegenrede. Eine Stimme war eindeutig die von Charles, doch die andere war von einer Tiefe und Hohlheit, wie der junge Mann sie bei seinen erfolgreichsten zeremoniellen Imitationsversuchen kaum jemals erreicht hatte. Sie hatte etwas Grauenerregendes, Blasphemisches, Abnormes, und hätte ihn nicht ein Ausruf seiner zu sich kommenden Frau aufgestört und seine schützenden Instinkte wachgerufen, so hätte sich Theodore Howland Ward wohl kaum noch fast ein weiteres Jahr rühmen können, in seinem ganzen Leben noch nie in Ohnmacht gefallen zu sein. So aber nahm er seine Frau auf die Arme und trug sie eilends die Treppe hinunter, bevor auch sie die Geräusche hörte, die ihn so aus der Fassung gebracht hatten. Dennoch war er nicht schnell genug, um nicht noch selbst etwas zu hören, was ihn gefährlich mit seiner Last stolpern ließ. Denn Mrs. Wards Ausruf war offensichtlich außer von ihm auch noch von anderen gehört worden, und als Antwort darauf waren aus dem Raum hinter der verschlossenen Tür die ersten vernehmlichen Worte dieses schrecklichen Gespräches nach draußen gedrungen. Es war nichts als eine aufgeregte Warnung in Charles' eigener Stimme, doch die Folgerungen daraus versetzten den Vater, der sie vernahm, in namenlosen Schrecken. Was er gehört hatte, war nicht mehr als dies: »Psst! Schreibt!«

Mr. und Mrs. Ward hatten nach dem Dinner eine längere Unterredung, und Mr. Ward beschloß, Charles ernstlich und unnachsichtig ins Gebet zu nehmen. Wie wichtig die Angelegenheit auch sein mochte, ein solches Gebaren konnte nicht länger geduldet werden; denn diese neuesten Entwicklungen überschritten jede Grenze der Vernunft und stellten eine Bedrohung für die Ordnung im Haus und den Seelenfrieden seiner Bewohner dar. Der junge Mann mußte wirklich den Verstand verloren haben, denn nur schierer Wahnsinn konnte zu den wilden Schreien und imaginären Gesprächen mit verstellter Stimme geführt haben, die dieser Tag gebracht hatte. All das mußte jetzt aufhören, sonst würde Mrs. Ward noch vollends krank und die Beschäftigung von Hausangestellten unmöglich werden.

Mr. Ward erhob sich vom Tisch und machte sich auf den Weg nach oben in Charles' Laboratorium. Doch im dritten Stock hielt er inne, als er die Geräusche vernahm, die jetzt aus der unbenützten Bibliothek seines Sohnes kamen. Offenbar warf jemand mit Büchern herum und raschelte mit Papieren, und als er an die Tür trat, erblickte Mr. Ward den jungen Mann, wie er sich in höchster Aufregung einen ganzen Stapel verschiedenster Bücher und Schriften auf den Arm lud. Charles sah sehr mitgenommen und verstört aus und ließ mit einem unterdrückten Aufschrei seine ganze Last fallen, als er die Stimme seines Vaters hörte. Auf dessen Weisung hin setzte er sich und hörte sich eine Zeitlang die Ermahnungen an, die er schon längst verdient hatte. Es kam zu keinem Streit. Als die Strafpredigt beendet war, räumte er ein, daß sein Vater recht habe und daß seine Stimme, sein Gemurmel, seine Beschwörungen und chemischen Gerüche in der Tat eine unentschuldbare Belästigung darstellten. Er erklärte sich bereit, sich fortan ruhiger zu verhalten, bestand aber darauf, auch in Zukunft völlig ungestört weiterarbeiten zu können. Ein Großteil seiner zukünftigen Arbeit, so sagte er, würde ohnehin aus rein theoretischer Forschung bestehen, und für alle rituellen Gesänge, die zu einem späteren Zeitpunkt notwendig werden mochten, könne er sich ohne weiteres andere Räumlichkeiten beschaffen. Über die Angst und die Ohnmacht seiner Mutter zeigte er sich zutiefst zerknirscht, und er erklärte, daß die Unterredung, die anschließend zu hören gewesen sei, Teil eines komplizierten Symbolismus gewesen sei, der eine bestimmte geistig-seelische Atmosphäre habe schaffen sollen. Die abstrusen chemischen Fachausdrücke, die er gebrauchte, verwirrten Mr. Ward ein bißchen, doch der entscheidende Eindruck war, daß Charles völlig normal und Herr seiner selbst sei, trotz einer mysteriösen, im höchsten Grade besorgniserregenden Spannung. Die Unterredung verlief im Grunde ziemlich ergebnislos, und als Charles seine Bücher und Schriften aufsammelte und das Zimmer verließ, wußte Mr. Ward kaum, was er von der ganzen Angelegenheit halten sollte. Sie war genauso mysteriös wie der Tod des armen alten Nig, dessen steifer Kadaver mit aufgerissenen Augen und angstverzerrtem Maul eine Stunde zuvor im Keller gefunden worden war.

Einem vagen detektivischen Instinkt folgend, musterte der Vater jetzt neugierig die leeren Bücherborde, um festzustellen, was sein Sohn in die Dachkammer mitgenommen hatte. Die Bibliothek des jungen Mannes war streng und übersichtlich geordnet, so daß man auf einen Blick sagen konnte, welche Bücher oder zumindest welche Arten von Büchern entnommen worden waren. Zu seinem größten Erstaunen bemerkte Mr. Ward, daß keines der Bücher über Okkultismus und Altertumsforschung, abgesehen von denen, die schon vorher entfernt worden waren, fehlte. Die neu entnommenen Bücher betrafen ausnahmslos moderne Wissensgebiete; historische Werke, wissenschaftliche Abhandlungen, Geographiebücher, Literatur-Handbücher, philosophische Werke und einige zeitgenössische Zeitungen und Zeitschriften. Das war eine höchst merkwürdige Veränderung gegenüber Charles' Lektüre in der letzten Zeit, und der Vater hielt plötzlich inne, weil ein immer stärker werdendes Gefühl würgender Unruhe und Befremdung ihn beschlich. Dieses Gefühl wurde immer bedrückender und nahm ihm fast den Atem, während er sich verzweifelt bemühte, die Ursache seiner Unruhe ausfindig zu machen. Irgend etwas stimmte nicht, dessen war er sicher, und zwar in materieller ebenso wie in spiritueller Hinsicht. Seit er diesen Raum betreten hatte, hatte er gespürt, daß irgend etwas nicht stimmte, und schließlich dämmerte ihm, was es war.

An der Nordwand erhob sich noch immer über dem Kamin die geschnitzte Täfelung aus dem Haus in Olney Court, doch das brüchige, in mühsamer Arbeit restaurierte Ölporträt war vom Schicksal ereilt worden. Die Zeit und die ungleichmäßige Heizung hatten zu guter Letzt ihre Wirkung getan, und irgendwann nach dem letzten Saubermachen in dem Zimmer mußte es passiert sein. Von der Holzunterlage sich abschälend, enger und enger sich zusammenrollend und schließlich – und offenbar mit bösartig lautloser Plötzlichkeit – in kleine Stückchen zerbröckelnd, hatte das Porträt des Joseph Curwen für immer seinen Posten als unverwandt blickender Beobachter des jungen Mannes, dem es auf so merkwürdige Weise glich, aufgegeben und lag jetzt verstreut auf dem Boden als eine dünne Schicht feinen, blaugrauen Staubes.

4 Eine Mutation und ein Fall von Wahnsinn

I

In der Woche, die jenem denkwürdigen Karfreitag folgte, sah man Charles Ward öfter als sonst; er trug unablässig Bücher zwischen seiner Bibliothek und dem Labor im Dachgeschoß hin und her. Seine Bewegungen waren gemessen und vernünftig, doch er wirkte gehetzt und verstohlen, was seiner Mutter gar nicht gefiel, und er legte – nach seinen Anforderungen an die Köchin zu urteilen – einen wahren Heißhunger an den Tag.

Dr. Willett war über die Geräusche und Ereignisse jenes Freitags unterrichtet worden und führte am folgenden Dienstag in der Bibliothek, wo das Bild nicht mehr von der Wand herabstarrte, ein längeres Gespräch mit dem jungen Mann. Es verlief wie immer ergebnislos; doch Willett ist noch immer bereit zu beschwören, daß der junge Mann zu diesem Zeitpunkt noch normal und Herr seiner selbst gewesen sei. Charles stellte baldige Enthüllungen in Aussicht und sprach davon, daß er sich anderswo ein Labor würde einrichten müssen. Über den Verlust des Bildes war er in Anbetracht seiner anfänglichen Begeisterung recht wenig betrübt und schien im Gegenteil dem plötzlichen Zerfall des Gemäldes sogar eine heitere Seite abzugewinnen.

Von der zweiten Woche an war Charles Ward wiederholt längere Zeit nicht zu Hause, und eines Tages, als die gute alte Hannah kam, um beim Frühjahrsputz zu helfen, erwähnte sie seine häufigen Besuche in dem alten Haus in Olney Court, wo er immer mit einem großen Koffer auftauche und im Keller herumstöbere. Er sei immer sehr großzügig zu ihr und dem alten Asa, scheine aber unruhiger als sonst, worüber sie sehr betrübt sei, denn sie kenne ihn ja von seiner Geburt an.

Ein weiterer Bericht über seine Unternehmungen kam aus Pawtuxet, wo ihn Freunde der Familie erstaunlich oft aus der Ferne gesehen hatten. Er schien sich häufig im Strandbad und am Bootshaus von Rhodes-on-the-Pawtuxet zu schaffen zu machen, und spätere Nachforschungen Dr. Willetts in diesem Ort ergaben, daß es dabei offenbar stets sein Ziel war, sich Zugang zu dem dicht mit Büschen bewachsenen Flußufer zu verschaffen, an dem entlang er dann in nördlicher Richtung verschwand, um meistens für längere Zeit nicht mehr aufzutauchen.

Gegen Ende Mai waren eines Tages wieder rituelle Geräusche aus dem Labor unter dem Dach zu hören, was Charles einen strengen Tadel von Mr. Ward einbrachte, woraufhin er ein wenig zerstreut Besserung gelobte. Es geschah am Vormittag, und die Geräusche schienen eine Fortsetzung jener imaginären Unterredung darzustellen, die an jenem turbulenten Karfreitag stattgefunden hatte. Der junge Mann schien mit sich selbst zu streiten oder sich laute Vorwürfe zu machen, denn ganz plötzlich ertönte, deutlich vernehmbar, ein lauter Wortwechsel in zwei verschiedenen Stimmen, von denen die eine hartnäckig etwas zu fordern und die andere ebenso beständig abzulehnen schien, und Mrs. Ward rannte die Treppe hinauf, um an der Tür zu lauschen. Sie hörte aber nur ein Bruchstück, dessen einzige verständliche Worte »müssen es für drei Monate rot haben« lauteten, und auf ihr Klopfen hin wurde es sofort still. Als Charles später von seinem Vater zur Rede gestellt wurde, sagte er, es gebe gewisse Konflikte der Bewußtseinssphären, die man nur mit größter Umsicht vermeiden könne, die er aber in andere Regionen verlagern würde.

Ungefähr Mitte Juni ereignete sich ein sonderbarer nächtlicher Vorgang. Am frühen Abend hatte man im Labor im Dachgeschoß polternde Geräusche gehört, und Mr. Ward wollte gerade nachsehen gehen, als es wieder ruhig war. Um Mitternacht, als die Wards sich zur Ruhe begeben hatten, schloß der Butler gerade die Haustür für die Nacht zu, als nach seiner Aussage Charles wie aus Versehen und ziemlich unsicher am Fuß der Treppe auftauchte und ihm durch ein Zeichen zu verstehen gab, daß er ihn hinauslassen solle. Der junge Mann sagte kein Wort, aber der ehrenwerte Mann aus Yorkshire sah für einen Augenblick seine fiebrigen Augen, und ein grundloses Zittern überfiel ihn. Er öffnete die Tür, und der junge Ward ging hinaus, doch am Morgen überbrachte er Mrs. Ward seine Kündigung. Es habe, so sagte er, etwas Unheimliches in dem Blick gelegen, mit dem Charles ihn fixiert habe. Es sei keine Art für einen jungen Mann, eine ehrliche Person auf diese Weise anzuschauen, und er sehe sich außerstande, noch eine weitere Nacht unter diesem Dach zu verbringen. Mrs. Ward ließ den Mann gehen, maß aber seiner Aussage nicht sonderlich viel Bedeutung bei. Sich vorzustellen, Charles habe sich in dieser Nacht in einem so aggressiven Zustand befunden, war ziemlich lächerlich, denn solange sie wachgelegen hatte, waren aus dem Labor schwache Geräusche zu hören gewesen; ein leises Schluchzen, ruhelos auf und ab gehende Schritte und ein Seufzen, das nur von tiefster Verzweiflung zeugte. Mrs. Ward hatte es sich zur Gewohnheit gemacht, in der Nacht Geräuschen im Haus zu lauschen, denn das Geheimnis ihres Sohnes verdrängte in wachsendem Maße alle anderen Dinge aus ihrem Bewußtsein.

Wie schon an jenem anderen Abend vor nahezu drei Monaten, holte sich Charles auch am folgenden Abend als erster die Zeitung und verlegte den Hauptteil. Daran erinnerten sich die Wards erst später, als Dr. Willett anfing, Zusammenhänge aufzuspüren und hier und da nach fehlenden Gliedern zu suchen. Im Archiv des *Journal* fand er den Teil, den Charles beseitigt hatte, und entdeckte zwei Artikel, die möglicherweise bedeutsam waren. Sie hatten den folgenden Wortlaut:

Wieder Friedhofsschänder am Werk

Heute morgen bemerkte Robert Hart, Nachtwächter auf dem Nordfriedhof, daß abermals Grabplünderer im alten Teil des Friedhofes ihr Unwesen trieben. Das Grab von Ezra Weeden, der 1740 geboren wurde und gemäß der Inschrift seines umgestürzten und völlig zertrümmerten Schiefer-Grabsteins im Jahre 1824 starb, war geöffnet und geplündert worden, offensichtlich mit Hilfe eines Spatens, der vorher aus einem nahe gelegenen Geräteschuppen entwendet worden war.

Was immer sich nach über einem Jahrhundert noch in dem Grab befunden haben mag, war bis auf ein paar verrottete Holzreste verschwunden. Es wurden keine Radspuren gefunden, doch die Polizei hat ein einzelnes Paar Fußabdrücke vermessen, die in der Nähe des Grabes entdeckt wurden und offenbar von den Stiefeln eines wohlhabenden Mannes stammten.

Hart neigt zu der Auffassung, daß ein Zusammenhang zwischen dieser Grabschändung und dem Vorfall im März besteht; damals hatte er eine Gruppe von Unbekannten mit einem Lastwagen verscheucht, nachdem die Männer ein tiefes Loch gegraben hatten. Sergeant Riley vom Zweiten Revier dagegen hält diese Theorie für unzutreffend und verweist auf grundlegende Unterschiede in beiden Fällen. Im März war an einer Stelle gegraben worden, wo sich kein Grab befand; diesmal wurde dagegen ein deutlich erkennbares und gepflegtes Grab offenbar mit voller Absicht geplündert. Wie rücksichtslos die Plünderer vorgegangen seien, könne man auch daran ermessen, daß der Grabstein zerstört wurde, der bis zum Tag zuvor noch völlig intakt gewesen sei.

Mitglieder der Familie Weeden äußerten ihr Erstaunen und ihre Trauer, als ihnen die Nachricht von der Plünderung überbracht wurde; sie sahen sich völlig außerstande, Angaben darüber zu machen, wer einen Grund gehabt haben könnte, das Grab ihres Vorfahren zu schänden. Hazard Weeden aus der Angell Street Nr. 598 erinnert sich an eine Familienlegende, nach der Ezra Weeden kurz vor dem Freiheitskrieg eine – für ihn jedoch nicht ehrenrührige – Rolle bei irgendwelchen Vorkommnissen gespielt haben soll; von einer Fehde oder einem Geheimnis aus jüngerer Zeit weiß er jedoch nichts. Inspektor Cunningham wurde mit der Klärung des Falls beauftragt und hofft, schon bald einige wichtige Anhaltspunkte zu entdecken.

Nächtliches Hundegebell in Pawtuxet

Die Einwohner von Pawtuxet wurden heute nacht gegen drei Uhr durch außergewöhnlich lautes Hundegebell aus dem Schlaf geschreckt, dessen Zentrum am Fluß unmittelbar nördlich von Rhodes-on-the-Pawtuxet zu liegen schien. Nach Aussage der meisten Ohrenzeugen war das Geheul der Hunde nach Art und Lautstärke höchst merkwürdig. Fred Lemdin, Nachtwächter in Rhodes, berichtet, er habe gleichzeitig Geräusche vernommen, die sich ganz wie gräßliche Angst- oder Todesschreie von Menschen angehört hätten. Ein heftiges und sehr kurzes Gewitter, das anscheinend in der Nähe des Flußufers niederging, setzte der Ruhestörung ein Ende. Der Vorfall wird allgemein mit sonderbaren und unangenehmen Gerüchen in Verbindung gebracht, die wahrscheinlich durch die Öltanks entlang der Bucht verursacht werden und zur Beunruhigung der Hunde beigetragen haben könnten.

Charles' Aussehen wurde jetzt immer abgezehrter und gehetzter, und rückblickend stimmen fast alle darin überein, daß er damals vielleicht den Wunsch hatte, eine Erklärung abzugeben oder ein Geständnis zu machen, wovon ihn nur blankes Entsetzen abgehalten habe. Seine Mutter fand auf ihrem makabren nächtlichen Horchposten heraus, daß er oft im Schutz der Dunkelheit das Haus verließ, und die orthodoxeren Nervenspezialisten schreiben ihm heute einhellig die widerwärtigen Fälle von Vampirismus zu, über die damals die Zeitungen in Sensationsmeldungen berichteten, für die aber bis heute noch kein Schuldiger gefunden wurde. Diese Fälle, die erst so kurz zurückliegen und so viel Aufsehen erregten, daß es sich erübrigt, sie im einzelnen zu schildern, betrafen Opfer jedes Alters und jeder Herkunft und schienen in zwei Gegenden gehäuft aufzutreten – in dem

Wohngebiet auf dem Hügel und im Norden, also in der Nähe des Hauses der Wards, und in den Vorstadtvierteln bei Pawtuxet. Sowohl Leute, die spät in der Nacht noch unterwegs waren, als auch solche, die bei offenem Fenster schliefen, wurden angefallen, und diejenigen von ihnen, die überlebten, berichteten übereinstimmend von einem mageren, geschmeidigen, springenden Ungeheuer mit brennenden Augen, das seine Zähne in den Hals oder den Oberarm schlug und gierig zu saugen begann.

Dr. Willett, der sich weigert, den Beginn von Charles Wards geistiger Umnachtung auf einen so frühen Zeitpunkt zu legen, ist nicht so schnell mit einer Erklärung für diese grausigen Vorfälle bei der Hand. Er habe, so behauptet er, seine eigenen Theorien, und schränkt seine positiven Erklärungen durch eine eigentümliche Negation ein. »Ich habe nicht die Absicht«, sagt er, »mich darüber zu äußern, wer oder was meiner Meinung nach diese Überfälle und Morde beging, aber ich erkläre, daß Charles Ward unschuldig war. Ich habe Grund zu der sicheren Annahme, daß er den Geschmack von Blut nicht kannte, was ja auch durch seine fortschreitende Anämie und Blässe deutlicher als durch alle Worte belegt wird. Ward hatte sich auf schreckliche Dinge eingelassen, aber er hat dafür bezahlt, und er war nie ein Ungeheuer oder ein Schurke. Wie es jetzt um ihn steht, darüber denke ich lieber nicht nach. Eine Veränderung vollzog sich, und ich bin geneigt anzunehmen, daß damit der alte Charles Ward starb. Zumindest starb seine Seele, denn jener irrsinnige Körper, der aus Waites Irrenanstalt verschwand, hatte eine andere.«

Willetts Wort hat Gewicht, denn er war oft im Hause der Wards, um nach Mrs. Ward zu sehen, deren Nerven allmählich unter der starken Belastung versagten. Ihr nächtliches Lauschen hatte zu gewissen makabren Halluzinationen geführt, die sie zaghaft dem Doktor anvertraute; Willett zog diese Dinge ihr gegenüber ins Lächerliche, obwohl sie ihm viel zu denken gaben, wenn er allein war. Diese Einbildungen betrafen stets die schwachen Geräusche, die sie in dem Labor und dem Schlafzimmer im Dachgeschoß zu hören meinte, und sie beharrte darauf, es handle sich um gedämpftes Seufzen und Schluchzen zu den unmöglichsten Zeiten. Anfang Juli verschrieb Dr. Willett Mrs. Ward einen Erholungsaufenthalt von unbestimmter

Dauer in Atlantic City und schärfte sowohl Mr. Ward als auch dem verstörten und scheuen Charles ein, ihr nur aufmunternde Briefe zu schreiben. Wahrscheinlich verdankt sie es dieser unfreiwilligen Flucht, daß sie noch am Leben und bei klarem Verstande ist.

2

Nicht lange nach der Abreise seiner Mutter begann Charles mit den Verhandlungen über den Kauf des Bungalows bei Pawtuxet. Es war ein schmutziges, kleines Holzhaus mit einer Betongarage, hoch auf dem dünnbesiedelten Flußufer etwas oberhalb von Rhodes, doch aus irgendeinem unerfindlichen Grunde wollte der junge Mann dies und nichts anderes. Er ließ den Immobilienmaklern so lange keine Ruhe, bis einer von ihnen das Haus zu einem exorbitanten Preis für ihn von dem etwas widerstrebenden Besitzer gekauft hatte, und sobald es geräumt war, zog er unter dem Schutze der Nacht ein, wobei er in einem großen, geschlossenen Lieferwagen die gesamte Einrichtung seines Labors hinüberschaffte, einschließlich der Bücher über okkulte wie auch moderne Themen, die er aus seiner Bibliothek entfernt hatte. Er ließ den Lieferwagen in den Stunden nach Mitternacht beladen, und sein Vater erinnert sich nur, in jener Nacht im Halbschlaf unterdrückte Flüche und schwere Tritte gehört zu haben. Danach bezog Charles wieder seine Räume im dritten Stock und hielt sich nie mehr in den Dachkammern auf.

Den Bungalow bei Pawtuxet umgab Charles mit derselben Heimlichtuerei wie früher die Räume im Dachgeschoß, nur schien er jetzt zwei Leute in seine Geheimnisse eingeweiht zu haben; einen verschlagen aussehenden portugiesischen Mischling aus dem Hafenviertel an der South Main Street, der als Diener fungierte, sowie einen mageren, gelehrtenhaften Fremden mit dunkler Brille und einem struppigen und offenbar gefärbten Vollbart, bei dem es sich anscheinend um einen Kollegen handelte. Die Nachbarn versuchten vergeblich, mit diesen beiden sonderbaren Menschen ins Gespräch zu kommen. Der Mulatte Gomes sprach nur sehr wenig Englisch, und der Bärtige, der sich Dr. Allen nannte, folgte seinem Beispiel. Ward selbst gab sich Mühe, umgänglicher zu erscheinen, erregte aber nur Neugier durch seine weitschweifigen Berichte über chemische Forschungen. Es dauerte nicht lange, und die Leute begannen darüber zu reden, daß in dem Bungalow die ganze Nacht hindurch Licht brannte; und etwas später, als die Fenster in der Nacht plötzlich dunkel blieben, machten noch seltsamere Gerüchte die Runde – über verhältnismäßig große Fleischkäufe beim Metzger und über das gedämpfte Rufen, Deklamieren und die rhythmischen Gesänge und Schreie, die aus einem sehr tiefen Keller unter dem Haus heraufzudringen schienen. Den größten Unwillen und Abscheu erregte der neue und sonderbare Haushalt bei den ehrsamen Bürgern in der Nachbarschaft, und es ist nicht verwunderlich, daß dunkle Vermutungen über einen Zusammenhang zwischen dem verhaßten Anwesen und den um sich greifenden vampirischen Überfällen und Morden angestellt wurden, zumal die Vorfälle sich jetzt ganz auf Pawtuxet und die angrenzenden Straßen von Edgewood beschränkten.

Ward verbrachte die meiste Zeit in dem Bungalow, übernachtete aber gelegentlich in seinem Elternhaus und wurde noch immer als Mitglied des Haushalts angesehen. Zweimal verließ er die Stadt, um auf wochenlange Reisen zu gehen, deren Bestimmungsorte bis heute unbekannt geblieben sind. Er wurde zusehends bleicher und hagerer als je zuvor und wirkte nicht mehr so selbstsicher, als er Dr. Willett wieder einmal dieselbe uralte Geschichte von bedeutsamen Forschungen und zukünftigen Enthüllungen erzählte. Willett fing ihn oft im Hause seines Vaters ab, denn der ältere Ward war zutiefst beunruhigt und verwirrt und wünschte, daß sein Sohn unter so strenge Aufsicht genommen würde, wie es sich bei einem so verschlossenen und unabhängigen Erwachsenen irgend bewerkstelligen ließ. Der Doktor beharrt noch immer darauf, daß der junge Mann selbst zu diesem späten Zeitpunkt noch geistig normal gewesen sei, und führt zum Beweis dieser Behauptung zahlreiche Gespräche an.

Im Laufe des Septembers ließ der Vampirismus nach, aber im darauffolgenden Januar wäre Ward beinahe in ernstliche Schwierigkeiten geraten. Schon seit einiger Zeit hatte man über die nächtliche Ankunft und Abfahrt von Lastkraftwagen bei dem Bungalow Vermutungen angestellt, als durch eine unvorhergesehene Störung wenigstens in einem Fall bekannt wurde, welche Art Fracht diese Lastwagen beförderten. An einer einsamen Stelle in der Nähe von Hope

Valley hatte sich einer der häufigen Überfälle durch Straßenräuber ereignet, die in dem Lastwagen Spirituosen zu finden hofften, aber diesmal sollten die Wegelagerer selbst die böseste Überraschung erleben, denn als sie die erbeuteten langen Kisten aufbrachen, machten sie eine grausige Entdeckung; so grausig war der Inhalt, daß die Angelegenheit in der Unterwelt die Runde machte. Die Räuber hatten ihren Fund in aller Eile verscharrt, aber als die Staatspolizei Wind davon bekam, lief eine gründliche Untersuchung an. Ein kurz zuvor festgenommener Landstreicher, dem man Straffreiheit für alle anderen Vergehen zusicherte, erklärte sich schließlich bereit, eine Gruppe berittener Polizisten an die fragliche Stelle zu führen; und was man dort in dem notdürftigen Versteck fand, war im höchsten Grade entsetzlich und schändlich. Es würde allen nationalen – ja sogar internationalen – Geboten der Schicklichkeit hohnsprechen, wollte man an die Öffentlichkeit dringen lassen, was diese fassungslosen Männer ausgruben. Es gab keinen Zweifel, nicht einmal für diese alles andere als gebildeten Polizisten; und in fieberhafter Aufregung wurde ein Telegramm nach dem anderen nach Washington geschickt.

Die Kisten waren an Charles Ward in seinem Bungalow in Pawtuxet adressiert, und Beamte der Staats- und Bundespolizei unterzogen ihn unverzüglich einem unnachsichtigen und ernsten Verhör. Sie fanden ihn bleich und verstört bei seinen beiden Gefährten und bekamen von ihm anscheinend eine plausible Erklärung, die sie von seiner Unschuld überzeugte. Er habe bestimmte anatomische Versuchsobjekte für ein Forschungsprogramm benötigt, dessen Wichtigkeit und Ernsthaftigkeit jeder bezeugen könne, der ihn in den letzten Jahren gekannt habe, und habe die erforderliche Anzahl geeigneter Objekte bei Agenten bestellt, wobei er so legal gehandelt zu haben glaube wie nach den Umständen überhaupt möglich. Von der *Identität* der Objekte habe er keine Ahnung gehabt, und er zeigte sich entsprechend schockiert, als die Inspektoren andeuteten, welch grauenhafte Folgen sich für die Öffentlichkeit und das Ansehen des Landes ergeben hätten, wäre die Sache ruchbar geworden. Seine Aussagen wurden von seinem bärtigen Kollegen Dr. Allen uneingeschränkt bestätigt, dessen merkwürdig hohle Stimme noch überzeugender klang als sein eigenes nervöses Gestammel. Zu guter Letzt blieb den Beamten nichts anderes übrig, als sich die New Yorker Adresse zu notieren, die Charles ihnen angab, aber die darauf sich gründende Untersuchung verlief ergebnislos. Der Ordnung halber soll nicht unerwähnt bleiben, daß die Objekte eiligst und in aller Stille an ihren gebührenden Platz zurückgebracht wurden und die Öffentlichkeit nie von der blasphemischen Schändung erfahren wird.

Am 9. Februar 1928 erhielt Dr. Willett einen Brief von Charles Ward, dem er außerordentlich viel Bedeutung beimißt und über den er oft mit Dr. Lyman gestritten hat. Dr. Lyman glaubt, der Brief enthalte schlüssige Beweise für einen fortgeschrittenen Fall von *Dementia praecox*, Willett dagegen sieht in ihm die letzte völlig normale Äußerung des unglückseligen jungen Mannes. Er hebt besonders den normalen Stil hervor, der zwar Hinweise auf eine Nervenzerrüttung enthält, trotzdem aber eindeutig Wards eigener Stil ist. Der Brief hatte folgenden Wortlaut:

Providence, R. I.
100 Prospect St.,
8. März 1928

Lieber Dr. Willett!

Ich glaube, die Zeit ist reif für die Enthüllungen, die ich Ihnen so oft versprochen habe und auf die Sie so oft gedrängt haben. Für die Geduld, mit der Sie gewartet haben, und das Vertrauen, das Sie in meinen Geisteszustand und meine Rechtschaffenheit gesetzt haben, werde ich Ihnen zeit meines Lebens dankbar sein.

Und nun, da ich sprechen kann, muß ich demütig eingestehen, daß mir niemals der Triumph zuteil werden wird, von dem ich geträumt habe. Anstelle eines Triumphes bleibt mir nur Entsetzen, und ich schreibe Ihnen nicht, um mich eines Sieges zu rühmen, sondern um Sie inständig zu bitten, mir Rat und Hilfe zu gewähren, damit ich mich und die ganze Welt vor einem Schrecken jenseits aller menschlichen Vorstellungskraft retten kann. Sie erinnern sich, was in den Fenner-Briefen über jene Strafexpedition nach Pawtuxet gestanden hat. All das muß sich jetzt wiederholen, und zwar so schnell wie möglich. Von uns hängt mehr ab, als man in Worte fassen kann – die gesamte Zivilisation, das gesamte Naturgesetz, vielleicht sogar das Schicksal des Sonnensystems und des Universums. Ich habe eine ungeheuerliche Abnormität ans Licht gebracht, aber ich tat es im

Interesse der Wissenschaft. Im Interesse allen Lebens und aller Natur müssen Sie mir jetzt helfen, diese Ungeheuerlichkeit wieder in die Finsternis zurückzustoßen.

Ich habe den Bungalow bei Pawtuxet für immer verlassen, und wir müssen alles ausrotten, was sich dort befindet, sei es lebendig oder tot. Ich werde nie mehr dort hingehen, und Sie dürfen es nicht glauben, wenn Sie jemals hören sollten, ich sei dort. Warum ich dies sage, werden Sie erfahren, wenn ich Sie sehe. Ich bin für immer nach Hause zurückgekehrt, und möchte, daß Sie mich so bald wie irgend möglich besuchen und sich fünf oder sechs Stunden hintereinander anhören, was ich zu sagen habe. So lange wird es dauern – und bitte glauben Sie mir, wenn ich Ihnen sage, daß Sie nie eine ernstere berufliche Pflicht gehabt haben. Mein Leben und mein Verstand sind nur die allergeringsten Dinge, die auf dem Spiel stehen.

Ich wage nicht, meinen Vater ins Vertrauen zu ziehen, denn er würde das alles nicht begreifen. Aber ich habe ihm erzählt, in welcher Gefahr ich mich befinde, und er läßt das Haus durch vier Leute von einem Detektivbüro bewachen. Ich weiß nicht, was sie ausrichten können, denn sie haben Mächte gegen sich, die sogar Sie sich kaum vorstellen können. Kommen Sie deshalb schnell, wenn Sie mich noch lebend antreffen wollen, und hören Sie, wie Sie mir helfen können, den Kosmos vor dem schieren Inferno zu retten.

Sie können kommen, wann Sie wollen – ich werde nicht aus dem Haus gehen. Rufen Sie nicht vorher an, denn wer weiß, wer oder was versuchen könnte, Sie abzuhören. Und lassen Sie uns beten, zu welchen Göttern auch immer, daß nichts dieses Treffen verhindern möge.

In tiefster Verzweiflung,

Ihr Charles Dexter Ward

P. S. Erschießen Sie Dr. Allen sofort, falls Sie ihn sehen, *und lösen Sie seinen Körper in Säure auf. Verbrennen Sie ihn nicht!*

Dr. Willett erhielt diese Nachricht gegen halb elf Uhr vormittags und traf sofort die nötigen Vorbereitungen, um sich den ganzen Spätnachmittag und Abend für das wichtige Gespräch freizuhalten, so daß es notfalls auch bis tief in die Nacht hinein würde dauern können. Er wollte gegen vier dort sein, und während der noch verbleibenden Stunden war er so sehr in alle Arten abenteuerlicher Spekulationen versunken, daß er die meisten seiner Arbeiten rein mechanisch erledigte. So wahnsinnig der Brief auch einem Fremden erschienen wäre, Willett kannte Charles Wards exzentrisches Wesen zu gut, um ihn als das Geschreibsel eines Irren abzutun. Daß irgend etwas äußerst Unfaßbares, Altes, Schreckliches in der Luft lag, dessen war er ganz sicher, und der Auftrag im Hinblick auf Dr. Allen war fast verständlich angesichts der Gerüchte, die in Pawtuxet über Wards rätselhaften Kollegen in Umlauf waren. Willett hatte den Mann nie gesehen, aber viel über sein Aussehen und Gebaren gehört, und er fragte sich unwillkürlich, was für Augen diese vieldiskutierten Brillengläser wohl verbergen mochten.

Pünktlich um vier Uhr stellte sich Willett vor dem Haus der Wards ein, mußte jedoch zu seinem Verdruß erfahren, daß Charles nicht seinem Entschluß treu geblieben war, das Haus nicht zu verlassen. Die Wächter waren da, aber sie sagten, der junge Mann habe anscheinend einen Teil seiner Scheu verloren. Am Vormittag habe er, wie einer der Detektive berichtete, längere Zeit am Telefon mit jemandem gestritten und offenbar angstvoll gegen etwas protestiert und dem unbekannten Anrufer mit Sätzen wie den folgenden geantwortet: »Ich bin sehr müde und muß mich eine Weile ausruhen«, »Ich kann eine Zeitlang niemanden empfangen. Sie müssen mich entschuldigen«, »Bitte schieben Sie wichtige Maßnahmen auf, bis wir zu irgendeinem Kompromiß gelangt sind« oder »Es tut mir sehr leid, aber ich muß erst mal Urlaub von alldem nehmen; wir sprechen uns später«. Danach habe er offenbar nachgedacht und neuen Mut geschöpft, denn er habe heimlich das Haus verlassen, ohne daß jemand ihn gesehen oder gewußt hätte, daß er nicht mehr im Hause war, bis er dann gegen ein Uhr zurückgekommen und wortlos hineingegangen sei. Er sei nach oben gegangen, aber dort habe er es offenbar wieder mit der Angst zu tun bekommen, denn beim Betreten der Bibliothek habe er laut und entsetzt aufgeschrien, doch der Schrei sei bald zu einem erstickten Röcheln abgesunken. Als der Butler jedoch hinaufgegangen sei, um nach dem Rechten zu sehen, sei er mit durchaus entschlossener Miene an die Tür gekommen und habe dem Mann schweigend bedeutet, er solle sich entfernen, und zwar mit einer Gebärde, die den Butler merkwürdigerweise in Angst und Schrecken versetzt habe. Danach habe er offenbar seine Bücherregale geordnet, denn man habe laute Geräusche wie von fallenden Büchern und knarrenden Dielen gehört; dann sei er wieder herausgekommen und habe sich unverzüglich entfernt. Willett fragte, ob er ihm eine Nachricht hinterlassen habe, wurde aber abschlägig beschieden. Der Butler schien über irgend etwas in Charles' Aussehen und Benehmen merkwürdig beunruhigt zu sein und fragte bekümmert, ob denn viel Hoffnung auf eine Heilung seiner überreizten Nerven bestünde.

Fast zwei Stunden wartete Dr. Willett vergebens in Charles Wards Bibliothek, betrachtete die staubigen Bücherborde mit den großen Lücken, wo Bücher herausgenommen worden waren, und lächelte grimmig zu der Vertäfelung über dem Kamin hinüber, von wo ein Jahr zuvor noch die verbindlichen Züge des Joseph Curwen milde herabgeschaut hatten. Nach einer Weile zogen die Schatten der Dämmerung herauf, und die Heiterkeit des Sonnenuntergangs wich einem vagen, wachsenden Grauen, das schattengleich vor der Nacht einherflog. Schließlich kam Mr. Ward nach Hause und zeigte sich überrascht und verärgert über die Abwesenheit seines Sohnes, obwohl er soviel unternommen hatte, um ihn bewachen zu lassen. Er hatte nichts von Charles' Verabredung gewußt und versprach Willett, ihn zu benachrichtigen, sobald sein Sohn heimkam. Bevor er dem Doktor gute Nacht wünschte, brachte er seine tiefe Besorgnis über den Zustand seines Sohnes zum Ausdruck und beschwor seinen Besucher, alles zu tun, um dem Jungen sein seelisches Gleichgewicht wiederzugeben. Willett war froh, endlich dieser Bibliothek entronnen zu sein, denn irgend etwas Schreckliches, Unheimliches schien dort umzugehen, als habe das verschwundene Bild ein böses Vermächtnis hinterlassen. Er hatte das Bild nie gemocht; und selbst jetzt noch beschlich ihn beim Anblick der leeren Täfelung trotz seiner starken Nerven ein Gefühl, das ihn den dringlichen Wunsch verspüren ließ, auf dem schnellsten Weg hinaus an die frische Luft zu kommen.

3

Am folgenden Morgen erhielt Willett eine Nachricht von Mr. Ward, daß Charles noch immer nicht zu Hause sei. Mr. Ward erwähnte auch, daß Dr. Allen ihn angerufen und ihm mitgeteilt habe, daß Charles für einige Zeit in Pawtuxet bleiben würde und nicht gestört werden dürfe. Dies sei notwendig geworden, weil er, Allen, plötzlich für unbestimmte Zeit verreisen müsse und die Forschungsarbeiten unter Charles' ständiger Aufsicht wissen wolle. Charles lasse grüßen, und es täte ihm leid, falls er durch seine abrupte Sinnesänderung irgendwelche Ungelegenheiten verursacht habe. Bei diesem Telefongespräch hörte Mr. Ward zum erstenmal Dr. Allens Stimme, die ihm irgendwie bekannt vorkam, ohne daß er sie hätte einordnen können, und ihn so verwirrte, daß er beinahe so etwas wie Angst in sich aufsteigen fühlte. Angesichts dieser verblüffenden, einander widersprechenden Gerüchte war Dr. Willett ratlos. Der furchtbare Ernst von Charles' Brief war nicht zu übersehen, aber was sollte man davon halten, daß der Schreiber unmittelbar danach seinen erklärten Vorsätzen zuwidergehandelt hatte? Der junge Ward hatte geschrieben, daß seine Forschungen blasphemisch und bedrohlich geworden seien, die Unterlagen sowie sein bärtiger Kollege um jeden Preis vernichtet werden müßten und er selbst nie wieder an den letzten Schauplatz dieser Unternehmungen zurückkehren würde; doch nun sah es so aus, als habe er all dies vergessen und sei mitten ins Zentrum der Geheimnisse zurückgekehrt. Der gesunde Menschenverstand gebot einem, den jungen Mann seinen Launen zu überlassen, aber ein tieferer Instinkt verhinderte, daß der Eindruck, den der verzweifelte Brief hinterlassen hatte, verwischt wurde. Willett las ihn noch einmal durch, aber der Inhalt wollte ihm nicht so leer und irrsinnig vorkommen, wie man sowohl aufgrund der bombastischen Ausdrucksweise als auch infolge der nicht eingetretenen Verwirklichung hätte annehmen können. Das Grauen, das in ihm lag, war zu tief und zu real und erweckte im Verein mit dem, was der Doktor schon wußte, allzu lebhafte Vorstellungen von Ungeheuerlichkeiten jenseits von Raum und Zeit, als daß man alles mit einer zynischen Erklärung hätte abtun können. Namenlose Schrecknisse waren entfesselt, und mochte man auch noch so wenig gegen sie ausrichten, man mußte bereit sein, um zu jeder Zeit in jeder Richtung aktiv werden zu können.

Über eine Woche grübelte Dr. Willett über das Dilemma nach, in dem er sich befand, und neigte nach und nach immer mehr dazu, Charles in seinem Bungalow einen Besuch abzustatten. Keiner von Charles' Jugendfreunden hatte es je gewagt, diesen geheimen Schlupfwinkel zu betreten, und selbst sein Vater kannte ihn nur aus gelegentlichen beiläufigen Bemerkungen seines Sohnes; doch Dr. Willett war überzeugt, daß ein direktes Gespräch mit seinem Patienten notwendig war. Mr. Ward hatte kurze, unverbindliche, mit der Maschine geschriebene Nachrichten von seinem Sohn bekommen und erzählt, daß auch seine Frau in Atlantic City nicht mehr erfahren habe. Deshalb entschloß der Doktor sich schließlich zum Handeln und machte sich trotz eines unguten Gefühls aufgrund der alten Legenden um Joseph Curwen und der Warnungen und Enthüllungen Charles Wards unerschrocken auf den Weg zu dem Bungalow auf dem Steilufer über dem Fluß.

Willett war schon vorher einmal aus reiner Neugierde dort draußen gewesen, natürlich ohne das Haus zu betreten oder seine Anwesenheit kundzutun, und kannte deshalb den Weg genau. Als er nun eines Frühnachmittags gegen Ende Februar in seinem kleinen Auto die Broad Street hinausfuhr, kam ihm merkwürdigerweise jene Gruppe entschlossener Männer in den Sinn, die vor 175 Jahren genau dieselbe Straße, entlanggegangen waren, mit einem schrecklichen Auftrag, den vielleicht nie jemand verstehen würde.

Die Fahrt durch die verfallenden Außenbezirke der Stadt war kurz, und bald tauchten vor ihm das schmucke Edgewood und das verschlafene Pawtuxet auf. Willett bog rechts in die Lockwood Street ein und fuhr mit seinem Auto auf dieser ländlichen Straße so weit, wie es ging, stieg aus und ging zu Fuß nach Norden weiter, wo das Steilufer über den anmutigen Schleifen des Flusses und der weiten, dunstigen Ebene auf der anderen Seite aufragte. Die Häuser standen hier noch immer recht vereinzelt, und der isolierte Bungalow war nicht zu übersehen, mit einer Betongarage auf einer Bodenerhebung links vom Hauptgebäude. Er ging mit schnellen Schritten über den verwahrlosten Kiesweg auf das Haus zu, pochte mit kräftiger Faust an die Tür und sprach beherzt mit dem verschlagenen portugiesischen Mulatten, der die Tür einen Spalt breit geöffnet hatte.

Er müsse, sagte er, sofort Charles Ward in einer äußerst wichtigen Angelegenheit sprechen. Er würde keine Ausflüchte akzeptieren, und sollte man ihn zurückweisen, so würde er nur dem älteren Ward ausführlich Bericht erstatten. Der Mulatte zögerte noch und stemmte sich gegen die Tür, als Willett sie zu öffnen versuchte, doch der Doktor brachte erneut sein Anliegen vor, diesmal mit lauterer Stimme. Dann kam aus dem Dunkel im Innern ein heiseres Flüstern, das den Doktor bis ins Mark schaudern ließ, obwohl er nicht wußte, weshalb es ihm so furchterregend schien. »Laß ihn rein, Tony«, sagte die Stimme, »wir können genausogut jetzt miteinander reden.« Aber so verwirrend das Flüstern war, fürchterlicher noch war, was unmittelbar darauf folgte. Die Dielen knarrten, und der Sprecher tauchte aus dem Dunkel auf – und Dr. Willett sah, daß der Besitzer dieser sonderbaren, krächzenden Stimme kein anderer war als Charles Dexter Ward.

Die Genauigkeit, mit der Dr. Willett das Gespräch dieses Nachmittags beschrieben hat, läßt sich auf die große Bedeutung zurückführen, die er diesem Abschnitt in Charles' Entwicklung beimißt. Denn nun endlich räumte er ein, daß eine einschneidende Veränderung in Charles Dexter Wards geistiger Verfassung sich vollzogen habe, und er glaubt, daß die Worte des jungen Mannes jetzt einem Gehirn entsprangen, das nichts mehr mit jenem Gehirn gemeinsam hatte, dessen Entwicklung er sechsundzwanzig Jahre hindurch verfolgt hatte. Die Kontroverse mit Dr. Lyman hat ihn gezwungen, sich genau festzulegen, und er erklärt nunmehr endgültig, daß nach seiner Meinung der Beginn von Charles Wards geistiger Umnachtung in jene Zeit fiel, da er anfing, seinen Eltern maschinengeschriebene Mitteilungen zu schicken. Diese Mitteilungen sind nicht in Wards normalem Stil abgefaßt, nicht einmal im Stil jenes letzten, verzweifelten Briefes an Dr. Willett. Statt dessen sind sie sonderbar altertümelnd, so als habe die plötzliche Geistesverwirrung des Schreibers eine Flut von Neigungen und Eindrücken ausgelöst, die er unbewußt durch die Altertumsforschungen in seiner Jugend in sich aufgenommen hatte. Das Bemühen, modern zu erscheinen, ist nicht zu übersehen, aber der Geist und gelegentlich auch die Sprache sind die der Vergangenheit.

Die Vergangenheit sprach auch aus jeder Äußerung und jeder Geste von Charles Ward, als er den Doktor in dem düsteren Bungalow empfing. Er verbeugte sich, bedeutete Willett, Platz zu nehmen, und begann unvermittelt in jenem sonderbaren Flüsterton zu sprechen, den er gleich zu Anfang zu erklären versuchte.

»Ich bekomme allmählich die Schwindsucht«, begann er. »Daran ist diese vermaledeite Luft am Fluß schuld. Sie müssen meine Sprache entschuldigen. Ich nehme an, Sie kommen von meinem Vater, um zu sehen, was mir fehlt, und ich hoffe, Sie werden ihm nichts sagen, was ihn beunruhigen könnte.«

Willett studierte mit größter Aufmerksamkeit die krächzenden Töne, aber noch genauer beobachtete er das Gesicht seines Gesprächspartners. Irgend etwas war nicht in Ordnung, das spürte er; und er dachte daran, was die Familie ihm über den Butler aus Yorkshire erzählt hatte, der es eines Nachts plötzlich mit der Angst zu tun bekommen hatte. Er wünschte, es wäre nicht so dunkel gewesen, verlangte aber nicht, daß einer der Fensterläden geöffnet würde. Statt dessen fragte er Ward nur, warum er so eindeutig seinem verzweifelten Brief von vor weniger als einer Woche zuwiderhandle.

»Es mußte einmal so weit kommen«, erwiderte sein Gastgeber. »Sie müssen wissen, ich bin in schlimmer nervlicher Verfassung und tue und sage sonderbare Dinge, die ich mir hinterher nicht erklären kann. Wie ich Ihnen schon oft sagte, bin ich großen Dingen auf der Spur, und deren Größe läßt mich irgendwie unbesonnen werden. Wohl jeder würde vor dem zurückschrecken, was ich gefunden habe, aber ich lasse mich nicht für längere Zeit abhalten. Es war töricht von mir, mich bewachen zu lassen und zu Hause zu bleiben; denn da ich nun einmal so weit gegangen bin, ist dies hier mein Platz. Meine neugierigen Nachbarn berichten nichts Gutes über mich, und vielleicht habe ich mich durch meine Schwäche verleiten lassen, selbst zu glauben, was sie von mir sagen. Aber es ist nichts Böses an allem, was ich tue, solange ich es richtig tue. Seien Sie so nett und warten Sie noch sechs Monate, und ich werde Ihnen etwas zeigen, das ihre Geduld reichlich lohnen wird.

Sie werden wahrscheinlich auch wissen, daß ich eine Technik entwickelt habe, durch die ich aus Dingen mehr über die Vergangenheit erfahre als aus Büchern, und ich überlasse Ihnen das Urteil darüber, wie sehr ich die Geisteswissenschaft, die Philosophie und die Künste durch die Möglichkeiten bereichern kann, die mir offenstehen. Mein Vorfahr hatte dies alles, als diese hirnlosen Schnüffler kamen und ihn ermordeten. Ich habe es jetzt wieder, oder habe doch zumindest auf sehr unzulängliche Weise Anteil daran. Diesmal darf nichts geschehen, schon gar nicht deshalb, weil irgendein Tor sich vor mir fürchtet. Ich beschwöre Sie, Herr Doktor, vergessen Sie alles, was ich Ihnen schrieb, und fürchten Sie sich nicht vor diesem Haus oder irgendwelchen Dingen, die es birgt. Dr. Allen ist ein äußerst fähiger Mann, und ich muß mich bei ihm für alles Schlechte entschuldigen, das ich über ihn gesagt habe. Ich wollte, ich wäre nicht gezwungen, im Augenblick auf seine Dienste zu verzichten, doch er mußte wichtigen Pflichten an einem anderen Ort nachkommen. Sein Eifer in all diesen Dingen ist dem meinen ebenbürtig, und ich glaube, als ich vorübergehend Angst vor der Arbeit hatte, hatte ich auch Angst vor ihm als meiner größten Hilfe bei dieser Arbeit.«

Ward machte eine Pause, und der Doktor wußte nicht, was er sagen oder denken sollte. Er kam sich beinahe töricht vor angesichts dieser ruhigen Widerlegung des Briefes; dennoch blieb die Tatsache bestehen, daß das eben Gehörte sonderbar, fremd und zweifellos dem Wahnsinn entsprungen war, wogegen der Brief auf tragische Weise natürlich und für den Charles Ward charakteristisch gewesen war, den er kannte. Willett versuchte jetzt, das Gespräch auf frühere Begebenheiten zu lenken und dem jungen Mann einige vergangene Ereignisse ins Gedächtnis zu rufen, um die gewohnt vertraute Atmosphäre zwischen ihnen beiden wiederherzustellen; doch damit erzielte er nur höchst groteske Ergebnisse. Genauso erging es später allen Nervenärzten. Wichtige Bereiche seiner Erinnerung, hauptsächlich solche, die die Gegenwart und sein persönliches Leben betrafen, waren auf unerklärliche Weise ausgelöscht worden; dagegen war all das in den Jugendjahren angesammelte Wissen über vergangene Dinge aus einem tiefen Unterbewußtsein heraufgequollen und hatte das Zeitgenössische und Individuelle verdrängt. Es war unnormal und unheimlich, wie gut der junge Mann über längst vergangene Dinge Bescheid wußte, und er gab sich alle Mühe, dieses Wissen zu verbergen. Wenn Willett auf irgendein Lieblingsthema der Forschungen seiner Jugendzeit zu sprechen kam, verriet Charles oft durch puren Zufall ein Detailwissen, wie es eigentlich kein Sterblicher besitzen konnte, und der Doktor schauderte jedesmal, wenn er eine dieser Anspielungen ganz beiläufig einflocht.

Es konnte nicht mit rechten Dingen zugehen, wenn jemand so genau darüber Bescheid wußte, wie dem fetten Sheriff die Perücke herunterfiel, als er sich über die Rampe beugte, bei der Theateraufführung in Mr. Douglass' Histrionick Academy in der King Street, am elften Februar 1762, der auf einen Donnerstag fiel; oder darüber, wie die Schauspieler den Text von Steeles »Schüchternem Liebhaber« so stark verstümmelt hatten, daß man fast froh war, als die von den Baptisten beherrschte Stadtverwaltung das Theater vierzehn Tage später schloß. Daß Thomas Sabins Kutsche nach Boston »verdammt unbequem« war, konnte man sicherlich alten Briefen entnehmen; aber welcher normale Altertumsforscher hätte wissen können, daß das Quietschen von Epenetus Olneys neuem Aushängeschild (das mit der prunkvollen Krone, das er sich zulegte, nachdem er seine Taverne in »Kaffeehaus zur Krone« umbenannt hatte) aufs Haar den ersten Noten des neuen Jazz-Stückes glich, das sämtliche Radios in Pawtuxet spielten?

Ward ließ sich jedoch nicht lange auf diese Art ausfragen. Moderne und persönliche Gesprächsthemen wischte er in Bausch und Bogen vom Tisch, während er sich im Hinblick auf vergangene Ereignisse bald höchst gelangweilt zeigte. Es war ihm deutlich genug anzumerken, daß er lediglich seinen Besucher so weit zufriedenstellen wollte, daß dieser gehen und ihn fortan in Ruhe lassen würde. Deshalb bot er auch Willett an, ihm das ganze Haus zu zeigen, und erhob sich sogleich, um den Doktor durch alle Zimmer vom Keller bis zum Boden zu führen. Willett sah sich gründlich um, stellte aber fest, daß die wenigen und überdies trivialen Bücher, die zu sehen waren, niemals dieselben sein konnten, die Charles aus seinen Regalen entfernt hatte, und daß das spärlich eingerichtete angebliche »Laboratorium« ein Bluff von der primitivsten Sorte war. Offensichtlich befanden sich Labor und Bibliothek in anderen Räumen, doch wo diese lagen, konnte Willett sich nicht vorstellen. In dem Bewußtsein, daß seine Suche nach Dingen, die er nicht näher bezeichnen konnte, im Grunde erfolglos verlaufen war, kehrte Willett noch vor Anbruch der Nacht zurück und erzählte dem älteren Ward alles, was sich abgespielt hatte. Sie stimmten darin überein, daß der junge Mann eindeutig seinen Verstand verloren habe, beschlossen aber, vorderhand keine drastischen Schritte zu unternehmen. Vor allem durfte Mrs. Ward auf keinen Fall mehr erfahren, als sie ohnehin aus den getippten Mitteilungen ihres Sohnes entnehmen würde. Mr. Ward entschloß sich nun, selbst seinen Sohn zu besuchen, und zwar ohne jede Ankündigung. Dr. Willett fuhr ihn eines Abends in seinem Wagen hinaus, begleitete ihn bis in Sichtweite des Bungalows und wartete geduldig auf seine Rückkehr. Die Unterredung dauerte lange, und der Vater war sehr besorgt und verwirrt, als er schließlich zurückkam. Sein Empfang hatte sich ganz ähnlich abgespielt wie der Willetts, außer daß es sehr lange gedauert hatte, bis Charles sich zeigte, nachdem der Besucher sich den Eintritt in den Vorraum erzwungen und den Portugiesen in gebieterischem Ton fortgeschickt hatte, und im Verhalten seines veränderten Sohnes hatte er keine Spur familiärer Zuneigung entdeckt. Das Licht war schwach gewesen, aber der junge Mann hatte trotzdem behauptet, es blende ihn fürchterlich. Er hatte überhaupt nicht laut gesprochen, angeblich weil es ihm sehr schlecht ging; aber sein heiseres Geflüster war auf so vage Art beunruhigend gewesen, daß Mr. Ward ständig daran denken mußte.

Nunmehr endgültig entschlossen, gemeinsam alles für die Rettung von Charles' geistiger Gesundheit zu tun, machten sich Mr. Ward und Dr. Willett daran, alle Auskünfte über den Fall einzuholen, deren sie irgend habhaft werden konnten. Die in Pawtuxet umlaufenden Gerüchte waren das erste, was sie unter die Lupe nahmen, und dabei stießen sie kaum auf Schwierigkeiten, weil sie beide Freunde in dieser Gegend hatten. Dr. Willett brachte am meisten in Erfahrung, weil die Leute mit ihm offener sprachen als mit dem Vater der zentralen Figur, und allem, was er hörte, konnte er entnehmen, daß das Leben des jungen Ward tatsächlich sehr merkwürdig geworden war. Die Leute ließen sich nicht davon abbringen, daß ein Zusammenhang zwischen seinem Haushalt und dem Vampirismus im vergangenen Sommer bestünde, und die in tiefer Nacht ankommenden und abfahrenden Lastwagen trugen das Ihre zum Entstehen finsterer Spekulationen bei. Die Kaufleute des Ortes sprachen von sonderbaren Bestellungen, die ihnen der verschlagene Mulatte brachte, und besonders von den außergewöhnlichen Mengen von Fleisch und frischem Blut, die Ward in den beiden Fleischereien in seiner unmittelbaren Nachbarschaft holen ließ. Für einen Haushalt von drei Leuten waren diese Mengen völlig absurd.

Dann war da die Geschichte mit den Geräuschen unter der Erde. Klare Aussagen über diese Dinge zu bekommen war nicht ganz einfach, aber alle vagen Andeutungen stimmten in einigen grundlegenden Punkten überein. Geräusche ritueller Art traten mit Sicherheit auf, manchmal auch dann, wenn im Bungalow kein Licht brannte. Sie hätten natürlich aus dem Keller kommen können, von dessen Existenz man wußte; doch es hielt sich hartnäckig das Gerücht, es gebe noch tiefere und ausgedehntere Krypten. Da sie sich an die alten Geschichten von Joseph Curwens Katakomben erinnerten und von der Annahme ausgingen, daß Charles gerade diesen Bungalow gewählt habe, weil er, wie er aus einem der hinter dem Bild entdeckten Dokumente wissen mochte, auf dem ehemaligen Grund Joseph Curwens lag, schenkten Willett und Mr. Ward diesen Gerüchten große Aufmerksamkeit; und sie suchten oft vergeblich nach der Tür in der Uferböschung, die in den alten Manuskripten erwähnt war. Bezüglich der öffentlichen Meinung über die Bewohner des Bungalows stellte sich bald heraus, daß Gomes, der Portugiese, verabscheut, der bärtige Brillenträger gefürchtet und der bleiche junge Gelehrte mit tiefem Mißtrauen betrachtet wurde. Während der letzten ein oder zwei Wochen hatte Ward sich offenbar sehr verändert, alle Versuche, umgänglich zu erscheinen, aufgegeben und bei den wenigen Gelegenheiten, da er sich außer Haus gewagt hatte, nur in heiseren, aber seltsam abstoßenden Flüstertönen gesprochen.

Das waren die bruchstückhaften Hinweise, die Mr. Ward und Dr. Willett hier und dort bekamen, und sie diskutierten viel und ernsthaft darüber. Sie bemühten sich, Deduktion, Induktion und schöpferische Phantasie bis an die Grenzen des Möglichen einzusetzen und Beziehungen zwischen allen bekannten Tatsachen aus Charles' letzten Lebensjahren, einschließlich des verzweifelten Briefes, den der Doktor inzwischen dem Vater gezeigt hatte, und den spärlichen Unterlagen über den alten Joseph Curwen herzustellen. Sie hätten viel darum gegeben, einen Blick in die Schriftstücke werfen zu können, die Charles gefunden hatte, denn der Schlüssel zum Wahnsinn des jungen Mannes lag zweifellos in dem, was er über den alten Hexenmeister und seine Umtriebe erfahren hatte.

4

Aber trotz alledem waren es nicht die Bemühungen von Mr. Ward und Dr. Willett, die den nächsten Stein ins Rollen brachten. Der Vater und der Arzt hatten, verwirrt und genarrt von einem Schatten, der zu formlos und ungreifbar war, als daß man gegen ihn kämpfen konnte, notgedrungen eine Pause eingelegt, während die maschinengeschriebenen Mitteilungen des jungen Ward an seine Eltern immer seltener wurden. Dann kam der Monatserste mit den üblichen finanziellen Abrechnungen, und die Angestellten einiger Banken begannen, ratlos die Köpfe zu schütteln und sich gegenseitig anzurufen. Beamte, die Charles Ward vom Sehen kannten, suchten ihn in seinem Bungalow auf und fragten ihn, warum alle seine Schecks aus den letzten Wochen plumpe Fälschungen seien, und sie gaben sich nur widerstrebend mit den heiseren Erklärungen des jungen Mannes zufrieden, seine Hand sei vor einiger Zeit durch einen Nervenschock derart in Mitleidenschaft gezogen worden, daß er nicht mehr normal schreiben könne. Nur unter größten Schwierigkeiten, so behauptete er, könne er überhaupt halbwegs erkennbare Buchstaben schreiben; als Beweis führte er an, daß er in dieser Zeit gezwungen sei, all seine Briefe mit der Maschine zu schreiben, selbst die an seinen Vater und seine Mutter, die das bestätigen könnten.

Aber nicht allein deswegen waren die Beamten fassungslos, denn dabei handelte es sich nicht um einen allzu ungewöhnlichen oder von vornherein verdächtigen Umstand; und auch nicht wegen der in Pawtuxet umlaufenden Gerüchte, die einem oder zweien von ihnen zu Ohren gekommen waren. Es waren vielmehr die verworrenen Äußerungen des jungen Mannes, die sie so verblüfften, denn diesen war zu entnehmen, daß er sich praktisch überhaupt nicht mehr an seine wichtigen Geldgeschäfte erinnern konnte, deren Einzelheiten er noch vor einem oder zwei Monaten jederzeit parat gehabt hatte. Irgend etwas war nicht in Ordnung, denn trotz all seiner scheinbar zusammenhängenden und rationalen Äußerungen war für diese nur notdürftig bemäntelten Gedächtnislücken in wichtigen Angelegenheiten keine normale Erklärung denkbar. Überdies blieb den Männern, obzwar keiner von ihnen Ward besonders gut kannte, die Veränderung seiner Sprache und seines Verhaltens nicht verborgen. Sie hatten gehört, daß er Altertumsforscher war, aber selbst die hoffnungslosesten unter diesen Wissenschaftlern bedienten sich keiner urgroßväterlichen Ausdrucksweisen und Gesten. All diese Symptome zusammengenommen – die Heiserkeit, die gelähmten Hände, das schlechte Gedächtnis, die Änderungen in Sprache und Gestik – deuteten auf eine wirklich ernste Störung oder Krankheit hin, die zweifellos Anlaß zu den sonderbaren Gerüchten der letzten Zeit gegeben hatte; und nachdem sie gegangen waren, kamen die Bankbeamten zu dem Schluß, daß man die Angelegenheit unbedingt mit dem alten Ward besprechen müsse. So fand denn am sechsten März 1928 in Mr. Wards Büro eine lange und ernste Konferenz statt, an deren Ende der bestürzte Vater in einer Art hilfloser Resignation Dr. Willett kommen ließ. Willett besah sich die unbeholfenen und krakeligen Unterschriften auf den Schecks und verglich sie im Geiste mit der Schrift jenes letzten, verzweifelten Briefes. Gewiß, die Veränderung war tiefgreifend, und doch kam ihm die neue Handschrift unheimlich bekannt vor. Sie wies altertümliche Schnörkelelemente auf, die überhaupt nicht zu dem Schriftzug des jungen Ward paßten. Es war merkwürdig – aber wo hatte er diese Schrift schon einmal gesehen? Alles in allem bestand kein Zweifel, daß Charles geistesgestört war. Und da es unwahrscheinlich schien, daß er noch lange in der Lage sein würde, seinen Besitz zu verwalten oder mit anderen Menschen zu verkehren, mußte schnell etwas unternommen werden, um ihn unter Aufsicht zu stellen und womöglich zu heilen. An diesem Punkt wurden die Nervenärzte hinzugezogen – die Doktoren Peck und Waite aus Providence und Dr. Lyman aus Boston –, denen Mr. Ward und Dr. Willett den Fall so ausführlich wie möglich darlegten und die lange in der nunmehr unbenutzten Bibliothek ihres jungen Patienten konferierten und sich anhand der übriggebliebenen Bücher und Schriften zusätzlich ein Bild von seinen geistigen Neigungen zu machen versuchten. Nachdem sie dieses Material durchgesehen und Charles' Brief an Willett geprüft hatten, stimmten sie alle darin überein, daß die Studien des jungen Mannes ausgereicht hätten, um jeden normalen Verstand aus den Angeln zu heben oder zumindest zu verwirren, und brannten darauf, auch seine sorgsam gehüteten anderen Bücher und Dokumente in Augenschein zu nehmen; doch sie wußten, daß sie dies letztere bestenfalls nach einem Besuch in dem Bungalow selbst tun konnten. Willett untersuchte jetzt den ganzen Fall noch einmal mit fieberhafter Energie; im Verlauf dieser Untersuchungen befragte er die Arbeiter, die dabeigewesen waren, als Charles Joseph Curwens Dokumente entdeckt hatte, und kam den Vorfällen mit den beseitigten Zeitungsartikeln auf die Spur, indem er die betreffenden Nummern im Archiv des *Journal* durchsah.

Am Donnerstag, dem achten März, machten die Doktoren Willet, Peck, Lyman und Waite in Begleitung von Mr. Ward ihren Überraschungsbesuch bei dem jungen Mann; sie machten kein Hehl aus ihren Absichten und stellten dem Patienten – denn als solchen betrachteten sie ihn jetzt alle – eindringliche und unnachsichtige Fragen. Obwohl Charles lange nicht auf das Klopfen an der Tür reagierte und von einer Wolke sonderbarer und abscheuerregender Laborgerüche umgeben war, als er endlich aufgeregt an die Tür kam, zeigte er sich in keiner Weise widerspenstig und gab freimütig zu, daß sein Gedächtnis und sein seelisches Gleichgewicht durch die dauernde Beschäftigung mit abstrusen Studien etwas gelitten hätten. Er widersprach nicht, als man darauf bestand, ihn an einen anderen Ort zu bringen, und schien, abgesehen von dem Gedächtnisschwund, bei völlig klarem Verstande zu sein. Sein Auftreten hätte die Besucher in ungläubigem Staunen den Rückzug antreten lassen, hätten nicht seine auffällig altertümliche Redeweise und die unverkennbare Verdrängung moderner Ideen durch alte in seinem Bewußtsein ihn eindeutig als nicht mehr normal abgestempelt. Über seine Arbeit verriet er den Doktoren nicht mehr, als er früher seiner Familie und Dr. Willett gesagt hatte, und seinen verzweifelten Brief vom Vormonat tat er als reine Nervensache und Hysterie ab. Er beharrte darauf, es gebe in seinem düsteren Bungalow keine Bibliothek und kein Labor außer den sichtbaren, und verwickelte sich in Widersprüche, als er erklären sollte, weshalb man im Haus keinen der Gerüche wahrnahm, mit denen seine Kleider gesättigt waren. Den Klatsch der Nachbarn tat er als billige Erfindung unbefriedigter Neugierde ab. Er sagte, er sei nicht befugt, nähere Angaben über den Verbleib Dr. Allens zu machen, versicherte aber seinen Besuchern, daß der bärtige Brillenträger zurückkommen würde, wenn es notwendig werden sollte. Während er dem mürrischen Mulatten, der den Besuchern keinerlei Fragen beantwortet hatte, seinen Lohn auszahlte und den Bungalow abschloß, der noch immer finstere Geheimnisse zu bergen schien, ließ Ward keinerlei Anzeichen von Nervosität erkennen, abgesehen von einer kaum merklichen Tendenz, ab und zu innezuhalten, als lausche er einem sehr schwachen Geräusch. Offenbar nahm er dies alles mit einem resignierten, philosophischen Gleichmut hin, so als wäre sein erzwungener Umzug lediglich ein vorübergehender Zwischenfall, der ihm die geringsten Ungelegenheiten machen würde, wenn er sich fügte und die Angelegenheit ein für allemal hinter sich brachte. Zweifellos verließ er sich darauf, daß die ungebrochene Schärfe seines Intellekts ihm über alle Schwierigkeiten hinweghelfen würde, in die er durch seinen Gedächtnisschwund, den Verlust der Sprache und der Handschrift und sein heimlichtuerisches und exzentrisches Verhalten geraten war. Man kam überein, daß seine Mutter nicht von der Änderung unterrichtet werden sollte; sein Vater sollte ihr in Charles' Namen maschinengeschriebene Mitteilungen schikken. Charles Ward wurde in das ruhige und malerisch gelegene Privatsanatorium des Dr. Waite auf der Insel Conanicut in der Bucht gebracht und von allen mit seinem Fall befaßten Ärzten aufs sorgfältigste untersucht und ausgefragt. Dabei wurden dann die merkwürdigen physischen Veränderungen entdeckt; der verlangsamte Stoffwechsel, die veränderte Haut und die unnormalen nervlichen Reaktionen. Dr. Willett war von allen untersuchenden Ärzten am meisten beunruhigt, denn er hatte Charles von Kindheit an beobachtet und übersah mit schrecklicher Deutlichkeit das Ausmaß seiner physischen Desorganisation. Sogar das vertraute olivgraue Mal auf seiner Hüfte war verschwunden, während sich auf seiner Brust jetzt ein großer schwarzer Leberfleck befand, der früher nicht dagewesen war, so daß Willett sich fragte, ob Charles wohl irgendwann einmal an einer jener unheimlichen nächtlichen Zusammenkünfte an wilden, einsamen Orten teilgenommen hatte, bei denen der Sage nach die Anwesenden mit einem »Hexenmal« gebrandmarkt wurden. Dem Doktor wollte nicht die Abschrift jenes Protokolls eines Hexenprozesses in Salem aus dem Sinn, die Charles ihm vor langer Zeit einmal gezeigt hatte, und die folgendermaßen lautete: »Mr. G. B. hat jenes Nachts Bridget S., Jonathan A., Simon O., Deliverance W., Joseph C., Susan P., Mehitable C. und Deborah B. mit dem Teufel seinem Zeichen gebranntmarcket.« Auch Wards Gesicht beunruhigte ihn zutiefst, bis ihm schließlich aufging, was daran so schrecklich war. Über dem rechten Auge des jungen Mannes war etwas, das er nie zuvor bemerkt hatte – eine kleine Narbe oder Vertiefung, genau wie die auf dem inzwischen zu Staub zerfallenen Porträt des alten Joseph Curwen, vielleicht ein Überbleibsel von irgendeiner gräßlichen rituellen Impfung, der sich beide auf einer bestimmten Stufe ihrer okkulten Entwicklung unterzogen hatten.

Während Ward selbst allen Ärzten der Heilanstalt Rätsel aufgab, zensierte man streng die gesamte Post, die an ihn oder an Dr. Allen adressiert war; Dr. Allens Post wurde auf Wards Wunsch ebenfalls ins Haus seiner Eltern zugestellt. Willett hatte vorher gesagt, daß man kaum etwas finden würde, weil alle wichtigen Nachrichten bisher wahrscheinlich durch Boten überbracht worden waren; doch gegen Ende März traf ein Brief für Dr. Allen aus Prag ein, der sowohl dem Doktor als auch dem Vater viel zu denken gab. Er war in einer sehr verschnörkelten, altertümlichen Handschrift abgefaßt, und obwohl der Absender mit Sicherheit kein Ausländer war, wies der Text fast dieselben einzigartigen Abweichungen vom modernen Sprachgebrauch auf wie die Sprache des jungen Ward selbst. Der Brief lautete folgendermaßen:

11. Februar 1928
Kleinstraße 11
Prag, Altstadt

Bruder in Almonsin-Metraton!
Am heutigen Tage erhielt ich Euren Bericht darüber, was aus den Saltzen kam, welche ich Euch gesandt hatte. Es war falsch, und das bedeutet ohne Zweifel, daß die Grabsteine vertauscht worden waren, als Barnabus mir das Objekt verschaffte. Solches trägt sich oft zu, was Euch sicher bekannt ist. Denket nur an jenes Ding, welches Ihr anno 1769 vom King's Chapell-Friedhof bekommen habet, oder jenes aus dem Alten Kirchhof anno 1690. Ich bekam ein solches Ding aus Ägypten vor 75 Jahren, von welchem die Narbe herrührt, die der

Junge an mir anno 1924 gesehen hat. Wie ich Euch schon vor langer Zeit sagte, erwecket nichts, was Ihr nicht austreiben könnet, sei es aus todten Saltzen oder aus den äußeren Sphären. Haltet die Worte des Gegenzaubers allzeit bereit und stehet nicht an, Euch zu vergewissern, so Ihr zweifelt, Wen Ihr habet. Die Steine sind heutigentags in neun von zehn Friedhöfen alle vertauscht. Man ist nie sicher, bevor man nicht die Frage gestellt hat. Ich habe heute von H. gehört, welcher durch die Soldaten in Bedrängniß geraten ist. Er ist wahrscheinlich betrübt darüber, daß Transsilvania von Ungarn an Rumänien übergegangen ist, und würde seinen Sitz wechseln, wäre das Schloß nicht voll der Dinge, welche wir kennen. Doch davon hat er Euch sicherlich geschrieben. In meiner nächsten Sendung wird sich etwas aus einem Hügelgrab im Osten befinden, worüber Ihr sehr frohlocken werdet. Mittlerweile vergesset nicht, daß ich B. F. haben möchte, soferne Ihr ihn irgend für mich beschaffen könntet. Ihr kennet G. in Philadelphia besser als ich. Holet ihn Euch zuerst, wenn Ihr wollet, doch behandelt ihn nicht so hart, daß er danach schwirig ist, denn ich muß am Ende zu ihm sprechen.

Yogg-Sothoth Neblod Zin
Simon O.

An Mr. J. C. in
Providence

Mr. Ward und Dr. Willett hielten in äußerster Bestürzung inne, als sie dieses offenkundige Zeugnis schieren Wahnsinns zu Gesicht bekamen. Nur ganz allmählich dämmerte ihnen, was der Brief wirklich bedeutete. Der abwesende Dr. Allen – und nicht Charles Ward – war also mittlerweile der führende Geist in Pawtuxet geworden? Das mußte die Erklärung für die wilde Entschlossenheit in dem letzten, verzweifelten Brief des jungen Mannes sein. Und wieso wurde der bärtige Fremde mit der Brille in der Adresse als »Mr. J. C.« bezeichnet? Die logische Schlußfolgerung lag auf der Hand, doch irgendwo hatte jede Monstrosität ihre Grenze! War »Simon O.« der alte Mann, den Ward vier Jahre zuvor in Prag besucht hatte? Vielleicht, aber in vergangenen Jahrhunderten hatte es schon einmal einen Simon O. gegeben – Simon Orne, alias Jedediah, der 1771 aus Salem verschwand *und dessen charakteristische Handschrift Willett jetzt unzweifelhaft wiedererkannte, als er sich an die Photokopien der Orneschen Formeln erinnerte, die Charles Ward ihm einmal gezeigt hatte.* Was für Schreckbilder und Mysterien, was für Widersprüche und Launen der Natur waren nach anderthalb Jahrhunderten wiedergekommen, um das alte Providence mit seinen dichtgedrängten Türmchen und Kuppeln abermals heimzusuchen?

Der Vater und der alte Arzt, die beim besten Willen nicht wußten, was sie von alledem halten sollten, besuchten Charles in der Anstalt und befragten ihn so vorsichtig wie möglich über Dr. Allen, seinen Besuch in Prag und das, was er über Simon oder Jedediah Orne aus Salem in Erfahrung gebracht habe. Auf alle diese Fragen antwortete der junge Mann höflich, aber unverbindlich; er stieß lediglich mit seiner heiseren Flüsterstimme hervor, er habe herausgefunden, daß Dr. Allen in einer bemerkenswerten geistigen Beziehung zu bestimmten Seelen aus der Vergangenheit stünde und daß jeder Briefpartner, den der bärtige Mann in Prag haben mochte, wahrscheinlich über ähnliche Fähigkeiten verfüge. Als sie wieder gingen, wurde Mr. Ward und Dr. Willett zu ihrem Kummer klar, daß in Wirklichkeit sie beide die Ausgefragten waren und der junge Mann ihnen, ohne selbst irgend etwas Wichtiges zu verraten, praktisch den ganzen Inhalt des Briefes aus Prag entlockt hatte.

Die Doktoren Peck, Waite und Lyman waren nicht geneigt, der sonderbaren Korrespondenz von Charles' Kollegen große Bedeutung beizumessen, denn sie kannten die Vorliebe seelenverwandter Exzentriker und Monomanen, sich zusammenzutun, und vertraten die Ansicht, daß Charles oder Allen lediglich einen expatriierten Gesinnungsgenossen ausfindig gemacht hatte – vielleicht einen, der Ornes Handschrift einmal gesehen und seine Handschrift kopiert hatte, um sich als Reinkarnation jener Gestalt aus der Vergangenheit aufzuspielen. Allen selbst war vielleicht ein ähnlicher Fall und hatte womöglich den jungen Mann dazu überredet, ihn als Avatar des längst verstorbenen Joseph Curwen anzuerkennen. Solche Dinge hatte es schon früher gegeben, und mit denselben Argumenten schoben die nüchternen Doktoren Willetts wachsende Beunruhigung über Charles Wards derzeitige Handschrift beiseite, die er ohne Wissen des jungen Mannes anhand einiger Schriftproben studierte. Willett glaubte, endlich herausgefunden zu haben, weshalb ihm diese Schrift so merkwürdig bekannt vorkam – sie ähnelte ein wenig der Handschrift von keinem anderen als dem alten Joseph Curwen. Die anderen Ärzte sahen darin jedoch nur eine Phase des Nachahmungstriebes, die bei einer solchen Manie zu erwarten sei, und weigerten sich, dieser Tatsache irgendeine positive oder negative Bedeutung beizumessen. Als er sah, wie phantasielos seine Kollegen waren, riet Dr. Willett Mr. Ward, den Brief bei sich zu behalten, der am zweiten April für Dr. Allen aus Rakus in Transsilvanien eingetroffen war und dessen Aufschrift so sehr der Geheimschrift von Hutchinson glich, daß die beiden Männer beklommen innehielten, bevor sie das Siegel erbrachen. Der Brief hatte folgenden Wortlaut:

7. März 1928
Schloß Ferenczy

Lieber C. –
Ein Trupp von 20 Milizsoldaten war bey mir, um mich über jene Dinge auszufragen, von welchen das Landvolk schwatzt. Muß tiefer graben, damit weniger zu hören sey. Diese Rumänen belästigen einen ohn Unterlaß; sie sind correct und diensteifrig, wo man sich einen Madjaren mit einer ordentlichen Mahlzeit kauffen könnte. Letzten Monat brachte M. mir den Sarcophagus der Fünf Sphinxes von der Akropolis, woselbst jener, welchen ich erwecket, gesagt hatte, daß er sich befinden würde, und ich habe drey Gespräche *mit dem gehabt*, welcher darinnen begraben war. Es wird direkt an S. O. in Prag und von dorthen zu Euch gesandt werden. Es ist widerspenstig, doch Ihr wisset, was dagegen zu thun sey. Ihr handelt weise, daß Ihr nicht so viele halthet wie ehedem; denn es war nicht nothwendig, die Wächter in ihrer Gestalt zu lassen, so daß sie sich die Köpfe abfraßen, denn man geräth in arge Bedrängniß, so man mit ihnen betroffen wird, wie Ihr wohl wisset. Nunmehr könnet ihr nothfalls fliehen und an einem anderen Orte arbeiten, ohne Euch mit Töten aufzuhalten, wiewohl ich hoffe, daß in nächster Zukunft nichts Euch zwingen möge, einen so beschwerlichen Weg einzuschlagen. Ich bin erfreut, daß Ihr nicht so viel mit *Jenen Äußeren* verkehret, denn es lag immer eine tödtliche Gefahr darinnen, und Ihr wisset wohl, was es that, als Ihr Schutz von einem begehrtet, welches nicht willens war, ihn Euch zu gewähren.

Ihr übertreffet mich in der Beschaffung der Formeln, in der Weise, daß *ein anderer* sie mit Erfolg sprechen kann, aber Borellus muthmaßte, daß dem so sein würde, fände man nur die rechten Worte. Wendet der Knabe sie oft an? Es thut mir leid, daß er zimperlich wird, wie ich es schon befürchtet, als ich ihn für beinahe fünfzehn Monate hier hatte, aber ich vertraue darauf, daß Ihr wisset, wie Ihr ihn behandeln müsset. Ihr könnet ihn nicht mit den Formeln bezwingen, denn diese sind nur gegen jene anderen wirksam, welche die anderen Formeln aus den Saltzen erwecket haben; doch Ihr nennet noch immer starke Hände und ein Messer und ein Pistol Euer eigen, und Gräber sind nicht schwer zu graben noch mangelt es an Säuren zum Verbrennen. O. sagt, Ihr hättet ihm B. F. versprochen. Danach muß ich ihn haben. B. wird Euch bald aufsuchen, und möge er Euch geben, was Ihr begehret von jenem Dunklen Ding unter Memphis. Lasset bei Euren Erweckungen Vorsicht walten und hütet Euch vor dem Jungen. Übers Jahr wird alles bereit sein, um die Legionen aus der Unterwelt heraufzuholen, und dann wird uns Unermeßliches zutheil werden. Vertrauet auf das, was ich sage, denn ich kenne O. und ich habe 150 Jahre mehr als Ihr gehabt, um diese Dinge zu erforschen.

Nephreu-Ka nai Hadoth
Edw: H.

An Herrn Joseph Curwen
Providence

Wenn aber Willet und Mr. Ward davon absahen, diesen Brief den Nervenärzten zu zeigen, so unterließen sie es doch keineswegs, selbst zur Tat zu schreiten. Keine noch so gelehrte Sophisterei konnte die Tatsache wegdiskutieren, daß der seltsame bärtige Brillenträger Dr. Allen, den Charles in seinem verzweifelten Brief eine furchtbare Bedrohung genannt hatte, in enger und sinistrer Korrespondenz mit zwei sonderbaren Kreaturen stand, die Ward auf seinen Reisen besucht hatte und die sich unverhohlen als Reinkarnationen oder Avatare von Curwens einstigen Kollegen aus Salem ausgaben, und daß er selbst sich als Reinkarnation des Joseph Curwen betrachtete und gegen einen »Knaben«, bei dem es sich kaum um jemand anderen als Ward handeln konnte, Mordabsichten hegte – oder zumindest zu dessen Ermordung aufgefordert wurde. Organisierter Terror war im Gange, und gleichgültig, wer damit angefangen hatte, der verschwundene Allen steckte auf jeden Fall dahinter. Mr. Ward dankte deshalb dem Himmel, daß Charles jetzt sicher in der Anstalt untergebracht war, und engagierte unverzüglich Detektive, die soviel wie möglich über den geheimnisvollen bärtigen Doktor in Erfahrung bringen sollten; sie sollten feststellen, woher er gekommen war und was man in Pawtuxet über ihn wußte, und nach Möglichkeit seinen jetzigen Aufenthaltsort ausfindig machen. Er übergab den Männern einen Schlüssel zu dem Bungalow, den Charles hatte aufgeben müssen, und bat sie eindringlich, Dr. Allens unbewohntes Zimmer zu untersuchen, das man bei der Abholung von Charles' Sachen identifiziert hatte, und zu sehen, ob er irgendwelche Gegenstände zurückgelassen hatte, die einen Hinweis liefern konnten. Mr. Ward sprach mit den Detektiven in der alten Bibliothek seines Sohnes, und die Männer verspürten eine deutliche Erleichterung, als sie den Raum verließen; denn irgendwie schien die Bibliothek von einer vagen unheilvollen Atmosphäre erfüllt. Vielleicht war es das, was sie über den unseligen alten Hexenmeister gehört hatten, dessen Bild einst von der Täfelung über dem Kamin herabgestarrt hatte, oder vielleicht war es auch etwas anderes, Unbedeutendes; auf jeden Fall hatten sie alle irgendwie das unfaßbare Miasma gespürt, das sich um dieses geschnitzte Überbleibsel aus einem älteren Haus konzentrierte und sich hin und wieder beinahe zu der Intensität einer materiellen Emanation verdichtete.

5 Ein Nachtmahr und ein Desaster

I

Und nun folgte bald jenes schreckliche Erlebnis, das sich unauslöschlich in die Seele des Marinus Bicknell Willett eingeprägt hat und einen Mann, dessen Jugendzeit auch vorher schon lange zurückgelegen hatte, um ein volles Jahrzehnt altern ließ. Dr. Willett hatte lange mit Mr. Ward konferiert und mit ihm Übereinstimmung über einige Punkte erzielt, die nach ihrer beider Auffassung die Nervenärzte nur ins Lächerliche gezogen hätten. Die beiden Männer mußten einsehen, daß sich auf der Welt eine schreckliche Bewegung erhalten hatte, deren direkte Verbindung mit einer Nekromantie, die noch älter war als die Hexerei von Salem, außer Zweifel stand. Und daß zumindest zwei lebende Männer – und noch ein weiterer, an den sie nicht zu denken wagten – absolute Gewalt über Seelen oder Persönlichkeiten hatten, die vor langer Zeit, um 1690 oder noch früher, lebendig gewesen waren, das war ebenfalls beinahe unwiderleglich bewiesen, selbst angesichts aller bekannten Naturgesetze. Was diese schrecklichen Kreaturen – und auch Charles Ward – taten oder zu tun versuchten, ging ziemlich klar aus ihren Briefen sowie aus allen alten wie neuen Einzelheiten hervor, die ein wenig Licht in den Fall gebracht hatten. Diese Leute plünderten die Gräber aller Zeitalter, einschließlich der weisesten und größten Männer der Welt, in der Hoffnung, aus der Asche der Vergänglichkeit eine Spur des Bewußtseins und des Wissens wiedergewinnen zu können, die einstmals diese Männer beseelt und erleuchtet hatten.

Diese Nachtmahrghulen trieben einen entsetzlichen Handel, tauschten untereinander die Gebeine berühmter Persönlichkeiten mit der kühlen Berechnung von Schuljungen, die Bücher austauschen; und was sie aus diesem jahrhundertealten Staub herauspreßten, verlieh ihnen mehr Macht und Weisheit, als sie der Kosmos je in einem einzelnen Menschen oder einer Gruppe konzentriert gesehen hat. Sie hatten unselige Mittel und Wege gefunden, um ihre Gehirne lebendig zu erhalten, entweder in demselben oder in verschiedenen Körpern, und offenbar auch eine Methode ersonnen, um das Bewußtsein der Toten anzuzapfen, die sie sich beschafften. Es schien, daß der alte Borellus doch nicht ganz unrecht gehabt hatte, als er schrieb, daß man selbst aus den ältesten sterblichen Überresten gewisse »essentielle Saltze« gewinnen und aus diesen den Schatten eines längst gestorbenen Lebewesens erwecken könne. Es gab eine Formel, um einen solchen Schatten heraufzubeschwören, und eine andere, um ihn wieder in die Versenkung zurückzuschicken; und das Verfahren war jetzt so weit vervollkommnet, daß es mit Erfolg von anderen erlernt werden konnte. Man mußte bei den Anrufungen Vorsicht walten lassen, denn alte Gräber sind nicht immer richtig bezeichnet.

Willett und Mr. Ward schauderten, während sie zu immer neuen Schlußfolgerungen gelangten. Irgendwelche Dinge – Erscheinungen oder Stimmen – konnten aus unbekannten Regionen wie auch aus dem Grabe heraufgeholt werden, und auch bei diesem Vorgang mußte man vorsichtig sein. Joseph Curwen hatte zweifellos viele verbotene Dinge erweckt, und was Charles betraf – was sollte man von ihm denken? Welche Kräfte von »außerhalb der Sphären« hatten ihn aus der Zeit Joseph Curwens erreicht und seinen Sinn auf vergessene Dinge gelenkt? Er war so geführt worden, daß er auf bestimmte Anweisungen stieß, und er hatte von ihnen Gebrauch gemacht. Er hatte mit dem Mann des Schreckens in Prag gesprochen und sich lange bei jener Kreatur in den transsilvanischen Bergen aufgehalten. Und er mußte zu guter Letzt Joseph Curwens Grab gefunden haben. Jener Zeitungsartikel und die Geräusche, die seine Mutter in der Nacht gehört hatte, waren zu bedeutsam, als daß man sie hätte übersehen können. Dann hatte er etwas gerufen, und es mußte tatsächlich erschienen sein. Diese machtvolle Stimme in der Höhe an jenem Karfreitag und diese *anderen* Geräusche in dem verschlossenen Laboratorium. Woran erinnerten diese dunklen, dröhnenden Töne? Waren sie nicht schreckliche Vorboten des gefürchteten Fremden Dr. Allen mit seinem gespenstischen Baß gewesen? Ja, *das* war es, was Mr. Ward mit vagem Grauen bei seinem einzigen Gespräch über das Telefon mit diesem Menschen – wenn es ein Mensch gewesen war – gespürt hatte.

Welcher höllische Geist oder welche Stimme, welch morbider Schatten oder welche Erscheinung war als Antwort auf Charles Wards geheime Riten hinter jener verschlossenen Tür gekommen? Die im Streit belauschten Stimmen – »müssen es für drei Monate rot haben« – großer Gott! War das nicht unmittelbar vor dem Ausbruch des Vampirismus gewesen? Die Plünderung des uralten Grabes von Ezra Weeden, und später die Schreie in Pawtuxet – wessen Geist hatte die Rache geplant und den ängstlich geschmiedeten Sitz alter Lästerungen wiederentdeckt? Und dann der Bungalow und der bärtige Fremde, und der Klatsch, und die Angst. Die endgültige Geistesverwirrung von Charles konnte weder der Vater noch der Doktor zu erklären versuchen, aber sie waren sicher, daß der Geist des Joseph Curwen wieder auf die Erde zurückgekehrt war und seine einstigen morbiden Untaten fortsetzte. Konnte ein Mensch tatsächlich von Dämonen besessen sein? Allen hatte etwas damit zu tun, und die Detektive mußten mehr über diesen Mann herausfinden, dessen Existenz das Leben des jungen Mannes bedrohte. Da die Existenz irgendeiner ungeheuren Krypta unter dem Bungalow praktisch nicht mehr bezweifelt werden konnte, mußte in der Zwischenzeit etwas unternommen werden, um sie zu finden. In Anbetracht der skeptischen Haltung der Nervenärzte beschlossen Willett und Mr. Ward bei ihrer abschließenden Unterredung, gemeinsam eine Untersuchung von beispielloser Gründlichkeit durchzuführen; sie kamen überein, sich am folgenden Morgen am Bungalow zu treffen, ausgerüstet mit Koffern und bestimmten Werkzeugen und Hilfsmitteln für die Suche in dem Gebäude unter der Erde.

Der Morgen des sechsten April zog klar herauf, und die beiden Männer waren um zehn Uhr vor dem Bungalow zur Stelle. Mr. Ward hatte den Schlüssel, und nachdem er aufgeschlossen hatte, wurden die Räume zunächst einer flüchtigen Musterung unterzogen. Die Unordnung in Dr. Allens Zimmer ließ darauf schließen, daß die Detektive schon dagewesen waren, und es stand zu hoffen, daß sie ein paar Hinweise entdeckt hatten, die sich als brauchbar erweisen würden. Das Wichtigste war natürlich der Keller, in den Dr. Willett und Mr. Ward deshalb unverzüglich hinabstiegen; wieder machten sie den Rundgang, der schon damals in Gegenwart des geistesgestörten jungen Hausherrn ergebnislos verlaufen war. Eine Zeitlang schien alles vergeblich, denn jeder Zoll des Fußbodens und der Steinwände sah so massiv und unverdächtig aus, daß von einer klaffenden Öffnung kaum ein Gedanke sein konnte. Willett überlegte, daß ja der ursprüngliche Keller ohne Wissen um die darunterliegenden Katakomben angelegt worden war und daß deshalb der Einstieg zu dem unterirdischen Gang nur von dem jungen Ward und seinen Gefährten mit modernen Mitteln geschaffen worden sein konnte und an einer Stelle liegen mußte, wo sie nach den uralten Gewölben gesucht hatten, von denen sie auf keinem normalen Wege Kunde erhalten hatten.

Der Doktor versuchte sich in Charles hineinzuversetzen, um herauszufinden, wie dieser die Sache wohl angepackt hätte, aber diese Methode half ihm auch nicht weiter. Deshalb wechselte er die Taktik und untersuchte mit größter Sorgfalt die gesamten Flächen der unterirdischen Räume, senkrechte und waagrechte, wobei er jeden Quadratzoll abtastete. Bald hatte er fast alles abgesucht, und zum Schluß blieb ihm nur noch die kleine Plattform vor den Waschzubern, die er schon einmal vergebens untersucht hatte. Nun aber probierte er auf jede erdenkliche Weise und mit verdoppeltem Kraftaufwand daran herum und fand schließlich heraus, daß der Oberteil sich tatsächlich um einen Zapfen in der Erde drehen und horizontal wegschieben ließ. Darunter lag eine glatte Betonfläche mit einem eisernen Schachtdeckel, auf den Mr. Ward sofort mit neuerwachtem Eifer losging. Der Deckel ließ sich ohne sonderliche Mühe bewegen, und der Vater hatte ihn kaum hochgehoben, als Willett bemerkte, wie sonderbar er plötzlich aussah. Er schwankte und taumelte benommen, und der Doktor erkannte sogleich, daß die Ursache in dem Schwall giftiger Luft zu suchen sei, der aus dem dunklen Loch emporquoll.

Einen Augenblick später hatte Willett seinen Begleiter nach oben gebracht und versuchte, mit kaltem Wasser seine Lebensgeister zu wecken. Mr. Ward reagierte schwach, aber es war zu sehen, daß der Pesthauch aus der memphischen Krypta ihm arg zugesetzt hatte. Da er nichts riskieren wollte, hastete Willett hinaus, um auf der Broad Street ein Taxi anzuhalten, und bald darauf befand sich der Patient trotz seiner schwachen Proteste auf dem Heimweg; sodann holte Willett seine Taschenlampe hervor, bedeckte seine Nase mit einem sterilen Gazebausch und stieg abermals in den Keller hinunter, um in die neuentdeckten Tiefen hinabzuspähen. Der faulig riechende Luftstrom hatte jetzt etwas nachgelassen, und Willett konnte einen Lichtstrahl in das stygische Loch hinabschicken. Er sah, daß es bis in eine Tiefe von ungefähr zehn Fuß ein senkrechter zylindrischer Schacht mit Betonwänden und einer eisernen Leiter war; in dieser Höhe schien der Schacht auf eine alte Steintreppe zu stoßen, die ursprünglich etwas südlich von dem derzeitigen Gebäude an die Erdoberfläche gekommen sein mußte.

2

Willett gibt freimütig zu, daß ihn der Gedanke an die alten Legenden um Curwen einen Augenblick davon abhielt, allein in diesen übelriechenden Abgrund hinunterzusteigen. Er mußte an das denken, was Luke Fenner über jene letzte schaurige Nacht berichtet hatte. Doch dann gewann sein Pflichtgefühl die Oberhand, und er begann den Abstieg, in der Hand einen Koffer, für den Fall, daß er irgendwelche Papiere von höchster Bedeutung finden sollte. Langsam, wie es einem Mann seines Alters anstand, kletterte er die Leiter hinunter und erreichte die glitschigen Treppenstufen. Das war uraltes Mauerwerk, wie er im Licht der Taschenlampe feststellte, und an den triefenden Mauern sah er das muffige Moos von Jahrhunderten. Tief und tiefer wand die Treppe sich hinab, nicht in Spiralen, sondern in drei abrupten Krümmungen. So eng war der Durchlaß, daß zwei Menschen kaum aneinander vorbeigekommen wären. Er hatte etwa dreißig Stufen gezählt, als ein sehr schwaches Geräusch an sein Ohr drang; und von da an fühlte er sich nicht mehr in der Lage weiterzuzählen.

Es war ein gottloses Geräusch; einer jener tiefen, tückischen Ausbrüche der Natur, die nicht sein sollen. Ihn ein dumpfes Wimmern, ein verzweifeltes Heulen, ein hoffnungsloses Jaulen vielstimmiger Qual und geschundenen, geistlosen Fleisches zu nennen, würde bedeuten, seine kennzeichnende Abscheulichkeit und seine seelenverwirrenden Obertöne zu unterschlagen. War es das, worauf Ward an dem Tag, da man ihn fortschaffte, gelauscht hatte? Das Geräusch war das fürchterlichste, das Willett je vernommen hatte, und es ertönte immer wieder, aus keiner bestimmten Richtung, als der Doktor den Fuß der Treppe erreicht hatte und den Lichtstrahl seiner Taschenlampe über hohe Korridorwände gleiten ließ, die zyklopisch überwölbt und von zahllosen schwarzen Bogengängen durchbrochen waren. Die Halle, in der er stand, war bis zum Scheitelpunkt des Gewölbes vielleicht vierzehn Fuß hoch und zehn oder zwölf Fuß breit. Der Fußboden bestand aus großen, unregelmäßig gebrochenen Steinplatten, Wände und Decke aus behauenen Quadern. Die Länge der Halle konnte er nicht ermessen, denn sie erstreckte sich vor ihm endlos in die Finsternis. Manche Bogengänge hatten Türen im alten Kolonialstil, mit sechs Paneelen, andere waren türlos.

Die Furcht niederkämpfend, die der Gestank und das Geheul ihm einflößten, begann Willett, diese Bogengänge einen nach dem anderen zu untersuchen; dahinter lagen Räume mit gemauerten Kreuzgewölben, alle von mittlerer Größe und offenbar bizarrem Verwendungszweck; in den meisten befanden sich Feuerstellen, und es wäre eine interessante Aufgabe für einen Ingenieur gewesen, die Abzugsschächte für diese Kamine zu suchen. Nie zuvor oder danach hatte Willett solche Instrumente oder Andeutungen von Instrumenten erblickt, wie sie hier, unter dem alles bedeckenden Staub und den Spinnweben von anderthalb Jahrhunderten verborgen, allenthalben herumlagen, in vielen Fällen offenbar zerstört, möglicherweise bei jenem lange zurückliegenden Überfall. Denn viele der Kammern schien nie der Fuß eines modernen Menschen betreten zu haben, und sie stammten offenbar aus den frühesten Phasen der Experimente von Joseph Curwen. Schließlich gelangte er in einen Raum, der anscheinend in jüngerer Zeit eingerichtet oder doch zumindest noch vor kurzem bewohnt worden war. Hier gab es Ölöfen, Bücherregale und Tische, Stühle und Schränkchen, und einen Schreibtisch, auf dem hohe Stapel antiker und auch zeitgenössischer Schriften lagen. Kerzen und Öllampen standen an mehreren Stellen, und als er eine Schachtel Zündhölzer fand, zündete Willett einige davon an.

In dem helleren Lichtschein schien es ihm, als handle es sich bei diesem Raum um nichts anderes als das letzte Arbeits- oder Bibliothekszimmer von Charles Ward. Viele der Bücher hatte der Doktor schon einmal gesehen, und ein Großteil des Mobiliars stammte offensichtlich aus dem Elternhaus in der Prospect Street. Hier und da sah er einen Gegenstand, den er gut kannte, und dieses Gefühl der Vertrautheit wurde so stark, daß er fast den Gestank und das Geheul vergessen hätte, obwohl beides hier noch deutlicher war als am Fuß der Treppe. Seine erste Aufgabe war es, das stand fest, alle Papiere zu suchen und an sich zu nehmen, die von entscheidender Bedeutung sein konnten; besonders jene monströsen Dokumente, die Charles vor so langer Zeit hinter dem Bild in Olney Court gefunden hatte. Während er suchte, ging ihm auf, was für eine ungeheure Arbeit die endgültige Entschlüsselung dieses Materials sein würde; denn Ordner um Ordner war prall mit Schriftstücken in sonderbaren Handschriften und mit sonderbaren Zeichen gefüllt, so daß man wahrscheinlich Monate oder sogar Jahre brauchen würde, um all das vollständig zu entziffern und herauszugeben. Einmal fand er große Bündel von Briefen mit Poststempeln aus Prag und Rakus und in Handschriften, die eindeutig als die von Orne und Hutchinson zu erkennen waren; die Briefe nahm er alle an sich und legte sie auf den Stapel, den er in seinem Koffer mit nach oben nehmen wollte.

Schließlich fand er dann in einem verschlossenen Mahagonischränkchen, das früher einmal das Wardsche Elternhaus geziert hatte, das Bündel alter Papiere von Joseph Curwen, die er wiedererkannte, obwohl Charles ihn damals nur widerwillig einen kurzen Blick darauf hatte werfen lassen. Der junge Mann hatte sie offenbar weitgehend so beieinander gelassen, wie er sie entdeckt hatte, denn Willett fand alle Titel, an die die Arbeiter sich erinnerten, mit Ausnahme der an Orne und Hutchinson adressierten Schriftstücke sowie der Geheimschrift einschließlich des Schlüssels. Willett legte das ganze Bündel in den Koffer und durchsuchte weiter die Ordner. Da der augenblickliche Zustand des jungen Ward das vordringlichste Problem war, suchte er am sorgfältigsten unter dem Material, das offenkundig aus jüngerer Zeit stammte; und an den in großer Menge vorhandenen Manuskripten aus der letzten Zeit fiel Willett etwas Merkwürdiges auf, nämlich die spärliche Anzahl von Schriftstücken in Charles' normaler Handschrift, von denen überdies keines weniger als zwei Monate alt war. Dagegen fand er buchstäblich ganze Stapel von Symbolen und Formeln, historischen Abhandlungen, geschrieben in einer verschnörkelten Handschrift, die absolut identisch mit der Schrift des alten Joseph Curwen war, obwohl die Dokumente unzweifelhaft aus jüngster Zeit stammten. Offenbar hatte in den letzten Wochen Charles' Arbeitsprogramm zum Teil in der beharrlichen Nachahmung der Handschrift des alten Hexenmeisters bestanden, worin er es anscheinend zu erstaunlicher Meisterschaft gebracht hatte. Von einer dritten Handschrift, bei der es sich um die Allens hätte handeln können, war keine Spur zu finden. Wenn dieser Mann in der letzten Zeit wirklich die führende Rolle gespielt hatte, so mußte er Ward gezwungen haben, ihm als Sekretär zu dienen.

In diesem neuen Material kehrte eine mystische Formel, oder besser gesagt ein Formelpaar, so oft wieder, daß Willett den Wortlaut auswendig konnte, bevor er seine Suche auch nur halb zu Ende gebracht hatte. Es waren zwei nebeneinanderstehende Kolumnen; über der linken stand das archaische Symbol des »Drachenkopfes«, das in Kalendern zur Bezeichnung des aufsteigenden Knotens verwendet wird, und über der rechten ein entsprechendes Zeichen für den »Drachenschwanz« oder absteigenden Knoten. Das Ganze sah ungefähr so aus

        ♌   ☋

Y'AI'NG'NGAH,   OGTHROD AI'F
YOG-SOTHOTH   GEB'L-EE'H
H'EE-L'GEB   *YOG-SOTHOTH*
F'AI THRODOG   'NGAH'NG'AI'Y
UAAAH   ZHRO

und beinahe unbewußt bemerkte der Doktor, daß es sich bei der zweiten Kolumne um nichts anderes als den Text der ersten handelte, jedoch silbenweise rückwärts geschrieben, mit Ausnahme der beiden letzten einsilbigen Wörter und des sonderbaren Namens *Yog-Sothoth*, den er im Laufe seiner Nachforschungen in dieser schrecklichen Angelegenheit schon mehrmals – wenn auch in wechselnder Schreibweise – gelesen hatte. Die Formeln lauteten wie folgt – und zwar *buchstabengetreu*, wie Willett mehr als ausreichend zu belegen vermag –, und die erste weckte eine unangenehme, latente Erinnerung in seinem Gehirn, deren Bedeutung ihm erst später aufging, als er die Ereignisse jenes schrecklichen Karfreitags des Vorjahres rekapitulierte.

Diese Formeln waren so faszinierend, und der Doktor stieß so oft auf sie, daß er sie alsbald halb unbewußt vor sich hinmurmelte. Schließlich hatte er jedoch das Gefühl, daß er alle Schriftstücke sichergestellt hatte, die er fürs erste mit Gewinn auswerten konnte; deshalb beschloß er, die Suche zunächst abzubrechen, bis er die skeptischen Nervenärzte allesamt zur Teilnahme an einer gründlichen und systematischeren Durchsuchung des Kellers würde bewegen können. Er mußte noch das geheime Laboratorium ausfindig machen, weshalb er den Koffer in dem erleuchteten Raum zurückließ und sich wieder in den übelriechenden, finstren Korridor hinaus begab, dessen Gewölbe unaufhörlich von jenem gräßlichen, dumpfen Geheul widerhallten. Die nächsten paar Räume, die er inspizierte, waren alle leer oder enthielten nichts als vermoderte Kisten und ominöse Bleisärge, aber sie vermittelten ihm einen eindrucksvollen Begriff vom Umfang der ursprünglichen Aktivitäten Joseph Curwens. Er dachte an die Sklaven und Seeleute, die verschwunden, an die Gräber, die in allen Teilen der Welt geplündert worden waren, und daran, was die Männer bei jener letzten Razzia gesehen haben mußten; und dann entschied er, daß es am besten sei, nicht mehr daran zu denken. Einmal führte zu seiner Rechten eine große Steintreppe nach oben, und er folgerte, daß es sich dabei um den Zugang zu einem der Curwenschen Nebengebäude handeln mußte – vielleicht dem berühmten Steinbunker mit den schlitzartigen Fenstern –, falls die Treppe, die er hinabgestiegen war, sich damals unter dem spitzgiebligen Bauernhaus befunden hatte. Plötzlich schienen vor ihm die Wände auseinanderzufallen, und der Gestank und das Geheul wurden stärker. Willett sah, daß er in einem riesigen offenen Raum angelangt war, von so gewaltigen Ausmaßen, daß das Licht seiner Taschenlampe ihn nicht zu erhellen vermochte, und im Weitergehen traf er hin und wieder auf massive Säulen, die das Deckengewölbe trugen.

Nach einer Weile erreichte er einen Kreis von Säulen, die wie die Monolithen von Stonehenge angeordnet waren, mit einem großen, aus Stein gehauenen Altar auf einem Sockel mit drei Stufen im Mittelpunkt; die gemeißelten Reliefs auf diesem Altar waren so sonderbar, daß er näher trat, um sie im Schein der Taschenlampe zu studieren. Doch als er sah, was sie darstellten, prallte er schaudernd zurück und nahm sich nicht mehr die Zeit, die dunklen Flecken zu untersuchen, die die Altarplatte verunzierten und sich an mehreren Stellen in dünnen Linien die Seiten hinab ausgebreitet hatten. Statt dessen suchte er den Weg bis zur jenseitigen Wand und folgte ihrem gigantischen Rund, das durchbrochen war von gelegentlichen schwarzen Türöffnungen und Myriaden flacher Zellen mit Eisengittern und Hand- und Fußschellen an Ketten, die an den Steinen der konkav gemauerten Rückwände befestigt waren. Diese Zellen waren leer, doch der schreckliche Geruch und das elende Gestöhn dauerten immer noch an, hartnäckiger als je zuvor, und anscheinend von Zeit zu Zeit von einem dumpf-glitschigen Fallgeräusch begleitet.

3

Diesen gräßlichen Geruch und diesen unheimlichen Lärm konnte Willett nicht länger aus seinem Bewußtsein verdrängen. Beides war in der großen Säulenhalle deutlicher und schrecklicher als anderswo und erweckte den vagen Eindruck, als käme es von weit unten, selbst in dieser dunklen Welt unterirdischer Geheimnisse. Bevor er einen der schwarzen Bogengänge auf weiter nach unten führende Treppen hin untersuchte, ließ der Doktor den Lichtschein der Taschenlampe über den Steinfußboden gleiten. Er war sehr locker gepflastert, und in unregelmäßigen Abständen entdeckte Willett Platten mit kleinen Löchern in unbestimmter Anordnung, während an einer Stelle eine achtlos umgeworfene, sehr lange Leiter lag. Diese Leiter schien merkwürdigerweise besonders stark mit jenem schrecklichen Geruch behaftet, der alles umfing. Während er langsam umherging, glaubte Willett plötzlich zu bemerken, daß der Geruch wie auch der Lärm direkt über den sonderbar durchlöcherten Platten am stärksten waren, so als seien es klobige Falltüren, die noch weiter hinab in eine andere Region des Entsetzens führten. Er kniete vor einer dieser Platten nieder, rüttelte daran und entdeckte, daß er sie mit größter Anstrengung tatsächlich hochheben konnte. Als die Platte bewegt wurde, verstärkte sich das Gestöhn von unten, und nur unter Zittern und Zagen konnte er sich überwinden, den schweren Stein vollends hochzuheben. Ein unbeschreiblich widerwärtiger Gestank schlug ihm jetzt aus der Tiefe entgegen, und der Kopf drehte sich ihm benommen, während er die Steinplatte beiseite legte und den Strahl der Lampe auf den freigelegten Quadratmeter gähnender Finsternis richtete.

Wenn er erwartet hatte, eine Treppe zu finden, die in irgendeinen weiteren Abgrund äußerster Abscheulichkeiten hinabführte, so sollte Willett enttäuscht werden; denn inmitten des Gestanks und des irrwitzigen Geheuls erblickte er nur den oberen, aus Ziegeln gemauerten Teil eines zylindrischen Schachtes von vielleicht anderthalb Meter Durchmesser und bar jeder Leiter oder anderer Abstiegshilfen. Als das Licht in den Schacht fiel, verwandelte sich das Geheul augenblicklich in eine Folge gräßlicher, jaulender Schreie, und gleichzeitig ließen sich wieder jene Geräusche wie von blindem, vergeblichem Tappen und schlüpfrigem Fallen vernehmen. Der Kundschafter zitterte, nicht willens, sich auch nur vorzustellen, welch verderbliches Ding in diesem Schlund lauern mochte; doch einen Augenblick später brachte er den Mut auf, über den roh behauenen Rand hinabzuspähen, wozu er sich der Länge nach auf den Boden legte und die Lampe mit ausgestrecktem Arm nach unten hielt. Eine Sekunde lang konnte er nichts erkennen als die glitschigen, moosbewachsenen Mauern, die endlos in das halb greifbare Miasma von Düsternis und Fäulnis und rasender Pein hinabsanken; doch dann sah er, daß irgend etwas Dunkles unbeholfen und wie wahnsinnig auf dem Grunde des engen Schachtes an der Mauer hochsprang, ungefähr zwanzig bis fünfundzwanzig Fuß unter dem Steinfußboden, auf dem er lag. Die Taschenlampe in seiner Hand zitterte, aber er schaute noch einmal hinunter, um zu sehen, welche Art von Lebewesen es sein mochte, das in der Finsternis dieses widernatürlichen Schachtes eingekerkert war, von dem jungen Ward dem Hungertod überlassen, seit ihn die Ärzte vor einem ganzen langen Monat abgeholt hatten, und offensichtlich nur einer von unzähligen Gefangenen in ähnlichen Schächten, mit deren durchlöcherten Steindeckeln der Boden der großen gewölbten Höhle dicht übersät war. Was für Wesen auch immer es waren, sie konnten sich in ihren engen Löchern nicht niederlegen, sondern mußten sich gekrümmt und geheult und gewartet und ohnmächtige Sprünge vollführt haben, all die schrecklichen Wochen, seit ihr Herr und Meister sie im Stich gelassen hatte.

Aber Marinus Bicknell Willett sollte es bereuen, ein zweites Mal hinabgeschaut zu haben; denn obschon Chirurg und Veteran des Sezierraumes, ist er seither nicht mehr der alte. Es ist schwer zu erklären, wie ein einziger Blick auf ein greifbares Objekt von meßbaren Dimensionen einen Mann so erschüttern und verändern kann; und wir können nur sagen, daß manchen Umrissen und Erscheinungen eine suggestive Symbolkraft innewohnt, die sich schrecklich auf die Phantasie eines empfindsamen Denkers auswirkt und hinter den schützenden Illusionen des normalen Sehens furchtbare Andeutungen von obskuren kosmischen Beziehungen und unnennbaren Wirklichkeiten aufglimmen läßt. Bei jenem zweiten Hinsehen nahm Willett solch einen Umriß oder solch eine Erscheinung wahr, denn in den darauffolgenden Augenblicken war er zweifellos nicht weniger dem schieren Wahnsinn verfallen als irgendeiner der Insassen von Dr.

Waites Privat-Irrenanstalt. Die Taschenlampe fiel ihm aus der jeder Muskelkraft oder nervlicher Koordination beraubten Hand, und er achtete nicht auf das knirschende Beißgeräusch, das über ihr Schicksal am Boden der Grube Aufschluß gab. Er schrie und schrie und schrie in einer Stimme, die in ihrer überschnappenden Panik keiner seiner Bekannten wiedererkannt hätte, und da er sich nicht zu erheben vermochte, kroch und wälzte er sich von dem Loch fort, über den feuchten Fußboden, während aus Dutzenden von Höllenschlünden erschöpftes Jammern und Heulen als Antwort auf seine eigenen irrsinnigen Schreie erscholl. Er riß sich an den rauhen, losen Steinen die Hände blutig und stieß oft mit dem Kopf gegen eine der zahlreichen Säulen, hielt aber trotzdem nicht inne. Dann schließlich kam er in der pechschwarzen, stinkenden Finsternis langsam wieder zu sich und hielt sich vor dem dröhnenden Geheul die Ohren zu. Er war schweißgebadet und hatte keine Möglichkeit, Licht zu machen; heimgesucht und enerviert in diesem schwarzen Abgrund des Grauens, niedergedrückt von einer Erinnerung, die er nie würde aus seinem Gedächtnis löschen können. Unter ihm waren Dutzende von diesen Wesen noch am Leben, und von einem dieser Schächte war der Deckel entfernt worden. Er wußte, daß das Wesen, das er gesehen hatte, niemals die schlüpfrigen Mauern erklettern konnte, schauderte aber bei dem Gedanken, daß vielleicht doch irgendwelche Stufen in die Wände gehauen sein konnten.

Was für ein Wesen es war, hat er nie verraten. Es war wie manche der gemeißelten Figuren auf dem höllischen Altar, aber es lebte. Die Natur hatte es niemals in dieser Form erschaffen, denn es war zu offensichtlich *unvollendet*. Die Mängel waren von höchst überraschender Art, und die abnormen Proportionen entzogen sich jeder Beschreibung. Willett findet sich nur zu der Erklärung bereit, daß es sich bei diesem Ding um einen Vertreter jener Wesen gehandelt haben müsse, die Ward aus *unvollkommenen Saltzen* erweckt habe und die er für Dienstleistungs- und rituelle Zwecke hielt. Hätte es nicht eine gewisse Bedeutung gehabt, sein Abbild wäre nicht in jenen fluchwürdigen Stein gemeißelt worden. Es war nicht das schlimmste der auf diesem Stein abgebildeten Wesen – aber die anderen Gruben hatte Willett nicht geöffnet. In jenem Augenblick kam ihm, als er endlich wieder einen klaren Gedanken fassen konnte, als erstes ein scheinbar bedeutungsloser Absatz aus irgendeiner der alten Schriften Curwens in den Sinn, die er vor langer Zeit gelesen hatte; ein Satz, der in jenem monströsen konfiszierten Brief von Simon oder Jedediah Orne an den verblichenen Hexenmeister gestanden hatte:

»Fürwahr, es lag nichts als schieres Entsetzen in dem, was H. aus dem heraufbeschwor, wovon er nur einen Theil bekommen konnte.«

Dann stellte sich, dieses geistige Bild eher auf schreckliche Art ergänzend als verdrängend, eine Erinnerung an jene hartnäckigen alten Gerüchte über den verbrannten und entstellten Leichnam ein, der eine Woche nach der Strafexpedition gegen Curwen auf dem Acker gefunden worden war. Charles Ward hatte dem Doktor einmal berichtet, was der alte Slocum von diesem Objekt gesagt hatte, nämlich, daß es weder ganz menschlich gewesen sei noch irgendeinem Tier geglichen habe, das die Leute von Pawtuxet jemals zu Gesicht bekommen oder in einem Buch gefunden hätten.

Diese Worte gingen dem Doktor durch den Kopf, während er auf dem salpetrigen Boden hockte und den Oberkörper hin und her wiegte. Er versuchte, sie zu verscheuchen, und sprach ein Vaterunser; allmählich verlor er sich in einem Wirrwarr verschiedenster Erinnerungen ähnlich dem modernistischen Buch »Das wüste Land« von Herrn T. S. Eliot und kam schließlich auf die oft wiederholte Doppelformel zurück, die er vor einer Weile erst in Wards unterirdischer Bibliothek gefunden hatte: »Y'ai'ng'ngah, Yog-Sothoth« und so fort bis hin zu dem abschließenden, unterstrichenen »Zhro«. Das schien ihn zu beruhigen, und nach einer Weile erhob er sich taumelnd; er beklagte bitter den Verlust seiner Taschenlampe und hielt verzweifelt Ausschau nach einem Lichtschimmer in der beklemmenden Finsternis der eiskalten Gruft. Denken wollte er lieber nicht; aber er spähte angestrengt in alle Richtungen, ob sich nicht doch vielleicht ein schwacher Widerschein der hellen Beleuchtung entdecken ließe, die er in der Bibliothek zurückgelassen hatte. Nach einer Weile glaubte er, in unendlicher Ferne die Andeutung eines Lichtschimmers wahrzunehmen, und dorthin begann er inmitten des Gestanks und Geheuls auf Händen und Knien zu kriechen, mit angstvoller Vorsicht seinen Weg ertastend, um sich nicht an einer der zahlreichen großen Säulen zu stoßen oder in den entsetzlichen Schacht zu stürzen, den er aufgedeckt hatte.

Einmal berührten seine zitternden Finger etwas, von dem er wußte, daß es die Stufen des höllischen Altars sein mußten, und vor dieser Stelle schauderte er mit Abscheu zurück. Ein andermal stieß er auf die durchlöcherte Steinplatte, die er abgehoben hatte, und hier wurde seine Vorsicht beinahe erbarmungswürdig. Aber die gefürchtete Öffnung selbst berührte er nicht, und es entstieg diesem Loch auch nichts, was ihn aufgehalten hätte. Was dort unten gewesen war, rührte sich nicht und gab keinen Laut von sich. Offenbar war es ihm nicht bekommen, daß es seine Zähne in die herabfallende Taschenlampe geschlagen hatte. Jedesmal, wenn Willetts Hände eine der durchlöcherten Steinplatten fühlten, zitterte er. Manchmal verstärkte sich das Stöhnen darunter, wenn er darüberkroch, doch meistens blieb jede Reaktion aus, denn er bewegte sich fast lautlos. Während er so dahinkroch, wurde der Lichtschein vor ihm mehrmals merklich schwächer, und es wurde ihm klar, daß die verschiedenen Kerzen und Lampen, die er zurückgelassen hatte, eine nach der anderen ausgehen mußten. Der Gedanke, daß er plötzlich ohne Zündhölzer in dieser unterirdischen Welt nachtmahrhafter Labyrinthe von absoluter Finsternis umgeben sein könnte, zwang ihn, sich zu erheben und zu laufen, was er nun, da er das offene Loch passiert hatte, gefahrlos tun konnte; denn er wußte, daß, sollte das Licht gänzlich verlöschen, seine einzige Hoffnung auf Rettung und Überleben in einer Rettungsmannschaft liegen würde, die Mr. Ward nach einer angemessenen Wartezeit wahrscheinlich losschicken würde, um den Vermißten zu suchen. Gleich darauf jedoch kam er aus der offenen Halle in den schmaleren Gang und bemerkte, daß der Lichtschein aus einer Tür zu seiner Rechten fiel. Im Nu hatte er sie erreicht und stand abermals in der Geheimbibliothek des jungen Ward, bebend vor Erleichterung, und betrachtete die letzte, schon blakende Lampe, die ihm den Weg zur Rettung gewiesen hatte.

4

Einen Augenblick später war er schon dabei, in aller Eile die ausgebrannten Lampen aus einem Ölvorrat aufzufüllen, den er schon beim erstenmal bemerkt hatte, und als der Raum wieder hell erleuchtet war, schaute er sich nach einer Laterne um, die bei der weiteren Suche dienlich sein konnte. Denn sosehr ihm auch der Schreck noch in den Gliedern saß, behielt doch sein eiserner Wille die Oberhand, und er war fest entschlossen, bei seiner Suche nach den schrecklichen Tatsachen hinter Charles Wards bizarrem Wahnsinn nichts, aber auch gar nichts unversucht zu lassen. Als er keine Laterne fand, beschloß er, die kleinste der Lampen mitzunehmen; außerdem füllte er sich die Taschen mit Kerzen und Zündhölzern und nahm einen Kanister mit einer Gallone Öl mit, das er als Notvorrat benutzen wollte, falls er jenseits der schrecklichen offenen Halle mit dem besudelten Altar und den namenlosen verschlossenen Schächten irgendein geheimes Labor entdecken sollte. Diesen Raum abermals zu durchqueren, würde ihm den letzten Mut abverlangen, aber er war sich darüber im klaren, daß es sein mußte. Glücklicherweise lagen weder der gräßliche Altar noch der offene Schacht an der Wand mit den vielen Zellen, die die Höhlung begrenzte und deren mysteriöse schwarze Bogengänge logischerweise das nächste Ziel seiner systematischen Suche darstellten.

Willett ging also zurück in jene große Säulenhalle des Gestanks und des verzweifelten Geheuls, drehte die Lampe klein, um den höllischen Altar oder die aufgedeckte Grube mit der durchlöcherten Steinplatte neben dem Loch nicht sehen zu müssen, und sei es auch nur aus der Ferne. Die meisten Bogengänge führten lediglich in kleine Kammern, von denen manche leer waren und manche offenbar als Lagerräume benutzt wurden; und in einigen von den letzteren sah er höchst merkwürdige Ansammlungen verschiedener Gegenstände. Der eine war mit vermodernden, staubbedeckten Bündeln alter Kleider vollgestapelt, und Willett schauderte, als er sah, daß es sich unverkennbar um Kleidung handelte, wie man sie vor anderthalb Jahrhunderten getragen hat. In einem anderen Raum fand er große Mengen moderner Kleidungsstücke jeglicher Art, so als seien nach und nach Vorbereitungen getroffen worden, um eine große Zahl von Männern einzukleiden. Am stärksten mißfielen ihm jedoch die riesigen Fässer, die hier und da auftauchten, und ganz besonders die unheimlichen Verkrustungen, mit denen sie bedeckt waren. Sie gefielen ihm sogar noch weniger als die mit sonderbaren Figuren verzierten zerbrochenen Bleischalen, an denen so widerwärtige Rückstände klebten und die abstoßende Gerüche ausströmten, die ihm trotz des allgemeinen Gestanks der Krypta scharf in die Nase stiegen. Als er ungefähr die Hälfte des gesamten Rundes der Wand abgeschritten hatte, fand er einen Gang ähnlich dem, aus dem er gekommen war, von dem aus sich viele Türen öffneten.

Er machte sich daran, diesen Gang zu untersuchen, und nachdem er in drei Kammern von mittlerer Größe und ohne bedeutsamen Inhalt gewesen war, kam er schließlich zu einem großen, länglichen Raum, dessen geschäftlich-nüchterne Tanks und Tische, Öfen und moderne Instrumente, herumliegende Bücher und endlose Regale mit Krügen und Flaschen ihn tatsächlich als das lang gesuchte Laboratorium von Charles Ward auswiesen – das vor ihm zweifellos bereits Joseph Curwen benutzt hatte.

Nachdem er dort die drei Lampen angezündet hatte, die er gefüllt und brennfertig vorfand, untersuchte Dr. Willett den Raum und alle Einrichtungsgegenstände mit höchstem Interesse; aus den relativen Mengen verschiedener Reagenzien in den Regalen zog er den Schluß, daß der junge Ward sich vorwiegend mit irgendeinem Zweig der organischen Chemie beschäftigt haben müsse. Alles in allem bot die wissenschaftliche Apparatur, zu der auch ein unheimlich aussehender Seziertisch gehörte, wenig Anhaltspunkte, so daß der Raum im Grunde eher eine Enttäuschung war. Unter den Büchern war auch ein in schwarzen Lettern gedrucktes Exemplar von Borellus, und Willett bemerkte mit leisem Schaudern, daß Ward dieselbe Passage unterstrichen hatte, deren Hervorhebung den guten Mr. Merrit vor über anderthalb Jahrhunderten auf Curwens Bauernhof so sehr verwirrt hatte. Jenes ältere Exemplar mußte natürlich damals zusammen mit der übrigen okkulten Bibliothek Joseph Curwens bei der abschließenden Strafexpedition vernichtet worden sein. Drei weitere Bogengänge mündeten in das Laboratorium, und auch diese nahm der Doktor nacheinander in Augenschein. Bei der ersten, oberflächlichen Musterung sah er, daß zwei davon lediglich in kleine Lagerräume führten; diese jedoch durchsuchte er sorgfältig, wobei er Stapel von Särgen in unterschiedlichen Stadien des Verfalls entdeckte und heftig schauderte, als er die Inschriften auf einigen der Sargdeckel entzifferte. Außerdem waren in diesen Räumen auch größere Mengen Kleidung sowie mehrere fest vernagelte neuere Kisten gelagert, mit deren Untersuchung er sich nicht aufhielt. Am interessantesten waren vielleicht ein paar nicht mehr benutzte Gegenstände, die er für Teile von Instrumenten aus dem alten Laboratorium Joseph Curwens hielt. Diese waren von den Eindringlingen beschädigt worden, aber zum Teil noch immer als Ausrüstungsgegenstände eines Chemikers der georgianischen Periode erkennbar.

Der dritte Bogengang führte in ein sehr geräumiges Zimmer mit Regalen an allen Wänden und einem Tisch mit zwei Lampen in der Mitte. Diese Lampen zündete Willett an, und in ihrem hellen Schein musterte er die endlosen Regale, die ihn umgaben. Manche der oberen Borde waren ganz leer, doch den meisten Raum nahmen kleine, merkwürdig aussehende Bleikrüge von zwei verschiedenen Grundtypen ein; der eine groß und henkellos wie ein griechischer Ölkrug, eine Lekythos, der andere mit einem Henkel und in der Form wie ein Krug aus Phaleron. Sie hatten alle Metallpfropfen und waren mit eigentümlichen, in die Oberfläche eingeritzten Symbolen bedeckt. Der Doktor sah sofort, daß diese Krüge nach einem sehr strengen System klassifiziert waren, denn alle Lekythen befanden sich auf der einen Seite des Raumes unter einem hölzernen Schild mit der Aufschrift »Custodes«, alle Phaleronkrüge dagegen auf der anderen Seite unter einem entsprechenden Schild mit der Aufschrift »Materia«. Jeder Krug, gleich welcher Art, mit Ausnahme einiger weniger auf den obersten Borden, die sich als leer erwiesen, trug ein Pappetikett mit einer Nummer, die sich offenbar auf einen Katalog bezog; und Willett beschloß, sich alsbald auf die Suche nach diesem Katalog zu machen. Im Augenblick interessierte er sich jedoch mehr für das System der Anordnung insgesamt und öffnete auf gut Glück mehrere Lekythen und Phaleronkrüge, mit der Absicht, einen ersten flüchtigen Überblick zu gewinnen. Das Ergebnis war immer dasselbe. Beide Arten von Krügen enthielten kleine Mengen von ein und derselben Substanz – ein feines Pulver von sehr geringem Gewicht und einer blassen, neutralen Färbung in vielen Schattierungen. Die Farben, die das einzige Unterscheidungsmerkmal darstellten, lieferten jedoch keinen Hinweis auf irgendein Ordnungssystem oder auch nur auf den Unterschied zwischen dem Inhalt der Lekythen und dem der Phaleronkrüge. Das hervorstechendste Merkmal des Pulvers war sein fehlendes Haftvermögen. Wenn Willett es sich auf die Hand schüttete und dann wieder in den Krug zurücktat, blieb auf seiner Handfläche nicht der geringste Rückstand.

Die Bedeutung der beiden Schilder gab ihm Rätsel auf, und er fragte sich, warum diese Batterie von Chemikalien so radikal von jenen in den Glaskrügen in den Regalen des eigentlichen Laboratoriums getrennt war. »Custodes«, »Materia« – das waren die lateinischen Wörter für »Wächter« und »Material« – und dann durchzuckte ihn die Erinnerung daran, wo er das Wort Wächter im Zusammenhang mit diesem schrecklichen Geheimnis schon einmal gesehen hatte. Es hatte natürlich in dem jüngst eingetroffenen Brief an Dr. Allen gestanden, der angeblich von dem alten Edward Hutchinson geschrieben war, und der Satz hatte gelautet: »Es war nicht nothwendig, die Wächter in ihrer Gestalth zu lassen, so daß sie sich die Köpfe abfraßen, denn man geräth in arge Bedrängniß, so man mit ihnen betroffen wird, wie Ihr wohl wisset.« Was hatte das zu bedeuten? Doch halt – war da nicht ein *anderer* Hinweis auf »Wächter« in dieser Angelegenheit gewesen, an den er sich beim Lesen des Briefes von Hutchinson nur unvollständig erinnert hatte? Vor langer Zeit, als Charles Ward noch nicht so verschwiegen gewesen war, hatte er ihm einmal von Eleazar Smith' Tagebuch erzählt, in dem von Smith' und Weedens Spionieren auf Curwens Hof die Rede war, und in dieser schrecklichen Chronik waren auch die Gespräche erwähnt, die von den beiden belauscht worden waren, bevor der alte Hexenmeister ganz unter die Erde gegangen war. Es habe, so hätten Smith und Weeden versichert, gewisse Unterredungen gegeben, in denen Curwen, Gefangene von ihm *und die Wächter dieser Gefangenen* eine Rolle gespielt hätten. Schenkte man nun Hutchinson oder seinem Avatar Glauben, so hatten diese Wächter »ihre Köpfe abgefressen«, weshalb Dr. Allen sie jetzt nicht mehr *in ihrer Gestalt* ließ. Wenn aber nicht *in Gestalt*, wie anders dann als in Form der »Salze«, zu denen diese Zaubererbande offenbar so viele menschliche Körper und Skelette reduzierte, wie sie nur konnte?

Das war es also, was diese Lekythen enthielten; die monströsen Früchte unseliger Riten und Taten, vermutlich durch Überredung oder Zwang zu solcher Unterwürfigkeit gebracht, daß sie sich aufgrund irgendeiner höllischen Beschwörung bereit fanden, bei der Verteidigung ihrer blasphemischen Meister oder der Befragung jener zu helfen, die nicht so willig waren! Willett schauderte bei dem Gedanken, was er aus einer Hand in die andere hatte rieseln lassen, und einen Augenblick verspürte er den Drang, Hals über Kopf aus diesem Kellerloch mit den ungeheuerlichen Regalen und den schweigenden, vielleicht ihn beobachtenden Wächtern zu fliehen. Dann dachte er an die »Materia« – in den unzähligen Phaleronkrügen auf der anderen Seite des Raumes. Auch dort Salze – und wenn nicht die Salze von »Wächtern«, wessen Salze dann? Gott! War es möglich, daß hier die sterblichen Überreste von der Hälfte der titanischen Denker aller Zeitalter lagen; von äußerst geschickten Grabschändern aus Krypten entwendet, in denen die Welt sie sicher wähnte, hilflos dem Willen von Wahnsinnigen ausgeliefert, die sich ihres Wissens bemächtigen wollten, um noch ein abenteuerlicheres Ziel zu erreichen, das in seinen letzten Auswirkungen, wie der arme Charles in seinem verzweifelten Brief angedeutet hatte, »die gesamte Zivilisation, das gesamte Naturgesetz, vielleicht sogar das Schicksal des Sonnensystems und des Universums« in Mitleidenschaft ziehen würde? Und Marinus Bicknell Willett hatte ihren Staub durch seine Finger rieseln lassen!

Dann fiel ihm eine kleinere Tür am anderen Ende des Raumes auf, und er beruhigte sich so weit, daß er hinübergehen und das plumpe Zeichen studieren konnte, das in die Mauer über dieser Tür gemeißelt war. Es war nur ein Symbol, aber es erfüllte ihn mit einer vagen, spirituellen Furcht; denn ein zu morbiden Träumen neigender Freund hatte es ihm einmal auf ein Stück Papier gezeichnet und ihm einige der Bedeutungen erklärt, die es in den dunklen Abgründen des Schlafes hat. Es war das Zeichen von Koth, das Träumende unverrückbar über dem überwölbten Eingang eines bestimmten Turmes erblicken, der für sich allein im Dämmerlicht steht – und Willett hatte es gar nicht gefallen, was sein Freund Randolph Carter über die Macht gesagt hatte, die dieses Zeichen besaß. Aber schon im nächsten Augenblick vergaß er das Symbol, als er einen neuen scharfen Gestank in der von üblen Gerüchen gesättigten Luft wahrnahm. Diesmal war es mehr ein chemischer als ein animalischer Geruch, und er kam eindeutig aus dem Raum jenseits der Tür. Es war unverkennbar derselbe Geruch, der in Charles Wards Kleidern gehangen hatte, an dem Tage, da die Ärzte ihn abgeholt hatten. Hier also hatte der junge Mann gearbeitet, als der ungebetene Besuch ihn unterbrach? Er war klüger als der alte Joseph Curwen, denn er hatte keinen Widerstand geleistet. Fest entschlossen, jedem Wunder oder Schrecknis auf die Spur zu kommen, das dieses unterirdische Reich bergen mochte, nahm er die kleine Lampe und trat über die Schwelle. Eine Welle namenloser Angst rollte auf ihn zu, aber er setzte sich über solche Anwandlungen und alle bösen Vorahnungen hinweg. Hier gab es nichts Lebendiges, ihm ein Leid anzutun, und nichts konnte ihn davon abhalten, diesen dunklen Schleier zu zerreißen, der seinen Patienten umfangen hielt.

Der Raum hinter der Tür war mittelgroß und ohne Mobiliar, abgesehen von einem Tisch, einem einzelnen Stuhl und zwei Gruppen sonderbarer Maschinen mit Klammern und Rädern, in denen Willett sogleich mittelalterliche Folterinstrumente erkannte. Auf der einen Seite stand ein Gestell mit furchtbaren Peitschen, und darüber befanden sich ein paar Borde mit Reihen leerer, flacher Bleischalen mit Füßen, geformt wie griechische Becher. Auf der anderen Seite stand der Tisch mit einem starken Argandbrenner, Block und Bleistift sowie zwei der zugestöpselten Lekythen aus dem anderen Raum, die offenbar nur vorläufig oder in Eile auf der Tischplatte abgestellt worden waren. Willett zündete die Lampe an und inspizierte sorgfältig den Block, um zu sehen, was der junge Ward gerade geschrieben hatte, als er unterbrochen wurde; aber er fand nichts Verständliches außer den folgenden zusammenhanglosen Bruchstücken in der verschnörkelten Handschrift Joseph Curwens, die kein Licht in die Angelegenheit als solche brachten:

»B. nicht gestorben. Entwich in die Wände und fand Platz unten.«
»Sah den alten V. den Sabaoth sagen und lernte die Arth und Weyse.«
»Erweckte *Yog-Sothoth* dreymal und ward am folgenden Tag befreiet.« »F. suchte all jene auszulöschen, die wußten wie Jene von Draußen zu erwecken seien.«

Als der starke Argandbrenner das ganze Zimmer erleuchtete, sah der Doktor, daß in die Wand gegenüber der Tür, zwischen den beiden Gruppen von Folterinstrumenten in den Ecken, Haken geschlagen waren, an denen mehrere formlos aussehende Roben von ziemlich düsterer, gelblich-weißer Farbe hingen. Viel interessanter aber waren die beiden leeren Wände, die dicht mit mystischen Symbolen und Formeln bedeckt waren, die man auf grobe Art in die schön geglätteten Steinflächen gemeißelt hatte. Auch der feuchte Fußboden wies Meißelspuren auf, und Willett entzifferte mit nur wenig Mühe ein riesiges Pentagramm in der Mitte sowie je einen flachen Kreis von etwa drei Fuß Durchmesser auf halbem Weg zwischen dem Pentagramm und jeder Ecke. In einem dieser vier Kreise, dicht neben einer achtlos hingeworfenen Robe, stand ein flacher griechischer Becher von der Art, wie sie sich auf den Borden über dem Peitschenständer befanden; und gerade außerhalb der Umfangslinie stand einer der Phaleronkrüge aus dem anderen Raum, mit der Nummer 118 auf dem Etikett. Dieser Krug war nicht zugestöpselt und erwies sich bei näherem Hinsehen als leer; doch schaudernd mußte Willet feststellen, daß dies bei dem griechischen Becher nicht der Fall war. In der flachen Schale lag ein kleines Häufchen trockenes, stumpf-grünliches, effloreszierendes Pulver, das aus dem Krug stammen mußte und nur deshalb nicht aufgewirbelt worden war, weil sich in dieser abgelegenen Katakombe kein Lüftchen regte; Willett taumelte beinahe unter dem Ansturm der Gedanken und Schlußfolgerungen, die sich ihm aufdrängten, als er im Geiste die verschiedenen Elemente und Voraussetzungen der Szene zu einem Ganzen zusammenfügte. Die Peitschen und die Folterinstrumente, die Pulver oder Salze aus dem Regal mit der Aufschrift »Materia«, die zwei Lekythen vom Bord der »Custodes«, die Roben, die Formeln an den Wänden, die Notizen auf dem Block, die Hinweise aus den Briefen und Legenden, und die tausend Beobachtungen, Zweifel und Vermutungen, die den Freunden und Eltern von Charles Ward zur Qual geworden waren – all dies schlug wie eine Woge des Grauens über dem Doktor zusammen, als er auf das Häufchen trockenen grünlichen Staubs in dem bleiernen Becher auf dem Fußboden hinabschaute.

Aber Willett riß sich schließlich doch zusammen und fing an, die Formeln an den Wänden zu studieren. Die fleckigen und verkrusteten Buchstaben waren offensichtlich in Joseph Curwens Zeit in den Stein gemeißelt worden, und der Text war von solcher Art, daß er einem, der eine Menge Material über Curwen gelesen oder sich ausgiebig mit der Geschichte der Magie befaßt hatte, irgendwie vertraut vorkommen mußte. Einen Spruch erkannte der Doktor zweifelsfrei als denselben, den Mrs. Ward an jenem unheilvollen Karfreitag ihren Sohn hatte rezitieren hören und bei dem es sich, wie ein Fachmann ihm versichert hatte, um eine schreckliche Beschwörungsformel zur Anrufung geheimer Götter außerhalb der normalen Sphären handelte. Der Wortlaut stimmte zwar weder mit Mrs. Wards Niederschrift aus dem Gedächtnis noch mit der Fassung genau überein, die ihm jener Fachmann in dem verbotenen Werk des »Eliphas Levi« gezeigt hatte, doch die Identität war unverkennbar, und Worte wie *Sabaoth, Metraton, Almonsin* und *Zariathnatmik* ließen den forschenden Betrachter erschauern, der nur wenige Meter von dieser Stelle entfernt soviel kosmische Greuel gesehen und gespürt hatte.

Das war auf der vom Eingang her gesehen linken Seite des Raums. Die gegenüberliegende Wand war nicht weniger dicht mit Zeichen bedeckt, und Willett zuckte zusammen, als er an einer Stelle das Formelpaar wiederfand, auf das er so häufig in den Aufzeichnungen aus jüngerer Zeit in der Bibliothek gestoßen war. Es waren im wesentlichen dieselben Formeln: überschrieben mit den alten Symbolen des »Drachenkopfes« und »Drachenschwanzes«, genau wie in Wards Aufzeichnungen. Die Schreibweise wich allerdings erheblich von der der modernen Versionen ab, so als habe der alte Curwen eine andere Lautschrift benutzt oder als hätten spätere Studien zu stärkeren und vollkommeneren Varianten der in Frage stehenden Beschwörungen geführt. Der Doktor versuchte, die gemeißelte Fassung mit der in Einklang zu bringen, die ihm unablässig durch den Kopf ging, und fand, daß dies gar nicht leicht war. Während der Text, den er auswendig kannte, mit den Worten »*Y-ai'ng'ngah, Yog-Sothoth*« begann, standen am Beginn dieses Epigrammes die Worte »*Aye, cngengah, Yogge-Sothotha*«, und daran störte ihn vor allem die abweichende Silbenzahl des zweiten Wortes.

Da der spätere Text sich ihm schon so stark ins Bewußtsein geprägt hatte, verwirrte ihn diese Diskrepanz, und unwillkürlich rezitierte er plötzlich mit lauter Stimme die erste der beiden Formeln, um den Klang der Worte in Übereinstimmung zu bringen mit den Buchstaben, die in den Stein gemeißelt waren. Unheimlich und bedrohlich hallte seine Stimme durch diesen Abgrund uralter Blasphemie, und ihr Klang hatte sich zu einem dröhnenden Singsang verwandelt, entweder durch den Zauber der Vergangenheit oder des Unbekannten, oder aber durch das höllische Vorbild des dumpfen, gottlosen Geheuls aus den Gruben, dessen unmenschliche Kälte rhythmisch an- und abschwellend aus der Ferne durch Gestank und Finsternis herüberdrang.

>»Y'AI'NG'NGAH
YOG-SOTHOTH
H'EE-L'BEG
F'AI'THRODOG
UAAAH!«

Doch was war das für ein kalter Wind, der sich gleich nach den ersten Tönen des Singsangs erhob? Die Lampen blakten bedenklich, und es wurde so düster im Raum, daß die Lettern an den Wänden kaum noch zu erkennen waren. Auch war da plötzlich Rauch und beißender Geruch, der den Gestank der fernen Schächte gänzlich überlagerte; ein Geruch, wie er ihn schon zuvor einmal wahrgenommen hatte, doch unendlich viel stärker und schärfer. Er wandte den Inschriften den Rücken zu, um den Raum mit seinen bizarren Gegenständen überblicken zu können, und sah, daß dem Becher auf dem Fußboden, in dem sich das ominöse effloreszierende Pulver befunden hatte, eine Wolke dichten, schwärzlich grünen Qualms von erstaunlicher Größe und Undurchsichtigkeit entstieg. Dieses Pulver – großer Gott! Es stammte aus dem Regal der »Materia« – was tat es jetzt, und was war die Ursache? Die Formel, die er rezitiert hatte – die erste von beiden – Drachenkopf, *aufsteigender Knoten* – Allmächtiger, war es möglich ...

Der Doktor taumelte, und in seinem Kopf jagten sich in wilder Folge unzusammenhängende Bruchstücke von allem, was er von dem furchtbaren Fall des Joseph Curwen und des Charles Ward gesehen, gehört und gelesen hatte. »Ich sage Euch abermals, erwecket keinen, den ihr nicht auszutreiben vermöget ... Haltet die Worte des Gegenzaubers allzeit bereit, und stehet nicht an, Euch zu vergewissern, so Ihr zweifelt, Wen Ihr habet ... drey Gespräche mit dem gehabt, welches darinnen begraben war ...« *Barmherziger Himmel, was für eine Gestalt tritt dort aus dem Rauch hervor?*

5

Marinus Bicknell Willett kann nicht hoffen, daß außer seinen besten Freunden jemand seiner Geschichte auch nur teilweise Glauben schenken wird, weshalb er keinen Versuch gemacht hat, sie außerhalb seines engeren Bekanntenkreises zu erzählen. Nur wenige Außenstehende haben über Dritte davon erfahren, und die meisten von ihnen lachen und meinen, der Doktor scheine jetzt wirklich alt zu werden. Man hat ihm geraten, einen längeren Urlaub zu machen und in Zukunft Fälle von Geistesgestörtheit nicht mehr zu übernehmen. Doch Mr. Ward weiß, daß der alte Doktor die Wahrheit, die schreckliche Wahrheit sagt. Denn sah er nicht mit eigenen Augen die unheimliche Öffnung im Keller des Bungalows? Und schickte Willett ihn an jenem furchtbaren Vormittag nicht nach Hause, weil Übelkeit ihn übermannt hatte? Rief er nicht an jenem Abend vergeblich den Doktor an, und ebenso am folgenden Tag, und fuhr er nicht selbst tags darauf gegen Mittag zum Bungalow hinaus, und fand er dort nicht seinen Freund in einem Bett im Parterre vor, bewußtlos, aber unversehrt? Willett hatte unregelmäßig geatmet und langsam seine Augen aufgeschlagen, als Mr. Ward ihm ein bißchen Brandy einflößte, den er aus dem Auto geholt hatte. Dann schauderte er und schrie, und rief aus: »*Dieser Bart ... diese Augen ... mein Gott, wer sind Sie?*« Fürwahr eine sonderbare Begrüßung für einen gutgekleideten, blauäugigen, glattrasierten Gentleman, den er von Jugend auf kannte.

In der hellen Mittagssonne wies der Bungalow gegenüber dem Vortag keine Veränderungen auf. Abgesehen von ein paar Flecken und abgescheuerten Stellen an den Knien, waren Willetts Kleider nicht in Unordnung geraten, und nur ein schwacher chemischer Geruch erinnerte Mr. Ward daran, wie sein Sohn an dem Tag gerochen hatte, als man ihn in die Heilanstalt eingewiesen hatte. Die Taschenlampe des Doktors war verschwunden, aber sein Koffer war noch da, genauso leer, wie er ihn hergebracht hatte. Bevor er mit seiner Erzählung begann, stolperte Willett erst einmal benommen und offenbar mit ungeheurer Willensanstrengung in den Keller hinunter und rüttelte an der schicksalhaften Plattform vor den Zubern. Doch sie gab nicht nach. Er ging zu seinem Werkzeugkasten hinüber, der noch dort stand, wo er ihn abgestellt hatte, holte einen Meißel hervor und hebelte die kräftigen Bohlen eine nach der anderen ab. Darunter war noch immer der glatte Beton zu sehen, aber keine Spur von einer Öffnung. Diesmal tat sich nichts gähnend auf, wovon dem erstaunten Vater hätte übel werden können, der dem Doktor die Treppen hinab gefolgt war; nichts als der nackte Beton unter den Bohlen – kein übelriechender Schacht, keine Welt unterirdischer Schrecknisse, keine Geheimbibliothek, keine Curwen-Papiere, keine nachtmahrhaften Gruben voller Gestank und Geheul, kein Laboratorium, keine Regale, keine gemeißelten Formeln, nein ... Dr. Willett wurde blaß und faßte den Jüngeren am Arm. »Gestern«, fragte er leise, »haben Sie da hier etwas gesehen ... und gerochen?« Und als Mr. Ward, auch starr vor Angst und Verwunderung, die Kraft fand, zu nicken, stieß der Arzt einen Seufzer aus, der beinahe wie ein Stöhnen klang, und nickte seinerseits. »Dann erzähle ich Ihnen alles«, sagte er.

Sie begaben sich in das sonnigste Zimmer, das sie oben finden konnten, und der Doktor erzählte eine Stunde lang dem verwunderten Vater mit gesenkter Stimme seine schreckliche Geschichte. Von dem Augenblick an, da jene Gestalt sich aus dem grünlich-schwarzen Rauch gelöst hatte, der dem griechischen Becher entstiegen war, gab es nichts mehr zu erzählen, und Willett war zu müde, um sich zu fragen, was wirklich geschehen war. Beide Männer schüttelten immer wieder resigniert und verwundert den Kopf, und einmal wagte Mr. Ward einen schüchternen Vorschlag zu machen: »Meinen Sie, es würde einen Sinn haben zu graben?« Der Doktor schwieg, denn es schien kaum menschenmöglich, eine solche Frage zu beantworten, zu einem Zeitpunkt, da Mächte aus unbekannten Sphären so weit auf diese Seite des großen Abgrunds vorgedrungen waren. Noch einmal fragte Mr. Ward: »Aber wohin ging es? Es hat Sie hierher gebracht, das wissen Sie doch, und hat irgendwie den Zugang verschlossen.« Aber Willett antwortete wieder nur mit Schweigen.

Trotz allem war aber die Geschichte damit nicht zu Ende. Als nämlich Dr. Willett sein Taschentuch hervorholen wollte, bevor er sich erhob, um zu gehen, fand er in seiner Tasche zwischen den Kerzen und Zündhölzern, die er in der unzugänglich gewordenen Krypta an sich genommen hatte, ein Stück Papier, das er nicht selber eingesteckt hatte. Es war ein ganz normaler Zettel, offenbar von dem billigen Block in jener Schreckenskammer irgendwo unter der Erde abgerissen, und mit einem ganz gewöhnlichen Bleistift beschrieben – zweifellos dem, der neben dem Block gelegen hatte. Er war sehr achtlos gefaltet und wies, abgesehen von dem etwas scharfen Geruch der kryptischen Kammer, keine Spuren auf, die auf eine Herkunft aus einer anderen Welt hätten schließen lassen. Doch der Text selbst war in der Tat höchst verwunderlich; denn es waren keine Schriftzüge aus einem aufgeklärten Zeitalter, sondern vielmehr die unbeholfenen Zeichen des finsteren Mittelalters, kaum leserlich für die Laien, die sich jetzt angestrengt darüber beugten, doch immerhin Kombinationen von Symbolen enthaltend, die auf vage Art vertraut schienen.

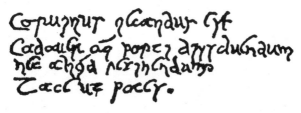

Die schnell hingekritzelte Mitteilung ist hier abgebildet, und ihr Geheimnis gab den beiden Männern ihre Entschlossenheit wieder; unverzüglich gingen sie mit festen Schritten zu Wards Auto hinaus, und der Chauffeur erhielt den Auftrag, sie zunächst in ein ruhiges Gasthaus zum Mittagessen und sodann in die John-Hay-Bibliothek auf dem Hügel zu bringen.

In der Bibliothek waren gute Handbücher der Paläographie schnell gefunden, und über diesen brüteten die beiden Männer, bis der große Kandelaber in abendlichem Glanz erstrahlte. Zu guter Letzt fanden sie, was sie brauchten. Die Buchstaben waren tatsächlich keine phantastische Erfindung, sondern die normale Schrift einer sehr dunklen Epoche. Es waren die spitzigen Minuskeln des achten oder neunten Jahrhunderts nach Christus, und sie weckten Erinnerungen an eine rauhe Zeit, in der sich unter dem noch frischen Anstrich des Christentums uralter Aberglaube und uralte Riten verstohlen regten und der bleiche Mond Britanniens zuweilen auf sonderbare Taten in den römischen Ruinen von Caerleon und Hexhaus und unter den verfallenen Türmen des Hadrianwalls hinabschaute. Der Text war in einem solchen Latein verfaßt, wie es sich bis in ein barbarisches Zeitalter erhalten hatte – »*Corwinus necandus est. Cada-*

ver aq(ua) forti dissolvendum, nec aliq(uid) retinendum. Tace ut potes.« – was ungefähr wie folgt zu übersetzen ist: »Curwen muß getötet werden. Sein Körper muß in Ätzwasser aufgelöst und nichts darf zurückbehalten werden. Schweig, so gut du kannst.«

Willett und Mr. Ward waren sprachlos vor Verwunderung. Sie waren mit dem Unbekannten in Berührung gekommen und spürten, daß ihnen nicht die Gefühle zu Gebote standen, um so zu reagieren, wie sie es aufgrund einer vagen Intuition für richtig gehalten hätten. Besonders Willett war kaum noch fähig, neue beklemmende Eindrücke aufzunehmen, und die beiden Männer blieben reglos und ruhig sitzen, bis sie gehen mußten, weil die Bibliothek geschlossen wurde. Resigniert fuhren sie zu Wards Haus in der Prospect Street und unterhielten sich ziellos bis spät in die Nacht hinein. Der Doktor legte sich gegen Morgen zur Ruhe, doch er ging nicht nach Hause. Und er war noch immer im Haus, als am Sonntagvormittag ein Anruf von den Detektiven kam, die beauftragt worden waren, Dr. Allen ausfindig zu machen.

Mr. Ward, der nervös in einem Morgenmantel auf und ab ging, nahm selbst den Hörer ab und wies die Leute an, am folgenden Tag frühmorgens vorbeizukommen, nachdem er erfahren hatte, daß der Bericht fast fertiggestellt sei. Willett war genauso erfreut wie er, daß die Angelegenheit wenigstens in dieser Hinsicht Gestalt annahm, denn woher auch immer die sonderbare, in Minuskeln verfaßte Botschaft stammen mochte, es schien klar, daß es sich bei jenem »Curwen«, der zu töten sei, nur um den bärtigen, brillentragenden Fremden handeln konnte. Charles hatte diesen Mann gefürchtet und in seiner verzweifelten Nachricht gesagt, er müsse getötet und in Säure aufgelöst werden. Überdies hatte Allen unter dem Namen Curwen Briefe von den merkwürdigen Hexenmeistern aus Europa erhalten und betrachtete sich offenbar als Avatar des verblichenen Nekromanten. Der Zusammenhang war zu deutlich, um bloß Phantasie zu sein; und plante Allen nicht außerdem, Ward auf den Rat einer Kreatur namens Hutchinson hin zu ermorden? Natürlich hatte der Brief, den sie gelesen hatten, den bärtigen Fremden nie erreicht, doch dem Inhalt war zu entnehmen, daß Allen schon Vorkehrungen für den Fall getroffen hatte, daß der junge Mann zu »zimperlich« würde. Allen mußte unbedingt gefaßt werden; und wenn auch die drastischen Anweisungen nicht befolgt wurden, mußte er doch zumindest an einen Ort gebracht werden, von dem aus er Charles nicht mehr schaden konnte.

An diesem Nachmittag fuhren der Vater und der Doktor über die Bucht – entgegen aller Vernunft von der Hoffnung beseelt, wenigstens den Anflug einer Auskunft von dem einzigen Menschen zu bekommen, der sie zu erteilen in der Lage gewesen wäre – und besuchten den jungen Charles in der Irrenanstalt. Mit einfachen, ernsten Worten schilderte Willett ihm alles, was er erlebt hatte, und bemerkte, wie blaß der junge Mann wurde, als jede neue Beschreibung des Doktors ihn mehr von der Wahrheit seines Berichts überzeugte. Der Doktor arbeitete mit soviel dramatischen Effekten, wie er konnte, und er wollte sehen, ob Charles zusammenzucken würde, wenn er auf die verschlossenen Schächte und die namenlosen Kreaturen darin zu sprechen kam. Doch Ward zuckte mit keiner Wimper. Willett hielt inne, und seine Stimme klang empört, als er davon sprach, wie diese Wesen dem Hungertod ausgeliefert seien. Er wollte den jungen Mann durch die Schilderung dieser schockierenden Unmenschlichkeit auf die Probe stellen und schauderte, als dieser ihm nur mit einem sardonischen Lachen antwortete. Denn da er gemerkt hatte, daß es zwecklos war, die Existenz der Krypta abzustreiten, schien Charles die ganze Sache als einen gespenstischen Scherz hinstellen zu wollen; er kicherte heiser über irgend etwas, das ihn zu amüsieren schien. Dann sagte er mit flüsternder und wegen ihrer Rauheit doppelt widerwärtiger Stimme: »Zur Hölle mit ihnen, sie essen ja, aber sie *brauchen* nicht zu essen! Ihr macht mir Spaß! Einen Monat ohne Essen, sagt Ihr? Fürwahr, Sir, Ihr seid bescheiden. Hört zu, ein böser Streich wurde dem guten alten Whipple mit seiner selbstgefälligen Rechtschaffenheit gespielt! Alles umgebracht hätte er, wie? Nun, verdammt will ich sein, halb taub war er von dem Lärm draußen und sah und hörte nichts von den Schächten! Teufel noch mal, *diese verdammten Dinger haben dort unten geheult, seit es Curwen vor hundert Jahren an den Kragen ging!*«

Doch mehr konnte Willett nicht aus ihm herausbekommen. Entsetzt, und trotzdem fast gegen seinen Willen überzeugt, fuhr er in seiner Erzählung fort, in der Hoffnung, irgendeine Einzelheit würde den Zuhörer doch noch aus seiner schwachsinnigen Selbstsicherheit aufrütteln. Wenn er dem jungen Mann ins Gesicht sah, erschrak der

Doktor unwillkürlich über die Veränderungen, die sich in den letzten Monaten vollzogen hatten. Fürwahr, der Junge hatte namenlose Schrecken vom Himmel herabgeholt. Als der Raum mit den Formeln und dem grünlichen Pulver erwähnt wurde, zeigte Charles zum erstenmal eine Regung. Ein spöttischer Ausdruck trat auf sein Gesicht, als er hörte, was Willett auf dem Block gelesen hatte, und er wagte beiläufig zu erklären, dabei handle es sich um alte Notizen, von keinerlei Bedeutung für jemanden, der nicht sehr vertraut mit der Geschichte der Magie sei. »Aber«, so fuhr er fort, »hättet Ihr die Worte gewußt, um das zu beschwören, was ich dort in dem Becher hatte, Ihr wärt nicht hier, um mir davon zu berichten. Es war die Nummer 118, und ich meine, es wäre Euch bange geworden, hättet Ihr in meiner Liste in dem anderen Raum nachgesehen. Ich hab's nie erweckt, doch ich wollte es beschwören an dem Tag, da Ihr kamt, um mich hierher einzuladen.«

Dann erzählte Willett von der Formel, die er gesprochen, und dem grünlich-schwarzen Rauch, der dem Becher entstiegen sei; und dabei bemerkte er zum erstenmal einen Anflug echter Angst auf Charles Wards Gesicht. »Es *kam*, und Ihr seid hier und lebt!« Während Ward diese Worte hervorkrächzte, schien seine Stimme sich fast von ihren Fesseln zu befreien und in hohle Abgründe unheimlicher Resonanz abzusinken. Einer plötzlichen Eingebung folgend, hielt Willett den rechten Augenblick für gekommen, um in seine Antwort eine Warnung einfließen zu lassen, an die er sich aus einem der Briefe erinnerte: »Nummer 118 sagen Sie? Vergessen Sie nicht, *daß die Steine heute in neun von zehn Friedhöfen alle vertauscht sind. Man ist nie sicher, bevor man es nicht probiert hat!*« Und dann holte er ohne Vorwarnung den Zettel mit der Minuskelschrift hervor und schwenkte ihn vor den Augen des Patienten. Er hätte sich keine stärkere Wirkung wünschen können, denn Charles Ward fiel auf der Stelle in Ohnmacht.

Die ganze Unterhaltung war natürlich unter strengster Geheimhaltung geführt worden, um den Nervenärzten im Hause keinen Anlaß zu dem Vorwurf zu geben, sie bestärkten einen Geistesgestörten noch in seinem Wahn. Ununterstützt auch hoben Dr. Willett und Mr. Ward den zusammengebrochenen Patienten auf und legten ihn auf die Couch. Als er allmählich wieder zu sich kam, murmelte Ward immer wieder von einer Nachricht, die er unverzüglich Orne und Hutchinson übermitteln müsse; deshalb sagte Willett ihm, als er wieder ganz bei klarem Bewußtsein schien, daß zumindest eine dieser sonderbaren Kreaturen sein Todfeind sei und Dr. Allen geraten habe, ihn umzubringen. Diese Enthüllung zeitigte keine erkennbare Reaktion, doch auch schon vorher konnten die Besucher sehen, daß ihr Gastgeber das Aussehen eines gehetzten Mannes hatte. Danach wollte er sich nicht mehr mit ihnen unterhalten, so daß die beiden Männer sich sogleich verabschiedeten, nicht ohne noch einmal eine Warnung vor dem bärtigen Allen auszusprechen, worauf der junge Mann nur entgegnete, daß dieser Mensch sich an einem sehr sicheren Ort befände und niemandem ein Leid antun könne, selbst wenn er dies wolle. Diese Worte waren von einem bösartigen unterdrückten Lachen begleitet, das beinahe schmerzlich anzuhören war. Sie machten sich keine Gedanken darüber, ob Charles noch in Korrespondenz mit den beiden Monstren in Europa stünde, denn sie wußten, daß die Leitung der Irrenanstalt alle ausgehende Post zensierte und keine überspannte oder verworrene Nachricht würde passieren lassen.

In der Angelegenheit Orne und Hutchinson gab es jedoch noch ein seltsames Nachspiel, falls es sich bei den exilierten Hexenmeistern tatsächlich um diese beiden handelte. Einer vagen Vorahnung inmitten all der Schrecknisse dieser Zeit folgend, hatte Willett ein internationales Zeitungsausschnittbüro beauftragt, ihm Artikel über aufsehenerregende Verbrechen und Unglücksfälle in Prag und Ost-Transsilvanien zu schicken, und nach sechs Monaten glaubte er, zwei sehr bedeutsame Resultate in den mannigfachen Ausschnitten entdeckt zu haben, die er zugeschickt bekam und übersetzen ließ. Der eine betraf die nächtliche Zerstörung eines Hauses im ältesten Viertel von Prag sowie das Verschwinden eines bösen alten Mannes namens Josef Nadeh, der das Gebäude seit Menschengedenken allein bewohnt hatte. In dem anderen Artikel war die Rede von einer gewaltigen Explosion in den transsilvanischen Bergen östlich von Rakus, durch die das berüchtigte Schloß Ferenczy mit all seinen Bewohnern vom Erdboden getilgt worden sei; der Schloßherr, so hieß es, habe bei Bauern wie auch Soldaten in einem so schlechten Ruf gestanden, daß er in Kürze zu einem strengen Verhör nach Bukarest bestellt worden wäre, hätte nicht vorher diese Katastrophe einer Karriere ein Ende gesetzt, die schon so lange gedauert hatte, daß kein Lebender sich mehr erinnern konnte, wann sie begonnen hatte. Willett beharrt darauf, daß die Hand, die jene Minuskeln schrieb, auch stark genug gewesen sein müsse, schwerere Waffen zu führen; zwar habe der Verfasser dieser Nachricht ihn, Willett, mit der Beseitigung Curwens beauftragt, sich aber andererseits vielleicht in der Lage gefühlt, sich selbst um Orne und Hutchinson zu kümmern. Welches Schicksal die beiden ereilt haben mochte, daran will der Doktor lieber gar nicht denken.

6

Am nächsten Morgen begab Dr. Willett sich eilig zum Haus der Wards um beim Eintreffen der Detektive zugegen zu sein. Er war der Ansicht, daß Allen – oder auch Curwen, wenn man der taktischen Behauptung von der angeblich stattgefundenen Reinkarnation Glauben schenken wollte – um jeden Preis beseitigt oder eingesperrt werden müsse, und er unterrichtete Mr. Ward von dieser seiner Überzeugung, als sie auf die Detektive warteten. Sie saßen diesmal in einem Parterrezimmer, denn die oberen Stockwerke wurden jetzt nach Möglichkeit gemieden, weil sich in ihnen eine ekelerregende Atmosphäre breitgemacht hatte, die von den älteren Dienstboten mit irgendeinem Fluch erklärt wurde, den das verschwundene Porträt Curwens zurückgelassen habe.

Um neun Uhr erschienen die drei Detektive und erstatteten unverzüglich Bericht über alles, was sie herausgefunden hatten. Leider war es ihnen doch nicht gelungen, den Mulatten Tony Gomes aufzuspüren, und auch Dr. Allens Herkunft und derzeitiger Aufenthaltsort waren nach wie vor ein Rätsel, doch sie hatten immerhin eine ganze Reihe von Fakten und Eindrücken über den zurückhaltenden Fremden zusammengetragen. Dr. Allen war den Leuten in Pawtuxet als ein irgendwie unnatürlicher Mensch aufgefallen, und es herrschte Einmütigkeit darüber, daß der dichte, dunkle Bart entweder gefärbt oder falsch sei – eine Ansicht, die vollauf bestätigt worden war, als die Detektive einen solchen falschen Bart sowie eine dunkle Brille in Allens Zimmer in dem schicksalhaften Bungalow gefunden hatten. Seine Stimme, und das konnte Mr. Ward aufgrund seines Telefongesprächs bestätigen, hatte einen tiefen, hohlen Klang gehabt, der unvergeßlich war; und sein Blick war als bösartig empfunden worden, obwohl er seine Augen hinter der dunklen Hornbrille verborgen hatte. Ein Ladenbesitzer hatte einmal bei Verhandlungen ein paar von Allen geschriebene Zeilen zu Gesicht bekommen und erklärt, die Handschrift sei sehr sonderbar und verschnörkelt gewesen; dies war durch Bleistiftnotizen unklaren Inhalts bestätigt worden, die man in seinem Zimmer gefunden und dem Kaufmann zur Identifikation vorgelegt hatte.

Im Zusammenhang mit den empörenden Fällen von Vampirismus im Sommer des Vorjahres waren die meisten Leute der Meinung, Allen und nicht Ward sei der eigentliche Vampir gewesen. Befragt wurden auch die Beamten, die nach der unangenehmen Affäre mit dem Raubüberfall auf den Lastwagen Ward in seinem Bungalow verhört hatten. Sie hatten nicht so viel von den unheimlichen Seiten Dr. Allens bemerkt, ihn aber doch als die beherrschende Figur in dem schattigen Häuschen erkannt. Es war zu dunkel gewesen, um ihn genau zu mustern, doch sie würden ihn wiedererkennen, wenn er ihnen unter die Augen käme. Sein Bart war ihnen komisch vorgekommen, und sie glaubten sich an eine kleine Narbe über seinem rechten Auge zu erinnern. Was die Durchsuchung von Allens Zimmer betraf, so war dabei nichts zutage gefördert worden, außer dem Bart, der Brille und mehreren Zetteln mit Bleistiftnotizen in verschnörkelter Schrift, die Willett sofort als dieselbe erkannte, die er in den alten Manuskripten Curwens sowie in den umfangreichen jüngeren Aufzeichnungen Wards in den nunmehr unzugänglichen Katakomben des Grauens festgestellt hatte. Etwas wie eine tiefe, unerklärliche und heimtückische kosmische Furcht beschlich Dr. Willett und Mr. Ward, während diese Untersuchungsergebnisse nach und nach zur Sprache kamen, und sie zitterten beinahe, als sie den ungeheuerlichen, wahnsinnigen Gedanken weiterspannen, der ihnen beiden gleichzeitig gekommen war. Der falsche Bart und die Brille, die verschnörkelte Handschrift Curwens – das alte Porträt und die winzige Narbe – *und genau dieselbe Narbe auf dem Gesicht des veränderten jungen Mannes in der Heilanstalt*, die tiefe hohle Stimme am Telefon – war sie es nicht, an die Mr. Ward sich erinnert fühlte, wenn sein Sohn dieses bedauernswerte Krächzen ausstieß, das angeblich eine Folge seiner Stimmerkrankung war? Wer hatte jemals Charles und Allen zusammen gesehen? Gewiß, die Beamten, aber wer nach ihnen? Hatte Charles nicht nach Allens Verschwinden plötzlich seine wachsende Angst verloren und von da an ständig im Bungalow gelebt? Curwen – Allen – Ward – was für eine gotteslästerliche und abscheuliche Verschmelzung waren zwei Zeitalter und zwei Personen eingegangen? Diese unheimliche Ähnlichkeit zwischen dem Bild und Charles – hatte es nicht unverwandt herabgestarrt, und war es nicht dem jungen Mann mit den Augen gefolgt, wenn er im Zimmer umherging? Und warum kopierten Allen und Charles beide Joseph Curwens Handschrift, selbst wenn sie allein und unbeobachtet waren? Und dann die furchtbare Arbeit dieser Leute – die unzugängliche Schreckenskrypta, die den Doktor über Nacht hatte altern lassen; die verhungernden Monstren in den stinkenden Gruben; die schreckliche Formel, die zu so unsäglichen Resultaten geführt hatte; die in Minuskelschrift abgefaßte Botschaft in Willetts Tasche; die Papiere und Briefe und all das Gerede von Gräbern und »Salzen« und Entdeckungen – wohin führte das alles? Am Schluß tat Mr. Ward das einzig Vernünftige. Jeden Gedanken an die Folgen seines Tuns beiseite schiebend, gab er den Detektiven einen Gegenstand, mit dem Auftrag, ihn denjenigen Ladenbesitzern in Pawtuxet zu zeigen, die den unheimlichen Dr. Allen gesehen hatten. Dieser Gegenstand war ein Photo seines unglücklichen Sohnes, in das er jetzt sorgsam mit Tinte den schwarzen Spitzbart und die dicke Hornbrille einzeichnete, die die Männer aus Allens Zimmer mitgebracht hatten.

Zwei Stunden lang wartete er mit dem Doktor in dem bedrükkenden Haus, in dem Furcht und Miasma langsam wuchsen, während das leere Paneel in der Bibliothek im oberen Stockwerk blind von der Wand herab starrte und starrte und starrte. Dann kamen die Männer zurück. *Ja, das veränderte Photo stelle ein ganz passables Porträt des Dr. Allen dar.* Mr. Ward wurde bleich, und Willett wischte sich mit dem Taschentuch über die plötzlich feucht gewordene Stirn. Allen – Ward – Curwen – die Sache wurde allmählich zu grauenhaft, als daß man noch einen klaren Gedanken hätte fassen können. Was hatte der Junge aus dem Nichts heraufbeschworen, und was hatte dies ihm angetan? Was war wirklich mit ihm vom Anfang bis zum Ende geschehen? Wer war dieser Allen, der Charles als zu »zimperlich« umzubringen trachtete, und warum hatte sein ausersehenes Opfer im Postskriptum zu seinem verzweifelten Brief geschrieben, er müsse vollständig in Säure aufgelöst werden? Warum hatte weiterhin jene Minuskel-Botschaft, über deren Herkunft niemand nachzudenken wagte, verlangt, daß Curwen auf ebendiese Weise beseitigt werden solle? Worin bestand die *Veränderung*, und wann war sie in die letzte Phase getreten? Jener Tag, an dem Willett den verzweifelten Brief erhielt – er war den ganzen Vormittag nervös gewesen, dann hatte es einen Umschwung gegeben. Er war unbemerkt aus dem Haus geschlichen und, als er wiederkam, hochmütig an den Männern vorbeistolziert, die ihn bewachen sollten. In der Zeit mußte es passiert sein, als er außer Haus war. Doch halt – hatte er nicht entsetzt aufgeschrien, als er sein Arbeitszimmer betrat? – Was hatte er hier gefunden? Oder sollte man fragen – *wer oder was hatte ihn gefunden*? Dieses Trugbild, das mit raschem Schritt ins Haus ging, ohne es vorher verlassen zu haben – war es ein fremder Schatten oder ein Geist gewesen, der sich auf eine zitternde Gestalt stürzte, die überhaupt nicht hinausgegangen war? Hatte nicht der Butler von sonderbaren Geräuschen gesprochen?

Willett klingelte nach dem Mann und stellte ihm mit leiser Stimme ein paar Fragen. Ja, gewiß, es habe sich schrecklich angehört. Verschiedene Geräusche seien zu hören gewesen – ein Schrei, ein Stöhnen, ein Gurgeln und eine Art Klappern oder Quietschen oder Plumpsen oder all dies gleichzeitig. Und Mr. Charles sei nicht der alte gewesen, als er wortlos aus dem Zimmer kam. Der Butler schauderte, während er sprach, und sog schnuppernd die schwere Luft ein, die aus einem offenen Fenster im Stockwerk darüber herabwehte. Das Grauen hatte sich endgültig dieses Hauses bemächtigt, und nur die nüchternen Detektive bemerkten nicht allzuviel davon. Doch auch sie waren unruhig, denn dieser Fall war von einer vagen Hintergründigkeit, die ihnen gar nicht gefiel. Dr. Willett dachte angestrengt nach, und seine Gedanken waren schrecklich. Hin und wieder fing er fast zu stammeln an, während er im Geiste eine neue, erschreckende und zunehmend folgerichtige Kette alptraumhafter Ereignisse durchging.

Dann machte Mr. Ward eine Geste, zum Zeichen, daß die Konferenz beendet sei, und alle außer ihm und dem Doktor verließen den Raum. Es war jetzt Mittag, doch Schatten wie bei Anbruch der Nacht schienen das von Gespenstern heimgesuchte Haus zu umfangen. Willett begann, sehr ernst mit seinem Gastgeber zu sprechen, und drängte ihn, einen Großteil der künftigen Nachforschungen ihm zu überlassen. Man würde, so prophezeite er, auf bestimmte widerwärtige Dinge stoßen, die ein Freund der Familie eher ertragen könne als ein Verwandter. Als Hausarzt müsse er freie Hand haben, und als erstes müsse er sich jetzt eine Zeitlang allein und ungestört in der leeren Bibliothek aufhalten, in der sich um die uralte Täfelung über dem Kamin ein Dunstkreis widerwärtigen Grauens gebildet hatte, abscheulicher noch als zu der Zeit, da die Züge von Joseph Curwen selbst tückisch von dem bemalten Paneel herabgestarrt hatten.

Ganz benommen von der Flut grotesker Morbiditäten und undenkbarer, geistesverwirrender Vermutungen, die von allen Seiten über ihn hereinbrachen, konnte Mr. Ward sich nur einverstanden erklären, und eine halbe Stunde später hatte sich der Doktor in dem ängstlich gemiedenen Raum mit der Täfelung aus Olney Court eingeschlossen. Der Vater, der draußen lauschte, hörte, wie Willett hin und her ging und stöberte und kramte, und schließlich, nachdem einige Zeit verstrichen war, kam ein Krachen und Quietschen, so als sei eine klemmende Schranktür aufgerissen worden. Dann ein erstickter Schrei, ein gurgelndes Stöhnen und ein hastiges Zuschlagen der Tür, die eben erst geöffnet worden war. Fast unmittelbar darauf knirschte der Schlüssel im Schloß, und Willett trat auf den Flur hinaus, verstört und geisterbleich, und verlangte nach Holz für den echten Kamin an der Südwand des Zimmers. Der Ofen reiche nicht aus, sagte er, und das elektrische Kaminfeuer nütze ohnehin nichts. Obwohl er darauf brannte, wagte Mr. Ward nicht, ihm Fragen zu stellen, sondern gab nur die notwendigen Anweisungen, und ein Mann brachte ein paar große Kiefernscheite, schaudernd, als er die von übelriechender Luft erfüllte Bibliothek betrat, um das Holz auf den Rost zu legen. Willett war unterdessen in das ausgeräumte Laboratorium hinaufgegangen und brachte allerlei Kram mit, der bei dem Umzug im Juli des Vorjahres zurückgeblieben war. Die Sachen waren in einem bedeckten Korb, und Mr. Ward erfuhr nie, worum es sich dabei gehandelt hatte.

Sodann schloß sich der Doktor wieder in der Bibliothek ein, und an den Rauchwolken, die aus dem Schornstein kamen und an den Fenstern vorüberzogen, konnte man sehen, daß er Feuer gemacht hatte. Später ließ sich nach lautem Papiergeraschel wieder das Krachen und Quietschen vernehmen, und gleich darauf ein plumpsendes Geräusch, das keinem Ohrenzeugen gefallen wollte. Dann hörte man Willett zweimal unterdrückt aufschreien, und unmittelbar darauf kam ein unendlich widerwärtiges, raschelndes Knistern. Schließlich wurde der Rauch, den der Wind auf den Boden hinabdrückte, sehr dicht und beißend, und alle wünschten sich, das Wetter hätte ihnen die Einnebelung mit giftigem, zum Husten reizendem Qualm erspart. Mr. Ward wurde schwindlig, und die Dienstboten standen alle auf einem Haufen beisammen und sahen zu, wie der gräßliche schwarze Rauch herabquoll. Nach einer Ewigkeit des Wartens schienen die Schwaden sich zu lichten, und hinter der Tür ließen sich undeutliche Geräusche wie von Kratzen, Fegen und anderen kleineren Verrichtungen vernehmen. Schließlich wurde drinnen die Schranktür wieder zugeschlagen und Willett tauchte auf, betrübt, bleich und verstört, auf den Armen den mit einem Tuch bedeckten Korb, den er aus dem Laboratorium geholt hatte. Er hatte das Fenster offengelassen, und frische, reine Luft strömte jetzt reichlich in den bisher mit Abscheu gemiedenen Raum und vermischte sich mit einem neuen merkwürdigen Geruch nach Desinfektionsmitteln. Die alte Täfelung über dem Kamin war noch immer da; doch sie schien jetzt ihrer Bösartigkeit beraubt und sah mit ihren weißen Paneelen so stattlich und harmlos aus, als hätte sie nie das Bild Joseph Curwens getragen. Die Nacht brach an, doch diesmal brachten ihre Schatten keine unbestimmte Furcht, sondern nur sanfte Melancholie. Was er getan hatte, darüber hat der Doktor nie gesprochen. Zu Mr. Ward sagte er: »Ich kann keine Fragen beantworten, aber ich möchte sagen, daß es verschiedene Arten von Magie gibt. Ich habe eine große Säuberung vollbracht. Fortan wird man in diesem Hause besser schlafen.«

7

Daß Dr. Willetts »Säuberung« in ihrer Art eine fast ebenso nervenzerrüttende Prüfung gewesen war wie seine grausige Wanderung durch die verschwundene Krypta, mag man daraus ersehen, daß der ältliche Arzt völlig am Ende seiner Kräfte war, als er an jenem Abend nach Hause kam. Drei Tage lang ruhte er sich in seinem Zimmer aus, obwohl die Dienstboten später flüsternd herumerzählten, sie hätten am Mittwoch nach Mitternacht gehört, wie er vorsichtig die Haustür geöffnet und unglaublich leise wieder zugezogen habe. Glücklicherweise verfügen Dienstboten nur über begrenzte Phantasie, denn sonst hätten sie wohl Verdacht geschöpft, als am Donnerstag im *Evening Bulletin* die folgende Meldung zu lesen war:

Friedhofsschänder vom Nordend wieder am Werk

Zehn Monate nach dem feigen Akt von Vandalismus am Familiengrab der Weedens auf dem Nordfriedhof wurde heute in den frühen Morgenstunden ein Herumtreiber auf demselben Friedhof von Robert Hart, dem Nachtwächter, beobachtet. Als er gegen zwei Uhr morgens zufällig aus seinem Unterstand schaute, bemerkte Hart den Schein einer Laterne oder Taschenlampe im nördlichen Teil des Friedhofs. Er öffnete die Tür und entdeckte die Gestalt eines Mannes mit einem Spaten, der sich deutlich als Silhouette vor dem Schein einer dicht neben ihm stehenden Lampe abzeichnete. Hart, der sofort losrannte, um den Eindringling zu stellen, sah diesen eilends zum Haupteingang davonlaufen. Im nächsten Augenblick hatte der Unbekannte die Straße erreicht und war im Dunkeln verschwunden, bevor Hart sich ihm nähern konnte.

Wie die ersten Friedhofsschänder, die im vorigen Jahr ihr Unwesen trieben, wurde auch dieser Mann überrascht, bevor er Schaden anrichten konnte. Eine leere Stelle neben dem Familiengrab der Wards wies Spuren von leichten Spatenstichen auf, doch offenbar wurde weder versucht, ein Grab auszuheben, noch war ein bestehendes Grab in Mitleidenschaft gezogen.

Hart, der zur Beschreibung des Täters nur angeben kann, daß es sich um einen kleineren Mann handelte, der wahrscheinlich einen

Vollbart trägt, neigt zu der Auffassung, daß ein Zusammenhang zwischen allen drei Vorfällen besteht; die Beamten vom Zweiten Revier sind anderer Meinung, und zwar wegen der ungleich ernsteren Natur des zweiten Vorfalls. Damals war ein sehr alter Sarg ausgegraben und der Grabstein gewaltsam zerstört worden.

Der erste Vorfall, bei dem wahrscheinlich ein Versuch, etwas zu vergraben, vereitelt wurde, ereignete sich im März letzten Jahres; als Täter vermutete man Schmuggler, die ein Versteck suchten. Sergeant Riley äußerte, es sei möglich, daß dieser dritte Fall ähnliche Hintergründe hat. Die Beamten des Zweiten Reviers wollen alles daransetzen, die gewissenlosen Elemente zu fassen, die diese wiederholten Freveltaten begangen haben.

Den ganzen Donnerstag ruhte Dr. Willett sich aus, so als müsse er sich von einer vergangenen Anstrengung erholen oder Kräfte für eine bevorstehende Aufgabe sammeln. Am Abend schrieb er einen Brief an Mr. Ward, der am nächsten Morgen zugestellt wurde und den halb benommenen Vater in langes, angestrengtes Grübeln versinken ließ. Mr. Ward war seit dem Schock des vergangenen Montags mit seinen verblüffenden Berichten und der unheimlichen »Säuberung« nicht in der Lage gewesen, seinen Geschäften nachzugehen, doch in gewisser Weise beruhigte ihn der Brief des Doktors, trotz der Verzweiflung, die er anzukündigen, und trotz der neuen Mysterien, die er zu beschwören schien.

10 Barnes St.,
Providence, R. I.,
12. April 1928

Lieber Theodore!
Ich glaube, ich muß Ihnen ein paar Zeilen schreiben, bevor ich das tue, was ich mir für morgen zu tun vorgenommen habe. Zwar wird damit die furchtbare Sache, die wir durchgemacht haben, ein Ende finden (denn ich ahne, daß wahrscheinlich nie ein Spaten jenen ungeheuerlichen Ort erreichen wird, von dem wir wissen), doch ich fürchte, Sie würden trotzdem Ihren Seelenfrieden nicht wiederfinden, wenn ich Ihnen nicht ausdrücklich erkläre, daß dies der unwiderrufliche, endgültige Schluß sein wird.

Sie kennen mich, seit Sie ein kleiner Junge waren, und deshalb glaube ich, Sie werden mir nicht mißtrauen, wenn ich Ihnen sage, daß manche Dinge besser ungelöst und unerforscht bleiben. Es ist besser, wenn Sie nicht weiter über Charles' Fall nachzugrübeln versuchen, und es ist beinahe unumgänglich, daß Sie seiner Mutter nicht mehr mitteilen, als sie ohnehin schon vermutet. Wenn ich Sie morgen besuche, wird Charles entkommen sein. Das ist alles, war wir im Gedächtnis behalten sollten. Er war geistesgestört, und er entkam. Über diese Geisteskrankheit können Sie seine Mutter nach und nach behutsam aufklären, sobald Sie ihr nicht mehr die mit Maschine geschriebenen Mitteilungen in seinem Namen schicken. Ich würde Ihnen den Rat geben, sie in Atlantic City aufzusuchen und sich selbst eine Weile auszuruhen. Gott weiß, daß Sie das nach diesem Schock genauso nötig haben wie ich selbst. Ich fahre für ein paar Wochen in den Süden, um meine Ruhe und meine Kräfte zurückzugewinnen.

Stellen Sie mir deshalb keine Fragen, wenn ich morgen zu Ihnen komme. Es kann sein, daß etwas schiefgeht, aber in diesem Fall werde ich Sie unterrichten. Es wird keinen Anlaß zur Beunruhigung mehr geben, denn Charles wird in Sicherheit sein – absolut in Sicherheit. Er ist es jetzt schon – mehr, als Sie sich träumen lassen. Sie brauchen sich nicht vor Allen zu fürchten und sich keine Gedanken darüber zu machen, wer oder wo er ist. Er gehört ebensosehr der Vergangenheit an wie Curwens Bild, und wenn ich an der Haustür klingle, können Sie sicher sein, daß es diese Person nicht mehr gibt. Und das Wesen, das jene Botschaft in Minuskelschrift verfaßte, wird niemals Sie oder die Ihren belästigen.

Doch Sie müssen sich gegen die Schwermut wappnen und Ihrer Frau helfen, dasselbe zu tun. Ich muß Ihnen offen sagen, daß Charles' Entkommen nicht bedeutet, daß er Ihnen wiedergegeben wird. Er hat sich eine eigenartige Krankheit zugezogen, was Sie sicherlich schon aufgrund der merkwürdigen physischen wie auch geistigen Veränderungen an ihm vermutet haben, und Sie dürfen nicht hoffen, ihn wiederzusehen. Nur diesen Trost kann ich Ihnen spenden – er war nie ein Besessener oder gar Wahnsinniger, sondern nur ein eifriger, vorwitziger und lernbegieriger Junge, dessen Liebe zum Geheimnisvollen und Vergangenen sein Unglück war. Er stieß auf Dinge, die kein Sterblicher jemals wissen sollte, und er ging so weit in die Vergangenheit zurück, wie niemand es wagen sollte; und irgend etwas kam aus diesen längst vergangenen Jahren, um ihn zu verderben.

Und jetzt komme ich zu der Angelegenheit, in der ich Sie bitten muß, mir mehr als in allen anderen Dingen zu vertrauen. Denn es wird in der Tat keine Ungewißheit über Charles' Schicksal geben. Wenn Sie es für richtig halten, können Sie etwa in einem Jahr eine geeignete Erklärung für sein Verschwinden verbreiten, denn Ihr Sohn wird nicht mehr unter den Lebenden weilen. Sie können ihm auf dem Nordfriedhof auf Ihrer Parzelle einen Grabstein errichten, genau zehn Fuß vom Grab Ihres Herrn Vaters entfernt und an demselben Weg; dort liegt die wirkliche Ruhestätte ihres Sohnes. Sie brauchen auch keine Angst zu haben, daß dieser Stein irgendeiner Abnormität oder einem Wechselbalg gehören wird. Die Asche in diesem Grab wird die von Ihrem eigenen Fleisch und Blut sein – die Asche des wirklichen Charles Dexter Ward, dessen geistige Entwicklung Sie von seiner Kindheit an verfolgt haben – des wirklichen Charles mit dem olivgrünen Leberfleck auf der Hüfte und ohne das schwarze Hexenmal auf der Brust oder die Narbe auf der Stirn. Jenes Charles, der nie etwas wirklich Böses tat und für seine »Zimperlichkeit« mit dem Leben bezahlen mußte.

Das ist alles. Charles wird entkommen sein, und heute in einem Jahr können Sie den Grabstein aufstellen lassen. Fragen Sie mich morgen nicht. Und glauben Sie fest daran, daß die Ehre ihrer alten Familie von nun an unangetastet bleiben wird, so wie sie es zu allen Zeiten in der Vergangenheit gewesen ist.

Mit dem tiefsten Mitgefühl und der Ermahnung zu Tapferkeit, Ruhe und Resignation bin ich stets

Ihr aufrichtiger Freund
Marinus B. Willett

So betrat dann am Freitag, dem 13. April 1928, Marinus Bicknell Willett das Zimmer von Charles Dexter Ward in Dr. Waites privater Heilanstalt auf der Insel Conanicut. Der junge Mann machte zwar keinen Versuch, sich dem Besucher zu entziehen, war aber recht mürrisch gelaunt und schien nicht geneigt, sich in das Gespräch einzulassen, das Willett offensichtlich mit ihm führen wollte. Daß der

Doktor die Krypta entdeckt und darin so furchtbare Dinge erlebt hatte, war natürlich eine neue Quelle der Verlegenheit, so daß beide mit sichtlichem Unbehagen schwiegen, nachdem sie ein paar gezwungene Floskeln ausgetauscht hatten. Und dann schien ein neues Element der Zurückhaltung ins Spiel zu kommen, als Ward auf des Doktors maskenhaft unbewegtem Antlitz einen Ausdruck furchtbarer Entschlossenheit wahrzunehmen schien, den er nie zuvor bemerkt hatte. Der Patient verzagte, denn er wußte, daß sich seit dem letzten Besuch ein Wandel vollzogen hatte, der aus dem umgänglichen Hausarzt einen erbarmungslosen und unversöhnlichen Rächer gemacht hatte.

Ward wurde regelrecht bleich, und der Doktor sprach als erster. »Wir haben«, sagte er, »noch mehr herausgefunden, und ich muß Sie allen Ernstes warnen – es ist Zeit abzurechnen.«

»Wieder mal gegraben und noch mehr verhungernde Tierchen gefunden?« war die ironische Antwort. Offenbar war der junge Mann entschlossen, bis zum Schluß unnachgiebig zu bleiben.

»Nein«, entgegnete Willett bedächtig, »diesmal brauchte ich nicht zu graben. Wir haben Leute auf Dr. Allens Spur gesetzt, und sie haben im Bungalow den falschen Bart und die Brille gefunden.«

»Ausgezeichnet!« rief der beunruhigte Gastgeber mit verletzendem Spott aus, »sicher waren sie kleidsamer als der Bart und die Brille, die Sie tragen!«

»Ihnen hätten sie besser zu Gesicht gestanden«, kam ruhig und unbeirrbar die Antwort, »*was ja wohl tatsächlich auch der Fall war.*« Als Willett dies sagte, schien es fast, als sei die Sonne plötzlich hinter einer Wolke verschwunden; doch die Schatten auf dem Fußboden hatten sich nicht verändert. Ward riskierte viel:

»Das also verlangt so dringend nach einer Abrechnung? Und darf man es nicht für nützlich halten, ab und zu ein zweites Ich zu haben?«

»Nein«, sagte Willett mit Nachdruck, »Sie haben schon wieder unrecht. Es geht mich nichts an, wenn einer zwei Gesichter haben möchte, *vorausgesetzt, er hat überhaupt ein Recht, am Leben zu sein, und vorausgesetzt, er vernichtet nicht denjenigen, der ihn aus dem All heraufbeschworen hat.*«

Hier fuhr Ward heftig zusammen. »Nun denn, Sir, was habt Ihr wirklich gefunden und was wollt Ihr von mir?«

Der Doktor ließ ein wenig Zeit verstreichen, bevor er antwortete, so als suche er nach den richtigen Worten für eine treffende Entgegnung.

»Ich habe«, begann er schließlich, »etwas in einem Schrank hinter einer alten Kaminvertäfelung gefunden, wo früher ein Bild war, und ich habe es verbrannt und die Asche dort beigesetzt, wo das Grab des Charles Dexter Ward sein sollte.«

Der Verrückte rang nach Luft und sprang von seinem Stuhl auf: »Zur Hölle mit Euch, wer hat Euch gesagt – und wer wird Euch glauben, daß er es war, nach vollen zwei Monaten, zumal ich am Leben bin? Was habt Ihr vor?«

Obwohl Willett von kleiner Statur war, hatte die Geste, mit der er den Patienten zum Schweigen brachte, etwas Majestätisches.

»Ich habe keinem etwas gesagt. Das ist kein gewöhnlicher Fall – es ist Wahnsinn aus der Vergangenheit, ein Schrecknis von außerhalb der Sphären, das keine Polizei und kein Rechtsanwalt, kein Gerichtshof und kein Nervenarzt je ergründen oder bekämpfen könnte. Mit Gottes Hilfe hat ein glücklicher Zufall es gefügt, daß mir genug Phantasie erhalten geblieben ist, um diese Sache zu Ende zu denken. *Du kannst mich nicht täuschen, Joseph Curwen, denn ich weiß, daß deine verfluchte Magie Wirklichkeit ist!* Ich weiß, wie du den Zauber ausgeheckt hast, der jenseits von Zeit und Raum weiterschwelte und sich auf deine Doppelgänger und Nachkommen herabsenkte; ich weiß, wie du ihn in die Vergangenheit zurückholtest und ihn dazu brachtest, dich aus deinem verwünschten Grab heraufzubeschwören; ich weiß, wie du dich in seinem Laboratorium verbargst, während du moderne Schriften studiertest und in der Nacht als Vampir dein Unwesen triebst, und wie du dich später mit Bart und Brille zeigtest, damit niemand sich über deine gottlose Ähnlichkeit mit ihm wunderte; ich weiß, was du zu tun beschlossest, als er sich gegen deine monströsen Plünderungen der Gräber der Welt wandte, *und was du danach plantest*, und ich weiß, wie du es getan hast.

Du ließest deinen Bart und die Brille zu Hause und konntest die Wächter am Haus hinters Licht führen. Sie dachten, er sei es, der hineinging, und sie dachten, er sei es, als du herauskamst, nachdem du ihn erdrosselt und versteckt hattest. Aber du hast nicht mit den anderen Ausdrucksformen des menschlichen Geistes gerechnet, du warst ein Narr, Curwen, dir einzubilden, die bloße optische Identität würde ausreichen. Warum hast du nicht an die Sprache und die Stimme und die Handschrift gedacht? Nun ist deine Rechnung doch nicht aufgegangen, siehst du. Du weißt besser als ich, wer oder was jene Botschaft in Minuskeln geschrieben hat, doch ich warne dich, sie wurde nicht vergebens geschrieben. Es gibt Greuel und Blasphemien, die ausgerottet werden müssen, und ich glaube, der Verfasser jener Zeilen wird sich um Orne und Hutchinson kümmern. Eine dieser Kreaturen schrieb dir einmal, erweckt keinen, den Ihr nicht zu bezwingen vermögt. Du wurdest einmal bezwungen, vielleicht auf ebendiese Weise, und es kann sein, daß deine eigene schwarze Magie dich wieder zu Fall bringen wird. Curwen, ein Mensch kann nur bis zu einer bestimmten Grenze der Natur ins Handwerk pfuschen, und jedes Schrecknis, das du ausgeheckt hast, wird sich erheben, um dich auszulöschen.«

Doch hier wurde der Doktor durch einen krampfhaften Schrei der Kreatur vor ihm unterbrochen. Hoffnungslos in die Enge getrieben, waffenlos und wissend, daß auf jede Anwendung physischer Gewalt hin sofort eine ganze Schar von Wächtern dem Doktor zu Hilfe eilen würde, nahm Joseph Curwen Zuflucht zu dem einen uralten Verbündeten und fing an, mit seinen Zeigefingern eine Reihe kabbalistischer Bewegungen zu machen, während seine tiefe, hohle Stimme, jetzt ohne das vorgetäuschte Krächzen, die Anfangsworte einer schrecklichen Formel in den Raum brüllte.

»PER ADONAI ELIOM, ADONAI JEHOVA, ADONAI SABAOTH, METRATON ...« Aber Willett war schneller. Obwohl die Hunde im Hof zu jaulen anfingen, und obwohl ein kalter Wind plötzlich von der Bai herüberwehte, intonierte der Doktor feierlich und gemessen jenen Spruch, den aufzusagen er von Anfang an vorgehabt hatte. Auge um Auge – Zauber gegen Zauber – das Ergebnis würde zeigen, wie gut er seine Lektion in der Krypta gelernt hatte! So sprach also Marinus Bicknell Willett mit klarer Stimme die *zweite* jener beiden Formeln, deren erste den Schreiber jener Minuskeln heraufbeschworen hatte – die kryptische Anrufung, die überschrieben war mit dem Drachenschwanz, dem Zeichen des *absteigenden Knotens*. –

»OGTHROD AI'F
GEB'L – EE'H
YOG – SOTHOTH
'NGAHNG AI'Y
ZHRO!«

Schon bei den ersten Worten aus Willetts Mund verstummte der Patient, der mit seiner Formel eher begonnen hatte. Der Sprache beraubt, schlug das Ungeheuer wild mit den Armen um sich, bis auch diese vom Krampf gelähmt waren. Als der schreckliche Name »*Yog-Sothoth*« ausgesprochen wurde, begann die entsetzliche Verwandlung. Es war nicht einfach eine *Auflösung*, sondern eher eine *Transformation* oder *Rekapitulation*; und Willett schloß die Augen, um nicht in Ohnmacht zu fallen, bevor er die ganze Beschwörungsformel ausgesprochen hatte.

Aber er fiel nicht in Ohnmacht, und jener Mann aus einer unseligen Zeit verbotener Geheimnisse hat nie mehr die Welt heimgesucht. Der Wahnsinn aus der Vergangenheit war in sich zusammengesunken, und der Fall Charles Dexter Ward war abgeschlossen. Als er die Augen aufmachte, bevor er aus dem Zimmer wankte, sah Dr. Willett, daß sein Gedächtnis ihn nicht im Stich gelassen hatte. Es hatte, wie er vorhergesagt, keiner Säure bedurft. Denn gleich seinem Bild ein Jahr zuvor war Joseph Curwen jetzt über den Fußboden verstreut als eine dünne Schicht feinen, bläulich-grauen Staubes.

Die Farbe aus dem All

Westlich von Arkham steigen wild die Berge auf. Dort gibt es Täler mit tiefen Wäldern, an die nie die Axt gelegt wurde. Es gibt dunkle, enge Schluchten, wo Bäume phantastisch überhängen und dünne Rinnsale plätschern, die nie ein Sonnenstrahl erreicht hat. Auf den sanfteren Hängen stehen Bauernhöfe, uralt und klobig, mit geduckten, moosbewachsenen Hütten, die seit Ewigkeiten unter dem Schutz riesiger Felswände die Geheimnisse des alten Neuengland hüten; aber sie stehen jetzt alle leer; die großen Kamine zerbröckeln und die Schindelwände neigen sich bedenklich unter den niedrigen Walmdächern.

Die alteingesessenen Bewohner sind fortgezogen, und Ausländer werden dort nicht heimisch. Franko-Kanadier haben es versucht, Italiener haben es versucht, und die Polen kamen und gingen. Es ist nichts, was man sehen oder hören oder anfassen könnte, es ist etwas, das man sich nur vorstellen kann. Der Ort ist nicht gut für die Phantasie und bringt in der Nacht keine erholsamen Träume. Das muß es sein, was die Ausländer fernhält, denn der alte Ammi Pierce hat ihnen nie von den Dingen aus vergangenen Tagen erzählt, an die er sich erinnert. Ammi, der seit Jahren ein bißchen wirr im Kopf ist, ist der einzige, der nicht fortgezogen ist, der einzige, der jemals von den seltsamen Tagen spricht; er hat nur deshalb den Mut dazu, weil sein Haus so nahe an den offenen Feldern und belebten Straßen rings um Arkham steht.

Früher einmal gab es eine Straße über die Berge und durch die Täler, die dort verlief, wo heute die verfluchte Heide ist; aber die Leute hörten auf, sie zu benützen, und eine neue Straße wurde gebaut, die einen weiten Bogen nach Süden macht. Spuren der alten Straße sind noch immer zu sehen inmitten des wuchernden Unkrauts einer zurückkehrenden Wildnis, und manche von ihnen werden zweifellos auch dann noch nicht verschwinden, wenn das halbe Tal mit dem Wasser des neuen Stausees überflutet sein wird. Dann werden die dunklen Wälder abgeholzt werden und die verfluchte Heide wird tief unter blauen Wassern schlummern, deren Oberfläche den Himmel widerspiegeln und sich im Sonnenlicht kräuseln wird. Und die Geheimnisse der seltsamen Tage werden eins sein mit den Geheimnissen des tiefen Wassers; eins mit den geheimen Sagen vom alten Ozean und allen Mysterien der urzeitlichen Erde.

Als ich in diese Berge und Täler kam, um das Gelände für den neuen Stausee zu vermessen, sagte man mir, daß der Ort verwunschen sei. Man sagte es mir in Arkham, und weil dies eine sehr alte Stadt voller Hexenglauben ist, dachte ich, der böse Zauber müsse etwas sein, was seit Jahrhunderten die Großmütter ihren Enkeln mit flüsternder Stimme erzählt hatten. Die Bezeichnung »verfluchte Heide« schien mir sehr sonderbar und theatralisch, und ich fragte mich, wie sie in das Volksgut eines puritanischen Volkes gekommen war. Dann sah ich selbst dieses Gewirr von Schluchten und Abhängen im Westen der Stadt und wunderte mich nicht mehr über die alten Geheimnisse, die es umgaben. Es war Vormittag, als ich es sah, aber dort lauern ständig dunkle Schatten. Die Bäume standen zu dicht und ihre Stämme waren zu dick für einen gesunden Wald in Neuengland. Es war zu still in den düsteren Gassen zwischen ihnen, und der Boden war zu weich von feuchtem Moos und faulenden Resten aus ungezählten Jahren des Verfalls.

Auf den Lichtungen, meist entlang der ehemaligen Straße, waren kleine Bergbauernhöfe; von manchen standen noch alle Gebäude, von anderen nur ein oder zwei, und manchmal war nur ein einsamer Kamin oder ein fast zugewachsener Keller übriggeblieben. Unkraut und Dornengestrüpp hatten die Herrschaft übernommen, und im Unterholz raschelte es geheimnisvoll von wilden Tieren. Über allem lag ein Schleier von Unrast und Bedrückung; ein Hauch des Unwirklichen und Grotesken, so als sei ein wesentliches Element der Perspektive oder des Wechsels von Licht und Schatten zerstört. Ich wunderte mich nicht, daß die Ausländer nicht bleiben wollten, denn dies war keine Gegend, in der man ruhig schlafen konnte. Sie ähnelte zu sehr einer Landschaft von Salvator Rosa, zu sehr einem unheimlichen Holzschnitt aus einer Geistergeschichte.

Aber all dies war nicht so schlimm wie die verfluchte Heide. Ich spürte es im selben Augenblick, als ich im Grund eines weiten Tales auf sie stieß; denn keine andere Erscheinung hätte zu einem solchen

Namen gepaßt, und kein anderer Name hätte zu einer solchen Erscheinung gepaßt. Es war, als hätte ein Dichter diese Wendung geprägt, nachdem er dieses Stück Land gesehen hatte. Es mußte, so überlegte ich, von einem Brand verwüstet worden sein; aber warum war danach nichts mehr auf diesem fünf Morgen großen, grauen Ödland gewachsen, das sich offen dem Himmel darbot wie ein großer, von einer Säure kahlgefressener Fleck inmitten der Wälder und Äcker? Es lag zum größten Teil nördlich der alten Straße, aber an einer Stelle griff es auch auf die andere Seite über. Ich fühlte ein seltsames Widerstreben, mich ihm zu nähern, und tat es schließlich nur, weil ich es in Erfüllung meines Auftrags überqueren mußte. Es gab auf diesem breiten Streifen keinerlei Vegetation, sondern nur feinen grauen Staub, der wie Asche aussah und den niemals ein Windstoß aufzuwirbeln schien. Die Bäume auf allen Seiten waren kränklich und verkrüppelt, und viele tote Stümpfe standen oder lagen am Rand. Als ich so hastig darüberging, sah ich zu meiner Rechten die zerborstenen Ziegeln und Steine eines alten Kamins und eines Kellers und den gähnenden schwarzen Rachen eines verlassenen Brunnens, über dessen abgestandenem Wasser die Luft sonderbar flimmernd mit den Sonnenstrahlen spielte.

Sogar der lange, dunkle Waldabhang auf der anderen Seite schien freundlich im Vergleich zu dieser Wüste, und ich wunderte mich nicht mehr über das furchtsame Geflüster der Leute von Arkham. Ich hatte in der Umgebung kein Haus und keine Ruine gesehen; selbst in früherer Zeit mußte die Gegend einsam und verlassen gewesen sein. Und in der Dämmerung scheute ich mich, nochmals an diesem Ort vorüberzugehen, und zog den Umweg auf der nach Süden ausweichenden Straße vor. Ich hatte den undeutlichen Wunsch, es möchten ein paar Wolken aufziehen, denn eine merkwürdige Angst vor dem offenen Himmel über mir hatte sich in meine Seele geschlichen.

Am Abend befragte ich die Leute in Arkham über die verfluchte Heide und die Bedeutung des Ausdrucks »seltsame Tage«, den viele so verstohlen gebrauchten. Ich bekam jedoch keine klaren Antworten, erfuhr aber, daß die mysteriösen Ereignisse längst nicht so weit zurücklagen, wie ich gedacht hatte. Die Sache entsprang keineswegs irgendwelchen alten Legenden, sondern hatte sich zu Lebzeiten der

Menschen ereignet, die darüber sprachen. Es war in den achtziger Jahren passiert, und eine Familie war verschwunden oder ums Leben gekommen. Keiner wollte so recht mit der Sprache heraus; und weil alle mir sagten, ich sollte nicht auf die verrückten Erzählungen des alten Ammi hören, suchte ich ihn am nächsten Morgen auf; ich hatte gehört, daß er alleine in einer alten, verfallenden Hütte wohnte, dort wo der dichte Wald anfing. Es war ein bedrückend altes Anwesen, und es strömte jenen schwach giftigen Geruch aus, der sich in Häusern festzusetzen pflegt, die schon sehr lange stehen. Der alte Mann hörte mich erst nach anhaltendem Klopfen, und an der Art, wie er furchtsam zur Tür schlurfte, konnte ich erkennen, daß er nicht gerade begeistert war, mich zu sehen. Er war nicht so hinfällig, wie ich erwartet hatte; aber seine Augen blickten müde zu Boden, und seine schmuddeligen Kleider und der ungepflegte, weiße Bart ließen ihn sehr heruntergekommen und elend aussehen.

Ich wußte nicht recht, wie ich das Gespräch beginnen sollte, und schützte geschäftliches Interesse vor; ich erzählte ihm von meinen Vermessungen und stellte ihm belanglose Fragen über den Distrikt. Er war viel gescheiter und gebildeter, als man mir hatte einreden wollen, und bevor ich es recht bemerkte, war er ebensogut über mein Vorhaben im Bilde wie irgendein anderer, mit dem ich in Arkham darüber gesprochen hatte. Er war überhaupt nicht wie die anderen Bauern, mit denen ich in anderen Gegenden, in denen Stauseen errichtet werden sollten, zusammengetroffen war. Von ihm kamen keine Proteste über die Meilen alter Wälder und fruchtbaren Akkerlandes, die ausgelöscht werden sollten, aber vielleicht nur deshalb nicht, weil sein Grundstück nicht auf dem Gebiet des zukünftigen Stausees lag. Erleichterung war die einzige Regung, die er erkennen ließ; Erleichterung über den Untergang der dunklen Täler, die er sein Leben lang durchstreift hatte. Es war besser, daß sie jetzt unter Wasser stehen würden – jetzt, nach den seltsamen Tagen. Und als er dies vorausgeschickt hatte, senkte er seine heisere Stimme, während er sich vorbeugte und eindrucksvoll seinen zittrigen rechten Zeigefinger erhob.

Und dann hörte ich die Geschichte, und während er mit kratziger, flüsternder Stimme weitschweifig erzählte, schauderte ich immer wieder trotz des sommerlichen Wetters. Oft mußte ich den Sprecher wieder auf den rechten Weg bringen, wenn er den Faden verloren hatte, mußte wissenschaftliche Einzelheiten ergänzen, die er nur unvollständig in papageiengleich nachgeplapperter Gelehrtensprache hervorbrachte, und Lücken ausfüllen, wenn sein Sinn für Logik und Zusammenhang ihn im Stich ließ. Als er geendet hatte, verstand ich, warum er ein bißchen wunderlich geworden war und die Leute von Arkham nicht gerne über die verfluchte Heide sprachen. Ich hastete vor Einbruch der Dämmerung zu meinem Hotel zurück, weil ich nicht den offenen Sternenhimmel über mir haben wollte; und am folgenden Tag kehrte ich nach Boston zurück, um meine Stellung zu kündigen. Nie mehr würde ich einen Fuß in dieses Chaos aus Wäldern und Bergen setzen oder mich in der Nähe jener verfluchten Heide aufhalten, wo der schwarze Brunnen neben den zerborstenen Mauerresten sich in gähnende Tiefen öffnet. Der Stausee wird jetzt bald gebaut werden, und all die alten Geheimnisse werden für immer tief unter den Wassermassen begraben liegen. Aber selbst dann würde ich wahrscheinlich nicht gerne bei Nacht in dieser Gegend umherstreifen; jedenfalls nicht, wenn die unheimlichen Sterne am Himmel stehen; und nichts könnte mich dann dazu bringen, das Wasser aus der neuen Versorgungsanlage in Arkham zu trinken.

Angefangen, sagte der alte Ammi, hatte alles mit dem Meteoriten. Davor hatte es seit der Zeit der Hexenprozesse keine düsteren Legenden gegeben, und selbst diese Wälder im Westen waren nicht halb so gefürchtet wie die kleine Insel im Miskatonic, auf der der Teufel Hof hielt, neben einem kuriosen Steinaltar, der älter war als die Indianer. Es seien keine verwunschenen Wälder gewesen, und ihre phantastische Dunkelheit sei bis zu den seltsamen Tagen nie furchteinflößend gewesen. Dann sei diese weiße Wolke um die Mittagszeit gekommen, diese Kette von Explosionen und diese Rauchsäule über dem Tal weit drinnen im Wald. Und in der Nacht hatte ganz Arkham den großen Stein gehört, der vom Himmel fiel und sich neben dem Brunnen auf Nahum Gardners Grundstück in die Erde bohrte. Das war das Haus, das an der Stelle stand, wo später die verfluchte Heide entstehen sollte – das schmucke, weiße Haus von Nahum Gardner mit seinen fruchtbaren Obst- und Gemüsegärten.

Nahum war in die Stadt gegangen, um den Leuten von diesem Stein zu erzählen, und hatte unterwegs bei Ammi Pierce hereingeschaut. Ammi war damals vierzig gewesen, und all die seltsamen Dinge waren ihm noch frisch im Gedächtnis. Er und seine Frau waren mit den drei Professoren der Miskatonic-Universität mitgegangen, die am nächsten Morgen hinausgeeilt waren, um den unheimlichen Besucher aus unbekannten, interstellaren Räumen zu besichtigen; sie alle hatten sich gewundert, warum Nahum am Abend zuvor den Stein als so groß beschrieben hatte. Er sei geschrumpft, sagte Nahum, und zeigte auf den großen, bräunlichen Hügel über der aufgerissenen Erde und das versengte Gras neben dem antiken Wippbaum an seinem Ziehbrunnen; aber die weisen Männer antworteten, daß Steine nicht schrumpfen. Er strahlte noch immer Hitze aus, und Nahum erklärte, in der Nacht habe er schwach geglommen. Die Professoren klopften ihn mit einem Geologenhammer ab und entdeckten, daß er merkwürdig weich war. Er war tatsächlich so weich, daß er fast geknetet werden konnte; und die Probe, die sie zur Untersuchung ins College mitnehmen wollten, mußten sie eher herausstechen als abschlagen. Sie legten sie in einen alten Eimer aus Nahums Küche, denn sogar das kleine Stück wollte nicht abkühlen. Auf dem Rückweg machten sie bei Ammi Rast und schienen nachdenklich zu werden, als Mrs. Pierce sie darauf hinwies, daß der Klumpen kleiner wurde und den Boden des Eimers durchbrannte. Sie gaben zu, daß er ziemlich klein sei, aber vielleicht hätten sie ein kleineres Stück mitgenommen, als sie geglaubt hätten.

Am Tag darauf – all das geschah im Juni '82 – waren die Professoren in höchster Aufregung wiedergekommen. Als sie an Ammis Haus vorüberkamen, erzählten sie ihm, wie merkwürdig die Probe sich verhalten habe und wie sie sich in Nichts aufgelöst habe, als sie sie in ein Becherglas getan hatten. Auch das Becherglas hatte sich aufgelöst, und die weisen Männer sprachen davon, der seltsame Stein habe eine Affinität für Silikon. Er hatte in dem wohlgeordneten Laboratorium ganz unglaublich reagiert: Er hatte sich überhaupt nicht verändert und keine adsorbierten Gase gezeigt, als er über Holzkohle erhitzt worden war; er hatte in der Boraxperle völlig negativ reagiert und sich bald als völlig unverdampfbar bei jeder Temperatur herausgestellt, einschließlich der des Knallgasgebläses. Auf einem Amboß hatte er sich als hochgradig verformbar erwiesen, und in der Dunkelheit hatte er auffallend geleuchtet. Da er sich kein bißchen abkühlte, war bald das ganze College in höchste Aufregung geraten; und als er vor dem Spektroskop erhitzt worden war und farbige Streifen gezeigt hatte, die von den normalen Spektralfarben völlig verschieden waren, hatte ein hektisches, atemloses Gerede über neue Elemente, bizarre optische Eigenschaften und andere Dinge eingesetzt, von denen Männer der Wissenschaft gewöhnlich sprechen, wenn sie sich dem Unbekannten gegenübersehen.

Da er so heiß war, wurde er in einem Schmelztiegel mit allen erdenklichen Reagenzien getestet. Wasser bewirkte nichts. Dasselbe Ergebnis bei Salzsäure. Salpetersäure und sogar Königswasser zischten und spritzten nur ohnmächtig gegen seine sengende Unverletzlichkeit an. Ammi hatte Schwierigkeiten, sich an all diese Dinge zu erinnern, erkannte aber einige Lösungsmittel wieder, als ich sie in der gebräuchlichen Reihenfolge der Anwendung erwähnte. Man hatte es mit Ammoniak und Ätznatron, Alkohol und Äther, mit ekelerregendem Schwefelkohlenstoff und einem Dutzend anderer Mittel probiert; aber obwohl das Gewicht ständig abnahm und der Brocken sich leicht abzukühlen schien, war in den Lösemitteln keine Veränderung festzustellen, die darauf hingewiesen hätte, daß sie die Substanz auch nur im geringsten angegriffen hatten. Es war aber ohne Zweifel ein Metall. Denn zum einen war der Brocken magnetisch; und nach dem Eintauchen in die Säuren schien er schwache Spuren der Widmänstattschen Figuren aufzuweisen, die auf Meteoreisen gefunden worden waren. Als die Abkühlung weiter fortgeschritten war, wurden die weiteren Versuche in Gläsern vorgenommen; und in einem Becherglas bewahrten die Professoren auch all die Splitter auf, in die sie das ursprüngliche Fragment während der Arbeit zerkleinert hatten. Am nächsten Morgen waren Becherglas wie auch Splitter spurlos verschwunden, und nur ein verkohlter Fleck markierte die Stelle auf der Holzplatte, auf der sie gestanden hatten.

Das alles erzählten die Professoren Ammi, als sie vor seiner Tür stehengeblieben waren, und wieder ging er mit ihnen, um den steinernen Boten von den Sternen anzuschauen, während seine Frau zu Hause blieb. Diesmal war er deutlich geschrumpft, und sogar die nüchternen Professoren konnten nicht an der Wahrheit dessen zweifeln, was sie sahen. Rings um den braunen Klumpen neben dem Brunnen war freier Raum, außer an den Stellen, wo Erde nachgerutscht war; und während er am Vortag gut sieben Fuß im Durchmesser gehabt hatte, waren es jetzt kaum noch fünf. Er war noch immer heiß, und die Weisen studierten neugierig seine Oberfläche, während sie mit Hammer und Meißel eine neue, größere Probe entnahmen. Diesmal meißelten sie tiefer, und als sie die Probe herausbrachen, bemerkten sie, daß der Kern des Klumpens nicht ganz homogen war.

Sie hatten etwas freigelegt, das wie die Seite einer großen, gefärbten Kugel aussah, die in die umhüllende Substanz eingebettet war. Die Farbe, die einigen der Bänder in dem sonderbaren Spektrum des Meteors ähnelte, war fast nicht zu beschreiben; und man konnte sie eigentlich nur aufgrund einer Analogie als Farbe bezeichnen. Die Kugel glänzte, und durch leichtes Klopfen stellte man fest, daß sie spröde und hohl zu sein schien. Einer der Professoren versetzte ihr einen scharfen Schlag mit dem Hammer, worauf sie mit einem kurzen, leisen Knall zersprang. Es trat nichts aus, und das Ding war verschwunden, als wäre es nie dagewesen. Es hinterließ eine kugelförmige Aushöhlung von etwa drei Zoll Durchmesser, und alle hielten es für wahrscheinlich, daß noch andere solche Kugeln entdeckt werden würden, wenn die umhüllende Substanz sich allmählich auflöste.

Aber solche Vermutungen waren müßig; nach vergeblichen Versuchen, durch Anbohrungen weitere Kugeln zu entdecken, kehrten die Professoren mit ihrem neuen Probestück in die Stadt zurück, es erwies sich jedoch im Laboratorium als genauso widerspenstig wie sein Vorgänger. Abgesehen davon, daß es ebenso leicht zu verformen, heiß und magnetisch war, daß es leuchtete, sich in konzentrierten Lösungen leicht abkühlte, ein unbekanntes Spektrum hatte, sich an der Luft auflöste und Silikonzusammensetzungen mit dem Resultat gegenseitiger Zerstörung angriff, besaß es keinerlei identifizierende Eigenschaften; und am Ende ihrer Untersuchungen mußten die Wissenschaftler sich eingestehen, daß sie den Stein nicht einordnen konnten. Er war nicht von dieser Erde, sondern ein Bestandteil des unendlichen Alls, und besaß als solcher außerirdische Eigenschaften, die außerirdischen Gesetzen gehorchten.

In dieser Nacht gab es ein Gewitter, und als die Professoren am nächsten Tag zu Nahums Haus hinausgingen, erlebten sie eine herbe

Enttäuschung. Der Stein, magnetisch wie er war, mußte irgendeine besondere elektrische Eigenschaft gehabt haben; denn er hatte »den Blitz angezogen«, wie Nahum sagte, und zwar mit einzigartiger Beharrlichkeit. Sechsmal innerhalb einer Stunde sah der Farmer den Blitz in die Vertiefung in seinem Vorgarten schlagen, und als das Gewitter vorüber war, befand sich neben dem alten Wippbaum nichts mehr außer einer zerrissenen Grube, halb verschüttet durch nachgerutschte Erde. Grabungen hatten sich als zwecklos erwiesen, und die Wissenschaftler stellten fest, daß der Stein vollständig verschwunden war. Der Mißerfolg war total; es blieb also nichts übrig, als ins Laboratorium zurückzugehen und die Untersuchungen an dem dahinschwindenden Probestück fortzusetzen, das in einem Bleibehälter aufbewahrt wurde. Dieses Stück blieb eine Woche lang erhalten, an deren Ende man nichts Neues herausgefunden hatte. Als es sich aufgelöst hatte, war keine Spur mehr von ihm vorhanden, und nach einiger Zeit waren die Professoren sich nicht mehr sicher, ob sie wirklich mit eigenen Augen diesen geheimnisvollen Zeugen außerirdischer Räume gesehen hatten, diese einzelne, unheimliche Botschaft aus anderen Universen und anderen Systemen von Materie, Kraft und Existenz.

Natürlich stellten die Arkhamer Zeitungen mit Hilfe der College-Professoren den Vorfall groß heraus und schickten Reporter zu Nahum Gardner und seiner Familie. Schließlich entsandte auch eine Bostoner Zeitung einen Korrespondenten, und Nahum wurde bald eine lokale Berühmtheit. Er war ein magerer, freundlicher Mann von etwa fünfzig und lebte mit seiner Frau und seinen drei Söhnen auf der hübschen Farm in dem Tal. Er und Ammi besuchten sich oft gegenseitig, ebenso ihre Frauen; und Ammi wußte nach all den Jahren nur Gutes von ihm zu berichten. Er schien ein wenig stolz über das Aufsehen, das er erregt hatte, und sprach in den folgenden Wochen oft von dem Meteoriten. Der Juli und der August waren heiß, und Nahum arbeitete hart, um das Heu von seinen zehn Morgen Weideland jenseits von Chapmans Bach einzubringen, und sein klappriger Karren grub tiefe Furchen in die schattigen Wege zwischen seinem Haus und den Wiesen. Die Arbeit ermüdete ihn mehr als in früheren Jahren, und er glaubte zu spüren, daß sein Alter ihm allmählich zu schaffen machte.

Dann kam die Zeit der Obsternte. Die Birnen und Äpfel wurden langsam reif, und Nahum erzählte überall, daß seine Obstbäume besser gediehen als je zuvor. Die Früchte wuchsen zu phänomenaler Größe und ungewohntem Glanz heran, und es waren so viele, daß Nahum zusätzlich Körbe bestellte, um die bevorstehende Ernte bewältigen zu können. Aber mit der Reife kam herbe Enttäuschung, denn trotz all der glänzenden Pracht war nicht ein Bissen genießbar. In das Aroma der Birnen und Äpfel hatte sich ein bitterer, zum Erbrechen reizender Beigeschmack gemischt, so daß selbst kleinste Bissen einen lange anhaltenden Abscheu hervorriefen. Mit den Melonen und Tomaten war es dasselbe, und Nahum mußte betrübt feststellen, daß seine ganze Ernte verdorben war. Er war um eine Erklärung nicht verlegen und behauptete sogleich, der Meteorit habe den Boden vergiftet; und er dankte Gott, daß die meisten seiner Felder auf dem Berggrundstück und neben der Straße lagen.

Der Winter kam früh und war bitterkalt. Ammi sah Nahum nicht so oft wie früher und bemerkte, daß er besorgt aussah. Auch seine Familie schien wortkarg geworden zu sein und erschien längst nicht mit der gewohnten Regelmäßigkeit in der Kirche oder bei den verschiedenen geselligen Zusammenkünften in der Umgebung. Für diese Zurückhaltung oder Niedergeschlagenheit war kein Grund zu entdecken, obwohl alle Mitglieder der Familie hin und wieder über einen verschlechterten Gesundheitszustand und ein vages Gefühl der Beunruhigung klagten. Nahum selbst äußerte sich am deutlichsten von allen, indem er erklärte, er sei beunruhigt über gewisse Fußspuren im Schnee. Es waren die gewohnten Winterspuren von roten Eichhörnchen, weißen Kaninchen und Füchsen, aber der grüblerische Farmer beteuerte, irgend etwas an der Anordnung der Spuren sei nicht in Ordnung. Er ging nie auf Einzelheiten ein, schien aber der Meinung zu sein, daß die Spuren nicht so typisch für die Anatomie und die Gewohnheiten von Eichhörnchen und Kaninchen und Füchsen waren, wie sie sein sollten. Ammi hörte sich diese Berichte teilnahmslos an, bis er eines Nachts in seinem Schlitten auf dem Rückweg von Clark's Corners an Nahums Haus vorbeifuhr. Der Mond hatte geschienen, und ein Kaninchen war über die Straße gerannt, und die Sprünge dieses Kaninchens waren länger, als Ammi und seinem Pferd lieb sein konnte. Das Pferd war beinahe durchgegangen, und Ammi hatte scharf die Zügel anziehen müssen, um es zum Stehen zu bringen. Danach nahm Ammi Nahums Erzählungen ernster und fragte sich, warum die Hunde der Gardners jeden Morgen zitternd und mit eingezogenem Schwanz herumliefen. Sie hatten, so stellte sich heraus, fast nicht mehr den Mut zu bellen.

Im Februar waren die McGregor-Jungen aus Meadow Hill auf Murmeltierjagd gegangen, und nicht weit von Nahums Haus hatten sie ein sehr sonderbares Exemplar erbeutet. Die Proportionen des Körpers schienen auf eine seltsame, unbeschreibliche Weise verändert, während das Gesicht einen Ausdruck hatte, den man nie zuvor bei einem Murmeltier gesehen hatte. Die Jungen waren richtig erschrocken und warfen das Ding auf der Stelle weg, so daß die Leute der Umgebung nur aus ihren Erzählungen von diesem grotesken Tier erfuhren. Aber daß in der Nähe von Nahums Haus die Pferde scheuten, war inzwischen allgemein bekannt, und abergläubisches Gerede machte die Runde.

Die Leute beschworen, daß der Schnee um Nahums Haus schneller schmolz als anderswo, und Anfang März gab es in Potters Laden in Clark's Corners eine beklommene Diskussion. Stephen Rice war in der Frühe am Haus der Gardners vorbeigefahren und hatte gesehen, daß aus dem feuchten Boden am Waldrand jenseits der Straße Stinkende Zehrwurz wuchs. Nie waren so riesige Exemplare dieser Pflanze gesehen worden, und sie hatten so seltsame Farben gehabt, daß man es nicht beschreiben konnte. Ihre Form war grotesk gewesen, und die Pferde hatten geschnaubt wegen eines Geruchs, den Stephen als völlig unnormal empfunden hatte. Am selben Nachmittag fuhren mehrere Personen zu der angegebenen Stelle, um die abnormen Pflanzen anzuschauen, und sie waren übereinstimmend der Meinung, daß Gewächse dieser Art in einer normalen Welt nicht wachsen dürften. Die verdorbenen Früchte vom letzten Herbst wurden immer wieder erwähnt, und es ging von Mund zu Mund, daß Nahums Boden vergiftet sei. Natürlich war der Meteorit schuld; und weil sie sich erinnerten, wie merkwürdig die Leute vom College den Stein gefunden hatten, sprachen einige Farmer mit ihnen über die Angelegenheit.

Eines Tages besuchten sie Nahum; da sie aber keinen Hang zu abenteuerlichen Geschichten und Legenden hatten, waren sie in ihren Schlußfolgerungen sehr vorsichtig. Die Pflanzen waren natürlich sehr merkwürdig, aber die Stinkende Zehrwurz hatte fast immer seltsame Formen und Farben. Vielleicht hatte irgendein Mineral aus dem Stein die Erde durchdrungen und würde bald herausgewaschen sein. Und was die Spuren und die scheuenden Pferde anging, so handelte es sich dabei natürlich nur um Gerede, das man nach dem Einschlag eines Meteorsteins fast mit Sicherheit erwarten konnte. Für ernsthafte Männer gab es in solchen Fällen wilden Tratsches nicht viel zu tun, denn man wußte ja, daß die abergläubischen Bauern alles glaubten und weitererzählten. Und so hielten sich während der ganzen seltsamen Tage die Professoren verachtungsvoll fern. Nur einer von ihnen erinnerte sich anderthalb Jahre später, als er zwei Fläschchen mit Staub für die Polizei analysieren sollte, daß die kuriose Farbe dieser Stinkenden Zehrwurz fast dieselbe gewesen war wie die Spektralfarbe des Meteor-Bruchstückes und wie die Farbe der kleinen Kugel, die man in dem vom Himmel gefallenen Stein gefunden hatte. Die Analyse dieser Staubproben zeigte zunächst dasselbe seltsame Spektrum, aber später verlor sich diese Eigenschaft.

Die Bäume um Nahums Haus trieben verfrüht Knospen, und in der Nacht schwankten sie unheimlich im Wind. Nahums zweiter Sohn Thaddeus, ein Bursche von fünfzehn Jahren, schwor, daß sie sich auch dann bewegten, wenn es windstill war; aber das glaubten nicht einmal die Klatschweiber. Dennoch lag zweifellos Unruhe in der Luft. Die ganze Familie Gardner nahm die Gewohnheit an, verstohlen zu lauschen, obwohl sie nicht wußten, worauf sie lauschten. Dieses angestrengte Horchen schien tatsächlich seinen Ursprung eher in solchen Momenten zu haben, in denen sie plötzlich nicht mehr bei vollem Bewußtsein waren. Solche Augenblicke traten leider von Woche zu Woche immer häufiger auf, so daß es schließlich zu einer geläufigen Redensart wurde, daß »mit Nahums Leuten irgendwas nicht ganz in Ordnung« sei. Als der frühe Steinbrech sich zeigte, hatte auch er eine seltsame Farbe; nicht genau dieselbe wie die Zehrwurz, aber offensichtlich von ähnlicher Tönung und ebenso unbekannt für jeden, der sie sah. Nahum brachte einige Blüten nach Arkham und zeigte sie dem Chefredakteur der *Gazette*, aber diese Respektsperson schrieb nur einen witzigen Artikel darüber, in dem die dunklen Ängste des Landvolkes einer höflichen Lächerlichkeit preisgegeben wurden. Es war ein Fehler von Nahum gewesen, einem arroganten Städter davon zu erzählen, wie die Trauermantelschmetterlinge sich verhielten, wenn sie in die Nähe des Steinbrechs kamen.

Im April ergriff eine Art Irrsinn die Leute in der Umgebung, und zu der Zeit begannen sie die an Nahums Haus vorbeiführende Straße zu meiden, bis sie sie schließlich überhaupt nicht mehr benutzten. Es lag an der Vegetation. Alle Obstbäume in Nahums Garten blühten in sonderbaren Farben, und aus der steinigen Erde im Hof und der angrenzenden Weide wuchs eine Pflanze, die nur ein Botaniker mit der normalen Flora dieser Gegend hätte in Verbindung bringen können. Keine vernünftigen, gesunden Farben waren zu sehen, außer am Gras und den Blättern der Bäume; aber überall fanden sich diese hektischen, prismatischen Varianten eines zugrundeliegenden, krankhaften Farbtons, die nicht der Skala der auf der Erde vorkommenden Färbungen angehörten. Der Doppelsporn entwickelte sich zu einem bedrohlichen Gewächs, und die Blutwurz beleidigte mit einer wahrhaft perversen Färbung das Auge. Ammi und Gardner glaubten, daß ihnen die meisten dieser Farben auf irritierende Weise bekannt vorkamen; sie erinnerten sie an die spröde Kugel in dem Meteorstein. Nahum pflügte und säte seine zehn Morgen Weideland und die höhergelegenen Äcker, ließ aber die Felder um sein Haus brachliegen. Er wußte, daß es keinen Zweck haben würde, und hoffte, die Gewächse dieses Sommers würden alles Gift aus dem Boden ziehen. Er war jetzt beinahe auf alles gefaßt und hatte sich an das Gefühl gewöhnt, daß in seiner Nähe irgend etwas darauf wartete, gehört zu werden. Daß die Nachbarn sein Haus mieden, ging ihm natürlich sehr nahe; aber noch schwerer traf es seine Frau. Die Jungen waren besser daran, weil sie den ganzen Tag in der Schule waren; aber auch sie waren von dem Gerede eingeschüchtert. Thaddeus, ein besonders sensibler Bursche, litt am meisten.

Im Mai kamen die Insekten, und Nahums Anwesen wurde zu einem von summenden und kriechenden kleinen Ungeheuern wimmelnden Alptraum. Die meisten der Insekten waren in Aussehen und Bewegung recht unnormal, und wie sie sich in der Nacht verhielten, widersprach jeder Erfahrung. Die Gardners fingen an, in der Nacht

Ausschau zu halten – planlos nach allen Richtungen, ohne zu wissen, wonach sie Ausschau hielten. In diesen Nächten merkten sie alle, daß Thaddeus recht gehabt hatte mit dem, was er über die Bäume erzählt hatte. Mrs. Gardner war die nächste, die es vom Fenster aus beobachtete, während sie die verdickten Ahornäste vor dem mondhellen Himmel ansah. Kein Zweifel, die Zweige bewegten sich, und es war völlig windstill. Es mußte der Saft sein. Ein böser Zauber lag in allen Gewächsen. Doch es war niemand aus Nahums Familie, der die nächste Entdeckung machte. Gewöhnung hatte sie abgestumpft, und was sie nicht sahen, entdeckte ein furchtsamer Windmüller aus Bolton, der eines Nachts ahnungslos am Schauplatz der gespenstischen Ereignisse vorbeifuhr. Was er in Arkham erzählte, stand am nächsten Morgen in der *Gazette*; und erst aus dieser kurzen Meldung erfuhren es die Bauern – und auch Nahum. Die Nacht war finster und der Schein der Wagenlaternen schwach gewesen, aber in der Nähe einer Farm in einem Tal – bei der es sich nur um Nahums Anwesen handeln konnte – war die Dunkelheit nicht so dicht gewesen. Denn die ganze Vegetation, ob Gras, Blatt oder Blüte, schien schwach, aber deutlich erkennbar, zu phosphoreszieren; einen Augenblick lang schien es außerdem, als tanze ein aus dieser Lumineszenz entstandenes Irrlicht im Hof vor der Scheune herum.

Bisher war das Gras verschont geblieben, und die Kühe grasten friedlich auf der Weide beim Haus; aber gegen Ende Mai begann die Milch schlecht zu werden. Nahum ließ daraufhin die Kühe auf die höhergelegenen Wiesen treiben, und das Übel schien behoben. Nicht lange danach war die Veränderung am Gras und den Blättern der Bäume nicht mehr zu übersehen. Alles Grüne wurde grau und fühlte sich merkwürdig spröde an. Ammi war jetzt der einzige, der noch zu Nahum ging, aber auch seine Besuche wurden immer seltener. Während der Schulferien waren die Gardners praktisch von der Welt abgeschnitten und ließen sich manchmal von Ammi ihre Besorgungen machen. Sie versagten auf merkwürdige Weise sowohl physisch als auch geistig, und niemand wunderte sich, als die Neuigkeit von Mrs. Gardners Geistesgestörtheit die Runde machte.

Es passierte im Juni, ungefähr am Jahrestag des Meteoriteneinschlags, und die bedauernswerte Frau schrie vor Entsetzen über Dinge in der Luft, die sie nicht beschreiben konnte. Ihr Gestammel enthielt kein einziges präzises Hauptwort, sondern nur Verben und Pronomen. Dinge bewegten sich und änderten sich und flatterten umher, und die Ohren gellten ihr von Schwingungen, die keine richtigen Töne waren. Irgend etwas würde ihr weggenommen – irgend etwas würde aus ihr herausgesaugt – es dränge sich ihr etwas auf, das nicht sein dürfe – jemand müsse es wegtun – nachts sei nichts ruhig – die Wände und Fenster bewegten sich. Nahum brachte sie nicht in die Distrikts-Heilanstalt, sondern ließ sie im Haus herumlaufen, solange sie sich und den anderen keinen Schaden zufügte. Sogar als ihr Gesichtsausdruck sich veränderte, unternahm er nichts. Erst als die Jungen sich vor ihr zu fürchten begannen und Thaddeus fast in Ohnmacht gefallen war über die Fratzen, die sie ihm schnitt, entschloß er sich, sie in die Dachkammer zu sperren. Als es Juli wurde, sprach sie kein Wort mehr und kroch auf allen vieren, und bevor der Monat zu Ende gegangen war, bemerkte Nahum, daß sie in der Dunkelheit jenen schwachen phosphoreszierenden Schimmer hatte, den er inzwischen auch selbst zweifelsfrei an den Pflanzen rings um sein Haus festgestellt hatte.

Kurz zuvor waren die Pferde durchgegangen. Irgend etwas hatte sie in der Nacht aufgeschreckt, und sie hatten im Stall fürchterlich gewiehert und gestampft. Sie waren durch nichts zu beruhigen, und als Nahum die Stalltür öffnete, sprengten sie alle hinaus wie verprellte Waldhirsche. Es dauerte eine Woche, bis alle vier wiedergefunden waren, aber es zeigte sich, daß sie sich nicht mehr dirigieren ließen und zu nichts mehr nütze waren. In ihren Köpfen war irgend etwas zersprungen, und sie mußten alle den Gnadenschuß bekommen. Nahum borgte sich von Ammi ein Pferd für die Heuernte, mußte aber feststellen, daß es nicht in die Nähe der Scheune ging. Es scheute, schlug aus und wieherte, und schließlich konnte er nichts anderes tun, als es in den Hof zu treiben und mit seinen Söhnen den schweren Heuwagen selbst so nahe an die Scheune zu ziehen, daß sie mit den Gabeln den Heuboden erreichten. Und während der ganzen Zeit wurden die Pflanzen grau und spröde. Sogar die Blumen, die zunächst so sonderbare Farben hatten, wurden jetzt grau, und das Obst war grau und verschrumpelt und ohne Geschmack. Die Astern und Goldruten blühten grau und verkümmerten, und die Rosen und Zinnien im Vorgarten boten einen so widerwärtigen Anblick, daß

Nahums ältester Sohn Zenas sie abschnitt und wegwarf. Die aufgeblähten Insekten starben, und sogar die Bienen verließen ihre Stöcke und flogen in den Wald.

Als der September ins Land ging, zerfiel die gesamte Vegetation schnell zu grauem Staub, und Nahum befürchtete, daß die Bäume absterben würden, bevor das Gift aus dem Boden war. Seine Frau hatte jetzt grauenhafte Schreikrämpfe, und er und seine Söhne litten ständig unter einer nervösen Spannung. Sie wichen jetzt den anderen Leuten aus, und als die Schule wieder anfing, gingen die Jungen nicht hin. Aber es war Ammi, der als erster bei einem seiner seltenen Besuche merkte, daß das Brunnenwasser nicht mehr in Ordnung war. Es hatte einen schlechten Geschmack, der aber nicht eigentlich faulig oder salzig war, und Ammi riet seinem Freund, weiter oben einen Brunnen zu graben und dessen Wasser zu verwenden, bis der Boden wieder gut sein würde. Nahum aber ignorierte den gutgemeinten Rat, denn er war inzwischen gleichgültig gegen sonderbare und unangenehme Dinge geworden. Er und seine Söhne verwendeten weiter das verpestete Wasser und tranken es genauso lustlos und mechanisch, wie sie ihr kärgliches, schlecht zubereitetes Mahl zu sich nahmen und ihren undankbaren, eintönigen Arbeiten während des sinnlos verstreichenden Tages nachgingen. Dumpfe Resignation lag über ihnen allen, als gingen sie halb in einer anderen Welt durch ein Spalier namenloser Wächter einem sicheren und schon erahnten Verderben entgegen.

Thaddeus verlor im September während eines Gangs zum Brunnen den Verstand. Er war mit dem Eimer losgegangen und mit leeren Händen zurückgekehrt, schreiend und mit den Armen um sich schlagend, und verfiel ab und zu in ein albernes Gekicher über »die beweglichen Farben dort unten«. Zwei in einer Familie waren ein harter Schlag, aber Nahum trug es mit Fassung. Er ließ den Jungen noch eine Woche frei herumlaufen, bis er zu stolpern und sich zu verletzen begann, und sperrte ihn dann in ein Dachzimmer, das dem seiner Mutter gegenüberlag. Die Art, wie die beiden sich abwechselnd über den Gang hinweg etwas zuschrien, war grauenhaft, besonders für den kleinen Merwin, der sich einbildete, sie sprächen dabei eine furchtbare Sprache, die nicht von dieser Erde war. Merwin bekam immer schrecklichere Phantasievorstellungen, und seine Rastlosigkeit verschlimmerte sich, nachdem sein Bruder, der sein bester Spielkamerad gewesen war, eingeschlossen worden war.

Fast um dieselbe Zeit begann das Sterben unter den Haustieren. Das Geflügel wurde grau und verendete schnell, das Fleisch erwies sich als trocken und stank, wenn es zerschnitten wurde. Die Schweine wurden abnorm fett und machten dann abstoßende Veränderungen durch, die niemand erklären konnte. Ihr Fleisch war natürlich ungenießbar, und Nahum war am Ende seiner Weisheit. Die ländlichen Tierärzte weigerten sich, auf seinen Hof zu kommen, und der städtische Tierarzt aus Arkham konnte seine Verblüffung nicht verbergen. Die Schweine wurden grau und spröde, bevor sie verendeten, und ihre Augen und Rüssel wiesen einzigartige Mißbildungen auf. Es war völlig unerklärlich, denn sie hatten nie Futter bekommen, das auf dem vergifteten Boden gewachsen war. Dann waren die Kühe an der Reihe. Bestimmte Partien oder manchmal der ganze Körper wurden erbarmungslos ausgedörrt oder zusammengepreßt, und entsetzliche Zusammenbrüche oder Zersetzungen waren meistens die Folge. Im letzten Stadium – und der Ausgang war immer tödlich – wurden sie grau und spröde, genau wie es zuvor mit den Schweinen passiert war. Von Vergiftung konnte keine Rede sein, denn all dies vollzog sich in einem sauberen, verschlossenen Stall. Auch Bisse von herumschleichenden wilden Tieren kamen nicht in Frage, denn welches lebende Tier konnte solide Hindernisse durchdringen? Es mußte eine natürliche Krankheit sein – doch welche Krankheit solche Folgen zeitigen konnte, überstieg alle menschliche Vorstellungskraft. Als die Erntezeit kam, war kein einziges lebendes Tier mehr auf dem Hof, denn Kühe, Schweine und Geflügel waren tot, und die Hunde waren ausgerissen. Diese Hunde, drei an der Zahl, waren alle in einer Nacht verschwunden und nie mehr gesehen worden. Die fünf Katzen waren schon früher davongelaufen, aber ihr Fehlen wurde kaum bemerkt, weil es auch keine Mäuse mehr gab und nur Mrs. Gardner eine Vorliebe für diese grazilen Tiere gehabt hatte.

Am neunzehnten Oktober kam Nahum mit einer schrecklichen Nachricht in Ammis Haus getaumelt. Der Tod hatte den armen Thaddeus in seiner Dachkammer ereilt, und er war in einer Gestalt gekommen, die man nicht schildern konnte. Nahum hatte auf dem eingefriedeten Stück Boden hinter dem Haus, das als Familiengrabstätte ausersehen war, ein Grab geschaufelt und das hineingelegt, was er gefunden hatte. Es konnte nichts von draußen gekommen sein, denn das kleine, vergitterte Fenster und die verschlossene Tür waren unversehrt; aber es war fast dasselbe wie in den Ställen gewesen. Ammi und seine Frau trösteten den gebrochenen Mann, so gut sie konnten, aber sie schauderten dabei. Blanker Terror schien allem anzuhaften, was um die Gardners war und was sie berührten, und die bloße Anwesenheit eines solchen Menschen im Haus war wie ein Hauch aus namenlosen unnennbaren Regionen. Ammi begleitete Nahum mit dem größten Widerstreben nach Hause und tat sein Bestes, um den hysterisch schluchzenden kleinen Merwin zu beruhigen. Zenas bedurfte nicht solchen Trostes. Seit einiger Zeit schon tat er nichts anderes mehr, als ins Leere zu starren und gehorsam auszuführen, was sein Vater ihm auftrug; und Ammi dachte, daß sein Schicksal gnädig mit ihm sei. Hin und wieder erhielten Merwins Schreie eine schwache Antwort aus dem Dachgeschoß, und auf einen fragenden Blick hin sagte Nahum, seine Frau werde zusehends schwächer. Als der Abend anbrach, stahl sich Ammi davon; denn nicht einmal seine freundschaftlichen Gefühle konnten ihn dazu bringen, an diesem Ort zu bleiben, wenn das schwache Leuchten der Vegetation begann und die Bäume sich womöglich biegen würden, obwohl kein Wind ging. Es war Ammis Glück, daß er nicht mehr Phantasie besaß. Selbst bei diesem Stand der Dinge blieb er beinahe ungerührt; aber wäre er imstande gewesen, über all die bösen Omen nachzudenken und sie miteinander in Verbindung zu bringen, er hätte rettungslos den Verstand verlieren müssen. In der Dämmerung hastete er nach Hause, und die Schreie der geistesgestörten Frau und des hysterischen Kindes gellten ihm furchtbar in den Ohren.

Drei Tage darauf kam Nahum frühmorgens in Ammis Küche gestürzt und berichtete vor Verzweiflung stammelnd über ein neues Unglück; Mrs. Pierce – Ammi war gerade nicht zu Hause – lauschte ihm mit wachsendem Entsetzen. Diesmal ging es um den kleinen Merwin. Er war verschwunden. Er war spät abends mit einem Eimer und einer Laterne zum Brunnen gegangen und nicht zurückgekehrt. Schon seit Tagen war er völlig außer sich gewesen und hatte kaum gewußt, was er tat; bei der geringsten Kleinigkeit hatte er zu kreischen angefangen. Als Nahum plötzlich einen gellenden Schrei aus dem Vorgarten gehört hatte, war er zur Tür gestürzt, hatte aber keine Spur mehr von dem Jungen entdeckt. Kein Lichtschein von der Laterne war zu sehen, und das Kind selbst war verschwunden. In diesem Augenblick dachte Nahum noch, die Laterne und der Eimer seien auch verschwunden; aber als er im Morgengrauen von seiner stundenlangen Suche in Wäldern und Wiesen zurückkehrte, fand er ein paar äußerst merkwürdige Dinge neben dem Brunnen. Dort lag ein zusammengepreßter und offenbar teilweise geschmolzener Metallklumpen, der zweifellos einmal eine Laterne gewesen war; und nicht weit davon schienen ein verbogener Henkel und plattgedrückte eiserne Ösen, alles stark angeschmolzen, auf die Überreste des Eimers hinzudeuten. Das war alles. Nahum war längst darüber hinaus, noch irgendwelche Vermutungen anzustellen, Mrs. Pierce war ratlos, und auch Ammi wußte keine Erklärung, als er zurückkam und die schreckliche Neuigkeit erfuhr. Merwin war verschwunden, und es würde keinen Zweck haben, es den Leuten der Umgebung zu sagen, die mittlerweile alle Gardners ängstlich mieden. Ebenso zwecklos würde es sein, die Leute in Arkham zu informieren, da sie ohnehin nur über die ganze Geschichte lachten. Thaddeus war verschwunden, und jetzt war auch noch Merwin verschwunden. Irgend etwas kroch und kroch und wartete darauf, gesehen und gehört zu werden. Auch er, Nahum, würde bald dahingehen, und er bat Ammi, sich um seine Frau und Zenas zu kümmern, falls sie ihn überlebten. Es müsse wohl alles eine Strafe Gottes sein, obwohl er sich nicht vorstellen könne, wofür; denn zeit seines Lebens sei er ein gottesfürchtiger Mann gewesen.

Über zwei Wochen lang sah und hörte Ammi nichts von Nahum; besorgt, wie es ihm gehen mochte, überwand er schließlich seine Angst und fuhr zu ihm hinaus. Aus dem großen Kamin stieg kein Rauch auf, und einen Augenblick lang befürchtete der Besucher das Schlimmste. Die ganze Farm sah schreckenerregend aus – graues, vertrocknetes Gras und Laub bedeckten die Erde, und die Kletterpflanzen lösten sich in sprödem Zerfall von den uralten Mauern und Giebeln. Große, kahle Bäume schienen sich mit ostentativer Bosheit dem grauen Novemberhimmel entgegenzustrecken, und Ammi konnte sich nicht des Gefühls erwehren, daß die Zweige sich leicht nach oben gekrümmt hatten. Doch Nahum war gottlob noch am

Leben. Er war schwach und lag auf einer Bank in der niedrigen Küche, doch er war bei vollem Bewußtsein und konnte Zenas noch einfache Befehle erteilen. Der Raum war eiskalt; und als Ammi sichtlich fröstelte, rief sein Gastgeber mit heiserer Stimme nach seinem Sohn, er solle Holz nachlegen. Und Holz war wirklich bitter nötig, denn der tiefe Kamin war kalt und leer, und der eisige Wind, der durch den Schornstein kam, blies ab und zu eine Rußwolke in den Raum. Gleich darauf fragte Nahum, ob es jetzt von den nachgelegten Scheiten schon wärmer würde, und da wurde Ammi klar, wie es um ihn stand. Auch das stärkste Seil war jetzt gerissen, und die Seele des unglücklichen Farmers war gegen neue Sorgen gefeit.

Auf seine taktvollen Fragen erhielt Ammi keinerlei klare Auskünfte über den vermißten Zenas. »Im Brunnen, er lebt im Brunnen –«, war alles, was der umnachtete Farmer hervorbrachte. Plötzlich kam dem Besucher der Gedanke an Nahums geistesgestörte Frau, und er lenkte seine Befragung vorsichtig auf dieses Thema. »Nabby? Na, hier ist sie doch!« war die überraschte Antwort des armen Nahum, und Ammi sah ein, daß er selber nachsehen mußte. Er ließ den harmlosen Schwätzer auf der Couch zurück, nahm die Schlüssel von einem Nagel neben der Tür und erklomm die knarrenden Stiegen zum Dachgeschoß. Dort oben war die Luft furchtbar muffig und übelriechend, und kein Laut war zu hören. Von den vier Türen war nur eine verschlossen, und an deren Schloß probierte er die Schlüssel aus, die er von unten mitgebracht hatte. Der dritte Schlüssel erwies sich als der richtige, und nach kurzem Rütteln stieß Ammi die niedrige, weiße Tür auf.

Drinnen war es ziemlich düster, denn das Fenster war klein und wurde noch von dem groben Holzgitter verdunkelt; Ammi sah überhaupt nichts auf dem aus breiten Dielen bestehenden Fußboden. Der Gestank war unerträglich, und bevor er weiter hineinging, mußte er sich erst noch einmal in einen anderen Raum zurückziehen und seine Lungen mit halbwegs frischer Luft füllen. Als er schließlich hineinging, sah er etwas in der Ecke, und als er es genauer betrachtete, schrie er entsetzt auf. Während er noch schrie, glaubte er zu sehen, wie eine Wolke für einen Augenblick das Fenster verdunkelte, und eine Sekunde später fühlte er, daß etwas wie ein Pesthauch an seinem Gesicht entlangstrich. Seltsame Farben tanzten vor seinen Augen, und wäre er nicht von dem gegenwärtigen Entsetzen so benommen gewesen, so hätte er an die Kugel in dem Meteoriten gedacht, die der Geologenhammer zerbrochen hatte, und an die makabren Pflanzen, die im Frühjahr aus der Erde sproßten. So aber dachte er nur an das blasphemische Monstrum, dem er gegenüberstand und das nur allzu offensichtlich das unsagbare Schicksal des jungen Thaddeus und der Haustiere geteilt hatte. Aber das Haarsträubende an diesem Ungeheuer war, daß es sich langsam und sichtbar bewegte, während es sich weiter auflöste.

Ammi berichtete mir über keine weiteren Einzelheiten dieser Szene, aber die Gestalt in der Ecke tauchte in seiner Erzählung nicht mehr als bewegliches Objekt auf. Es gibt Dinge, über die man nicht spricht, und was aus verständlichem Mitleid begangen wird, erfährt manchmal eine grausame Beurteilung durch das Gesetz. Ich folgerte, daß Ammi nichts Bewegliches in dieser Dachkammer zurückließ und daß jede andere Handlungsweise einer Untat gleichgekommen wäre, die mit ewiger Verdammnis hätte bestraft werden müssen. Außer einem unerschütterlichen Bauern hätte niemand diesen Anblick ertragen können, ohne den Verstand zu verlieren, aber Ammi ging im Vollbesitz seiner geistigen Kräfte durch diese niedrige Tür und schloß das abscheuliche Geheimnis hinter sich ein. Er mußte sich jetzt um Nahum kümmern; der mußte gefüttert und versorgt und an einen Ort gebracht werden, an dem man ihn pflegen konnte.

Als er die Treppe hinabzusteigen begann, hörte Ammi von unten einen dumpfen Fall. Er glaubte sogar, ein Schrei sei plötzlich erstickt worden, und dachte an den widerwärtigen Luftstrom, der in jenem schrecklichen Raum an ihm vorbeigestrichen war. Welche Erscheinung hatte er mit seinem Schrei und seinem Eindringen aufgestört? Durch ein vages Angstgefühl gelähmt, blieb er stehen und vernahm noch weitere Geräusche von unten. Es hörte sich an, als würde ein schwerer Gegenstand herumgeschleift, und außerdem war da ein abscheulich schmatzendes, saugendes Geräusch. Mit fieberhaft übersteigerter Einbildungskraft dachte er unwillkürlich an das, was er oben gesehen hatte. Großer Gott! In welche unheimliche Traumwelt war er geraten? Er wagte weder vorwärts noch rückwärts zu gehen und stand zitternd in der dunklen Biegung der engen Treppe. Jede kleinste Einzelheit brannte sich ihm ins Gedächtnis. Die Geräusche, das Gefühl einer schrecklichen Vorahnung, die Dunkelheit, die Steilheit der Treppe – und, gerechter Himmel! – die schwache, aber unübersehbare Lumineszens aller sichtbaren Holzteile, ob Stufen, Wandverkleidung, Leisten oder Balken.

Dann brach Ammis vor dem Haus stehendes Pferd in ein wildes Wiehern aus, dem gleich darauf ein Getrappel folgte, das auf eine überstürzte Flucht schließen ließ. Im nächsten Augenblick waren Pferd und Wagen außer Hörweite und überließen den Mann auf der Treppe seinen Vermutungen darüber, was sie verjagt haben mochte. Aber das war noch nicht alles. Es war noch ein anderes Geräusch von draußen gekommen. Eine Art Platschen – Wasser –, es mußte der Brunnen gewesen sein. Er hatte Hero, ohne ihn anzubinden, neben dem Brunnen stehengelassen, und ein Rad des Wägelchens mußte den gemauerten Rand gestreift und einen Stein hineingestoßen haben. Und noch immer leuchtete fahl das abscheulich alte Holz. Gott, wie alt dieses Haus war! Der größte Teil vor 1670 erbaut, und das Walmdach nicht später als 1730. Ein schwaches Kratzen war jetzt deutlich vom Fußboden im Erdgeschoß zu vernehmen, und Ammis Faust schloß sich um einen Prügel, den er im Dachgeschoß zu irgendeinem Zweck an sich genommen hatte. Er riß sich zusammen, stieg die restlichen Stufen hinab und ging beherzt in die Küche. Aber er ging nicht so weit, wie er vorgehabt hatte, denn was er suchte, war nicht mehr an seinem Platz. Es war ihm entgegengekommen und war in gewisser Weise noch immer lebendig. Ob es gekrochen oder von irgendwelchen äußeren Kräften über den Boden geschleift worden war, konnte Ammi nicht feststellen; aber der Tod hatte es angerührt. Alles war in der letzten halben Stunde passiert, aber es war schon sehr grau geworden, zusammengefallen und zersetzt. Es war fürchterlich spröde, und trockene Schuppen sprangen ab. Ammi konnte es nicht berühren, sondern blickte nur entsetzt in die verzerrte Fratze, die einmal ein Gesicht gewesen war. »Was war es, Nahum – was war es?« flüsterte er, und die gespaltenen, hervortretenden Lippen waren gerade noch imstande, ihre letzte Antwort zu geben.

»Nichts... nichts... die Farbe... sie brennt... kalt und feucht, aber sie brennt... sie hat im Brunnen gesteckt... ich hab sie gesehen... eine Art von Rauch... grad wie die Blumen letztes Frühjahr... der Brunnen hat geleuchtet in der Nacht... Thad und Merwin und Zenas ... alles, was gelebt hat ... aus allem das Leben rausgesaugt ... in dem Stein ... es muß in dem Stein gekommen sein ... den ganzen Grund vergiftet ... ich weiß nicht, was es will ... das runde Ding, das die Männer vom College aus dem Stein gegraben haben ... sie haben's zerbrochen ... es war dieselbe Farbe ... genau dieselbe, grad wie die Blumen und Pflanzen ... müssen ein paar gewesen sein ... Samen ... Samen ... sie sind gewachsen ... hab's erst diese Woche wieder gesehn ... muß Zena arg gepackt haben ... war ein starker Junge, so lustig ... bricht dir den Verstand und dann kriegt's dich ... verbrennt dich ... im Brunnenwasser ... hast recht gehabt ... böses Wasser ... Zenas is nich vom Brunnen wiedergekommen ... kannst nich loskommen ... zieht dich ... du weißt, irgendwas kommt, hat aber keinen Zweck ... hab's immer wieder gesehen, seit Zenas weg is ... Nabby, Ammi? ... mein Kopf is so schwer ... weiß nich, wann ich sie zuletzt gefüttert hab ... es wird sie kriegen, wenn wir nich aufpassen ... nur 'ne Farbe ... ihr Gesicht hat manchmal die Farbe am Abend ... und es brennt und saugt ... es is von woher gekommen, wo die Sachen nich so sind wie hier ... einer von den Professoren hat's gesagt ... er hat recht gehabt ... paß auf, Ammi, es wird noch mehr tun ... saugt das Leben aus ...«

Aber das war alles. Was eben noch gesprochen hatte, konnte nicht mehr sprechen, weil es völlig in sich zusammengefallen war. Ammi breitete ein rotkariertes Tischtuch über das, was übriggeblieben war, und rannte durch die Hintertür auf die Felder hinaus. Er stieg den Abhang zu dem zehn Morgen großen Grund hinauf und wankte über die nördliche Straße und durch die Wälder nach Hause. Er konnte nicht an diesem Brunnen vorbeigeben, von dem sein Pferd weggerannt war. Er hatte durch das Fenster nach ihm geschaut und festgestellt, daß kein Stein aus der Einfassung herausgebrochen war. Also hatte der schleudernde Wagen doch nichts weggerissen – das Platschen mußte etwas anderes gewesen sein – irgend etwas, das in den Brunnen gefahren war, als es mit dem armen Nahum fertig war ...

Als Ammi zu Hause ankam, waren Pferd und Wagen schon längst da und hatten seine Frau in die ärgste Besorgnis gestürzt. Er beruhigte sie, ohne ihr etwas zu erklären, und machte sich sogleich auf den Weg nach Arkham und unterrichtete die Behörden davon, daß es die

Familie Gardner nicht mehr gab. Er ging nicht auf Einzelheiten ein, sondern berichtete nur von Nahums und Nabbys Tod – daß Thaddeus gestorben war, wußte man schon – und fügte hinzu, daß die Todesursache wahrscheinlich dieselbe merkwürdige Krankheit gewesen sei, der der gesamte Tierbestand zum Opfer gefallen war. Er erwähnte auch, daß Merwin und Zenas verschwunden waren. Auf dem Polizeirevier stellte man ihm eingehende Fragen, und schließlich mußte Ammi drei Polizeibeamte sowie den Leichenbeschauer, den Amtsarzt und den Tierarzt, der die kranken Tiere behandelt hatte, zu Nahums Haus begleiten. Er ging nur sehr widerwillig mit, denn der Nachmittag war schon fortgeschritten, und er fürchtete, die Nacht könnte sie an diesem fluchbeladenen Ort überraschen; aber es war ein gewisser Trost, daß so viele Leute mitgingen.

Die sechs Männer fuhren in einer offenen Kutsche hinter Ammis Wagen her, und sie erreichten das von der Pest heimgesuchte Haus gegen vier Uhr. Obwohl die Beamten schaurige Erlebnisse gewöhnt waren, blieb keiner ungerührt beim Anblick dessen, was sie in der Dachkammer und unter dem rotkarierten Tischtuch auf dem Fußboden im Parterre fanden. Das ganze Aussehen der Farm in ihrer grauen Verlassenheit war schrecklich genug, aber diese beiden zerfallenden Objekte waren kaum zu ertragen. Keiner konnte sie länger ansehen, und sogar der Arzt mußte zugeben, daß es nur wenig zu untersuchen gab. Natürlich konnten Proben untersucht werden, also beschäftigte er sich damit, sie zu entnehmen – und hier wäre anzufügen, daß später noch ein rätselhaftes Nachspiel in dem College-Laboratorium stattfand, wohin die zwei Gläschen Staub schließlich gebracht worden waren. Unter dem Spektroskop zeigten beide Proben ein unbekanntes Spektrum, dessen erstaunliche Bänder fast völlig jenen glichen, die im Jahr zuvor an dem seltsamen Meteor festgestellt worden waren. Nach einem Monat verschwand diese Fähigkeit der Proben, und sie bestanden danach im wesentlichen nur noch aus alkalischen Phosphaten und Karbonaten.

Ammi hätte den Männern gar nichts über den Brunnen gesagt, wenn er damit gerechnet hätte, daß sie gleich an Ort und Stelle etwas unternehmen würden. Die Sonne würde bald untergehen, und er wollte auf keinen Fall noch länger bleiben. Aber er konnte es nicht verhindern, daß er immer wieder ängstlich zu der gemauerten Einfassung neben dem großen Wippbaum hinübersah, und als ihn einer der Polizeibeamten fragte, gab er zu, daß Nahum sich vor etwas gefürchtet hatte, was er dort unten wähnte – so sehr, daß er nicht im entferntesten daran gedacht hatte, nach Merwin und Zenas zu suchen. Jetzt gab es für die Männer kein Halten, der Brunnen mußte sofort entleert und untersucht werden, so daß Ammi zitternd zusehen mußte, wie Eimer für Eimer fauligen Wassers hochgezogen und auf die bald durchtränkte Erde neben dem Brunnen ausgeschüttet wurde. Die Männer waren von dem Geruch der Flüssigkeit angeekelt und hielten sich zum Schluß die Nasen zu vor dem entsetzlichen Gestank, den sie aufdeckten. Es dauerte nicht so lange, wie sie befürchtet hatten, da das Wasser erstaunlich seicht war. Es ist nicht notwendig, allzu genau zu beschreiben, was sie fanden. Merwin und Zenas lagen beide dort drinnen, jedenfalls Teile von ihnen, und die entdeckten Reste waren hauptsächlich Skelettknochen. Außerdem fand man einen kleinen Hirsch und einen Hund, beide in demselben Zustand, sowie eine Anzahl von Knochen kleinerer Tiere. Der glitschige Schlamm am Grund schien merkwürdig durchlässig und von Blasen durchsetzt zu sein, und einer der Männer, der sich an einem Strick hinabließ und mit einer langen Stange darin herumstocherte, fand keinen festen Grund, so tief er auch stieß.

Die Dämmerung war jetzt hereingebrochen, und Laternen wurden aus dem Haus geholt. Als es sich dann herausstellte, daß der Brunnen keine weiteren Geheimnisse preisgeben würde, gingen sie alle ins Haus und konferierten in der uralten Wohnstube, während das flackernde Licht eines gespenstischen Halbmondes die graue Trostlosigkeit vor den Fenstern fahl beleuchtete. Die Männer waren offensichtlich ratlos, was sie von dem ganzen Fall halten sollten, und konnten kein einleuchtendes Verbindungsglied zwischen dem seltsamen Zustand der Vegetation, der unbekannten Krankheit der Menschen und Tiere und dem unerklärlichen Tod von Merwin und Zenas in dem vergifteten Brunnen entdecken. Sie wußten natürlich von den Gerüchten, die in der ganzen Umgebung in Umlauf waren, aber sie wollten nicht glauben, daß etwas geschehen war, das den Naturgesetzen widersprach. Kein Zweifel, der Meteor hatte den Boden vergiftet, aber die Krankheit der Menschen und Tiere, die nichts gegessen hatten, was auf diesem Boden gewachsen war, stand auf einem anderen Blatt. War es das Brunnenwasser? Sehr gut möglich. Es würde sich lohnen, es zu analysieren. Aber welche eigenartige Geistesschwäche konnte die beiden Jungen dazu gebracht haben, in den Brunnen zu springen? Sie hatten sich so gleichartig verhalten – und die Überreste zeigten, daß sie beide den grauen, spröden Tod erlitten hatten. Warum war alles so grau und spröde?

Der Leichenbeschauer, der an dem Fenster zum Vorgarten saß, bemerkte als erster das Leuchten um den Brunnen. Es war inzwischen vollends Nacht geworden, und rings um das Haus schien die Erde noch von einem anderen Glanz als den launenhaften Mondstrahlen schwach zu leuchten; aber dieses neue Licht war klar und deutlich zu sehen; es schien wie der gedämpfte Strahl eines Scheinwerfers aus dem schwarzen Loch aufzusteigen und spiegelte sich schwach in den Pfützen, die das aus dem Brunnen geschöpfte Wasser gebildet hatte. Es hatte eine äußerst merkwürdige Farbe, und als alle Männer ans Fenster drängten, fuhr Ammi entsetzt zusammen. Denn dieser gräßliche, widernatürliche Lichtstrahl war von einer Färbung, die ihm keineswegs unbekannt war. Er hatte diese Farbe schon einmal gesehen und wagte nicht darüber nachzudenken, was dies bedeuten mochte. Er hatte sie in der widerlichen kleinen Kugel in jenem Meteoriten vor zwei Sommern gesehen, hatte sie in den verrückten Frühlingspflanzen gesehen und glaubte sie auch am Morgen dieses Tages einen Augenblick lang durch das vergitterte Fenster jener Dachkammer gesehen zu haben, in der Unsagbares geschehen war. Sie hatte dort für eine Sekunde aufgeleuchtet, und ein kühler, unangenehmer Pesthauch war an ihm entlanggestrichen – und dann war der arme Nahum von etwas getroffen worden, das diese Farbe gehabt hatte. Das hatte er am Schluß gesagt – daß es wie die kleine Kugel und die Pflanzen gewesen sei. Danach waren die Pferde durchgegangen und etwas war in den Brunnen gefallen – und jetzt spie dieser Brunnen einen fahlen, heimtückischen Lichtstrahl von derselben dämonischen Farbe in die Nacht.

Es spricht für Ammis Geistesgegenwart, daß er sogar in diesem gespannten Augenblick über eine Frage nachdachte, die eigentlich wissenschaftlicher Natur war. Er wunderte sich darüber, daß ein flüchtiger Schleier hinter einem vom Morgenlicht durchfluteten Fenster und ein nächtlicher Brodem, der als phosphoreszierender

Nebel gegen eine schwarze, verbrannte Landschaft zu sehen war, genau denselben optischen Eindruck hinterließen. Das war nicht in Ordnung – es war gegen die Natur –, und er dachte an jene schrecklichen letzten Worte seines unglücklichen Freundes, »es is von woher gekommen, wo die Sachen nich so sind wie hier... einer von den Professoren hat's gesagt...«

Die drei Pferde, die draußen an ein verkrümmtes Bäumchen gebunden waren, begannen plötzlich wild zu wiehern und zu stampfen. Der Fahrer der Kutsche wandte sich zur Tür, um nach ihnen zu sehen, aber Ammi legte ihm seine zittrige Hand auf die Schulter. »Geh'n Sie nicht raus«, flüsterte er. »Da ist was, das verstehen wir nicht. Nahum hat gesagt, in dem Brunnen lebt was, das einem das Leben aussaugt. Er hat gesagt, es muß was aus einer runden Kugel sein, genau wie die, die wir alle in dem Meteorstein gesehen haben, der vor einem Jahr im Juni runtergefallen ist. Es saugt und brennt, hat er gesagt, und ist bloß eine Farbwolke, so wie das Licht da draußen, die man kaum sehen kann und wo man nicht weiß, was es ist. Nahum hat gedacht, es ernährt sich von allem Lebendigen und wird immer stärker. Er hat gesagt, er hat's erst diese Woche noch gesehen. Es muß was sein, was von weit her aus dem Himmel gekommen ist, genau was die Leute vom College letztes Jahr von dem Meteorstein gesagt haben. Das Zeug, aus dem es gemacht ist, und die Art, wie es funktioniert, sind nicht von dieser Welt. Es ist was von außerhalb.«

So hielten die Männer unschlüssig inne, während das Licht vom Brunnen sich verstärkte und die angebundenen Pferde immer heftiger stampften und wieherten. Es war wahrhaftig ein furchtbarer Augenblick; das Grauen in diesem uralten, fluchbeladenen Haus, vier Häufchen grausiger Überreste – zwei aus dem Haus und zwei aus dem Brunnen – im Holzschuppen hinter dem Haus, und vorne diese gräßliche, phosphoreszierende Lichtsäule aus den glitschigen Tiefen. Ammi hatte den Fahrer impulsiv zurückgehalten, weil er nicht daran gedacht hatte, daß er selbst ja die Berührung mit dem Pesthauch in der Dachkammer unversehrt überstanden hatte; aber vielleicht hatte er doch richtig gehandelt. Denn niemand wird jemals erfahren, was in dieser Nacht umging; und obwohl diese blasphemische Erscheinung bis dahin keinen Menschen verletzt hatte, der bei klarem Verstand war, konnte man nicht wissen, was sie in jenen letzten Augenblicken nicht noch hätte tun können, denn sie wuchs jetzt mit solcher Stärke dem bewölkten, mondhellen Himmel entgegen, daß ein schrecklicher Höhepunkt unmittelbar bevorzustehen schien.

Plötzlich fuhr einer der Polizisten, der am Fenster stand, mit einem unterdrückten Aufschrei zusammen. Die anderen sahen ihn erschrocken an, und ihre Augen folgten seinem Blick zu einem Punkt, auf den er wie gebannt zu starren schien. Es bedurfte keiner Worte. Was bisher selbst die Klatschweiber auf dem Lande nicht so recht geglaubt hatten, war jetzt unbestreitbare Wirklichkeit. Und was alle Augenzeugen später übereinstimmend erzählten, ist der Grund dafür, daß über die seltsamen Tage nie jemand in Arkham spricht. Es muß vorausgeschickt werden, daß es windstill war. Später erhob sich zwar ein Wind, aber zu diesem Zeitpunkt regte sich noch kein Lüftchen. Nicht einmal die trockenen Spitzen der verkümmerten Wegraute und die Fransen am Verdeck der Kutsche verrieten die leiseste Bewegung. Aber trotz dieser bedrückenden, gottlosen Stille bewegten sich die langen, kahlen Äste aller Bäume im Garten. Unter unnatürlichen, krampfhaften Zuckungen krümmten sie sich in konvulsivischem, epileptischem Wahn den mondhellen Wolken entgegen und peitschten ohnmächtig die verpestete Luft, als seien sie untrennbar mit wesenlosen, unterirdischen Scheusalen verbunden, die unter ihren schwarzen Wurzeln zuckten und zerrten.

Ein paar Sekunden lang wagte keiner der Männer zu atmen. Dann schob sich eine dickere Wolke vor den Mond, und die Silhouette der himmelwärts gekrümmten Zweige verblaßte. Da schrien sie plötzlich auf – gleichzeitig und alle mit fast derselben vom Schreck erstickten, heiseren Stimme. Denn mit der Silhouette war keineswegs auch das Grauen verblaßt, und in einem bangen Moment tieferer Finsternis sahen sie in Höhe der Baumwipfel tausend kleine Punkte einer schwachen, unheimlichen Strahlung, die aus den Spitzen der Zweige züngelten wie Elmsfeuer oder die Flammen, die zu Pfingsten auf die Häupter der Apostel herabkamen. Es war ein makabres Geflimmer unnatürlichen Lichts, wie ein satter Schwarm aasfressender Feuerfliegen, der höllische Sarabanden über einem verwunschenen Sumpf tanzt; und seine Farbe war dieselbe namenlose Blasphemie, die Ammi kennen- und fürchten gelernt hatte. Währenddessen wurde die Lichtsäule über dem Brunnen heller und heller und erfüllte die Seelen der dicht beieinanderstehenden Männer mit einem Gefühl der Verderbnis und der Abnormität. Das Licht *leuchtete* nicht mehr, es *schoß* aus der Tiefe empor; und der formlose Strahl unbestimmbarer Farbe, der unablässig aus dem Brunnen kam, schien direkt in den Himmel aufzusteigen.

Der Tierarzt schauderte und ging zur Vordertür, um noch zusätzlich den großen Riegel vorzuschieben. Ammi zitterte nicht weniger, und weil seine Stimme versagte, mußte er die anderen am Ärmel zupfen und mit dem Finger hinausdeuten, um ihre Aufmerksamkeit auf die verstärkte Lumineszenz der Bäume zu lenken. Das Wiehern und Stampfen der Pferde war im höchsten Grad schrecklich geworden, aber kein einziger der Männer in diesem alten Haus hätte sich für irgendeinen irdischen Lohn hinausgewagt. Das Leuchten der Bäume verstärkte sich zusehends, während sie ihre rastlosen Zweige immer steiler emporzurecken schienen. Jetzt begann das Holz des Wippbaumes zu leuchten, und gleich darauf deutete einer der Polizisten stumm auf ein paar hölzerne Schuppen und Bienenstöcke in der Nähe der Steinmauer an der Westseite. Auch sie begannen zu leuchten, während die angebundenen Fahrzeuge bis jetzt noch nicht in Mitleidenschaft gezogen wurden. Dann hörten sie von der Straße her wildes Geratter und Hufgetrappel, und als Ammi die Lampe löschte, damit sie mehr sehen konnten, stellten sie fest, daß die beiden Grauschimmel in ihrer Panik das Bäumchen ausgerissen hatten und mit der Kutsche durchgegangen waren. Der Schock löste die Zungen, und die Männer begannen beklommen miteinander zu flüstern. »Es breitet sich über alles Organische aus, das es hier gibt«, murmelte der Amtsarzt. Niemand antwortete, aber der Mann, der in den Brunnen hinabgestiegen war, meinte, seine Stange müsse etwas Ungreifbares aufgerührt haben. »Es war schrecklich«, fügte er hinzu. »Es kam einfach kein Grund, nur Schleim und Blasen und das Gefühl, daß irgend etwas sich dort unten verbarg.« Ammis Pferd stampfte und wieherte noch immer ohrenbetäubend auf der Straße draußen und übertönte fast die zittrige Stimme seines Besitzers, als er seine unzusammenhängenden Überlegungen vor sich hinmurmelte. »Es ist aus diesem Stein gekommen – es ist dort unten gewachsen – es hat alles Lebendige erfaßt – es nährt sich von ihnen, Körper und Geist – Thad und Merwin, Zenas und Nabby – Nahum war der letzte – sie alle haben das Wasser getrunken – es hat sie überwältigt – es ist aus dem Jenseits gekommen, wo die Dinge nicht so sind wie hier – jetzt kehrt es zurück –«

In diesem Augenblick, als die seltsam gefärbte Lichtsäule plötzlich stärker aufloderte und undeutlich eine phantastische Form anzunehmen schien, die später jeder der Augenzeugen anders beschrieb, kam von dem armen Hero ein Schrei, wie ihn nie zuvor oder danach ein Mensch von einem Pferd gehört hat. Alle, die in der niedrigen Wohnstube versammelt waren, hielten sich die Ohren zu, und Ammi wandte sich entsetzt und angeekelt vom Fenster ab. Worte konnten es nicht beschreiben – als Ammi wieder hinausschaute, lag die unglückliche Kreatur unbeweglich und zusammengeschrumpft auf der mondbeschienenen Erde zwischen den zersplitterten Deichseln des Wagens. Das war das letzte, was sie von Hero sahen, bis sie ihn am nächsten Tag begruben. Aber jetzt war keine Zeit zum Trauern, denn fast im selben Augenblick machte einer der Polizisten sie auf etwas Schreckliches in ebendiesem Zimmer aufmerksam, in dem sie sich befanden. Jetzt, da das Licht der Lampe fehlte, wurde offenbar, daß eine schwache Phosphoreszenz das ganze Zimmer zu durchdringen begann. Sie glimmte auf den breiten Bodendielen und dem kleinen Fleckerlteppich und schimmerte auf den Rahmen der kleinen Fenster. Sie lief an den freiliegenden Eckbalken auf und ab, funkelte um den Kaminsims und infizierte sogar Türen und Möbel. Jede Minute, die verging, sah sie stärker werden, und schließlich war es klar, daß gesunde Lebewesen dieses Haus verlassen mußten.

Ammi zeigte ihnen die Hintertür und den Weg durch die Felder hinauf zu der zehn Morgen großen Weide. Sie gingen und stolperten wie im Traum und wagten nicht, sich umzuschauen, bis sie weit weg auf dem erhöhten Feld waren. Sie waren froh über diesen Fluchtweg, denn niemals hätten sie vorne hinausgehen können, vorbei an diesem Brunnen. Es war schon schlimm genug gewesen, an der leuchtenden Scheune und den Schuppen vorbeigehen zu müssen, und durch die glänzenden Obstbäume mit ihren knorrigen, diabolischen Umrissen; aber gottlob hatten die Äste steil nach oben gestanden. Der Mond verschwand hinter finsteren Wolken, als sie auf der alten Holzbrücke Chapmans Bach überquerten, und von dort aus mußten sie sich im Finstern ihren Weg zu den Wiesen ertasten.

Als sie in das Tal und auf das ferne Gardner-Anwesen zurückschauten, bot sich ihnen ein erschreckender Anblick. Die ganze Farm leuchtete von dem gräßlichen, unerklärlichen Farbengemisch: Bäume, Gebäude, und sogar das Gras und das Laub, soweit es nicht schon diese tödliche, graue Sprödigkeit angenommen hatte. Die Zweige bogen sich alle himmelwärts, an den Spitzen mit widerwärtigen Flämmchen besetzt, und züngelnde Tropfen desselben monströsen Feuers krochen über die Firstbalken des Hauses, der Scheune und der Schuppen. Es war eine Szene aus einer der Visionen von Fuseli, und über allem anderen herrschte dieser Aufruhr leuchtender Formlosigkeit, dieser fremdartige, dimensionslose Regenbogen kryptischen Giftes aus dem Brunnen – brodelnd, tastend, schlürfend, greifend, glitzernd, zerrend und bösartig blubbernd in seinem kosmischen, unbestimmbaren Chromatismus.

Dann plötzlich, ohne jede Vorwarnung, schoß das Ding vertikal in den Himmel, wie eine Rakete oder ein Meteor, ließ keine Spur zurück und verschwand durch ein rundes und merkwürdig regelmäßiges Loch in den Wolken, bevor auch nur einer der Männer einen Laut des Erstaunens über die Lippen brachte. Keiner, der es sah, wird diesen Anblick je vergessen, und Ammi schaute benommen auf die Sterne des Schwans, mit dem funkelnden Deneb über den anderen, wo die unbekannte Farbe mit der Milchstraße verschmolzen war. Aber sein Blick wurde im nächsten Moment zur Erde zurückgezogen, durch ein Prasseln unten im Tal. Nichts weiter. Nur ein reißendes, prasselndes Geräusch, und nicht ein Explosionsknall, wie hinterher viele der anderen Augenzeugen beteuerten. Aber das Ergebnis war dasselbe, denn in einem fieberhaften, kaleidoskopischen Moment brach aus der verdammten, fluchbeladenen Farm ein leuchtender, eruptiver Kataklysmus unnatürlicher Funken und Stoffteilchen hervor, der die wenigen Beobachter blendete und einen gewaltigen Wolkenbruch solch farbiger und phantastischer Fragmente zum Zenit sandte, wie sie unser Universum notwendigerweise verleugnen muß. Durch schnell sich wieder schließende Wolken folgten sie dem anderen morbiden Ding, das schon vorher verschwunden war, und innerhalb einer Sekunde waren auch sie verschwunden. Hinter und unter den Männern war nur eine Dunkelheit, in die sie nicht zurückzugehen wagten, und überall war ein immer stärker werdender

Wind, der in schwarzen, eisigen Stößen aus dem interstellaren Raum herabzuwehen schien. Er pfiff und heulte und peitschte die Felder und die entstellten Wälder in wahnsinniger, kosmischer Wut, bis alsbald das zitternde Grüppchen einsah, daß es keinen Sinn hatte, darauf zu warten, daß der Mond sichtbar machen würde, was dort unten auf Nahums Grund übriggeblieben war.

Zu benommen, um irgendwelche Theorien auch nur anzudeuten, trotteten die sieben Männer auf der nördlichen Straße nach Arkham zurück. Ammi war schlechter daran als seine Gefährten und bat sie, noch in sein Haus mitzukommen, anstatt gleich zur Stadt zurückzugehen. Er wollte nicht alleine auf der Hauptstraße durch den verbrannten Wald nach Hause gehen. Denn er hatte noch einen zusätzlichen Schock erlitten, der den anderen erspart geblieben war, und war für immer mit einer lauernden Angst geschlagen, über die er viele Jahre lang mit niemandem zu sprechen wagte. Als die anderen Beobachter auf dieser stürmischen Anhöhe ihre Gesichter stumpf der Straße zugewandt hatten, hatte Ammi einen Augenblick auf das dunkle Tal der Verwüstung zurückgeschaut, in dem noch vor so kurzer Zeit sein unseliger Freund gelebt hatte. Und von diesem weit entfernten, heimgesuchten Ort sah er etwas schwach sich erheben, nur um gleich wieder an der Stelle herabzusinken, von der aus die gräßliche Farbwolke in den Himmel geschossen war. Es war nur eine Farbe – aber keine der bekannten Farben zwischen Himmel und Erde. Und weil Ammi diese Farbe kannte, und weil er wußte, daß dieses schwache Überbleibsel noch immer dort unten im Brunnen lauern mußte, ist er seitdem nie mehr ganz richtig im Kopf gewesen.

Ammi würde nie mehr in die Nähe dieses Ortes gehen. Es ist jetzt vierundvierzig Jahre her, daß das Schreckliche geschah, aber er ist nie mehr dort gewesen und wird froh sein, wenn der neue Stausee alles zudeckt. Auch ich werde froh sein, denn es gefiel mir gar nicht, wie das Sonnenlicht über dem verlassenen Brunnenloch seine Farbe veränderte, als ich daran vorbeikam. Ich hoffe, das Wasser wird immer sehr tief sein – aber auch dann werde ich es nie trinken. Ich glaube kaum, daß ich jemals wieder in die Gegend von Arkham kommen werde. Drei der Männer, die bei Ammi gewesen waren, kehrten am nächsten Morgen zurück, um die Ruinen bei Tageslicht anzusehen, aber sie fanden keine wirklichen Ruinen. Nur die Ziegeln des Kamins, die Steine des Fundaments, ein paar mineralische oder metallene Reste hier und dort und die gemauerte Einfassung dieses abscheulichen Brunnens. Abgesehen von Ammis totem Pferd, das sie wegschleiften und eingruben, und dem Wagen, den sie ihm bald darauf zurückbrachten, war alles, was dort je gelebt hatte, spurlos verschwunden. Fünf Morgen unheimlicher, staubiger, grauer Wüste blieben zurück, und seitdem ist dort nie mehr etwas gewachsen. Bis zum heutigen Tag bietet sich das Gelände offen dem Himmel dar wie ein großer, von einer Säure kahlgefressener Fleck in den Wäldern und Feldern, und nur wenige haben es bisher gewagt, ihn anzuschauen, obwohl er in den Erzählungen der Landleute den Namen »verfluchte Heide« bekommen hat.

Diese Erzählungen sind sonderbar. Sie wären wohl noch sonderbarer, wenn Leute aus der Stadt und die College-Chemiker dazu gebracht werden könnten, das Wasser aus dem verlassenen Brunnen zu analysieren, oder auch den grauen Staub, den kein Wind aufzuwirbeln scheint. Auch Botaniker sollten die verkümmerte Flora am Rande dieses Fleckens studieren, denn dies könnte Aufschluß geben über die landläufige Meinung, daß der Gifthauch sich ausbreitet, ganz allmählich, vielleicht um einen Zoll pro Jahr. Die Leute sagen, das Laub der umstehenden Bäume hat im Frühjahr nicht die richtige Farbe und das Wild hinterläßt merkwürdige Spuren auf der dünnen winterlichen Schneedecke. Der Schnee ist auf der verfluchten Heide nie so tief wie anderswo. Pferde – die wenigen, die in diesem motorisierten Zeitalter übriggeblieben sind – scheuen in dem stillen Tal; und die Jäger können sich nicht mehr auf ihre Hunde verlassen, wenn sie zu sehr in die Nähe dieses mit grauem Staub bedeckten Flecks geraten.

Man sagt, auch die seelischen Einflüsse seien sehr schädlich; viele Leute wurden ein bißchen wunderlich in den Jahren nach Nahums Untergang, und sie alle hatten nicht mehr die Kraft wegzugehen. Dann verließen die geistig robusteren Leute alle die Gegend, und nur die Ausländer versuchten, in den verfallenden alten Häusern zu wohnen. Aber sie konnten nicht bleiben; und man fragt sich manchmal, welche für uns verschlossenen Einsichten sie aus ihren wilden, unheimlichen Geistergeschichten gewonnen haben. Ihre nächtlichen Träume, so beklagen sie sich, seien schrecklich in dieser grotesken

Umgebung; und wirklich genügt allein der Anblick dieses dunklen Reiches, um phantastische Wahnvorstellungen hervorzurufen. Kein Reisender konnte sich je diesem merkwürdigen Gefühl der Beunruhigung in diesen tiefen Schluchten entziehen, und die Künstler schaudern, wenn sie die dichten Wälder malen, deren Geheimnis den Geist ebenso wie das Auge umfängt. Ich selbst wundere mich über das Gefühl, das ich bei meinem einsamen Gang verspürte, bevor Ammi mir seine Geschichte erzählte. Als die Dämmerung hereinbrach, hatte ich den undeutlichen Wunsch gehabt, ein paar Wolken möchten aufziehen, denn eine merkwürdige Angst vor dem offenen Himmel über mir hatte sich in meine Seele geschlichen.

Fragen Sie mich nicht nach meiner Meinung. Ich weiß es nicht – das ist alles. Außer Ammi gab es niemanden, den ich hätte fragen können; denn die Leute in Arkham sprechen nicht über die seltsamen Tage, und alle drei Professoren, die den Meteoriten und seine farbige Kugel sahen, sind tot. Es waren noch mehr solcher Kugeln da – verlassen Sie sich darauf. Eine mußte sich genährt haben und entschwunden sein, und wahrscheinlich gab es noch eine andere, die sich verspätet hatte. Zweifellos ist sie noch immer tief unten im Brunnen; ich weiß, irgend etwas stimmte nicht mit dem Sonnenlicht, das über dem stinkenden Wasser spielte. Die Bauern sagen, der Pesthauch kriecht jedes Jahr um einen Zoll weiter, also findet vielleicht auch jetzt noch eine Art Wachstum oder Ernährung statt. Aber was für eine dämonische Macht dort auch brütet, sie muß an irgend etwas gefesselt sein, sonst würde sie sich schneller ausbreiten. Ist sie an die Wurzeln der Bäume geheftet, die sich mit ihren Ästen in die Luft krallen? Eines der in Arkham umlaufenden Gerüchte betrifft knorrige Eichen, die in der Nacht leuchten und sich bewegen, wie sie es eigentlich nicht tun dürften.

Was es wirklich ist, weiß Gott allein. Physikalisch ausgedrückt würde ich sagen, daß das, was Ammi beobachtete, ein Gas genannt werden dürfte, daß aber dieses Gas Gesetzen gehorchte, die in unserem Kosmos nicht gültig sind. Es war keine Frucht solcher Welten und Sonnen, wie sie in den Teleskopen und auf den photographischen Platten unserer Observatorien zu sehen sind. Es war kein Hauch von den Himmeln, deren Bewegungen und Dimensionen unsere Astronomen vermessen oder die ihnen zu unendlich für irgendeine Messung erscheinen. Es war eine Farbe von außerhalb allen Raumes – ein fürchterlicher Sendbote aus formlosen Bereichen der Unendlichkeit jenseits aller uns bekannten Natur. Aus Bereichen, deren bloße Existenz unseren Verstand betäubt und uns erstarren läßt unter den außerkosmischen Tiefen, die sich vor unseren entsetzten Augen auftun.

Ich bezweifle sehr, daß Ammi mich bewußt anlog, und ich glaube nicht, daß seine Erzählung nur eine Ausgeburt seines verwirrten Geistes war, wie die Leute in der Stadt mir warnend vorhergesagt hatten. Irgend etwas Schreckliches kam in der Gestalt dieses Meteors auf die Hügel und Täler herab, und irgend etwas Schreckliches ist davon zurückgeblieben – wenn ich auch nicht weiß, in welchem Ausmaß. Ich werde mit Freuden die Wassermassen kommen sehen. Inzwischen hoffe ich, daß Ammi nichts zustößt. Er sah soviel von dem Ding – und seine Wirkung war so heimtückisch. Warum konnte er sich nie dazu aufraffen, aus dieser Gegend wegzuziehen? Und wie genau er sich an Nahums letzte Worte erinnerte – »kannst nich loskommen – zieht dich – du weißt, irgendwas kommt, hat aber keinen Zweck –«. Ammi ist so ein netter alter Mann – wenn die Arbeitskolonne mit dem Bau des Stausees beginnt, muß ich dem leitenden Ingenieur schreiben, daß er ein Auge auf ihn haben soll. Der Gedanke ist mir verhaßt, ihn mir als die graue, verkrümmte, spröde Mißgestalt vorstellen zu müssen, die mich immer öfter in meinen Träumen heimsucht.

Berge des Wahnsinns

I

Ich muß mein Schweigen brechen, weil Männer der Wissenschaft sich weigern, meinem Rat zu folgen, ohne zu wissen, worum es geht. Nur mit größtem Widerstreben spreche ich darüber, warum ich gegen die geplante Invasion der Antarktis bin – gegen die Fossilienjagd, die ausgedehnten Bohrungen und das Abschmelzen der urzeitlichen Eiskappen. Und ich zögere um so mehr, als meine Warnung vergeblich sein könnte.

Daß man an den Tatsachen, die ich enthüllen werde, zweifeln wird, ist unvermeidlich; doch wollte ich alles verschweigen, was phantastisch und unglaublich scheinen könnte, so würde nichts übrigbleiben. Die bis jetzt unveröffentlichten Photographien, normale wie auch Luftaufnahmen, werden zu meinen Gunsten sprechen, denn sie sind auf unheimliche Art lebendig und anschaulich. Trotzdem wird man ihre Echtheit bezweifeln, denn was kann man durch geschickte Fälschung nicht alles erreichen. Die Tintenzeichnungen werden natürlich als offensichtliche Betrügerei abgetan werden, trotz ihrer merkwürdigen Technik, über die eigentlich die Kunstexperten sich die Köpfe zerbrechen sollten.

Letzten Endes muß ich mich auf die Urteilsfähigkeit und das Ansehen der wenigen führenden Wissenschaftler verlassen, die einerseits selbständig genug denken, um das von mir vorgelegte Material nach seiner eigenen, fürchterlichen Beweiskraft oder im Lichte gewisser urzeitlicher, höchst verwirrender Sagenkreise zu beurteilen, und andererseits einflußreich genug sind, um die wissenschaftliche Welt von übereilten und allzu ehrgeizigen Unternehmungen im Gebiet dieser Berge des Wahnsinns abzuhalten. Es ist bedauerlich, daß vergleichsweise unbekannte Männer wie ich und meine Kollegen, die nur mit einer kleinen Universität in Verbindung stehen, kaum eine Chance haben, sich mit ihren Ansichten durchzusetzen, wenn es um Erscheinungen höchst bizarrer oder umstrittener Natur geht.

Es spricht weiterhin gegen uns, daß wir genaugenommen keine

Spezialisten auf den Gebieten sind, um die es jetzt in erster Linie geht. Meine Aufgabe als Geologe und Leiter der Expedition der Miskatonic-Universität war ausschließlich die Beschaffung von Gesteins- und Bodenproben aus verschiedenen Teilen des antarktischen Kontinents, und zwar mit Hilfe des bemerkenswerten Bohrers, der von Professor Frank H. Pabodie, einem Mitglied unserer Fakultät für Ingenieurwesen, entwickelt wurde. Ich hatte nicht den Ehrgeiz, auf einem fremden Gebiet Pionierarbeit zu leisten, aber ich hoffte, daß der Einsatz dieses neuen Gerätes an verschiedenen Punkten entlang den schon früher erforschten Routen Stoffe zutage fördern würde, die man mit den bisherigen Methoden nicht entdecken konnte.

Wie die Öffentlichkeit bereits aus unseren Berichten erfahren hat, war Pabodies Bohrgerät einzigartig und bahnbrechend, denn es war leicht und tragbar und bot die Möglichkeit, das normale artesische Bohrverfahren in solcher Weise mit dem Prinzip des kleinen, kreisförmigen Gesteinsbohrers zu kombinieren, daß man unter geringem Zeitaufwand Schichten von wechselnder Härte durchdringen konnte. Der stählerne Bohrkopf, das Bohrgestänge, der Benzinmotor, der zerlegbare hölzerne Bohrturm, die Sprengausrüstung, die Seile, der Schneckenbohrer zur Beseitigung des Bohrschutts sowie die zusammensetzbaren Rohre für Bohrlöcher von fünf Zoll Durchmesser und bis zu tausend Fuß Tiefe stellten mit dem notwendigen Zubehör eine Last dar, die auf drei mit je sieben Hunden bespannten Schlitten befördert werden konnte. Dieses Ergebnis wurde vor allem dank der sinnvollen Aluminium-Legierung erreicht, aus der die meisten Metallteile gefertigt waren. Vier große Dornier-Flugzeuge, die eigens für die über dem arktischen Hochland notwendigen enormen Flughöhen konstruiert und mit zusätzlichen Treibstoffwärme- und Schnellstartvorrichtungen, die Pabodie entwickelt hatte, ausgestattet waren, konnten unsere gesamte Expedition von einem Stützpunkt am Rande der großen Eisbarriere zu verschiedenen Punkten im Innern des Kontinents befördern, und von dort aus würden wir mit einer entsprechenden Anzahl von Schlittenhunden weiterkommen.

Die Expedition sollte einen ganzen antarktischen Sommer – oder, falls unbedingt notwendig, auch länger – dauern und sich über ein möglichst ausgedehntes Gebiet erstrecken. Wir wollten vor allem in den Gebirgszügen und auf dem Tafelland südlich des Rossmeeres arbeiten, also in Gegenden, die in unterschiedlichem Maße bereits von Shackleton, Amundsen, Scott und Byrd erforscht wurden. Durch häufigen Stützpunktwechsel mit Hilfe der Flugzeuge, über so große Entfernungen hinweg, daß wir mit geologisch bedeutsamen Unterschieden rechnen konnten, hofften wir eine nie erreichte Menge von Material zutage fördern zu können – besonders aus den präkambrischen Formationen, aus denen bis dahin nur sehr wenige antarktische Proben gewonnen worden waren. Außerdem wollten wir möglichst vielfältige Proben der oberen fossilführenden Schichten entnehmen, da die Urgeschichte des Lebens in diesem unwirtlichen Reich des eisigen Todes von größter Bedeutung für unsere Kenntnis der Erdgeschichte ist. Daß der antarktische Kontinent einst eine gemäßigte und sogar tropische Zone gewesen ist, mit einer Vielfalt pflanzlichen und tierischen Lebens, von dem heute nur noch die Flechten, die Meerestiere, die spinnenartigen Tiere und die Pinguine des Nordrandes zeugen, ist allgemein bekannt; wir hofften, dieses Wissen im Hinblick auf Umfang, Genauigkeit und Detail ergänzen zu können. Wenn eine einfache Bohrung Hinweise auf Fossilien erbrachte, konnten wir das Bohrloch durch Sprengung erweitern, um Proben von entsprechender Größe und Beschaffenheit zu bekommen.

Unsere Bohrungen, deren Tiefe je nach der Beschaffenheit der oberen Gesteins- und Bodenschichten variieren würde, sollten auf eisfreie oder fast eisfreie Stellen beschränkt bleiben – bei denen es sich notwendigerweise um Steilhänge oder Kämme handeln mußte, da ja die tiefer liegenden Gebiete von einer bis zu zwei Meilen starken massiven Eisschicht bedeckt sind. Wir konnten es uns nicht leisten, unsere Zeit mit dem Bohren in bloßen Eisschichten von größerer Stärke zu vergeuden, obwohl Pabodie ein Verfahren entwickelt hatte, demzufolge Kupferelektroden in zahlreiche nebeneinanderliegende Bohrlöcher eingeführt und auf diese Weise begrenzte Eismengen durch elektrischen Strom aus einem benzingetriebenen Generator abgeschmolzen werden sollten. Dieses Verfahren – das wir auf einer Expedition wie der unseren nur versuchsweise erproben konnten – soll bei der geplanten Starkweather-Moore-Expedition angewandt werden, trotz der Warnungen, die ich seit meiner Rückkehr aus der Antarktis erhoben habe.

Die Öffentlichkeit ist über die Miskatonic-Expedition durch unsere zahlreichen Funkmeldungen an den *Arkham Advertiser* und an Associated Press sowie durch die später erschienenen Artikel von mir und Pabodie unterrichtet worden. Unsere Mannschaft bestand aus vier Männern von der Universität – Pabodie, dem Biologen Lake, dem Physiker Atwood, gleichzeitig Meteorologe, und mir, dem Vertreter der geologischen Fakultät und offiziellen Expeditionsleiter; daneben waren sechzehn Hilfskräfte dabei: sieben graduierte Studenten der Miskatonic-Universität sowie neun ausgebildete Mechaniker. Von diesen sechzehn Mann waren zwölf ausgebildete Piloten, die außerdem bis auf zwei Mann durchweg hervorragende Funker waren. Acht von ihnen beherrschten die Navigation mit Kompaß und Sextant, was auch auf Pabodie, Atwood und mich zutraf. Außerdem waren natürlich unsere zwei Schiffe – ehemalige Walfänger, die für Fahrten im Eismeer umgebaut und mit zusätzlichen Maschinen ausgerüstet waren – vollzählig bemannt.

Die Nathaniel-Derby-Pickman-Stiftung, unterstützt durch einige Sonderzuwendungen, finanzierte die Expedition; deshalb waren unsere Vorbereitungen außerordentlich gründlich, obwohl wir keine große Publizität hatten. Die Hunde, Schlitten, Maschinen, Ausrüstungen sowie unsere in Teile zerlegten fünf Flugzeuge wurden in Boston übergeben und auf die Schiffe verladen. Wir waren für unsere speziellen Vorhaben hervorragend ausgerüstet, und in allen Fragen des Nachschubs, Proviants, Transports und des Lagerbaues profitierten wir von den Erfahrungen unserer zahlreichen hervorragenden Vorgänger aus jüngerer Zeit. Die ungewöhnlich hohe Zahl und der Ruhm dieser Vorgänger waren der Grund dafür, daß unsere eigene Expedition trotz ihrer großen Bedeutung nur wenig Beachtung in der Welt fand.

Wie die Zeitungen berichtet haben, stachen wir am 2. September 1930 vom Bostoner Hafen aus in See, fuhren gemächlich die Küste hinunter und durch den Panamakanal und legten in Samoa und in Hobart, Tasmanien, an, wo wir die letzten Vorräte an Bord nahmen. Kein Teilnehmer der Expedition war jemals zuvor in polaren Regionen gewesen, weshalb wir uns ganz auf die Kapitäne unserer beiden Schiffe verließen – J. B. Douglas, der die Brigg *Arkham* befehligte und außerdem das Oberkommando führte, und den Kapitän der Bark

Miskatonic, Georg Thorfinnssen –, beides altgediente Walfänger in antarktischen Gewässern.

Als wir den bewohnten Teil der Erde hinter uns ließen, sank im Norden die Sonne tiefer und tiefer und blieb mit jedem Tag länger über dem Horizont. Auf etwa 62° südlicher Breite sichteten wir unsere ersten Eisberge – tafelartige Objekte mit senkrechten Seitenflächen –, und unmittelbar bevor wir den Polarkreis erreichten, den wir am 20. Oktober unter entsprechend sonderbaren Zeremonien überquerten, hatten wir beträchtliche Schwierigkeiten mit Feldeis. Die sinkenden Temperaturen machten mir nach unserer langen Fahrt durch die Tropen sehr zu schaffen, aber im Hinblick auf die noch schlimmeren Unbilden, die uns bevorstanden, versuchte ich mich daran zu gewöhnen. Die eigenartigen atmosphärischen Erscheinungen bezauberten mich immer wieder aufs neue; das gilt ganz besonders für eine Luftspiegelung – die erste, die ich je gesehen hatte –, die ferne Berge in Zinnen unvorstellbarer, kosmischer Burgen verwandelte.

Wir bahnten uns einen Weg durch das Eis, das glücklicherweise weder ausgedehnt noch dicht gepackt war, und gelangten auf 67° südlicher Breite, 175° östlicher Länge wieder in offene Gewässer. Am Morgen des 26. Oktober kam im Süden Festland in Sicht, und noch bevor es Mittag war, wurden wir alle von einer sonderbaren Erregung ergriffen beim Anblick einer gewaltigen, hoch aufragenden, schneebedeckten Bergkette, die sich vor uns ausbreitete und bald unser ganzes Blickfeld einnahm. Bei diesen Gipfeln handelte es sich offensichtlich um die von Ross entdeckten Admiralty-Berge, und es würde jetzt unsere Aufgabe sein, Kap Adare zu umrunden und an der Ostküste von Viktoria-Land entlang zu unserem geplanten Stützpunkt an der Küste des McMurdo-Sundes, am Fuße des Vulkans Erebus auf 77° 9′ südlicher Breite, zu fahren.

Der letzte Teil der Reise war erregend und phantastisch. Riesige geheimnisvolle Gipfel türmten sich drohend im Westen auf, und die tiefstehende Mittagssonne im Norden oder die noch niedrigere, dicht über dem Horizont stehende südliche Mitternachtssonne tauchte die weißen Schneefelder, die bläulichen Gletscher und Wasserrinnen und die wenigen eisfreien, schwarzen Granitwände in schwaches, rötliches Licht. Von den öden Gipfeln her kam tobend in unregelmäßigen Stößen der furchtbare antarktische Wind, aus dessen Heulen ich hin und wieder ein melodieartiges Pfeifen mit einem außerordentlich großen Tonumfang herauszuhören meinte, das mir aufgrund irgendeiner unbewußten Erinnerung beunruhigend und sogar auf vage Art furchterregend schien. Die Szenerie erinnerte mich an die sonderbaren und verwirrenden asiatischen Gemälde von Nicholas Roerich und die noch verwirrenderen Beschreibungen des sagenumwobenen Plateaus von Leng, die sich in dem gefürchteten *Necronomicon* des verrückten Arabers Abdul Alhazred finden. Später sollte ich es noch bereuen, jemals einen Blick in dieses monströse Werk in unserer College-Bibliothek getan zu haben.

Am 7. November geriet der Gebirgszug im Westen vorübergehend außer Sichtweite, und wir passierten die Franklin-Insel. Am nächsten Tag sichteten wir die Kegel des Erebus und des Mt. Terror vor uns auf der Ross-Insel, und dahinter die langgezogenen Kämme der Parry-Berge. Nach Osten erstreckte sich jetzt die niedrige, weiße Linie der großen Eisbarriere, die lotrecht zu einer Höhe von zweihundert Fuß aufragte, wie die Felsklippen von Quebec, und die Grenze für ein weiteres Vordringen in südlicher Richtung markierte. Am Nachmittag liefen wir in den McMurdo-Sund ein und ankerten vor der Küste am Fuße des rauchenden Erebus. Der schlackige Gipfel erhob sich an die 12 700 Fuß hoch vor dem östlichen Himmel, wie ein japanischer Holzschnitt des heiligen Fudschijama, während hinter ihm der weiße, geisterhafte Mt. Terror sich zu seinen 10 900 Fuß auftürmte, ein heute erloschener Vulkan.

Rauchwolken pufften in Abständen aus Erebus auf, und einer unserer Studenten, ein begabter junger Bursche namens Danforth, wies auf lavaartige Formationen an den schneebedeckten Flanken des Vulkans hin und bemerkte, dieser im Jahre 1840 entdeckte Berg sei ohne Zweifel die Vorlage für Poes dichterisches Bild gewesen, als er sieben Jahre später schrieb:

> Da lag mir das Herze in Wehen,
> verschlackter Flüsse so voll –
> vulkanischer Lavas so voll,
> wie erstickend sie niedergehen
> am Yaanek-Berge, am Pol –

> wie stöhnend sie niedergehen
> in den Reichen am Nördlichen Pol.*

Danforth war begeisterter Leser phantastischer Literatur und sprach viel über Poe. Ich interessierte mich selbst dafür, weil ja Poes einzige lange Erzählung – der verwirrende und rätselhafte *Arthur Gordon Pym* – teilweise in der Antarktis spielt. Auf der öden Küste und der hoch aufragenden Eisbarriere im Hintergrund kreischten Myriaden grotesker, flügelschlagender Pinguine, während es im Wasser von feisten Seehunden wimmelte, die umherschwammen oder sich auf langsam treibenden Eisschollen räkelten.

Mit Hilfe kleiner Boote gelang es uns unter Schwierigkeiten, kurz nach Mitternacht am Morgen des 9. November auf der Ross-Insel an Land zu gehen. Dabei rollten wir von jedem der beiden Schiffe ein Kabel aus und trafen Vorbereitungen, um mit Hilfe einer Art Hosenboje Vorräte und Ausrüstungen an Land zu schaffen. Es war ein aufregendes Gefühl, zum erstenmal den Fuß auf antarktischen Boden zu setzen, obwohl ja die Expeditionen von Scott und Shackleton schon vor uns dort gewesen waren. Unser Lager auf der Eisküste am Fuße des Vulkans sollte nur vorläufig sein – das Hauptquartier sollte auf der *Arkham* bleiben. Wir schafften alle unsere Bohrgeräte an Land, ebenso die Hunde, Schlitten, Zelte, Vorräte, Benzintanks, die Ausrüstung für die Schmelzversuche, die Kameras für normale und für Luftaufnahmen, die Flugzeugteile sowie andere Ausrüstungsgegenstände, darunter drei kleine tragbare Funkgeräte – zusätzlich zu den in den Flugzeugen eingebauten –, mit denen wir von jedem Punkt des antarktischen Kontinents aus, an den wir gelangen würden, Kontakt mit der großen Funkanlage der *Arkham* würden halten können. Diese Anlage, unsere einzige Verbindung zur Außenwelt, sollte Presseberichte an die Hochleistungsanlage des *Arkham Advertiser* auf Kingsport Head in Massachusetts durchgeben. Wir hofften, unser Programm in einem einzigen antarktischen Sommer bewältigen zu können; sollte sich dies als unmöglich erweisen, würden wir auf der *Arkham* überwintern und vor dem Zufrieren des Eises die *Miskatonic* nach Norden schicken, um Vorräte für einen weiteren Sommer zu beschaffen.

---

* Aus: E. A. Poes Gedicht »Ulalume«. (III. Band der E.-A.-Poe-Ausgabe im Walter Verlag. Übersetzung Hans Wollschläger)

Ich brauche nicht zu wiederholen, was über unsere anfängliche Arbeit bereits in den Zeitungen zu lesen war: Unsere Besteigung des Mt. Erebus; unsere erfolgreichen Mineralbohrungen an verschiedenen Punkten der Ross-Insel und die einzigartige Geschwindigkeit, mit der diese dank Pabodies Geräten durchgeführt wurden, selbst in massiven Felsschichten; die Erprobung der kleinen Schmelzvorrichtung; die gefahrvolle Ersteigung der großen Barriere mitsamt der Schlitten und Vorräte; und schließlich das Montieren der fünf riesigen Flugzeuge in dem Lager auf der Barriere. Der Gesundheitszustand der an Land gegangenen Expeditionsteilnehmer – zwanzig Mann und 55 Schlittenhunde aus Alaska – war ausgezeichnet, obwohl wir natürlich bis dahin noch keine wirklich gefährlichen Temperaturen oder Stürme erlebt hatten. Meist zeigte das Thermometer Temperaturen zwischen −18° und −5° an, und solche Kältegrade waren wir von den Wintern in Neuengland gewöhnt. Das Lager auf dem Eisschelf war als Depot für Benzin, Proviant, Dynamit und anderes Material gedacht.

Nur vier von unseren Flugzeugen wurden zum Transport der eigentlichen Expeditionsausrüstung benötigt; das fünfte blieb mit einem Piloten und zwei Mann von den Schiffen im Depot, als letzte Möglichkeit, uns von der *Arkham* aus zu erreichen, falls all unsere Forschungsflugzeuge verlorengehen sollten. Später, wenn wir nicht mehr alle Flugzeuge zur Beförderung von Geräten brauchen würden, wollten wir eine oder zwei Maschinen im Pendelverkehr zwischen diesem Nachschublager und einem anderen Stützpunkt auf dem großen Tafelland, sechs- bis siebenhundert Meilen südlich, jenseits des Beardmore-Gletschers, einsetzen. Trotz der fast übereinstimmenden Berichte über die schrecklichen Winde und Stürme, die von dem Plateau herabwehen, entschlossen wir uns, unterwegs keine Depots anzulegen und das damit verbundene Risiko im Interesse der Wirtschaftlichkeit auf uns zu nehmen.

In unseren Funkmeldungen haben wir von dem atemberaubenden, vierstündigen Nonstopflug vom 21. November berichtet, auf dem wir das Schelfeis überflogen, von den im Westen aufragenden Berggipfeln und der unendlichen Stille, die vom Lärm unserer Maschinen widerhallte. Der Wind machte uns nur wenig zu schaffen, und unsere Funkpeilgeräte brachten uns sicher durch den dichten Nebel, den wir nur an einer Stelle antrafen. Als sich vor uns eine gewaltige Erhebung drohend auftürmte, zwischen dem 83. und 84. Breitengrad, wußten wir, daß wir den Beardmore-Gletscher erreicht hatten, den größten Talgletscher der Welt, und daß die gefrorene See jetzt von einem aufgeworfenen, gebirgigen Küstenstreifen abgelöst wurde. Schließlich drangen wir vollends in die weiße, seit Urzeiten tote Welt des äußersten Südens ein. Im selben Augenblick, als wir uns über diese Tatsache klarwurden, sahen wir auch schon den Gipfel des Mt. Nansen, der fern im Osten zu seiner Höhe von nahezu 15 000 Fuß aufragte.

Die erfolgreiche Errichtung des südlichen Stützpunktes oberhalb des Gletschers auf 86° 7′ südlicher Breite, 174° 23′ östlicher Länge und die ungeheuer schnellen und erfolgreichen Bohrungen und Sprengungen an verschiedenen Punkten, zu denen wir mit den Schlitten oder auf Kurzflügen gelangten, gehören bereits der Geschichte an; dasselbe läßt sich von der mühevollen, triumphalen Ersteigung des Mt. Nansen durch Pabodie und zwei der Studenten – Gedney und Carroll – sagen, die vom 13. bis 15. Dezember dauerte. Wir befanden uns auf etwa 8500 Fuß Seehöhe, und als wir bei Versuchsbohrungen an manchen Stellen auf festen Untergrund nur zwölf Fuß unter der Schnee- oder Eisoberfläche stießen, setzten wir in großem Umfang das kleine Schmelzgerät ein, legten Bohrlöcher an und nahmen Sprengungen vor, und zwar an Stellen, wo frühere Forscher auch nicht im Traume an die Entnahme von Mineralproben hätten denken können. Die präkambrischen Granite und Beacon-Sandsteine, die wir dort fanden, bestärkten uns in unserem Glauben, daß dieses Plateau homogen mit der nach Westen sich erstreckenden Hauptmasse des Kontinents war, sich jedoch von den östlichen Teilen unterhalb von Südamerika etwas unterschied – von denen wir zu diesem Zeitpunkt annahmen, daß sie einen gesonderten, kleineren Kontinent bildeten, der mit dem größeren durch eine Eisbrücke zwischen dem Rossmeer und dem Weddell-Meer verbunden sei; doch Byrd hat inzwischen nachgewiesen, daß diese Hypothese unrichtig war.

In einigen der Sandsteine, die wir absprengten und mit dem Meißel bearbeiteten, nachdem Bohrungen uns Aufschluß über ihre Art gegeben hatten, fanden wir hochinteressante Spuren und Fragmente von Fossilien; insbesondere Farne, Tangpflanzen, Trilobite, Seelilien und Mollusken wie Linguellae und Gastropoda – die alle in einem bedeutsamen Zusammenhang mit der Urgeschichte des Gebiets zu stehen schienen. Außerdem fanden wir einen sonderbaren dreieckigen, gekritzten Abdruck mit einem Maximaldurchmesser von einem Fuß, den Lake aus drei Schieferfragmenten zusammensetzte, die wir nach einer unterirdischen Sprengung zutage gefördert hatten. Diese Fragmente stammten von einer östlich gelegenen Fundstelle, in der Nähe der Alexandra-Berge; und Lake als Biologe schien ihre merkwürdige Zeichnung für besonders rätselhaft und herausfordernd zu halten, obwohl sie meinem geologisch geschulten Auge den Rippelmarken nicht unähnlich schien, die in Sedimentgesteinen verhältnismäßig häufig anzutreffen sind. Da Schiefer nichts anderes als eine metamorphe Formation ist, in die eine sedimentäre Schicht eingepreßt wurde, und da dieser Druck sonderbare Verzerrungen bei etwa vorhandenen Markierungen verursachen kann, sah ich keinen besonderen Anlaß, über diesen Abdruck erstaunt zu sein.

Am 6. Januar 1931 überflogen Lake, Pabodie, Daniels, alle sechs Studenten, vier Mechaniker und ich selbst in zwei Flugzeugen den Südpol, wobei uns ein plötzlich einsetzender starker Wind zum Niedergehen zwang, der sich jedoch glücklicherweise nicht zu einem typischen antarktischen Sturm entwickelte. Das war, wie die Zeitungen schrieben, einer von mehreren Beobachtungsflügen, bei denen wir topographische Einzelheiten in Gebieten zu erkennen suchten, in die unsere Vorgänger nicht hatten vordringen können. Unsere ersten Flüge waren in dieser Hinsicht enttäuschend, doch sie vermittelten uns mehrmals lebhafte Eindrücke von den ungeheuer phantastischen und trügerischen Luftspiegelungen des Polargebietes, von denen unsere Seereise uns schon einen kleinen Vorgeschmack gegeben hatte. Ferne Berge schwammen am Himmel wie verzauberte Städte, und oft löste sich die ganze weiße Welt unter dem magischen Licht der niedrigen Mitternachtssonne auf in ein goldenes, silbernes und scharlachrotes Land dunsanischer Träume und abenteuerlicher Erwartung. An bewölkten Tagen hatten wir beim Fliegen beträchtliche Schwierigkeiten, da allzu leicht verschneite Erde und Himmel zu einer einzigen, mystisch schimmernden Leere verschmolzen, in der kein sichtbarer Horizont mehr die Grenze zwischen beiden markierte.

Endlich beschlossen wir, unseren ursprünglichen Plan in die Tat umzusetzen und mit allen vier Forschungsflugzeugen fünfhundert Meilen ostwärts zu fliegen und ein neues Depot zu errichten, wahrscheinlich an einem Punkte, der auf dem kleineren Teilkontinent – wie wir dieses Gebiet damals noch irrtümlich bezeichneten – liegen würde. Dort gefundene geologische Proben würden zu Vergleichszwecken nützlich sein. Wir befanden uns noch bei bester Gesundheit – die einseitige Ernährung mit eingesalzten oder aus Konserven stammenden Lebensmitteln glichen wir mit Zitronellensaft hinreichend aus, und die allgemein nur wenig unter $-10°$ liegenden Temperaturen ließen uns ohne unsere dicksten Pelze auskommen. Wir hatten jetzt Hochsommer, und bei entsprechender Eile und Umsicht würden wir vielleicht die Arbeiten bis zum März beenden und auf eine mühevolle Überwinterung in der langen antarktischen Nacht verzichten können. Mehrmals waren grimmige Stürme von Westen über uns hereingebrochen, die wir jedoch unbeschadet überstanden hatten, dank Atwoods Geschick in der Konstruktion von behelfsmäßigen Schutzbauten für die Flugzeuge und Windbrechern aus schweren Schneeblöcken, sowie in der Befestigung der Lagerbauten durch Schneewälle. Es war nachgerade unheimlich, wieviel Glück und Erfolg wir bislang gehabt hatten.

Die Außenwelt war natürlich über unser Programm unterrichtet; sie erfuhr auch von Lakes seltsam hartnäckigem Beharren auf einer Prospektierungs-Exkursion in westlicher – oder, genauer gesagt, nordwestlicher Richtung, bevor wir endgültig zu dem neuen Stützpunkt aufbrechen würden. Offenbar hatte er lange und mit beunruhigendem Wagemut über jenen gekritzten Abdruck in dem Schiefer nachgegrübelt; hatte aus ihm gewisse Unstimmigkeiten hinsichtlich der Art und der geologischen Periode herausgelesen, die seine Neugier aufs äußerste anstachelten und in ihm den Wunsch weckten, weitere Bohrungen und Sprengungen in der nach Westen sich erstreckenden Formation vorzunehmen, zu der die zutage geförderten Fragmente offensichtlich gehörten. Er war sonderbar fest davon überzeugt, daß es sich um den Abdruck eines massigen, unbekannten und absolut unklassifizierten Organismus handle, der auf einer recht hohen Evolutionsstufe gestanden haben mußte, trotz der Tatsache, daß das Gestein, in dem er gefunden worden war, so unendlich alt war – kambrisch, wenn nicht sogar präkambrisch –, daß man die Existenz nicht nur von hochentwickeltem, sondern sogar von jeglichem Leben außer Einzellern oder bestenfalls Trilobiten mit großer Wahrscheinlichkeit ausschließen konnte. Diese Fragmente, mit ihren rätselhaften Markierungen, mußten zwischen 500 Millionen und einer Milliarde Jahre alt sein.

2

Die Öffentlichkeit reagierte, soweit ich es beurteilen kann, mit Interesse und Phantasie auf unsere Funkberichte über Lakes Aufbruch nach Nordwesten in Gebiete, in die nie ein Mensch oder auch nur die menschliche Vorstellung vorgedrungen war, obwohl wir nicht einmal seine abenteuerlichen Hoffnungen erwähnten, die gesamte biologische und geologische Wissenschaft revolutionieren zu können. Während einer vorbereitenden Exkursion vom 11. bis zum 18. Januar, an der außer ihm noch Pabodie und fünf andere teilnahmen und die von dem Verlust zweier Schlittenhunde überschattet war – ein Schlitten war bei der Überquerung einer der hohen Pressungswülste im Eis umgestürzt –, hatten Versuchsbohrungen immer mehr Proben dieses urzeitlichen Schiefers zutage gefördert; sogar ich selbst war beeindruckt von der einzigartigen Fülle eindeutig fossiler Spuren in einer so unglaublich alten Schicht. Diese Spuren stammten jedoch von sehr primitiven Lebewesen und gaben weiter keine Rätsel auf, abgesehen von der Frage, wie es in diesem, allem Anschein nach präkambrischen Gestein überhaupt irgendeine Form von Leben gegeben haben konnte; ich sah deshalb keinen rechten Sinn in Lakes Forderung nach einer Unterbrechung unseres auf Zeitersparnis gerichteten Programms – einer Unterbrechung, die den Einsatz aller vier Flugzeuge, vieler Männer und der gesamten technischen Ausrüstung der Expedition erfordert hätte. Zu guter Letzt legte ich kein Veto gegen das Vorhaben ein, entschloß mich aber, nicht an dem Vorstoß nach Nordwesten teilzunehmen, obwohl Lake großen Wert auf mein Fachwissen als Geologe gelegt hätte. In der Zeit bis zu ihrer Rückkehr wollte ich mit Pabodie und fünf Mann im Lager bleiben und endgültig Pläne für die Verlegung nach Osten ausarbeiten. Zur

Vorbereitung hatten wir damit begonnen, mit einem der Flugzeuge ausreichende Benzinvorräte vom McMurdo-Sund heranzuschaffen; aber das hatte auch noch etwas Zeit. Ich behielt einen Schlitten und neun Hunde, da es unklug gewesen wäre, auch nur für kurze Zeit ohne Transportmöglichkeit in einer gänzlich unbewohnten Welt urzeitlichen Todes zu bleiben.

Lakes Sonderexpedition ins Unbekannte gab, wie man sich erinnern wird, mit Hilfe der Kurzwellensender der Flugzeuge ihre eigenen Berichte durch; diese wurden gleichzeitig von unserer Anlage im südlichen Lager und von der *Arkham* am McMurdo-Sund aufgefangen, von wo aus sie auf Wellenlängen bis zu fünfzig Metern an die Außenwelt weitergegeben wurden. Der Aufbruch erfolgte am 22. Januar um vier Uhr morgens, und schon zwei Stunden später erhielten wir den ersten Funkbericht, in dem Lake mitteilte, sie seien gelandet und hätten an einem etwa dreihundert Meilen von uns entfernten Punkt damit begonnen, in bescheidenem Umfang Eis abzuschmelzen und Bohrungen vorzunehmen. Sechs Stunden später erhielten wir einen zweiten, aufgeregten Bericht, dem zu entnehmen war, daß in fieberhafter Arbeit ein nicht sehr tief reichender Schacht gegraben und durch Sprengungen erweitert worden war; diese Anstrengungen seien durch die Entdeckung von Schiefer-Bruchstücken belohnt worden, die ähnlich rätselhafte Abdrücke aufwiesen wie jene erste Probe.

Drei Stunden später erfuhren wir durch einen kurzen Funkspruch, daß die Flugzeuge trotz eines heftigen, beißenden Sturms wieder starten würden; als ich in meiner Antwort gegen weitere Risiken protestierte, erwiderte Lake kurz angebunden, seine neuen Proben würden jedes Risiko rechtfertigen. Mir wurde klar, daß Lake in seiner Begeisterung mittlerweile auch zur Meuterei bereit gewesen wäre und ich nichts dagegen tun konnte, daß der Erfolg unserer ganzen Expedition so leichtsinnig aufs Spiel gesetzt wurde; aber ich erschrak bei dem Gedanken daran, wie er tiefer und tiefer in diese trügerische und unheimliche weiße Unendlichkeit der Stürme und unergründeten Geheimnisse eindrang, die sich an die fünfzehnhundert Meilen bis zu der halb bekannten, halb vermuteten Küste von Königin-Mary- und Knox-Land erstreckte.

Dann, ungefähr anderthalb Stunden später, kam jener doppelt erregte Funkspruch aus Lakes in der Luft befindlichem Flugzeug, der mich beinahe meinen Entschluß bereuen und wünschen ließ, ich hätte doch an der Expedition teilgenommen:

»10 Uhr 05 abends. Unterwegs, nach Schneesturm Gebirgskette gesichtet, höher als alle bisher entdeckten. Möglicherweise so hoch wie Himalaya, Höhe des Plateaus mitgerechnet. Wahrscheinliche Breite 76° 15′, Länge 113° 10′ Ost. Reicht soweit zu sehen nach rechts und links. Glauben zwei rauchende Kegel zu erkennen. Alle Gipfel schwarz und schneefrei. Von dorther wehender Sturm behindert Navigation.«

Von da an saßen Pabodie, die anderen Männer und ich in atemloser Spannung neben dem Funkgerät. Der Gedanke an diesen titanischen Gebirgswall siebenhundert Meilen entfernt erregte unsere Abenteuerlust aufs äußerste; und wir waren begeistert, daß unsere Expedition, wenn auch nicht wir persönlich, ihn entdeckt hatte. Nach einer Stunde meldete sich Lake wieder:

»Moultons Maschine zur Landung gezwungen in Vorbergen auf dem Plateau, aber niemand verletzt und Reparatur vielleicht möglich. Werde anderen drei Anweisungen für Rückkehr oder falls nötig Weiterflug geben, aber im Augenblick längere Flüge kaum noch nötig. Berge übertreffen jede Erwartung. Steige in Carrolls Maschine ohne Ballast auf, um Überblick zu gewinnen. Könnt euch so was überhaupt nicht vorstellen. Höchste Gipfel müssen über 35 000 Fuß haben. Everest aus dem Rennen. Atwood will Höhe mit Theodolit feststellen, während Carroll und ich oben sind. Kegel wahrscheinlich Irrtum, denn Formationen anscheinend geschichtet. Möglicherweise präkambrischer Schiefer mit eingelagerten anderen Schichten. Merkwürdige Umrisse – regelmäßige Quader auf höchsten Gipfeln. Phantastischer Anblick im rotgoldenen Licht der tiefstehenden Sonne. Wie geheimnisvolles Traumland oder Tor zu verbotener Welt nie gesehener Wunder. Wollte, ihr wärt hier, um selbst zu sehen.«

Obwohl eigentlich Schlafenszeit war, dachte keiner von uns Zuhörern auch nur im geringsten daran, sich hinzulegen. Am McMurdo-Sund muß es ganz ähnlich gewesen sein, wo das Depot und die *Arkham* die Funksprüche ebenfalls auffingen, denn Kapitän Douglas beglückwünschte in einem Funkspruch alle zu der bedeutenden Entdeckung, und Sherman, der Funker des Depots, schloß sich an. Wir machten uns natürlich Sorgen wegen des beschädigten Flugzeugs, hofften aber, daß man es leicht würde reparieren können. Dann, um 11 Uhr abends, meldete sich wieder Lake:

»Mit Carroll über die höchsten Vorberge. Wagen uns nicht an die wirklich hohen Berge beim augenblicklichen Wetter, werden es aber später versuchen. Harte Arbeit, die Maschine hochzukriegen, und Fliegen in dieser Höhe anstrengend, lohnt sich aber. Hauptkamm ziemlich massiv, deshalb unmöglich zu sehen, was dahinter ist. Größte Gipfel höher als Himalaya und sehr merkwürdig. Kamm sieht aus wie präkambrischer Schiefer, mit vielen deutlich sichtbaren anderen Schichten. Habe mich geirrt in puncto Vulkantätigkeit. Erstreckt sich nach beiden Seiten weiter, als wir sehen können. Oberhalb 21 000 Fuß von Schnee freigefegt.

Seltsame Gebilde auf Abhängen der höchsten Berge. Große, flache rechtwinklige Blöcke mit genau senkrechten Seitenflächen und rechteckige Umrisse niedriger, senkrecht begrenzter Wälle wie die an steile Berge geklebten alten asiatischen Burgen auf Roerichs Gemälden. Eindrucksvoll von weitem. Sind an einige nahe herangeflogen, und Carroll dachte, sie bestünden aus einzelnen Stücken, aber das sind wahrscheinlich Verwitterungserscheinungen. Die meisten Kanten bröckelig und rundgeschliffen, als seien sie Millionen Jahre Stürmen und klimatischen Veränderungen ausgesetzt gewesen.

Teile insbesondere weit oben, scheinen aus hellerem Fels als alle sichtbaren Schichten auf eigentlichen Abhängen, also offenbar kristallinen Ursprungs. Aus der Nähe viele Höhlenöffnungen zu sehen, manche von erstaunlich regelmäßigem Umriß, quadratisch oder halbkreisförmig. Müßt kommen und untersuchen. Glaube Wall mitten auf einem Gipfel gesehen zu haben. Bin selbst 21 500 Fuß hoch, in diabolischer, schneidender Kälte. Wind heult und pfeift durch Pässe und aus Höhlen, aber Fliegen bislang noch nicht gefährlich.«

Von da an überschüttete Lake uns mit einem Trommelfeuer von Informationen und unterrichtete uns von seiner Absicht, einige der Gipfel zu Fuß zu ersteigen. Ich antwortete, ich würde mich ihm anschließen, sobald er ein Flugzeug schicken könne, und Pabodie und ich würden den bestmöglichen Plan für die Benzinversorgung ausarbeiten – wo und wie wir die Vorräte konzentrieren sollten angesichts des veränderten Charakters unserer Expedition. Lakes Bohrungen und auch seine Flüge würden beträchtliche Mengen für das neue Lager, das er am Fuß der Berge anlegen wollte, erforderlich machen; und es war möglich, daß der Flug nach Osten schließen nicht mehr stattfinden würde, jedenfalls nicht in diesem Sommer. Im Zusammenhang damit rief ich Kapitän Douglas und bat ihn, möglichst viel Benzin aus den Schiffen und mit einem Hundegespann, das wir dort zurückgelassen hatten, auf die Eisbarriere hinaufzubringen. Es würde sich als notwendig erweisen, eine direkte Verbindung über das unbekannte Gebiet zwischen Lake und McMurdo-Sund hinweg zu schaffen.

Lake rief mich später, um mir zu sagen, er habe sich entschlossen, das Lager dort aufzuschlagen, wo Moultons Flugzeug hatte landen müssen und wo die Reparaturen schon Fortschritte gemacht hatten. Die Eisschicht sei sehr dünn, hier und da sei dunkler Untergrund sichtbar, und er werde an Ort und Stelle einige Bohrungen und Sprengungen durchführen, bevor er irgendwelche Klettertouren oder Exkursionen mit den Schlitten unternehmen werde. Er sprach von der unbeschreiblichen Majestät der ganzen Szenerie und davon, welch merkwürdiges Gefühl es sei, sich im Windschatten riesiger, schweigender Gipfel zu befinden, deren Ketten sich wie eine Mauer auftürmten, die am Rande der Welt den Himmel berührt. Atwoods Messungen mit dem Theodoliten hatten für die fünf höchsten Berge Werte zwischen 30 000 und 35 000 Fuß ergeben. Daß das Terrain vom Wind völlig leergefegt war, machte Lake offenbar Sorgen, denn daraus konnte man auf das gelegentliche Auftreten fürchterlicher Orkane schließen, die weit heftiger sein mußten als alles, was wir bis jetzt erlebt hatten. Sein Lager war etwas über fünf Meilen vom Fuß der jäh aufragenden Vorberge entfernt. Aus seiner Stimme konnte ich eine unbewußte Beunruhigung heraushören – über eine eisige Leere von 700 Meilen hinweg –, als er darauf drängte, wir sollten uns alle beeilen, damit wir die unheimliche neue Gegend so schnell wie möglich wieder verlassen könnten. Er werde sich jetzt erst mal schlafen legen, nach einem langen Arbeitstag, der schnelles Arbeiten, Anstrengungen und Erfolge gebracht habe wie kaum einer zuvor.

Am Morgen führte ich ein Dreiecksgespräch über Funk mit Lake und Kapitän Douglas an ihren so weit voneinander entfernten Standorten. Wir kamen überein, daß eines von Lakes Flugzeugen in mein Lager kommen sollte, um Pabodie, die fünf Mann und mich zu holen und soviel Benzin wie möglich mitzunehmen. Im übrigen konnte die Benzinfrage bis zur Entscheidung über den Vorstoß nach Osten noch ein paar Tage warten, da Lake genügend Vorräte für die Beheizung des Lagers und die Bohrungen hatte. Schließlich würden wir die Vorräte im Lager auffüllen müssen, aber falls wir den Vorstoß nach Osten aufschoben, würden wir den Treibstoff nicht vor nächstem Sommer brauchen, und in der Zwischenzeit würde Lake ein Flugzeug losschicken müssen, um eine direkte Flugverbindung zwischen seinen neuen Bergen und dem McMurdo-Sund ausfindig zu machen.

Pabodie und ich trafen die Vorbereitungen, um unser Lager für kurze Zeit – oder, falls nötig, auch für länger – zu schließen. Sollten wir in der Antarktis überwintern, würden wir wahrscheinlich von Lakes Lager direkt zur *Arkham* fliegen, ohne an diese Stelle zurückzukehren. Einige unserer kegelförmigen Zelte waren schon mit Blöcken von Preßschnee befestigt worden, und jetzt beschlossen wir, das Lager endgültig in einen permanenten Stützpunkt zu verwandeln. Da die Expedition reichlich mit Zelten versorgt war, hatte Lake in seinem Lager alles, was er brauchen würde, selbst nach unserer Ankunft. Ich gab durch, daß Pabodie und ich nach einem Tag Arbeit und einer Nacht Schlaf für den Flug nach Nordwesten bereit sein würden.

Von 4 Uhr nachmittags an wollte uns die Arbeit jedoch nicht mehr so recht von der Hand gehen, denn etwa von diesem Zeitpunkt an gab Lake in höchster Aufregung Berichte über ganz außerordentliche Entdeckungen durch. Sein Arbeitstag hatte nicht sonderlich vielversprechend begonnen, da eine Überprüfung der fast eisfreien Felsenoberflächen vom Flugzeug aus ein völliges Fehlen jener archäischen und urzeitlichen Formationen ergeben hatte, nach denen er suchte und die einen so wesentlichen Bestandteil der gigantischen Gipfel bildeten, die in verlockend geringer Entfernung vom Lager emporragten. Die meisten Gesteinsarten waren offenbar jurassischer Sandstein und permischer und triassischer Schiefer, dazwischen an einigen Stellen zutage liegende, glänzend schwarze Formationen, die wie harte, schieferige Kohle aussahen. Das alles entmutigte Lake, dessen Pläne sich ausschließlich um die Förderung von Proben drehten, die älter als 500 Millionen Jahre waren. Ihm wurde klar, daß, wollte er an die urzeitliche Schieferader herankommen, in der er die sonderbaren Abdrücke gefunden hatte, eine längere Exkursion mit den Schlitten von diesen Vorbergen zu den steilen Abhängen der gigantischen Berge selbst nötig sein würde.

Trotzdem hatte er beschlossen, als Teil des allgemeinen Programms der Expedition an Ort und Stelle einige Bohrungen durchzuführen; dementsprechend ließ er den Bohrturm aufbauen und teilte fünf Mann für die Bohrarbeit ein, während die übrigen das Lager fertig aufbauten und das Flugzeug reparierten. Für die ersten Probebohrungen war das weichste Gestein ausgewählt worden, das zu sehen war – ein Sandstein ungefähr eine Viertelmeile vom Lager entfernt; die Arbeit ging flott voran, und man brauchte kaum zusätzliche Sprengungen vorzunehmen. Etwa drei Stunden später, gleich nachdem der Knall der ersten größeren Sprengung verhallt war, hörten die anderen das Geschrei der Bohrmannschaft, und der junge Gedney – der als Vorarbeiter fungierte – kam mit der sensationellen Neuigkeit ins Lager gerannt.

Sie waren auf eine Höhle gestoßen. Bei den ersten Bohrungen hatten sie unter dem Sandstein eine Kalksteinschicht entdeckt, voller winziger fossiler Cephalopoden, Korallen, Seeigel und Armfüßer und gelegentlicher Spuren von Schwämmen mit Kieselskelett und Knochen von Meereswirbeltieren – die letzteren wahrscheinlich von Knochenfischen, Haien und Ganoiden. Das allein war schon wichtig genug, denn es waren die ersten Fossilien von Wirbeltieren, die unsere Expedition entdeckt hatte; als aber kurz danach der Bohrer durch die Gesteinsschicht offenbar ins Leere durchgefallen war, hatte sich eine neue, noch viel stärkere Erregung der Männer bemächtigt. Eine ordentliche Sprengung hatte das unterirdische Geheimnis offengelegt; und jetzt gähnte vor den begierigen Augen der Forscher, unter einer ausgezackten Öffnung von vielleicht fünf Fuß Durchmesser und drei Fuß Stärke, ein Abschnitt einer niedrigen Kalksteinhöhle, die vor mehr als fünfzig Millionen Jahren durch das tropfende Grundwasser einer vergangenen tropischen Epoche geschaffen worden war.

Die ausgehöhlte Schicht war nicht tiefer als sieben oder acht Fuß, erstreckte sich aber nach allen Richtungen ins Unendliche und führte frische, leicht bewegte Luft, die auf ein ausgedehntes Höhlensystem schließen ließ. Decke und Sohle starrten förmlich von Stalaktiten und Stalagmiten, die an manchen Stellen zu Säulen zusammengewachsen waren; aber das Wichtigste von allem waren die riesigen Anhäufungen von Schalen und Knochen, die an manchen Stellen fast den Durchgang versperrten. Herabgeschwemmt aus unbekannten Dschungeln mesozoischer Baumfarne und Pilze und Wäldern tertiärer Zykadeen, Fächerpalmen und primitiver Angiospermen, enthielt dieses beinerne Gemisch mehr Vertreter kretazeischer, eozäner und anderer Tierarten, als auch der tüchtigste Paläontologe im Verlauf eines Jahres hätte zählen oder klassifizieren können. Mollusken, Panzer von Krustentieren, Fische, Amphibien, Reptilien, Vögel und frühe Säugetiere – groß und klein, bekannt und unbekannt. Kein Wunder, daß Gedney laut schreiend ins Lager zurückgerannt kam, kein Wunder auch, daß jeder seine Arbeit liegenließ und Hals über Kopf durch die schneidende Kälte zu dem hohen Bohrturm hinüberstürzte, der ein neu entdecktes Tor zu den Geheimnissen des Erdinnern und entschwundenen Äonen markierte.

Als Lake seine erste unbezähmbare Neugier gestillt hatte, kritzelte er eine Nachricht in sein Notizbuch und schickte den jungen Moulton ins Lager zurück, um sie so schnell wie möglich per Funk weiterzugeben. Das war die erste Kunde von der Entdeckung, die mich erreichte; sie berichtete über die Identifizierung von frühen Muscheln, Knochen von Ganoiden und Plakoidschuppern, Überresten von Labyrinthodonten und Thekodonten, großen Schädelfragmenten von Mosasauriern, Wirbeln und Panzern von Dinosauriern, Zähnen und Flügelknochen von Pterodaktylen, Überresten von Archäopteryxen, miozänen Haifischzähnen, Schädeln primitiver Vogelarten und anderen Skeletteilen von urzeitlichen Säugetieren wie Paläotherien, Xiphodonten, Eohippi, Oreodonten und Titanotheren. Es war kein so spätes Tier wie ein Mammut, ein Elefant, ein echtes Kamel, ein Hirsch oder ein Rind darunter; Lake schloß daraus, daß die letzten Ablagerungen im Oligozän entstanden waren und daß die hohle Schicht mindestens dreißig Millionen Jahre in ihrem jetzigen ausgetrockneten, toten und unzugänglichen Zustand dagelegen hatte.

Andererseits war das Vorherrschen sehr früher Lebensformen im höchsten Grade ungewöhnlich. Obwohl die Kalksteinformation zweifelsfrei aus der Periode zwischen Jura- und Kreidezeit stammte, was durch so typische eingelagerte Fossilien wie Glasschwämme bewiesen wurde, enthielten die freien Überreste in dem Hohlraum einen überraschend hohen Anteil an Organismen, die bislang als typisch für viel ältere Perioden angesehen worden waren – es waren sogar rudimentäre Fische, Mollusken und Korallen darunter, die so weit zurückliegenden Zeitaltern wie dem Silur oder sogar dem Ordovizium zugerechnet wurden. Die unausweichliche Folgerung war, daß in diesem Teil der Welt eine bemerkenswerte Kontinuität zwischen dem Leben vor über 300 Millionen und dem vor nur 30 Millionen Jahren geherrscht haben mußte. Wie weit diese Kontinuität sich bis über das Oligozän hinaus fortgesetzt hatte, als der Hohlraum verschlossen wurde, das lag natürlich außerhalb jeder Vermutung. Auf alle Fälle mußte die furchtbare Eisbildung im Pleistozän – also vor etwa 500 000 Jahren, was im Vergleich zum Alter dieser Höhle geradezu Neuzeit war – alle urzeitlichen Lebewesen ausgerottet haben, denen es bis dahin gelungen war, an diesem Ort bis lange über das allgemeine Aussterben ihrer Art hinaus zu überleben.

Lake wollte es bei seinem ersten Bericht nicht bewenden lassen, sondern hatte bereits eine zweite Meldung geschrieben und über den Schnee zum Lager bringen lassen, bevor Moulton wieder da war. Danach kam Moulton nicht mehr vom Funkgerät weg; er übermittelte mir – und der *Arkham* zur Weitergabe an die Außenwelt – die zahlreichen Postskripte, die Lake ihm durch eine Reihe von Boten überbringen ließ. Wer die Zeitungsberichte verfolgt hat, wird sich an das Aufsehen erinnern, das diese Nachmittagsmeldungen in der wissenschaftlichen Welt verursachten – Meldungen, die schließlich, nach all den Jahren, zur Vorbereitung eben dieser Starkweather-Moore-Expedition führten, die ich durch meine eindringlichen Warnungen von ihrem Vorhaben abzubringen versuche. Ich werde wohl am besten die Meldungen hier wörtlich so wiedergeben, wie Lake sie abfaßte und der Lagerfunker McTighe sie aus den stenographischen Bleistiftnotizen übertrug:

»Fowler macht Entdeckung von größter Tragweite in losgesprengten Sand- und Kalksteinbruchstücken. Mehrere deutlich dreieckige, gekritzte Abdrücke ähnlich denen in dem urzeitlichen Schiefer, die beweisen, daß das Lebewesen von vor mehr als 600 Millionen Jahren bis in ausgehende Jurazeit überlebte, nur mit geringen morphologischen Veränderungen und fast ohne Verringerung der Durchschnittsgröße. Die Abdrücke aus dem Jura scheinen, wenn überhaupt Unterschiede festzustellen, primitiver oder entartet. Bedeutung der Entdeckung müßte in Presse herausgestellt werden. Wird für die Biologie bedeuten, was Einstein für Mathematik und Physik bedeutete. Ergänzt meine bisherige Arbeit und bestätigt Schlußfolgerungen.

Scheint darauf hinzuweisen, wie ich vermutete, daß auf der Erde ein ganzer Zyklus oder sogar mehrere Zyklen organischen Lebens abgelaufen sind, vor dem uns bekannten, der mit azoischen Zellen beginnt. Evolution und Artenbildung nicht später als vor einer Milliarde Jahren, als Planet jung und kurz zuvor noch unbewohnbar für jegliches Leben oder normale Protoplasma-Gebilde war. Frage erhebt sich, wann, wo und wie Entwicklung stattfand.«

»Später. Untersuchen Skelettfragmente von großen Land- und Meeressauriern und primitiven Säugern, finden einzigartige Verletzungen an bestimmten Stellen des Knochenbaues, die keinem bekannten Raubtier oder Fleischfresser irgendeiner Periode zugeordnet werden können. Zwei Arten – gerade, durchdringende Bohrlöcher und offenbar durch Hackwerkzeuge verursachte Einschnitte. Ein oder zwei Fälle glatt durchgeschnittener Knochen. Nur wenige Exemplare betroffen. Schicke Boten zum Lager nach Taschenlampen. Werden unterirdisches Suchgebiet durch Abhacken von Stalaktiken erweitern.«

»Noch später. Haben sonderbares Speckstein-Fragment gefunden, etwa sechs Zoll Durchmesser und anderthalb Zoll dick, völlig unähnlich allen sichtbaren Formationen in der Umgebung – grünlich, aber keine Anhaltspunkte zur Bestimmung der Periode. Merkwürdig glatt und regelmäßig. Form ähnelt fünfeckigem Stern mit abgebrochenen Spitzen; außerdem Spuren weiterer Einkerbungen an Innenwinkeln und im Mittelpunkt der Oberfläche. Kleine, glatte Vertiefung im Mittelpunkt der intakten Oberfläche. Gibt viele Rätsel im Hinblick auf Herkunft und Verwitterung auf. Wahrscheinlich zufällig durch Einwirkung von Wasser entstanden. Carroll glaubt mit Vergrößerungsglas weitere Markierungen von geologischer Bedeutung zu erkennen. Gruppen winziger Tupfen in regelmäßigen Mustern. Hunde werden unruhig, während wir arbeiten, empfinden anscheinend Abscheu vor Speckstein. Müssen feststellen, ob bestimmter Geruch vorhanden. Melden uns wieder, wenn Mills mit Lampen zurück und wir in Höhle hinabsteigen.«

»10 Uhr 15 abends. Wichtige Entdeckung. Orrendorf und Watkins, bei unterirdischer Arbeit mit Lampen, finden gegen 9 Uhr 45 monströses, tonnenförmiges Fossil gänzlich unbekannter Art; wahrscheinlich pflanzlich, falls nicht überwachsenes Exemplar eines unbekannten Meeres-Hohltieres. Gewebe offensichtlich durch Mineralsalze konserviert. Zäh wie Leder, aber an manchen Stellen noch unglaublich flexibel. Spuren abgebrochener Teile an Enden und rings um Seiten. Sechs Fuß Länge, dreieinhalb Fuß Durchmesser in der Mitte, verjüngt auf ein Fuß an beiden Enden. Wie ein Faß, mit fünf Wülsten anstelle der Dauben. Seitliche Bruchstellen, wie von dünnen Stengeln, an der zentralen Umfangslinie in der Mitte dieser Wülste. In Furchen zwischen den Wülsten seltsame Auswüchse – Kämme oder Schwingen, die sich auffalten und ausbreiten lassen wie Fächer. Alle stark beschädigt bis auf einen, der eine Flügelspannweite von fast sieben Fuß aufweist. Anordnung erinnert einen an bestimmte Ungeheuer in urzeitlichen Mythen, insbesondere sagenhafte Ältere Wesen in *Necronomicon*.

Schwingen scheinen membranartig, auf drüsenartiges Röhrensystem gespannt. Anscheinend winzige Öffnungen in Röhren an den Spitzen der Schwingen. Körperenden eingeschrumpft, bieten keinen Anhaltspunkt, wie Körperinneres aussieht oder was an diesen Stellen abgebrochen ist. Müssen sezieren, wenn wieder im Lager. Ob pflanzlich oder tierisch, nicht festzustellen. Viele Merkmale offenbar von unglaublicher Primitivität. Alle Mann damit beschäftigt, Stalaktiten zu beseitigen und weitere Exemplare zu suchen. Weitere narbige Knochen gefunden, doch das hat Zeit. Schwierigkeiten mit den Hunden. Können das neue Fossil nicht ertragen und würden es in Stücke reißen, wenn wir es nicht von ihnen fernhielten.«

»11 Uhr 30 abends. Achtung, Dyer, Pabodie, Douglas. Sache von höchster – möchte sagen transzendenter – Bedeutung. *Arkham* muß sofort an Hauptstation Kingsport durchgeben. Seltsames Faßwesen ist das urzeitliche Lebewesen, das die Abdrücke im Gestein hinterlassen hat. Mills, Boudreau und Fowler entdecken Gruppe von dreizehn oder mehr an unterirdischem Punkt vierzig Fuß von der Öffnung. Dazwischen seltsam geformte, abgerundete Speckstein-Fragmente, kleiner als das erste Exemplar – sternförmig, aber keine Bruchstellen außer an einigen Spitzen.

Von den organischen Wesen acht offenbar vollständig, mit allen Anhängseln. Haben alle an die Oberfläche geschafft und die Hunde ein Stück weiter weggeführt. Sie können die Dinger nicht ausstehen. Achtet genau auf Beschreibung und wiederholt zur Kontrolle. Zeitungen müssen korrekt berichten.

Objekte insgesamt acht Fuß lang. Sechs Fuß langer, mit fünf Wülsten ausgestatteter Rumpf, dreieinhalb Fuß zentraler Durchmesser, je ein Fuß Enddurchmesser. Dunkelgrau, flexibel und unendlich zäh. Sieben Fuß lange, membranartige Schwingen von derselben Farbe, in gefaltetem Zustand angetroffen, in den Furchen zwischen den Wülsten angewachsen. Gerüst der Schwingen röhren- oder drüsenartig, von hellerem Grau, mit Öffnungen an Spitzen der Schwingen. Ausgebreitete Schwingen haben gesägten Rand. Entlang zentraler Umfangslinie des Rumpfes, jeweils am zentralen Scheitelpunkt der fünf vertikalen, daubenartigen Wülste, fünf Systeme hellgrauer, flexibler Arme oder Tentakeln, die bei Auffindung fest an den Rumpf gefaltet waren, aber zu einer Maximallänge von über drei Fuß dehnbar sind. Wie die Arme primitiver Haarsterne. Die einzelnen Stengel von drei Zoll Durchmesser verzweigen sich nach sechs Zoll in fünf Einzelstengel, von denen jeder sich nach acht Zoll in kleine, spitz zulaufende Tentakeln oder Ranken gabelt, so daß jeder Arm insgesamt fünfundzwanzig Tentakeln besitzt.

Am oberen Ende des Rumpfes stumpfer, knollenartiger Hals von hellerem Grau, mit kiemenähnlichen Merkmalen, trägt gelblichen, fünfeckigen, seesternförmigen Kopf, der mit drei Zoll langen, drahtigen Wimpern von verschiedenen Prismafarben bedeckt ist.

Kopf groß und aufgebläht, etwa zwei Fuß von Spitze zu Spitze, mit drei Zoll langen, flexiblen, gelblichen Röhren an jeder Spitze. Schlitz genau in der Mitte der Kopfoberseite, offenbar Atmungsöffnung. Am Ende jeder Röhre kugelförmige Verdickung, von der gelbliche Membran zurückgeschoben werden kann, so daß glasartige, rot-irisierende Kugel freigelegt wird, offenbar ein Auge.

Fünf etwas längere, rötliche Röhren sind in den Innenwinkeln des seesternförmigen Kopfes angewachsen und laufen in sackartige Schwellungen gleicher Färbung aus, die sich auf Druck hin zu glockenförmigen Öffnungen auftun, mit zwei Zoll Maximaldurchmesser und ausgekleidet mit scharfen, zahnartigen, weißen Gebilden – wahrscheinlich Münder. All diese Röhren, Wimpern und Spitzen des Seesternkopfes eng gefaltet angetroffen; Röhren und Spitzen lagen dicht an knollenförmigen Hals und Rumpf an. Erstaunliche Flexibilität trotz größter Zähigkeit.

Am unteren Ende des Rumpfes befinden sich ähnlich gebaute, aber anders funktionierende Gegenstücke zu den Kopforganen. Knollenförmiger, hellgrauer Scheinhals, ohne kiemenartige Merkmale, trägt grünliches, fünfeckiges Seesterngebilde.

Zähe, muskulöse Arme vier Fuß lang und spitz zulaufend von sieben Zoll Durchmesser an der Basis zu etwa zweieinhalb an der Spitze. Jede Spitze läuft in ein grünliches, fünfadriges, membranartiges Dreieck aus, das acht Zoll lang und am anderen Ende sechs Zoll breit ist. Das ist das Ruder, die Flosse oder der rudimentäre Fuß, von dem die Abdrücke in den eine Milliarde bis 50 oder 60 Millionen Jahre alten Formationen stammen.

Aus den Innenwinkeln des Seesterngebildes wachsen zwei Fuß lange, rötliche Röhren, die sich von drei Zoll Durchmesser an der Basis auf einen an der Spitze verjüngen. Öffnungen an den Spitzen. All diese Teile unendlich zäh und ledrig, aber sehr flexibel. Vier Fuß lange Arme mit Rudern wurden ohne Zweifel zur Fortbewegung benutzt, im Wasser oder sonstwie. Wenn man sie bewegt, wird ungewöhnliche Muskulosität erkennbar. Bei Auffindung waren all diese Auswüchse eng an den Scheinhals und das Rumpfende gefaltet, entsprechend den Gliedern am anderen Ende.

Ob Pflanze oder Tier, kann noch nicht mit Sicherheit entschieden werden, aber Wahrscheinlichkeit jetzt für Tier. Vermutlich unglaublich hochentwickelte Form von Hohltieren ohne Verlust der primitiven Merkmale. Ähnlichkeit mit Stachelhäutern unverkennbar, trotz einiger gegenteiliger Merkmale.

Schwingen geben Rätsel auf, da wahrscheinlicher Lebensraum das Meer, aber vielleicht wurden sie zum Schwimmen benutzt. Die Symmetrie ist merkwürdig pflanzenähnlich und erinnert eher an das Oben und Unten der pflanzlichen Struktur als an das Vorne und Hinten des tierischen Körperbaues. Die phantastisch frühe Entwicklungszeit, die weit vor der Entstehung der primitivsten Protozoen liegen muß, macht jede Vermutung über den Ursprung unmöglich.

Vollständig erhaltene Exemplare haben so unheimliche Ähnlichkeit mit bestimmten Wesen in urzeitlichen Mythen, daß der Gedanke an ihre Existenz außerhalb der Antarktis nicht von der Hand zu weisen ist. Dyer und Pabodie haben *Necronomicon* gelesen und die auf diesem Text basierenden Nachtmahrbilder von Clark Ashton Smith gesehen und werden mich verstehen, wenn ich von den Älteren Wesen spreche, von denen angenommen wird, sie hätten aus Versehen oder zum Spaß alles irdische Leben geschaffen. Forscher waren immer der Meinung, diese Vorstellung beruhe auf phantasievollen Beschreibungen uralter, tropischer Hohltiere. Ähnlichkeiten auch mit den Sagengestalten, von denen Wilmarth gesprochen hat – Zusammenhang mit Cthulhu-Kult etc.

Weites Feld für Forschung. Ablagerungen wahrscheinlich aus oberer Kreide oder frühem Eozän, nach den übrigen Fossilien zu schließen. Massive Ablagerungen von Stalagmiten über ihnen. Harte Arbeit, sie auszubauen, aber Zähigkeit verhinderte Beschädigungen. Erhaltungszustand märchenhaft, offensichtlich dank Kalksteineinwirkung. Bis jetzt keine weiteren entdeckt, aber Suche wird später wieder aufgenommen. Im Augenblick vordringliche Aufgabe, die vierzehn riesigen Exemplare ohne Hunde ins Lager zu schaffen. Hunde bellen wie rasend und müssen ferngehalten werden.

Mit neun Mann – drei müssen die Hunde zurückhalten – müßten wir ganz gut mit den Schlitten fertig werden, obwohl der Wind uns behindern wird. Müssen Flugroute nach McMurdo-Sund finden und mit dem Materialtransport beginnen. Aber ich muß eines der Exemplare sezieren, bevor wir uns Ruhe gönnen. Wollte, ich hätte hier ein richtiges Laboratorium. Dyer darf sich noch nachträglich schämen, daß er versucht hat, mich von meinem Vorstoß nach Westen abzuhalten. Erst die höchsten Berge der Welt, und jetzt das. Wenn diese Nacht nicht der Höhepunkt der Expedition war, dann weiß ich nicht, was noch kommen sollte. Wissenschaftlich sind wir gemachte Männer. Glückwünsche, Pabodie, für den Bohrer, der den Zugang zu Höhle öffnet. *Arkham*, bitte jetzt die Beschreibung wiederholen.«

Meine und Pabodies Gefühle nach dem Erhalt dieses Berichtes sind kaum zu beschreiben, und die Begeisterung unserer Gefährten stand der unseren nicht nach. McTighe, der eilends die wichtigsten Punkte übertragen hatte, sowie sie aus dem dröhnenden Empfänger kamen, übertrug jetzt den ganzen Bericht aus seinen stenographischen Notizen, sobald Lakes Funker seine Übertragung beendet hatte. Alle waren sich über die epochemachende Bedeutung der Entdeckung im klaren, und ich gratulierte Lake, als der Funker der *Arkham* wunschgemäß die beschreibenden Passagen wiederholt hatte; meinem Beispiel folgten Sherman von seiner Station im Depot am McMurdo-Sund und auch Kapitän Douglas von der *Arkham*. Später machte ich als Expeditionsleiter noch ein paar zusätzliche Anmerkungen, die über die *Arkham* an die Außenwelt weitergegeben wurden. Natürlich war bei all der Aufregung an Schlaf überhaupt nicht zu denken; ich war nur von einem Wunsch beseelt – möglichst schnell in Lakes Lager zu gelangen. Ich war enttäuscht, als er durchgab, ein aufkommender Gebirgssturm mache einen baldigen Abflug unmöglich.

Aber schon eine Stunde später wurde die Enttäuschung wieder durch Interesse abgelöst. Lake berichtete in weiteren Funksprüchen vom erfolgreichen Transport der vierzehn großen Objekte ins Lager. Es war ein hartes Stück Arbeit gewesen, denn die Körper waren überraschend schwer; aber neun Mann hatten die Aufgabe recht gut bewältigt. Jetzt bauten einige der Männer eilends in sicherer Entfernung vom Lager aus Schneewällen einen Zwinger, in den die Hunde zur bequemeren Fütterung gebracht werden sollten. Die Körper der urzeitlichen Lebewesen wurden auf den harten Schnee in der Nähe des Lagers gelegt, mit Ausnahme eines Exemplars, das Lake behelfsmäßig zu sezieren versuchte.

Diese Sektion schien schwieriger zu sein, als er angenommen hatte, denn trotz der Hitze eines Benzinofens in dem eiligst hergerichteten Laboratoriumszelt verlor das trügerisch flexible Gewebe des ausgewählten – besonders großen und vollständig erhaltenen –

Exemplars nichts von seiner mehr als lederartigen Zähigkeit. Lake überlegte krampfhaft, wie er die nötigen Einschnitte anbringen könne, ohne dabei so viel Gewalt anzuwenden, daß die Feinheiten des Aufbaus, auf die es ihm ankam, zerstört würden. Zwar hatte er noch sieben weitere vollständig erhaltene Exemplare, aber das waren zu wenig, als daß er sie rücksichtslos verbrauchen konnte, es sei denn, die Höhle würde später noch eine unbeschränkte Anzahl weiterer Exemplare freigeben. Dementsprechend schaffte er das Exemplar wieder hinaus und schleifte ein anderes in das Zelt, das zwar noch Überreste der Seesterngebilde an beiden Enden aufwies, ansonsten aber böse zerquetscht und entlang einer der großen Furchen im Rumpf teilweise aufgerissen war.

Die Ergebnisse, die unverzüglich über Funk durchgegeben wurden, waren in der Tat verblüffend und erregend. Natürlich konnte von Feinheiten oder Genauigkeit nicht die Rede sein, denn Lakes Instrumente vermochten kaum das abnorme Gewebe zu durchschneiden, aber schon das wenige, was er herausfand, setzte uns in ungläubiges Staunen. Die Biologie würde von Grund auf revidiert werden müssen, denn dieses Ding war kein Produkt irgendeines der Wissenschaft bekannten Zellwachstums. Es hatte kaum ein Mineralabbau stattgefunden, und trotz des Alters von vielleicht vierzig Millionen Jahren waren die inneren Organe völlig intakt. Die lederartige, keinem Verfall unterworfene und beinahe unzerstörbare Beschaffenheit war ein wesentliches Element der Organisationsform dieses Wesens und entstammte einem Evolutionsabschnitt des Paläogens jenseits aller menschlichen Vorstellung. Zunächst fand Lake nur trockenes Gewebe, als aber die auftauende Wirkung des geheizten Zeltes sich bemerkbar machte, stieß er auf der unverletzten Seite des Wesens auf eine organische, feuchte Substanz, die einen scharfen, widerwärtigen Geruch verbreitete. Es war kein Blut, sondern eine zähe, dunkelgrüne Flüssigkeit, die offenbar dieselben Aufgaben erfüllte. Als Lake diesen Punkt erreicht hatte, waren alle 37 Hunde in den noch immer unfertigen Zwinger gebracht worden, aber selbst in dieser Entfernung bellten sie wütend und wurden unruhig, als der scharfe Geruch sich verbreitete.

Die Sektion ergab nicht nur keine Hinweise auf die Klassifikation des seltsamen Wesens, sondern vertiefte sogar noch sein Geheimnis.

Alle Vermutungen über die äußeren Gliedmaßen waren richtig gewesen, und angesichts dieser Tatsache konnte man kaum noch zögern, das Wesen dem Tierreich zuzuordnen; aber die Untersuchung der inneren Organe brachte so viele pflanzliche Merkmale zutage, daß Lake vor einem unlösbaren Rätsel stand. Das Wesen besaß einen Verdauungsapparat und einen Kreislauf und schied Abfallstoffe durch die rötlichen Röhren an seinem seesternförmigen unteren Ende aus. Auf den ersten Blick konnte man annehmen, daß seine Atmungswerkzeuge Sauerstoff und nicht Kohlendioxyd verarbeitet hatten; und es gab Anhaltspunkte für Luftkammern und die mögliche Verlegung der Atmung von der äußeren Öffnung auf mindestens zwei andere voll entwickelte Atmungssysteme – Kiemen und Poren. Ganz offensichtlich war es amphibisch und auch an lange, sauerstofflose Überwinterungsperioden angepaßt. Stimmorgane schienen innerhalb des Atmungssystems ebenfalls vorhanden zu sein, aber sie wiesen Anomalitäten auf, die jetzt nicht untersucht werden konnten. Artikulierte Sprache im Sinne der Äußerung von Silben war kaum vorstellbar, aber Pfeiftöne von großem Tonumfang schienen durchaus möglich. Das Muskelsystem war beinahe überentwickelt.

Das Nervensystem war so kompliziert und hochentwickelt, daß Lake sich kaum zu fassen vermochte. Obwohl in mancher Hinsicht äußerst primitiv und urzeitlich, war das Wesen mit Gangliengeflechten und Nervenlängssträngen ausgestattet, die auf eine bis zum äußersten entwickelte Spezialisierung hindeuteten. Sein fünfteiliges Gehirn war erstaunlich hoch entwickelt, und Lake fand Anzeichen für Sinnesorgane, die zum Teil mit den drahtigen Wimpern auf dem Kopf zusammenhingen und Faktoren mit einschlossen, die jedem anderen irdischen Organismus fremd sind. Wahrscheinlich besaß das Wesen mehr als fünf Sinne, so daß seine Wahrnehmungen nicht analog zu existierenden Lebewesen bestimmt werden konnten. Es mußte, so dachte Lake, ein Lebewesen sein, dessen Sinnesorgane und übrigen Funktionen weit über die Zeit hinaus entwickelt waren, in der es gelebt hatte – ganz ähnlich wie heute bei den Ameisen und Bienen. Es vermehrte sich wie die pflanzlichen Crytogame, insbesondere die Pteridophyta, denn es hatte an den Spitzen der Schwingen Sporensäcke und entwickelte sich offenbar aus einem Thallus oder Prothallium.

Aber dem Wesen bei diesem Stand der Dinge einen Namen zu geben, wäre schierer Unsinn gewesen. Es sah aus wie ein Hohltier, war aber offensichtlich mehr als das. Es war zum Teil pflanzlich, besaß aber drei Viertel der wichtigsten Merkmale eines tierischen Organismus. Daß es ursprünglich aus dem Meer stammte, dafür sprachen zweifelsfrei seine regelmäßigen Umrisse und andere Merkmale; aber niemand konnte etwas Genaues über die Grenzen seiner späteren Anpassung aussagen. Schließlich deuteten die Schwingen nach wie vor auf Flugfähigkeit hin. Wie das Wesen auf einer eben erst entstandenen Erde seinen enorm hohen Entwicklungsstand in so kurzer Zeit erreicht haben konnte, daß es Abdrücke im Urgestein hinterließ, lag so weit außerhalb menschlichen Begriffsvermögens, daß Lake unwillkürlich an die urzeitlichen Mythen von den Alten Wesen denken mußte, die angeblich von den Sternen herabgekommen waren und das irdische Leben zum Spaß oder aus Versehen erzeugt hatten; und an die abenteuerlichen Geschichten von kosmischen Bergwesen, die ein auf Volkskunde spezialisierter Kollege von der anglistischen Fakultät der Miskatonic-Universität zu erzählen pflegte.

Natürlich erwog er auch die Möglichkeit, daß die präkambrischen Abdrücke von weniger hochentwickelten Vorfahren dieses Wesens stammten, verwarf aber diese allzu plausible Theorie gleich wieder, als er an die höher entwickelten strukturellen Merkmale der älteren Fossilien dachte. Die späteren Abdrücke wiesen eher Dekadenzerscheinungen als Merkmale eines höheren Evolutionsstandes auf. Die Größe der rudimentären Füße hatte sich verringert, und die gesamte Morphologie schien sich vergröbert und vereinfacht zu haben. Überdies hatte er an den Nerven und Organen, die er eben untersucht hatte, beinahe zweifelsfrei Anhaltspunkte für eine Rückentwicklung von noch komplexeren Formen her festgestellt. Verkümmerte und nur noch als Rudimente vorhandene Teile waren merkwürdig zahlreich gewesen. Alles in allem konnte man kaum behaupten, daß viel geklärt worden sei; und Lake mußte auf die Mythologie zurückgreifen, um einen vorläufigen Namen zu finden – er nannte seine Findlinge scherzhaft »Die Alten Wesen«.

Gegen halb drei Uhr entschloß er sich, die weitere Arbeit aufzuschieben und erst ein wenig zu schlafen, bedeckte den sezierten

Organismus mit einer Plane, trat aus dem Zelt und betrachtete mit neuerwachtem Interesse die vollständig erhaltenen Exemplare. Die unermüdliche antarktische Sonne hatte die Körper ein wenig aufgeweicht, so daß die Kopfspitzen und die Röhren bei einigen der Wesen sich leicht aufgefaltet hatten; aber Lake glaubte nicht an eine unmittelbare Gefahr der Zersetzung bei der herrschenden Lufttemperatur von etwa −15°. Er schob jedoch alle unsezierten Exemplare dicht zusammen und warf ein übriges Zelt über sie, um die direkte Sonnenbestrahlung abzuhalten. Das würde auch dazu beitragen, eine mögliche Geruchsentwicklung von den Hunden fernzuhalten, deren feindselige Unruhe sich zu einem echten Problem auswuchs, trotz der verhältnismäßig großen Entfernung vom Lager und der immer höheren Schneemauern, die eine wachsende Anzahl von Männern in großer Hast um den Zwinger aufrichtete. Er mußte die Ecken der Zeltplane mit großen Schneebrocken beschweren, damit sie nicht von dem aufkommenden Wind weggerissen wurde, denn aus den titanischen Bergen wehte es inzwischen so stark, daß ein gefährlicher Orkan zu erwarten war. Die Männer erinnerten sich ihrer anfänglichen Besorgnis über mögliche plötzlich einsetzende antarktische Stürme, und unter Atwoods Anleitung wurden vorsichtshalber die Zelte und der neue Hundezwinger auf der Bergseite mit Schneewällen befestigt. Die behelfsmäßigen Schutzwälle für die Flugzeuge, an deren Errichtung aus harten Schneeblöcken bisher nur gearbeitet worden war, wenn es gerade nichts anderes zu tun gab, waren keineswegs so hoch, wie sie hätten sein müssen; Lake gab deshalb schließlich die Anweisung, zugunsten dieser Schutzwälle alle anderen Arbeiten abzubrechen. Es war vier Uhr vorbei, als Lake schließlich das Ende seiner Übertragungen ankündigte und uns allen riet, eine Schlafpause einzulegen, was er und seine Männer ebenfalls tun würden, sobald die Schneewälle noch ein bißchen höher gezogen seien. Er plauderte freundschaftlich mit Pabodie über den Äther und wiederholte seine Anerkennung für die wirklich genialen Bohreinrichtungen, die ihm geholfen hätten, seine Entdeckung zu machen. Auch Atwood sprach ein paar Grußworte und äußerte sich anerkennend. Ich gratulierte Lake nochmals aufs herzlichste und räumte ein, daß er recht gehabt hatte, auf der Exkursion nach Westen zu bestehen. Wir kamen sodann alle überein, gegen zehn Uhr morgens die Funkverbindung wieder aufzunehmen. Wenn der Sturm bis dahin vorüber war, würde Lake ein Flugzeug schicken, um die Gruppe in meinem Lager zu holen. Kurz bevor ich mich schlafen legte, sandte ich einen abschließenden Funkspruch an die *Arkham*, mit der Anweisung, die Nachrichten des Tages für die Außenwelt abzumildern, da die volle Wahrheit geeignet schien, eine Welle der Ungläubigkeit auszulösen, bevor wir weitere Beweise vorlegen konnten.

3

Keiner von uns, so möchte ich meinen, schlief an diesem Morgen besonders tief oder lange. Dafür sorgte sowohl die Aufregung über Lakes Entdeckung als auch der immer stärker tobende Wind. So fürchterlich blies er selbst bei uns, daß wir uns unwillkürlich fragten, wieviel ärger er in Lakes Lager sein mußte, direkt unter den gigantischen, unbekannten Gipfeln, über denen er sich zusammenbraute. McTighe war um zehn Uhr wach und versuchte wie vereinbart, Lake per Funk zu erreichen, aber irgendwelche elektrischen Störungen in der aufgewirbelten Luft Richtung Westen verhinderten anscheinend das Zustandekommen einer Verbindung. Dagegen erreichten wir die *Arkham*, und Douglas sagte mir, daß auch er vergeblich versucht habe, Lake zu bekommen. Er wußte nichts von dem Sturm, denn am McMurdo-Sund hatte sich kaum ein Lüftchen geregt.

Den ganzen Tag lauschten wir angespannt und riefen Lake immer wieder, doch stets ohne Erfolg. Gegen Mittag erhob sich ein Weststurm von solcher Gewalt, daß wir um die Sicherheit unseres Lagers fürchten mußten; aber er legte sich schließlich, um nur gegen 2 Uhr nachmittags noch einmal für kurze Zeit und wesentlich milder zurückzukehren. Nach 3 Uhr war es dann sehr ruhig, und wir verdoppelten unsere Anstrengungen, Lake zu erreichen. Da er vier Flugzeuge hatte, jedes mit einem ausgezeichneten Funkgerät ausgerüstet, konnten wir uns nicht vorstellen, wie irgendein normaler Unfall die gesamte Funkausrüstung auf einmal hätte lahmlegen sollen. Trotzdem weiterhin nur Grabesstille; wenn wir uns vorstellten, mit welch rasender Gewalt der Sturm dort getobt haben mußte, kamen uns die allerschlimmsten Befürchtungen.

Gegen sechs Uhr schien sich unsere Angst endgültig bestätigt zu haben, und nach einer Besprechung mit Douglas und Thorfinnssen beschloß ich, die Vorbereitungen für eine Suchaktion zu treffen. Das fünfte Flugzeug, das wir beim Vorratslager am McMurdo-Sund mit Sherman und zwei Seeleuten zurückgelassen hatten, war in gutem Zustand und jederzeit startbereit, und es schien, daß der Notfall, für den wir es vorgesehen hatten, jetzt eingetreten war. Ich rief Sherman über Funk und wies ihn an, so schnell wie möglich mit dem Flugzeug und den beiden Seeleuten zu uns ins südliche Lager zu kommen; das Wetter sei ja im Augenblick sehr günstig. Dann besprachen wir die personelle Zusammensetzung der geplanten Suchmannschaft und kamen zu dem Schluß, daß wir alle Männer sowie den Schlitten und die Hunde mitnehmen konnten, die ich bei mir behalten hatte. All dies würde keine übermäßige Belastung für das Flugzeug darstellen, das wie die anderen vier nach unseren speziellen Wünschen für den Transport von schweren Maschinen konstruiert worden war. Zwischendurch versuchte ich mehrmals, Lake zu erreichen, aber ohne jeden Erfolg.

Sherman startete mit den beiden Seeleuten Gunnarsson und Larsen um halb acht; von unterwegs gab er mehrmals durch, sie hätten einen ruhigen Flug. Sie trafen gegen Mitternacht bei uns ein, und wir berieten alle zusammen über die nächsten Schritte. Es war ein riskantes Unternehmen, in einem einzelnen Flugzeug und ohne eine Reihe von Bodenstützpunkten die Antarktis zu überfliegen, aber niemand schreckte vor der schlichten Notwendigkeit zurück. Um zwei gingen wir für eine kurze Ruhepause in die Zelte, nachdem wir zuvor einen Teil der Ladung ins Flugzeug geschafft hatten; vier Stunden später waren wir wieder auf den Beinen, packten zusammen und beluden die Maschine.

Um 7 Uhr 15 am 25. Januar starteten wir zu unserem Flug nordwestwärts mit McTighe als Pilot, zehn Mann, sieben Hunden, einem Schlitten, Benzin- und Lebensmittelvorräten und anderen Ausrüstungsgegenständen, darunter das Funkgerät des Flugzeugs. Die Luft war klar, ziemlich ruhig und nicht sehr kalt, und wir waren überzeugt, daß wir ohne viel Schwierigkeiten die Stelle erreichen würden, die Lake mit den genauen Koordinaten als Standort seines Lagers angegeben hatte. Unsere Befürchtungen galten dem, was wir am Ende des Fluges finden – oder nicht finden – würden, denn Stille war nach wie vor die einzige Antwort auf alle Rufe, die wir aussandten.

Jede Einzelheit dieses viereinhalbstündigen Fluges hat sich mir unauslöschlich ins Gedächtnis geprägt, weil alles von entscheidender Bedeutung für mein Leben war. Dieser Flug bezeichnet jene Wendemarke, an der ich, im Alter von fünfundvierzig Jahren, den Frieden und das Gleichgewicht verlor, denen der Geist des Menschen seine gewohnten Vorstellungen über die äußere Natur und die Naturgesetze verdankt. Von da an mußten wir zehn – aber vor allen anderen der Student Danforth und ich – mit einer auf schaurige Weise erweiterten Welt drohend-lauernder Schrecknisse fertigwerden, die nichts mehr aus unseren Seelen tilgen kann und die wir, wenn wir könnten, lieber nicht mit der ganzen Menschheit teilen würden. Die Zeitungen haben unsere Meldungen aus der fliegenden Maschine gebracht, in denen wir von unserem Nonstopflug berichteten, von unseren beiden Kämpfen mit tückischen Stürmen in höheren Luftschichten, von der Sichtung der durchbrochenen Eisfläche, wo Lake drei Tage zuvor auf halbem Wege Bohrungen vorgenommen hatte, und auch davon, daß wir – wie vor uns schon Amundsen und Byrd – eine Gruppe jener seltsamen, flaumigen Schneezylinder gesehen hatten, die im Wind über endlose Meilen vereister Plateaus hinwegrollen. Aber wir erreichten einen Punkt, an dem unsere Gefühle nicht mehr in Worte zu fassen waren, die den Zeitungen verständlich gewesen wären, und schließlich einen letzten Punkt, an dem wir eine strikte Nachrichtenzensur einführen mußten.

Der Seemann Larsen erspähte als erster die gezackte Reihe dämonischer Kegel und Gipfel vor uns, und auf seinen Ausruf hin stürzte alles an die Fenster der Kabine. Trotz unserer Geschwindigkeit gewannen sie nur sehr langsam an Höhe; dem war zu entnehmen, daß sie ungeheuer weit entfernt und nur wegen ihrer abnormen Größe sichtbar sein mußten. Nach und nach jedoch ragten sie drohend in den westlichen Himmel, und wir konnten einzelne kahle, öde, schwärzliche Gipfel unterscheiden und staunten über den phantastischen Anblick, den sie im rötlichen antarktischen Licht vor dem erregenden Hintergrund schillernder Eisstaubwolken boten. Dem ganzen Schauspiel wohnte eine beharrliche, durchdringende Ahnung von stupenden Geheimnissen und möglichen Enthüllungen inne. Es war, als seien diese Nachtmahrgipfel die Pfeiler eines schauerlichen Tores zu verbotenen Traumsphären und labyrinthischen Abgründen von Zeit und Raum und unbekannten Dimensionen. Ich konnte mich nicht des Gefühls erwehren, daß es böse Dinge waren – Berge des Wahnsinns, deren jenseitige Abhänge über irgendeinen letzten, fluchbeladenen Abgrund blickten. Dieser brodelnde, halb lumineszierende Wolkenhintergrund weckte unsagbare Ahnungen von einer vagen, ätherischen Jenseitigkeit weit über irdische Raumbegriffe hinaus und gemahnte auf furchterregende Weise an die äußerste Ferne, Abgeschiedenheit und Unwirklichkeit, die seit Äonen währende Todesstarre dieser nie betretenen, unerforschten südlichen Welt. Der junge Danforth war es, der unsere Aufmerksamkeit auf die kurios regelmäßigen Umrisse der höheren Gipfel lenkte – Umrisse wie von vollkommenen Kuben, die Lake schon in seinen Berichten erwähnt hatte und die in der Tat seinen Vergleich mit den traumhaft verschwommenen Ansichten urzeitlicher Tempelruinen hoch auf umwölkten asiatischen Berggipfeln rechtfertigten, wie Roerich sie so faszinierend und vieldeutig gemalt hat. Es lag tatsächlich etwas beklemmend Roerichartiges über diesem unirdischen Kontinent einer geheimnisvollen Bergwelt. Ich hatte es schon im Oktober gespürt, als ich zum erstenmal Viktoria-Land erblickt hatte, und ich spürte es jetzt wieder. Auch fühlte ich mich abermals auf beklemmende Weise an Ähnlichkeiten mit urzeitlichen Mythen erinnert; in welch verwirrendem Maße entsprach dieses Todesreich dem berüchtigten Plateau von Leng in den uralten Schriften! Die Mythologen haben Leng in Zentralasien angesiedelt; aber die Erinnerung der menschlichen Rasse – und ihrer Vorgänger – reicht weit zurück, und es mag wohl sein, daß manche Sagen aus Ländern und Bergen und Tempeln des Schreckens auf uns gekommen sind, die älter als Asien und älter als jegliche bekannte menschliche Welt sind. Es hat kühne Mystiker gegeben, die auf den möglichen Ursprung des fragmentarischen Pnakotischen Manuskripts noch vor dem Pleistozän hingewiesen und die Vermutung geäußert haben, daß die Verehrer Tsathogguas der Menschheit ebenso fremd waren wie Tsathoggua selbst. Leng, wo immer in Raum und Zeit man seine dämmrige Existenz suchen mußte, war kein Ort, an dem oder in dessen Nähe ich mich gerne aufgehalten hätte, noch legte ich Wert darauf, eine Welt kennenzulernen, die seit undenklichen Zeiten solch vieldeutige, archaische Monstren hervorgebracht hatte, wie Lake sie uns erst vor einigen Stunden geschildert hatte. In diesem Augenblick bereute ich, jemals das gefürchtete *Necronomicon* gelesen und mich so oft mit dem so unheimlich gelehrten Volkskundler Wilmarth an der Universität unterhalten zu haben.

Diese Stimmung trug ohne Zweifel zu meiner Reaktion auf die bizarre Luftspiegelung bei, die über uns aus dem unverändert schillernden Zenit hereinbrach, als wir uns den Bergen näherten und nach und nach die welligen Erhebungen der Vorberge ausmachen konnten. Ich hatte in den letzten Wochen schon Dutzende polarer Luftspiegelungen gesehen, von denen einige genauso unheimlich und phantastisch deutlich gewesen waren wie diese neuerliche Erscheinung; aber diese war auf eine gänzlich neue, dunkel-bedrohliche Art symbolträchtig, und ich schauderte angesichts des brodelnden Labyrinths sagenhafter Mauern und Türme und Minarette, das mit schauriger Klarheit aus den aufgewühlten Eisnebeln über unseren Köpfen auftauchte.

Was wir sahen, war eine zyklopische Stadt von keiner dem Menschen oder der menschlichen Vorstellungswelt vertrauten Bauweise, mit ungeheuren Anhäufungen nachtschwarzer Gemäuer, die auf monströse Art allen geometrischen Gesetzen zu spotten schienen. Es gab Kegelstümpfe, bisweilen mit terrassenförmigen oder geriffelten Seitenflächen, überragt von hohen, zylindrischen Säulen, die an manchen Stellen knollenartig ausgebuchtet und oft von Reihen dünner, ausgezackter Scheiben gekrönt waren; seltsame, überhängende, tischartige Konstruktionen, die wie zahllose übereinandergestapelte rechteckige Quader oder kreisförmige Platten oder fünfeckige Sterne aussahen, von denen jeweils der obere den unteren überlappte. Es gab zusammengesetzte Kegel und Pyramiden, entweder freistehend oder auf Zylinder oder Würfel oder flachere Kegelstümpfe aufgesetzt, und hier und da nadelförmige Türmchen in merkwürdigen Fünfergruppen. Alle diese alptraumhaften Gebilde schienen miteinander verbunden, durch röhrenartige Brücken, die sich in schwindelnder Höhe von einem zum anderen spannten, und das Ganze jagte uns schon durch seine schier gigantischen Ausmaße Furcht und Schrecken ein.

Der Art nach unterschied sich die Luftspiegelung kaum von einigen der wilderen Formen, die 1820 von dem Polarforscher und Walfänger Scoresby beobachtet und gezeichnet worden waren, aber an diesem Ort und zu dieser Zeit, mit diesen dunklen, unbekannten Bergen, die sich bedrohlich vor uns auftürmten, angesichts jener unnatürlichen älteren Wesen und der Besorgnis, der größte Teil unserer Expeditionsmannschaft könnte einer Katastrophe zum Opfer gefallen sein, sahen wir wohl alle in dieser unheilvollen Erscheinung ein unendlich schlimmes Vorzeichen.

Ich war erleichtert, als die Spiegelung sich aufzulösen begann, obwohl während dieses Vorgangs die alptraumhaften Türme und Kegel vorübergehend verzerrte Formen annahmen, die sogar noch scheußlicher waren. Als das ganze Trugbild schließlich in schillernde Wirbel zerfiel, richteten wir unsere Blicke wieder erdwärts und fanden, daß das Ziel unserer Reise nicht mehr fern sein konnte. Die unbekannten Berge ragten vor uns in schwindelnde Höhe auf wie eine fürchterliche, von Giganten errichtete Mauer, und die merkwürdig regelmäßigen Umrisse waren jetzt sogar ohne Fernglas auszumachen. Wir überflogen die niedrigsten Vorberge und entdeckten inmitten der Schnee- und Eisfelder und der kahlen Flächen auf dem Hauptplateau zwei dunkle Flecken, die wir für Lakes Lager und Bohrstelle hielten. Die höheren Vorberge erhoben sich in einer Entfernung von fünf bis sechs Meilen und zeichneten sich recht deutlich als niedrigere Kette vor dem furchterregenden Hauptkamm ab, dessen Gipfel höher als die des Himalaya waren. Schließlich begann Ropes – der Student, der McTighe an den Instrumenten abgelöst hatte – tiefer zu gehen und den linken der beiden dunklen Flecken anzusteuern, dessen Größe ihn als das Lager auswies. Währenddessen sendete McTighe den letzten unzensierten Funkspruch, den die Welt von unserer Expedition erhalten sollte.

Natürlich hat jeder die kurzen, unbefriedigenden Bulletins über den Rest unseres Antarktis-Aufenthalts gelesen. Ein paar Stunden nach der Landung gaben wir einen abgemilderten Bericht über die Tragödie durch, die wir vorgefunden hatten, und meldeten widerstrebend, daß die gesamte Lake-Mannschaft dem furchtbaren Sturm am Tag zuvor oder in der voraufgegangenen Nacht zum Opfer gefallen war. Elf hatten wir tot aufgefunden, der junge Gedney wurde vermißt. Man verzieh uns unsere verschwommene und nicht sehr ausführliche Berichterstattung, da man sich vorstellen konnte, welchen Schock das traurige Ereignis bei uns ausgelöst haben mußte, und man glaubte uns, als wir erklärten, die Leichen seien durch den Sturm derart bis zur Unkenntlichkeit verstümmelt, daß an eine Überführung nicht zu denken sei. Ja, ich bin tatsächlich ein wenig stolz darauf, daß wir bei allem Schmerz und trotz der äußeren Verwirrung und des panischen Entsetzens, die sich unser bemächtigt hatten, kaum in einem speziellen Punkt von der Wahrheit abwichen. Die fürchterliche Bedeutung liegt in dem, was wir nicht zu sagen wagten – und was ich auch jetzt nicht sagen würde, ginge es nicht darum, andere zu warnen, und ihnen dieses unsägliche Grauen zu ersparen.

Tatsache ist, daß der Sturm schreckliche Verwüstungen angerichtet hatte. Ob alle ihn überlebt haben würden, auch ohne die andere Sache, muß sehr bezweifelt werden. Der Sturm mußte, mit unvorstellbarer Gewalt Eispartikel vor sich hertreibend, alles übertroffen haben, was unsere Expedition bislang erlebt hatte. Einer der Schutzwälle für die Flugzeuge – sie waren alle, so schien es, viel zu schwach und provisorisch gewesen – war fast vollständig pulverisiert worden, und der Bohrturm an der entfernten Bohrstelle war total zertrümmert. Die freiliegenden Metallflächen der Flugzeuge und Bohrgeräte waren regelrecht auf Hochglanz geschliffen, und zwei der kleinen Zelte waren umgerissen worden, trotz der Schneewälle. Holzflächen, die dem Orkan ausgesetzt gewesen waren, wiesen Löcher auf und hatten ihren Anstrich verloren, und jegliche Spuren im Schnee waren vollständig eingeebnet. Es stimmt auch, daß wir keines der urzeitlichen biologischen Objekte so vorfanden, daß wir es als Ganzes hätten transportieren können. Wir sammelten einige Mineralien von einem hohen, zusammengestürzten Haufen, darunter auch einige der grünlichen Speckstein-Fragmente, deren fünfeckige Rundungen und schwach erkennbare Muster aus Tupfen zu vielen zweifelhaften Vergleichen Anlaß gaben, sowie eine Anzahl fossiler Knochen, darunter die typischsten der sonderbar verstümmelten Objekte.

Keiner von den Hunden hatte überlebt; ihr eilends errichteter Schneezwinger in der Nähe des Lagers war vollständig zerstört. Das konnte der Wind gewesen sein, obwohl der größere Bruch auf der dem Lager zugewandten Seite, bei der es sich nicht um die windwärts liegende handelte, darauf hindeutete, daß die Tiere in ihrer Raserei ausgebrochen waren und den Wall selbst niedergerissen hatten. Alle drei Schlitten waren verschwunden, und wir versuchten dies damit zu erklären, daß der Wind sie Gott weiß wohin geweht haben mochte. Die Bohr- und Schmelzausrüstungen an der Bohrstelle waren zu sehr beschädigt, als daß man an eine Bergung hätte denken können, weshalb wir die Trümmer dazu verwendeten, das leicht unheimliche Tor zur Vergangenheit zuzuschütten, das Lake freigesprengt hatte. Ebenso ließen wir die zwei am stärksten durchgerüttelten Flugzeuge beim Lager zurück, da die überlebende Mannschaft insgesamt nur noch vier ausgebildete Piloten hatte – Sherman, Danfort, McTighe und Ropes – und überdies Danforth in bedenklicher nervlicher Verfassung war. Wir nahmen alle Bücher, die wissenschaftliche Ausrüstung und andere Gegenstände mit, die wir fanden, obschon vieles unerklärlicherweise fortgeweht worden war. Die überzähligen Zelte und Pelze waren entweder verschwunden oder stark beschädigt.

Etwa gegen vier Uhr nachmittags, als wir nach ausgedehnten Suchflügen Gedney hatten aufgeben müssen, gaben wir unsere vorsichtig gehaltene Meldung an die *Arkham* zur Weiterleitung an die Außenwelt; und ich glaube, wir taten gut daran, diesen Bericht so ruhig und unverfänglich abzufassen, wie uns nur irgend gelingen wollte. Das wenige, was unsere Erregung verraten mochte, bezog sich auf unsere Hunde, deren an Raserei grenzende Unruhe in der Nähe der biologischen Objekte nach Lakes Berichten zu erwarten gewesen war. Nicht dagegen erwähnten wir, glaube ich, daß sie dieselbe Unruhe an den Tag legten, wenn sie an den eigentümlichen grünen Specksteinen und einigen anderen in der Umgebung verstreuten Gegenständen herumschnüffelten – darunter Gegenstände wie wissenschaftliche Instrumente, Flugzeuge und Apparate, sowohl beim Lager als auch an der Bohrstelle, deren Einzelteile von den offenbar ganz besonders neugierigen Winden gelockert, bewegt oder sonstwie verändert worden waren.

Über die vierzehn biologischen Objekte wollten wir verständlicherweise nichts Bestimmtes sagen. Wir erwähnten lediglich, daß alle, die wir entdeckt hatten, beschädigt waren, daß aber die vorhandenen Überreste ausreichten, um Lakes Beschreibung voll und ganz zu bestätigen. Es war nicht leicht, unsere persönlichen Empfindungen aus der Sache herauszuhalten – und wir nannten keine Zahlen und sagten nichts darüber, in welchem Zustand wir die noch vorhandenen Exemplare angetroffen hatten. Zu diesem Zeitpunkt waren wir schon übereingekommen, nichts weiterzugeben, was Zweifel am Geisteszustand von Lakes Männern hätte nähren können, und es sah doch gewiß nach Wahnsinn aus, sechs verstümmelte Ungeheuer in aufrechter Stellung in neun Fuß großen Schneegräbern sorgsam bestattet zu finden, unter fünfeckigen Hügeln, mit Gruppen eingeprägter Tupfen in genau denselben Mustern, wie sie sich auf den seltsamen grünen Specksteinen befanden, die aus mesozoischen oder tertiären Zeitaltern ausgegraben worden waren. Die acht vollständig erhaltenen Exemplare, von denen Lake gesprochen hatte, waren offenbar allesamt fortgeweht worden.

Wir waren auch um den Seelenfrieden der Öffentlichkeit im allgemeinen besorgt; deshalb erzählten Danforth und ich nur wenig von unserem schrecklichen Flug über die Berge am folgenden Tage. Dank der Tatsache, daß nur ein radikal von allem unnötigen Ballast befreites Flugzeug in der Lage sein würde, einen Gebirgszug von solcher Höhe zu überfliegen, blieben die anderen glücklicherweise von der Teilnahme an unserem Erkundungsflug verschont. Bei unserer Rückkehr um 1 Uhr nachts war Danforth der Hysterie nahe, aber es war bewundernswert, wie wenig er sich anmerken ließ. Es bedurfte keiner Überredungskünste, ihm das Versprechen abzunehmen, niemandem die Skizzen und die anderen Dinge zu zeigen, die wir in unseren Taschen mitgebracht haben, den anderen nicht mehr zu verraten, als wir ohnehin zur Übermittlung an die Außenwelt sagen wollten, und die Filme zu verstecken, um sie später heimlich zu entwickeln; deshalb wird dieser Teil meiner Geschichte für Pabodie, McTighe, Ropes, Sherman und die anderen genauso neu sein wie für die übrige Welt. Tatsächlich ist Danforth noch wortkarger als ich; denn er hat etwas gesehen – oder glaubt es gesehen zu haben –, worüber er nicht einmal mit mir sprechen will.

Wie jedermann weiß, enthielt unser Bericht Angaben über einen mühevollen Anstieg in größere Höhen, die Bestätigung von Lakes Ansicht, daß die großen Gipfel aus urzeitlichem Schiefer und anderen sehr frühen aufgefalteten Formationen bestanden, die sich zumindest seit der ausgehenden Jurazeit nicht mehr verändert hatten; einen sachlichen Kommentar zu der Regelmäßigkeit der würfel- und bollwerkartigen Gebilde auf den Gipfeln; die Feststellung, bei den Höhleneingängen handele es sich um aufgelöste Kalksteinadern; die Vermutung, daß bestimmte Abhänge und Pässe von erfahrenen Bergsteigern erklettert und überquert werden könnten; und die Bemerkung, auf der geheimnisvollen anderen Seite befände sich ein immens ausgedehntes Hochplateau, so alt und unveränderlich wie die Berge selbst – 20 000 Fuß hoch gelegen, mit grotesken Felsbildungen, die aus einer dünnen vergletscherten Schicht herausragten, und mit niedrigen, allmählich ansteigenden Vorbergen zwischen der eigentlichen Oberfläche des Plateaus und den jähen Abstürzen der höchsten Gipfel.

Diese Angaben entsprechen in jeder Hinsicht der Wahrheit – soweit sie reichen –, und die Männer im Lager gaben sich damit zufrieden. Wir führten unsere sechzehnstündige Abwesenheit – eine längere Zeit, als wir für unser aus Flug, Landung, Erkundung und Einsammlung von Gesteinsproben bestehendes Programm benötigt hätten – auf eine lange andauernde Behinderung durch widrige Winde zurück und berichteten wahrheitsgetreu über unsere Landung auf den jenseitigen Vorbergen. Glücklicherweise klang unsere Erzählung plausibel und prosaisch genug, um keinen der anderen auf den Gedanken zu bringen, unseren Flug zu wiederholen. Hätten es welche versucht, ich würde meine ganze Überredungskunst aufgewandt haben, um sie zurückzuhalten – und ich weiß nicht, was Danforth getan hätte. Während wir weg waren, hatten Pabodie, Sherman, Ropes, McTighe und Williamson fieberhaft an den beiden am besten erhaltenen Flugzeugen von Lake gearbeitet, um sie wieder flugfähig zu machen, trotz der völlig unerklärlichen Beschädigungen an einigen wichtigen Aggregaten.

Wir beschlossen, alle Flugzeuge am nächsten Morgen zu beladen und so früh wie möglich zu unserem alten Lager aufzubrechen. Obschon ein Umweg, war dies die sicherste Route, um dem McMurdo-Sund näher zu kommen; denn ein Direktflug über die ganz und gar unerforschten Weiten des seit Urzeiten toten Kontinents hätte viele zusätzliche Risiken mit sich gebracht. Weitere Forschungsarbeit war angesichts der tragischen Dezimierung unserer Mannschaft und der Zerstörung der Bohrgeräte kaum noch durchführbar. Die uns umgebenden Zweifel und Schrecknisse – die wir nicht enthüllten – ließen uns nur wünschen, dieser südlichen Welt der Verlassenheit und des lauernden Wahnsinns so schnell wie möglich zu entfliehen.

Wie die Öffentlichkeit erfahren hat, wurde unsere Rückkehr in die bewohnte Welt ohne weitere Desaster bewerkstelligt. Alle Flugzeuge erreichten am folgenden Tag – dem 27. – abends nach einem glatt verlaufenen Nonstopflug das alte Lager; und am 28. schafften wir die Strecke bis zum McMurdo-Sund in zwei Etappen, wobei der eine Aufenthalt sehr kurz war – er war wegen eines Defektes an einem Ruder im tobenden Sturm über dem Schelfeis notwendig geworden, nachdem wir das große Plateau hinter uns gelassen hatten. Nach weiteren fünf Tagen durchbrachen die *Arkham* und die *Miskatonic*, mit allen Mann und der gesamten Ausrüstung an Bord, das dicker werdende Feldeis und bahnten sich einen Weg durch das Rossmeer; im Westen ragten die unberührten Berge von Viktoria-Land in einen unruhigen antarktischen Himmel und verzerrten das Geheul des Windes zu einem melodiösen Pfeifen mit großem Tonumfang, das mich bis ins Mark erschauern ließ. Weniger als vierzehn Tage später ließen wir die letzten Anzeichen der Polarregion hinter uns und dankten dem Himmel, daß wir einem heimgesuchten, fluchbeladenen Reich entronnen waren, wo Leben und Tod, Raum und Zeit schwarze, blasphemische Bündnisse geschlossen haben, in den unbekannten Epochen, seit die Materie zum erstenmal auf der kaum abgekühlten Kruste des Planeten zuckte und schwamm.

Seit unserer Rückkehr haben wir uns alle bemüht, die weitere Erforschung der Antarktis zu verhindern, und gewisse Vermutungen und Zweifel in seltener Einmütigkeit und Treue für uns behalten. Selbst der junge Danforth ist trotz seines Nervenzusammenbruchs nicht wankend geworden, hat nichts vor den Ärzten ausgeplaudert – wie ich schon sagte, ist da etwas, wovon er glaubt, nur er allein habe es gesehen, und worüber er nicht einmal mit mir sprechen will, obwohl ich glaube, daß es zur Besserung seiner seelischen Verfassung beitragen würde, wenn er es täte. Es könnte viel erklären und lindern, obwohl die Sache vielleicht nichts anderes war als die Nachwirkung eines vorangegangenen Schocks. Das ist der Eindruck, den ich immer nach jenen seltenen, unbedachten Augenblicken habe, da er mir unzusammenhängende Dinge zuflüstert – Dinge, die er entrüstet von sich weist, sobald er sich wieder in der Gewalt hat.

Es wird keine leichte Arbeit sein, die anderen von dem großen weißen Süden fernzuhalten, und manche unserer Anstrengungen können sogar unserer Sache abträglich sein, indem sie unerwünschtes Aufsehen erregen. Wir hätten von Anfang an wissen müssen, daß menschliche Neugier nicht ausstirbt, und daß die von uns veröffentlichten Ergebnisse ausreichen würden, um andere dazu anzuspornen, denselben, jahrhundertealten Weg auf der Suche nach dem Umbekannten zu gehen. Lakes Berichte über jene monströsen Wesen hatten ungeheures Aufsehen bei Naturwissenschaftlern und Paläontologen erregt, obwohl wir klug genug gewesen waren, nicht die abgetrennten Teile der begrabenen Exemplare herauszugeben oder die Photos von diesen Exemplaren, so wie wir sie aufgefunden hatten, zu veröffentlichen. Auch unterließen wir es, die besonders rätselhaften Exemplare der narbigen Knochen und grünlichen Specksteine herzuzeigen; und Danforth und ich verwahren an einem sicheren Ort die Bilder, die wir auf dem Hochplateau jenseits des Gebirgszuges aufgenommen oder gezeichnet haben, zusammen mit den zerknüllten Zetteln, die wir geglättet, mit Schaudern betrachtet und in unseren Taschen mitgenommen hatten.

Aber jetzt wird diese Starkweather-Moore-Expedition zusammengestellt, mit einer Gründlichkeit, die alles weit übertrifft, was unsere Mannschaft je hätte versuchen können. Wenn niemand sie davon abhält, werden diese Männer zum innersten Kern der Antarktis vordringen und schmelzen und bohren, bis sie das zutage fördern, von dem wir wissen, daß es das Ende der Welt bedeuten könnte. Deshalb muß ich nun doch alle Bedenken beiseite schieben – selbst die über jene letzten, namenlosen Dinge jenseits der Berge des Wahnsinns.

4

Nur mit größtem Widerstreben und Abscheu kehre ich in Gedanken zu Lakes Lager und zu dem zurück, was wir dort wirklich fanden –

ganz zu schweigen von jenem anderen Ding jenseits der Berge des Wahnsinns. Ich bin ständig versucht, den Einzelheiten auszuweichen und es bei Andeutungen anstelle von Tatsachen und unausweichlichen Schlußfolgerungen zu belassen. Ich hoffe, ich habe schon genug gesagt, um die Schilderung zu einem schnellen Ende bringen zu können – die Schilderung unserer grausigen Funde in Lakes Lager. Ich sprach von den Verwüstungen, die der Sturm in der ganzen Umgebung angerichtet hatte, von den beschädigten Schutzwällen, den ruinierten Apparaten, der Unruhe unserer Hunde, vom Verschwinden der Schlitten und anderer Gegenstände, vom Tod der Menschen und Hunde, dem Fehlen Gedneys und von den auf verrückte Weise bestatteten biologischen Objekten, deren Gewebe bei allen strukturellen Verletzungen merkwürdig intakt geblieben war, aus einer Welt, die seit vierzig Millionen Jahren tot war. Ich weiß nicht mehr, ob ich erwähnt habe, daß sich bei einer Zählung der Hundekadaver herausstellte, daß eines der Tiere fehlte. Wir schenkten dieser Tatsache zunächst wenig Beachtung, bis wir dann später – aber eigentlich haben auch dann Danforth und ich als einzige daran gedacht.

Die wichtigsten Dinge, die ich bis jetzt verschwiegen habe, beziehen sich auf die Leichen und auf gewisse Punkte, die vielleicht eine fürchterliche und unglaubliche Erklärung für das scheinbare Chaos enthielten. Damals versuchte ich zu verhindern, daß die Männer sich über diese Punkte Gedanken machten; denn es war ja so viel einfacher – so viel normaler –, alles auf eine plötzliche Geistesverwirrung bei einigen von Lakes Männern zurückzuführen. Nach dem Stand der Dinge sah es so aus, als müsse der dämonische Gebirgssturm schlimm genug gewesen sein, um jeden Menschen an diesem gottverlassenen Kristallisationspunkt aller irdischen Geheimnisse zum Wahnsinn zu treiben.

Der Gipfel des Abnormen war natürlich der Zustand der Leichen – von Menschen wie auch Hunden. Sie hatten allesamt einen fürchterlichen Kampf durchgemacht und waren auf widerliche und absolut unerklärliche Weise zerfleischt und zerrissen worden. Der Tod war, soweit es sich noch feststellen ließ, in allen Fällen durch Erwürgen oder Zerfleischen eingetreten. Mit den Hunden mußte es angefangen haben, denn der Zustand ihres unzulänglich gebauten

Zwingers zeugte davon, daß dieser von innen her gewaltsam durchbrochen worden war. Er war in einiger Entfernung vom Lager errichtet worden, wegen des Abscheus der Tiere vor jenen höllischen, archäischen Organismen, aber die Vorsichtsmaßnahme schien vergeblich gewesen zu sein. Als sie in dem furchtbaren Sturm alleine waren, hinter den schwachen und niedrigen Schneewällen, mußten sie in Panik geraten und ausgebrochen sein – ob nur des Sturms oder eines besonderen, immer stärker werdenden Geruchs wegen, den die unheimlichen Organismen ausströmten, ließ sich nicht mehr sagen. Doch was immer auch geschehen war, das Ergebnis war grauenhaft und abscheulich genug. Vielleicht sollte ich besser alle Zimperlichkeit beiseite schieben und endlich vom Allerschlimmsten sprechen – wenn auch mit der uneingeschränkten Beteuerung, gründend auf Danforths und meinen eigenen Beobachtungen und gewissenhaftesten Schlußfolgerungen, daß der zu diesem Zeitpunkt vermißte Gedney in keiner Weise für die grauenhaften Dinge verantwortlich war, die wir vorfanden. Ich habe gesagt, die Körper seien aufs gräßlichste verstümmelt gewesen. Jetzt muß ich ergänzen, daß einige von ihnen auf die widerlichste, kaltblütigste und unmenschlichste Weise aufgeschnitten und ausgenommen worden waren. Es war bei Menschen wie Hunden genau dasselbe. Aus allen kräftigeren, fetteren Körpern, ob Zwei- oder Vierfüßer, waren die größten Fleischstücke herausgeschnitten und entfernt worden, als sei ein geschickter Metzger am Werk gewesen; und rings um die Überreste war merkwürdigerweise Salz verstreut – das aus den geplünderten Proviantkisten in den Flugzeugen stammte –, eine Beobachtung, die uns die fürchterlichsten Vermutungen anstellen ließ. Die Tragödie hatte sich in einer der behelfsmäßigen Schutzbauten für die Flugzeuge abgespielt, aus der das Flugzeug herausgeschoben worden war, und der Wind hatte danach alle Spuren verwischt, die zu einer plausiblen Erklärung hätten führen können. Verstreute Kleiderfetzen, gewaltsam von den verstümmelten menschlichen Leichen heruntergerissen, lieferten keinen Anhaltspunkt. Es wäre müßig, die kaum erkennbaren Schneespuren in einer windgeschützten Ecke des zerstörten Baues zu erwähnen – denn diese Abdrücke stammten keineswegs von Menschen, sondern erinnerten deutlich an die fossilen Abdrücke, von denen der arme Lake während der vergangenen Wochen immer wieder geredet hatte. Man mußte seine Phantasie zügeln, im Schatten dieser hoch aufragenden Berge des Wahnsinns.

Am Schluß stellte sich wie gesagt heraus, daß Gedney und einer der Hunde verschwunden waren. Als wir zu jenem gräßlichen Schutzbau kamen, hatten wir noch zwei Männer und zwei Hunde vermißt; aber in dem verhältnismäßig gut erhaltenen Sezierzelt, das wir nach der Untersuchung der monströsen Gräber betraten, sollten wir eine Entdeckung machen. Es war nicht mehr in dem Zustand, in dem Lake es verlassen hatte, denn die zugedeckten Teile des urzeitlichen Ungeheuers waren von dem improvisierten Tisch entfernt worden. Tatsächlich hatten wir schon vorher bemerkt, daß es sich bei einem der unvollständigen und auf so verrückte Weise bestatteten Objekte, die wir gefunden hatten – und zwar dasjenige, das einen besonders widerwärtigen Geruch zu verströmen schien – um die zusammengetragenen Teile jenes Wesens gehandelt haben mußte, das Lake zu analysieren versucht hatte. Auf dem Laboratoriumstisch und um ihn herum waren jedoch andere Dinge verstreut, und wir brauchten nicht lange, um zu dem Schluß zu kommen, daß dies die sorgfältig, wenn auch auf kuriose und unfachmännische Weise sezierten Körperteile eines Mannes und eines Hundes waren. Um die Gefühle der Hinterbliebenen zu schonen, verschweige ich den Namen des Mannes. Lakes anatomische Instrumente fehlten, aber es gab Anhaltspunkte dafür, daß sie sorgfältig gereinigt worden waren. Der Benzinofen war gleichfalls verschwunden, doch rings um die Stelle, wo er gestanden hatte, fanden wir merkwürdig viele Zündhölzer. Wir bestatteten die menschlichen Leichenteile neben den anderen zehn Männern und die Überreste des Hundes mit den anderen 45 Tieren. Was die bizarren Schmierflecken auf dem Tisch und einem Haufen wild durcheinandergeworfener illustrierter Bücher zu bedeuten hatten, darüber stellten wir in unserer Verwirrung keine Vermutungen an.

Das waren unsere grausigsten Funde im Lager, aber andere Dinge waren nicht weniger beunruhigend. Das Verschwinden Gedneys, des einen Hundes, der acht vollständigen biologischen Objekte, der drei Schlitten, bestimmter Instrumente, illustrierter technischer und wissenschaftlicher Bücher, das Fehlen von Schreibmaterialien, Taschenlampen und Batterien, Lebensmitteln und Benzin, Heizgeräten,

Reservezelten, Pelzanzügen und weiteren Gegenständen war genauso merkwürdig wie die Tintenkleckse auf manchen Zetteln und die Hinweise darauf, daß jemand Fremdes an den Flugzeugen und allen anderen technischen Geräten im Lager wie auch an der Bohrstelle herumexperimentiert hatte. Die Hunde ekelten sich offenbar vor diesen merkwürdig durcheinandergebrachten Maschinen. Dazu kamen die geplünderte Speisekammer, das Fehlen bestimmter Lebensmittel und der bei allem Entsetzen komisch anmutende Haufen von Konservendosen, die auf die merkwürdigsten Arten und an den unmöglichsten Stellen aufgestemmt worden waren. Die Unmengen verstreuter Zündhölzer, intakt, zerbrochen oder abgebrannt, waren uns ein Rätsel – genau wie die verstreut herumliegenden zwei oder drei Zeltplanen und Pelzanzüge, die so merkwürdig eingerissen waren, als hätte jemand unbeholfen versucht, sie sich überzustreifen. Die Mißhandlungen an den Menschen- und Tierkörpern und die verrückte Bestattung der archäischen Wesen paßten genau zu diesem augenscheinlichen zerstörerischen Wahnsinn. Im Hinblick auf eine etwaige Wiederholung solcher Vorkommnisse photographierten wir sorgfältig alle wichtigeren Beweise für das wahnsinnige Durcheinander im Lager; und wir werden diese Aufnahmen zur Untermauerung unserer Warnungen gegen die Durchführung der geplanten Starkweather-Moore-Expedition verwenden.

Unsere erste Handlung nach der Entdeckung der Leichen in dem Schutzbau bestand darin, die in einer Reihe angelegten verrückten Gräber mit den fünfeckigen Schneehügeln zu photographieren und zu öffnen. Wir konnten uns des Eindrucks nicht erwehren, daß eine Ähnlichkeit zwischen diesen monströsen Hügeln, mit ihren regelmäßig angeordneten Tupfen, und den von unserem armen Lake beschriebenen merkwürdigen grünen Specksteinen bestand; und als wir in dem großen Haufen von Gesteinsproben selbst auf einige der Specksteine stießen, fanden wir, daß die Ähnlichkeit wirklich frappant war. Die ganze Form dieser Steine, das muß gesagt werden, schien auf beunruhigende Weise an die Seesternköpfe der archäischen Wesen zu erinnern; und wir waren einer Meinung, daß diese Wahrnehmung einen starken Einfluß auf die überreizten Sinne von Lakes erschöpfter Mannschaft ausgeübt haben mußte.

Denn Wahnsinn – und dieser Verdacht konzentrierte sich auf

Gedney als den einzigen möglichen Überlebenden – war die Erklärung, die jeder von uns sich spontan zu eigen machte, jedenfalls was die ausgesprochenen Vermutungen anging; natürlich bin ich nicht so naiv, in Abrede zu stellen, daß wohl jeder von uns die abenteuerlichsten Spekulationen anstellte, die zu äußern jedoch der gesunde Menschenverstand verbot. Sherman, Pabodie und McTighe unternahmen am Nachmittag einen ausgedehnten Rundflug über das gesamte umliegende Gelände, wobei sie mit Feldstechern den Horizont nach Gedney und den verschwundenen Gegenständen absuchten; aber sie fanden nichts. Die Suchmannschaft berichtete, die titanische Gebirgskette erstrecke sich endlos nach beiden Seiten, ohne erkennbare Veränderung in Höhe und Aussehen. Auf einigen der Gipfel jedoch seien die regelmäßigen Würfel- und Wallformationen massiver und glatter, was die phantastische Ähnlichkeit mit den von Roerich gemalten asiatischen Bergruinen nur noch verstärke. Die kryptischen Höhlenöffnungen in den schwarzen, schneefreien Gipfelwänden schienen in etwa gleichmäßig verteilt, jedenfalls in dem Teil des Gebirgszuges, der zu überblicken war.

Trotz all der überwältigenden Schrecknisse waren uns Forscherdrang und Abenteuerlust so weit erhalten geblieben, daß wir Vermutungen über das unbekannte Reich jenseits dieser geheimnisvollen Berge anstellten. Wie unseren zurückhaltenden Meldungen zu entnehmen war, legten wir uns gegen Mitternacht zur Ruhe, nach diesem Tag des Schreckens und der Verwirrung – nicht ohne für den nächsten Morgen einen vorläufigen Plan für einen oder mehrere Flüge über den Gebirgskamm gefaßt zu haben, mit einem von Ballast befreiten Flugzeug, einer Kamera für Luftaufnahmen und geologischer Ausrüstung. Es wurde verabredet, daß Danforth und ich es zuerst versuchen sollten, und wir standen gegen sieben Uhr auf, weil wir beizeiten aufsteigen wollten; heftige Winde verzögerten jedoch – wie wir in unserer kurzen Funkmeldung an die Außenwelt erwähnten – den Start bis kurz vor neun Uhr.

Ich habe bereits die unverfängliche Version geschildert, die wir den Männern im Lager erzählt – und an die Außenwelt gegeben – haben, nachdem wir sechzehn Stunden später zurückgekehrt waren. Es ist jetzt meine fürchterliche Pflicht, diesen Bericht zu ergänzen, indem ich die schonenden Lücken mit Hinweisen darüber ausfülle, was wir wirklich in der verborgenen transmontanen Welt sahen – Hinweise über die Entdeckungen, die bei Danforth schließlich zum Nervenzusammenbruch führten. Ich wollte, er würde seinerseits ein offenes Wort über jenes Ding sagen, von dem er glaubt, er allein habe es gesehen – obschon es sich dabei wahrscheinlich um eine nervöse Sinnestäuschung gehandelt hat; aber in diesem Punkt läßt er sich nicht erweichen. Ich kann nicht mehr tun, als seine späteren, zusammenhanglos geflüsterten Andeutungen über das zu wiederholen, was ihn aufschreien ließ, als das Flugzeug sich auf dem Rückweg durch den windgepeitschten Gebirgspaß kämpfte, nach jenem wirklichen und greifbaren Schock, den wir alle beide erlebt hatten. Das wird mein letztes Wort sein. Sollten die unmißverständlichen Hinweise auf das Überleben urzeitlicher Schreckgestalten in meinen Enthüllungen nicht ausreichen, andere von einem Vordringen in die innerste Antarktis abzuhalten – oder wenigstens davon, allzu tief unter der Oberfläche dieser entlegensten Wüste verbotener Geheimnisse und unmenschlicher, seit Äonen verfluchten Verlassenheit herumzuwühlen –, so trifft mich nicht die Verantwortung für unsägliche und vielleicht unermeßliche Greuel.

Nach dem Studium der von Pabodie während des Nachmittagsfluges angefertigten Notizen und eine Überprüfung mit dem Sextanten, kamen Danforth und ich zu dem Schluß, daß der niedrigste Paß des Gebirgskamms sich von uns aus gesehen etwas weiter rechts befand, in Sichtweite des Lagers und auf ungefähr 23 000 oder 24 000 Fuß Seehöhe. Diesen Punkt steuerten wir also zunächst an, als wir mit dem von allem unnötigen Ballast befreiten Flugzeug zu unserem Erkundungsflug starteten. Das Lager selbst, auf Vorbergen gelegen, die aus einem hochgelegenen Tafelland aufragten, hatte eine Höhe von einigen 12 000 Fuß; der tatsächlich erforderliche Höhengewinn war deshalb nicht so groß, wie man vielleicht annehmen würde. Trotzdem spürten wir nur allzu deutlich die dünner werdende Luft und die schneidende Kälte, während wir uns höherschraubten; denn im Interesse guter Sichtbedingungen mußten wir die Kabinenfenster offenlassen. Natürlich trugen wir unsere dicksten Pelze.

Als wir den abweisenden Gipfeln näher kamen, dunkel und unheimlich oberhalb der rissigen Schneefelder mit den eingelagerten Gletschern, fielen uns immer mehr die merkwürdig regelmäßigen

Formationen auf, die an den Felswänden klebten; und wieder mußten wir an Nicholas Roerichs eigentümliche Bilder aus Asien denken. Die uralten, verwitterten Felsschichten bestätigten Lakes Meldungen in allen Punkten und bewiesen, daß diese Gipfel schon seit einer unvorstellbar frühen Epoche der Erdgeschichte – vielleicht über fünfzig Millionen Jahren – unverändert aufragten. Wieviel höher sie einst gewesen, war unmöglich abzuschätzen; aber alles in dieser seltsamen Gegend deutete auf obskure atmosphärische Einflüsse hin, die sich jeder Veränderung entgegenrichteten und den normalen Prozeß der Verwitterung und des Zerfalls verlangsamten.

Am meisten jedoch verwirrte und faszinierte uns das Durcheinander von regelmäßigen Quadern, Wällen und Höhleneingängen an den Felswänden. Ich studierte sie mit dem Fernglas und machte Luftaufnahmen, während Danforth steuerte; hin und wieder löste ich ihn ab – obwohl ich als Pilot ein ausgesprochener Amateur bin –, damit auch er durch das Glas schauen konnte. Es war leicht zu erkennen, daß diese Gebilde größtenteils aus einem leichten, archäischen Quarzit bestanden, ganz unähnlich jeder anderen Formation, die über weite Strecken an der eigentlichen Oberfläche erkennbar war; und daß ihre Regelmäßigkeit in einem Maße vollkommen und unheimlich war, wie sie der arme Lake kaum angedeutet hatte.

Wie er berichtet hatte, waren ihre Kanten bröckelig und abgerundet, aufgrund heftigster Witterungseinflüsse über unvorstellbare Äonen hinweg; aber ihre übernatürliche Massivität und die Festigkeit des Gesteins hatten sie vor dem völligen Zerfall bewahrt. Viele Teile, besonders diejenigen, die am stärksten mit den Felswänden verwachsen waren, schienen aus demselben Material zu bestehen wie die umgebende Gesteinsoberfläche. Das ganze Gewirr erinnerte an die Ruinen von Macchu Picchu in den Anden, oder die urzeitlichen Grundmauern von Kisch, die von der Oxford-Field-Museum-Expedition im Jahre 1929 ausgegraben wurden; und Danforth und ich hatten beide den Eindruck, es seien hin und wieder einzelne zyklopische Quader zu erkennen, eine Beobachtung, die schon Carroll bei seinem Flug mit Lake gemacht hatte. Eine Erklärung für diese Dinge an diesem Ort zu finden, überstieg offen gesagt meine Fähigkeiten, und ich begann an meinem geologischen Wissen zu zweifeln. Erstarrungsgestein weist oft merkwürdige Regelmäßigkeiten auf – wie der berühmte Riesendamm in Irland –, aber dieser gewaltige Gebirgszug war, trotz der rauchenden Kegel, die Lake anfangs gesehen zu haben meinte, vor allem anderen unzweifelhaft nicht-vulkanischen Ursprungs.

Die sonderbaren Höhlenöffnungen, in deren Nähe die eigentümlichen Gebilde am zahlreichsten schienen, gaben ein weiteres, obschon weniger bedeutsames Rätsel auf. Sie waren, wie schon Lakes Bericht erwähnt hatte, oft annähernd quadratisch oder halbkreisförmig, als sei den natürlichen Öffnungen durch magische Hand eine vollkommenere Symmetrie verliehen worden. Ihre große Anzahl und weite Verbreitung waren bemerkenswert und legten die Vermutung nahe, daß das ganze Gebiet von einem Netzwerk von Tunneln durchhöhlt war, das seine Entstehung der Auflösung von Kalksteinadern verdankte. Wir konnten an keiner Stelle sonderlich tief in diese Höhlen hineinblicken, aber immerhin stellten wir fest, daß sie anscheinend frei von Tropfsteinen waren. In der unmittelbaren Umgebung der Höhleneingänge schienen die Felsflächen stets glatt und eben; und Danforth glaubte, daß die dünnen Risse und kleinen Vertiefungen sich zu ungewöhnlichen Mustern zusammenfügten. Noch ganz unter dem Eindruck der grausigen und unerklärlichen Funde im Lager, bemerkte er, die Vertiefungen wiesen eine entfernte Ähnlichkeit mit jenen rätselhaften Gruppen von Tupfen auf den urzeitlichen grünlichen Specksteinen auf, die sich in so fürchterlicher Weise auf den Schneehügeln über den sechs begrabenen Ungeheuern wiederholt hatten.

Wir hatten während des Fluges über die höheren Vorberge und den verhältnismäßig niedrigen Paß, den wir ausgewählt hatten, allmählich Höhe gewonnen. Gelegentlich schauten wir aus dem Flugzeug auf den eis- und schneebedeckten Landweg unter uns hinab und fragten uns, ob wir diesen Vorstoß mit den einfacheren Mitteln vergangener Tage wohl auch hätten wagen können. Mit gelinder Überraschung sahen wir, daß das Gelände keineswegs so schwierig war, wie man hätte annehmen können; trotz der Spalten und anderer gefährlicher Stellen hätte es wohl kaum die Schlitten eines Scott, Shackleton oder Amundsen abschrecken können. Einige der Gletscher schienen mit ungewöhnlicher Gleichmäßigkeit zu Pässen anzusteigen, die der Wind freigelegt hatte, und als wir unsere Paßhöhe erreicht hatten, fanden wir, daß auch sie keine Ausnahme bildete.

Unser Gefühl gespannter Erwartung, als wir im Begriff standen, den Scheitelpunkt zu überfliegen und einen Blick in eine nie betretene Welt zu tun, ist kaum mit Worten zu beschreiben, obschon wir keinen Grund zu der Annahme hatten, daß die Gebiete jenseits des Kammes sich wesentlich von denen unterscheiden würden, die wir schon gesehen und durchquert hatten. Die Ahnung eines unheilschwangeren Geheimnisses, die uns beim Anblick dieser Gebirgsbarriere und des lockenden, schillernden Himmels über seinen Gipfeln beschlich, war etwas so Subtiles und Flüchtiges, daß Worte diese Empfindung nicht wiederzugeben vermögen. Sie gehört wohl eher ins Reich psychologischen Symbolismus und ästhetischer Assoziation – das Reich exotischer Dichtung und Malerei und archaischer Mythen, die in verbotenen, ängstlich gemiedenen Folianten dahindämmern. Selbst der Ansturm des Windes hatte etwas von einer bewußten Bösartigkeit, und eine Sekunde lang schien es, als sei all dem Heulen und Sausen ein bizarres, melodieartiges Pfeifen mit einem großen Tonumfang unterlegt. Dieses Geräusch des durch die allgegenwärtigen und widerhallenden Höhlen fahrenden Sturms erfüllte uns mit einem Abscheu, der unbewußte Erinnerungen wachrief und genauso komplex und undefinierbar war wie unsere anderen dunklen Empfindungen.

Unser Höhenmesser zeigte jetzt, nach einem allmählichen Anstieg, eine Höhe von 23570 Fuß an, und wir hatten endgültig die Region der schneebedeckten Hänge unter uns gelassen. Hier oben gab es nur dunkle, kahle Felsabstürze und beginnende spaltenreiche Gletscher – doch diese herausfordernden Würfel und Wälle, diese widerhallenden Höhlenöffnungen gaben der Szenerie etwas unheilvoll Unnatürliches, Phantastisches und Traumhaftes. Als ich an der langen Kette hoher Gipfel entlangschaute, glaubte ich den von dem armen Lake erwähnten einzigen Berg zu sehen, der genau auf der Spitze einen Wall trug. Er schien halb in einem sonderbaren antarktischen Nebelschleier verborgen – vielleicht hatte Lake einen solchen Nebelschleier anfangs für die Rauchwolke eines Vulkans gehalten. Die Paßhöhe war jetzt direkt vor uns, glatt und vom Wind freigefegt zwischen ihren gezackten, finster aufragenden Eckpfeilern. Dahinter lag ein von brodelnden Dämpfen verhüllter und der tiefstehenden Polarsonne erleuchteter Himmel, der Himmel jenes geheimnisvollen, fernen Reiches, das nie eines Menschen Auge erblickt hatte.

Noch ein paar Fuß höher, und wir würden dieses Reich vor Augen haben. Danforth und ich konnten uns in dem heulenden, pfeifenden Wind, der über den Paß fegte, und wegen des zusätzlichen ungedämpften Motorenlärms nur durch laute Zurufe verständigen, aber wir tauschten vielsagende Blicke aus. Und dann, als wir diese letzten paar Fuß überwunden hatten, schauten wir endlich über die gewaltige Barriere hinab auf die nie erblickten Geheimnisse einer uralten, ganz und gar fremdartigen Erde.

Ich glaube, wir schrien beide gleichzeitig auf, als wir schließlich den Paß überwunden hatten und sahen, was dahinterlag; hin und her gerissen zwischen Ehrfurcht, Staunen und Grauen, glaubten wir, unseren Sinnen nicht trauen zu dürfen. Natürlich müssen wir unbewußt nach irgendeiner natürlichen Erklärung gesucht haben, um den ersten Schock zu überwinden. Vielleicht dachten wir an solche Dinge wie die grotesk verwitterten Steine im Garten der Götter in Colorado oder die phantastisch symmetrischen, vom Wind abgeschliffenen Felsen in der Wüste von Arizona. Vielleicht hielten wir auch alles einen Moment lang für eine Fata Morgana gleich jener, die wir an jenem Morgen unseres ersten Anflugs auf die Berge des Wahnsinns gesehen hatten. Wir mußten uns an solche normale Dinge klammern, als wir unsere Blicke über dieses grenzenlose, vom Sturm verwüstete Tafelland schweifen ließen und das beinahe endlose Labyrinth kolossaler, regelmäßiger und geometrisch eurhythmischer Gesteinsmassen sahen, deren zerbröckelnde und ausgehöhlte Zinnen sich aus einer Eisschicht erhoben, die an den dicksten Stellen nicht stärker als 40 oder 50 Fuß und mancherorts offenbar noch dünner war.

Die Wirkung dieses ungeheuerlichen Anblicks war unbeschreiblich, denn auf den ersten Blick schien es, als offenbare sich hier irgendeine diabolische Perversion aller bekannten Naturgesetze. Hier, auf einem unermeßlich alten Tafelland, in vollen 20 000 Fuß Höhe und einem Klima, das seit einem nicht weniger als 50 000 Jahre zurückliegenden, vormenschlichen Zeitalter für alles Leben todbringend sein mußte, erstreckte sich bis fast an den Horizont ein Gewirr regelmäßig geformter Steine, das nur die verzweifelte Furcht, den

Verstand zu verlieren, auf etwas anderes als einen bewußten, künstlichen Ursprung zurückzuführen vermochte. Aber hatten wir nicht schon vorher – zumindest dann, wenn wir ernsthaft nachgedacht hatten – jede Theorie, nach der diese Kuben und Wälle an den Berghängen auf anderem als natürlichem Wege entstanden seien, für absurd erklärt? Wie hätte es auch anders sein können, da doch der Mensch sich noch kaum von den großen Affen unterschieden haben konnte, als dieses Gebiet der bis in unsere Tage dauernden, ungebrochenen Herrschaft des eisigen Todes anheimgefallen war?

Doch nun schienen alle Vernunftgründe unwiderruflich erschüttert, denn dieses zyklopische Wirrwarr quaderförmiger, gerundeter und winkliger Blöcke wies Merkmale auf, die jeden Gedanken an eine beruhigende Erklärung im Keime erstickten. Kein Zweifel, vor uns lag, in schierer, objektiver und unausweichlicher Realität die blasphemische Stadt jener Luftspiegelung. Also hatte dieses schreckliche Omen doch eine materielle Grundlage gehabt – in den oberen Luftschichten war eine horizontale Schicht von Eisstaub gewesen, und das Bild dieser uralten Steinwüste war gemäß den einfachen Gesetzen der Lichtbrechung auf die andere Seite des Gebirges projiziert worden. Natürlich war das Trugbild verzerrt und übersteigert worden, hatte Einzelheiten enthalten, die in Wirklichkeit nicht vorhanden waren; aber als wir jetzt diese Wirklichkeit sahen, schien sie uns noch grauenhafter und bedrohlicher als ihr fernes Abbild.

Nur dank der unfaßbaren Massivität dieser gewaltigen steinernen Türme und Wälle war dieses schreckliche Gewirr vor der völligen Vernichtung im Laufe der Hunderttausende – vielleicht Millionen – von Jahren bewahrt worden, die es auf diesem öden Hochland vom Sturm umtobt überdauert hatte. »Corona Mundi – Dach der Welt« – die sonderbarsten Worte traten uns auf die Lippen, als wir benommen auf das unglaubliche Panorama hinabschauten. Ich mußte wieder an jene finsteren, urzeitlichen Mythen denken, die mich so hartnäckig verfolgt hatten, seit ich zum erstenmal diese tote antarktische Welt erblickt hatte – an das dämonische Plateau von Leng, an den Mi-Go, den abscheulichen Schneemenschen des Himalaya, an das Pnakotische Manuskript mit seinen Erinnerungen an vormenschliche Epochen, an den Cthulhu-Mythos, das *Necronomicon* und die hyperboreischen Legenden von dem formlosen Tsathoggua und das schlimmer als formlose Sternengezücht, mit dem dieses Halbwesen in Verbindung gebracht wird.

Meilenweit erstreckte es sich nach allen Richtungen, fast ohne erkennbare Auflockerung; als wir unsere Blicke nach rechts und links an seinem Rand entlangschweifen ließen, am Fuße der niedrigen, allmählich ansteigenden Vorberge, die das Plateau vom eigentlichen Gebirgskamm trennten, konnten wir praktisch keinerlei Auflockerung entdecken, abgesehen von einer Unterbrechung links von dem Paß, durch den wir gekommen waren. Rein zufällig waren wir auf einen bestimmten Abschnitt einer Steinwüste gestoßen, die sich ins Unermeßliche ausdehnen mußte. Die Vorberge wiesen nur hie und da einzeln verstreute groteske Steingebilde auf, welche die schreckliche Stadt mit den nun schon vertrauten Würfeln und Wällen verbanden, die anscheinend ihre Vorposten auf den Bergen darstellten. Diese letzteren waren, ebenso wie die sonderbaren Höhleneingänge, von gleicher Beschaffenheit auf dieser wie auf der Vorderseite des Gebirgszuges.

Das namenlose Steinlabyrinth bestand zum größten Teil aus Mauern, die sich zehn bis 150 Fuß über die Eisoberfläche erhoben und zwischen fünf und zehn Fuß dick waren. Es setzte sich zumeist aus riesigen urzeitlichen Schiefer- und Sandsteinblöcken zusammen – Blöcken, die in vielen Fällen 4 × 6 × 8 Fuß groß waren –, obschon es an manchen Stellen aus einem massiven, unebenen Felsgrund präkambrischen Schiefers herausgehauen schien. Die Bauwerke waren keineswegs alle gleich groß – es gab zahllose wabenartige Gruppierungen von immenser Ausdehnung sowie kleinere Einzelbauwerke. Die Gestalt der Bauwerke war im allgemeinen konisch, pyramiden- oder terrassenförmig; es gab aber auch zahlreiche regelmäßige Zylinder, Quader, Gruppen von Quadern und andere rechteckig begrenzte Gebilde, außerdem merkwürdig verstreute winklige Gebäude, deren fünfeckiger Grundriß entfernt an moderne Befestigungsanlagen erinnerte. Die Erbauer hatten reichen Gebrauch von dem Prinzip des Bogens gemacht, und in der Glanzzeit der Stadt hatte es wahrscheinlich auch Kuppeln gegeben.

Das ganze Gewirr war unsagbar verwittert, und die Eisfläche, aus der die Türme sich erhoben, war mit herabgestürzten Blöcken und urzeitlichem Schutt übersät. Wo die Eisbildung durchsichtig war, konnten wir die unteren Partien der gigantischen Bauwerke erkennen, und wir sahen im Eis konservierte Steinbrücken, die in wechselnder Höhe die einzelnen Türme miteinander verbanden. An den freistehenden Mauern konnten wir die Bruchstellen entdecken, wo früher einmal andere, höhere Brücken derselben Art existiert hatten.

Bei näherem Hinsehen bemerkten wir zahllose, ziemlich große Fenster; einige davon waren mit Läden aus einem versteinerten Material verschlossen, das einmal Holz gewesen war, doch die meisten waren nur noch dunkle, gähnende Löcher. Viele der Ruinen hatten natürlich kein Dach mehr und wiesen unebene, wenn auch vom Wind glattgeschliffene Oberkanten auf. Wohingegen andere, die eine deutlicher erkennbare konische oder pyramidenartige Form hatten oder im Schutz benachbarter höherer Bauwerke standen, trotz der allgegenwärtigen Verwitterungs- und Zerfallspuren noch weitgehend intakt waren.

An vielen Stellen waren die Bauwerke gänzlich zerstört und die Eisfläche aus verschiedenen geologischen Gründen tief zerfurcht. An anderen Stellen wieder war das Mauerwerk bis auf die Eisfläche abgetragen. Ein breiter Streifen, der sich vom Innern des Plateaus aus zu einer Lücke in den Vorbergen erstreckte, etwa eine Meile links von dem Paß, den wir überflogen hatten, war völlig frei von Bauwerken. Wir vermuteten, daß dies das Bett eines großen Flusses gewesen war, der im Zeitalter des Tertiärs – vor Millionen von Jahren – durch die Stadt und in irgendeinen gewaltigen unterirdischen Abgrund des großen Gebirgszuges geflossen war. Kein Zweifel, dies war ein Gebiet der Höhlen, Abgründe und unterirdischen Geheimnisse jenseits aller menschlichen Vorstellung.

Wenn ich heute an unsere Empfindungen zurückdenke und mir vor Augen halte, wie benommen wir vom Anblick dieser monströsen Überreste aus einer, wie wir glaubten, vormenschlichen Epoche waren, kann ich nur staunen, welchen Gleichmut wir trotz allem noch bewahrten. Wir wußten natürlich, daß irgend etwas – der Zeitablauf, die wissenschaftlichen Theorien oder unser eigener Verstand – auf furchtbare Weise aus den Angeln gehoben war; dennoch bewahrten wir so viel Geistesgegenwart, um das Flugzeug zu steuern, viele Dinge recht genau zu betrachten und mit aller Sorgfalt eine Reihe photographischer Aufnahmen zu machen, die vielleicht uns und der ganzen Welt noch einen unschätzbaren Dienst leisten werden. Mir selbst mag mein unbezähmbarer wissenschaftlicher Ehrgeiz zustatten gekommen sein, denn über all meiner Verwirrung und dem Gefühl der Bedrohung stand der brennende Wunsch, tiefer in dieses urzeitliche Geheimnis einzudringen – um zu erfahren, was für eine Art Lebewesen diese Stadt erbaut, an diesem unermeßlich gigantischen Ort gelebt hatte, und welche Beziehung zu der übrigen Welt, in ihrem eigenen Zeitalter oder in anderen Epochen, eine so einmalige Konzentration des Lebendigen gehabt haben konnte.

Denn dies konnte keine gewöhnliche Stadt sein. Es mußte der ursprüngliche Kern und Mittelpunkt eines archaischen und unfaßbaren Kapitels der Erdgeschichte gewesen sein. Was davon nach außen gedrungen war, war im Chaos der Zuckungen der Erdkruste untergegangen, lange bevor irgendeine bekannte Menschenrasse das Affenstadium hinter sich gelassen hatte – um nur noch als vage Erinnerung in den dunkelsten und verzerrtesten Mythen weiterzuleben. Hier breitete sich eine paläogene Metropole vor unseren Augen aus, im Vergleich zu der die legendären Städte Atlantis und Lemuria, Commorium und Uzuldaroum und Olathoë im Lande Lomar Erscheinungen von heute sind – noch nicht einmal solche von gestern; eine Metropole, vergleichbar mit solchen sagenumwobenen, vormenschlichen Lästerungen wie Valusia, R'lyeh, Ib im Lande Mnar und der Namenlosen Stadt in Arabia Deserta. Als wir dieses Gewirr schier titanischer Türme überflogen, konnte ich hin und wieder meine Phantasie nicht mehr zügeln und erging mich in ziellosen, abenteuerlichsten Spekulationen – ja ich stellte sogar Verbindungen zwischen dieser verlorenen Welt und meinen eigenen wildesten Träumen im Zusammenhang mit den wahnsinnigen Greueln im Lager her.

Zur Reduzierung des Gewichts waren die Treibstofftanks des Flugzeugs nicht ganz gefüllt worden; deshalb mußten wir jetzt Vorsicht walten lassen. Trotzdem überflogen wir noch ein enormes Gebiet, nachdem wir auf eine niedrigere Flughöhe gegangen waren, wo der Wind praktisch keinen Einfluß mehr hatte. Grenzenlos schienen der Gebirgszug und die Längenausdehnung der fürchterlichen steinernen Stadt, die sich an seine inneren Vorberge anschloß. Fünfzig Meilen Flug in beiden Richtungen ließen keine wesentliche Veränderung in dem Labyrinth aus Fels und Mauer erkennen, das sich leichenhaft durch das ewige Eis emporkrallte. Immerhin gab es einige höchst interessante Abwandlungen; so etwa die behauenen Felsen in der Schlucht, wo der breite Fluß einst die Vorberge durchschnitten hatte, kurz vor seiner unterirdischen Mündung. Diese Felsen am Eintritt des Flusses in den Berg waren kühn zu zyklopischen Wachttürmen behauen worden, deren zerfurchte, tonnenförmige Gestalt merkwürdig vage, beklemmende Erinnerungen bei Danforth und mir weckten.

Wir fanden auch mehrere sternförmige, offene Plätze und bemerkten an verschiedenen Stellen wellenförmige Geländestrukturen. Steil aufragende Hügel waren meist ausgehöhlt, so daß weiträumige steinerne Gebäude entstanden waren; aber hier gab es mindestens zwei Ausnahmen. Im einen Fall war das Gestein zu stark verwittert, als daß man noch hätte erkennen können, was früher auf der vorspringenden Anhöhe gewesen war, während der andere Hügel noch immer ein phantastisches, kegelförmiges Monument trug, das aus dem gewachsenen Fels gehauen war und solchen Dingen wie dem bekannten Schlangengrab in dem alten Tal von Petra glich.

Als wir von den Bergen aus ins Landesinnere flogen, entdeckten wir, daß die Stadt zwar ungeheuer lang, aber keineswegs unendlich breit war. Nach ungefähr dreißig Meilen begannen die grotesken Steinbauten sich zu lichten, und nach weiteren zehn Meilen hatten wir eine praktisch unberührte Wüste ohne jede Spuren künstlich errichteter Gebäude erreicht. Der Lauf des Flusses außerhalb der Stadt schien durch eine breite, tiefer liegende Linie markiert, während das Land rauher wurde, leicht anzusteigen schien und sich gen Westen im Dunst verlor.

Bis jetzt waren wir noch keinmal gelandet, aber das Plateau zu verlassen, ohne einen Versuch gemacht zu haben, in einen der monströsen Bauten einzudringen, wäre uns undenkbar erschienen. Wir beschlossen deshalb, eine geeignete Landestelle auf den Vorbergen bei unserem Paß zu suchen, zu landen und zu Fuß auf Erkundungen auszugehen. Obwohl diese sanft ansteigenden Berge zum Teil mit Trümmern von Ruinen übersät waren, entdeckten wir im Tiefflug bald eine ganze Anzahl möglicher Landeplätze. Wir entschieden uns für den, der unserem Paß am nächsten lag, über den wir ja wieder zum

Lager zurückfliegen würden, und gegen 12 Uhr 30 gelang uns eine weiche Landung auf einem ebenen Schneefeld, das frei von jedem Hindernis war und später einen schnellen und problemlosen Start ermöglichen würde.

Es schien uns unnötig, das Flugzeug mit einem Schneewall zu sichern, weil wir ja nur kurz wegbleiben wollten und außerdem auf dieser Höhe glücklicherweise keine nennenswerten Winde herrschten. Wir sorgten deshalb nur dafür, daß die Landeskier sicher aufsaßen und die empfindlichen Teile der Maschinen gegen die Kälte geschützt waren. Für unseren Fußmarsch verzichteten wir auf die schweren Fliegerpelze und nahmen eine kleine Ausrüstung mit, die aus einem Taschenkompaß, einer Handkamera, leichtem Proviant, dicken Notizbüchern mit Ersatzblättern, Geologenhammer und -meißel, Sammelbeuteln, einem Kletterseil und starken Taschenlampen mit Ersatzbatterien bestand; wir hatten diese Sachen im Flugzeug mitgenommen, für den Fall, daß es uns gelingen würde zu landen, Photos vom Boden aus zu machen, Zeichnungen und topographische Skizzen anzufertigen und Gesteinsproben von freien Hängen, zutage liegenden Formationen oder Höhleneingängen zu gewinnen. Glücklicherweise hatten wir genug Papier dabei, um es zerreißen, in einen der Beutel stecken und die Schnitzel zur Markierung unseres Weges verwenden zu können, falls wir in irgendein Labyrinth eindringen sollten. Das Papier hatten wir mitgenommen, weil in einem Höhlensystem ohne starken Luftzug dieses Verfahren schneller und einfacher sein würde als die normale Methode, den Weg durch in die Höhlenwände gemeißelte Markierungen zu bezeichnen.

Als wir vorsichtig über den verharschten Schnee bergab gingen auf das ungeheure Steinlabyrinth zu, das sich drohend vor dem schillernden Westhimmel auftürmte, beschlich uns beinahe dasselbe beklemmende Gefühl, daß unheimliche Dinge unser harrten, wie vier Stunden vorher, als wir uns dem gewaltigen Gebirgspaß genähert hatten. Zwar hatten wir uns mittlerweile an den Anblick des unfaßbaren Geheimnisses gewöhnt, das die Gebirgsbarriere verborgen hatte; doch die Aussicht darauf, tatsächlich den Fuß in diese urzeitlichen Mauern zu setzen, die von denkenden Wesen vor vielleicht Millionen von Jahren errichtet worden waren – lange bevor irgendeine bekannte

Menschenrasse existiert haben konnte –, war noch bedrückend und furchterregend genug. Obwohl wegen der dünnen Luft auf dieser gewaltigen Höhe das Gehen anstrengender war als sonst, hatten wir beide kaum Schwierigkeiten und fühlten uns beinahe jeder Aufgabe gewachsen, die sich uns stellen mochte. Wenige Schritte brachten uns zu einer formlosen Ruine, die dem schneebedeckten Erdboden gleichgemacht war, während fünfzehn bis zwanzig Ruten weiter vorne ein riesiger, dachloser Wall sich erhob, der in seinem gigantischen fünfeckigen Umriß noch fast vollständig erhalten war und eine unregelmäßige Höhe von zehn oder elf Fuß erreichte. Auf dieses Bauwerk gingen wir zu; und als wir dann wirklich diese verwitterten, zyklopischen Blöcke anfassen konnten, fühlten wir, daß wir eine beispiellose und beinahe blasphemische Verbindung mit vergessenen Äonen hergestellt hatten, die unserer Spezies normalerweise verschlossen bleiben.

Dieser Wall, von der Gestalt eines Sterns und einem Durchmesser von vielleicht dreihundert Fuß, von Spitze zu Spitze gemessen, war aus verschieden großen Blöcken jurassischen Sandsteins erbaut, deren Oberfläche im Durchschnitt 6 × 8 Fuß maß. Er hatte eine Reihe überwölbter, etwa vier Fuß breiter und fünf Fuß hoher Gucklöcher oder Fenster, die in gleichmäßigen Abständen über die Außenwände der Schenkel des Sterns verteilt waren und mit der Unterkante etwa vier Fuß über der vereisten Oberfläche lagen. Als wir durch diese Öffnungen blickten, konnten wir sehen, daß die Mauern volle fünf Fuß dick waren, daß im Innern keine Trennwände stehengeblieben waren und daß die Innenwände Spuren friesartiger Ornamente oder Basreliefs aufwiesen – all das hatten wir schon vermutet, als wir in geringer Höhe dieses und ähnliche Bauwerke überflogen hatten. Obwohl ursprünglich auch niedrigere Teile existiert haben mußten, waren alle derartigen Spuren unter der an dieser Stelle dicken Schnee- und Eisschicht begraben.

Wir krochen durch eines der Fenster hinein und versuchten vergeblich, die kaum noch erkennbaren Wandmalereien zu entziffern, ließen aber den eisbedeckten Fußboden unberührt. Unsere Orientierungsflüge hatten ergeben, daß viele Gebäude in der eigentlichen Stadt nicht so stark vereist waren und wir vielleicht Innenräume finden würden, die bis zu dem eigentlichen Boden ganz eisfrei waren, wenn wir in solche Gebäude gingen, die noch ein Dach besaßen. Bevor wir den sternförmigen Bau verließen, photographierten wir ihn mehrmals und untersuchten sein mörtelloses, zyklopisches Mauerwerk in fassungslosem Staunen. Wir wünschten, Pabodie wäre bei uns gewesen, denn sein technisches Wissen hätte uns vielleicht Aufschluß darüber gegeben, wie solche titanischen Blöcke in jener unglaublich fernen Epoche bearbeitet worden sein konnten, in der die Stadt und ihre Außenbezirke entstanden waren.

Der Fußmarsch von einer halben Meile, bergab zur Stadt selbst, begleitet vom vergeblichen, wütenden Heulen des Windes in den himmelwärts aufragenden Gipfeln im Hintergrund, hat sich mir in allen Einzelheiten ein für allemal ins Gedächtnis eingeprägt. Nur in phantastischen Alpträumen konnten menschliche Wesen außer Danforth und mir solche optischen Effekte je erleben. Zwischen uns und den wirbelnden Nebeln im Westen lag dieses monströse Gewirr dunkler Steintürme, deren fremdartige, unfaßbare Formen uns aus jedem Blickwinkel aufs neue beeindruckten. Es war eine Fata Morgana aus massivem Stein, und wären nicht die Photos, ich würde heute noch bezweifeln, daß es so etwas geben kann. Das Mauerwerk war im wesentlichen identisch mit dem des sternförmigen Gebäudes, das wir untersucht hatten; aber die bizarren Formen, die dieses Mauerwerk in der Stadt selbst annahm, entzogen sich jeder Beschreibung.

Selbst die Bilder zeigen nur eine oder zwei Phasen dieser unendlichen Vielfalt, übernatürlichen Massivität und im höchsten Grade exotischen Fremdartigkeit. Da gab es geometrische Formen, für die ein Euklid wohl kaum einen Namen finden würde – Kegel von verschiedensten Graden der Unregelmäßigkeit und Abstumpfung, Terrassen von herausfordernder Unproportioniertheit verschiedenster Art, Rundtürme mit knollenartigen Ausbuchtungen, zerbrochene Säulen in kuriosen Gruppierungen und fünfeckige oder fünfarmige Gebilde von geistverwirrender Absurdität. Als wir näher kamen, konnten wir an einzelnen Stellen durch das Eis hinabsehen und entdeckten einige der röhrenförmigen Steinbrücken, die in unterschiedlicher Höhe die verrückt gesprenkelten Bauwerke miteinander verbanden. Ordentliche Straßen gab es anscheinend keine, die einzige breite, offene Schneise befand sich eine Meile weiter links, wo zweifellos früher einmal der Fluß durch die Stadt und in die Berge geflossen war.

Mit unseren Ferngläsern konnten wir feststellen, daß die horizontalen Friese fast ausgelöschter Reliefs und Gruppen von Tupfen an den Außenmauern sehr häufig waren, und wir konnten uns beinahe vorstellen, wie die Stadt einstmals ausgesehen haben mußte – obwohl natürlich die meisten Dächer und Turmspitzen zerstört waren. Das Ganze mußte ein kompliziertes Gewirr von Sträßchen und Gassen gewesen sein, tiefen Schluchten vergleichbar und manchmal wegen des überhängenden Gemäuers und der sich darüber spannenden Brücken kaum besser als Tunnel. So lag die Stadt zu unseren Füßen, düster drohend wie ein Traumgebilde vor dem Nebel im Westen, den die rötlichen Strahlen der tiefstehenden antarktischen Frühnachmittagssonne nur schwach zu durchdringen vermochten; und als für einen Moment die Sonne dichter verhüllt wurde und die Szenerie vorübergehend in dunklen Schatten getaucht war, nahm alles ein so bedrohliches Aussehen an, wie ich es nie würde beschreiben können. Selbst das schwache Heulen und Pfeifen des Windes in den hohen Gebirgspässen hinter uns schien mit einmal wilder und zielbewußt bösartig. Die letzte Etappe unseres Abstiegs in die Stadt war ungewöhnlich steil und beschwerlich, und ein freiliegender Felsen an der Kante, wo der abschüssige Hang begann, ließ uns vermuten, daß hier einmal eine künstliche Terrasse gewesen war. Sicher befand sich unter der Eisschicht eine Treppe oder etwas Ähnliches.

Als wir schließlich unten in der Stadt angelangt waren und über herabgestürztes Mauerwerk kletterten, schaudernd ob der bedrükkenden Nähe und schier unglaublichen Höhe der allgegenwärtigen, zerbröckelnden und ausgehöhlten Mauern, beschlichen uns abermals Gefühle von einer Art, daß ich mich wundern muß, welch hohen Grad an Selbstbeherrschung wir trotz allem bewahrten. Danforth war unverkennbar nervös und fing an, die absurdesten Mutmaßungen über die Greuel im Lager anzustellen – die ich um so mehr bedauerte, als einige seiner Schlußfolgerungen sich aufgrund vieler Einzelheiten in diesen morbiden Überresten aus alptraumhafter Vergangenheit auch mir geradezu aufdrängten. Diese Mutmaßungen blieben auch nicht ohne Einfluß auf seine Einbildung; denn an einer Stelle – wo eine mit Trümmern übersäte Gasse einen scharfen Knick machte – wollte er partout schwache Spuren auf dem Untergrund gesehen haben, die ihm gar nicht gefielen; ein andermal wieder blieb er stehen und horchte auf ein schwaches, imaginäres Geräusch aus nicht feststellbarer Richtung – ein gedämpftes, melodieartiges Pfeifen, meinte er, nicht unähnlich dem des Windes an den Höhleneingängen, aber doch auf beunruhigende Weise anders. Das immer wieder auftauchende Grundmotiv der Fünfeckigkeit in den uns umgebenden Bauwerken und die wenigen erkennbaren Arabesken an den Mauern hatten etwas finster Bedrohliches, dem wir uns nicht entziehen konnten, und erfüllten uns mit einer vagen, unterbewußten und doch schrecklichen Gewißheit über die urzeitlichen Wesen, die diese unseligen Bauwerke errichtet und in ihnen gelebt hatten.

Doch trotz allem waren Forscherdrang und Abenteuerlust uns noch nicht ganz abhanden gekommen, und wir erledigten fast mechanisch unsere Aufgabe, Proben von allen verschiedenen Gesteinsarten abzuschlagen, die in dem Mauerwerk vertreten waren. Wir wollten eine möglichst vollständige Sammlung haben, um bessere Schlüsse auf das Alter des Ortes ziehen zu können. Nichts in den großen Außenmauern schien aus einer wesentlich späteren Periode als dem Jura zu sein, noch stammte auch nur ein einziger Steinbrokken in der ganzen Umgebung aus einem jüngeren Zeitalter als dem Pliozän. Kein Zweifel, wir wandelten inmitten eines Todes, der mindestens 500 000 Jahre geherrscht hat, und aller Wahrscheinlichkeit nach sogar noch länger.

Als wir unseren Weg durch das Zwielicht im Schatten der großen Steinbauten fortsetzten, blieben wir vor jeder zugänglichen Öffnung stehen, um die Innenräume zu mustern und Möglichkeiten des Zutritts ausfindig zu machen. Manche lagen zu hoch für uns, wohingegen andere lediglich in vereiste Ruinen führten, die genauso abgedacht und leer waren wie der Bau auf dem Hügel. Eine davon, obschon weit und einladend, öffnete sich in einen anscheinend bodenlosen Abgrund, ohne erkennbare Abstiegsmöglichkeiten. Hie und da hatten wir Gelegenheit, das versteinerte Holz eines erhalten gebliebenen Fensterladens zu studieren, und waren beeindruckt von dem sagenhaften Alter, das aus der noch erkennbaren Maserung ersichtlich war. Dieses Holz stammte von mesozoischen Gymnospermen und Koniferen – insbesondere kretazeischen Zykadeen –

und von Fächerpalmen und frühen Angiospermen unzweifelhaft tertiären Ursprungs. Wir fanden nichts, was zuverlässig aus einer jüngeren Periode als dem Pliozän gestammt hätte. Zur Befestigung dieser Läden – an deren Rändern die Spuren eigenartiger, inzwischen längst zerfallener Scharniere zu sehen waren – hatte es offenbar verschiedene Verfahren gegeben; manche waren an der äußeren, andere dagegen an der inneren Seite der tiefen Leibungen angebracht; offenbar waren sie festgekeilt worden und hatten so das Verrosten ihrer einstigen wahrscheinlich metallenen Befestigungsvorrichtungen überdauert. Nach einer Weile stießen wir auf eine Fensterreihe – in den Ausbuchtungen eines kolossalen, fünfeckigen Kegels mit unbeschädigter Spitze –, die zu einem großen, gut erhaltenen Raum mit einem Steinfußboden gehörte, aber diese Fenster lagen innen so hoch über dem Boden, daß wir nicht ohne ein Seil hätten hinuntergelangen können. Zwar hatten wir ein Seil bei uns, aber wir wollten uns nicht mit einem Abstieg über diese zwanzig Fuß aufhalten, wenn es sich irgend vermeiden ließ, vor allem im Hinblick auf die dünne Luft auf diesem Hochplateau, die große Anforderungen an die Herztätigkeit stellte. Dieser riesige Raum hatte wahrscheinlich so etwas wie eine Halle oder einen Versammlungsort dargestellt, und im Lichtschein unserer Taschenlampen erkannten wir kühne, deutliche und bei näherer Betrachtung sicherlich erschreckende Skulpturen, die in breiten, rings an den Wänden entlanglaufenden Friesen angeordnet waren, die mit gleich breiten Bändern horizontaler Arabesken abwechselten. Wir merkten uns die Stelle genau, um vielleicht doch noch hinunterzusteigen, sollten wir keinen leichter erreichbaren Innenraum mehr entdecken.

Doch schließlich fanden wir eine Öffnung von ebender Art, wie wir sie uns gewünscht hatten; es war ein überwölbter Eingang, ungefähr sechs Fuß breit und zehn Fuß hoch, am einstigen Endpunkt einer Brücke, die in einer Höhe von fünf Fuß über der jetzigen Eisoberfläche eine Gasse überspannt hatte. Diese Eingänge waren natürlich auf einer Höhe mit dem jeweiligen oberen Stockwerk, und in diesem Fall war das Stockwerk noch erhalten. Das derart zugängliche Gebäude bestand aus einer Reihe rechteckiger Terrassen zu unserer Linken, die nach Westen schauten. Das auf der anderen Seite der Gasse, in dessen Mauer der andere überwölbte Eingang klaffte, war ein Zylinder ohne Fenster und mit einer wunderlichen Ausbuchtung etwa zehn Fuß oberhalb der Öffnung. Drinnen war es stockfinster, der Eingang führte anscheinend in einen unendlich tiefen Schacht.

Aufgehäufter Schutt erleichterte noch zusätzlich das Betreten des riesigen Gebäudes zu unserer Linken, doch einen Moment lang zögerten wir, bevor wir die langersehnte Chance wahrnahmen. Denn obwohl wir nun schon in dieses mysteriöse, archaische Gewirr eingedrungen waren, bedurfte es eines neuerlichen Vorsatzes, um wirklich in ein vollständig erhaltenes Gebäude einer sagenhaften älteren Welt einzudringen, über deren Art wir immer mehr und immer fürchterlicher Klarheit gewannen. Schließlich gaben wir uns jedoch einen Ruck und kletterten über den Schutthaufen zu dem klaffenden Loch hinauf. Der Raum dahinter hatte Wände aus großen Schieferquadern und bildete offenbar das Ende eines langen, hohen Korridors mit friesgeschmückten Wänden.

Als wir die vielen Bogengänge sahen, die in andere Räume führten, und uns klarmachten, welch ein verschachteltes Labyrinth uns wahrscheinlich erwartete, beschlossen wir, nunmehr mit der Markierung unseres Weges zu beginnen. Bis jetzt hatten unsere Kompasse, ergänzt durch häufiges Zurückblicken auf den zwischen den Türmen sichtbaren riesigen Gebirgszug, ausgereicht, uns vor dem Verlust der Orientierung zu bewahren; aber von jetzt an würden wir ein zusätzliches Hilfsmittel brauchen. Dementsprechend zerrissen wir unser Reservepapier in Fetzen von geeigneter Größe, steckten diese in einen Beutel, den Danforth tragen sollte, und nahmen uns vor, sie so sparsam zu verwenden, wie die Sicherheit es erlauben würde. Auf diese Weise würden wir es wahrscheinlich vermeiden können, uns zu verlaufen, denn es herrschte anscheinend keine nennenswerte Zugluft in dem urzeitlichen Bauwerk. Sollte sie später entstehen, oder sollten unsere Papiervorräte nicht ausreichen, so konnten wir natürlich immer noch zu der lästigen und zeitraubenden Methode in den Stein gekerbter Markierungen Zuflucht nehmen.

Wie ausgedehnt die Räumlichkeiten wirklich waren, zu denen wir uns Zutritt verschaffen konnten, ließ sich zunächst nicht sagen. Die engen und zahlreichen Verbindungen zwischen den einzelnen Gebäuden ließen vermuten, daß wir über die unter dem Eis gelegenen Brücken von einem ins andere gelangen konnten, mit Ausnahme der

Stellen, an denen eingestürzte Mauern oder geologische Risse uns den Durchgang verwehren würden, denn die Vereisung innerhalb der Gebäude war dem Anschein nach sehr gering. Fast überall, wo die Eisschicht durchsichtig gewesen war, hatten wir gesehen, daß die Fenster fest mit Läden verschlossen waren, als sei die Stadt in diesem Zustand verlassen worden, bis schließlich die unteren Partien für alle Zukunft in Eis eingeschlossen wurden. Man hatte tatsächlich den kuriosen Eindruck, daß dieser Ort in einem längst vergangenen Zeitalter mit Vorbedacht verlassen worden und nicht etwa von einer plötzlichen Katastrophe überrascht oder auch nur einem allmählichen Untergang anheimgefallen sei. Hatte man die Vereisung vorhergesehen, und hatte eine namenlose Bevölkerung *en masse* die Stadt verlassen, um sich eine weniger bedrohte Bleibe zu suchen? Die genauen physiographischen Einzelheiten der Eisbildung in diesem Gebiet würden wir erst später klären können. Die Vereisung war offensichtlich nicht durch eine Gletscherbewegung verursacht worden. Vielleicht war sie durch den Druck angesammelter Schneemassen entstanden, vielleicht als Folge eines Hochwassers, weil der Fluß über die Ufer getreten oder in dem großen Gebirgsmassiv ein alter Gletscherdamm geborsten war. An diesem Ort waren der Phantasie keine Grenzen gesetzt.

5

Es wäre ermüdend, wollte ich im einzelnen und der Reihe nach über unsere Wanderung durch diesen unheimlichen Ort uralter Geheimnisse berichten, der jetzt zum erstenmal, nach ungezählten Epochen, von den Tritten menschlicher Füße widerhallte. Dies um so mehr, als ein großer Teil der nachfolgenden dramatischen Enthüllungen sich aus der bloßen Betrachtung der allgegenwärtigen Ornamente an den Mauern ergab. Unsere Blitzlichtphotos von diesen in Stein gemeißelten Bildern werden einiges dazu beitragen, die Wahrheit dessen zu untermauern, was wir jetzt enthüllen, und es ist beklagenswert, daß wir nicht einen größeren Filmvorrat bei uns hatten. So fertigten wir grobe Skizzen von bestimmten wichtigen Einzelheiten an, nachdem unsere Filme verbraucht waren.

Das Gebäude, das wir betreten hatten, war groß und weit verzweigt und vermittelte uns eine eindrucksvolle Vorstellung von der Architektur jener namenlosen geologischen Vergangenheit. Die Innenwände waren nicht so massiv wie die Außenmauern, aber in den unteren Stockwerken in ausgezeichnetem Erhaltungszustand. Labyrinthische Komplexität, zu der auch die merkwürdig unregelmäßigen Unterschiede in der Höhe der Stockwerke gehörten, kennzeichnete die gesamte Bauweise; wir hätten uns ohne unsere Papierschnitzelspur sicher gleich zu Anfang verlaufen. Wir beschlossen, zunächst die stärker verfallenen oberen Partien zu erkunden; deshalb stiegen wir im Innern des verschachtelten Gebäudes etwa hundert Fuß höher hinauf, bis wir die oberste Flucht von Kammern erreicht hatten, die sich verschneit und zerbröckelnd dem polaren Himmel darboten. Für den Aufstieg hatten wir uns der abschüssigen, quergeriffelten Steinrampen bedient, die überall anstelle von Treppen zu finden waren. Die Räume, die wir sahen, hatten alle vorstellbaren Formen und Proportionen, von fünfeckigen Sternen über Dreiecke bis zu vollkommenen Kuben. Generell könnte man sagen, daß ihre Grundfläche im Durchschnitt 30 × 30 Fuß betrug, bei einer Höhe von 20 Fuß, doch gab es auch viele größere Gemächer. Nachdem wir die oberen Partien sowie die Räumlichkeiten in Höhe der Eisoberfläche ausgiebig erkundet hatten, stiegen wir Stockwerk um Stockwerk in die eisumschlossenen Teile hinunter, wo sich bald herausstellte, daß wir uns in einem endlosen Labyrinth kommunizierender Kammern und Korridore befanden, dessen Ausdehnung wahrscheinlich weit über dieses eine Gebäude hinausging. Ringsum war alles von einer zyklopischen Wucht und Riesenhaftigkeit, die uns mehr und mehr bedrückte; und es lag etwas Unfaßbares, zutiefst Unmenschliches in allen Umrissen, Dimensionen, Proportionen, Dekorationen und baulichen Feinheiten des blasphemisch alten Mauerwerks. Aufgrund dessen, was die Gravierungen verrieten, waren wir schon bald überzeugt, daß diese ungeheure Stadt viele Millionen Jahre alt war.

Noch haben wir keine Erklärung für die Konstruktionsprinzipien, die der widernatürlichen statischen Anordnung der gewaltigen Steinmassen zugrunde lagen, doch hatte man sich augenscheinlich in großem Umfang die Funktion des Bogens zunutze gemacht. In den Räumen, durch die wir kamen, fanden sich keinerlei bewegliche

Gegenstände, ein Umstand, der uns in der Vermutung bestärkte, die Stadt sei vorsätzlich aufgegeben worden. Das vorherrschende dekorative Element waren die beinahe allgegenwärtigen Mauerreliefs in ununterbrochenen, drei Fuß breiten horizontalen Friesen, die vom Boden bis zur Decke mit gleich breiten Bändern geometrischer Arabesken abwechselten. Stellenweise fanden sich zwar Abweichungen von dieser Regel, doch herrschte sie bei weitem vor. Oft waren jedoch auf einem der Bänder mit Arabesken glatte Kartuschen mit merkwürdig gruppierten Tupfen in die Wand eingelassen.

Die Technik, das erkannten wir bald, war ausgereift, vollendet und in ästhetischer Hinsicht bis zum höchsten Grad kultivierter Meisterschaft entwickelt, obschon sie in allen Einzelheiten jeder künstlerischen Tradition der menschlichen Rasse zuwiderlief. Was die Feinheit der Ausführung anbetraf, hätten keine Reliefs, die mir je zu Gesicht gekommen sind, sich mit diesen hier messen können. Die winzigsten Feinheiten pflanzlichen oder tierischen Lebens waren trotz des kühnen Maßstabs der Gravierungen mit staunenswerter Lebendigkeit bis ins einzelne nachgebildet, während die konventionellen Motive wahre Wunder an Kunstfertigkeit darstellten. Die Arabesken verrieten eine profunde Kenntnis mathematischer Prinzipien und setzten sich aus merkwürdig symmetrischen Kurven und Winkeln auf der Basis der Zahl Fünf zusammen. Die Bilderfriese folgten einer ausgeprägten formalen Tradition und offenbarten eine eigentümliche Behandlung der Perspektive; sie waren jedoch von einer künstlerischen Kraft, die uns trotz der trennenden Abgründe ungeheurer geologischer Zeiträume tief bewegte. Ihre Darstellungsweise basierte auf einer einzigartigen Verbindung des plastischen Prinzips mit der zweidimensionalen Silhouette und verkörperte eine analytische Psychologie, die weit über der irgendeiner bekannten frühen Menschenrasse stand. Es wäre müßig, diese Kunst mit irgendeiner der in unseren Museen vertretenen zu vergleichen. Wer unsere Photographien zu Gesicht bekommt, wird Entsprechungen wohl am ehesten in gewissen grotesken Entwürfen der radikalsten Futuristen entdecken.

Das arabeske Maßwerk bestand durchweg aus gravierten Linien, deren Tiefe auf unverwitterten Mauern zwischen einem und zwei Zoll schwankte. Wo Kartuschen mit Gruppen von Tupfen auftraten –

wobei die Tupfen sicherlich Inschriften in einem unbekannten urzeitlichen Alphabet waren –, betrug die Vertiefung der glatten Fächen ungefähr anderthalb Zoll und die der Tupfen einen weiteren halben Zoll. Die Bilderfriese waren versenkte Basreliefs, deren Hintergrund um etwa zwei Zoll gegenüber der ursprünglichen Mauerfläche zurücktrat. An einigen Stellen konnten wir Spuren einstiger Färbung erkennen, doch im allgemeinen hatten ungezählte Äonen jegliche Pigmente, die man einst aufgetragen haben mochte, gänzlich ausgebleicht und getilgt. Je mehr man die fabelhafte Technik studierte, um so mehr mußte man die Bildnisse bewundern. Hinter dem rigorosen Traditionalismus konnte man die minuziöse und akkurate Beobachtungsgabe und zeichnerische Begabung der Künstler erahnen; ja, diese Traditionen selbst dienten dazu, das innerste Wesen oder die kennzeichnende Eigentümlichkeit jedes abgebildeten Gegenstandes zu symbolisieren und hervorzuheben. Auch fühlten wir, daß außer diesen erkennbaren Vorzügen noch andere im Verborgenen lagen, die sich unserer Wahrnehmung entzogen. Hier und da glaubten wir, verschlüsselte Hinweise auf latente Symbole zu erahnen, in denen wir, ausgerüstet mit einem anderen geistig-seelischen Hintergrund oder anderen Sinnesorganen, vielleicht eine tiefe, ergreifende Bedeutung entdeckt hätten.

Die Gegenstände der Reliefs stammten offenbar aus dem Leben jener entschwundenen Epoche, in der sie entstanden waren, und stellten zu einem großen Teil geschichtliche Ereignisse dar. Es war dieses außergewöhnliche Geschichtsbewußtsein der urzeitlichen Rasse – ein für uns ganz außerordentlich vorteilhafter, wenn auch rein zufälliger Umstand –, das die Gravierungen für uns so beklemmend aufschlußreich machte und uns bewog, uns vor allem anderen damit zu befassen, sie zu photographieren und abzuzeichnen. In manchen Räumen erfuhr die vorherrschende Szenerie eine Abwandlung durch Landkarten, astronomische Karten und andere wissenschaftliche Darstellungen in einem vergrößerten Maßstab – diese Dinge bestätigten auf simple und schreckliche Weise die Schlüsse, die wir bereits aufgrund der Bilderfriese und Arabesken gezogen hatten. Wenn ich hier andeute, was sich uns in all diesen Dingen offenbarte, so kann ich nur hoffen, daß mein Bericht bei denen, die mir überhaupt Glauben schenken, nicht eine Neugier wecken möge, die stärker ist als die Vorsicht, die der gesunde Menschenverstand gebietet. Es wäre tragisch, ließe sich jemand ausgerechnet durch die Warnung, die ihn abschrecken soll, in jenes Todes- und Schreckensreich locken.

Unterbrochen wurden diese verzierten Wände durch hohe Fenster und massive, zwölf Fuß hohe Türen; hier und da waren die versteinerten Holzplanken – kunstreich geschnitzt und poliert – der ursprünglichen Läden beziehungsweise Türflügel erhalten geblieben. Alle Metallteile hatten sich schon vor undenklicher Zeit aufgelöst, aber einige Türen waren an ihrem Platz geblieben und mußten gewaltsam beiseite geschoben werden, wenn wir von einem Raum in den anderen gingen. Auch Fensterrahmen mit seltsamen durchsichtigen Scheiben – meist elliptischer Form – fanden sich hin und wieder, jedoch nicht in nennenswerter Anzahl. Außerdem gab es zahlreiche sehr große Nischen, die meist leer waren, ab und zu aber auch ein aus grünem Speckstein gemeißeltes bizarres Objekt enthielten, das entweder zerbrochen oder für zu minderwertig gehalten worden war, als daß die Mitnahme sich gelohnt hätte. Andere Mauerdurchbrüche hingen zweifellos mit einstigen technischen Anlagen zusammen – Heizung, Beleuchtung und dergleichen –, wie sie auf einer großen Zahl der Gravierungen dargestellt waren. Die Decken waren meist schmucklos, aber bisweilen mit grünem Speckstein oder anderen Kacheln ausgelegt, von denen die meisten inzwischen herabgefallen waren. Auch Fußböden waren mit solchen Fliesen gekachelt, obwohl auch hier blanker Stein vorherrschte. Wie ich gesagt habe, fanden wir keine Möbel oder andere bewegliche Gegenstände; aber die Gravierungen vermittelten eine klare Vorstellung von den sonderbaren Geräten, mit denen diese gruftartigen, widerhallenden Räume einst angefüllt gewesen waren. Oberhalb der Eisfläche waren die Fußböden meist dick mit Schutt und Trümmern bedeckt, während weiter unten davon weniger zu merken war. In einigen der tiefer gelegenen Zimmer und Korridore fanden wir kaum mehr als sandigen Staub und uralte Verkrustungen, während manche Räumlichkeiten den unheimlichen Eindruck erweckten, als seien sie erst vor kurzer Zeit makellos reingefegt worden. Dort, wo Risse entstanden oder Mauern eingestürzt waren, fand sich in den unteren Stockwerken natürlich genausoviel Schutt wie in den höher gelegenen. Ein

Hof in der Mitte des Gebäudes – wie bei anderen Bauwerken, die wir aus der Luft gesehen hatten – bewahrte die nach innen liegenden Räume vor totaler Dunkelheit, so daß wir in den oberen Zimmern nur selten von unseren Taschenlampen Gebrauch machen mußten, außer wenn wir Einzelheiten der Wandgravierungen näher in Augenschein nehmen wollten. Unterhalb der Eisschicht verstärkte sich jedoch das Zwielicht; und in vielen Teilen des labyrinthartigen untersten Stockwerks herrschte fast völlige Finsternis.

Um wenigstens einen ungefähren Begriff davon zu bekommen, welche Gedanken und Gefühle uns bewegten, als wir in dieses seit Urzeiten schweigende Labyrinth unmenschlichen Mauerwerks vordrangen, muß man noch ein hoffnungslos verwirrendes Chaos flüchtiger Stimmungen, Erinnerungen und Eindrücke mit in Betracht ziehen. Schon allein das schreckliche Alter und die tödliche Verödung dieses Ortes hätten wohl ausgereicht, um jede sensible Natur aus der Fassung zu bringen, aber dazu kamen noch der kaum überwundene Schock durch die Greuel im Lager und das furchtbare Geheimnis der uns umgebenden Wandmalereien, das sich uns allzubald entschleiern sollte. In dem Augenblick, als wir auf einen vollständig erhaltenen Abschnitt dieser Gravierungen stießen, bedurfte es nur noch einer flüchtigen Untersuchung, um uns in den Besitz der schrecklichen Wahrheit zu setzen – einer Wahrheit, die Danforth und ich – es wäre naiv, dies abzustreiten – unabhängig voneinander schon vorher erahnt hatten, obwohl wir es sorgsam vermieden hatten, auch nur andeutungsweise über unseren Argwohn zu sprechen. Jetzt konnte es keinen barmherzigen Zweifel mehr über die Natur jener Wesen geben, die vor Jahrmillionen diese gespenstische tote Stadt erbaut und bewohnt hatten, zu einer Zeit, da die Vorfahren des Menschen noch primitive Säugetiere waren und riesige Dinosaurier die tropischen Steppen Europas und Asiens durchstreiften.

Bisher hatten wir uns verzweifelt an eine harmlose Erklärung geklammert und uns – jeder für sich – eingeredet, daß die Allgegenwart des fünfeckigen Sternmotivs nichts anderes war als irgendeine kulturelle oder religiöse Symbolisierung des archäischen Wesens, in dessen Gestalt das Motiv der Fünfeckigkeit so offenkundig verkörpert war; nicht anders, als die dekorativen Darstellungen des minoischen Kreta den heiligen Stier verherrlichten, die des alten Ägypten den

Skarabäus, die Roms die Wölfin und den Adler und die verschiedener wilder Stämme irgendein erwähltes Totemtier. Aber dieser einzige Ausweg war uns jetzt verschlossen, und wir waren gezwungen, nicht länger die Augen vor jener Erkenntnis zu verschließen, die der Leser dieser Zeilen sicherlich schon lange vorausgeahnt hat. Selbst jetzt noch ist es mir fast unerträglich, es hier schwarz auf weiß niederzuschreiben, aber das wird vielleicht auch nicht nötig sein.

Die Wesen, die einst im Zeitalter der Dinosaurier in diesem schrecklichen Gemäuer gehaust hatten, waren keine Dinosaurier, sondern etwas viel Schlimmeres gewesen. Dinosaurier waren nichts weiter als neue und fast hirnlose Objekte – doch die Erbauer dieser Stadt waren weise und alt und hatten gewisse Spuren in Felsen hinterlassen, die selbst damals schon gut und gerne eine Milliarde Jahre alt waren, Felsen, die entstanden waren, bevor das irdische Leben über die Stufe der Einzeller hinausgelangt war – bevor es überhaupt echtes Leben auf der Erde gegeben hatte. Sie waren die Wesen, die dieses Leben geschaffen und versklavt hatten, und zweifellos die realen Wesen hinter jenen diabolischen alten Mythen, die in den Pnakotischen Manuskripten, dem *Necronomicon* und ähnlichen geheimen Schriften so furchtsam angedeutet werden. Sie waren die großen »Alten Wesen«, die von den Sternen herabgesickert waren, als die Erde jung war – die Wesen, deren Substanz in einer fremden Evolution geformt worden war und deren Macht alles übertraf, was unser Planet je hervorgebracht hat. Zu denken, daß Danforth und ich noch tags zuvor mit eigenen Augen Überreste ihrer im Laufe von Jahrtausenden Fossil gewordenen Substanz gesehen hatten – und daß der arme Lake und seine Gefährten sie in voller Größe vor sich gehabt hatten ...

Ich kann natürlich nicht der Reihe nach über die einzelnen Schritte berichten, durch die wir in Erfahrung brachten, was wir jetzt über dieses unheimliche Kapitel vormenschlichen Lebens wissen. Nach dem ersten Schock, den uns die Enthüllung der unwiderleglichen Wahrheit versetzt hatte, mußten wir ein Weilchen ausruhen, um neue Kräfte zu sammeln, und es war schon vier Uhr, als wir zu unserem eigentlichen systematischen Erkundungsgang aufbrachen. Die Reliefs in dem Gebäude, das wir zuerst betreten hatten, waren vergleichsweise späten Datums – vielleicht zwei Millionen Jahre alt –, wie wir anhand geologischer, biologischer und astronomischer Kriterien feststellten, und verkörperten eine Kunst, die dekadent zu nennen wäre im Vergleich zu jenen Darstellungen, die wir in noch älteren Bauwerken entdeckten, nachdem wir mehrere Brücken unter der Eisoberfläche überquert hatten. Ein Gebäude, das aus dem massiven Fels gehauen worden war, war dem Anschein nach vierzig oder vielleicht sogar fünfzig Millionen Jahre alt – entstammte also dem unteren Eozän oder der oberen Kreidezeit; es enthielt Basreliefs von einer Kunstfertigkeit, die alles andere, was wir fanden – mit einer einzigen, staunenswerten Ausnahme –, bei weitem übertraf. Das war, darüber sind Danforth und ich uns einig, das älteste Wohnhaus, durch das wir kamen.

Wäre nicht die Beweiskraft der Blitzlichtaufnahmen, die in Kürze veröffentlicht werden sollen, ich würde es unterlassen, über meine Funde und Folgerungen zu berichten, um nicht als Wahnsinniger eingesperrt zu werden. Natürlich können die unendlich frühen Teile der bruchstückhaften Geschichte – die das vorirdische Leben der sternköpfigen Wesen auf anderen Planeten, in anderen Milchstraßensystemen und andere Universen zum Inhalt haben – ohne weiteres als die phantastische Mythologie jener Wesen selbst interpretiert werden; doch enthielten diese Teile manchmal Zeichnungen und Diagramme, die den neuesten Erkenntnissen der Mathematik und Astrophysik so unheimlich nahekommen, daß ich kaum noch weiß, was ich davon halten soll. Sollen andere darüber entscheiden, wenn sie die Photographien zu Gesicht bekommen, die ich veröffentlichen werde.

Natürlich enthielt keine der von uns angetroffenen Reliefgruppen mehr als einen Bruchteil einer zusammenhängenden Geschichte, noch versuchten wir auch nur, die einzelnen Abschnitte dieser Geschichte in der richtigen Reihenfolge zu entdecken. Einige der riesigen Räume waren selbständige Einheiten, was die bildlichen Darstellungen betraf, während in anderen Fällen eine fortlaufende Chronik sich über eine Flucht von Räumen und Korridoren erstreckte. Die besten Karten und Diagramme waren an den Wänden eines entsetzlichen Abgrunds, der sogar noch unter der einstigen Erdoberfläche lag – einer Höhle von vielleicht zweihundert Fuß im Quadrat Grundfläche und sechzig Fuß Höhe, die mit großer Sicherheit einmal eine Art Bildungsstätte gewesen war. Wir fanden oft in verschiedenen Gebäuden und Räumen dasselbe Material vor, da einzelne Künstler oder Bewohner offenbar eine Vorliebe für bestimmte Gebiete der Erfahrung und bestimmte Zusammenfassungen oder Abschnitte der Geschichte der Rasse gehabt hatten. Manchmal jedoch dienten uns voneinander abweichende Variationen desselben Themas dazu, strittige Punkte zu klären und Lücken auszufüllen.

Ich staune noch heute, daß wir in der kurzen Zeit, die uns zur Verfügung stand, so viele Schlüsse ziehen konnten. Natürlich kennen wir auch heute kaum mehr als die gröbsten Umrisse – und vieles davon ergab sich erst aus der späteren Auswertung der Photographien und Zeichnungen. Vielleicht hat erst diese spätere Auswertung – die neubelebten Erinnerungen und vagen Eindrücke im Verein mit seiner allgemeinen Sensibilität und jenem letzten Schreckensanblick, über dessen Inhalt er sich sogar mir gegenüber ausschweigt – schließlich zu Danforths jetzigem Zusammenbruch geführt. Aber es mußte sein; denn wir könnten unsere Warnung nicht wirksam formulieren, ohne möglichst vollständiges Beweismaterial vorzulegen, und die Warnung selbst ist unabdingbar notwendig. Gewisse schleichende Einflüsse in jener unbekannten antarktischen Welt, in der die Zeit außer Kraft gesetzt ist und fremdartige Naturgesetze herrschen, machen es unumgänglich, daß jede weitere Erforschung verhindert wird.

6

Eine vollständige Darstellung all dessen, was wir bis jetzt entziffern konnten, wird zum gebotenen Zeitpunkt in einem amtlichen Bulletin der Miskatonic-Universität erscheinen. An dieser Stelle möchte ich lediglich die wichtigsten Punkte in groben Umrissen skizzieren. Mag es sich nun um Mythen handeln oder nicht – die Reliefs erzählten jedenfalls von der Ankunft jener sternköpfigen Wesen aus kosmischen Räumen auf der im Entstehen begriffenen, leblosen Erde; und von der Ankunft vieler anderer fremdartiger Wesen, die zu gewissen Zeiten aufbrechen, um den Weltraum zu erforschen. Sie waren anscheinend in der Lage, den interstellaren Äther auf ihren riesigen membranartigen Schwingen zu durchqueren – was merkwürdig genau mit gewissen Sagen der Bergbewohner übereinstimmt, von denen mir einmal ein befreundeter Altertumsforscher erzählt hat. Sie hatten lange Zeit im Meer gelebt, phantastische Städte gebaut und grauenhafte Kämpfe gegen namenlose Gegner ausgefochten, und zwar mit Hilfe von komplizierten Geräten, deren Wirkung auf unbekannten Prinzipien der Energie beruhte. Ihr wissenschaftliches und technisches Wissen übertraf offenbar bei weitem das der heutigen Menschheit, obwohl sie die daraus resultierenden vielfältigen Möglichkeiten nur dann nutzten, wenn es sich nicht vermeiden ließ. Aus einigen Reliefs ging hervor, daß sie auf anderen Planeten ein Stadium technisierten Lebens durchlaufen, sich dann jedoch wieder davon abgewandt hatten, weil sie seine Auswirkungen emotional unbefriedigend gefunden hatten. Ihre übernatürlich zähe Konstitution und geringen natürlichen Bedürfnisse erlaubten es ihnen, ohne komplizierte künstliche Hilfsmittel und sogar – außer zum gelegentlichen Schutz gegen die Elemente – ohne Kleider auf großer Höhe zu leben.

Das erste Leben schufen sie, anfangs zu Ernährungszwecken und später mit anderen Absichten, unter der Meeresoberfläche – wobei sie vorhandene Substanzen nach längst bekannten Methoden verwendeten. Die komplizierteren Experimente kamen nach der Vernichtung verschiedener kosmischer Feinde. Sie hatten ähnliches schon auf anderen Planeten vollbracht, wo sie nicht nur notwendige Nahrungsmittel, sondern auch gewisse vielzellige Protoplasma-Gebilde erzeugt hatten, die unter hypnotischem Einfluß ihre Gewebe zu allen Arten temporärer Organe verformen konnten und deshalb ideale Sklaven für die schweren Arbeiten der Gemeinschaft abgaben. Bei diesen gallertartigen Gebilden handelte es sich zweifellos um jene »Schoggothen«, auf die Abdul Allazred in seinem furchtbaren *Necronomicon* zaghaft anspielt, obzwar selbst der wahnsinnige Araber nichts davon gesagt hat, daß es auch auf der Erde welche gebe, außer in den Tränen derer, die ein bestimmtes alkaloidhaltiges Kraut zerkaut hatten. Als die Alten Wesen auf diesem Planeten ihre einfachen Nahrungsformen synthetisiert und eine ausreichende Menge von Schoggothen erzeugt hatten, ließen sie zu, daß andere Zellgruppen sich in anderen Formen pflanzlichen und tierischen Lebens für verschiedene Verwendungszwecke entwickelten, rotteten aber jede Form aus, die ihnen lästig wurde.

Mit Hilfe der Schoggothen, die durch Ausdehnung ihrer Masse ungeheure Lasten heben konnten, wuchsen die kleinen, niedrigen Städte unter dem Meer zu riesigen, imposanten Steinlabyrinthen heran, nicht unähnlich denen, die später auf dem Festland entstanden. Tatsächlich hatten die Alten Wesen in anderen Teilen des Universums viel auf dem Festland gelebt und sich viel von ihren überlieferten Baumethoden bewahrt. Als wir die Architektur all dieser paläogenen, aus Stein gehauenen Städte studierten, einschließlich der, durch deren Korridore wir in diesem Augenblick gingen, waren wir beeindruckt von einer kuriosen Übereinstimmung, für die wir noch keine Erklärung gesucht haben, nicht einmal bei uns selbst. Die obersten Spitzen der Bauwerke, die in der uns umgebenden Stadt natürlich vor undenklicher Zeit zu formlosen Ruinen verwittert waren, waren auf den Basreliefs deutlich zu sehen; sie zeigten riesige Ansammlungen nadelfeiner Türmchen, zierliche Kreuzblumen auf bestimmten kegel- und pyramidenförmigen Turmspitzen und Reihen dünner, gezackter, waagrechter Scheiben als Abschluß zylindrischer Pfeiler. All diese Dinge hatten wir in jener ominösen, unheimlichen Luftspiegelung gesehen, dem Abbild einer toten Stadt, die schon seit Tausenden und Zehntausenden von Jahren keine solchen Umrisse mehr hatte, jener Luftspiegelung, die sich drohend vor unseren ahnungslosen Augen aufgetürmt hatte, als wir uns zum erstenmal dem Unglückslager des armen Lake genähert hatten.

Mit dem Leben der Alten Wesen, zunächst unter Wasser und später wenigstens teilweise auch auf dem Festland, ließen sich Bände füllen. Diejenigen, die in seichtem Wasser lebten, hatten weiterhin in vollem Umfang von den Augen an den Enden ihrer fünf Hauptentakeln am Kopf Gebrauch gemacht und die Künste der Steinbearbeitung und des Schreibens auf ganz normale Weise praktiziert – geschrieben wurde mit einem Griffel auf wasserfesten wächsernen Oberflächen. Die Bewohner der tieferen Schichten des Ozeans benutzten zwar einen merkwürdigen phosphoreszierenden Organismus, um sich Licht zu beschaffen, ihr Gesichtssinn wurde jedoch ergänzt durch zusätzliche Sinne unbekannter Art, die ihren Sitz in den prismatischen Wimpern auf ihren Köpfen hatten – Sinnesorgane, die in Notfällen alle Alten Wesen vom Licht unabhängig machten. Die Schreib- und Graviertechnik hatte im Laufe des Abstiegs merkwürdige Veränderungen erfahren und bediente sich schließlich bestimmter offensichtlich chemischer Überzugsverfahren – wahrscheinlich zur Erzielung von Phosphoreszenz –, deren Art aus den Basreliefs nicht ersichtlich war. Im Meer bewegten sich die Wesen teils schwimmend fort – mit Hilfe der seitlichen haarsternartigen Arme – und teils schlängelnd mit Hilfe der unteren Reihe von Tentakeln, an denen die rudimentären Füße waren. Hin und wieder bewerkstelligten sie größere Sprünge durch den zusätzlichen Gebrauch eines oder mehrerer Paare ihrer fächerartigen, zusammenfaltbaren Schwingen. An Land benützten sie für kleine Strecken die rudimentären Füße, doch gelegentlich stiegen sie mit Hilfe der Schwingen in große Höhen auf oder überwanden fliegend große Entfernungen. Die vielen dünnen Tentakeln, in die die haarsternartigen Arme sich verästelten, waren unendlich fein gebaut, flexibel und kräftig und wiesen eine hervorragende Koordination von Muskeln und Nerven auf – wodurch äußerste Geschicklichkeit und Gewandtheit bei allen künstlerischen und sonstigen manuellen Betätigungen sichergestellt wurden.

Die Widerstandsfähigkeit der Wesen war beinahe unglaublich. Selbst der furchtbare Druck auf dem tiefsten Meeresgrund konnte ihnen offenbar nichts anhaben. Nur sehr wenige von ihnen schienen jemals zu sterben, es sei denn durch Gewalt, und ihre Begräbnisstätten waren sehr begrenzt. Die Tatsache, daß sie über ihren aufrecht stehenden begrabenen Toten fünfeckige, mit Inschriften versehene Hügel errichteten, weckte in Danforth und mir Assoziationen, die eine neue Erholungspause notwendig machten. Die Wesen vermehrten sich durch Sporenbildung – wie die pflanzlichen Pteridophyten, was Lake schon vermutet hatte –, aber dank ihrer erstaunlichen Zähigkeit und Langlebigkeit und dem daraus resultierenden geringen Nachwuchsbedarf förderten sie nicht die Entwicklung neuer Prothallien, außer wenn sie neue Gebiete zu besiedeln hatten. Die Jungen erreichten schnell das Reifestadium und genossen eine Erziehung, die offenbar alles übertraf, was wir uns vorstellen können. Das intellektuelle und ästhetische Leben war hochentwickelt und führte zu einem sehr dauerhaften Kodex von Sitten und Gebräuchen, die ich in meiner demnächst erscheinenden Monographie näher beschreiben werde. Diese variierten etwas, je nachdem, ob es sich um Meeres- oder Landbewohner handelte, glichen sich aber in den Grundlagen und wesentlichen Merkmalen.

Obwohl sie wie die Pflanzen in der Lage waren, sich von anorganischen Substanzen zu ernähren, zogen sie organische und insbesondere tierische Nahrung bei weitem vor. Unter Wasser aßen sie Meerestiere ungekocht, aber an Land kochten sie ihre Nahrungsmittel. Sie jagten Wild und züchteten Viehherden – und schlachteten die Tiere mit seltsamen Waffen, deren kuriose Spuren unsere Expedition an einigen fossilen Knochen entdeckt hatte. Sie waren erstaunlich resistent gegen alle normalen Temperaturen und konnten in ihrem Naturzustand in bis zum Gefrierpunkt unterkühltem Wasser leben. Als jedoch die große Kälteperiode des Pleistozäns begann – vor nahezu einer Million Jahren –, mußten die Landbewohner zu besonderen Maßnahmen Zuflucht nehmen, unter anderem zu künstlicher Heizung, bis schließlich die Kälte sie offenbar doch ins Meer zurücktrieb. Für ihre prähistorischen Flüge durch das All, so wollte es die Legende, hatten sie bestimmte Chemikalien absorbiert und sich so praktisch unabhängig vom Essen, Atmen und von Temperaturverhältnissen gemacht, aber zu der Zeit, als die große Kälte kam, hatten sie diese Fertigkeit bereits verlernt. Ohnehin hätten sie diesen künstlichen Zustand nicht bis in alle Ewigkeit verlängern können, ohne Schaden zu nehmen.

Da sie ungeschlechtlich und halb pflanzlich waren, gab es bei den Alten Wesen keine biologische Grundlage für ein Stadium der Familie wie im Leben der Säugetiere; sie schienen vielmehr große Haushalte zu bilden, deren Zusammensetzung sich nach Kriterien rationeller Raumausnutzung und – wie wir aus den abgebildeten Beschäftigungen der in Wohngemeinschaft lebenden Individuen schlossen – kongenialer geistiger Veranlagung richtete. Die Wohnungen wurden so eingerichtet, daß sich alles in der Mitte der riesigen Räume konzentrierte, um die Wände für die Dekorationen freizuhalten. Die Beleuchtung erfolgte bei den Landbewohnern durch eine Vorrichtung von vermutlich elektrochemischer Art. Unter Wasser wie auch zu Lande benützten sie sonderbare Tische, Stühle und Sofas, die zylindrischen Gehäusen glichen – denn sie ruhten und schliefen in aufrechter Stellung mit eingezogenen Tentakeln –, sowie

Regale für die durch Scharniere verbundenen, mit Tupfen bedeckten Tafeln, die ihre Bücher waren.

Die Regierungsform war offenbar komplex und wahrscheinlich sozialistisch, obwohl darüber den Reliefs, die wir sahen, nichts Genaues zu entnehmen war. Es fand ein reger Handel statt, am Ort wie auch zwischen verschiedenen Städten – als Zahlungsmittel dienten kleine platte Münzen, fünfeckig und mit Inschriften versehen, wahrscheinlich handelte es sich bei den kleineren der von unserer Expedition gefundenen grünlichen Specksteinen um solche Münzen. Obwohl die Kultur im wesentlichen städtisch war, gab es etwas Ackerbau und umfangreiche Viehzucht. Auch Bergbau und, in bescheidenem Ausmaß, handwerkliche Fertigung wurden betrieben. Reisen waren häufig, aber dauerhafte Umsiedlungen schien es kaum gegeben zu haben, außer bei den gewaltigen Kolonisationszügen, durch die die Rasse sich ausbreitete. Für die persönliche Fortbewegung wurden keine äußeren Hilfsmittel benutzt, denn die Alten Wesen schienen zu Wasser, zu Lande und in der Luft gleichermaßen für die Erzielung hoher Geschwindigkeiten begabt zu sein. Lasten wurden jedoch durch Nutztiere befördert – Schoggothen unter Wasser, und eine wundersame Vielfalt primitiver Wirbeltiere in den späteren Jahren des Lebens zu Lande.

Diese Wirbeltiere, ebenso wie eine Unmenge weiterer Lebewesen – Tier und Pflanze, zu Wasser, zu Lande und in der Luft –, waren die Produkte der Einwirkung einer ungelenkten Evolution auf lebendige Zellen, die von den Alten Wesen erzeugt worden waren, sich jedoch später ihrer weiteren Kontrolle entzogen hatten. Man hatte ihrer Entwicklung nicht Einhalt geboten, weil sie nicht mit den dominanten Wesen in Konflikt geraten waren. Lästige Arten wurden natürlich auf mechanischem Wege ausgerottet. Unser besonderes Augenmerk zog ein auf den allerletzten und dekadentesten Reliefs dargestelltes, watschelndes, primitives Säugetier auf sich, das von den Landbewohnern teils als Schlachttier und teils als eine Art Spaßmacher gehalten wurde und unverkennbare, wenngleich nur schwach ausgebildete äffische und menschliche Merkmale aufwies. Beim Bau der Landstädte wurden die gewaltigen Steinquader der hohen Türme durchweg von Pterodaktylen mit riesigen Schwingen hochgehoben, einer Spezies, die bisher der Paläontologie unbekannt war.

Die Beharrlichkeit, mit der die Alten Wesen verschiedene geologische Umwälzungen und Zuckungen der Erdkruste überdauerten, grenzt ans Wunderbare. Obwohl anscheinend nur wenige oder gar keine ihrer ersten Städte über das archäische Zeitalter hinaus erhalten blieben, gab es keine Lücke in ihrer kulturellen Entwicklung oder ihrer Geschichtsschreibung. Der Ort, an dem sie zum erstenmal auf der Erde gelandet waren, lag im Südpolarmeer, und es ist wahrscheinlich, daß erst kurze Zeit vor ihrer Ankunft die Materie, aus welcher der Mond besteht, sich aus dem benachbarten Süd-Pazifik losgerissen hatte. Einer der gravierten Landkarten zufolge hatte zu dieser Zeit die gesamte Oberfläche des Planeten unter Wasser gestanden, und die steinernen Städte hatten sich im Laufe der Äonen von der Antarktis her immer weiter ausgebreitet. Eine andere Karte zeigte eine riesige Masse trockenen Landes rings um den Südpol, wo einige der Wesen offensichtlich versuchsweise Siedlungen anlegten, obwohl sie ihre wichtigsten Zentren auf dem nächstliegenden Meeresgrund errichteten. Spätere Karten, auf denen zu sehen ist, wie die Landmasse Sprünge bekommt, zu treiben anfängt und einzelne losgelöste Teile in nördlicher Richtung abstößt, bestätigen auf erstaunliche Weise die Theorien von der Kontinentalverschiebung, die in jüngster Zeit von Taylor, Wegener und Joly aufgestellt wurden.

Mit dem Auftauchen neuen Landes im Süd-Pazifik begann eine Ära umwälzender Ereignisse. Einige der Meeresstädte wurden restlos zerstört, doch das war noch nicht das Schlimmste. Eine andere Rasse – eine Rasse landbewohnender Wesen mit der Gestalt von Oktopoden, wahrscheinlich identisch mit dem legendären vormenschlichen Gezücht des Cthulhu – begann aus der kosmischen Unendlichkeit auf die Erde herabzusickern und zettelte einen gräßlichen Krieg an, der die Alten Wesen zwang, für eine Zeitlang ganz ins Meer zurückzukehren – ein vernichtender Schlag in Anbetracht der zunehmenden Besiedlung des Festlands. Später wurde Frieden geschlossen, und die neuen Länder wurden dem Cthulhu-Gezücht überlassen, während die Alten Wesen das Meer und die älteren Landteile beherrschten. Neue Landstädte wurden gegründet – die größte davon in der Antarktis, denn diese Gegend der ersten Ankunft war heilig. Von da an blieb die Antarktis das Zentrum der Kultur der Alten Wesen, das sie auch vorher schon gewesen war, und alle Städte, die hier von dem Cthulhugezücht erbaut worden waren, wurden niedergerissen. Dann senkten sich plötzlich wieder die Länder des Pazifiks und rissen die furchtbare steinerne Stadt R'lyeh und all die kosmischen Oktopoden mit sich, so daß die Alten Wesen wieder alleinige Herrscher über den Planeten waren, abgesehen von einer schattenhaften Furcht, über die sie nicht gerne sprachen. Lange Zeit später waren dann ihre Städte über alle Land- und Wassergebiete des Planeten verstreut – weshalb ich in meiner angekündigten Monographie empfehlen werde, daß einige Archäologen mit den von Pabodie entwickelten Geräten an weit voneinander entfernten Stellen systematische Bohrungen vornehmen.

Über die Zeitalter hinweg zeigten die Alten Wesen eine beständige Tendenz, aus dem Wasser aufs Land überzuwechseln – eine Tendenz, die durch das Auftauchen neuer Landmassen begünstigt wurde, obwohl der Ozean nie ganz aufgegeben wurde. Ein weiterer Grund für den Übergang aufs Land waren die neuen Schwierigkeiten bei der Züchtung und Überwachung der Schoggothen, auf die man beim Leben unter Wasser nicht verzichten konnte. Im Laufe der Zeit war, wie die Reliefs betrübt eingestanden, die Kunst der Erschaffung neuen Lebens aus anorganischer Materie abhanden gekommen, so daß die Alten Wesen sich mit der Abwandlung bereits existierender Formen bescheiden mußten. Zu Lande erwiesen sich die großen Reptilien als außerordentlich lenksam; aber die Schoggothen des Meeres, die sich durch Teilung vermehrten und mit der Zeit einen gefährlichen Intelligenzgrad erreichten, stellten eine Zeitlang ein sehr ernstes Problem dar.

Sie waren immer durch den hypnotischen Einfluß der Alten Wesen kontrolliert worden und hatten ihre zähe, gallertartige Substanz in verschiedene nützliche Glieder und Organe umgeformt; aber nun nutzten sie diese Fähigkeit zur Umformung ihrer eigenen Gestalt manchmal willkürlich, wobei sie verschiedene Formen nachahmten, die ihnen aus der Vergangenheit in Erinnerung waren. Sie hatten, so schien es, ein halbstabiles Gehirn entwickelt, dessen eigenständiger und manchmal widerspenstiger Wille den der Alten Wesen widerspiegelte, ohne ihm jedoch stets zu gehorchen. Die in den Stein gravierten Bilder dieser Schoggothen erfüllten Danforth und mich mit Grauen und Abscheu. Es waren meist gestaltlose Gebilde aus einer zähen, gallertartigen Masse, die wie klumpige Anhäufungen von Blasen aussahen und im kugelförmigen Zustand jeweils einen mittleren Durchmesser von etwa fünfzehn Fuß besaßen. Gestalt und Volumen änderten sie jedoch beständig – sie entwickelten vorübergehend Auswüchse oder bildeten offenkundige Seh-, Hör- oder Sprechorgane ähnlich denen ihrer Meister aus, entweder spontan oder nach Anleitung. Besonders unlenksam wurden sie anscheinend gegen Mitte des permischen Zeitalters, also etwa vor 150 Millionen Jahren, als die meerbewohnenden Alten Wesen einen regelrechten Unterwerfungskrieg gegen sie führten. Bilder von diesem Krieg und den erschlagenen, geköpften und schleimüberzogenen Opfern, die die Schoggothen zurückzulassen pflegten, hatten etwas sonderbar Grauenerregendes, trotz der unfaßbar langen Zeit, die seit diesen Greueln vergangen war. Die Alten Wesen hatten merkwürdige Waffen mit zerstörender molekularer oder atomarer Wirkung gegen die rebellierenden Gebilde eingesetzt und schließlich einen vollständigen Sieg errungen. Danach beschrieben die Reliefs eine Periode, in der Schoggothen von den Alten Wesen gezähmt und dressiert wurden, ganz so wie die Wildpferde des amerikanischen Westens von den Cowboys gezähmt wurden. Obwohl die Schoggothen während des Aufstands die Fähigkeit zum Leben außerhalb des Wassers gezeigt hatten, wurde dieser Übergang nicht gefördert – denn die Schwierigkeit, sie auf dem Land unter Kontrolle zu halten, wäre kaum durch ihre Nützlichkeit wettgemacht worden.

Im Jura-Zeitalter sahen sich die Alten Wesen einer neuen Bedrohung in Gestalt einer weiteren Invasion aus dem All ausgesetzt; diesmal waren es halb pilzartige, halb krebsartige Wesen – Wesen, die zweifellos mit jenen identisch waren, die in gewissen Flüsterlegenden des Nordens auftreten und an die man sich im Himalaya als die Mi-Go oder abscheulichen Schneemenschen erinnert. Um gegen diese Wesen zu kämpfen, versuchten die Alten Wesen, zum erstenmal seit ihrer Ankunft auf der Erde, wieder in den planetarischen Äther vorzustoßen; doch trotz aller traditionsgemäßen Vorbereitung fanden sie es unmöglich, die Atmosphäre der Erde zu verlassen. Was immer das alte Geheimnis der interstellaren Reisen gewesen war, es war für immer verloren. Die Mi-Go vertrieben die Alten Wesen schließlich aus allen nördlichen Gebieten, obwohl sie gegen diejenigen, die im Meer lebten, machtlos waren. Schritt für Schritt begann der Rückzug der älteren Rasse zu ihren ursprünglichen Wohnplätzen in der Antarktis.

Wir waren sonderbar berührt, als wir anhand der Kampfdarstellungen auf den Reliefs feststellten, daß sowohl das Cthulhu-Gezücht als auch die Mi-Go aus Substanzen zu bestehen schienen, die sich von den uns bekannten stärker unterschieden als die Substanzen der Alten Wesen. Sie konnten in einer Weise ihre Form verändern und später wieder ihre ursprüngliche Gestalt annehmen, die ihren Gegnern nicht zu Gebote stand, woraus man schließen kann, daß sie ursprünglich aus noch ferneren Weiten des Weltalls gekommen waren. Abgesehen von ihrer abnormen Widerstandsfähigkeit und Langlebigkeit waren die Alten Wesen durchaus materiell und mußten ihren absoluten Ursprung innerhalb des bekannten Raum-Zeit-Kontinuums gehabt haben – wogegen man darüber, woher die anderen Wesen letztlich stammten, nur mit verhaltenem Atem nachgrübeln kann. All dies natürlich immer unter dem Vorbehalt, daß diese Verbindungen zum Außerirdischen und die Abnormitäten, die den eindringenden Feinden zugeschrieben wurden, nicht pure Mythologie sind. Es wäre vorstellbar, daß die Alten Wesen diese kosmischen Bezüge nur erfunden haben, um ihre gelegentlichen Niederlagen zu erklären, denn Geschichtsbewußtsein und Stolz waren zweifellos ihre wichtigsten Charakterzüge. Aufschlußreich ist, daß ihre Annalen nicht die zahlreichen fortgeschrittenen und mächtigen Rassen erwähnen, deren gewaltige Kulturen und ragende Städte immer wieder in gewissen dunklen Legenden auftauchen.

Der Wandel, dem die Erde im Laufe langer geologischer Zeitalter unterworfen war, trat in vielen der gravierten Landkarten und bildlichen Darstellungen mit erstaunlicher Lebhaftigkeit zutage. In bestimmten Fällen wird man die heutige Wissenschaft revidieren müssen, wogegen in anderen ihre kühnen Theorien aufs glanzvollste bestätigt werden. Wie ich bereits erwähnte, erfährt die Hypothese von Taylor, Wegener und Joly, daß alle Kontinente Bruchstücke einer einstigen antarktischen Landmasse sind, die durch Zentrifugalkraft zerbrach, wobei die einzelnen Teile über einer praktisch dickflüssigen unteren Schicht auseinanderdrifteten – eine Hypothese, die durch Erscheinungen wie die einander ergänzenden Umrisse von Afrika und Südamerika und die Art, in der die großen Gebirgsketten aufgefaltet sind, nahegelegt wird –, aus dieser unheimlichen Quelle nachhaltige Unterstützung.

Landkarten, die offenbar die Welt im Zeitalter des Karbons, also vor mindestens hundert Millionen Jahren darstellten, zeigten bedeutsame Risse und Klüfte, die später einmal Afrika von den einst zusammenhängenden Gebieten Europa (damals das Valusia der urzeitlichen Legenden), Asien, Amerika und Antarktis trennen sollten. Andere Karten – insbesondere eine, die im Zusammenhang mit der fünfzig Millionen Jahre zurückliegenden Gründung der uns umgebenden gigantischen toten Stadt erstellt worden war – zeigten alle heutigen Kontinente säuberlich getrennt. Und auf der spätesten Darstellung, die wir finden konnten – sie stammte vielleicht aus dem Pliozän –, war die heutige Welt annähernd genau zu erkennen, trotz der Verbindung Alaskas mit Sibirien, Nordamerikas mit Europa über Grönland und Südamerikas mit dem antarktischen Kontinent über Grahamland. Auf der aus dem Karbon stammenden Karte wies der ganze Globus – Meeresboden und zerklüftete Landmasse gleichermaßen – Symbole der riesigen Steinstädte der Alten Wesen auf, aber in den späteren Karten war der allmähliche Rückzug in die Antarktis sehr augenfällig. Die jüngste Karte zeigte keine Landstädte außerhalb des antarktischen Kontinents und der Südspitze Südamerikas und keine Meeresstädte nördlich des fünfzigsten Breitengrades. Die Kenntnis der nördlichen Welt, und das Interesse an ihr, waren bei den Alten Wesen offensichtlich auf dem Nullpunkt angelangt, abgesehen von einer Erkundung der Küstenlinien, die wahrscheinlich auf langen Forschungsflügen auf jenen fächerartigen Membranschwingen durchgeführt wurde.

Die Zerstörung von Städten durch die Auffaltung von Bergen, das zentrifugale Bersten von Kontinenten, die seismischen Zuckungen von Erdboden und Meeresgrund und andere geologische Ereignisse tauchten immer wieder in den Darstellungen auf; und es war merkwürdig anzusehen, wie im Laufe der Jahrtausende die Karten immer seltener auf den neuesten Stand gebracht worden waren. Die riesige tote Metropole, die rings um uns dahindämmerte, schien das letzte Hauptzentrum der Rasse zu sein – erbaut zu Beginn der Kreidezeit, nachdem ein titanisches Beben der Erde nicht weit davon eine Stadt von noch gewaltigeren Ausmaßen zerstört hatte. Es schien, als sei dieses Gebiet der heiligste Ort von allen gewesen, wo der Sage nach die ersten Alten Wesen sich auf dem urzeitlichen Meeresgrund niedergelassen hatten. In der neuen Stadt – die wir auf vielen Reliefs wiederzuerkennen meinten und die sich volle hundert Meilen weit in beide Richtungen entlang der Gebirgskette erstreckte, noch über die äußersten Grenzen unseres Erkundungsflugs hinaus – wurden, so wollte es die Sage, heilige Steine aufbewahrt, die einst Bestandteile der Stadt auf dem Meeresgrund gewesen und viele Epochen später im Zuge der allgemeinen Umschichtung der Formationen an die Oberfläche geschleudert worden waren.

7

Natürlich studierten Danforth und ich mit besonderem Interesse und eigentümlichen persönlichen Empfindungen ehrfurchtsvollen Staunens all das, was zu dem uns unmittelbar umgebenden Bezirk gehörte. Anschauungsmaterial gab es hier in Hülle und Fülle; und wir hatten das Glück, auf der labyrinthischen untersten Ebene der Stadt ein Haus aus einer sehr späten Periode zu entdecken, dessen durch einen benachbarten Riß in Mitleidenschaft gezogene Wände Reliefs in einem dekadenten Stil aufwiesen, auf denen die Geschichte der Gegend weit über die Zeit der pliozänen Landkarte hinaus fortgesetzt wurde, aus der wir unseren letzten umfassenden Überblick über die vormenschliche Welt gewonnen hatten. Es war dies der letzte Ort, den wir eingehend untersuchten, denn was wir dort fanden, lenkte unsere Aufmerksamkeit auf neue Ziele.

Sicher war, daß wir uns in einem der sonderbarsten, unheimlichsten und schrecklichsten Winkel des Erdballs befanden, dem ältesten aller noch existierenden Länder. In uns reifte die Überzeugung heran, daß dieses schreckliche Hochland in der Tat das sagenumwobene Plateau von Leng sein mußte, das selbst der verrückte Verfasser des *Necronomicon* nur zögernd und widerwillig erwähnt hat. Die große Bergkette war ungeheuer lang – sie begann als langer Gebirgszug im Prinzregent-Luitpold-Land an der Küste des Weddell-Meeres und verlief praktisch quer durch den ganzen Kontinent. Der wirklich hohe Teil erstreckte sich in einem mächtigen Bogen von etwa 82° südlicher Breite, 60° östlicher Länge bis zu einer Breite von 70°, bei 115° östlicher Länge, dessen konkave Seite unserem Lager zugewandt war und dessen meernahes Ende in der Gegend jener langen, von Eis umschlossenen Küste lag, deren Berge Wilkens und Mawson am Polarkreis gesichtet hatten.

Doch es schien, als warte die Natur ganz in der Nähe noch mit weiteren ungeheuren Superlativen auf. Ich habe gesagt, diese Gipfel seien höher als der Himalaya, aber die Reliefs verbieten mir zu behaupten, daß sie auch die höchsten Gipfel der Welt seien. Diese düstere Ehre muß einer Erscheinung vorbehalten bleiben, die auf der Hälfte der Reliefs überhaupt nicht erwähnt wurde, während die restlichen ihrer nur mit Scheu und Widerwillen Erwähnung taten. Es hat den Anschein, daß es ein Gebiet in diesem uralten Land gibt – jenes Gebiet, das sich als erstes aus dem Wasser erhob, nachdem die Erde den Mond abgestoßen hatte und die Alten Wesen von den Sternen herabgekommen waren –, welches aus dunklen, unbestimmbaren Gründen als unheilvoll in Verruf gekommen und später gemieden worden war. Städte, die man dort erbaut hatte, waren vor der Zeit zu Schutt zerfallen und plötzlich verlassen worden. Dann, als die ersten großen Zuckungen der Erdkruste in der ausgehenden Jurazeit das ganze Gebiet erschüttert hatten, war plötzlich eine gewaltige Gipfelkette aus dem tosenden Chaos emporgewachsen – und die Erde hatte ihre höchsten und furchtbarsten Berge bekommen.

Wenn der Maßstab der Gravierungen korrekt war, dann mußten diese gefürchteten Erhebungen weit über 40 000 Fuß hoch sein, also noch viel gigantischer als selbst die Berge des Wahnsinns, die wir überquert haben. Sie erstreckten sich, so schien es, von 77° Süd, 70° Ost nach 70° Süd, 100° Ost – weniger als dreihundert Meilen von der toten Stadt entfernt, so daß wir ihre furchtbaren Gipfel fern im Westen hätten erspähen können, wäre nicht dieser vage, schillernde Dunst gewesen. Ebenso mußte ihr nördliches Ende von der langen Polarkreisküste des Königin-Mary-Landes aus zu sehen sein.

Einige der Alten Wesen hatten, in der Zeit des Verfalls, merkwürdige Gebete an diese Berge gerichtet – aber keiner hatte sich ihnen je genähert oder zu erkunden versucht, was dahinter lag. Keines Menschen Auge hatte sie je erblickt, und als ich die Empfindungen studierte, die in den Reliefs zum Ausdruck kamen, betete ich, daß es auch nie jemand versuchen möge. Längs der Küste auf der anderen Seite erheben sich schützende kleinere Gebirgszüge – in Königin-Mary-Land und Kaiser-Wilhelm-II.-Land –, und ich danke dem Himmel, daß es niemandem gelungen ist, an dieser Küste zu landen und diese Berge zu ersteigen. Ich bin nicht mehr so skeptisch gegenüber alten Sagen wie früher, und ich lache jetzt nicht mehr über die Vorstellung der vormenschlichen Bildhauer, daß der Blitz hin und wieder bedeutungsvoll über jedem der düsteren Gipfel verharrte und daß ein unerklärlicher Lichtschein von einem dieser schrecklichen Berge die ganze lange Polarnacht erhellte. Es konnte eine sehr reale und sehr unheimliche Bedeutung in dem alten Pnakotischen Gewisper über Kadatn in der Kalten Wüste liegen.

Aber das uns umgebende Gelände war kaum weniger seltsam, wenn auch nicht ganz so unsagbar fluchbeladen. Bald nach der Gründung der Stadt wurde der große Gebirgszug der Sitz der wichtigsten Tempel, und auf vielen Reliefs war zu sehen, welch groteske und phantastische Türme in den Himmel geragt hatten, wo wir jetzt nur noch die merkwürdigen Kuben und Wälle hoch auf den Felswänden sahen. Im Lauf der Epochen hatten Höhlen sich gebildet, die umgestaltet und in die Tempel einbezogen wurden. Als dann noch spätere Epochen heraufgezogen waren, hatten die Grundwasser alle Kalksteinadern der Gegend ausgehöhlt, so daß die Berge, die Vorberge und die Ebenen an ihrem Fuße schließlich ein regelrechtes Netzwerk untereinander verbundener Höhlen und Gänge bildeten. Viele in den Stein gravierte Zeichnungen erzählten von Entdeckungsfahrten tief unter der Erde und der abschließenden Entdeckung des stygischen, sonnenlosen Ozeans im tiefsten Innern der Erde.

Dieser gewaltige, nachtschwarze Schlund war zweifellos von dem großen Fluß gegraben worden, der von den namenlosen und schrecklichen westlichen Bergen herabfloß und einst am Fuße des Gebirgszuges der Alten Wesen eine Biegung gemacht und an der Bergkette entlanggeflossen war, um zwischen Budd-Land und Totten-Land an Wilkes Küste in den Indischen Ozean zu münden. Nach und nach hatte er den Kalksteingrund an seiner Biegung ausgewaschen, bis seine nagenden Fluten schließlich die Grotten des Grundwassers erreicht und sich mit diesem vereinigt hatten, um einen tieferen Abgrund zu graben. Schließlich hatte er sich ganz in die unterhöhlten Berge ergossen, und sein altes, zum Ozean führendes Bett war ausgetrocknet. Ein Großteil der späteren Stadt, wie wir sie jetzt angetroffen hatten, war über diesem einstigen Flußbett erbaut worden. Die Alten Wesen hatten begriffen, was sich ereignet hatte, und wandten ihre stets wachsame künstlerische Begabung daran, reichverzierte Pfeiler aus den Felsvorsprüngen zu hauen, an der Stelle, wo der große Strom seinen Abstieg ins ewige Dunkel antrat.

Dieser Fluß, einst von zahllosen stolzen Steinbrücken überspannt, war sicherlich der, dessen ausgetrockneten Lauf wir aus dem Flugzeug entdeckt hatten. Seine Lage auf verschiedenen gravierten Landkarten half uns, einen Überblick über die Entwicklung der Stadt und die Veränderungen im Laufe ihrer Äonen währenden, seit Äonen abgeschlossenen Geschichte zu gewinnen, so daß wir in der Lage waren, eine hastig skizzierte, doch hinreichend genaue Karte anzufertigen, in die wir alle wichtigen Punkte – Plätze, bedeutende Bauwerke und ähnliches – eintrugen, um uns bei unseren weiteren Erkundungen daran orientieren zu können. Bald konnten wir in unserer Vorstellung das ganze phantastische Gewirr rekonstruieren, wie es vor einer oder zehn oder fünfzig Millionen Jahren gewesen war, denn die Reliefs ließen deutlich erkennen, wie die Gebäude und Berge und Plätze und Vorstädte, die Landschaft und die üppige tertiäre Vegetation ausgesehen hatten. Es mußte eine Szenerie von wunderbarer und mystischer Schönheit gewesen sein, bei deren Vorstellung ich fast das klamme Gefühl düsterer Bedrückung vergaß, mit dem das unmenschliche Alter der Stadt, ihre Massivität, Leblosigkeit und Unwirtlichkeit, ihr eisiges Zwielicht meine Lebensgeister gedämpft, ja erstickt hatten. Doch einzelne Reliefs verrieten, daß auch den Bewohnern dieser Stadt selbst dieses würgende, beklemmende Grauen nicht fremd gewesen war; denn es gab eine immer wiederkehrende, düstere Szene, in der die Alten Wesen entsetzt vor einem – nie dargestellten – Objekt zurückwichen, das in dem großen Fluß gefunden und offenbar durch die welligen, von Weinbergen umgebenden Zykadeenwälder aus den schrecklichen westlichen Bergen herabgeschwemmt worden war.

Erst in dem spät erbauten Haus mit den dekadenten Zeichnungen fanden wir einen schattenhaften Hinweis auf jene letzte Katastrophe, die zur Aufgabe der Stadt geführt hatte. Ohne Zweifel muß es an anderen Stellen noch viele Gravierungen aus derselben Zeit gegeben haben, selbst wenn man die erlahmenden Kräfte und nachlassenden Bemühungen einer aufreibenden und unsicheren Zeit in Rechnung stellt; und tatsächlich fanden wir kurz darauf eindeutige Beweise für die Existenz solcher weiterer Zeichnungen. Doch die zuerst entdeckten blieben die einzigen, die wir tatsächlich zu Gesicht bekamen. Wir wollten zu einem späteren Zeitpunkt weitersuchen; doch wie ich schon sagte, mußten wir uns nach Lage der Dinge zunächst anderen Zielen zuwenden. Natürlich würde es irgendwo eine Grenze geben – denn nachdem den Alten Wesen jede Hoffnung auf ein Weiterleben in der Stadt auf lange Zeit hinaus genommen war, mußten notwendigerweise auch die in Stein gemeißelten Bilder völlig aufhören. Der Todesstoß war natürlich der Einbruch der großen Kälte gewesen, die einst den größten Teil der Erde regierte und sich von den unseligen Polen nie mehr zurückgezogen hat – einer Kälte, die am anderen Ende der Welt den Untergang der sagenumwobenen Länder Lomar und Hyperborea herbeiführte.

Wann diese Entwicklung in der Antarktis begann, läßt sich nicht aufs Jahr genau sagen. Heute wird allgemein angenommen, daß die Eiszeiten vor etwa 500 000 Jahren einsetzten, doch an den Polen muß diese furchtbare Heimsuchung schon viel früher begonnen haben. Alle quantitativen Schätzungen müssen weitgehend ungenau bleiben, aber es ist sehr wahrscheinlich, daß die dekadenten Reliefs vor bedeutend weniger als einer Million Jahren entstanden waren und die Stadt vollständig und endgültig verlassen war, lange bevor jene, eine halbe Million Jahre zurückliegende Epoche der Erdgeschichte anbrach, die Pleistozän genannt wird.

Auf den dekadenten Reliefs fanden sich überall Anzeichen für eine spärlichere Vegetation und eine Einschränkung des Landlebens bei den Alten Wesen. In den Häusern tauchten Heizgeräte auf, und Winterreisende waren in schützende Stoffe eingemummt. Dann sahen wir eine Reihe von Kartuschen – die durchgehenden Friese waren in diesen späten Gebäuden häufig unterbrochen –, auf denen eine dauernde Wanderung zu den nächstgelegenen wärmeren Zufluchtsstätten dargestellt war; manche flohen in Städte auf dem Meeresgrund vor der fernen Küste, andere kletterten durch Labyrinthe von Kalksteinhöhlen unter durchhöhlten Bergen in den schwarzen Abgrund unterirdischer Gewässer hinab.

Dieser Abgrund hatte am Schluß offenbar die meisten Umsiedler aufgenommen. Das war zum Teil sicherlich auf den in der Überlieferung festgelegten heiligen Charakter dieser Gegend zurückzuführen, doch der letzte Beweggrund mag die Möglichkeit gewesen sein, weiterhin die Tempel auf den durchhöhlten Bergen zu benützen und die riesige Stadt als Sommerresidenz und Zugang zu verschiedenen Bergwerken beizubehalten. Die Verbindung zwischen den alten und neuen Wohnstätten wurde durch die Verbesserung der unterirdischen Zugangswege erleichtert; so wurden beispielsweise auch zahlreiche direkte Tunnel von der alten Metropole zu dem schwarzen Abgrund durch die Erde getrieben – steil abwärts führende Stollen, deren Eingänge wir nach sorgfältigsten Überlegungen auf unserer Karte einzeichneten. Es zeigte sich, daß mindestens zwei dieser Tunnel in erreichbarer Entfernung von unserem jetzigen Standort lagen; beide befanden sich am gebirgsseitigen Stadtrand – der eine weniger als eine Viertelmeile in Richtung auf den ausgetrockneten Flußlauf, der andere vielleicht doppelt so weit in der entgegengesetzten Richtung.

Der Abgrund, so schien es, hatte an manchen Stellen abschüssige, trockene Küstenstreifen, doch die Alten Wesen erbauten ihre neue Stadt unter Wasser – zweifellos wegen der dort herrschenden gleichmäßigeren Temperaturen. Die Tiefe dieses unterirdischen Ozeans mußte beträchtlich gewesen sein, so daß die vom Erdinnern ausgehende Hitze seine Bewohnbarkeit auf unbegrenzte Zeit hinaus gewährleistete. Die Wesen hatten offenbar keine Schwierigkeiten bei der Anpassung an das vorübergehende – und später natürlich dauernde – Leben unter Wasser gehabt, da sie es nie zur Verkümmerung ihrer Kiemenanlagen hatten kommen lassen. Auf zahlreichen Bildern war zu sehen, wie sie stets ihre unter Wasser lebenden Artgenossen in anderen Gegenden besucht und gewohnheitsmäßig auf dem tiefen Grund des großen Flusses gebadet hatten. Auch die Finsternis im Erdinnern konnte kein Hindernis für eine Rasse sein, die an die langen antarktischen Nächte gewöhnt war.

So entartet diese Reliefs waren, wiesen sie doch wahrhaft epische

Größe auf, wo sie vom Bau der neuen Stadt in dem unterirdischen Meer berichteten. Die Alten Wesen hatten die Aufgabe wissenschaftlich angepackt, unauflösbare Felsen aus dem Kern der Berge herausgebrochen und Experten aus den nächstgelegenen Unterwasserstädten herangezogen, um den Bau mit den wirkungsvollsten Methoden durchzuführen. Diese Experten brachten alles mit, was zum Gelingen des Unternehmens nötig war – Schoggothen-Gewebe, aus dem man Wesen zum Heben der Steine und später Lasttiere für die Höhlenstadt züchten konnte, und andere protoplasmatische Stoffe, die zu phosphoreszierenden Organismen für Beleuchtungszwecke umgeformt werden konnten.

Schließlich erhob sich auf dem Grund dieser stygischen See eine mächtige Metropole, die in ihrer Architektur weitgehend der Stadt auf der Erdoberfläche glich und in der technischen Ausführung kaum Merkmale von Dekadenz aufwies, da man beim Bau streng nach mathematischen Grundsätzen verfahren war. Die neu gezüchteten Schoggothen wuchsen zu enormer Größe und einzigartiger Intelligenz heran, und es war dargestellt, wie sie mit erstaunlicher Schnelligkeit Befehle entgegennahmen und ausführten. Offenbar verständigten sie sich mit den Alten Wesen, indem sie deren Stimmen nachahmten – eine Art melodiöses Pfeifen von großem Tonumfang, sofern der arme Lake aus seiner Sektion die richtigen Schlüsse gezogen hatte –, und arbeiteten mehr aufgrund ausgesprochener Befehle als aufgrund hypnotischer Anweisungen, wie sie früher üblich gewesen waren. Sie wurden jedoch auf bewundernswerte Weise unter Kontrolle gehalten. Die phosphoreszierenden Organismen erwiesen sich als hervorragenden Lichtquellen und boten zweifellos einen hinreichenden Ausgleich für den Verlust der Nordlichter in den Nächten über der Erde.

Kunst und Wandverzierungen wurden weitergeführt, wenn auch natürlich mit gewissen Verfallserscheinungen. Die Alten Wesen waren sich dieses Niedergangs offenbar bewußt und nahmen in vielen Fällen die Politik Konstantins des Großen vorweg, indem sie nämlich besonders schöne Blöcke mit alten Reliefs aus der alten Stadt hinunterschafften, genau wie der Kaiser in einem ähnlichen Zeitalter des Niedergangs Griechenland und Asien ihrer wertvollsten Kunstwerke beraubte, um seiner neuen byzantinischen Hauptstadt einen Glanz zu verleihen, den sein eigenes Volk nicht zu schaffen vermochte. Daß diese Verpflanzung von Reliefblöcken nicht in größerem Umfang durchgeführt wurde, ist sicherlich auf die Tatsache zurückzuführen, daß die Stadt auf der Erdoberfläche zunächst nicht völlig aufgegeben wurde. Zur Zeit der endgültigen Aufgabe – die mit Sicherheit stattfand, bevor das polare Pleistozän allzuweit fortgeschritten war – hatten die Alten Wesen sich vielleicht an ihre dekadente Kunst gewöhnt und waren sich nicht mehr des höheren Wertes der alten Kunstwerke bewußt. Jedenfalls waren die seit Äonen stummen Ruinen rings um uns nicht aller Bildwerke entblößt worden, obschon die besseren Statuen – wie auch alle anderen beweglichen Gegenstände – allesamt entfernt worden waren.

Die dekadenten Kartuschen und Friese waren, wie ich schon sagte, die spätesten, die wir bei unserer recht begrenzten Suche entdeckten. Die letzten von ihnen zeigten, wie die Alten Wesen zwischen der Landstadt im Sommer und der Höhlenstadt im Winter hin und her pendelten und gelegentlich Handel mit den Städten auf dem Meeresgrund vor der antarktischen Küste trieben. Zu diesem Zeitpunkt mußten sie bereits erkannt haben, daß die Landstadt für immer verloren war, denn die Reliefs enthielten viele Hinweise auf das unbarmherzige Übergreifen der Kälte. Die Vegetation verkümmerte, und die schrecklichen Schneemassen des Winters schmolzen selbst im Hochsommer nicht mehr ab. Die Saurierherden waren fast ausgestorben, und auch die Säugetiere konnten sich nur mit Mühe behaupten. Um die Arbeit in der Oberwelt fortführen zu können, waren die Alten Wesen gezwungen gewesen, einige der amorphen und merkwürdig kälteresistenten Schoggothen dem Leben auf der Erdoberfläche anzupassen – wovor sie früher stets zurückgeschreckt waren. Der große Fluß beherbergte keine Lebewesen mehr, und das obere Meer hatte fast alle seine Bewohner außer den Seehunden und Walen verloren. Alle Vögel waren fortgezogen, bis auf die großen, grotesken Pinguine.

Was danach geschehen war, konnten wir nur vermuten. Wie lange war die neue unterirdische Wasserstadt bestehen geblieben? War sie noch immer dort unten, ein steinerner Leichnam in ewiger Finsternis? Waren die unterirdischen Wassermassen schließlich gefroren? Welchem Schicksal waren die Städte auf dem Meeresgrund der Außenwelt anheimgefallen? Waren irgendwelche Vertreter der Alten Wesen vor der kriechenden Eiskappe nach Norden geflohen? Die Geologie hat bis jetzt keine Spuren ihrer Existenz entdeckt. Hatten die abscheulichen Mi-Go weiterhin die Außenwelt im Norden bedroht? Konnte man wissen, was für Ungeheuer nicht vielleicht noch bis zum heutigen Tage dort unten in den lichtlosen, unauslotbaren Abgründen der tiefsten Gewässer der Erde lauerten? Diese Wesen hatten offenbar jeglichem Druck widerstanden – und Seeleute haben zu Zeiten sehr merkwürdige Objekte aus dem Meer gefischt. Und reicht die Theorie vom Mörderwal wirklich aus, die gräßlichen Narben antarktischer Seehunde zu erklären, die vor einer Generation von Borchgrevingk beobachtet wurden?

Die von Lake entdeckten Exemplare spielten bei derlei Überlegungen keine Rolle, denn ihre geologische Umgebung bewies, daß sie zu einer sehr frühen Zeit in der Geschichte der Landstadt gelebt haben mußten. Nach ihrer Fundstelle zu schließen, waren sie nicht weniger als drei Millionen Jahre alt, und wir überlegten, daß zu ihrer Zeit die Höhlenstadt, ja sogar die Höhle selbst, noch nicht existiert haben konnten. Sie hätten sich an eine ältere Szenerie erinnert, mit üppiger tertiärer Vegetation ringsum, einer jüngeren Landstadt, in der die Künste in Blüte standen, und einem großen Strom, der am Fuße der mächtigen Berge entlang einem fernen tropischen Ozean entgegenfloß.

Und doch mußten wir immer wieder an diese Objekte denken – besonders an die acht vollständig erhaltenen, die aus Lakes schauerlich verwüstetem Lager verschwunden waren. Die ganze Sache hatte etwas Abnormes – die sonderbaren Dinge, die wir unbedingt auf Wahnsinn hatten zurückführen wollen – die schrecklichen Gräber – Art und Menge der fehlenden Gegenstände – Gedney – die unirdische Zähigkeit jener archaischen Ungetüme und die vielen Absonderlichkeiten der Rasse, über die wir uns anhand der Reliefs klargeworden waren. Danforth und ich waren bereit, an viele unheimliche und unglaubliche Geheimnisse der urzeitlichen Natur zu glauben – und darüber zu schweigen.

8

Ich sagte, die Untersuchung der dekadenten Reliefs habe uns zu einer Änderung unserer Pläne bewogen. Das hing natürlich mit den in den Fels gehauenen Zugängen zu der schwarzen Welt im Innern der Erde zusammen, von deren Existenz wir vorher nichts gewußt hatten, die wir aber jetzt unbedingt ausfindig machen und begehen wollten. Aus dem Maßstab der Reliefs schlossen wir, daß ein steil abwärts führender Marsch von etwa einer Meile durch einen der benachbarten Tunnel uns an den Rand jener schwindelerregenden, sonnenlosen Klippen über dem großen Abgrund bringen mußte, an deren Flanken Wege, die von den Alten Wesen verbessert worden waren, zu den felsigen Gestaden des verborgenen, nachtschwarzen Ozeans hinabführten. Diesen gewaltigen Orkus mit eigenen Augen sehen zu können, war eine Verlockung, der zu widerstehen uns unmöglich schien, seit wir von seiner Existenz wußten – doch war uns klar, daß wir unverzüglich mit der Suche beginnen mußten, wollten wir sie noch in diese Exkursion mit einbeziehen. Es war jetzt 8 Uhr abends, und wir hatten nicht genug Ersatzbatterien, um unsere Taschenlampen auf ewig brennen zu lassen. Wir hatten unterhalb der Eisoberfläche so viele Dinge untersucht und gezeichnet, daß die Lampen mindestens fünf Stunden ununterbrochen gebrannt hatten und trotz der speziellen Trockenbatterien nur noch ein paar Stunden mehr hergeben würden – obwohl wir vielleicht noch eine Sicherheitsreserve herausschinden konnten, indem wir immer nur eine der beiden Lampen brennen ließen, außer an besonders interessanten oder schwierigen Stellen. Es wäre unmöglich gewesen, ohne Licht in diesen zyklopischen Katakomben umherzuirren; um deshalb den Abstieg noch wagen zu können, mußten wir jede weitere Entzifferung der Reliefs hintanstellen. Natürlich wollten wir wiederkommen und tage- oder vielleicht wochenlang forschen und photographieren – die Neugier hatte schon lange die Oberhand über die Furcht gewonnen –, aber jetzt mußten wir uns beeilen.

Unser Papierschnitzelvorrat war keineswegs unbegrenzt, und übrige Notizbücher oder Zeichenblätter wollten wir nicht opfern; ein großes Notizbuch reservierten wir trotzdem für diesen Zweck. Sollte es zum Schlimmsten kommen, so konnten wir immer noch auf das

Einkerben von Wegzeichen in den Fels zurückgreifen – und außerdem würde es natürlich möglich sein, selbst wenn wir völlig die Orientierung verlieren sollten, uns durch den einen oder anderen Schacht ans Tageslicht hinaufzuarbeiten, wenn wir genug Zeit hatten, um verschiedene Möglichkeiten auszuprobieren. So machten wir uns schließlich gespannt auf den Weg zu der Stelle, an der sich der Eingang des nächstgelegenen Tunnels befinden mußte.

Nach den Reliefs, denen wir die Angaben für unsere Karte entnommen hatten, konnte es nicht weiter als eine Viertelmeile bis zu diesem Tunneleingang sein; in der fraglichen Umgebung machten die Gebäude einen recht gut erhaltenen Eindruck, so daß sie wahrscheinlich bis unter die Eisoberfläche begehbar waren. Die Öffnung selbst würde – auf der dem Gebirge zugewandten Seite – im Keller eines riesigen fünfeckigen Gebäudes liegen, das offenbar einstmals öffentlichen oder vielleicht zeremoniellen Zwecken gedient hatte.

Wir versuchten uns zu erinnern, ob wir ein derartiges Bauwerk bei unserem Erkundungsflug gesehen hatten. Das schien jedoch nicht der Fall gewesen zu sein, weshalb wir zu dem Schluß kamen, daß die oberen Partien stark beschädigt worden waren oder das ganze Gebäude in einer Eisspalte versunken war, die wir bemerkt hatten. Im letzteren Falle würde der Tunnel wahrscheinlich zugeschüttet sein, dann würden wir es mit dem nächsten versuchen müssen – dem, der weniger als eine Meile nördlich lag. Der dazwischenliegende Flußlauf hätte uns gehindert, noch während dieser Exkursion einen der weiter südlich liegenden Tunnel aufzusuchen; und wenn die beiden nächstliegenden unzugänglich sein sollten, wäre es fraglich, ob unser Batterievorrat noch einen Versuch mit dem dritten nördlichen Tunnel erlauben würde, der eine weitere Meile von dem zweitnächsten entfernt war.

Als wir uns mit Karte und Kompaß einen Weg durch das düstere Labyrinth suchten – Räume und Korridore in jedem Stadium des Ruins oder der Erhaltung durchquerten, Rampen erklommen, durch höher gelegene Stockwerke und über Brücken gingen und wieder hinabstiegen, vor zugeschütteten Türen und Haufen von Schutt standen, hin und wieder gut erhaltene und unheimlich sauber gefegte Gänge entlanghasteten, in die Irre gingen und in unserer Spur umkehrten (wobei wir die nutzlosen Papierschnitzel wieder einsammelten) und ab und zu plötzlich auf der Sohle eines offenen Schachtes standen, durch den herab Tageslicht strömte oder sickerte – waren wir mehrmals versucht, uns von den Reliefs aufhalten zu lassen, an denen wir vorüberkamen. Viele von ihnen hätten sicherlich Geschichten von größter historischer Bedeutung zu erzählen gewußt, und nur die Aussicht auf spätere Besuche versöhnte uns mit der Notwendigkeit, achtlos an ihnen vorbeizugehen. Immerhin verlangsamten wir hin und wieder unsere Schritte und knipsten die zweite Lampe an. Hätten wir mehr Filme bei uns gehabt, wir würden sicherlich kurze Pausen eingelegt haben, um manche der Basreliefs zu photographieren, doch an zeitraubendes Zeichnen war überhaupt nicht zu denken.

Abermals bin ich an einem Punkt angelangt, wo die Versuchung zu zögern oder anzudeuten anstatt zu berichten, sehr stark ist. Aber ich muß auch das übrige enthüllen, um meinen Entschluß, die weitere Erforschung zu verhindern, rechtfertigen zu können. Wir hatten uns schon sehr nahe an die vorausberechnete Position des Tunneleingangs herangearbeitet – nachdem wir über eine Brücke im zweiten Stockwerk an den oberen Rand einer offenbar spitz zulaufenden Mauer gelangt und in einen stark verfallenen Korridor hinabgeklettert waren, der besonders reich an dekadent ziselierten und anscheinend rituellen Reliefs einer späten Stilepoche war –, als kurz vor halb neun Danforths jugendlich feine Nase uns den ersten Hinweis auf etwas Ungewöhnliches gab. Hätten wir einen Hund bei uns gehabt, so wären wir wohl schon früher gewarnt worden. Anfangs konnten wir noch nicht sagen, was eigentlich mit der bislang kristallreinen Luft nicht in Ordnung war, aber schon nach wenigen Sekunden überfiel uns die Erinnerung nur allzu deutlich. Lassen Sie es mich ohne Umschweife aussprechen. Es war ein Geruch – und dieser Geruch war auf kaum merkliche, vage und doch unverkennbare Art verwandt mit jenem, der uns bei der Eröffnung des wahnwitzigen Grabes jenes Ungeheuers, das der arme Lake seziert hatte, Brechreiz verursacht hatte.

Natürlich war die Sache damals nicht gleich so klar, wie sie sich jetzt anhört. Es gab mehrere mögliche Erklärungen, und eine ganze Weile flüsterten wir unentschlossen miteinander. Eins stand jedoch fest: Wir würden uns nicht zurückziehen, ohne der Sache auf den

Grund gegangen zu sein, denn da wir nun schon so weit gekommen waren, hätte uns nur noch eine drohende Katastrophe zur Umkehr bewegen können. Dennoch, was wir in diesem Augenblick argwöhnten, war allzu abenteuerlich, um glaubhaft zu erscheinen. Solche Dinge geschahen nicht in einer normalen Welt. Wahrscheinlich war es bloßer irrationaler Instinkt, der uns auch die zweite Taschenlampe ausschalten ließ – die dekadenten und düsteren Reliefs, die drohend von den beklemmenden Wänden herabstarrten, lockten uns nicht mehr – und der unser weiteres Vordringen in vorsichtiges Schleichen auf Zehenspitzen und behutsames Klettern über den immer stärker mit Trümmern und Schutthaufen bedeckten Boden verwandelte.

Es stellte sich heraus, daß Danforth nicht nur die bessere Nase, sondern auch die schärferen Augen hatte, denn wieder war er es, dem zuerst das merkwürdige Aussehen der Trümmer auffiel, nachdem wir viele halb zugeschüttete Bogengänge passiert hatten, die zu Kammern und Korridoren auf der untersten Ebene führten. Der Schutt sah nicht ganz so aus, wie man es nach zahllosen Jahrtausenden der Verlassenheit erwarten mußte, und als wir zaghaft die zweite Lampe anknipsten, entdeckten wir eine Art Schleifspur, die noch gar nicht alt sein konnte. Zwar gab es wegen des wüsten Durcheinanders der Trümmer keine eindeutigen Spuren, doch wir meinten, an den glatteren Spuren Anzeichen dafür zu entdecken, daß hier schwere Objekte entlanggeschleift worden waren. Einmal glaubten wir, zwei parallele Spuren wie von zwei Läufern zu sehen. Das ließ uns abermals innehalten.

Während dieser Pause rochen wir – diesmal beide gleichzeitig – den anderen Geruch, der von vorne kam. Paradoxerweise war es ein unangenehmerer und doch auch wieder nicht so unangenehmer Geruch – im Grunde weniger schrecklich, aber doch unendlich furchterregend an diesem Ort und in Anbetracht des Voraufgegangenen – es sei denn, Gedney... Denn was wir rochen, war nichts anderes als simpler, vertrauter Benzingeruch.

Die Motive unserer Handlungsweise nach dieser Entdeckung zu analysieren, will ich den Psychologen überlassen. Wir wußten jetzt, daß irgendeine grauenhafte Fortsetzung der Greuel im Lager in diese nachtschwarze Grabesstätte der Äonen gekrochen sein mußte, weshalb es keinen Zweifel mehr geben konnte, daß Unheimliches sich abspielte – oder vor ganz kurzer Zeit abgespielt hatte. Trotzdem ließen wir uns schließlich von brennender Neugier – oder Furchtsamkeit – oder Selbsthypnose – oder dem vagen Gedanken an unsere Verantwortung gegenüber Gedney – oder wer weiß wovon – weitertreiben. Danforth wisperte wieder von dem Abdruck, den er an der Gassenecke in den Ruinen oben gesehen zu haben meinte, und von dem schwachen, melodieartigen Pfeifen, das er kurz danach aus den unergründlichen Tiefen vernommen hatte und das im Licht von Lakes Berichten über die Sektion möglicherweise eine schreckliche Bedeutung hatte, trotz seiner Ähnlichkeit mit dem Heulen des Sturms an den Höhleneingängen der Berggipfel. Ich für meinen Teil sprach flüsternd davon, wie wir das Lager angetroffen hatten – davon, was verschwunden war und wie der Wahnsinn eines einsamen Überlebenden vielleicht das Unvorstellbare möglich gemacht hatte – ein abenteuerlicher Marsch über die monströsen Berge und ein Abstieg in das unbekannte, urzeitliche Gemäuer.

Doch wir gelangten weder gemeinsam noch jeder für sich zu irgendwelchen endgültigen Schlußfolgerungen. Als wir still dastanden, hatten wir beide Lampen ausgemacht und nach einer Weile gemerkt, daß eine Spur von stark gedämpftem Tageslicht verhinderte, daß das Dunkel um uns zu stockfinsterer Nacht wurde. Nachdem wir uns automatisch wieder in Bewegung gesetzt hatten, orientierten wir uns, indem wir in Abständen unsere Taschenlampen kurz aufflammen ließen. Die nicht unberührt gebliebenen Trümmer erweckten eine Ahnung, die wir nicht mehr abschütteln konnten, und der Benzingeruch wurde stärker. Immer mehr Trümmergestein sahen wir oder stolperten darüber, und eine Weile später schon bemerkten wir, daß der Weg nach vorne bald versperrt sein würde. Wir hatten nur allzusehr recht gehabt mit unserer pessimistischen Vermutung im Zusammenhang mit der Eisspalte, die wir aus der Luft erspäht hatten. Wir waren in eine Sackgasse geraten und würden nicht einmal den Keller erreichen, in dem die zum Abgrund führende Öffnung sich befand.

Der Lichtschein der Taschenlampe huschte über die grotesk gravierten Wände des blockierten Korridors, in dem wir standen, und enthüllte mehrere, in unterschiedlichem Ausmaß durch Trümmerhaufen versperrte Türen; und aus einer von ihnen kam der Benzingeruch, der jetzt den anderen Geruch völlig übertönte, ganz besonders deutlich. Als wir genauer hinschauten, sahen wir, daß von dieser Öffnung ohne Zweifel erst vor kurzer Zeit ein Teil des Schutts weggeräumt worden war. Welches Grauen auch immer sich hier verborgen haben mochte, der direkte Zugang zu ihm lag – so glaubten wir – offen vor uns. Es wird wohl kaum jemand erstaunt sein, wenn ich sage, daß wir eine ganze Weile zögerten, bevor wir auch nur einen Schritt weitergingen.

Aber als wir es schließlich wagten, durch diese schwarze überwölbte Tür zu treten, waren wir zunächst enttäuscht. Denn inmitten all der Trümmer in dieser aus Stein gehauenen Krypta – einem vollkommenen Würfel von etwa 20 Fuß Seitenlänge – fand sich kein neues Objekt von erkennbarer Größe, so daß wir instinktiv, jedoch vergeblich, nach einer weiteren Tür Ausschau hielten. Im nächsten Augenblick jedoch hatten Danforths scharfe Augen eine Stelle ausgemacht, an der die Trümmer auf dem Fußboden beiseite geräumt worden waren; wir richteten die Kegel beider Taschenlampen voll auf diese Stelle. Obwohl das, was wir in diesem Lichtschein sahen, im Grunde simpel und belanglos war, zögere ich dennoch, davon zu sprechen – wegen der Folgerungen, die sich daraus ergaben. Der Schutt war an dieser Stelle notdürftig eingeebnet oder weggescharrt worden, mehrere kleine Gegenstände lagen achtlos verstreut herum, und an einer Ecke mußte vor kurzem so viel Benzin verschüttet worden sein, daß sich der starke Geruch auf dieser enormen Höhe so lange hatte halten können. Mit anderen Worten, es konnte kaum etwas anderes als eine Art Lagerplatz sein – ein Lagerplatz, der von irgendwelchen Wesen angelegt worden sein mußte, die wie wir auf der Suche gewesen waren und vor dem überraschenderweise verschütteten Zugang zu dem Abgrund hatten umkehren müssen.

Lassen Sie es mich kurz machen. Die verstreuten Gegenstände stammten alle aus Lakes Lager; es waren Konservendosen, die auf genauso kuriose Art geöffnet worden waren wie die an jenem Ort der Verwüstung, viele abgebrannte Streichhölzer, drei mehr oder weniger unerklärlich verschmierte illustrierte Bücher, ein leeres Tintenfaß in seiner mit Bildern und Anweisungen bedruckten Schachtel, ein kaputter Füllfederhalter, ein paar sonderbar beschnippelte Pelz- und

Zeltbahnfetzen, eine verbrauchte Batterie einschließlich Gebrauchsanweisung, eine Broschüre, wie sie mit unseren Zeltheizgeräten mitgeliefert wurden, und ein paar zusammengeknüllte Blatt Papier. Das alles war schon verwirrend genug, aber als wir das Papier glätteten, um zu sehen, ob es beschrieben war, erlebten wir die bis dahin böseste Überraschung. Wir hatten schon im Lager ein paar unerklärlich beschmierte Fetzen Papier gefunden und hätten deshalb darauf gefaßt sein müssen; doch dieser Anblick hier unten in den vormenschlichen Gewölben einer Nachtmahrstadt war nahezu unerträglich.

Gedney konnte im Wahnsinn diese Gruppen von Tupfen aufs Papier gebracht haben, nach den Vorbildern auf den grünlichen Specksteinen, wie ja auch die Tupfen auf jenen wahnwitzigen fünfeckigen Gräbern auf diese Weise entstanden sein konnten; und man hätte sich vorstellen können, daß er auch grobe, hastig hingeworfene Skizzen von unterschiedlicher Genauigkeit zustande gebracht hätte, auf denen die benachbarten Bezirke der Stadt dargestellt und der Weg von einem durch einen Kreis dargestellten Punkt, der außerhalb unserer Route lag – und den wir auf den Reliefs als großen zylindrischen Turm und aus der Luft als ein riesiges, kreisförmiges Loch identifiziert hatten –, zu diesem fünfeckigen Gebäude und dem darin befindlichen Tunneleingang eingezeichnet war.

Er konnte, ich wiederhole es, solche Skizzen angefertigt haben; denn die Skizzen, die wir jetzt in Händen hielten, waren offenbar genau wie unsere eigenen nach späten Gravierungen irgendwo in dem eisigen Labyrinth erstellt worden, obschon nicht nach denselben, die wir gesehen und ausgewertet hatten. Was jedoch dieser Pfuscher und Kunstbanause niemals fertigbekommen hätte, war, diese Skizzen in einer seltsamen und sicheren Technik anzufertigen, die trotz der Hast und Achtlosigkeit vielleicht all die dekadenten Gravierungen übertrafen, von denen sie abgenommen waren – der charakteristischen, unverkennbaren Technik der Alten Wesen zur Blütezeit der toten Stadt.

Manch einer wird sagen, Danforth und ich müßten total verrückt gewesen sein, daß wir nach dieser Entdeckung nicht um unser Leben rannten; denn schließlich waren unsere Folgerungen – so abenteuerlich sie auch sein mochten – jetzt völlig gesichert, und was das bedeutete, brauche ich keinem zu erklären, der meinen Bericht bis hierher gelesen hat. Vielleicht waren wir verrückt – denn habe ich nicht diese schrecklichen Gipfel Berge des Wahnsinns genannt? Doch ich glaube, man kann etwas von demselben Geist – wenn auch in abgemilderter Form – bei jenen Männern finden, die sich durch afrikanischen Dschungel an lebensgefährliche Raubtiere heranpirschen, um sie zu photographieren oder ihr Verhalten zu studieren. Mochten wir auch vor Schreck halb gelähmt sein, in uns war dennoch eine Flamme ehrfürchtiger Wißbegier angefacht worden, die letztlich triumphierte.

Natürlich wollten wir nicht dem oder denen begegnen, von denen wir wußten, daß sie hiergewesen waren, aber wir spürten, daß sie inzwischen fort waren. Sie mußten den nächstliegenden anderen Eingang zu dem unterirdischen Abgrund gefunden haben und hinabgestiegen sein, welch nachtschwarze Fragmente der Vergangenheit sie auch immer an jenem tiefsten Schlund erwarten mochten – jenem tiefsten Schlund, den sie nie zuvor gesehen hatten. Oder sie waren, falls auch dieser Zugang verschüttet war, in nördlicher Richtung weitergegangen, um den nächsten zu suchen. Sie waren ja, so erinnerten wir uns, teilweise unabhängig vom Licht.

Wenn ich an diesen Augenblick zurückdenke, kann ich mich kaum noch entsinnen, worauf unsere neuen Empfindungen eigentlich gerichtet waren – welche Änderungen unserer Pläne unser Gefühl gespannter Erwartung so sehr steigerte. Sicherlich hatten wir nicht die Absicht, dem zu begegnen, was wir fürchteten – doch will ich nicht abstreiten, daß uns vielleicht der halb unbewußte, verborgene Wunsch beseelte, einen Blick auf gewisse Dinge von einem sicheren Beobachtungspunkt aus erhaschen zu können. Wahrscheinlich waren wir nach wie vor von dem Gedanken besessen, den Abgrund selbst zu erblicken, obwohl sich zwischen diesen und uns jetzt ein neues Ziel geschoben hatte, in Gestalt jenes großen kreisförmigen Gebildes, das auf den zerknitterten Zetteln, die wir gefunden hatten, dargestellt war. Wir hatten es sofort als den gewaltigen zylindrischen Turm wiedererkannt, der auf den allerersten Gravierungen abgebildet, aus der Luft aber nur als riesige kreisförmige Öffnung erschienen war. Die eindrucksvolle Art seiner Darstellung, selbst auf diesen hastig hingeworfenen Skizzen, ließ uns vermuten, daß seine unter der Eisoberfläche liegenden Teile noch immer von größtem Interesse sein mußten. Vielleicht barg er architektonische Wunder, wie wir sie bis jetzt noch nicht angetroffen hatten. Aus den Reliefs zu schließen, auf denen er zu sehen war, mußte er unglaublich alt sein – wahrscheinlich gehörte er zu den allerersten Bauwerken, die je in dieser Stadt errichtet worden waren. Seine Reliefs mußten – falls sie noch erhalten waren – höchst aufschlußreich sein. Überdies stellte er womöglich auch jetzt noch eine gute Verbindung zur oberen Welt dar – keine kürzere Route als die, welche wir mit soviel Mühe ausfindig zu machen suchten, und wahrscheinlich dieselbe, deren jene anderen Wesen sich bedient hatten.

Wie dem auch sei, wir studierten jedenfalls die schrecklichen Skizzen – die vollständig mit unseren eigenen übereinstimmten – und machten uns auf der angegebenen Route zu dem kreisförmigen Platz auf; diese Strecke mußten unsere namenlosen Vorgänger schon zweimal zurückgelegt haben. Der andere mögliche Zugang zum Abgrund war noch weiter entfernt. Ich brauche von unserem Gang dorthin – auf dem wir nach wie vor möglichst sparsam unsere Papierschnitzel auslegten – nichts zu erzählen, denn er unterschied sich nicht von dem Weg, der uns in die Sackgasse geführt hatte; abgesehen davon, daß diese Route jetzt tiefer unten entlangführte und wir manchmal sogar bis in die Kellerkorridore hinabsteigen mußten. Hin und wieder bemerkten wir beunruhigende Spuren in dem Schutt und Staub unter unseren Füßen; und nachdem wir den Dunstkreis des Benzins hinter uns gelassen hatten, stieg uns immer wieder einmal ganz kurz jener unangenehmere und hartnäckigere Geruch in die Nase. Nachdem unser Weg von unserer früheren Route abgezweigt war, ließen wir ab und zu den Schein einer unserer Taschenlampen verstohlen über die Wände huschen und fanden fast durchweg jene schier allgegenwärtigen Reliefs, die anscheinend wirklich das wichtigste ästhetische Betätigungsfeld der Alten Wesen gewesen waren.

Als wir gegen halb zehn Uhr durch einen langen, überwölbten Korridor gingen, dessen zunehmend vereister Fußboden etwas unter der Oberfläche zu liegen schien und dessen Dach nach vorne zu immer niedriger wurde, wurde es vor uns allmählich hell, und wir konnten die Taschenlampe ausmachen. Es schien, daß wir uns dem riesigen kreisförmigen Platz näherten und nicht mehr sonderlich tief unter der Oberfläche waren. Der Korridor endete in einem Bogen, der für diese megalithischen Ruinen erstaunlich niedrig war, doch durch diesen hindurch konnten wir schon viel sehen, noch bevor wir ihn erreicht hatten. Dahinter breitete sich ein riesiger runder Platz aus – volle zweihundert Fuß im Durchmesser –, der mit Trümmern übersät war und auf dem sich noch zahlreiche weitere Bogengänge gleich dem, durch den wir kamen, öffneten. In die Wände waren – dort, wo Platz war – in einem spiraligen Fries Reliefs von heroischen Ausmaßen kühn gemeißelt, die trotz der zerstörenden Witterungseinflüsse infolge der fehlenden Abdachung eine künstlerische Prachtentfaltung aufwiesen, die alles bisher Gesehene weit in den Schatten stellte. Der trümmerbedeckte Boden war ziemlich stark vereist, und wir stellten uns vor, daß die eigentliche Sohle wesentlich tiefer lag.

Was einem sofort ins Auge sprang, war jedoch die gigantische Steinrampe, die sich, in kühnem Schwung nach innen den Bogengängen ausweichend, spiralenförmig an der stupenden zylindrischen Mauer emporwand wie ein innen angelegtes Gegenstück zu jenen Rampen, die sich einst an den Außenwänden der gewaltigen babylonischen Stufentürme hinaufschraubten. Nur die Schnelligkeit des Fluges und die Vogelperspektive, die Rampe und Innenmauer des Turms in eins verfließen ließ, waren schuld, daß wir dieses Merkmal aus der Luft nicht erkannt und deshalb nach einem anderen Zugang zu den unter der Eisoberfläche liegenden Räumlichkeiten gesucht hatten. Pabodie hätte uns vielleicht sagen können, welche statischen Gesetze das Ganze zusammenhielten, doch Danforth und ich konnten nur stehen und staunen. Zwar sahen wir hier und da mächtige Träger und Säulen, die uns jedoch bei weitem nicht hinreichend für die Aufgabe schienen, die sie tatsächlich erfüllten. Die Rampe war in der ganzen jetzigen Höhe des Turms noch sehr gut erhalten – ein bemerkenswerter Umstand in Anbetracht der Tatsache, daß sie Wind und Wetter ausgesetzt war – und hatte viel zur Bewahrung der bizarren und kosmischen Reliefs an den Wänden beigetragen.

Als wir in das beklemmende Tages-Zwielicht am Grunde dieses ungeheuren Zylinders hinaustraten – der fünfzig Millionen Jahre alt und zweifellos das urälteste Bauwerk war, das uns je vor Augen kam –, sahen wir, daß die von der Rampe durchschnittenen Mauern zu einer schwindelnden Höhe von vollen sechzig Fuß aufragten. Das bedeutete, wie wir von unserem Flug her wußten, daß die Vereisung an der

Außenseite etwa vierzig Fuß stark war, da der gähnende Abgrund, den wir vom Flugzeug aus gesehen hatten, sich auf einem etwa zwanzig Fuß hohen Berg zerbröckelten Mauerwerks befunden hatte, der an drei Vierteln seines Umfangs durch die massiv geschwungenen Mauern einer Reihe höherer Ruinen etwas geschützt war. Nach den Reliefs hatte der Turm ursprünglich im Mittelpunkt eines enormen kreisförmigen Platzes gestanden und war vielleicht fünf- oder sechshundert Fuß hoch gewesen, mit Reihen waagrechter Scheiben dicht unterhalb der Spitze und einem Kranz nadelspitzer Türmchen auf dem oberen Rand. Die meisten Steinbrocken waren offenbar nach außen statt nach innen gestürzt – ein glücklicher Zufall, denn andernfalls wäre womöglich die Rampe zerschmettert und der ganze Innenraum zugeschüttet worden. Tatsächlich wies die Rampe beträchtliche Schäden auf, während die herabgestürzten Trümmer immerhin so zahlreich waren, daß die – allesamt offenen – Bogengänge erst in jüngerer Zeit freigelegt worden sein mußten.

Wir brauchten nur einen Augenblick, um zu erkennen, daß dies wirklich der Abstieg war, den jene anderen benutzt hatten, und daß es auch der vernünftigste Ort für unseren eigenen Aufstieg sein würde, trotz der langen Papierschnitzelspur, die wir schon angelegt hatten. Der Turm war nicht weiter von den Vorbergen und unserem wartenden Flugzeug entfernt als das große terrassenförmige Gebäude, das wir als erstes betreten hatten, und alle weiteren Vorstöße unter der Eisoberfläche, die wir im Laufe dieser Exkursion noch unternehmen würden, mußten ohnehin in dieser Umgebung stattfinden. Merkwürdigerweise spielten wir immer noch mit dem Gedanken an mögliche spätere Exkursionen – nach alledem, was wir gesehen und erahnt hatten. Und dann, als wir vorsichtig über die Trümmer auf dem Boden des großen Turms kletterten, bot sich uns ein Anblick, der uns für den Augenblick alles andere vergessen ließ.

Es waren die drei säuberlich aufgereihten Schlitten, die dicht nebeneinander in dem spitzen Winkel zwischen Rampe und Boden standen und deshalb anfangs unserem Blick verborgen geblieben waren. Hier waren sie – die drei Schlitten, die aus Lakes Lager verschwunden waren –, mit deutlichen Spuren einer beschwerlichen Fahrt, während der sie offenbar sowohl gewaltsam über weite Strecken schneefreien Schutts und Mauerwerks geschleift als auch über völlig unwegsames Gelände hinweggetragen worden waren. Sie waren sorgfältig und verständig gepackt und verschnürt und enthielten eine Anzahl von nur allzu vertrauten Gegenständen: den Benzinofen, Treibstoffkanister, Instrumentengehäuse, Proviantkonserven, Planen, unter denen sich offensichtlich Bücher befanden, und andere, deren Umrisse keinen Schluß auf den Inhalt zuließen – alles Teile von Lakes Ausrüstung.

Nach dem, was wir in jenem anderen Raum gefunden hatten, waren wir bis zu einem gewissen Grad auf diese Entdeckung gefaßt. Der wirkliche Schock kam, als wir hinübergingen und eine der Planen losmachten, deren Umrisse uns besonders beunruhigt hatten. Offensichtlich hatten sich außer Lake auch noch andere für typische Exemplare fremder Arten von Lebewesen interessiert; denn zwei solche lagen hier vor uns, beide steifgefroren, vollständig erhalten, mit Heftpflastern an den Stellen, wo sie am Hals verwundet worden waren, und sorgfältig eingewickelt, um weitere Beschädigung zu verhüten. Es waren die Leichname des jungen Gedney und des vermißten Hundes.

9

Manch einer wird uns für ebenso gefühllos wie wahnsinnig halten, weil wir sogleich nach unserer traurigen Entdeckung wieder an den nördlichen Tunnel und den Abgrund dachten, und wir hätten wohl auch kaum noch mit derartigen Gedanken gespielt, wäre da nicht ein besonderer Umstand gewesen, der uns unvorbereitet traf und eine ganze Kette neuer Mutmaßungen auslöste. Wir hatten die Plane wieder über Gedney gebreitet und standen in einer Art stummer Fassungslosigkeit, als wir die Geräusche zum erstenmal bewußt wahrnahmen – die ersten Geräusche, seit wir das offene Land, wo das schwache Geheul des Bergwinds von den unirdischen Höhen herabkam, verlassen hatten und in die Tiefe gestiegen waren. Zwar waren es durchaus vertraute und irdische Geräusche, doch in dieser entlegenen Welt des Todes überraschten und entnervten sie uns mehr, als es irgendwelche grotesken oder unheimlichen Laute vermocht hätten, denn sie ließen aufs neue all unsere Vorstellung von kosmischer Harmonie zusammenbrechen.

Wäre es eine Andeutung jenes bizarren melodiösen Pfeifens gewesen, das wir aufgrund von Lakes Sektionsbericht bei jenen anderen erwarteten – und das unsere überreizte Phantasie uns bei jedem Heulen des Windes vorgaukelte, seit wir auf die Greuel im Lager gestoßen waren –, so wäre immerhin eine Art teuflischer Übereinstimmung mit der seit Äonen toten Umgebung zu verzeichnen gewesen. Eine Stimme aus anderen Epochen erwartet man in einem Friedhof anderer Epochen. So aber erschütterte das Geräusch all die Erklärungen, die wir uns zurechtgelegt hatten – unsere stillschweigende Annahme, die innere Antarktis sei eine Wüste, aus der alle Spuren normalen Lebens vollständig und unwiderruflich getilgt waren. Was sich da vernehmen ließ, war nicht die unheimliche Stimme einer begrabenen Blasphemie der alten Erde, deren übernatürlicher Zähigkeit eine seit Urzeiten entbehrte Polarsonne eine gespenstische Äußerung entlockt hätte. Statt dessen war es ein so haarsträubend normaler, seit unseren Tagen auf dem Schiff vor Viktoria-Land und im Lager am McMurdo-Sund so unverkennbar vertrauter Laut, daß wir schauderten, ihn hier zu vernehmen, wo solche Dinge nicht hätten sein dürfen. Es war nichts weiter als das rauhe Gekreisch eines Pinguins.

Das Geräusch drang halb erstickt aus eisbedeckten Tiefen beinahe genau gegenüber dem Korridor heraus, aus dem wir gekommen waren – also unverkennbar aus der Richtung, in der jener andere Tunnel zu dem gewaltigen Abgrund liegen mußte. Die Gegenwart eines lebendigen Wasservogels in solcher Umgebung – einer Welt, deren Oberfläche seit undenklichen Zeiten nur öde Todesstarre gekannt hatte – konnte nur zu einer Folgerung führen; deshalb war unser erster Gedanke, uns von der objektiven Wirklichkeit dieses Geräusches zu überzeugen. Es wiederholte sich übrigens, und bisweilen schien es, als käme es aus mehr denn einer Kehle. Mit der Absicht, seine Quelle aufzuspüren, traten wir in einen Bogengang, aus dem eine Menge Schutt weggeräumt worden war; und sobald wir das Tageslicht hinter uns gelassen hatten, begannen wir wieder mit unseren Wegmarkierungen – zusätzliches Papier hatten wir mit merkwürdigem Widerwillen einem der Bündel auf den Schlitten entnommen.

Als die Eisschicht auf dem Boden von einer Trümmerschicht abgelöst wurde, bemerkten wir sonderbare, deutlich erkennbare

Schleifspuren; und Danforth fand an einer Stelle einen klaren Abdruck von einer Art, die zu beschreiben allzu überflüssig wäre. Die Pinguinschreie kamen genau aus der Richtung, in der nach unseren Karten und dem Kompaß der nördlichere Tunneleingang liegen mußte, und wir waren erfreut, einen brückenlosen Durchgang auf den untersten Ebenen zu finden, der offen schien. Nach der Skizze mußte der Tunnel im Keller eines großen pyramidenförmigen Gebäudes anfangen, das wir von unserem Erkundungsflug her als bemerkenswert gut erhalten in Erinnerung hatten. Längs unseres Weges beleuchtete die Taschenlampe die übliche Fülle von Gravierungen, aber wir blieben kein einziges Mal stehen, um sie näher zu betrachten.

Plötzlich tauchte eine massige weiße Gestalt vor uns aus dem Dunkel auf, und wir schalteten die zweite Taschenlampe ein. Es war sonderbar, wie schnell unser neues Ziel uns die Angst vor dem, was ganz in der Nähe lauern konnte, hatte vergessen lassen. Jene anderen mußten, da sie ihre Vorräte auf dem großen kreisförmigen Platz zurückgelassen hatten, sich vorgenommen haben, nach ihrem Erkundungsgang in den Abgrund an die Oberfläche zurückzukehren; und doch hatten wir alle Vorsicht ihnen gegenüber so vollständig fallengelassen, als hätte es sie nie gegeben. Die weiße, watschelnde Gestalt vor uns war volle sechs Fuß hoch, doch war uns offenbar sofort klar, daß es sich um keines jener anderen Wesen handelte; sie waren größer und dunkel und bewegten sich, nach den Reliefs zu schließen, zu Lande schnell und sicher, trotz ihrer merkwürdigen, an das Leben unter Wasser angepaßten Tentakeln. Zu behaupten, die weiße Gestalt hätte uns keinen Schrecken eingejagt, wäre jedoch vergeblich. Tatsächlich erstarrten wir für einen Moment in einer primitiven Furcht, die beinahe noch lähmender war als unsere schlimmsten, vom Verstand diktierten Befürchtungen im Hinblick auf jene anderen. Dann atmeten wir plötzlich auf, als das weiße Wesen in einem seitlichen Bogengang verschwand, um sich zweien seiner Artgenossen anzuschließen, die in rauhen Tönen gebieterisch nach ihm gerufen hatten. Denn es war nur ein Pinguin – obschon von einer riesigen, unbekannten Spezies, größer als die größten bekannten Königspinguine und unheimlich durch die Verbindung von Albinismus und praktisch vollständiger Augenlosigkeit.

Als wir dem Ding in den Bogengang gefolgt waren und beide Taschenlampen auf die unbekümmerte und keineswegs scheue Dreiergruppe richteten, sahen wir, daß es drei augenlose Albinos derselben unbekannten, riesigen Spezies waren. Ihre Größe erinnerte uns an einige der archaischen Pinguine, die auf den Reliefs der Alten Wesen dargestellt waren, und wir folgerten sogleich, daß sie von derselben Rasse abstammten – und zweifellos durch den Rückzug in eine wärmere erdinnere Gegend überlebt hatten, deren ununterbrochene Finsternis ihre Färbung zerstört und ihre Augen zu bloßen nutzlosen Schlitzen hatte verkümmern lassen. Daß ihr jetziger Lebensraum jener gewaltige Abgrund war, den wir suchten, daran zweifelten wir keinen Augenblick; und dieser Beweis für die noch immer andauernde Wärme und Bewohnbarkeit der Höhlung erweckte in uns die kuriosesten und verwirrendsten Phantasievorstellungen.

Auch fragten wir uns, was diese Vögel bewegt haben mochte, sich aus ihrem gewohnten Unterschlupf hervorzuwagen. Der Zustand und die Ruhe der großen toten Stadt ließen keinen Zweifel daran, daß sie zu keiner Zeit als regelmäßig aufgesuchter Brutplatz gedient hatte, und angesichts der Gleichgültigkeit des Trios gegen unsere Anwesenheit konnten wir uns kaum vorstellen, daß eine vorüberziehende Gruppe jener anderen sie hätte erschrecken können. War es möglich, daß jene anderen aggressiv geworden waren oder versucht hatten, ihre Fleischvorräte zu ergänzen? Wir hielten es für unwahrscheinlich, daß dieser stechende Geruch, den die Hunde so verabscheut hatten, eine ähnliche Abneigung bei diesen Pinguinen hervorrufen konnte, da deren Vorfahren offenbar friedlich mit den Alten Wesen zusammengelebt hatten – eine freundschaftliche Beziehung, die sich fortsetzen mußte, solange überhaupt noch ein paar der Alten Wesen am Leben waren. Wieder flackerte unser alter wissenschaftlicher Eifer auf, und wir bedauerten, die anomalen Wesen nicht photographieren zu können; wir überließen sie ihrem Gekreisch und arbeiteten uns weiter vor, in Richtung auf den Abgrund, von dessen Zugänglichkeit wir jetzt restlos überzeugt waren und über dessen Lage gelegentlich Pinguinspuren Aufschluß gaben.

Nicht lange danach ließ uns ein steiler Abstieg durch einen langen, niedrigen, türlosen und merkwürdigerweise auch schmucklosen Stollen vermuten, daß wir uns endlich dem Tunneleingang näherten.

Wir waren an zwei weiteren Pinguinen vorbeigekommen und hatten andere unmittelbar vor uns gehört. Dann mündete der Gang in eine gewaltige Höhle, die uns unwillkürlich den Atem anhalten ließ – eine vollkommene Halbkugel, offenbar tief unter der Erde, volle hundert Fuß im Durchmesser und fünfzig Fuß hoch, in die sich rings von allen Seiten niedrige Bogengänge öffneten, bis auf eine Stelle, an der höhlenartig ein schwarzes, gähnendes Loch sich auftat, das die Symmetrie des Gewölbes bis zu einer Höhe von fast fünfzehn Fuß durchbrach. Das war der Eingang zu dem großen Abgrund.

In dieser gewaltigen Halbkugel, deren Kuppel eindrucksvoll, wenn auch in dekadentem Stil mit Gravierungen verziert war, dergestalt, daß sie dem urzeitlichen Himmelsgewölbe glich, wandelten ein paar weiße Pinguine umher – Fremde hier, doch gleichgültig und gesichtslos. Der schwarze Tunnel verlor sich steil abfallend ins Bodenlose; in die Pfosten und den Sturz, die seine Öffnung zierten, waren groteske Muster gemeißelt. Wir glaubten zu spüren, daß diesem kryptischen Schlund eine etwas wärmere Luftströmung und vielleicht sogar so etwas wie schwacher Dampf entquoll; und wir fragten uns, was für lebende Wesen außer den Pinguinen die grenzenlose Leere dort unten, und die damit zusammenhängenden, verzweigten Hohlräume unter der Oberfläche und im Innern der titanischen Berge, beherbergen mochten. Und wir fragten uns weiter, ob die von Lake zunächst beobachtete schwache Rauchwolke über einem der Berge sowie der sonderbare Dunst, den wir selbst über dem mit Wällen gekrönten Gipfel wahrgenommen hatten, nicht vielleicht doch aus Dämpfen gebildet wurden, die durch verschlungene Kanäle aus den unergründeten Tiefen des Erdinneren aufquollen.

Als wir in den Tunnel hinabstiegen, sahen wir, daß er – zumindest am Anfang – etwa fünfzehn Fuß breit und ebenso hoch war – Wände, Sohle und gewölbte Decke bestanden aus dem gewohnten megalithischen Mauerwerk. Die Wände waren spärlich mit konventionellen Kartuschen in einem späten, dekadenten Stil verziert; Mauerwerk und Gravierungen waren durchweg ausgezeichnet erhalten. Der Boden war ziemlich sauber, abgesehen von einer dünnen Staubschicht, in der sich nach oben gerichtete Pinguinspuren und die abwärts weisenden Abdrücke jener anderen abzeichneten. Je weiter wir eindrangen, um so wärmer wurde es, so daß wir bald anfingen, unsere schweren Mäntel aufzuknöpfen. Wir fragten uns, ob wir dort unten tatsächlich Erscheinungen vulkanischer Natur finden und ob die Wasser dieser sonnenlosen See heiß sein würden. Ein kurzes Stück weiter löste massiver Fels das Mauerwerk ab, doch der Tunnel behielt dieselben Maße und bot nach wie vor den Anblick gemeißelter Regelmäßigkeit. Hin und wieder wurde das Gefälle so stark, daß Querrinnen in den Boden gegraben waren. An mehreren Stellen bemerkten wir die Öffnungen kleiner Seitengänge, die auf unseren Diagrammen nicht verzeichnet waren; aber keiner von ihnen war so angelegt, daß er unseren Rückweg hätte komplizieren können, und alle waren sie uns willkommen als mögliche Schlupfwinkel, falls wir auf irgendwelche aus dem Abgrund zurückkehrende unheimliche Wesen stoßen sollten. Der unbeschreibliche Geruch dieser Wesen war sehr deutlich. Es war ohne Zweifel selbstmörderische Torheit, sich unter den beschriebenen Umständen in den Tunnel zu wagen, doch der Reiz des Unerforschten wirkt auf manche Menschen stärker, als man gemeinhin annimmt – und es war ja dieser Reiz gewesen, der uns überhaupt erst in diese unirdische Polarwüste gebracht hatte. Im Weitergehen sahen wir mehrere Pinguine und stellten Vermutungen an über die Entfernung, die wir würden zurücklegen müssen. Nach den Reliefs hatten wir einen steil abwärtsfahrenden Marsch von ungefähr einer Meile bis zu dem Abgrund erwartet, aber unsere bisherigen Wanderungen hatten gezeigt, daß man sich in Fragen des Maßstabs nicht ganz auf diese Darstellungen verlassen konnte.

Ungefähr nach einer Viertelmeile wurde dieser unbeschreibliche Geruch sehr stark, und wir merkten uns im Vorbeigehen sorgfältig jede einzelne der seitlichen Öffnungen. Wir trafen keinen Dampf an wie oben in der Öffnung, doch das war zweifellos auf das Fehlen kühlerer Luft zurückzuführen. Die Temperatur stieg schnell, und wir waren nicht überrascht, als wir auf einen Haufen von Material stießen, der uns auf schauerliche Weise bekannt vorkam. Er bestand aus Pelzen und Zeltplanen aus Lakes Lager, und wir hielten uns nicht damit auf, die bizarren Formen zu studieren, in die diese Textilien zerrissen worden waren. Ein paar Schritte weiter stellten wir einen deutlichen Anstieg in der Größe und Anzahl der Seitengänge fest und schlossen daraus, daß wir jetzt die stark unterhöhlte Gegend unter den größeren Vorbergen erreicht haben mußten. Der unbeschreibliche Geruch mischte sich jetzt auf sonderbare Weise mit einem anderen, kaum weniger widerwärtigen – über dessen Art und Herkunft wir keine Vermutungen anstellten, obwohl wir an verfaulende Organismen und vielleicht unbekannte unterirdische Pilze denken mußten. Dann stießen wir überraschend auf eine Erweiterung des Tunnels, die wir aufgrund unserer Skizzen nicht erwartet hatten – der Raum weitete sich nach den Seiten und nach oben zu einer hohen, natürlich aussehenden elliptischen Höhle mit einem waagrechten Boden, an die 75 Fuß lang und 50 breit, mit vielen ausgedehnten Seitengängen, die in kryptische Finsternis führten.

Obschon diese Höhle den Eindruck machte, als sei sie auf natürlichem Wege entstanden, ließ eine Untersuchung mit Hilfe beider Taschenlampen vermuten, daß sie durch die künstliche Zerstörung mehrerer Trennwände zwischen nebeneinanderliegenden Hohlräumen gebildet worden war. Die Wände waren rauh, und die hohe, gewölbte Decke hing dicht voller Stalaktiten; doch der massive Felsboden war geglättet und geradezu unnatürlich frei von Schutt, Trümmern und sogar Staub. Mit Ausnahme des Tunnels, durch den wir gekommen waren, galt das auch für den Boden all der großen Gänge, die hier ihren Ausgang nahmen; die Einzigartigkeit dieser Entdeckung gab uns Rätsel auf, die wir vergeblich zu lösen versuchten. Der sonderbare neue Gestank, der sich dem anderen unerklärlichen Geruch beigemengt hatte, war hier so scharf, daß er diesen anderen Geruch völlig übertönte. Irgend etwas an diesem Ort, mit seinem polierten und beinahe glänzenden Fußboden, überfiel uns mit einem dunkel verwirrenden Grauen, wie wir es noch bei keiner anderen unserer unheimlichen Entdeckungen empfunden hatten.

Der regelmäßige Umriß des Tunnels unmittelbar vor uns und die größere Menge von Pinguin-Exkrementen, die sich dort fand, schlossen jeden Zweifel über den richtigen Weg inmitten dieses Gewirrs gleich großer Höhlenmündungen aus. Trotzdem beschlossen wir, unseren Weg wieder mit Papierschnitzeln zu markieren, für den Fall, daß sich die Lage noch weiter komplizieren sollte; denn mit Fußspuren im Staub konnten wir natürlich nicht mehr rechnen. Als wir so in der einmal eingeschlagenen Richtung weitergingen, ließen wir den Lichtkegel der Taschenlampe über die Tunnelwände gleiten – und blieben wie angenagelt stehen, so bestürzt waren wir über die radikale Veränderung der Gravierungen in diesem Teil der unterirdischen Gewölbe. Wir waren uns natürlich im klaren über die starke Dekadenz der Skulpturen der Alten Wesen zur Zeit des Tunnelbaus und hatten auch die minderwertige künstlerische Qualität der Arabesken in den hinter uns liegenden Abschnitten des Tunnels bemerkt. Doch nun, in diesem tiefer gelegenen Gang jenseits der Höhle, fanden wir einen jähen Unterschied, der jedem Erklärungsversuch spottete – einen Unterschied im grundlegenden Stil wie auch in der bloßen Qualität der Ausführung, der eine so tiefgehende und unselige Entartung erkennen ließ, wie man sie aufgrund der bisherigen Niedergangsrate keinesfalls erwartet hätte.

Diese neuen, dekadenten Arbeiten waren plump und grob und entbehrten jeder Feinheit im Detail. Sie waren übertrieben tief in die Wände gemeißelt, in Friesen, die im allgemeinen in der gleichen Höhe verliefen wie die vereinzelten Kartuschen der oberen Abschnitte, aber die Reliefhöhe blieb hinter der Oberfläche der Wände zurück. Danforth kam auf die Idee, es handle sich um Neugravierungen – eine Art Palimpsest, der nach der Tilgung der ursprünglichen Reliefs angefertigt worden sei. Ihrer Art nach waren diese Gravierungen durchweg dekorativ und konventionell und bestanden aus groben Spiralen und Winkeln, die sich im wesentlichen an die auf der Zahl Fünf beruhende mathematische Überlieferung der Alten Wesen hielten, doch augenscheinlich eher als Parodie denn als Fortsetzung dieser Überlieferung. Wir wurden den Gedanken nicht los, daß ein unmerklich und doch grundsätzlich fremdes Element in das ästhetische Empfinden, das dieser Technik zugrunde lag, getreten war – ein fremdes Element, so vermutete Danforth, das auch die mühsame Neugravierung erklärt hätte. Die Darstellungen ähnelten dem, was wir als die Kunst der Alten Wesen kennengelernt hatten – und waren doch auch wieder auf beklemmende Art anders; und ich fühlte mich ständig an so hybride Dinge wie die plumpen Skulpturen in Palmyra erinnert, die den römischen Stil zu imitieren versuchten. Daß schon andere vor uns diesen Fries gesehen hatten, schlossen wir aus einer verbrauchten Taschenlampenbatterie auf dem Fußboden vor einer der typischen Kartuschen.

Da wir es uns nicht leisten konnten, längere Zeit auf eine eingehende Betrachtung zu verwenden, gingen wir weiter, nachdem wir uns einen flüchtigen Überblick verschafft hatten; doch wir leuchteten immer wieder die Wände ab, um festzustellen, ob sich noch weitere Stiländerungen entwickelt hätten. Wir fanden aber nichts dergleichen; allerdings waren die Gravierungen an manchen Stellen wegen der zahlreichen Mündungen weiterer glattbödiger Seitentunnel recht spärlich. Wir sahen und hörten jetzt nicht mehr so viele Pinguine, meinten aber, ganz leise einen unendlich weit entfernten Chor ihrer Stimmen irgendwo tief im Innern der Erde zu vernehmen. Der neue, unerklärliche Geruch war abscheulich stark, und wir konnten jetzt kaum noch eine Spur jenes anderen unbeschreiblichen Geruchs wahrnehmen. Deutlich sichtbare Dampfschwaden vor uns ließen auf verstärkte Temperaturunterschiede und die nicht mehr allzuweite Entfernung der sonnenlosen Meeresklippen des großen Abgrunds schließen. Und dann sahen wir völlig unvermittelt mehrere Hindernisse auf dem polierten Fußboden vor uns – Hindernisse, bei denen es sich mit Sicherheit nicht um Pinguine handelte – und knipsten unsere zweite Taschenlampe an, nachdem wir uns vergewissert hatten, daß die Objekte völlig reglos dalagen.

10

Abermals bin ich an einem Punkt angelangt, wo es mir schwerfällt weiterzuerzählen. Eigentlich sollte ich inzwischen abgehärtet sein; doch es gibt Erlebnisse und Erfahrungen, die sich uns zu tief einprägen, als daß die von ihnen geschlagenen Wunden je heilen könnten, und die lediglich eine so übersteigerte Empfindsamkeit zurücklassen, daß die Erinnerung all das ursprüngliche Grauen wieder heraufbeschwört. Ich sagte, wir sahen mehrere Hindernisse vor uns auf dem polierten Fußboden; und ich muß hinzufügen, daß unsere Nasen beinahe gleichzeitig eine sehr sonderbare Verstärkung des merkwürdigen vorherrschenden Gestanks wahrnahmen, der jetzt ganz unverkennbar mit dem unbeschreiblichen Geruch jener anderen vermischt war, die vor uns hier gegangen waren. Der Lichtschein der zweiten Taschenlampe ließ keinen Zweifel an der Art dieser Hindernisse zu, und wir wagten nur deshalb, uns ihnen zu nähern, weil wir schon von weitem sehen konnten, daß wir von ihnen genausowenig zu befürchten hatten wie von den sechs ähnlichen Gestalten, die wir aus den unheimlichen sternförmigen Grabhügeln im Lager des armen Lake ausgegraben hatten. Sie waren denn auch tatsächlich genauso unvollständig wie jene anderen Exemplare – obschon die zähflüssigen dunkelgrünen Lachen, die sich um sie herum auf dem Boden ausbreiteten, darauf hindeuteten, daß ihr Schicksal sie erst vor ganz kurzer Zeit ereilt haben mußte. Dem Anschein nach waren es nur vier Exemplare, wogegen wir nach Lakes Berichten angenommen hatten, daß die uns vorausgehende Gruppe mindestens acht dieser Wesen umfaßte. Sie in diesem Zustand zu finden, war völlig überraschend, und wir fragten uns, welch unheimlicher Kampf sich hier unten in der Finsternis abgespielt haben mochte.

Wenn eine Gruppe von Pinguinen angegriffen wird, so setzen sich die Tiere aufs heftigste mit ihren Schnäbeln zur Wehr, und wir konnten jetzt deutlich hören, daß irgendwo in weiter Ferne ein Brutplatz sein mußte. Waren diese anderen in einen solchen Platz eingebrochen und hatten sich damit einer mörderischen Verfolgungsjagd ausgesetzt? Die Hindernisse sprachen nicht dafür, denn Pinguinschnäbel hätten dem zähen Gewebe, das Lake seziert hatte, nicht diese fürchterlichen Verletzungen zufügen können, die wir im Näherkommen nach und nach ausmachten. Überdies schienen die riesigen blinden Vögel, die wir gesehen hatten, außergewöhnlich friedfertig zu sein.

Hatten also jene anderen einen Kampf unter sich ausgefochten, und waren die vier fehlenden die Schuldigen? Wenn ja, wo waren sie? Hielten sie sich noch in der Nähe auf und stellten sie eine unmittelbare Bedrohung für uns dar? Ängstlich spähten wir in einige der glattbödigen Seitengänge, während wir langsam und zaghaft nähertraten. Wie immer der Kampf sich abgespielt hatte, er war es offenbar gewesen, der die Pinguine so erschreckt hatte, daß sie in diese ungewohnten Gegenden geflohen waren. Also mußte er in der Nähe jenes schwach vernehmlichen Brutplatzes in dem unermeßlichen Abgrund entstanden sein, denn es gab keine Anzeichen dafür, daß hier normalerweise irgendwelche Vögel gelebt hatten. Vielleicht, so überlegten wir, hatte sich eine schreckliche Verfolgungsjagd abgespielt, und die Schwächeren hatten versucht, zu den versteckten Schlitten zurückzukehren, als ihre Verfolger ihnen den Garaus machten. Man konnte sich vorstellen, wie die dämonische Schlacht zwischen namenlosen, unheimlichen Monstren getobt und sich von dem schwarzen Abgrund her genähert hatte, gewaltige Scharen kreischender, in höchster Aufregung auseinanderstiebender Pinguine vor sich her treibend.

Ich sagte, wir hätten uns langsam und widerwillig den ausgebreitet daliegenden, unvollständigen Hindernissen genähert. Wollte der Himmel, wir hätten uns ihnen überhaupt nicht genähert, wären Hals über Kopf davongerannt aus diesem blasphemischen Tunnel mit dem schmierig-glatten Boden und den entarteten Reliefs, die jene anderen Darstellungen, deren Stelle sie eingenommen hatten, nachäfften und verhöhnten – davongerannt, bevor wir sahen, was wir schließlich sehen mußten, und bevor sich etwas in unsere Seelen brannte, das uns nie mehr wird ruhig atmen lassen!

Beide Taschenlampen richteten wir auf die niedergestreckten Gestalten, und wir erkannten bald das beherrschende Merkmal ihrer Unvollständigkeit. Verstümmelt, gequetscht, verrenkt und zerrissen waren sie, doch die schlimmste, allen gemeinsame Verletzung war die totale Enthauptung. Von jedem dieser Wesen war der mit Tentakeln besetzte Seesternkopf abgetrennt worden; und als wir nähertraten, sahen wir, daß die Köpfe eher durch irgendein teuflisches Zerren oder Saugen abgerissen als auf normale Weise abgetrennt worden sein mußten. Ihr widerwärtiger dunkelgrüner Lebenssaft bildete eine große, sich ausbreitende Pfütze; doch der davon ausgehende Gestank wurde halb überschattet von dem neueren und noch seltsameren Gestank, der hier schärfer als an irgendeinem anderen Punkt unserer Route war. Erst als wir ganz nahe an die niedergestreckten Gestalten herangetreten waren, entdeckten wir die Quelle dieses zweiten unerklärlichen Pesthauches – und in diesem Moment stieß Danforth, der sich an gewisse besonders plastische Reliefs aus der Geschichte der Alten Wesen im permischen Zeitalter vor hundertfünfzig Millionen Jahren erinnerte, einen grauenhaft gequälten Schrei aus, der hysterisch durch jenen gewölbten, uralten Tunnel mit den unheilvollen Palimpsesten hallte.

Ich selbst konnte nur mit Mühe einen ähnlichen Aufschrei unterdrücken; denn auch ich hatte diese urzeitlichen Reliefs gesehen und schaudernd die Art bewundert, in welcher der namenlose Künstler jene grauenhafte Schleimschicht dargestellt hatte, mit der bestimmte verstümmelt daliegende Alte Wesen überzogen waren – jene nämlich, die in dem großen Unterwerfungskrieg von den schrecklichen Schoggothen enthauptet worden waren. Es waren abscheuliche, alptraumhafte Bilder gewesen, obgleich sie nur von längst vergangenen Dingen erzählten; denn die Schoggothen und ihr Werk sollten nicht von menschlichen Wesen erblickt noch von irgendwelchen anderen Wesen dargestellt werden. Der verrückte Verfasser des *Necronomicon* hatte eindringlich zu beteuern versucht, daß keiner von ihnen auf diesem Planeten erzeugt worden sei und nur unter dem Einfluß von Drogen stehende Träumer sie je zu Gesicht bekommen hätten. Formloses Protoplasma, fähig, alle Formen und Organe und Vorgänge zu imitieren – bösartige Klumpen blubbernder Zellen – gummiartige, fünfzehn Fuß große Sphäroide, unendlich plastisch und dehnbar – Sklaven hypnotischer Befehle, Erbauer von Städten – immer mürrischer, immer intelligenter, immer amphibischer und immer stärker der Nachahmung fähig! Großer Gott! Welcher Irrsinn hatte selbst jene blasphemischen Alten Wesen dazu getrieben, sich solcher Dinge zu bedienen, sie darzustellen?

Und jetzt, als Danforth und ich den frisch glänzenden, schillernd reflektierenden schwarzen Schleim sahen, der dick an diesen kopflosen Körpern klebte und jenen neuen, unbeschreiblich widerwärtigen Gestank ausströmte, dessen Ursache nur eine krankhafte Phantasie sich auszumalen vermochte – an diesen Körpern klebte und weniger dick auf einer glatteren Stelle der so unheimlich neugravierten Wand in einer Reihe gruppierender Tupfen glitzerte –, jetzt lähmte kosmische Furcht uns bis ins innerste Mark. Es war nicht Furcht vor jenen vier anderen – nur allzu richtig war unsere Vermutung, daß sie nichts Böses mehr tun würden. Arme Teufel! Schließlich waren sie in ihrer Art keine bösartigen Wesen. Sie waren die Menschen eines anderen Zeitalters und einer anderen Ordnung von Lebewesen. Die Natur hatte ihnen einen höllischen Streich gespielt – und sie wird das auch mit allen anderen tun, die menschliche Verrücktheit, Gleichgültigkeit oder Grausamkeit womöglich noch in dieser entsetzlich toten oder schlafenden Polarwüste ausgraben wird –, und das war ihre tragische Heimkehr gewesen. Sie waren noch nicht einmal Wilde gewesen – denn was hatten sie schließlich getan? Dieses schreckliche Erwachen in der Kälte einer unbekannten Epoche – vielleicht ein Angriff der zottigen, wie rasend bellenden Vierfüßer, eine benommene Verteidigung gegen diese und die nicht weniger rasenden weißen Affen mit ihren sonderbaren Umhüllungen und Geräten ... armer Lake, armer Gedney ... und arme Alte Wesen! Wissenschaftler bis zum Letzten – was hatten sie getan, was wir an ihrer Stelle nicht getan hätten? Gott, welch eine Intelligenz und Beharrlichkeit! Welch eine Gegenüberstellung mit dem Unglaublichen, genau wie jene Artgenossen und Vorfahren auf den Reliefs Erscheinungen gegenübergestanden hatten, die kaum weniger unglaublich gewesen waren! Radiaten, Pflanzen, Monstren, Sternengezücht – was immer sie gewesen sein mochten, sie waren Menschen!

Sie hatten die eisbedeckten Berge überschritten, an deren tempelreichen Hängen sie einstmals ihre Zeremonien abgehalten hatten und unter Baumfarnen gewandelt waren. Sie hatten ihre tote Stadt gefunden, die unter ihrem Fluch dahindämmerte, und die in Stein gemeißelte Geschichte abgelesen, wie auch wir es getan hatten. Sie hatten versucht, ihre lebendigen Artgenossen in sagenumwobenen dunklen Tiefen zu finden, die sie nie zuvor gesehen hatten – doch was hatten sie wirklich gefunden? All das schoß Danforth und mir gleichzeitig durch den Kopf, als wir von diesen enthaupteten, schleimüberzogenen Gestalten auf die fluchwürdigen Palimpseste und weiter auf die diabolischen Gruppen frischer Schleimtupfen an der Wand schauten – schauten und begriffen, was hier unten in der zyklopischen Unterwasserstadt triumphiert und überlebt haben mußte, in diesem nachtschwarzen, von Pinguinen gesäumten Abgrund, aus dem jetzt wie als Antwort auf Danforths hysterischen Schrei düster brodelnder Dampf bleich aufzuquellen begann.

Der jähe Schreck beim Anblick des widerwärtigen Schleimes und der enthaupteten Gestalten hatte uns in stumme, reglose Statuen verwandelt, und erst in späteren Unterhaltungen stellte sich heraus, daß wir in jenem Augenblick genau dieselben Gedanken gehabt hatten. Es kam uns vor, als hätten wir eine Ewigkeit dort gestanden, aber in Wirklichkeit können es nicht mehr als zehn oder fünfzehn Sekunden gewesen sein. Dieser scheußliche, bleiche Dampf wallte auf uns zu, als würde er von einer ferneren, sich nähernden Masse getrieben – und dann kam ein Laut, der viel von dem, was wir uns zurechtgelegt hatten, über den Haufen warf, der den Bann löste und uns veranlaßte, wie wahnsinnig an kreischenden aufgestörten Pinguinen vorbei auf unserer alten Spur in die Stadt hinaufzurennen, durch tief unter dem Eis begrabene Gänge zurück in das offene Rund und jene archaische Wendelrampe hinauf, getrieben von dem einzigen verzweifelten Wunsch nach Licht und Luft einer faßbaren Außenwelt.

Das neue Geräusch, sagte ich, warf viel von dem über den Haufen, was wir uns zurechtgelegt hatten; es war nämlich das Geräusch, das wir aufgrund von Lakes Sektion denen zugeschrieben hatten, die wir für tot befunden hatten. Es war, so vertraute Danforth mir später an, genau dasselbe, das er unendlich gedämpft an jener Stelle hinter der Gassenbiegung oberhalb der Eisfläche vernommen hatte; und es hatte zweifellos eine erschreckende Ähnlichkeit mit dem Pfeifen des Windes, das wir beide in der Umgebung der Höhleneingänge hoch oben in den Felswänden gehört hatten. Auf die Gefahr hin, kindisch zu erscheinen, möchte ich noch etwas anderes erwähnen, und sei es nur wegen der merkwürdigen Übereinstimmung zwischen Danforths Eindrücken und meinen eigenen. Natürlich hatte gleichartige Lektüre uns vorbereitet, beide dieselbe Erklärung zu suchen, doch Danforth sprach andeutungsweise von sonderbaren Gerüchten über ungeahnte verbotene Quellen, zu denen Poe Zugang gehabt haben mochte, als er vor einem Jahrhundert seinen *Arthur Gordon Pym* schrieb. Man wird sich erinnern, daß in dieser phantastischen Erzählung ein Wort von unbekannter, doch schrecklicher und unheilvoller Bedeutung im Zusammenhang mit der Antarktis erwähnt wird – der unablässig hervorgestoßene Schrei der gigantischen, gespenstisch schneeweißen Vögel im Kern dieser unheilvollen Gegend. »*Tekeli-li! Tekeli-li!*« Genau das, ich gestehe es ein, war es, was wir aus diesem plötzlichen Geräusch hinter dem näher kommenden weißen Nebelvorhang herauszuhören meinten – diesem heimtückischen, melodiösen Pfeifen mit einem einzigartigen großen Tonumfang. Wir waren in wilder Flucht, bevor auch nur drei Töne oder Silben vernehmbar geworden waren, obwohl wir wußten, daß die Schnelligkeit der Alten Wesen jeden durch Danforths Schrei aufgestörten Verfolger, der das Gemetzel überlebt hatte, in die Lage versetzt hätte, uns im

Handumdrehen zu überholen. Wir hegten jedoch die schwache Hoffnung, daß nicht-aggressives Verhalten unsererseits und eine verwandte Vernunft ein solches Wesen dazu bewegen würde, uns in diesem schlimmsten Fall zu verschonen, und sei es nur aus wissenschaftlicher Neugier. Wenn ein solches Wesen nichts für sich selbst befürchten müßte, würde es schließlich auch keinen Grund haben, uns ein Leid anzutun. Da es in diesem Augenblick sinnlos gewesen wäre, uns verbergen zu wollen, warfen wir mit Hilfe der Taschenlampe hin und wieder im Laufen einen Blick hinter uns und bemerkten, daß der Nebel sich lichtete. Würden wir schließlich doch noch ein vollständiges, lebendes Exemplar jener anderen Lebewesen zu Gesicht bekommen? Wieder kam dieses heimtückische melodieartige Pfeifen – »*Tekeli-li! Tekeli-li!*«

Dann – wir hatten eben gemerkt, daß wir einen Vorsprung vor unserem Verfolger gewonnen hatten – kam uns der Gedanke, das Wesen sei womöglich verwundet. Wir konnten aber kein Risiko eingehen, denn es näherte sich uns ganz offensichtlich auf Danforths Schrei hin und nicht, weil es auf der Flucht vor irgendeinem anderen Wesen war. Die zeitliche Übereinstimmung war zu genau, als daß es noch irgendeinen Zweifel hätte geben können. Wo sich jenes noch schwerer vorstellbare und noch unbeschreiblichere Ungeheuer befand – jener stinkende, nie erblickte Berg schleimspeienden Protoplasmas, dessen Rasse den Abgrund erobert und Landpioniere ausgeschickt hatte, die sich durch die Höhlungen der Berge schlängeln und die Reliefs neu gravieren sollten – darüber konnten wir keine Vermutungen anstellen; und es versetzte uns einen schmerzlichen Stich, daß wir dieses wahrscheinlich verletzte Alte Wesen – vielleicht der einzige Überlebende – der Gefahr neuerlicher Gefangennahme und einem unsäglichen Schicksal überlassen mußten.

Dem Himmel sei Dank, daß wir unseren Lauf nicht verlangsamten. Der brodelnde Nebel hatte sich wieder verdichtet und wälzte sich mit erhöhter Geschwindigkeit voran; und die umherirrenden Pinguine hinter uns kreischten und schrien und ließen Anzeichen für eine Panik erkennen, die uns überraschte, weil sie sich um uns kaum gekümmert hatten, als wir an ihnen vorbeigekommen waren. Abermals kam dieses unheimliche, über einen großen Tonumfang reichende Pfeifen – »*Tekeli-li! Tekeli-li!*« Wir hatten uns geirrt. Das

Wesen war nicht verwundet, sondern nur stehengeblieben, als es auf die Körper seiner getöteten Artgenossen und die höllische Schleiminschrift über ihnen gestoßen war. Wir würden nie erfahren, was diese dämonische Inschrift besagte – doch die Begräbnisse in Lakes Lager hatten gezeigt, welch große Bedeutung die Wesen ihren Toten beimaßen. Unsere rücksichtslos eingesetzte Taschenlampe erleuchtete jetzt vor uns die große, offene Höhle, in die mehrere Gänge aus verschiedenen Richtungen mündeten, und wir waren erleichtert, daß wir diese morbiden Palimpseste hinter uns lassen konnten, deren Gegenwart wir beinahe gespürt hatten, auch ohne hinzusehen.

Ein weiterer Gedanke, auf den uns die Ankunft in dieser Höhle brachte, war die Möglichkeit, unseren Verfolger an diesem verwirrenden Brennpunkt großer Korridore abzuschütteln. Mehrere Pinguine befanden sich unter der hohen Kuppel, und es war nicht zu übersehen, daß sie durch das herannahende Wesen in tödliche Furcht versetzt wurden. Wenn wir an dieser Stelle die Taschenlampe bis auf das unbedingt notwendige Maß verdunkelten und sie strikt nach vorne gerichtet hielten, würden die aufgescheuchten, kreischend im Nebel umherirrenden Vögel durch ihr Lärmen vielleicht unsere Schritte übertönen, den Weg, den wir wirklich nahmen, verbergen und unseren Verfolger irgendwie auf eine falsche Fährte locken. Inmitten des brodelnden, wirbelnden Dampfes würde der mit Trümmern übersäte, nichtglitzernde Boden des Haupttunnels jenseits der Höhle, der sich so deutlich von den anderen, unheimlich glatten Gängen unterschied, kaum in besonderem Maße die Aufmerksamkeit unseres Verfolgers auf sich ziehen, nicht einmal, so hofften wir, in Anbetracht der besonderen Sinnesorgane, dank deren die Alten Wesen teilweise, wenn auch nicht vollständig, unabhängig vom Licht waren. Wie wir denn auch tatsächlich die Befürchtung hegten, wir könnten in der Eile selbst den richtigen Weg verfehlen. Wir hatten natürlich beschlossen, geradewegs zu der toten Stadt hinaufzusteigen, da die Folgen eines Irregehens in diesen verzweigten Höhlen unter den Vorbergen unausdenkbar gewesen wären.

Die Tatsache, daß wir überlebten und wieder ans Tageslicht kamen, ist Beweis genug dafür, daß jenes Wesen einen falschen Gang wählte, während wir durch die Gunst des Schicksals den richtigen trafen. Die Pinguine allein hätten uns nicht retten können, doch im

Verein mit dem Nebel mögen sie den Ausschlag gegeben haben. Nur einer gütigen Vorsehung ist es zu danken, daß die Nebelschwaden im entscheidenden Augenblick dicht genug waren, denn sie zogen unablässig umher und drohten sich zu verflüchtigen. Ja, sie teilten sich sogar wirklich für eine Sekunde, unmittelbar bevor wir aus dem Tunnel mit den widerwärtigen nachgemachten Gravierungen in die Höhle entkommen waren, so daß wir tatsächlich das herannahende Wesen eine Sekunde lang halb sahen und halb erahnten, als wir einen letzten, verzweifelt angstvollen Blick hinter uns warfen, bevor wir die Taschenlampe verdunkelten und uns unter die Pinguine mischten, in der Hoffnung, der Verfolgung entgehen zu können. Wenn das Schicksal, das uns entkommen ließ, ein gütiges war, so gilt das genaue Gegenteil für jenes, das uns diesen sekundenlangen Anblick gewährte; denn auf ihn müssen wir die Hälfte all des Grauens zurückführen, das uns seither nicht mehr verlassen hat.

Der eigentliche Grund für unseren Blick nach hinten war vielleicht nichts anderes als der uralte, instinktive Trieb des Verfolgten, den Abstand zu seinem Verfolger abzuschätzen; oder vielleicht war es auch ein automatischer Versuch, eine Antwort auf eine unbewußte Frage zu finden, die unsere Sinne uns stellten. Nur darauf bedacht, all unsere Fähigkeiten auf unser Entkommen zu konzentrieren, waren wir nicht in der Lage, Einzelheiten zu bemerken und zu analysieren; doch selbst in dieser Bedrängnis müssen unsere latenten Gehirnzellen die Nachricht registriert haben, die ihnen von unseren Geruchsnerven übermittelt wurde. Später wurde uns klar, was es gewesen war – daß nämlich die wachsende Entfernung von den schleimbeschmierten kopflosen Gestalten und die gleichzeitige Annäherung des uns verfolgenden Wesens nicht zu der Veränderung der Gerüche geführt hatten, die man logischerweise hätte erwarten können. In Nachbarschaft der niedergestreckten Gestalten hatte der neue, völlig unerklärliche Pesthauch absolut vorgeherrscht; aber mittlerweile hätte er weitgehend jenem anderen unbeschreiblichen Gestank gewichen sein müssen, den wir mit den Alten Wesen in Verbindung brachten. Doch das war nicht der Fall – statt dessen war der neuere und noch weniger erträgliche Geruch jetzt praktisch ungemildert und wurde mit jeder Sekunde giftiger und erstickender.

Wir blickten also beide, so könnte man meinen, im selben Moment hinter uns; in Wirklichkeit dürfte die ansetzende Bewegung des einen die entsprechende Reaktion beim anderen ausgelöst haben. Dabei richteten wir beide Lampen mit voller Kraft auf die für einen Augenblick aufreißende Nebelwand, und zwar entweder aus dem primitiven Antrieb heraus, möglichst viel zu sehen, oder in dem weniger primitiven, doch ebenso unbewußten Bestreben, das verfolgende Wesen zu blenden, bevor wir unser Licht abdunkelten und uns unter die Pinguine in dem vor uns liegenden Zentrum des Höhlenlabyrinths mischten. Unseliger Augenblick! Nicht Orpheus selbst noch Lots Weib mußten ihren Blick nach hinten teurer bezahlen. Und wieder kam dieses schaurige Pfeifen über einen großen Tonumfang – »*Tekeli-li! Tekeli-li!*«

Es wird wohl am besten sein, wenn ich ohne Umschweife berichte, was wir sahen – obschon ich es nicht ertragen könnte, es in allen Einzelheiten zu schildern; doch in jenem Augenblick hatten wir das Gefühl, daß wir nicht einmal miteinander darüber sprechen durften. Die Worte, die der Leser aufnimmt, können nie und nimmer die Abscheulichkeit dieses Anblicks wiedergeben. Er lähmte unser Bewußtsein in einem solchen Maße, daß ich mich frage, woher wir den Rest an Besonnenheit nahmen, um wie geplant unsere Taschenlampen abzudunkeln und den richtigen Tunnel zu der toten Stadt zu finden. Instinkt allein muß uns geleitet haben – vielleicht besser, als es der Verstand hätte tun können; doch wenn es das war, was uns gerettet hat, so zahlten wir einen hohen Preis. Verstand war uns wenig genug geblieben.

Danforth war völlig überreizt, und das erste, woran ich mich vom Rest unserer Flucht erinnere, ist, daß ich ihn beschwingt eine hysterische Formel singen hörte, in der außer mir kein Mensch auf der ganzen Welt etwas anderes als das sinnlose Geplapper eines Irren gesehen hätte. Seine überschnappende Stimme übertönte das Gekreische der Pinguine; sein Singsang hallte durch die Gewölbe vor uns und durch die – Gott sei Dank! – mittlerweile leeren Gewölbe hinter uns. Er kann aber nicht gleich danach damit angefangen haben, denn sonst wären wir nicht mehr am Leben gewesen, nicht blindlings durch den Tunnel gerannt. Ich schaudere bei dem Gedanken, was geschehen wäre, hätte er auch nur um eine Spur anders reagiert.

»South Station Under–Washington Under–Park Street Under–Kendall–Central–Harvard–« Der arme Kerl rezitierte die vertrauten Stationen des Tunnels zwischen Boston und Cambridge, der sich Tausende von Meilen entfernt durch die friedliche Heimaterde Neuenglands bohrte, doch für mich war das Ritual weder sinnlos noch weckte es heimatliche Gefühle. Für mich war es nur schaurig, denn ich erfaßte sofort die monströse, abscheuliche Analogie, die ihm zugrunde lag. Als wir zurückblickten, hatten wir erwartet, ein schreckliches und unausdenkbares bewegliches Ungeheuer zu sehen, falls die Nebelschleier sich weit genug gelichtet hatten; aber wir hatten uns keine klare Vorstellung von diesem Wesen gebildet. Was wir dann sahen – denn die Nebelschwaden hatten sich nur allzusehr gelichtet –, war etwas völlig anderes, unendlich viel Grauenhafteres und Abscheulicheres. Es war die äußerste, reale Verkörperung des »Dinges, das nicht sein darf« der phantastischen Romanschreiber; und das Bild, mit dem man es am ehesten vergleichen könnte, ist das eines riesigen, auf einen zufahrenden Zuges der Untergrundbahn, wie man ihn vom Bahnsteig aus sieht – drohend taucht die große schwarze Front des Kolosses aus unendlichen unterirdischen Entfernungen auf, besetzt mit seltsam gefärbten Lichtern, den ungeheuren Stollen ausfüllend wie ein Kolben einen Zylinder ausfüllt.

Aber wir waren nicht auf einem Bahnsteig. Wir standen auf den Schienen, als die alptraumhafte, schwammige Säule stinkend schwarz und schillernd, die ganzen fünfzehn Fuß Durchmesser ihrer Höhlung ausfüllend, auf uns zugequollen kam, unheimlich an Geschwindigkeit gewann und eine strudelnde, sich wieder verdichtende Wolke fahlweißer Dämpfe aus dem Abgrund vor sich herschob. Es war ein schreckliches, unbeschreibbares Ding, größer als jeder U-Bahn-Zug – eine formlose Masse protoplasmatischer Blasen, schwach luminiszierend und mit Myriaden vergänglicher Augen, die sich als Pusteln grünlichen Lichts auf der ganzen tunnelfüllenden Vorderfront bildeten und zurückbildeten, die auf uns zuschoß, vor Todesangst rasende Pinguine zermalmend, über den glänzenden Boden glitschend, den sie und ihresgleichen auf so diabolische Art von allem Unrat befreit hatten. Wieder ertönte der unheimliche, höhnische Schrei – »*Tekeli-li! Tekeli-li!*« – und wir entsannen uns endlich, daß die dämonischen Schoggothen – die ihr Leben, ihr Denken und die

Vorbilder für ihre plastischen Organe nur den Alten Wesen verdankten und keine Sprache außer den Gruppen von Tupfen besaßen – auch keine eigene Stimme hatten, sondern nur die Laute ihrer einstigen Herren imitieren konnten.

II

Danforth und ich erinnern uns dunkel daran, wie wir aus der großen gravierten Halbkugel entkamen und unsere Spur durch die zyklopischen Räume und Korridore der toten Stadt zurückverfolgten; doch das sind reine Traumfragmente, die keine Erinnerungen an Willensakte, Einzelheiten oder physische Anstrengung enthalten. Es war, als schwebten wir durch eine neblige Welt oder eine andere Dimension, ohne Zeit, Kausalität oder Orientierung. Das fahlgraue Tageslicht des riesigen Rundes ernüchterte uns ein wenig; aber wir wagten uns nicht an die verschnürten Schlitten, warfen keinen Blick mehr auf den armen Gedney und den Hund. Sie haben ein sonderbares, titanisches Mausoleum, und ich hoffe, das Ende dieses Planeten wird sie noch immer ungestört antreffen.

Erst als wir die kolossale, spiralige Rampe hinaufhasteten, spürten wir die schreckliche Ermüdung und Atemnot, die Folgen unserer Hetzjagd in der dünnen Luft des Hochplateaus; doch nicht einmal die Furcht vor einem Zusammenbruch ließ uns Rast machen, bevor wir die normale Welt der Sonne und des Himmels erreicht hatten. Unser Abschied von diesen begrabenen Zeitaltern vollzog sich auf merkwürdig angemessene Weise; denn als wir den sechzig Fuß hohen Zylinder aus urzeitlichem Mauerwerk hinaufkeuchten, sahen wir neben uns eine ununterbrochene Prozession heroischer Skulpturen in der frühen, unverfälschten Technik der toten Rasse – ein Abschiedsgruß der Alten Wesen, geschrieben vor fünfzig Millionen Jahren. Als wir schließlich über den obersten Rand gekrochen waren, fanden wir uns auf einem großen Hügel herabgestürzter Steinblöcke wieder; im Westen ragten die geschwungenen Mauern höherer Bauwerke auf, und hinter den stärker verfallenen Bauten im Osten schauten die dämmrigen Gipfel der großen Berge hervor. Die tiefstehende antarktische Mitternachtssonne blinkte rötlich vom südlichen Horizont her durch die Risse in den zerklüfteten Ruinen, und das schreckliche Alter und die Leblosigkeit der Nachtmahrstadt schienen um so ungeheuerlicher im Kontrast zu dem verhältnismäßig vertrauten Anblick der Polarlandschaft. Der Himmel über uns war eine wirbelnde, schillernde Masse dünner Eiswolken, und die Kälte ging uns durch und durch. Ermattet setzten wir die Säcke mit unserer Ausrüstung ab, die wir während der ganzen kopflosen Flucht instinktiv umklammert hatten, und knöpften unsere schweren Mäntel wieder zu, bevor wir den Hügel hinunterstolperten und uns auf den Weg durch das uralte Steinlabyrinth zu den Vorbergen machten, in denen unser Flugzeug wartete. Darüber, was uns aus dem Dunkel des geheimnisvollen Erdinnern und den archaischen Höhlen hatte fliehen lassen, verloren wir kein einziges Wort.

In weniger als einer Viertelstunde hatten wir den Steilabfall der Vorberge erreicht – die vermutete einstige Terrasse –, über die wir herabgestiegen waren, und sahen die klobigen Umrisse unseres großen Flugzeugs auf dem ansteigenden Hang über uns. Als wir die Hälfte des Weges zu unserem Ziel zurückgelegt hatten, blieben wir stehen, um Atem zu schöpfen, drehten uns um und blickten noch einmal auf das phantastische Gewirr unglaublicher Steinformen unter uns hinab, das sich wieder in mystischen Umrissen vor dem westlichen Himmel abzeichnete. Dabei bemerkten wir, daß der Himmel jenseits der Stadt seine morgendliche Dunstigkeit verloren hatte; die ruhelosen Eiswolken waren zum Zenit aufgestiegen, wo ihre geisterhaften Umrisse im Begriff schienen, sich zu einem bizarren Muster zu formieren, das noch keine klare, endgültige Gestalt annehmen wollte.

Jetzt ließ sich am äußersten weißen Horizont jenseits der grotesken Stadt eine dünne, elfenhafte Linie violetter Zacken erkennen, deren nadelfeine Spitzen sich traumhaft vor dem lockenden Rosa des westlichen Himmels abzeichneten. Bis an seinen schimmernden Rand erstreckte sich ansteigend das uralte Tafelland, durchschnitten von dem vertieften, unregelmäßigen Schattenband des einstigen Flußlaufes. Eine Sekunde lang standen wir in sprachloser Bewunderung der unirdischen, kosmischen Schönheit dieser Szenerie, und dann beschlich ein vages Grauen unsere Seelen. Denn diese fernen violetten Umrisse konnten nichts anderes sein als die schrecklichen

Berge des verbotenen Landes – die höchsten Gipfel der Erde, Brennpunkt allen irdischen Unheils; der Ort namenloser Schrecken und archaischer Geheimnisse, gemieden und angebetet von jenen, die sich scheuten, in Reliefs die Bedeutung dieser Dinge darzustellen; von keines Menschen Fuß betreten, doch heimgesucht von unheimlichen Blitzen, seltsame Strahlungen aussendend über die Ebenen in polarer Nacht – ohne Zweifel der unbekannte Archetyp des gefürchteten Kadath in der Kalten Wüste jenseits des verabscheuungswürdigen Leng, über das uralte Legenden dunkle Andeutungen machen.

Wenn die gravierten Karten und Bilder in der vormenschlichen Stadt die Wahrheit gesagt hatten, so konnten diese violetten Berge nicht viel weniger als dreihundert Meilen entfernt sein; und doch erschien ihr blasses, elfenhaftes Abbild scharf und klar über jenem fernen, verschneiten Rand, wie der zackige Umriß eines monströsen fremden Planeten, der im Begriff steht, an einem ungewohnten Himmel aufzugehen. Ihre Höhe mußte also über alle Maßen gewaltig sein – ihre Gipfel mußten aufragen in jene dünnen atmosphärischen Schichten, in denen nur noch jene gasförmigen Gespenster existieren können, von denen tollkühne Flieger nach unerklärlichen Abstürzen nur noch mit ersterbender Stimme flüstern konnten. Als ich zu diesen Bergen hinüberschaute, dachte ich beklommen an gewisse gravierte Andeutungen über das, was der große versiegte Fluß von ihren fluchbeladenen Hängen in die Stadt geschwemmt hatte – und fragte mich, wieviel Vernunft und wieviel Torheit in den Ängsten jener Alten Wesen gelegen haben mochte, die sich bei ihrer Abbildung soviel Zurückhaltung auferlegt hatten. Ich entsann mich, daß ihr Nordende bis nahe an die Küste von Königin-Mary-Land heranreichen mußte, wo zweifellos in diesem selben Augenblick Sir Douglas Mawsons Expedition an der Arbeit war, weniger als tausend Meilen entfernt; und ich hoffte, daß kein böses Geschick Sir Douglas und seinen Männern einen Blick eröffnen würde auf jene Dinge, die hinter dem schützenden Gebirgszug an der Küste liegen mochten. Solche Gedanken lassen erkennen, in welch einer nervlichen Verfassung ich mich befand – und mit Danforth schien es noch schlimmer zu sein.

Doch lange bevor wir die große sternförmige Ruine passiert und unser Flugzeug erreicht hatten, galten unsere unmittelbaren Befürchtungen wieder der niedrigeren und doch so erschreckend hohen Bergkette, die wir noch einmal überqueren mußten. Von diesen Vorbergen aus ragten die schwarzen, mit Ruinen überkrusteten Wände starr und drohend in den Osthimmel, und wir fühlten uns abermals an die seltsamen asiatischen Gemälde des Nicholas Roerich erinnert; und als wir an die furchtbaren amorphen Wesen dachten, die sich ihren stinkend-glitschigen Weg womöglich bis in die höchsten der ausgehöhlten Zinnen gebahnt hatten, erfüllte uns die Aussicht, abermals an diesen vielsagenden, himmelwärts gerichteten Höhlenmündungen vorüberzufliegen, wo das Heulen des Windes wie ein bösartiges melodiöses Pfeifen mit einem großen Tonumfang klang, mit panischer Angst. Zu allem Unglück sahen wir auch noch deutliche Spuren von Nebelbildung an mehreren Gipfeln – wie sie auch der arme Lake wahrgenommen haben mußte, als er am Anfang irrtümlich an Vulkantätigkeit geglaubt hatte – und dachten schaudernd an jenen verwandten Nebel, dem wir eben erst entronnen waren – und an den blasphemischen, grauenerregenden Abgrund, dem all diese Dämpfe entquollen.

Mit dem Flugzeug war alles in Ordnung, und wir zogen uns schwerfällig unsere dicken Fliegerpelze über. Danforth konnte die Maschine ohne Schwierigkeiten anlassen, und es gelang uns ein glatter Start über die Nachtmahrstadt. Unter uns lag das zyklopische Steinlabyrinth genauso da wie am Morgen, als wir es zum erstenmal erblickt hatten, und wir gewannen allmählich Höhe und änderten die Richtung, um die Windverhältnisse für den Rückflug über den Paß zu testen. In großer Höhe mußte es sehr starke Strömungen geben, denn die Wolken von Eisstaub nahmen unablässig neue phantastische Formen an; doch in 20 000 Fuß, der Höhe, die wir für die Paßüberquerung brauchten, ließ sich die Maschine recht gut manövrieren. Als wir uns den steil aufragenden Gipfeln näherten, war das seltsame Pfeifen des Windes wieder deutlich zu hören, und ich sah, wie Danforths Hände am Steuerknüppel zitterten. Obgleich ich als Pilot ein reiner Amateur war, glaubte ich in diesem Moment, daß es mir eher als ihm gelingen würde, das Flugzeug heil durch den gefährlichen Engpaß zwischen den Felswänden zu steuern; und als ich Anstalten machte, mit ihm Platz zu tauschen und ihn am Steuer abzulösen, widersetzte er sich nicht. Ich versuchte, all meine Geschicklichkeit und Selbstbeherrschung aufzubieten, und hielt den Blick fest auf das Stück fernen rötlichen Himmels zwischen den Steilabfällen des Passes geheftet – versuchte mit verzweifelter Entschlossenheit, mich nicht von den Nebelwolken beirren zu lassen, die einige der Gipfel einhüllten, und wünschte, ich hätte wie Odysseus' Gefährten vor der Küste der Sirenen Wachs in den Ohren gehabt, um dieses verwirrende Pfeifen des Windes von meinem Bewußtsein fernzuhalten. Danforth jedoch, von seinen Pilotenpflichten entbunden und in höchster nervöser Erregung, konnte sich nicht ruhig halten. Ich spürte, wie er sich rastlos hin und her wand, sich umdrehte, einmal zurück auf die entschwindende furchtbare Stadt schaute, dann nach vorne auf die durchhöhlten, mit Quadern behafteten Gipfel, dann wieder seitwärts auf das öde Meer verschneiter, mit Trümmern übersäter Vorberge oder hinauf in den brodelnden, grotesk bewölkten Himmel. Und dann, gerade als ich mitten durch den Paß steuerte, hätte uns sein wahnsinniger Aufschrei beinahe in eine Katastrophe geführt, denn er ließ mich einen Moment lang meine Beherrschung verlieren und hilflos an den Instrumenten herumfummeln. Doch im nächsten Augenblick triumphierte meine Entschlossenheit, und wir kamen heil durch den Paß. Aber ich glaube, Danforth wird nie mehr der sein, der er einmal war.

Ich habe schon gesagt, daß Danforth sich weigerte, mir anzuvertrauen, welch letztes Grauen ihn so irrsinnig aufschreien ließ – ein Grauen, das, dessen bin ich sicher, weitgehend für seinen jetzigen Zusammenbruch verantwortlich ist. Wir verständigten uns mit einzelnen, abgehackten Mitteilungen, die wir uns inmitten des Windgeheuls und des Motorenlärms zuschrien, sobald wir die sichere Seite der Bergkette erreicht hatten und langsam niedriger gingen und auf das Lager zuflogen, doch diese bezogen sich fast ausschließlich auf das gegenseitige Versprechen, Stillschweigen zu bewahren, das wir uns gegeben hatten, als wir uns zum Verlassen der Nachtmahrstadt gerüstet hatten. Gewisse Dinge, so waren wir übereingekommen, sollten nicht an die Öffentlichkeit dringen oder leichtfertig diskutiert werden – und ich würde auch heute nicht darüber sprechen, wenn es nicht darum ginge, um jeden Preis die Starkweather-Moore-Expedition und auch andere zurückzuhalten. Es ist unbedingt notwendig, im Interesse des Friedens und der Sicherheit der Menschheit, daß einige der dunklen, toten Winkel und unergründlichen Tiefen der Erde nicht angetastet werden, um zu verhüten, daß schlafende Abnormitäten zu einem neuen Leben erwachen und blasphemisch überlebende Nachtmahre aus ihren schwarzen Schlünden hervorgekrochen kommen und auf neue und größere Eroberungen ausgehen.

Alles, was Danforth je verriet, war, daß dieser letzte Schrecken eine Luftspiegelung war. Er hatte, so erklärte er, nichts mit den Kuben und Höhlen dieser widerhallenden, dampfigen, wurmartig durchhöhlten Berge des Wahnsinns zu tun, die wir überquerten; es war ein einziges phantastisches, dämonisches Abbild, inmitten der brodelnden Wolken im Zenit, von dem, was hinter jenen anderen violetten, westlichen Bergen lag, die die Alten Wesen gemieden und gefürchtet hatten. Es ist sehr wahrscheinlich, daß es sich um eine reine Sinnestäuschung gehandelt hat, hervorgerufen durch die Belastungen, denen wir ausgesetzt gewesen waren, und aus der realen, wenn auch nicht erkannten Luftspiegelung der toten transmontanen Stadt, die wir am Tage zuvor nahe bei Lakes Lager wahrgenommen hatten; doch dieses Trugbild war so wirklichkeitsnah, daß Danforth noch heute darunter leidet.

Hin und wieder hat er unzusammenhängende und unverantwortliche Dinge geflüstert: »Die schwarze Grube«, »der gewölbte Rand«, »die Proto-Schoggothen«, »die fensterlosen Körper mit fünf Dimensionen«, »der namenlose Zylinder«, »der ältere Pharos«, »Yog-Sothoth«, »der urzeitliche weiße Gallert«, »die Farbe aus dem All«, »die Schwingen«, »die Augen im Dunkeln«, »die Mondleiter«, »das Ursprüngliche, das Ewige und das Unsterbliche« und andere bizarre Begriffe; doch wenn er ganz Herr seiner selbst ist, weist er all das von sich und führt es auf die kuriose und makabre Lektüre früherer Jahre zurück. Tatsächlich weiß man, daß Danforth zu den wenigen gehört, die es je gewagt haben, das wurmstichige Exemplar des *Necronomicon* von vorn bis hinten durchzulesen, das in der College-Bibliothek unter Schloß und Riegel verwahrt wird.

Der Himmel über uns war, als wir die Bergkette überflogen, sicherlich dunstig und unruhig genug; und obwohl ich den Zenit nicht sehen konnte, kann ich mir gut vorstellen, daß seine Eisstaubwirbel seltsame Formen angenommen haben. Einbildung mag ein übriges getan haben, denn es ist ja bekannt, wie täuschend wirklichkeitsnah ferne Szenen oft von solchen Schichten aufgewühlter Wolken reflektiert, gebrochen und vergrößert werden; und Danforth hat natürlich nichts von diesen bestimmten Schreckbildern gesagt, bevor er nicht Gelegenheit gefunden hatte, sich seine einstige Lektüre in Erinnerung zu rufen. Denn so viel kann er mit einem einzigen, nur einen Herzschlag lang währenden Blick nicht gesehen haben.

In jenem Moment beschränkten sich seine Schreie auf die Wiederholung eines einzigen, irrsinnigen Wortes von nur allzu offensichtlicher Herkunft: »*Tekeli-li! Tekelili!*«

Stadt ohne Namen

Als ich mich der Stadt ohne Namen näherte, wußte ich sofort, daß sie verflucht sei. Ich reiste bei Mondschein durch ein ausgedörrtes und fürchterliches Tal und sah sie von ferne unheimlich aus dem Sand emporragen, so wie Teile eines Leichnams aus einem eilig ausgehobenen Grab emporragen mögen. Furcht sprach aus den zeitbenagten Steinen dieses altersgrauen Überbleibsels der Sintflut, dieser Urahne der ältesten Pyramide, und eine unsichtbare Ausstrahlung stieß mich ab und befahl mir, mich von den antiken und düsteren Geheimnissen zurückzuziehen, die kein Mensch zu Gesicht bekommen soll und die noch niemand zu sehen gewagt hatte.

Tief im Inneren der Arabischen Wüste liegt die Stadt ohne Namen, verfallen und stumm, ihre niederen Mauern vom Sand ungezählter Zeitalter fast verborgen. Es muß schon genauso gewesen sein, bevor Memphis gegründet wurde und als Babylons Ziegel noch nicht gebrannt waren. Es gibt keine noch so alte Sage, um ihr einen Namen zu geben oder daran zu erinnern, daß sie je mit Leben erfüllt war; aber es wird am Lagerfeuer im Flüsterton darüber gesprochen, und alte Frauen murmeln davon in den Zelten der Scheichs, so daß alle Stämme sie meiden, ohne genau zu wissen, warum. Es war dieser Ort, von dem der verrückte Dichter Abdul Alhazred in der Nacht träumte, bevor er sein unerklärbares Lied sang:

»Das ist nicht tot, was ewig liegt,
Bis daß die Zeit den Tod besiegt.«

Ich hätte erkennen müssen, daß die Araber guten Grund hatten, die Stadt ohne Namen zu meiden, dennoch bot ich ihnen Trotz und zog mit meinem Kamel in die unbetretene Öde hinaus. Ich allein habe sie gesehen, weshalb kein anderes Gesicht einen derartigen Ausdruck des Schreckens trägt wie das meine; warum kein anderer so gräßlich zittert, wenn der Nachtwind an den Fenstern rüttelt. Als ich in der fürchterlichen Stille des ewigen Schlafes darauf stieß, sah sie mich fröstelnd im kalten Mondschein inmitten der Wüstenhitze an. Und als ich den Blick erwiderte, vergaß ich den Triumph, sie gefunden zu haben, und hielt mit meinem Kamel an, um die Morgendämmerung abzuwarten.

Ich wartete stundenlang, bis der Osten sich grau färbte, die Sterne verblaßten, und das Grau verwandelte sich in rosiges Licht mit goldenen Rändern. Ich hörte ein Stöhnen und sah einen Sandsturm sich zwischen den uralten Steinen bewegen, obwohl der Himmel klar und der weite Wüstenraum ruhig war. Dann erschien plötzlich über dem entfernten Wüstensaum der leuchtende Rand der Sonne, den ich durch den winzigen, vorüberwehenden Sandsturm erblickte, und in meinem fiebrig erregten Zustand bildete ich mir ein, irgendwo aus der entfernten Tiefe den Lärm metallener Musikinstrumente zu vernehmen, um die aufgehende Feuerscheibe zu grüßen, wie Memnon sie von den Ufern des Nils begrüßt. Meine Ohren klangen und meine Phantasie war im Aufruhr, als ich mein Kamel langsam zu der stummen Stätte führte, jener Stätte, die ich als einziger der Lebenden gesehen habe.

Ich wanderte zwischen den formlosen Fundamenten der Häuser und Plätze ein und aus, fand aber nirgends ein Bildwerk oder eine Inschrift, die von diesen Menschen kündete, so es Menschen waren, die diese Stadt erbauten und vor so langer Zeit bewohnten. Die Altertümlichkeit des Ortes war unerträglich, und ich sehnte mich danach, irgendein Zeichen oder eine Vorrichtung aufzufinden, um zu beweisen, daß die Stadt wirklich von menschlichen Wesen errichtet wurde. Es gab in den Ruinen gewisse *Proportionen* und *Dimensionen*, die mir nicht behagten. Ich hatte viel Werkzeug dabei und grub viel innerhalb der Mauern der verschwundenen Gebäude, aber ich kam nur langsam vorwärts, und nichts von Bedeutung kam ans Licht. Als die Nacht und der Mond wiederkehrten, fühlte ich einen kühlen Wind, der neue Furcht mit sich brachte, so daß ich mich nicht traute, in der Stadt zu verweilen. Als ich die altertümlichen Mauern verließ, um mich zur Ruhe zu begeben, entstand hinter mir ein kleiner, seufzender Sandsturm, der über die grauen Steine wehte, obwohl der Mond leuchtend schien und die Wüste größtenteils ganz still war.

Ich erwachte im Morgengrauen aus einer Folge schrecklicher

Träume, und meine Ohren sangen, wie von irgendeinem metallischen Schall. Ich sah die Sonne durch die letzten Windstöße des kleinen Sandsturms, der über der Stadt ohne Namen hing, rot hindurchscheinen und nahm die Stille der übrigen Landschaft wahr. Erneut wagte ich mich in diese unheilschwangeren Ruinen, die sich unter dem Sand abhoben, wie ein Oger unter einer Decke, und grub wiederum vergeblich nach den Überresten einer verschwundenen Rasse. Mittags ruhte ich mich aus und verbrachte am Nachmittag viel Zeit damit, den Mauern und den früheren Straßen und den Umrissen nahezu verschwundener Gebäude nachzuspüren. Ich sah, daß die Stadt in der Tat mächtig gewesen war, und hätte gern den Ursprung ihrer Größe gekannt. Ich stellte mir selbst den Glanz eines Zeitalters vor, so entlegen, daß sich die Chaldäer seiner nicht erinnerten, und dachte an Sarnath die Verdammte im Lande Mnar, als die Menschheit jung war, und an Ib, das aus grauem Stein gehauen wurde, ehe die Menschheit bestand.

Plötzlich stieß ich auf einen Ort, wo das felsige Fundament sich bloß über den Sand erhob und eine niedere Klippe formte, und hier erblickte ich mit Freude, was weitere Spuren dieses vorsintflutlichen Volkes zu verheißen schien. Aus der Vorderfläche der Klippe waren unmißverständlich Fassaden verschiedener kleiner niederer Felsenhäuser oder Tempel herausgehauen, deren Inneres die Geheimnisse von Zeitaltern, zu weit zurückliegend, um sie zu berechnen, bewahren mag, obwohl Sandstürme schon vor langer Zeit alle Bildhauerarbeiten ausgelöscht hatten, die sich eventuell auf der Außenseite befunden hatten.

All die dunklen Öffnungen in meiner Nähe waren sehr niedrig und sandverstopft, ich machte eine davon mit meinem Spaten frei und kroch hinein, ich hatte eine Fackel dabei, um zu enthüllen, was für Geheimnisse sie verbergen möge. Als ich mich im Inneren befand, sah ich, daß die Höhle wirklich ein Tempel war, und erblickte einfache Symbole der Rasse, die hier gelebt und ihre Götter verehrt hatte, bevor die Wüste zur Wüste wurde. Primitive Altäre, Säulen und Nischen, merkwürdig niedrig, fehlten nicht, und obwohl ich keine Skulpturen und Fresken erblickte, gab es viele eigentümliche Steine, die mit künstlichen Mitteln zu Symbolen gestaltet worden waren. Die Niedrigkeit der ausgehauenen Kammer war äußerst merkwürdig, denn ich konnte kaum aufrecht knien, aber das ganze Gebiet war so groß, daß meine Fackel mich jeweils nur einen Teil erkennen ließ. In einigen der hintersten Winkel überkam mich ein befremdlicher Schauder, denn bestimmte Altäre und Steine suggerierten vergessene Riten schrecklicher, abstoßender und unerklärlicher Art, und ich fragte mich, was für ein Menschenschlag einen derartigen Tempel errichtet und benutzt haben mochte. Als ich alles gesehen hatte, was der Ort enthielt, kroch ich wieder hinaus, im Eifer, herauszufinden, was der Tempel erbringen möge.

Die Nacht war nah, dennoch verstärkten die greifbaren Dinge, die ich gesehen hatte, eher meine Neugier, denn meine Furcht, so daß ich die langen Schatten nicht floh, die der Mond warf und die mich zuerst erschreckt hatten, als ich die Stadt ohne Namen zum erstenmal erblickte. Ich legte im Zwielicht eine andere Öffnung frei und kroch mit einer neuen Fackel hinein, noch mehr unbestimmbare Steine und Symbole auffindend, aber nichts Bestimmteres, als der andere Tempel enthalten hatte. Der Raum war genauso niedrig, aber viel enger und endete in einem sehr schmalen Gang, der mit obskuren und rätselhaften Schreinen verstellt war. Ich erforschte gerade diese Schreine, als das Geräusch des Windes und meines Kamels draußen die Stille durchbrach und mich hinaustrieb, um nachzusehen, was das Tier erschreckt haben könnte.

Der Mond strahlte hell über den urtümlichen Ruinen und beleuchtete eine dichte Sandwolke, die vor einem starken, aber bereits abflauenden Wind von irgendeiner Stelle entlang der mir gegenüberliegenden Klippe hertrieb. Ich wußte, es war dieser kühle, sandvermischte Wind, der das Kamel erschreckt hatte, und ich war dabei, es an einen Ort zu bringen, der besseren Schutz bot, als ich zufällig nach oben blickte und wahrnahm, daß oberhalb der Klippe kein Wind herrschte. Dies erstaunte mich und ließ mich wieder ängstlich werden, aber ich entsann mich sofort der plötzlichen, lokal begrenzten Winde, die ich vor Sonnenaufgang oder -untergang gesehen und gehört hatte, und kam zu dem Schluß, daß es etwas ganz Normales sei. Ich entschied, daß er aus einer Felsenspalte kam, die zu einer Höhle führte, und beobachtete den bewegten Sand, um ihn zu seinem Ursprung zu verfolgen, und bemerkte, daß er aus der schwarzen Öffnung eines Tempels, beinah außer Sichtweite, südlich aus großer

Entfernung kam. Der erstickenden Sandwolke entgegen ging ich mühsam auf den Tempel zu, der, als ich näher kam, höher als die übrigen aufragte und einen Eingang erkennen ließ, der längst nicht so stark mit verbackenem Sand verweht war. Ich wäre hineingegangen, wenn nicht die außerordentliche Stärke des eisigen Windes meine Fackel beinah zum Erlöschen gebracht hätte. Er blies wie wahnsinnig aus dem dunklen Tor heraus, unheimlich wimmernd, als er den Sand verwehte und zwischen die unheimlichen Ruinen drang. Bald wurde er schwächer, und der Sand kam immer mehr zur Ruhe, bis er sich schließlich ganz gelegt hatte; aber etwas Anwesendes schien durch die geisterhaften Steine der Stadt zu schleichen, und als ich einen Blick auf den Mond warf, schien er zu verschwimmen, als ob er sich in bewegtem Wasser spiegelte. Ich war erschrockener, als ich mir erklären konnte, aber nicht genug, um meinen Durst nach dem Wunder zu vermindern, so daß ich, sobald sich der Wind ganz gelegt hatte, in den dunklen Raum hinüberging, aus dem er geweht hatte.

Dieser Tempel war, wie ich mir seiner Außenseite nach vorstellte, größer als einer von denen, die ich vorher besucht hatte, und war vermutlich eine natürliche Höhle, da er Winde von irgendwoher mitbrachte. Hier konnte ich ganz aufrecht stehen, aber ich sah, daß die Steine und Altäre so nieder waren, wie in den anderen Tempeln. An Mauern und Dach nahm ich zum erstenmal Spuren von Malerei dieser alten Rasse wahr, sich merkwürdig kräuselnde Farbstriche, die beinah verblaßt oder abgefallen waren; aber an zweien der Altäre sah ich mit steigender Erregung ein Labyrinth eingehauener Kurvenlinien. Als ich meine Fackel hochhielt, erschien mir die Form des Daches zu regelmäßig, um natürlichen Ursprungs zu sein, und ich fragte mich, was die vorgeschichtlichen Steinmetzen wohl zuerst bearbeitet hatten. Ihre Ingenieurkunst muß umfassend gewesen sein. Dann zeigte mir ein helleres Aufleuchten der launenhaften Flamme das, wonach ich gesucht hatte; eine Öffnung zu den fernen Abgründen, aus denen der plötzliche Wind geblasen hatte, und mir wurde schwach, als ich sah, daß es eine kleine, unzweifelhaft künstlich angelegte Tür war, die aus dem soliden Fels ausgehauen war; ich hielt meine Fackel hinein und erblickte einen schwarzen Tunnel mit tiefhängendem Dach und einer Flucht unebener und sehr kleiner, zahlreicher und steil abfallender Stufen. Ich werde auf ewig diese Stufen in meinen Träumen sehen, denn ich erfuhr durch sie, was sie bedeuteten. Damals wußte ich kaum, ob ich sie Stufen oder bloße Stützen für die Füße nennen sollte, die da jäh hinabführten. Mein Geist wirbelte von verrückten Ideen, und die Worte und Warnungen der arabischen Propheten schienen durch die Wüste vom Land, das den Menschen vertraut ist, zur Stadt ohne Namen, die niemand zu kennen wagt, herüberzudringen. Dennoch zögerte ich nur einen Augenblick, bevor ich das Tor durchschritt und vorsichtig den steilen Gang rückwärtsgehend, wie auf einer Leiter, hinunterzuklettern begann.

Nur in schrecklichen Wahnvorstellungen, im Drogenrausch oder Delirium, kann ein Mensch solch einen Abstieg, wie den meinen, erleben. Der schmale Gang führte endlos nach unten, wie ein geheimnisvoller, verwunschener Brunnen, und die Fackel, die ich über den Kopf hielt, vermochte nicht, die unbekannten Tiefen auszuleuchten, auf die ich zukroch. Ich verlor jeden Zeitsinn und vergaß, auf die Uhr zu sehen, obwohl es mir Angst einjagte, wenn ich an die Strecke dachte, die ich durchmessen haben mußte. Die Richtung und Steilheit wechselten, und einmal stieß ich auf einen langen, niederen, ebenen Gang, wo ich mich mit den Füßen voran über den felsigen Grund durchwinden mußte; indem ich die Fackel auf Armeslänge hinter meinen Kopf hielt. Der Ort war nicht einmal zum Knien hoch genug. Nachher folgten noch mehr steile Stufen, und ich krabbelte noch immer endlos abwärts, als meine schwach gewordene Fackel erlosch. Ich glaube, ich bemerkte es im Augenblick gar nicht, denn als es mir auffiel, hielt ich sie immer noch empor, als ob sie noch brenne. Ich war infolge meines Drangs nach dem Seltsamen und Unbekannten, der mich zum Weltenwanderer und eifrigen Besucher ferner, urtümlicher und gemiedener Orte hatte werden lassen, etwas aus dem seelischen Gleichgewicht.

Im Dunkeln blitzten Bruchstücke aus meinem sorgsam gehegten Schatz an dämonischen Kenntnissen durch meinen Geist; Sentenzen aus Alhazred, dem verrückten Araber, Abschnitte aus den apokryphischen Nachtstücken des Damascius und abscheuliche Verszeilen aus dem wahnwitzigen *Image du Monde* des Walther von Metz. Ich wiederholte merkwürdige Auszüge und murmelte von Afrasiab und den Dämonen, die mit ihm den Oxus (Amu-darja) hinabtrieben, und zitierte später wieder und wieder einen Satz aus einer Erzählung des Lord Dunsany – »Die stumme Schwärze des Abgrundes«. Einmal, als der Abstieg außerordentlich steil wurde, rezitierte ich eintönig etwas aus Thomas Moore, bis ich Angst bekam, mehr davon zu zitieren:

>»Ein Reservoir der Dunkelheit, so schwarz.
>Wie Hexenkessel, die gefüllt,
>Mit Mondrausch, in der Finsternis gebraut
>Sich neigend, ob zu seh'n, ob Schritte nah'n
>Durch diesen Abgrund, den ich unten sah,
>Soweit der Blick erkunden kann
>Die Gagatseiten glatt wie Glas,
>Als seien sie erst frisch lackiert
>Mit schwarzem Pech, das Hölle wirft
>Empor zum schlamm'gen Ufer.«

Die Zeit hatte für mich zu bestehen aufgehört, als meine Füße wieder auf ebenen Boden trafen und ich mich an einem Ort befand, der etwas höher war als die Räume der beiden kleineren Tempel, die jetzt so unberechenbar hoch über mir lagen. Ich konnte nicht ganz stehen, aber aufrecht knien und rutschte im Finstern aufs Geratewohl hin und her. Ich bemerkte bald, daß ich mich in einem schmalen Gang befand, an dessen Wänden hölzerne Kisten mit Glasfronten standen. Daß ich an diesem paläozoischen und abgründigen Ort derartige Dinge wie poliertes Holz und Glas finden würde, ließ mich schaudern, wenn ich an die möglichen Schlußfolgerungen dachte. Die Kisten waren offenbar in regelmäßigen Abständen entlang den Seiten des Ganges aufgestellt, sie waren länglich und waagrecht liegend entsetzlich sargähnlich in Form und Größe. Als ich zwei oder drei für weitere Untersuchungen zu verschieben versuchte, fand ich, daß sie befestigt waren.

Ich bemerkte, daß der Gang sehr lang war, deshalb tappte ich in zusammengekauertem Lauf rasch vorwärts, der, hätte ein Auge mich in der Finsternis beobachten können, schrecklich gewirkt haben müßte, wobei ich gelegentlich von einer Seite zur anderen hinüberwechselte, um meine Umgebung zu ertasten und mich zu vergewissern, daß die Mauern und die Reihen von Kisten sich noch fortsetzten. Der Mensch ist es gewöhnt, visuell zu denken, so daß ich beinah nicht mehr an die Dunkelheit dachte und mir den endlosen Korridor aus Holz und Glas in seiner niedrigen Einförmigkeit vorstellte, als ob ich ihn sehen könnte.

Und dann, in einem Augenblick unbeschreiblicher Erregung, sah ich ihn wirklich.

Wann genau meine Vorstellungen in richtiges Sehen übergingen, vermag ich nicht zu sagen; aber nach und nach erschien vorne ein Lichtschimmer, und ich bemerkte plötzlich, daß ich die schwachen Umrisse des Korridors und der Kisten, sichtbar gemacht durch eine unbekannte unterirdische Phosphoreszenz, erkennen konnte. Kurze Zeit war alles genau so, wie ich es mir vorgestellt hatte, da der Lichtschimmer sehr schwach war, aber als ich ganz mechanisch weiter auf das merkwürdige Licht zustolperte, wurde mir klar, daß meine Vorstellungen nur sehr ungenau gewesen waren. Die Halle war kein rohes Überbleibsel, wie die Tempel in der Stadt oben, sondern ein Denkmal wunderbarster und exotischster Kunst, eindrucksvolle und kühn phantastische Entwürfe und Bilder ergaben ein fortlaufendes Schema von Wandmalereien, deren Linienführung und Farben nicht zu beschreiben waren. Die Kisten bestanden aus merkwürdig goldfarbenem Holz, mit wunderbaren Glasfronten und enthielten die mumifizierten Gestalten von Wesen, die in ihrer Groteskheit die wildesten menschlichen Träume überboten.

Von diesen Monstrositäten einen Eindruck wiederzugeben, ist unmöglich. Sie waren reptilienartig, mit Körperumrissen, die manchmal an ein Krokodil, manchmal an einen Seehund denken ließen, aber an gar nichts von den Dingen, von denen der Naturwissenschaftler oder der Paläontologe je gehört hat. In der Größe reichten sie an einen kleinen Menschen heran, und ihre Vorderbeine trugen zarte und offensichtlich menschliche ganz merkwürdige Füße, wie menschliche Hände und Finger. Aber ihre Köpfe, die einen Umriß aufwiesen, der allen bekannten biologischen Grundsätzen hohnzusprechen schien, waren das Allermerkwürdigste. Man konnte diese Geschöpfe mit nichts vergleichen – blitzartig gingen mir Vergleiche mit der Vielfältigkeit der Katzen, der Bulldoggen, dem sagenhaften Satyr und dem Menschen auf. Nicht einmal Jupiter selbst hat eine solch ungeheuer vorspringende Stirn. Dennoch stellten das Fehlen der Nase und die alligatorähnlichen Kiefer diese Wesen außerhalb jeder klassifizierten Kategorie. Ich debattierte eine Zeitlang mit mir selbst über die Echtheit der Mumien, halb in der Erwartung, daß sie künstliche Götzenbilder seien; entschied aber bald, daß sie wirklich eine vorgeschichtliche Spezies darstellten, die gelebt hatte, als die Stadt ohne Namen noch bestand. Um ihrem grotesken Aussehen die Krone aufzusetzen, waren sie in prachtvolle, kostbare Gewänder gekleidet und üppig mit Schmuckstücken aus Gold, Juwelen und einem unbekannten, glänzenden Metall überladen.

Die Bedeutung dieser Kriechtiere muß groß gewesen sein, denn sie nahmen unter den unheimlichen Darstellungen der Fresken an Mauern und Decken die erste Stelle ein. Mit unvergleichlichem Geschick hatte der Künstler sie in ihrer eigenen Welt dargestellt, in der sie sich Städte und Gärten geschaffen hatten, die ihrer Größe angepaßt waren; ich konnte nicht umhin, zu denken, daß ihre bildlich dargestellte Geschichte allegorisch sei, die vielleicht die Entwicklung der Rasse zeigte, die sie verehrt hatte. Diese Geschöpfe, so sagte ich mir, waren den Menschen der Stadt ohne Namen das, was die Wölfin für Rom bedeutet oder was irgendein Totemtier einem Indianerstamm bedeutet. Mit Hilfe dieser Ansicht konnte ich in groben Umrissen das wundervolle Epos der Stadt ohne Namen nachzeichnen; die Geschichte einer mächtigen Küstenmetropole, die über die Welt herrschte, bevor Afrika aus den Wogen auftauchte, und von ihren Kämpfen, als die See zurückwich und die Wüste in das fruchtbare Tal eindrang, wo sie stand. Ich sah ihre Kriege und Triumphe, ihre Schwierigkeiten und Niederlagen und ihren nachfolgenden schrecklichen Kampf gegen die Wüste, als Tausende von Menschen – hier allegorisch als groteske Reptilien dargestellt – gezwungen wurden, sich mit dem Meißel in erstaunlicher Weise einen Weg durch das Felsgestein in eine andere Welt zu bahnen, von der ihre Propheten ihnen gekündet hatten. Alles war eindrucksvoll unheimlich und realistisch, und der Zusammenhang mit dem furchtbaren Abstieg, den ich bewältigt hatte, war unmißverständlich. Ich erkannte sogar die Gänge wieder. Als ich durch den Korridor dem helleren Licht zukroch, erblickte ich spätere Abschnitte des gemalten Epos – den Abschied der Rasse, die in der Stadt ohne Namen und dem sie umgebenden Tal zehn Millionen Jahre gewohnt hatte; deren Seelen davor zurückschreckten, einen Ort zu verlassen, wo ihre Körper so lang geweilt hatten und wo sie sich als Nomaden niedergelassen hatten, als die Welt jung war, und wo sie in den unberührten Fels diese natürlichen Schreine eingehauen hatten, die sie nie aufhörten, zu verehren. Nun, da das Licht besser war, studierte ich die Bilder genauer, wobei ich mir ins Gedächtnis rief, daß die seltsamen Reptilien die unbekannten Menschen darstellen sollten, und dachte über die Bräuche der Stadt ohne Namen nach. Vieles war sonderbar und unerklärlich. Die Kultur, die ein geschriebenes Alphabet einschloß, war offenbar zu größerer Höhe emporgestiegen, als die unabschätzbar späteren Kulturen in Ägypten und Chaldäa, dennoch gab es merkwürdige Unterlassungen. Ich konnte z. B. keine Bilder entdecken, die den Tod oder Bestattungsbräuche darstellten, außer solchen, die sich auf Krieg, Gewalttätigkeit und Seuchen bezogen, ich wunderte mich über die Zurückhaltung, die sie dem natürlichen Tod gegenüber zeigten. Es war, als sei ein Ideal der Unsterblichkeit als aufmunternde Illusion genährt worden.

Noch näher am Ende des Ganges fanden sich gemalte Darstellungen, die außerordentlich malerisch und ungewöhnlich waren, kontrastreiche Ansichten der Stadt ohne Namen in ihrer Verlassenheit und zunehmendem Verfall und das seltsame neue Paradiesesreich, zu dem diese Rasse sich durch den Stein ihren Weg gebahnt hatte. In diesen Ansichten wurden die Stadt und das Wüstental stets bei Mondschein dargestellt, goldener Schein schwebte über den geborstenen Mauern und enthüllte halb die Vollkommenheit vergangener Zeiten, geisterhaft und unwirklich vom Künstler dargestellt. Die paradiesischen Szenen waren beinah zu ungewöhnlich, um sie für echt zu halten, sie stellten eine verborgene Welt immerwährenden Tages dar, erfüllt von wundervollen Städten und ätherischen Hügeln und Tälern. Zuallerletzt glaubte ich Zeichen eines künstlerischen Abstiegs wahrzunehmen. Die Gemälde waren längst nicht so gut ausgeführt und viel bizarrer als selbst die unwirklichsten der früheren Darstellungen. Sie schienen einen allmählichen Verfall des alten Geschlechtes widerzuspiegeln, gepaart mit einer zunehmenden Grausamkeit gegenüber der Außenwelt, aus der es durch die Wüste vertrieben worden war. Die Gestalten der Menschen – stets durch die heiligen Reptilien repräsentiert – schienen nach und nach zu verkümmern, obwohl ihr Geist, der noch über den Ruinen schwebte, im gleichen Verhältnis zunahm. Ausgemergelte Priester, als Reptilien in prächtigen Roben abgebildet, verfluchten die Luft oben und alle, die sie atmeten, und eine schreckliche Abschluß-Szene zeigte einen primitiv wirkenden Menschen, vielleicht einen Pionier des antiken Irem, der Stadt der Säulen, wie er von den Angehörigen der älteren Rasse in Stücke gerissen wird.

Ich dachte daran, wie sehr die Araber die Stadt ohne Namen fürchten, und war froh darüber, daß, abgesehen von dieser Stelle, die grauen Mauern und Decken blank waren.

Während ich das Schaugepränge dieser historischen Wandgemälde betrachtete, hatte ich mich dem Ende der niedrigen Halle fast genähert und bemerkte ein Tor, durch das all dieses phosphoreszierende Licht drang. Darauf zukriechend stieß ich über das, was dahinter lag, einen Ruf höchster Verwunderung aus, denn anstelle neuer und hellerer Räume lag dahinter eine endlose Leere gleichmäßig strahlenden Glanzes, wie man sie sich vorstellen könnte, wenn man vom Gipfel des Mount Everest auf ein Meer sonnenbestrahlten Nebels blickt. Hinter mir lag ein so enger Gang, daß ich darin nicht aufrecht stehen konnte, vor mir lag eine Unendlichkeit unterirdischen Glanzes. Vom Gang in den Abgrund hinabführend, befand sich der obere Teil einer Treppenflucht – kleiner, zahlreicher Stufen, wie jene in den dunklen Gängen, die ich durchmessen hatte –, aber nach einigen Fuß verbargen die leuchtenden Dämpfe alles Weitere. Gegen die linke Wand zu geöffnet, befand sich eine massive Messingtür, unglaublich dick und mit phantastischen Flachreliefs geschmückt, die, wenn geschlossen, die ganze innere Lichtwelt von den Gewölben und Felsgängen abschließen konnte. Ich sah mir die Stufen an und wagte im Augenblick nicht, sie zu betreten. Ich berührte die offene Messingtür, konnte sie jedoch nicht bewegen. Dann sank ich flach auf den Steinboden nieder, mein Geist entflammt von wunderbaren Erwägungen, die selbst meine todesähnliche Erschöpfung nicht zu bannen vermochte.

Als ich mit geschlossenen Augen ruhig dalag, ganz meinen Gedanken hingegeben, fiel mir manches, das ich auf den Fresken nur beiläufig wahrgenommen hatte, in neuer und schrecklicher Bedeutung wieder ein – Darstellungen, die die Stadt ohne Namen in ihrer Glanzzeit zeigten – die Vegetation des umgebenden Tales und die entfernten Länder, mit denen ihre Kaufleute Handel trieben. Die Allegorie dieser kriechenden Kreaturen gab mir durch ihr allgemeines Vorherrschen Rätsel auf, und ich fragte mich, warum man ihr in dieser so wichtigen gemalten Historie so genau folgte. In den Fresken war die Stadt ohne Namen in Größenverhältnissen dargestellt, die denen der Reptilien entsprachen. Ich fragte mich, wie ihre wirklichen Ausmaße und ihre Großartigkeit gewesen sein mochten, und dachte einen Augenblick über gewisse Ungereimtheiten nach, die mir in den Ruinen aufgefallen waren.

Ich fand die Niedrigkeit der urtümlichen Tempel und unterirdischen Korridore merkwürdig, die zweifellos aus Rücksichtnahme auf die dort verehrten Reptil-Gottheiten so ausgehauen worden waren, obwohl sie zwangsweise die Anbeter zum Kriechen nötigten. Vielleicht erforderten die dazugehörigen Riten das Kriechen, um diese Geschöpfe nachzuahmen. Keine religiöse Theorie konnte indessen einigermaßen erklären, warum die waagrechten Gänge in diesen schrecklichen Abstiegen so niedrig sein mußten wie die Tempel, oder niedriger, da man darin nicht einmal knien konnte. Als ich dieser kriechenden Geschöpfe gedachte, deren schreckliche, mumifizierte Körper mir so nahe waren, überkam mich erneutes Angstbeben, Gedankenzusammenhänge sind etwas Merkwürdiges, und ich schrak vor dem Gedanken zurück, daß vielleicht mit Ausnahme des armen Primitiven, der auf dem letzten Bild in Stücke gerissen wurde, ich das einzige Wesen in Menschengestalt unter all den Überbleibseln und Symbolen urtümlichen Lebens sei.

Aber wie noch stets während meines ungewöhnlichen Wanderlebens, vertrieb Verwunderung alsbald die Furcht; denn der lichterfüllte Abgrund und was er enthalten möge stellten eine Aufgabe dar, die des größten Forschers würdig war. Daß eine unheimliche Welt des Geheimnisses weit unterhalb der Flucht so merkwürdig kleiner Stufen liegen würde, bezweifelte ich nicht, und ich hoffte, Andenken an die Menschen zu finden, die die Malereien des Korridors nicht enthalten hatten. Die Fresken hatten unglaubhafte Städte und Täler dieses unterirdischen Reiches wiedergegeben, und meine Phantasie weilte bei den reichen und mächtigen Ruinen, die meiner harrten.

Meine Ängste bezogen sich in Wirklichkeit mehr auf die Vergangenheit, denn auf die Zukunft. Nicht einmal das physische Unbehagen meiner Körperhaltung in dem engen Korridor toter Reptilien und vorsintflutlicher Fresken, Meilen unterhalb der mir bekannten Welt und einer anderen Welt unheimlichen Lichtes und Nebels mich gegenübersehend, konnten sich mit der tödlichen Bedrohung messen, als ich die abgrundtiefe Altertümlichkeit des Schauplatzes und dessen Wesen erfühlte. Ein Altertum, so ungeheuer, daß es nur wenig Schätzungsmöglichkeiten bietet, schien von den urtümlichen Steinen und aus dem Fels gehauenen Tempeln der Stadt ohne Namen auf mich herunterzuschielen, während die letzte der erstaunlichen Karten auf den Fresken Meere und Kontinente zeigte, von denen der Mensch nicht mehr weiß, lediglich hier und dort sah man eine vertraute Kontur. Was in den geologischen Zeitaltern geschehen sein mochte, seitdem die Malerei aufgehört und die dem Tod abgeneigte Rasse sich widerwillig dem Verfall beugte, vermag niemand zu sagen. Diese alten Höhlen und das leuchtende Reich darunter hatten einst von Leben gewimmelt, jetzt war ich mit den beredten Überresten allein, und ich zitterte bei dem Gedanken an die unendlichen Zeitalter, in deren Verlauf diese Überbleibsel stumm und verlassen Wacht gehalten hatten.

Plötzlich überkam mich erneut ein Anfall akuten Angstgefühls, das mich in Abständen überwältigte, seit ich zum erstenmal das schreckliche Tal und die Stadt ohne Namen im kalten Mondlicht erblickt hatte, und trotz meiner Erschöpfung richtete ich mich ungestüm zu einer sitzenden Stellung auf und starrte den finsteren Korridor entlang in Richtung des Tunnels, der zur Außenwelt emporführt. Meine Empfindungen waren die gleichen wie die, die mich die Stadt ohne Namen zu nächtlicher Stunde hatten meiden lassen, und waren ebenso unerklärlich wie ausgeprägt. Im nächsten Augenblick bekam ich indessen noch einen Schock in Form eines bestimmten Tones – des ersten, der die völlige Stille dieser Grabestiefen unterbrach. Es war ein tiefes, leises Klagen, wie von einer entfernten Schar verdammter Geister, und er kam aus der Richtung, in die ich starrte. Seine Lautstärke nahm rapide zu, bis es bald schrecklich durch den niederen Gang widerhallte, und gleichzeitig wurde ich mir eines zunehmenden kalten Luftzuges bewußt, der gleichermaßen aus dem Tunnel und der Stadt oben herkam. Die Berührung dieser Luft schien mein Gleichgewicht wiederherzustellen, denn ich entsann mich augenblicklich der plötzlichen Windstöße, die sich am Eingang des Abgrundes bei jedem Sonnenuntergang und -aufgang erhoben, deren einer mir den verborgenen Tunnel angezeigt hatte. Ich schaute auf die Uhr und sah, daß der Sonnenaufgang nah war, weshalb ich mich zusammennahm und dem Sturm widerstand, der in seine Höhlenheimat hinabfegte, wie er am Abend aufwärts gefegt war. Meine Furcht schwand wieder, denn eine Naturerscheinung hat die Tendenz, die Grübeleien über das Unbekannte zu zerstreuen.

Immer rasender ergoß sich der kreischende, klagende Nachtwind in den Abgrund des Erdinnern. Ich legte mich wieder hin und versuchte vergebens, mich in den Boden einzukrallen, aus Furcht, durch das offene Tor in den leuchtenden Abgrund gefegt zu werden. Eine derartige Wucht hatte ich nicht erwartet, und als ich bemerkte, daß mein Körper wirklich auf den Abgrund zurutschte, erfaßten mich tausend neue Schrecken von Befürchtungen und Phantasien. Die Bösartigkeit des Sturmes erweckte unglaubliche Vorstellungen, ich verglich mich erneut schaudernd mit dem einzigen Menschenabbild in diesem schrecklichen Korridor, dem Mann, der von der namenlosen Rasse in Stücke gerissen wurde, denn in dem teuflischen Griff des wirbelnden Luftzuges schien eine vergeltungslüsterne Wut zu liegen, um so stärker, als sie größtenteils machtlos war. Ich glaube, ich schrie am Ende wie wahnsinnig – ich verlor beinah den Verstand –, aber wenn ich ihn verlöre, würden sich meine Schreie in diesem Höllen-Babel heulender Windgeister verlieren. Ich versuchte, gegen den mörderischen, unsichtbaren Strom anzugehen, aber ich war völlig machtlos, als ich langsam und unerbittlich auf die unsichtbare Welt zugedrückt wurde. Ich muß endlich völlig übergeschnappt sein, denn ich plapperte ein ums andere Mal das unverständliche Lied des verrückten Arabers Alhazred, der von der Stadt ohne Namen ahnte:

»Das ist nicht tot, was ewig liegt,
Bis daß die Zeit den Tod besiegt.«

Lediglich die grimmig brütenden Wüstengötter wissen, was sich wirklich ereignete, was für unbeschreibliche Kämpfe und Widrigkeiten ich im Dunkeln erduldete und welcher Höllenengel mich ins Leben zurückführte, wo ich mich stets erinnern und im Nachtwind beben muß, bis die Vergessenheit – oder Schlimmeres mich fordert. Grauenhaft unnatürlich und riesig war die Geschichte – zu weit von menschlichen Vorstellungen entfernt, um geglaubt zu werden, außer in den stillen, verdammten frühen Morgenstunden, wenn man keinen Schlaf findet.

Ich sagte, die Wut des tobenden Windes sei infernalisch gewesen – kakodämonisch – und daß seine Stimmen fürchterlich klangen von der angestauten Bösartigkeit trostloser Ewigkeiten. Plötzlich schienen diese Stimmen, während sie von vorn noch chaotisch klangen, hinter mir meinem pulsierenden Gehirn sprachliche Formen anzunehmen, und tief unten im Grab ungezählter, seit Äonen vergangener Altertümer, Meilen unterhalb der von Morgendämmerung erhellten Menschenwelt, hörte ich gräßliches Fluchen und Knurren fremdzüngiger Unholde. Als ich mich umwandte, erkannte ich, sich gegen den leuchtenden Äther des Abgrundes abhebend, was gegen den dunklen Hintergrund des Korridors nicht sichtbar gewesen war – eine alpdruckähnliche Horde heranrasender Teufel; haßverzerrt, grotesk herausgeputzt, halb durchsichtige Teufel einer Rasse, die niemand verwechseln kann – die kriechenden Reptilien der Stadt ohne Namen.

Und als der Wind abflaute, wurde ich in die von Geistern erfüllte Finsternis des Erdinnern getaucht, denn hinter dem letzten der Geschöpfe schlug die bronzene Tür mit einem betäubenden, metallischen Klang zu, dessen Widerhall in die Welt hinausdrang, um die aufgehende Sonne zu begrüßen, wie Memnon sie von den Ufern des Nils begrüßt.

Die Ratten im Gemäuer

Als am 16. Juli 1923 der letzte Arbeiter sein Werk beendet hatte, übersiedelte ich nach Exham Priory. Die Restaurierung dieses verlassenen Steinhaufens war eine außerordentliche Leistung gewesen, zumal es sich um nicht viel mehr als eine Ruine, eine leere, zerfressene Muschel möchte man sagen, gehandelt hatte; dennoch, weil es der alte Sitz meiner Vorfahren war, scheute ich keine Ausgaben. Die Priorei war seit der Regierungszeit James I. nicht mehr bewohnt – ein grauses Trauerspiel, wenn auch nahezu ungeklärter Natur, hatte den Herrn dahingerafft, fünf seiner Kinder und einige Bediente; den dritten Sohn aber, meinen direkten Vorfahren und einzigen Überlebenden jener verabscheuten Familie, in einer schieren Wolke aus Verdächtigungen und grauem Schrecken in die Welt hinausgetrieben.

Da nun dieser einzige Erbe als Mörder denunziert wurde, fiel der Besitz der Krone anheim. Der Beklagte hatte indes keinen Versuch unternommen, sich rechtzufertigen oder gar sein Eigentum zurückzuerlangen. Von einem Grausen gepackt, das stärker war als die Furcht vor Gewissensbissen und Gesetz, von nichts anderem mehr beseelt als dem brennenden Wunsch, das uralte Gebäude aus Augen und Gedächtnis zu verlieren, floh Walter de la Poer, elfter Baron Exham nach Virginien, wo er sich niederließ und eine Familie gründete, die im folgenden Jahrhundert als die Delapores bekannt wurde.

Exham Priory war unbewirtschaftet geblieben, wiewohl später dem Besitz der Norrys einverleibt und wegen seiner bizarr zusammengewürfelten Bauweise vielfach fachwissenschaftlichen Betrachtungen unterzogen; einer Architektur, die düstere gotische Türme aufwies, auf romanischem oder angelsächsischem Unterbau, dessen Fundamente wiederum aus einem früheren Stil – oder aus einer Mischung früherer Stile – bestand, römisch oder sogar druidisch der kymrischen Epoche, wenn man den Sagen und Legenden vertrauen will. Dieses Fundament war tatsächlich unik – an der einen Seite war es mit dem massiven Kalkgestein eins geworden, hatte sich mit den Felsen des jähen Abgrundes verschmolzen, über dessen Rand die Priorei ein ödes Tal drei Meilen westlich von Anchester überblickte.

Architekten und Altertumsforscher begeisterten sich an diesen unglaublichen Relikten in Staub zerfallener Jahrhunderte, aber die Menschen der umliegenden Bauerndörfer haßten sie, hatten diesen sinistren Ort schon gehaßt, als meine Vorväter hier lebten, und hassen ihn noch heute, da er bedeckt von Moder und wilden Moosen in ghoulischen Träumen dahindämmerte – ein Anblick grauenhaftester Verlassenheit.

Ich hatte noch keinen ganzen Tag in Anchester verbracht, als mir bewußt wurde, daß ich aus einem verfluchten Hause stammte. Und in dieser Woche haben Arbeiter Exham Priory in die Luft gesprengt und bemühen sich nun, jegliche Spur des Fundaments aus der Welt zu schaffen. Die dürren Fakten meines Stammbaums hatte ich wohl seit eh und je gekannt, und auch die Tatsache, daß mein erster amerikanischer Vorfahre unter reichlich hintergründigen Umständen nach den Kolonien gekommen war. Nähere Details hatte ich jedoch dank der für die Delapores so typischen Verschwiegenheit in Familienangelegenheiten niemals erfahren. Im Gegensatz zu unseren Pflanzer-Nachbarn brüsteten wir uns nur selten mit Ahnen aus den Kreuzzügen oder den Zeiten der Königin Elizabeth, auch waren keinerlei Traditionen überliefert worden, es sei denn das versiegelte Kuvert mit den Aufzeichnungen, das von jedem Baron für dessen erstgeborenen Sohn zur Öffnung nach dem Tode zurückgelassen wurde. Stolz waren wir nur auf den Ruhm, den wir nach unserer Einwanderung erworben hatten, den Ruhm einer stolzen, ehrenhaften, wenn auch etwas reservierten und zurückgezogen lebenden virginischen Familie.

Während des Krieges wurde unser Vermögen vom Norden eingezogen, und unsere ganze Existenz änderte sich von Grund auf mit dem Brand unseres Heims an den Ufern des James-Flusses. Mein Großvater, damals schon hochbetagt, war in dem Flammenmeer umgekommen, und mit ihm das Kuvert, das uns mit unserer Vergangenheit band. Ich entsinne mich jenes Feuers so, wie ich es damals als siebenjähriger Junge empfand: schreiende Soldaten der Föderierten, kreischende Frauen, heulende und laut betende Neger. Mein

Vater diente in der Armee, verteidigte Richmond, und nach Bergen von Formalitäten wurden meine Mutter und ich durch die umkämpfte Zone zu ihm gebracht.

Nach Friedensschluß gingen wir alle nach dem Norden, woher meine Mutter stammte; dort wuchs ich zum Manne heran und wurde schließlich ein wohlhabender, gesetzter Yankee. Um den Inhalt jenes von Generation an Generation vererbten Kuverts wußten weder mein Vater noch ich, und da ich mich gänzlich in der Alltäglichkeit des Geschäftslebens von Massachusetts verlor, schwand mein Interesse an den Geheimnissen, die irgendwo weit unten am Stammbaum meiner Familie lauerten, völlig dahin. Hätte ich auch nur einen schwachen Schimmer ihrer wahren Natur gehabt, wie gerne würde ich Exham Priory seinem Moos, seinen Fledermäusen und Spinnwebschleiern überlassen haben!

Mein Vater starb 1904, doch hinterließ er weder mir noch meinem einzigen Sohn Alfred, einem mutterlosen Jungen, eine Botschaft. Es war auch dieser Junge, der die hergebrachte Reihenfolge unserer Familientraditionen durcheinanderbrachte. Obwohl ich ihm nur scherzhafte Mutmaßungen über unsere Vergangenheit geben konnte, schrieb er mir von einigen höchst interessanten Familiensagen, als ihn der späte Krieg 1917 als Fliegeroffizier nach England brachte. Anscheinend hatten die Delapores eine überaus bunte und vielleicht unheimliche Geschichte. Ein Kriegskamerad meines Sohnes, Captain Edward Norrys vom Royal Flying Corps, wohnte in der Nähe des alten Familiensitzes bei Anchester und erzählte einige Geschichten, wie sie im Landvolk umhergehen, deren Wildheit und Wahnwitz kaum von einem Romanschreiber überboten werden kann. Norrys persönlich nahm sie selbstverständlich keineswegs für ernst; meinen Sohn amüsierten sie jedoch und gaben ihm außerdem genügend Stoff für seine Briefe an mich. Jene Überlieferungen waren es, die mein Interesse endgültig diesem europäischen Erbe zuwenden und mich den Entschluß fassen ließen, den verlorenen Familienbesitz wieder zurückzukaufen und zu restaurieren. Norrys zeigte ihn Alfred in seiner pittoresken Verlassenheit und bot sich an, diesen zu einem erstaunlich vernünftigen Preis zu vermitteln, zumal sein Onkel der gegenwärtige Eigentümer war.

Ich kaufte Exham Priory im Jahre 1918, wurde jedoch von meinen

Plänen zur Restaurierung beinahe sofort abgelenkt, da mein Sohn schwerkriegsversehrt heimkehrte. Während der zwei Jahre, die er noch lebte, hatte ich nichts anderes als seine Pflege im Sinn, ja legte sogar mein Geschäft in die Hände von Teilhabern.

1921, allein zurückgelassen, ziellos, ein zurückgezogener Fabrikant, nicht länger jung, entschloß ich mich, mir die Jahre, die mir noch bleiben sollten, mit dem neuen Besitz zu vertreiben. Als ich im Dezember Anchester besuchte, lernte ich Captain Norrys, einen untersetzten, liebenswürdigen jungen Mann kennen, der viel von meinem Sohn gehalten hatte und mir nun alle mögliche Hilfe zusicherte, Pläne und Anekdoten als Unterstützung für die kommende Restaurierung zu beschaffen. Exham Priory selbst erregte in mir nicht die mindeste Gemütsbewegung, es vermittelte mir nicht mehr als einen kuriosen Anblick von höchst lächerlichen Trümmern, bedeckt mit Flechtengewächs und wabenhaft eingestreuten Krähennestern, gefährlich am Rande einer Schlucht hockend, bodenlos, bar aller Innenteile, außer den Steinmauern der einzelstehenden Türme.

Als ich nach und nach das Aussehen des Gebäudes rekonstruiert hatte, wie es vor etwa dreihundert Jahren meine Vorfahren verlassen hatten, begann ich Handwerker für die zu geschehenden Restaurierungsarbeiten anzustellen. Jedenfalls sah ich mich bald gezwungen, außerhalb der unmittelbaren Umgebung nach Arbeitskräften zu suchen, denn die Einwohner des Dorfes zeigten vor dem Ort eine schier unvorstellbare Furcht und einen Haß, der sich unmöglich beschreiben läßt. Dieses Gefühl der Abneigung war so stark, daß es manchmal sogar bis zu den auswärtigen Arbeitern vordrang und zu zahlreichen Kündigungen führte, ja diese sonderbare Abscheu schien sich nicht nur auf die Priorei, sondern auch auf die Familie zu erstrekken.

Schon mein Sohn hatte mir erzählt, daß man ihn während seiner Besuche mied, weil er ein de la Poer war, und nun fand ich mich aus demselben Grund geächtet, bis ich die Bauern überzeugen konnte, wie wenig ich selbst von meinem Erbe wußte. Und sogar dann noch standen sie mir mürrisch gegenüber, so daß ich über die dörflichen Überlieferungen nur durch die Vermittlung von Norrys erfahren konnte. Was mir die guten Leute nicht verzeihen konnten, war mein Unterfangen, das für sie so grauenhafte Symbol alles Bösen wieder aufzurichten, denn, vernünftig oder nicht, sie betrachteten Exham Priory als einen Tummelplatz für Teufel und Werwölfe.

Nachdem ich die von Norrys für mich gesammelten Berichte zusammengestellt hatte, ergänzte ich sie mit den Ansichten verschiedener Wissenschaftler, die die Ruinen eingehend studiert hatten, und schloß daraus, daß die verfallene Priorei an der Stelle eines vorgeschichtlichen Tempels stand; einer druidischen oder vordruidischen Sache, die etwa gleichzeitig mit den Steinen von Stonehenge errichtet worden war. Daß dort namenlos grausige Riten stattgefunden hatten, daran zweifelten nur wenige; und es gab eine Menge unguter Geschichten von der Übernahme dieser Riten in den nachmaligen Kybele-Kult der Römer.

Halbdeutlich sichtbare Inschriften in den Kellergewölben zeigten solch unmißverständliche Buchstaben wie »DIV... OPS... MAGNA.MAT...«, alles Zeichen der Magna Mater, deren dunkle Verehrung einst römischen Bürgern vergeblich untersagt wurde. Anchester war seinerzeit das Standlager der Dritten Legion des Augustus gewesen, wie viele Überreste bezeugten, und es heißt, der prächtige Tempel der Kybele wäre von Anbetern jederzeit gedrängt voll gewesen, die auf Geheiß eines phrygischen Priesters unaussprechliche Zeremonien ausführten. Geflüsterte Erzählungen fügten hinzu, daß der Niedergang der alten Religion keineswegs diese Tempelorgien beendete, sondern daß die zum neuen Glauben übergetretenen Priester ihre alte Lebensweise im geheimen fortsetzten. Es heißt ebenfalls, daß die Riten auch nicht unter den Römern schwanden und daß gewisse Leute unter den Angelsachsen den schon in Verfall geratenen Tempel wieder erneuerten und ihm die Umrisse gaben, die er in der Folge bewahrte; ihn zum Mittelpunkt eines in der ganzen Heptarchie gefürchteten Kultes machten. Gegen das Jahr 1000 wird der unheilige Ort in einer Chronik als eine der bedeutendsten steinernen Prioreien erwähnt, von einem mächtigen wie seltsamen Mönchsorden behaust, von ausgedehnten Gärten umgeben, die keiner Mauern bedurften, um das verängstigte Volk am Betreten zu hindern. Auch die alles zerstörenden Dänen schienen einen Bogen um diesen unseligen Platz geschlagen zu haben, wiewohl er nach der Normannischen Eroberung entsetzlich verfallen sein muß, denn er war bis in die Regierung Henry des Dritten unbewohnt und gelangte erst durch diesen 1261 in den Besitz meines Vorfahren Gilbert de la Poer, ersten Baron Exham.

Vor diesem Datum existieren über meine Familie keine bösen Nachrichten oder Gerüchte, aber damals muß irgend etwas äußerst Seltsames geschehen sein. In einer Chronik von 1307 gibt es einen Hinweis auf einen de la Poer als »von Gott verflucht«, und die in den umliegenden Dörfern geflüsterten Geschichten besagen nur Böses und schreckliche Furcht vor dem Schloß, das auf den Fundamenten des alten Tempels und der Priorei wie ein ekelerregender Schimmelpilz hochgewuchert war. Diese Kamingeschichten spotteten der irrwitzigsten Einbildungskraft und waren um so grausiger, da keiner etwas Genaues wußte noch in Folge erfuhr. Meine Vorfahren wurden samt und sonders als eine Sippe von grausen Teufeln dargestellt, neben denen ein Gilles de Rais oder ein Marquis de Sade wie blutige Anfänger schienen. Mit der Hand vor den Lippen machte man sie für das gelegentliche Verschwinden von Dorfbewohnern verantwortlich, das einige Generationen hindurch nicht aufhören wollte.

Die schlechtesten Charaktere waren offensichtlich die Barone und ihre unmittelbaren Erben; zumindest standen diese am meisten unter jenen Gerüchten. War ein Erbe zufällig von normalerer Wesensart, so erzählte man sich, verfiel er früh und unter geheimnisvollen Umständen dem Grab, um Platz für einen typischeren Sproß zu machen. Innerhalb der Familie schien es einen besonderen Kult zu geben, der jeweils unter dem Vorsitz des Sippenoberhauptes stand, und manchmal nur wenigen Mitgliedern zugänglich. Wesensart eher als Abstammung war anscheinend die Basis dieses unheiligen Kults, denn man weihte in ihn auch Leute ein, die der Familie angeheiratet waren. Lady Margaret Trevor aus Cornwall, Frau des Godfrey, dem zweiten Sohn des fünften Barons, wurde zum Kinderschreck des ganzen Landstrichs und teuflische Hauptperson einer besonders grausigen alten Ballade, die nahe der walisischen Grenze noch heute gesungen wird. Ebenfalls in einer Ballade erhalten, wenn auch nicht aus demselben Grund, ist die gräßliche Geschichte von Lady Mary de la Poer, die kurz nach ihrer Vermählung mit dem Earl von Shrewsfield von diesem und seiner Mutter getötet wurde. Doch wurden beide von dem Priester, dem sie diesen Mord gebeichtet hatten, absolviert und für das gesegnet, was sie vor der Welt nicht laut auszusprechen wagten.

Diese für einen rohen Aberglauben so typischen Mythen und Balladen ekelten mich außerordentlich an. Ihre Beharrlichkeit und das Erfassen einer langen Reihe meiner eigenen Vorfahren waren besonders peinlich, nicht zuletzt, weil der Vorwurf ungeheuerhafter Gewohnheiten mich an den einen bekannten Skandal meiner unmittelbaren Vorfahren erinnerte – den Fall meines Vetters, des jungen Randolph Delapore von Carfax, der unter die Neger ging und Vudupriester wurde, nachdem er aus dem Mexikanischen Krieg zurückgekehrt war.

Weniger indes machte ich mir aus all den albernen Geschichtchen über nächtliches Klagen und Heulen in dem öden, winddurchpeitschten Tal unter dem Kalksteinabsturz, über den Kirchhofgestank nach Frühlingsregen; über das zappelnde quäkende weiße Ding, auf das Sir John Claves Roß eines Nachts auf einem einsamen Brachfeld getreten war, und über den Diener, der bei dem, was er am hellichten Tag in der Priorei gesehen hatte, verrückt geworden war. Dieses ungereimte Zeug war nicht mehr als abgedroschenes Gespenstergewäsch, und ich war zu dieser Zeit ein ausgesprochener Skeptiker. Berichte über verschwundene Bauern hingegen waren selbstverständlich weniger harmlos zu nehmen, wenn auch nicht sonderlich bedeutsam, wenn man die heutzutage seltsam anmutenden Gewohnheiten des Mittelalters in Betracht zieht. Neugieriges Gucken bedeutete oft den Tod, und nicht zu selten war es vorgekommen, daß man einen abgetrennten Kopf auf den – nun geschliffenen – Wällen rund um Exham Priory öffentlich zur Schau stellte.

Einige der Sagen und Legenden waren so überaus romantisch, daß sie in mir den Wunsch aufkommen ließen, ich hätte mich in meinen jungen Jahren mehr mit vergleichender Mythologie beschäftigt. Da gab es zum Beispiel die Vorstellung, eine Legion fledermausflügeliger Teufel habe allnächtlich in der Priorei Hexensabbath abgehalten – eine Legion, deren Unterhalt die unverhältnismäßig große Fülle von Gemüse in den ausgedehnten Gärten erklären könnte. Und am lebendigsten von allen war die dramatische Geschichte von den Ratten – der über alles herstürzenden Armee klebrigen Ungeziefers, die aus dem Schloß herausgequollen war, drei Monate, nachdem eine Tragödie diesen schaurigen Ort zur Einsamkeit verdammt hatte –, der mageren, schleimigen, gefräßigen Armee, die alles, was ihr in den

Weg gekommen war, kahlgefressen und verschlungen hatte: Geflügel, Katzen, Hunde, Schweine, Schafe und sogar zwei unglückliche Menschen, ehe ihre Raserei ein Ende hatte. Um diese unvergeßliche Nagerarmee webt sich ein eigener Kreis von Mythen, denn die grausigen Tiere verstreuten sich weit über das Land und brachten Fluch und Schrecken mit sich.

Solcherart war die Kunde, die auf mich einstürmte, als ich mit der Starrköpfigkeit des ältlichen Menschen die Restaurierungsarbeiten auf meinem Ahnensitz vorantrieb. Man darf aber nicht auch nur einen Augenblick glauben, daß diese Geschichten meine psychologische Hauptumgebung gebildet hätten, denn von anderer Seite wurde ich ständig gelobt und ermutigt, von Captain Norrys und den Archäologen, die um mich waren und mich unterstützten. Als dann nach zwei Jahren die Arbeit getan war, begutachtete ich die großen Räume, die getäfelten Wände, die gewölbten Decken, die Säulenfenster und breiten Treppen mit nicht wenig Stolz, der die verschwenderischen Kosten der Restaurierung voll und ganz aufwog.

Jedes Beiwerk aus dem Mittelalter war aufs vortrefflichste kopiert, und die neuen Teile verbanden sich vollkommen mit den alten Mauern und dem Fundament. Der Sitz meiner Väter war wieder errichtet, und ich sah dem Tag entgegen, wo ich den guten Ruf meiner Familie, die mit mir endet, wiederherstellen würde. Ich beabsichtigte mich hier für ständig niederzulassen und den Leuten zu beweisen, daß ein de la Poer (ich hatte die alte Schreibung meines Namens wieder angenommen) nicht unbedingt ein Satan sein muß. Mein Gefühl von Bequemlichkeit wurde noch durch die Tatsache verstärkt, daß Exham Priory, obgleich mittelalterlich ausgestattet, vollkommen neu war und ohne jedes Ungeziefer und Geister einer bösen Vergangenheit.

Wie ich bereits erwähnt habe, zog ich am 16. Juli 1923 ein. Mein Haushalt bestand aus sieben Dienstboten und neun Katzen, welche letzteren ich besonders gern habe. Meine älteste Katze »Nigger-Man« war sieben Jahre alt und mit mir aus meinem Haus in Bolton, Massachusetts gekommen; die übrigen hatte ich so nach und nach erworben, als ich bei Captain Norrys' Familie während der Restaurierungsarbeiten wohnte.

Fünf Tage verliefen in äußerster Ruhe, ich verbrachte die meiste Zeit mit der Aufarbeitung alter Familiendaten. Ich hatte nunmehr einige sehr wesentliche Einzelheiten der letzten Tragödie und Flucht von Walter de la Poer herausgefunden, und ich vermutete stark, daß sie der eigentliche Inhalt der Erbpapiere waren, die während des Brandes in Carfax vernichtet wurden. Es stellte sich auch heraus, daß man meinen Ahnen mit gutem Grunde beschuldigte, alle anderen Mitglieder des Haushaltes im Schlaf ermordet zu haben, außer vier mitschuldigen Dienern; und zwar zwei Wochen nach einer bestürzenden Entdeckung, die sein ganzes Wesen veränderte, die er jedoch keinem Menschen anvertraute, es sei denn vielleicht den wenigen Dienern, die ihm bei seiner Tat behilflich waren und die nachher gleich ihm flüchteten.

Dieses wohlüberlegte Blutbad an seinem Vater, drei Brüdern und zwei Schwestern wurde von den Dorfbewohnern größtenteils verziehen und vom Gesetz derart nachlässig behandelt, daß der Mörder geehrt, unversehrt und unverkleidet nach Virginien entkam. Man flüsterte allgemein, daß er das Land von einem jahrhundertalten Fluch befreit hätte. Welche Art von Entdeckung aber das war, die einen derart schreckensvollen, wahnwitzigen Mord ausgelöst hatte, vermochte ich nicht einmal zu vermuten. Walter de la Poer mußte die sinistren Geschichten über seine Familie seit Jahren gekannt haben, so daß ihm dieses Material kaum einen neuen Impuls gegeben haben konnte. Hatte er gar einen dieser grauenhaften uralten Riten beobachtet, war er durch Zufall Zeuge einer dieser entsetzlichen Orgien geworden? Oder war er auf ein blasphemisches Symbol in der Priorei oder deren Umgebung gestoßen? Er hatte in England den Ruf eines scheuen sanften Jünglings gehabt. In Virginien selbst schien er sich nicht viel verändert zu haben. Francis Harley von Bellview beschreibt ihn in seinem Diarium als einen Mann von unvergleichlicher Gerechtigkeit, Ehre und Feingefühl.

Am 22. Juli ereignete sich der erste Zwischenfall, der, wenn auch vorerst leichthin abgetan, in Verbindung mit späteren Vorkommnissen eine über das Natürliche hinausgehende Bedeutung erlangte. Es war so einfach, darüber hinwegzugehen, unter den herrschenden Umständen gar nicht denkbar; denn ich befand mich doch, das darf man nicht vergessen, in einem völlig neuen Haus, wenn man von den

Mauern absieht, und außerdem war ich von einer ausgezeichneten Dienerschaft umgeben.

Woran ich mich nachher erinnerte, ist lediglich, daß mein alter schwarzer Kater, dessen Launen ich so gut kenne, unzweifelhaft in einem Grade wachsam und nervös war, der seinem normalen Charakter in keiner Weise entsprach. Er strich von Zimmer zu Zimmer, ruhelos, aufgeregt, und schnüffelte ununterbrochen an den Wänden, die noch zu einem Teil der gotischen Struktur gehörten. Ich weiß sehr wohl, wie fade und abgedroschen so etwas klingt – wie der unvermeidliche Hund in einer Geistergeschichte, der immer knurrt, ehe sein Herr die lakenverhüllte Gestalt erblickt –, aber ich will es dennoch nicht verschweigen.

Folgenden Tags beklagte sich ein Diener über die Ruhelosigkeit der Katzen im Haus. Er kam zu mir in mein Arbeitszimmer, einem hohen gewölbten Raum auf der Westseite im zweiten Stock, mit schwarzer Eichentäfelung und einem dreiteiligen gotischen Fenster, durch das man das öde, trostlose Tal überblickte; und sogar als er auf mich einsprach, sah ich die jett-schwarze Gestalt meines Katers die Westwand entlangkriechen; er kratzte an der neuen Täfelung, welche die alte Steinmauer bedeckte.

Ich entgegnete dem Mann, daß von diesem alten Mauerwerk irgendein besonderer Geruch ausströmen müsse, der, wenn auch für menschliche Sinne unmerklich, die empfindlicheren Organe der Katzen sogar durch die neue Täfelung reizte. Das glaubte ich tatsächlich, und als der Bursche meinte, Mäuse oder Ratten könnten vielleicht da sein, sagte ich ihm, daß hier seit mindestens dreihundert Jahren keine Ratten mehr waren, und man könne auch schwerlich annehmen, daß Feldmäuse in die Priorei eingedrungen seien. Am späten Nachmittag besuchte ich Captain Norrys, und er versicherte mir, daß es ein Ding der Unmöglichkeit wäre anzunehmen, Feldmäuse hätten das neue Gebäude in einer so plötzlichen wie unvorherzusehenden Art überfallen.

Jene Nacht, nachdem ich wie üblich meinen Kammerdiener fortgeschickt hatte, begab ich mich in mein Schlafzimmer, das im Westturm lag. Es war von meinem Arbeitszimmer aus über eine Steintreppe und eine kurze Galerie zu erreichen. Erstere stammte zum Teil noch aus dem Mittelalter, letztere war vollkommen neu. Dieser

Raum war rund, ziemlich hoch und ohne Wandtäfelung – er war mit Gobelins ausgehängt, die ich selbst in London gekauft hatte.

Ich sah, daß Nigger-Man bei mir war, schloß die schwere Eichentür ab, zog mich aus, drehte schließlich das elektrische Licht ab und sank in den reichgeschnitzten, baldachinüberhangenen Vierpfoster, den ehrwürdigen Kater auf seinem gewohnten Platz quer über meine Füße. Ich hatte die Vorhänge offengelassen und blickte nun aus dem schmalen Nordfenster, das mir gegenüberlag. Eine leichte Andeutung von Abendrot lag am Himmel, und die filigranen Maßwerke des hohen Fensters erschienen als wunderhübsche Silhouetten.

Irgendwann muß ich ruhig eingeschlafen sein, denn ich erinnere mich deutlich, sonderbare Träume verlassen zu haben, als der Kater heftig aus seiner ruhigen Lage hochfuhr. Ich sah ihn im schwachen Schimmern der Abendröte, den Kopf vorgestreckt, die Vorderpfoten um meine Füße, die Hinterbeine ausgestreckt. Er starrte intensiv auf einen Punkt an der Wand, etwas westlich vom Fenster, eine Stelle, die meinem Auge keinen Halt bot, auf die ich jetzt aber alle meine Aufmerksamkeit zwang.

Und als ich ihn beobachtete, wußte ich, daß Nigger-Man nicht grundlos erregt war. Ob sich der Gobelin tatsächlich bewegte, kann ich nicht sagen. Es kam mir aber immerhin so vor. Was ich jedoch beschwören kann, ist, daß ich dahinter ein leises, deutliches Laufen hörte, wie von Ratten oder Mäusen. Mit einem einzigen Satz sprang der Kater auf den Wandbehang zu, riß ein Stück davon mit seinem Gewicht zu Boden und legte eine feuchte, uralte Steinmauer frei; an verschiedenen Stellen von den Handwerkern erneuert und ohne jede Spur von Nagetieren.

Nigger-Man jagte hin und her, packte den heruntergefallenen Gobelin und versuchte mit der Pfote zwischen Mauer und eichene Dielen zu langen. Da er aber nichts fand, kehrte er bald abgehetzt an seinen Platz bei meinen Füßen zurück. Ich hatte mich zwar nicht von der Stelle gerührt, aber schlafen konnte ich diese Nacht nicht mehr.

Am Morgen befragte ich die gesamte Dienerschaft und fand, daß keiner von ihnen irgend etwas Außergewöhnliches bemerkt hatte. Nur die Köchin erinnerte sich an das seltsame Verhalten einer der Katzen, die auf ihrem Fensterbrett geschlafen hatte. Die Katze hatte irgendwann einmal in der Nacht zu miauen begonnen. Darauf war die Köchin munter geworden und hatte noch gerade gesehen, wie die Katze durch die offenstehende Türe hinaus- und die Treppe hinunterraste. Um die Mittagszeit döste ich ein wenig vor mich hin und besuchte am Nachmittag wiederum Captain Norrys, der für das, was ich ihm sagte, großes Interesse zeigte. Diese eigenartigen Vorfälle – im Grunde genommen unbedeutend, aber dennoch merkwürdig – reizten seinen Sinn für das Romantische und weckten in ihm eine Menge Erinnerungen an einheimische Geistergeschichten. Wir waren tatsächlich reichlich perplex über die Gegenwart von Ratten, und Norrys borgte mir einige Fallen und Einbeerenpulver, die die Dienerschaft an passenden Stellen anbringen mußte, als ich zurückkam.

Ich war sehr schläfrig und zog mich daher schon früh zurück, wurde aber von den gräßlichsten Träumen heimgesucht. Es war mir, als schaute ich aus ungeheurer Höhe auf eine zwielichtige Grotte hinunter, knietief mit schleimigem Unrat, wo ein weißbärtiger Teufelsschweinehirt mit einem Stock ein Rudel fetter, pilzüberwucherter Säue vor sich hertrieb, deren Anblick mich mit unaussprechlichem Ekel erfüllte. Dann, als der Schweinehirt anhielt und einnickte, sprang ein Schwarm Ratten hinunter in diesen stinkenden Abgrund und verschlang die Säue samt ihrem unseligen Hirten.

Aus dieser grausigen Vision erwachte ich plötzlich durch das Gerappel von Nigger-Man, der wie üblich quer über meinen Füßen geschlafen hatte. Diesmal war es nicht nötig, die Ursache seines Knurrens und Zischens herauszufinden, denn rings um mich waren die Wände mit einem Geräusch belebt, das mich zum Erbrechen reizte – das ungezieferhafte Geschlüpfe gefräßiger, riesenhafter Ratten. Ich vermochte den Zustand der Gobelins nicht zu erkennen – der Raum war stockdunkel, kein rötliches Schimmern wie gestern! Ich bezwang meine Furcht und drehte das Licht an.

Als die Birnen aufflammten, sah ich eine gräßliche Bewegung durch die Gobelins gehen, das die sonderbaren Figuren, die darauf waren, einen einzigartigen Totentanz aufführen ließ. Dieses grausige Schütteln verschwand fast sofort, und mit ihm das Geräusch. Ich sprang aus dem Bett und stocherte mit dem langen Stiel einer Wärmepfanne, die in der Nähe lag, in den Wandbehang und hob ein Stück davon hoch, um zu sehen, was darunterlag. Da war nichts als die reparierte Steinmauer, und sogar der Kater hatte das intensive Gefühl abnormaler Gegenwärtigkeiten verloren. Als ich die im Zimmer aufgerichtete runde Falle überprüfte, fand ich alle Öffnungen zugeschnappt, obgleich keine Spur darauf hinwies, was in sie hineingegangen und wieder entwischt war.

Weiterschlafen war ausgeschlossen. Ich zündete deshalb eine Kerze an, öffnete die Tür und ging hinaus auf die Galerie und der alten Steintreppe zu, die zu meinem Arbeitszimmer führte, Nigger-Man auf den Fersen. Bevor wir aber noch die Treppe erreichten, schoß der Kater vor und hastete die Stufen hinunter. Als ich dann selbst folgte, gewahrte ich plötzlich ein Rumoren im großen Zimmer unten – Geräusche, deren Natur nicht mißzuverstehen war.

Die eichengetäfelten Wände waren vor Ratten schier lebendig geworden, sie rappelten und huschten wie toll, während Nigger-Man wütend wie ein gefoppter Jäger hin und her raste. Unten angelangt machte ich Licht, was diesmal das Geräusch jedoch nicht zum Stillstand brachte. Die Ratten setzten ihren Tumult fort, ja sie tobten und quiekten so laut, daß ich schließlich sogar die Richtung ihres Zuges feststellen konnte. Diese Biester bewegten sich in einer nicht enden wollenden Wanderung von oben nach unten in irgendeine faßliche oder unfaßliche Tiefe der Erde.

Nun vernahm ich im Korridor Schritte, und im nächsten Moment stießen zwei Bediente die massive Tür auf. Sie waren eben dabei, das Haus nach einer unbekannten Ursache dieser Unruhe, die alle Katzen in eine knurrende Panik versetzt und sie angetrieben hatte, kopfüber die Treppen hinunterzustürzen und laut miauend vor der verschlossenen Tür des Kellergewölbes zu hocken, zu durchsuchen. Ich fragte sie, ob sie die Ratten gehört hätten, aber sie verneinten. Und als ich ihre Aufmerksamkeit auf die Geräusche hinter der Wandtäfelung richten wollte, bemerkte ich zu meinem Erstaunen, daß sie aufgehört hatten.

Mit den zwei Männern ging ich dann zur Tür des Kellergewölbes, fand aber die Katzen bereits zerstreut. Ich beschloß, die Krypta später zu durchsuchen, für den Augenblick jedoch wollte ich die aufgerichteten Fallen kontrollieren; alle waren zugeschnappt, aber leer. Ich gab mich damit zufrieden, daß niemand die Ratten gehört hatte außer mir und den Katzen. Darauf begab ich mich in mein Arbeitszimmer, überdachte alles gründlich und schürfte in den alten, von mir genauestens zu Papier gebrachten Sagen, die sich um dieses Gebäude rankten, nach. Ich legte mich vormittags ein wenig schlafen, bequem zurückgelehnt in meinem Lesestuhl, den mein mittelalterlicher Möblierungsplan nicht zu verbannen vermocht hatte. Später rief ich Captain Norrys an, der mir bei der Untersuchung des Kellers half.

Wir entdeckten absolut nichts, obwohl wir einen Schauer nicht unterdrücken konnten, als wir bemerkten, daß dieses Gewölbe noch von römischen Händen erbaut worden war. Jeder flache Bogen, jeder massive Pfeiler war römisch – nicht etwa das herabgekommene Romanisch der pfuscherhaften Angelsachsen, nein, es war dies der strenge, harmonische Klassizismus der Kaiserzeit. Und in der Tat, die Wände waren über und über mit Inschriften bedeckt, den Archäologen, die diesen Ort wiederholt in Augenschein genommen hatten, bereits bekannt. Sachen wie zum Beispiel: »P. GETAE. PROP... TEMP... DONA...« und »L. PRAEC... VS... PONTIFI... ATYS...«

Die Erwähnung von Atys ließ mir eine Gänsehaut über den Rücken gleiten, denn ich hatte Catull gelesen und wußte so einiges über die abscheulichen Riten zu Ehren dieses Östlichen Gottes, dessen Verehrung so eng mit dem Kybelenkult verknüpft war. Im Schein unserer Laternen versuchten Norrys und ich die sonderbaren und von der Zeit blaß gewordenen Zeichnungen gewisser unregelmäßig rechteckiger Steinblöcke auszulegen, die man allgemein für Opferstellen hält, konnten aber mit ihnen nichts Rechtes anfangen. Es kam uns wieder in den Sinn, daß eines jener Zeichen, eine Art strahlenumgebene Sonne, von Fachleuten für nichtrömisch gehalten wurde, denn sie vermuteten, daß diese groben Altäre von den römischen Priestern bloß aus älteren, vielleicht bereits von den Ureinwohnern errichteten Tempeln übernommen worden waren. Auf einem dieser Blöcke befanden sich braune Flecken, die meine Neugierde erregten. Der weitaus größte, der sich in der Mitte des Raumes erhob, zeigte auf seiner oberen Fläche gewisse Merkmale, die auf eine Berührung mit Feuer hindeuteten – wahrscheinlich verbrannte Opfergaben.

Das also waren die Sehenswürdigkeiten, die wir in der Krypta entdeckten, vor deren Tür die Katzen schrien und wo Norrys und ich nun darauf bestanden, die Nacht zu verbringen. Bediente brachten zwei Feldbetten herunter und wurden angewiesen, sich nicht um das nächtliche Treiben der Katzen zu kümmern. Mein Nigger-Man wurde sowohl zur Verstärkung als auch zur Gesellschaft zugelassen. Wir entschlossen uns, die schwere Eichentüre – eine moderne Kopie mit Ventilationsschlitzen – abzuschließen, und nachdem dieses geschehen, legten wir uns mit brennenden Laternen hin, um abzuwarten, was auch immer kommen möge ...

Das Gewölbe befand sich tief im Fundament der Priorei und wahrscheinlich weit unten in dem überhängenden Kalksteinfelsen über dem einsamen Tal. Daß hier das Ziel jener grausigen, unerklärlichen Ratten war, schien mir außer Zweifel. Meine Nachtwache durchmischte sich langsam mit Halbträumen, aus denen mich jedoch die unruhigen Bewegungen meines Katers immer wieder hochrissen.

Diese Träume waren nicht vollständig, aber ebenso schrecklich wie jener, den ich die Nacht zuvor gehabt hatte. Ich erblickte wieder die zwielichtige, dämmernde Grotte, sah abermals den Schweinehirten mit seinen grauenhaft pilzüberwucherten Tieren, die sich in der ekligen, schleimigen Schmutzmasse suhlten. Und als ich mir diese Höllenwesen genauer besehen wollte, schienen sie mir näher zu sein und deutlicher erkennbar – so deutlich, daß ich beinahe Einzelheiten ausmachen konnte. Dann sah ich die welken Gesichtszüge eines von ihnen – und wachte mit solch einem Entsetzensschrei auf, daß Nigger-Man auffuhr und Captain Norrys, der nicht geschlafen hatte, in ein beträchtliches Lachen ausbrach. Norrys würde vielleicht noch mehr – oder aber auch weniger gelacht haben, hätte er gewußt, was es war, das mich so schreien ließ. Aber ich erinnerte mich auch erst später daran. Extremes Grauen lähmt das Gedächtnis in einer barmherzigen Weise.

Norrys weckte mich, als das Phänomen begann. Durch sanftes Schütteln wurde ich aus demselben gräßlichen Traum gerufen und auf das Geräusch der Katzen aufmerksam gemacht. In der Tat, da gab es genug zu hören, denn hinter der verschlossenen Tür über den Steinstufen herrschte ein wahrer Alptraum felinen Gejaules und Gekratzes, während Nigger-Man, ohne seine Verwandtschaft draußen zu beachten, aufgeregt die kahlen Steinwände entlangjagte, in denen ich dasselbe Rumoren eines in Aufruhr geratenen Rattenbabels vernahm, das mich in der vergangenen Nacht beunruhigt hatte.

Ein stechender Schreck durchfuhr mich jäh, denn hier gab es abnorme Dinge, die durch nichts in der Welt erklärt werden konnten. Diese Ratten, wenn nicht Schattenwesen eines Wahnsinns, den ich nur mit den Katzen teilte, mußten sich durch römische Mauern graben und nagen, die meiner Meinung aus massiven Kalksteinquadern erbaut worden waren ... außer, vielleicht, das unaufhörlich fressende Wasser hat in einer Zeitspanne von mehr als siebzehnhundert Jahren Tunnels geschaffen, die von den Nagern glatt und geräumig geschliffen waren ... Aber auch in diesem Fall war dieses gespenstische Grauen nicht geringer; denn wenn hier tatsächlich lebendes Ungeziefer hauste, warum hörte Norrys nicht dieses abscheuliche, ekelerregende Gewühle? Warum drängte er mich, Nigger-Man zu beobachten und auf die Katzen da draußen zu hören, und weshalb rätselte er ahnungslos und vage herum, was diese nur so in Aufregung versetzt hätte?

Da ich nun so weit war, ihm so gut als möglich auseinanderzusetzen, was ich zu vernehmen glaubte, drangen die letzten Laute dieses ungestümen Gejages an meine Ohren; diese schrecklichen Laute waren in noch größeren Tiefen verklungen, weit fort unter diesem tiefsten der Kellergewölbe, bis es schien, als würde der ganze überhängende Fels von den herumsuchenden Ratten gerüttelt. Norrys war nicht so skeptisch, wie ich vorher erwartet hatte, sondern schien zutiefst bewegt. Er deutete mir zu, daß die Katzen vor der Tür aufgehört hätten zu lärmen, als hätten sie die Ratten verloren gegeben. Nigger-Man aber brach in erneute Unruhe aus und scharrte wie rasend am Sockel des großen Opfersteines in der Mitte des Raumes, der Norrys' Liegestatt näher stand als meiner.

Meine Furcht vor dem Unbekannten war an diesem Punkt sehr groß. Etwas Verblüffendes war geschehen, und ich sah, daß Captain Norrys, ein jüngerer, kräftigerer, eher materialistischer Mensch, genauso betroffen war wie ich selbst – vielleicht wegen seiner lebenslangen Vertrautheit mit den einheimischen Gerüchten und Sagen. Im Augenblick vermochten wir nichts anderes tun, als den alten, schwarzen Kater zu beobachten, der mit schwindendem Eifer am Sockel des Altars scharrte, gelegentlich aufschaute und mir auf jene zutrauliche Art zumiaute, die er stets anwendete, wenn er von mir etwas wollte.

Norrys brachte nun eine der Laternen nahe an den Altar heran und untersuchte die Stelle, an der Nigger-Man mit den Pfoten scharrte. Schweigend kniete er nieder und riß die jahrhundertealten Flechten weg, die den massiven vorrömischen Steinblock mit dem Mosaikpflaster verbanden. Er fand nichts und wollte schon seine Bemühungen aufgeben, als ich eines eher unbedeutenden Umstands gewahr wurde, der mich, obgleich ich ihn eigentlich bereits vorausgeahnt hatte, erschauern ließ.

Ich machte Norrys aufmerksam, und wir blickten beide auf diese eher unmerkliche Manifestation mit der Starrheit des Entdeckens und Erkennens. Es war das: Die Flamme, nahe dem Altar abgestellt, flackerte leicht, aber deutlich in einem Luftzug, dem sie zuvor nicht ausgesetzt gewesen war und der zweifellos aus einer Spalte zwischen Fliesen und Altar drang, wo Norrys die Flechten weggerissen hatte.

Wir verbrachten den Rest der Nacht im strahlend erleuchteten Arbeitszimmer, nervös diskutierend, was wir als nächstes unternehmen sollten. Die Entdeckung, daß ein Gewölbe tiefer lag als das tiefste Mauerwerk der Römer, irgendein Gewölbe, übersehen von der Neugierde der Archäologen dreier Jahrhunderte, hätte genügt, in Begeisterung zu versetzen, wäre nicht dieser sinistre Hintergrund gewesen. So aber wurde unsere Entdeckerfreude zwiespältiger Natur, und wir blieben lange im Zweifel, ob wir unsere Nachforschungen einstellen und die Priorei aus abergläubischer Furcht für immer meiden sollten, oder ob wir unserem Abenteurermut nachgeben und jeglichem Grauen trotzen sollten, das uns in diesen unbekannten Tiefen erwarten könnte.

Am Morgen hatten wir einen Kompromiß geschlossen und uns entschieden, in London eine Gruppe von Archäologen und Wissenschaftlern zusammenzustellen, die geeignet war, es mit diesem Mysterium aufzunehmen. Es darf hier nicht unerwähnt bleiben, daß wir, ehe wir das Kellergewölbe verließen, vergeblich versucht hatten, den Hauptaltar zu bewegen, den wir nun als Tor zu einem neuen Höllenschlund namenloser Furcht betrachteten. Welches Geheimnis dieses Tor öffnen würde, würden klügere Menschen als wir herausfinden müssen.

Während vieler Tage in London unterbreiteten Captain Norrys und ich Tatsachen, Vermutungen und sagenhafte Berichte fünf hervorragenden Kapazitäten – alles Männer, bei denen man sich darauf verlassen konnte, daß sie alles Unliebsame, das vielleicht durch künftige Erforschungen ans Tageslicht käme, geheimhalten würden. Es stellte sich auch heraus, daß kaum einer von ihnen zu Spott geneigt war, im Gegenteil, sie zeigten sich außerordentlich interessiert und der Sache zugetan. Es ist kaum nötig, sie alle namentlich aufzuführen, aber ich möchte dennoch bemerken, daß Sir William Brinton dabei war, dessen Ausgrabungen in Troas seinerzeit weltweites Aufsehen erregt hatten. Als wir endlich den Zug nach Anchester nahmen, fühlte ich mich am Rande furchtbarer Enthüllungen; eine Empfindung, symbolisiert durch die Trauer so vieler Amerikaner über den unerwarteten Tod des Präsidenten auf der anderen Seite der Welt.

Am Abend des 7. August erreichten wir Exham Priory, wo die Dienerschaft mir versicherte, daß nichts Ungewöhnliches vorgefallen wäre. Die Katzen, ja sogar der alte Nigger-Man, hatten sich ruhig verhalten; und nicht eine einzige Falle im Haus war zugeschnappt. Wir hatten vor, mit den Untersuchungen am nächsten Tag zu beginnen. Meinen Gästen hatte ich komfortabel ausgestattete Zimmer zugewiesen, ich selbst zog mich in meine eigene Turmkammer zurück, mit Nigger-Man quer über den Füßen. Ich schlief bald ein, wurde aber von gräßlichen Träumen bedrückt. Es war eine Vision eines altrömischen Gelages, wie jenes von Trimalchio, doch in einer zugedeckten Schüssel lauerte das monströseste Grauen. Dann erschien mir wieder das verdammte Irrsinnszeug mit dem Schweinehirten und seiner ekelerregenden Herde in der Zwielichtgrotte. Doch als ich erwachte, war es bereits heller Tag, und unten im Haus ertönten normale Geräusche. Die Ratten, lebende oder gespenstische, hatten mich nicht gestört; und Nigger-Man schlief noch immer friedlich. Beim Hintergehen erfuhr ich, daß diese Ruhe die ganze Nacht über geherrscht hatte; ein Zustand, den einer der versammelten Diener – ein Mann namens Thornton, der sich mit Spiritismus befaßt – ziemlich absurd der Tatsache zuschrieb, daß man mir eben schon das Ding gezeigt hatte, das bestimmte Mächte mir hatten zeigen wollen.

Alles war nun bereit, und um 11 Uhr vormittags stieg die gesamte Gruppe von sieben Männern, ausgerüstet mit starken elektrischen

Lampen und Ausgrabungsinstrumenten, in das Kellergewölbe und verriegelte die Tür hinter sich. Nigger-Man war bei uns, denn die Forscher störten sich keineswegs an seiner Erregbarkeit, ganz im Gegenteil, sie waren sehr darauf bedacht, ihn bei dieser Expedition mitzuhaben, da doch sein feiner Instinkt bei dieser Nagerjagd nur von Vorteil sein konnte. Die römischen Inschriften und unbekannten Altarzeichnungen nahmen wir nur flüchtig in Augenschein, drei der Wissenschaftler hatten sie bereits gesehen, und alle erkannten deren charakteristische Merkmale. Die größte Aufmerksamkeit galt dem wichtigeren Hauptaltar, und innerhalb einer Stunde war es Sir William gelungen, ihn nach rückwärts zu kippen; es mußte also irgendein unbekannter Mechanismus, eine Art Gegengewicht existieren.

Und dann lag solch ein unsägliches Grauen vor uns, das uns, wären wir nicht vorbereitet gewesen, in den Wahnsinn getrieben hätte. Durch eine beinahe quadratische Öffnung im Boden stiegen, nein, taumelten wir über eine steinerne Treppenflucht, so abgenützt, daß in der Mitte wenig mehr als eine geneigte Ebene war, auf der geisterhaft bleich und wildverstreut menschliche oder halbmenschliche Knochen lagen. Jene, die noch intakte Skelette waren, zeigten die grausigen Verrenkungen panischer Angst, und bei allen wiesen Merkmale darauf hin, daß Nagetiere an ihnen gefressen hatten. Die Schädel zeigten nichts Geringeres an als Idiotie, Kretinismus oder primitives Halbaffentum.

Über diesen infernalischen Stufen wölbte sich ein abfallender Tunnel, aus dem massiven Gestein herausgearbeitet und von Frischluft durchströmt. Dieser Luftstrom hatte nichts von dem plötzlichen wie lästigen Geruch eines geöffneten Gewölbes an sich, er war eher eine kühle Brise von angenehmer Frische. Wir hielten uns nicht lange auf, sondern bahnten uns schaudernd einen Weg die Treppe hinunter. Es war dabei, daß Sir William, der die behauenen Wände überprüfte, die überaus bestürzende Entdeckung machte, daß der Gang – der Richtung der Schläge nach – *von unten her* gemeißelt worden war.

Ich muß jetzt sehr sorgfältig überlegen und meine Worte achtsam wählen.

Als wir einige Stufen weiter durch die zernagten Knochen vorgedrungen waren, sahen wir Licht über uns; nicht irgendein mystisches Phosphoreszieren, sondern gefiltertes Tageslicht, das nur aus einer unbekannten Spalte der Felsenschlucht kommen konnte. Daß solche Spalten von außen her übersehen worden waren, besagte nicht viel, denn das darunterliegende Tal ist unbewohnt, und der Felsvorsprung, auf dem die Priorei erbaut ist, ist so hoch und so weit überhängend, daß seine Steilwand nur ein Flieger genau betrachten könnte.

Nachdem wir einige Schritte weitergegangen waren, erblickten wir etwas, das uns buchstäblich den Atem raubte, so buchstäblich, daß Thornton, der Spiritist, ohnmächtig in die Arme seines bestürzten Hintermannes taumelte. Norrys, das dicke Gesicht weiß und schlaff, stieß bloß unartikulierte Schreie aus; während ich glaube, daß ich nach Luft rang oder zischte und meine Augen bedeckte.

Der Mann hinter mir – der einzige Mann der Gruppe, der älter als ich war – krächzte das abgedroschene Mein Gott, und es war die gebrochenste Stimme, die ich je gehört habe. Von sieben gebildeten Männern bewahrte nur ein einziger die Haltung: Sir William Brinton; ein Umstand, der ihm um so höher angerechnet werden muß, weil er die Gruppe anführte und den Anblick als erster vor Augen bekommen hatte.

Vor uns, in einem grausigen, unwirklichen Zwielicht, lag eine Grotte riesiger Höhe, die sich in eine unermeßliche Ferne ausdehnte, so weit, daß das Auge kein Ende mehr zu finden vermochte; eine unterirdische Welt voller namenloser Rätsel und Schrecken. Es gab Bauten und architektonische Überreste – mit einem einzigen Blick des Entsetzens sah ich gespenstische Modelle von Tumuli, einen barbarischen Kreis von Monolithen, eine flachkuppelige römische Ruine, einen langgestreckten angelsächsischen Bauernhof und ein frühenglisches Holzhaus –, aber all das wurde von dem ghoulischen Panoptikum überboten, das der Zustand dieser subterranäen Fläche bewirkte. Denn viele Yards im Umkreis der Treppe erstreckte sich ein wahnwitziges Gewirr menschlicher Knochen oder solcher, die aus Zwischenstadien stammen mußten; wie eine gischtige See breiteten sie sich vor uns aus, einige zerfallen, andere wieder als teilweise oder ganze Skelette; letztere in Stellungen grauenhaftester Furcht, der verzweifeltsten Abwehr oder auch nach anderen in kannibalischer Absicht krallend.

Als unser Anthropologe Dr. Trask die Schädel untersuchte, stellte er eine Mischung fest, die ihn äußerst verblüffte. In der Entwicklungsstufe standen sie meist unter dem Piltdownmenschen, waren aber in jedem Fall definitiv menschlich. Viele gehörten einer höheren Stufe an, dagegen verrieten sehr wenige Schädel höchst entwickelte Typen. Die meisten Knochen waren angenagt, meistens von Ratten, aber auch ziemlich viele von denen der halbmenschlichen Gattung. Mitten darunter fanden sich auch hin und wieder zierliche Rattenknöchelchen – die Gefallenen dieser nagenden Todesarmee, die diese uralte Geschichte beendeten.

Ich staune heute noch, daß an diesem Tag der abscheulichsten Entdeckungen niemand von den Männern starb oder den Verstand verlor. Kein Hoffmann, kein Huysmans könnte eine unglaublichere, abstoßendere, romantisch groteskere Szene erdenken als diese Zwielichtgrotte, durch die wir sieben wankten; jeder von Enthüllung zu Enthüllung stolpernd und krampfhaft versuchend, nicht an das zu denken, was sich hier vor dreihundert oder tausend oder zweitausend oder zehntausend Jahren abgespielt haben mochte. Es war ein veritables Vorzimmer zur Hölle, und der arme Thornton fiel abermals in Ohnmacht, als Dr. Trask ihm erzählte, daß einige der Skelette während der letzten zwanzig oder mehr Generationen als Vierbeiner heruntergekommen sein müssen.

Schrecken häufte sich auf Schrecken, als wir die architektonischen Überreste zu erforschen suchten. Die menschlichen Vierbeiner, manchmal gab es auch Zweibeiner darunter, waren in primitiven Steinzellen gefangengehalten worden, aus denen sie, rasend vor Hunger und aus Furcht vor den Ratten, ausgebrochen sein mußten. Sie waren in großen Herden dagewesen und wurden allem Anschein nach mit dem groben Gemüse gemästet, dessen Abfall man in Form giftiger Fäulnis am Boden riesiger Steinbehälter entdeckte, die älter als Rom waren. Nun wußte ich endlich, warum meine Vorfahren solch ausgedehnte Gemüsegärten hielten – oh, könnte ich das alles nur vergessen!!

Nach dem Zweck jener Herden wollte ich lieber gar nicht fragen.

Sir William, mit seiner Taschenlampe in der römischen Ruine stehend, übersetzte laut das blasphemischste Ritual, das ich je gehört hatte; und sprach über die Art und Weise der antediluvialen Kulte, die die Priester der Kybele vorgefunden und mit ihrem eigenen verschmolzen hatten. Norrys, ein Mann, der in den Schützengräben

Flanderns gelegen hatte, vermochte, als er aus dem altenglischen Haus herauskam, nicht mehr aufrecht zu gehen. Es war ein Fleischerladen und eine Küche zugleich – er hatte das zwar erwartet, aber es war zuviel, die vertrauten englischen Werkzeuge an solch einem Ort zu sehen und ebenso vertraute Wandkritzeleien zu lesen, manche davon nicht älter als von 1610. Ich brachte es nicht über mich, in dieses Gebäude zu treten – in dieses Haus, dessen teuflischem Verwendungszweck erst der scharfe Dolch meines Vorfahren Walter de la Poer ein Ende bereitet hatte.

Wohinein ich mich zu gehen wagte, war das niedrige angelsächsische Gebäude, dessen Eichentor herausgefallen war; darin fand ich eine fürchterliche Reihe von Steinzellen mit rostigen Gittern, es waren ihrer zehn. In dreien befanden sich menschliche Skelette, und auf dem knöchernen Zeigefinger des einen fand ich einen Siegelring mit meinem eigenen Familienwappen. Sir William fand ein Gewölbe unter der römischen Kapelle mit weitaus älteren Zellen, die aber leer waren. Darunter entdeckte er eine niedrige Krypta mit Kisten voller Totenknochen, die man peinlich genau geschichtet hatte. Einige trugen fürchterliche Inschriften eingeschnitzt, teils in Latein und Griechisch, teils in der Sprache Phrygiens.

Mittlerweile hatte Dr. Trask einen der prähistorischen Tumuli geöffnet und brachte Schädel ans Licht, die kaum mehr menschlicher waren als die von Gorillas und die unbeschreibliche hieroglyphische Ritzzeichnungen aufwiesen. Unberührt von all diesem Grauen stolzierte mein Kater herum. Einmal sah ich ihn wie ein kleines Ungeheuer auf einem Berg von Knochen hocken und dachte an die Geheimnisse, die hinter seinen gelben Augen liegen mochten. Nachdem wir einigermaßen die schauerlichen Enthüllungen dieses Zwielichtlandes bis zu einem gewissen Grad erfaßt hatten – eines unterirdischen Landes, das mir bereits in Alpträumen vorgeschwebt war –, wandten wir uns jener anscheinend grenzenlosen Mitternachtshöhle zu, wohin kein Lichtstrahl aus einer Felsenspalte mehr dringen konnte. Nie werden wir erfahren, welch augenlos stygische Welten hinter dem kurzen Stück gähnten, das wir gingen; denn es wurde vorausbestimmt, daß solche Geheimnisse nicht gut für die Menschheit sind. Aber es gab genug in der Nähe, um unsere Aufmerksamkeit voll in Anspruch zu nehmen, denn wir waren gar nicht lange unterwegs, als uns unsere Taschenlampen jene Gruben erhellten, in denen die Ratten ihre schaurigen Freßorgien abgehalten hatten, bis daß ein völlig unerwartetes Aussetzen der Fütterung die heißhungrige Nagerarmee zu den lebenden Herden getrieben, und später dazu, aus der verlassenen Priorei hervorzuquellen, in jenem historischen Verwüstungszug, den die Bauern nie vergessen werden.

Gott! Diese grauenhaften, aasschwarzen Gruben voller abgenagter Knochen und geöffneter Totenschädel! Diese alptraumzitternden Abgründe, vollgepfropft mit Knochen unseligster Jahrhunderte, mit Knochen der Pithekanthropoiden, Kelten, Römer, Engländer... Manche dieser Gruben waren bis an den Rand gefüllt, und kein Mensch vermag zu sagen, wie tief sie eigentlich wirklich waren. Andere wieder waren so tief, daß die Kegel unserer Taschenlampen keinen Grund fanden, oder voll von unaussprechlichen Fieberträumen.

Einmal glitt mein Fuß am Rand eines der grauenhaft gähnenden Schlünde aus, und für einen Augenblick lang fühlte ich mich von einer rasenden Angst erfaßt. Ich muß wohl eine lange Weile stillgestanden haben, denn ich konnte niemand mehr von der Gruppe sehen außer dem dicken Captain Norrys. Dann kam ein Geräusch aus der tintendunklen, grenzenlosen Ferne, das ich zu kennen glaubte; und ich sah meinen alten schwarzen Kater gleich einem geflügelten ägyptischen Gott an mir vorbeispringen, geradewegs in den unendlichen Abgrund dieser unbekannten Welt. Aber ich lag nicht weit zurück, denn nach einer weiteren Sekunde gab es keinen Zweifel mehr: Es war das unheilige Hasten jener teufelgeborenen Ratten, stets nach neuem Grauen jagend und mit keiner anderen Absicht, als mich in die ultimatesten Höhlen im innersten Gedärm der Erde zu treiben, wo Nyarlathotep, der irrsinnige, gesichtslose Gott blind zum Gepfeife zweier idiotischer Flötenspieler jault.

Meine Taschenlampe war ausgebrannt, aber trotzdem lief ich weiter. Ich hörte Stimmen, Gejohle und grausige Echos, aber darüber erhob sich weich, ja fast sanft dieses unheilige, heimtückische Hasten; allmählich steigend, steigend, steigend wie eine steifgeblähte Wasserleiche in einem schleimigen, öligen Fluß hochsteigt, der unter endlosen Onyxbrücken einem schwarzen, faulenden Ozean zuströmt.

Irgendwas stieß gegen mich – etwas Weiches, Plumpes. Es müssen die Ratten gewesen sein; die bösartige, gallerthafte, hungrige Armee, die von den Toten wie von den Lebenden frißt ... Warum sollten die Ratten nicht einen de la Poer fressen – fressen doch auch de la Poers Verbotenes! ... Der Krieg fraß meinen Jungen, verdammt sollen sie sein ... alle! ... Die Yankees fraßen Carfax mit Flammen und verbrannten Großvater Delapore und das Geheimnis ... Nein, nein, ich sage euch, ich bin *nicht* der höllische Schweinehirt dieser Zwielichtgrotte! Es war nicht Edward Norrys' Kopf auf jenem pilzüberwucherten Ding! Wer behauptet, daß ich ein de la Poer bin? Er lebte, aber mein Junge starb! ... Soll ein Norrys die Ländereien eines de la Poer besitzen? ... Das ist Vudu, sag ich euch ... die getupfte Schlange ... Verflucht sollst du sein, Thornton, ich werde dich lehren, in Ohnmacht zu fallen, beim Anblick dessen, was meine Familie tut! ... Gottes Blut, du Hundsfott, ich will dir wohl Mores beibringen ... wolde ye swynke me thilke wys ...? *Magna Mater! Magna Mater! ... Atys ... Dia ad aghaidh 's ad aodann ... agus bás dunach ort! Dhonas 's dholas ort agus leat-sa! ... Ungl ... ungl ... rrlh ... chchch ...*

Das, behaupten sie, hätte ich gestammelt, als sie mich nach drei Stunden in der Finsternis über Captain Norrys' halbaufgefressener Leiche kriechend fanden, wobei mir mein eigener Kater eingekrallt an der Kehle hing. Nun haben sie Exham Priory in die Luft gesprengt, mir meinen Nigger-Man fortgenommen und mich in Hanwell in ein vergittertes Zimmer gesperrt, wobei sie ängstlich über meine Erbanlagen und mein Erlebnis flüsterten. Thornton ist im Zimmer nebenan, aber sie wollen mich mit ihm nicht sprechen lassen. Sie versuchen auch das meiste über die Priorei zu unterdrücken. Wenn ich vom armen Norrys spreche, beschuldigen sie mich einer abscheulichen Sache, aber sie müssen doch wissen, daß ich es nicht war, der das getan hat. Sie müssen doch wissen, daß es diese Ratten waren, diese grauenhaften Ratten, die wie irrsinnig hinter der Polsterung dieses Zimmers rasen, die mich nicht schlafen lassen, die mich in dieses unendliche Grauen hinunterlocken wollen, in ein Grauen, das größer ist als alle anderen; diese Ratten, die nur ich allein hören kann; die Ratten, die Ratten, die Ratten im Gemäuer ...

Schatten über Innsmouth

I

Im Winter 1927-28 führten Beamte der Bundesregierung eine geheime Untersuchung über gewisse Zustände in dem alten Seehafen Innsmouth in Massachusetts durch. Die Öffentlichkeit erfuhr zum erstenmal im Februar davon, als zunächst eine Serie von Razzien und Verhaftungen stattfand und bald darauf unter entsprechenden Vorkehrungen eine sehr große Zahl morscher, wurmstichiger und offenbar leerstehender Häuser in dem verlassenen Hafenbezirk niedergebrannt oder gesprengt wurde. Harmlose Gemüter sahen in den Vorfällen nichts weiter als einen der schweren Zusammenstöße in dem immer wieder aufflackernden Kampf gegen den Alkoholschmuggel.

Wer dagegen die Nachrichten aufmerksamer verfolgte, wunderte sich über die zahllosen Verhaftungen, die ungewöhnlich große Zahl von Männern, die dafür eingesetzt, und die Heimlichkeit, mit der die Gefangenen fortgeschafft wurden. Über irgendwelche Prozesse oder auch nur definitive Anklagen gegen die Verhafteten las man nichts; auch ist keiner der Gefangenen jemals in einem der normalen Gefängnisse des Landes gesehen worden. Man munkelte von Krankheit und Konzentrationslagern und später von einer Aufteilung der Inhaftierten auf verschiedene Marine- und Militärgefängnisse, doch all das blieb unbestätigt. Innsmouth selbst hatte fast keine Einwohner mehr, und auch heute lassen sich nur schwache Anzeichen für ein nach und nach wiedererwachendes Leben in der Stadt entdecken.

Beschwerden von seiten zahlreicher liberaler Organisationen führten zu langen vertraulichen Besprechungen, und ihre Vertreter durften bestimmte Lager und Gefängnisse besichtigen. Daraufhin verhielten sich diese Gesellschaften überraschend passiv und zurückhaltend. Mit den Zeitungsleuten hatte man es nicht so leicht, doch auch sie schienen sich schließlich weitgehend auf die Seite der Regierung zu schlagen. Nur ein einziges Blatt – eine Boulevardzeitung, die wegen ihrer unseriösen Berichterstattung von niemandem ernst genommen wurde – brachte einen Artikel über ein Unterseeboot, das angeblich Torpedos in den Tiefseegraben unmittelbar hinter dem Teufelsriff abgeschossen habe. Die Nachricht, die dem Korrespondenten der Zeitung in einem Fischernest zugetragen wurde, schien ein bißchen an den Haaren herbeigezogen; denn das niedrige, schwarze Riff liegt volle anderthalb Meilen vor dem Hafen von Innsmouth.

Die Leute in den umliegenden Städten und Dörfern erzählten sich gegenseitig allerhand dunkle Geschichten, ließen aber kaum etwas gegenüber Fremden verlauten. Sie hatten seit fast einem Jahrhundert über das sterbende und halbverlassene Innsmouth gesprochen, und nichts Neues konnte abenteuerlicher und schrecklicher sein als das, was sie schon seit Jahren hinter vorgehaltener Hand herumerzählten. Sie hatten allen Grund, verschwiegen zu sein, und es bestand kein Anlaß, sie unter Druck zu setzen. Außerdem wußten sie tatsächlich nur wenig; denn die ausgedehnten Salzsümpfe, die öde und unbewohnt sind, schirmen Innsmouth auf der Landseite gegen seine Nachbarn ab.

Ich aber will nun endlich das amtlich verordnete Schweigen in dieser Angelegenheit brechen. Die Maßnahmen, dessen bin ich sicher, waren seinerzeit so erfolgreich, daß der Öffentlichkeit kein anderer Schaden erwachsen kann als ein durch Abscheu hervorgerufener Schock, wenn sie erfährt, was jene entsetzten Regierungsbeamten damals in Innsmouth vorfanden. Überdies könnte es für diese Funde mehr als eine Erklärung geben. Ich weiß nicht einmal, wieviel selbst mir von der ganzen Geschichte mitgeteilt wurde, und ich habe meine guten Gründe, wenn ich der Sache lieber nicht weiter nachgehen möchte. Denn ich kam in engere Berührung mit dieser Sache als irgendein anderer Privatmann, und ich habe Eindrücke empfangen, die mich noch zu drastischen Maßnahmen treiben werden. Ich war es, der in den frühen Morgenstunden des 16. Juli 1927 Hals über Kopf aus Innsmouth floh und dessen verzweifeltes Drängen auf eine Untersuchung und Intervention von seiten der Regierung die Vorfälle auslöste, über die ich berichtet habe. Ich war nur allzugern bereit, mein Wissen für mich zu behalten, solange die Angelegenheit noch neu und der Ausgang ungewiß war; aber nun, da es eine alte Geschichte ist und das Interesse und die Neugier der Öffentlichkeit abgeebbt sind, verspüre ich ein sonderbares Verlangen, von jenen schrecklichen Stunden zu sprechen, die ich in diesem berüchtigten, von bösen Schatten erfüllten Hafen des Todes und der blasphemischen Abnormität verbrachte. Wenn ich nur darüber sprechen kann, so hilft mir das schon, Vertrauen in meine eigenen Fähigkeiten wiederzugewinnen und die Befürchtung zu zerstreuen, ich sei nur einfach das erste Opfer einer ansteckenden, alptraumhaften Halluzination geworden. Auch wird es mir helfen, den letzten Entschluß im Hinblick auf einen furchtbaren Schritt zu fassen, den ich zu tun gedenke.

Ich hatte nie von Innsmouth gehört, bis zu dem Tage, an dem ich es zum ersten und bisher auch letzten Male sah. Ich feierte meine eben erlangte Volljährigkeit mit einer Reise durch Neuengland – um das Land kennenzulernen und außerdem historische und genealogische Studien zu treiben – und hatte eigentlich direkt von dem uralten Newburyport aus nach Arkham fahren wollen, wo die Familie meiner Mutter herstammt. Ich hatte keinen Wagen, sondern reiste mit der Eisenbahn, der Straßenbahn oder mit Autobussen, wobei ich mir immer die billigsten Möglichkeiten aussuchte. In Newburyport sagte man mir, der Dampfzug sei das richtige Verkehrsmittel, um nach Arkham zu gelangen, und von Innsmouth hörte ich erst am Fahrkartenschalter auf dem Bahnhof, als ich mich über den hohen Fahrpreis beschwerte. Der untersetzte, pfiffig dreinblickende Beamte, dessen Sprache ihn als Ortsfremden auswies, schien Verständnis für meine Sparsamkeit aufzubringen und machte mir einen Vorschlag, den ich von meinen bisherigen Informanten nicht gehört hatte.

»Sie könnten natürlich den alten Bus nehmen«, sagte er zögernd, »aber die Leute hier halten nicht viel davon. Er fährt über Innsmouth – vielleicht haben Sie schon davon gehört –, und deswegen mögen ihn die Leute nicht. Der Besitzer ist einer aus Innsmouth – Joe Sargent heißt er –, aber ich glaube nicht, daß schon mal jemand von hier mitgefahren ist, und von Arkham auch nicht. Ein Wunder, daß er überhaupt fährt. Wahrscheinlich ist er ziemlich billig, aber ich hab' noch nie mehr als zwei oder drei Leute drin gesehn – alle aus Innsmouth. Abfahrt am Stadtplatz – vor Hammonds Drugstore – um zehn und abends um sieben, wenn sie's nicht in letzter Zeit geändert haben. Ist wie's scheint 'ne fürchterliche Klapperkiste – bin nie mitgefahren.«

Das war das erstemal, daß ich von dem geheimnisvollen Innsmouth hörte. Jeder Hinweis auf eine Stadt, die nicht auf normalen Landkarten oder in neueren Reiseführern zu finden war, hätte mich ohnehin interessiert, und die vielsagenden Andeutungen des Beamten weckten so etwas wie echte Neugier in mir. Eine Stadt, so überlegte ich, die bei den Einwohnern der Nachbarstädte eine solche Abneigung hervorrief, mußte zumindest recht ungewöhnlich sein und das Interesse eines Touristen verdienen. Wenn sie vor Arkham lag, würde ich dort Station machen; ich bat also den Beamten, mir etwas über diesen Ort zu erzählen. Er war sehr bedächtig, und ich hatte den Eindruck, daß er mehr wußte, als er mir sagen wollte.

»Innsmouth? Na ja, das ist ein sonderbares Nest, unten an der Mündung des Manuxet. War mal 'ne ganz hübsche Stadt – und vor dem Krieg von 1812 ein wichtiger Hafen, aber in den letzten hundert Jahren oder so ist alles verkommen. Keine Eisenbahn mehr – B. & M. ist sowieso nie durchgegangen, und die Nebenstrecke von Rowley rüber ist schon vor Jahren stillgelegt worden. Die haben dort mehr leere Häuser als Menschen, glaub' ich, und, abgesehen vom Fisch- und Hummernfang, kein nennenswertes Gewerbe. Der Handel findet praktisch ausschließlich hier oder in Arkham oder Ipswich statt. Früher mal hatten sie 'ne ganze Menge Fabriken, aber heute ist nichts mehr übrig außer einer einzigen Goldraffinerie, und die läuft auch nur ein paar Stunden am Tag.

Diese Raffinerie war aber mal 'ne ganz große Sache, und der alte Marsh, der Besitzer, ist bestimmt reicher als Krösus. Aber er ist ein komischer alter Kerl, der sich fast nie blicken läßt. Angeblich hat er auf seine alten Tage 'ne Hautkrankheit oder so was bekommen, und deshalb traut er sich nicht mehr auf die Straße. Er ist der Enkel von Kapitän Obed Marsh, der den Laden gegründet hat. Seine Mutter war anscheinend 'ne Art Ausländerin – 'ne Südseeinsulanerin, sagen die Leute –, und deshalb gab's einen ganz schönen Krach, als er vor fünfzig Jahren ein Mädchen aus Ipswich heiratete. Das ist immer so, wenn's um die Leute aus Innsmouth geht, und hier in der Gegend gibt keiner gern zu, daß seine Vorfahren aus Innsmouth stammen. Dem Marsh seine Kinder und Enkel sehen aber ganz normal aus, so wie ich das beurteilen kann. Hab' sie schon ein paarmal hier gesehen – allerdings, wenn ich mir's überlege, muß ich sagen, daß die älteren

Kinder schon lange nicht mehr aufgetaucht sind. Den Alten selber hab' ich nie gesehen.

Warum in Innsmouth alles so runtergekommen ist? Wissen Sie, junger Mann, Sie dürfen nicht allzuviel drauf geben, was die Leute hier so erzählen. Man kriegt sie nicht so leicht zum Reden, aber wenn das Eis erst mal gebrochen ist, hören sie auch nicht so bald wieder auf. Über Innsmouth erzählen sie, glaub' ich, schon seit hundert Jahren so komische Sachen, wenn's auch wohl hauptsächlich nur Gerüchte sind, und ich glaube, sie haben alle miteinander mehr Angst als Vaterlandsliebe. Über manche von den Geschichten würden Sie bloß lachen – zum Beispiel, daß der alte Kapitän Marsh einen Pakt mit dem Teufel geschlossen und Geister aus der Hölle nach Innsmouth gebracht hat, oder daß 'ne Art Teufelsanbetung und grausige Opfer an irgendeiner Stelle bei den Kais stattgefunden haben, und die Leute sind 1845 oder so zufällig draufgekommen – aber ich bin aus Panton, Vermont, und mir kann man mit solchen Geschichten nicht kommen.

Sie sollten sich aber mal anhören, was ein paar von den Alten über das schwarze Riff vor der Küste wissen wollen – Teufelsriff nennen sie's. Es schaut die meiste Zeit ein ganzes Stück aus dem Wasser heraus und ist nie besonders tief drunter, aber man könnt' es kaum 'ne Insel nennen. Angeblich kann man auf diesem Riff manchmal 'ne ganze Legion Teufel sehen – sie sollen rumliegen oder aus irgendwelchen Höhlen am oberen Rand rausflitzen und wieder drin verschwinden. Es ist ein zackiges, unebnes Ding, über 'ne Meile weit draußen, und damals, als die Schiffe noch Innsmouth anliefen, machten sie große Umwege, um bloß nicht dran vorbeizukommen.

Natürlich nur die Schiffe, die nicht aus Innsmouth waren. Eine von diesen komischen Geschichten über den alten Kapitän Marsh war, daß er angeblich manchmal in der Nacht auf dem Riff gelandet ist, wenn die Flut günstig war. Vielleicht hat er das wirklich gemacht, denn die Felsformation ist wirklich interessant, möchte ich sagen, und es ist gut möglich, daß er nach Piratenbeute gesucht und sie vielleicht auch gefunden hat; aber es wurde gemunkelt, daß er dort was mit Dämonen zu tun hatte. In Wirklichkeit wird es so gewesen sein, daß das Riff nur wegen dem Kapitän so einen schlechten Ruf gekriegt hat.

Das war vor der Epidemie von 1846, die über die Hälfte der Einwohner von Innsmouth dahingerafft hat. Sie haben eigentlich nie so recht herausgefunden, was es für eine Krankheit gewesen ist, aber wahrscheinlich war's irgendeine ausländische Seuche, die von den Schiffen aus China oder sonstwo eingeschleppt worden war. Jedenfalls war's 'ne ganz böse Sache – es gab Tumulte und alle Arten fürchtlicher Vorkommnisse, von denen man draußen, glaub' ich, gar nicht so viel mitgekriegt hat –, und als es vorbei war, sah's schrecklich aus in der Stadt. Hat sich nie mehr erholt – heute wohnen da höchstens noch 300 bis 400 Menschen.

Aber der eigentliche Grund für die Abneigung der Leute ist einfach ein Rassenvorurteil – und ich kann es ihnen nicht mal verübeln. Ich kann das Volk aus Innsmouth selber nicht ausstehen und hab' keine Lust hinzufahren. Ich nehme an, Sie wissen – wenn Sie auch der Sprache nach aus dem Westen kommen –, wieviel die Schiffe aus Neuengland mit sonderbaren Häfen in Afrika, Asien, der Südsee und überall auf der Welt zu tun hatten und was für komische Sorten von Leuten sie manchmal mitbrachten. Wahrscheinlich haben Sie schon mal von dem Mann aus Salem gehört, der mit einer chinesischen Frau heimkam, und vielleicht wissen Sie auch, daß irgendwo in der Nähe von Cape Cod noch eine Gruppe Fidschi-Insulaner lebt.

Ja, und irgend so was muß bei den Leuten von Innsmouth auch im Hintergrund sein. Der Ort war immer durch Salzsümpfe und Flüsse ziemlich vom Hinterland abgetrennt, und man kann natürlich keine Einzelheiten wissen; es ist aber ziemlich klar, daß der alte Kapitän Marsh ein paar recht sonderbare Exemplare mitgebracht hat, als in den zwanziger und dreißiger Jahren drei Schiffe von ihm auf See waren. Die Leute aus Innsmouth haben heute tatsächlich was Komisches an sich – ich weiß nicht, wie ich's erklären soll, aber man kriegt eine Gänsehaut davon. Sie werden es auch an diesem Sargent feststellen, wenn Sie mit seinem Bus fahren. Manche von ihnen haben sonderbar schmale Schädel mit flachen Nasen und hervortretenden, starren Augen, die sie anscheinend nie zumachen, und ihre Haut ist irgendwie nicht in Ordnung. Sie ist rauh und schuppig, und der Hals ist auf beiden Seiten eingeschrumpft oder faltig. Außerdem kriegen sie in ziemlich jungen Jahren eine Glatze. Die Älteren sehen am schlimmsten aus – ich glaub' sogar, daß ich noch nie einen ganz alten Mann von dieser Rasse zu sehen gekriegt habe. Wahrscheinlich sterben sie früh, weil sie zu tief ins Glas geschaut haben. Die Tiere haben Angst vor ihnen – als es noch keine Autos gab, hatten sie 'ne Menge Schwierigkeiten mit ihren Pferden.

Hier oder in Arkham will keiner was mit ihnen zu tun haben, und sie selber verhalten sich auch ziemlich reserviert, wenn sie in die Stadt kommen oder wenn irgendeiner versucht, auf ihrem Gebiet zu fischen. Merkwürdig, wie viele Fische es immer vor Innsmouth gibt, wenn man woanders kaum welche findet – aber Sie brauchen bloß mal versuchen, selbst dort zu fischen, und Sie werden erleben, wie dieses Volk Sie wegjagt! Früher kamen sie mit der Eisenbahn hierher – sie gingen zu Fuß nach Rowley und nahmen dort den Zug, nachdem die Nebenstrecke stillgelegt worden war –, aber heute fahren sie mit dem Bus.

Ja, es gibt ein Hotel in Innsmouth. Es heißt Gilman House, aber ich glaub' kaum, daß viel damit los ist. Ich würde Ihnen nicht raten, es auszuprobieren. Bleiben Sie lieber die Nacht hier, und nehmen Sie dann den Zehn-Uhr-Bus morgen früh; dann können Sie um acht Uhr abends einen Bus nach Arkham bekommen. Vor zwei Jahren ist mal ein Gewerbeinspektor im Gilman abgestiegen, und er machte hinterher ein paar ganz merkwürdige Andeutungen über das Hotel. Muß inzwischen ein seltsames Volk dort sein, denn dieser Mann hörte Stimmen in anderen Räumen – obwohl die meisten leerstanden –, die ihn schaudern ließen. Es war eine fremde Sprache, meinte er, aber das Schlimme daran war die Art der Stimmen. Sie hörten sich so unnatürlich an – irgendwie platschend, so drückte er sich aus –, daß er sich nicht traute, sich auszuziehen und zu Bett zu gehen. Er blieb wach und machte sich beim ersten Morgengrauen davon. Die Stimmen waren fast die ganze Nacht hindurch zu hören.

Dieser Mann – er hieß Casey – hatte auch 'ne Menge zu erzählen, wie die Leute in Innsmouth ihn beobachteten und irgendwie auf der Hut zu sein schienen. Die Raffinerie von Marsh kam ihm sonderbar vor – es ist eine alte Mühle am unteren Fall des Manuxet. Was er sagte, stimmte mit dem überein, was ich selber gehört hatte. Wissen Sie, es war immer ein bißchen rätselhaft, wo die Marshes das Gold herbekommen, das sie verfeinern. Eingekauft haben sie nie besonders viel von dem Zeug, aber vor Jahren verschickten sie einmal eine riesige Menge fertiger Goldbarren.

Es hat mal viel Gerede gegeben um eine ausländische Art von Schmuck, den die Matrosen und die Arbeiter heimlich verkauften und den man auch ein- oder zweimal an Frauen aus der Verwandtschaft der Marshes gesehen hatte. Die Leute meinten, daß der alte Kapitän Obed diese Schmucksachen vielleicht in irgendeinem heidnischen Hafen eintauschte, besonders weil er immer Unmengen von Glasperlen und anderem Tand bestellte, wie ihn die Seeleute für den Tauschhandel mit Eingeborenen verwenden. Andere dachten und denken auch heute noch, daß er einen alten Piratenschatz draußen auf dem Teufelsriff gefunden hatte. Aber jetzt kommt das Sonderbare. Der alte Kapitän ist jetzt schon seit sechzig Jahren tot, und nach dem Sezessionskrieg hat kein größeres Schiff mehr vor Innsmouth geankert; trotzdem kaufen die Marshes noch immer solche Tauschartikel – hauptsächlich Flitterkram aus Glas und Gummi, heißt es. Vielleicht finden die Leute von Innsmouth jetzt selber Gefallen an solchem Zeug – der Himmel weiß, daß sie nicht mehr viel besser sind als die Südseekannibalen oder die Wilden in Guinea.

Diese Seuche von 1846 muß die besten Familien in der Stadt ausgerottet haben. Jedenfalls sind sie heute ein dubioser Haufen, und die Marshes und andere reiche Leute sind genauso schlimm wie die andern. Wie ich Ihnen schon gesagt habe, leben in der ganzen Stadt wahrscheinlich nicht mehr als 400 Leute, trotz der vielen Straßen, die sie dort haben sollen. Ich glaube, sie sind das, was man in den Südstaaten weißes Gesindel nennen würde – gesetzlos, gerissen und voller finstrer Machenschaften. Sie fangen eine Menge Fische und Hummer, die sie mit Lastwagen abtransportieren. Komisch, daß es ausgerechnet dort und nirgendwo anders Fische in rauhen Mengen gibt. Bis jetzt ist es kaum gelungen, diesen Leuten auf die Finger zu schauen, und die Beamten der Schulbehörde und die Männer von der Volkszählung haben nichts zu lachen. Sie können sich drauf verlassen, daß neugierige Fremde in Innsmouth nicht gern gesehen sind. Ich habe selbst von mehr als einem Geschäftsmann oder Regierungsbeamten gehört, der dort verschwunden ist, und man munkelt auch von einem, der den Verstand verloren hat und jetzt in Danvers ist. Sie müssen dem armen Kerl eine Heidenangst eingejagt haben.

Deshalb würde ich an Ihrer Stelle lieber nicht über Nacht dort bleiben. Ich war nie dort, und es zieht mich auch gar nicht hin, aber ich glaube, tagsüber können Sie sich ruhig mal umschauen – obwohl die Leute hier Ihnen abraten werden. Wenn Sie die Gegend kennenlernen wollen und nach altem Kram suchen, dürfte Innsmouth für Sie genau das Richtige sein.«

So brachte ich denn einen Teil des Abends damit zu, in der Stadtbibliothek von Newburyport nachzulesen, was ich über Innsmouth finden konnte. Als ich versucht hatte, die Einheimischen in den Läden, im Gasthaus, in den Autowerkstätten und auf der Feuerwache auszufragen, hatte ich gemerkt, daß sie noch schwerer zum Reden zu bringen waren, als der Beamte am Fahrkartenschalter mir prophezeit hatte, und mir wurde klar, daß ich nicht genug Zeit hatte, ihre anfängliche Zurückhaltung zu überwinden. Sie waren irgendwie mißtrauisch, so als sei von vornherein jeder verdächtig, der sich allzu sehr für Innsmouth interessierte. Im Y.M.C.A., wo ich übernachtete, riet mir der Heimleiter lediglich davon ab, einen so trostlosen, heruntergekommenen Ort zu besuchen; und die Leute in der Bibliothek verhielten sich nicht viel anders. In den Augen der Gebildeten war Innsmouth offensichtlich nichts weiter als ein besonders krasser Fall eines degenerierten Gemeinwesens.

Auch die Bücher über die Geschichte der Grafschaft Essex in den Regalen der Bibliothek wußten lediglich zu berichten, daß die Stadt im Jahre 1643 gegründet wurde, vor dem Freiheitskrieg für ihren Schiffbau bekannt und Anfang des 19. Jahrhunderts eine wohlhabende Hafenstadt gewesen war und sich später zu einem kleinen Industriezentrum entwickelt hatte, das den Manuxet als Energiequelle ausnutzte. Die Epidemie und die Tumulte von 1846 wurden nur sehr beiläufig erwähnt, als stellten sie eine Schande für die ganze Grafschaft dar.

Hinweise auf den Niedergang fand ich nur wenige, doch die Entwicklung in neuerer Zeit war vielsagend genug. Seit dem Sezessionskrieg war der einzige Industriebetrieb die Marsh Refining Company, und der Absatz von Goldbarren stellte neben dem nach wie vor einträglichen Fischfang die letzte größere Einnahmequelle dar. Der Fischfang warf zwar immer weniger ab, weil die Preise sanken und die Konkurrenz von Großunternehmen fühlbar wurde, doch in der

Umgebung von Innsmouth gab es immer Fische in Hülle und Fülle. Ortsfremde ließen sich hier nur selten nieder, und ich fand einige diskret verschleierte Hinweise darauf, daß eine Anzahl von Polen und Portugiesen, die es dennoch versucht hatten, auf besonders drastische Weise wieder vertrieben worden waren.

Am interessantesten war ein kurzer Artikel über den eigenartigen Schmuck, der auf unbestimmte Weise mit Innsmouth in Verbindung gebracht wurde. Offenbar hatte die Angelegenheit in der ganzen Gegend erhebliches Aufsehen erregt, denn es wurde darauf hingewiesen, daß einzelne Stücke sich sowohl im Museum der Miskatonic-Universität in Arkham als auch im Ausstellungsraum der Historischen Gesellschaft von Newburyport befänden. Die bruchstückhaften Beschreibungen dieser Juwelen waren dürftig und prosaisch, doch ich glaubte, in ihnen einen Unterton zu entdecken, der mir immer merkwürdiger vorkam. Irgend etwas an ihnen schien so außergewöhnlich und provozierend, daß sie mir nicht aus dem Sinn gehen wollten, und so beschloß ich trotz der verhältnismäßig späten Stunde, das hier aufbewahrte Stück – bei dem es sich um ein großes Objekt von eigenartigen Proportionen handeln sollte, das offenbar als Tiara gedacht war – unbedingt noch anzuschauen, falls es sich irgendwie arrangieren ließ.

Der Bibliothekar gab mir ein kleines Empfehlungsschreiben an den Kustos der Gesellschaft mit, eine Miss Anna Tilton, die ganz in der Nähe wohnte, und nach einer kurzen Erklärung war diese nette Dame so freundlich, mich in das verschlossene Gebäude zu führen, da es ja noch nicht allzu spät war. Die Sammlung war wirklich bemerkenswert, doch in meiner gegenwärtigen Stimmung hatte ich nur Augen für das bizarre Objekt, das in einem Eckschrank unter elektrischen Lampen glitzerte.

Es hätte gar keiner besonderen Aufgeschlossenheit für schöne Dinge bedurft, um buchstäblich den Atem anzuhalten angesichts der seltsamen, überirdischen Pracht des fremdartigen, verschwenderischen Phantasiegebildes, das dort auf einem purpurnen Samtkissen ruhte. Selbst jetzt kann ich kaum beschreiben, was ich sah, obwohl es ganz offensichtlich eine Art von Tiara war, was ich ja schon aus der Beschreibung wußte. Sie war vorne hoch und hatte eine sehr große und sonderbar unregelmäßige Umfangslinie, so als sei sie für einen

Kopf von fast mißgestalteter elliptischer Form bestimmt. Das Material schien überwiegend Gold zu sein, obwohl ein unheimlicher, heller Glanz auf eine ungewöhnliche Legierung mit einem ebenso schönen und kaum identifizierbaren Metall schließen ließ. Sie war nahezu vollkommen erhalten, und man hätte Stunden mit dem Studium der faszinierenden und merkwürdig unkonventionellen Verzierungen zubringen können, die mit unglaublicher Grazie und Meisterschaft als Hochrelief in das Metall getrieben waren und von denen manche rein geometrische Muster, andere dagegen Darstellungen aus der Meeresfauna waren.

Je länger ich schaute, um so mehr faszinierte mich das Gebilde, und in diese Faszination mischte sich ein seltsam beunruhigendes Element, das kaum zu klassifizieren und zu erklären war. Zunächst dachte ich, es sei der merkwürdig außerirdische Stil, der mich beunruhigte. Alle anderen Kunstwerke, die ich kannte, gehörten entweder zu irgendeinem vertrauten Kulturkreis oder standen als modernistische Experimente in bewußtem Gegensatz zu jeder bekannten Kunstrichtung. Diese Tiara war keines von beidem. Sie war einerseits ein Produkt einer langen Tradition von unendlicher Reife und Vollkommenheit, doch diese Tradition war andererseits weit von jeder östlichen oder westlichen, antiken oder modernen Kunstrichtung entfernt, von der ich je gehört oder Beispiele gesehen hatte. Es war, als sei sie das Werk der künstlerischen Tradition eines anderen Planeten.

Ich bemerkte jedoch bald, daß mein Unbehagen noch eine zweite und vielleicht ebenso starke Ursache hatte, die von den bildlichen und mathematischen Elementen der eigenartigen Verzierungen herrührte. Die Figuren riefen Ahnungen von fernen Geheimnissen und unvorstellbaren Abgründen von Zeit und Raum hervor, und die eintönig aquatische Natur der Reliefs wirkte beinahe bedrückend. Unter den dargestellten Figuren waren monströse Fabelwesen von abschreckender Absurdität und Bösartigkeit – halb fisch- und halb froschähnlich –, bei denen man sich des bedrückenden Gefühls einer unbewußten Erinnerung nicht erwehren konnte, so als riefen sie irgendein Bild aus tiefen Zellen und Geweben wach, deren bewahrende Funktionen ganz und gar urzeitlich und von frühesten Vorfahren ererbt sind. Hin und wieder bildete ich mir sogar ein, jeder einzelne Umriß dieser blasphemischen Froschfische enthalte die letzte Quintessenz unbekannten und unmenschlichen Unheils.

In einem merkwürdigen Gegensatz zu dem Aussehen der Tiara stand ihre kurze und prosaische Geschichte, wie Miss Tilton sie mir erzählte. Sie war im Jahre 1873 für eine lächerliche Summe in einem Laden in der State Street versetzt worden, und zwar von einem betrunkenen Mann aus Innsmouth, der kurze Zeit später bei einer Schlägerei umkam. Die Gesellschaft hatte sie direkt von dem Pfandleiher erworben und sofort in einer ihrer Bedeutung entsprechenden Weise ausgestellt. Als wahrscheinliche Herkunft wurde Ostindien oder Indochina angegeben, obwohl diese Einordnung eingestandenerweise keineswegs gesichert war.

Miss Tilton, die alle möglichen Hypothesen über die Herkunft der Tiara mit ihrem Auftauchen in Neuengland in Einklang zu bringen versuchte, neigte zu der Annahme, daß sie einen Teil eines exotischen Piratenschatzes bilde, den der alte Kapitän Obed Marsh gefunden haben müsse. Und von dieser Theorie ging sie natürlich erst recht nicht ab, als die Marshes, sobald sie von der Aufstellung der Tiara erfuhren, beharrliche Kaufangebote zu einem sehr hohen Preis machten und sie bis in die Gegenwart ständig wiederholten, trotz der unbeirrbaren Ablehnung der Gesellschaft.

Als die gute Frau mich hinausgeleitete, erklärte sie mir, daß die Theorie, die Marshes verdankten ihren Reichtum einem Piratenschatz, unter den intelligenten Leuten dieser Gegend recht verbreitet sei. Ihre eigene Einstellung zu dem geheimnisumwitterten Innsmouth, das sie nie gesehen hatte, war gekennzeichnet durch den Abscheu vor einem Gemeinwesen, das einem solchen sozialen Niedergang verfallen war, und sie versicherte mir, die Gerüchte über eine Teufelsanbetung fänden teilweise ihre Bestätigung in einem eigenartigen Geheimkult, der sich dort breitgemacht und alle orthodoxen Kirchen verdrängt habe.

Dieser Kult, so sagte sie mir, werde »Der esoterische Orden von Dagon« genannt und sei zweifellos eine verderbte, beinahe heidnische Lehre, die vor einem Jahrhundert aus dem Osten eingeführt worden sei, zu einer Zeit also, als es schien, daß der Fischfang in Innsmouth sich bald nicht mehr auszahlen würde. Daß diese Lehre bei den einfachen Leuten so beliebt wurde, sei ganz natürlich, da die

Fischer sich von da an wieder einer reichen Beute erfreuen konnten, und zwar bis zum heutigen Tage. Sie erlangte bald den stärksten Einfluß in der Stadt, verdrängte die Freimaurerei völlig und übernahm deren bisherigen Tempel auf dem Neuen Kirchplatz als Versammlungsort.

Für die fromme Miss Tilton war all dies Grund genug, die alte Stadt des Verfalls und der Verlassenheit zu meiden, doch für mich stellte es nur einen neuen Anreiz dar. Zu meinen architektonischen und historischen Erwartungen gesellte sich jetzt noch anthropologischer Eifer; ich konnte in meinem kleinen Zimmer im Y.M.C.A. kaum schlafen und wünschte sehnlich den Tagesanbruch herbei.

2

Am nächsten Morgen stand ich kurz vor zehn Uhr mit meinem Köfferchen vor Hammonds Drugstore auf dem Alten Marktplatz und wartete auf den Bus nach Innsmouth. Als die Stunde der Ankunft näher rückte, bemerkte ich, wie die Müßiggänger sich langsam die Straße hinauf zu anderen Plätzen oder auf die andere Seite des Marktplatzes ins Ideal Lunch verzogen. Offensichtlich hatte der Beamte am Fahrkartenschalter die Abneigung der Einheimischen gegenüber Innsmouth und seinen Bewohnern nicht übertrieben. Einige Augenblicke später ratterte ein kleiner, äußerst klappriger Bus von schmutziggrauer Farbe die State Street entlang, wendete und hielt vor mir am Rand des Bürgersteigs. Ich spürte sofort, daß es der richtige war, eine Vermutung, die sogleich durch das halb unleserliche Schild *Arkham-Innsmouth-Newburyport* an der Windschutzscheibe bestätigt wurde.

Es saßen nur drei Fahrgäste drin – finstere, ungepflegte Kerle mit mürrischem Gesichtsausdruck und etwas jugendlichem Äußeren. Als das Fahrzeug hielt, kamen sie unbeholfen herausgewatschelt und gingen mit leisen, beinahe verstohlenen Bewegungen die State Street hinauf. Der Fahrer stieg ebenfalls aus, und ich beobachtete ihn, während er in den Drugstore ging, um etwas einzukaufen. Das, so überlegte ich, mußte der Joe Sargent sein, den der Mann am Fahrkartenschalter erwähnt hatte; und noch bevor ich irgendwelche Einzelheiten wahrnehmen konnte, stieg eine Welle des Abscheus in mir auf, die ich weder niederkämpfen noch erklären konnte. Plötzlich kam es mir ganz natürlich vor, daß die Einheimischen kein Verlangen hatten, mit dem Bus zu fahren, den ein solcher Mann besaß und lenkte, oder öfter als unbedingt nötig den Wohnort eines solchen Mannes und anderer seines Schlages zu besuchen.

Als der Fahrer aus dem Laden kam, sah ich ihn mir genauer an und versuchte, hinter den Grund für meinen unangenehmen Eindruck zu kommen. Er war ein magerer Mann mit hängenden Schultern, fast sechs Fuß groß, in schäbigen blauen Zivilkleidern und mit einer verschlissenen Golfmütze auf dem Kopf. Er war vielleicht fünfunddreißig Jahre alt, aber die sonderbaren, tiefen Falten rechts und links an seinem Hals ließen ihn älter erscheinen, wenn man nicht sein stumpfes, ausdrucksloses Gesicht ansah. Er hatte einen schmalen Kopf, hervortretende, wäßrig-blaue Augen, die nie zu blinzeln schienen, eine flache Nase, eine fliehende Stirn und ein ebensolches Kinn und auffallend unterentwickelte Ohren. Seine lange, dicke Oberlippe und die großporigen, grauen Wangen schienen fast bartlos, bis auf ein paar dürftige gelbe Härchen, die in vereinzelten krausen Büscheln hervorsproßten; und an manchen Stellen schien die Hautoberfläche sonderbar uneben, als schäle sie sich infolge irgendeiner Hautkrankheit. Seine Hände, an denen die Adern stark hervortraten, waren groß und von sehr ungewöhnlicher graublauer Farbe. Die Finger waren im Verhältnis zum übrigen Knochenbau der Hand auffallend kurz und hatten anscheinend die Neigung, sich in die riesige Handfläche zu krümmen. Während er auf den Bus zuging, fiel mir sein eigenartig watschelnder Gang auf, und ich sah, daß seine Füße unheimlich groß waren. Je länger ich sie anschaute, um so mehr wunderte ich mich, wie es ihm gelang, passende Schuhe zu finden.

Außerdem war der Bursche irgendwie ein bißchen schmierig, was meine Abneigung noch vertiefte. Offenbar verbrachte er die meiste Zeit mit Arbeit oder Müßiggang an den Anlegestellen der Fischerboote und trug deshalb den charakteristischen Geruch mit sich herum. Was für eine Beimischung von fremdländischem Blut in seinen Adern floß, konnte ich nicht einmal vermuten. Seine eigenartigen Merkmale schienen weder asiatisch noch polynesisch, weder levantinisch noch negroid, und doch war mir klar, warum die Leute ihn sonderbar fanden. Ich selbst hätte eher an biologische Degeneration als fremdländische Abstammung gedacht.

Mir kamen Bedenken, als ich sah, daß ich der einzige Passagier sein würde. Irgendwie konnte ich mich nicht mit dem Gedanken anfreunden, daß ich mit diesem Fahrer allein auf die Reise gehen sollte. Doch als es Zeit wurde abzufahren, schob ich meine Befürchtungen beiseite, kletterte nach dem Mann in den Bus und hielt ihm eine Dollarnote hin, wobei ich das einzige Wort »Innsmouth« murmelte. Er sah mich eine Sekunde lang neugierig an, während er mir vierzig Cent Wechselgeld herausgab. Ich nahm mehrere Reihen hinter ihm Platz, doch auf derselben Seite, denn ich wollte während der Fahrt die Küste sehen.

Schließlich fuhr das uralte Vehikel mit einem Ruck los und ratterte in einer Wolke von Auspuffgasen die State Street mit ihren alten Ziegelbauten entlang. Ich betrachtete die Leute auf den Bürgersteigen und glaubte zu bemerken, daß sie so taten, als sähen sie den Bus gar nicht. Dann bogen wir nach links in die High Street ab, wo der Bus sogleich besser vorankam; wie im Fluge huschten die stattlichen alten Herrenhäuser der frühen Republik und die noch älteren Bauernhäuser aus der Kolonialzeit vorbei, dann passierten wir Lower Green und den Parker-Fluß und fuhren schließlich in das offene Küstenland hinaus, das sich monoton vor uns ausbreitete.

Es war ein warmer, sonniger Tag, aber die Landschaft aus Sand, Riedgras und verkümmertem Gebüsch wurde immer trostloser, je weiter wir in sie vordrangen. Durch das Fenster konnte ich das blaue Wasser und die sandige Linie der Insel Plum sehen, und gleich darauf kamen wir ganz nahe an die Küste heran, nachdem unsere schmale Straße von der Hauptstraße nach Rowley und Ipswich abgezweigt war. Es waren keine Häuser zu sehen, und der Zustand der Straße verriet, daß in dieser Gegend kaum Verkehr herrschte. Die kleinen, verwitterten Telegraphenstangen trugen nur zwei Drähte. Ab und zu überquerten wir auf plumpen Holzbrücken Flüsse, die nur bei Flut Wasser führten und sich weit ins Land hineinschlängelten, wodurch die Gegend noch zusätzlich von der Außenwelt abgeschnitten wurde.

Hin und wieder gewahrte ich vertrocknete Baumstümpfe und zerbröckelnde Grundmauern, die aus dem Treibsand herausragten, und entsann mich der in einem der Geschichtsbücher zitierten Überlieferung, daß dies einmal ein fruchtbarer und dichtbesiedelter Landstrich gewesen sei. Die Wende, so hatte es dort geheißen, sei gleichzeitig mit der Epidemie von 1846 in Innsmouth gekommen, und bei einfachen Leuten sei der Glaube an einen dunklen Zusammenhang mit verborgenen bösen Mächten recht verbreitet. Der wirkliche Grund war die kurzsichtige Abholzung der Wälder an der Küste gewesen, durch die der Boden seines besten Schutzes vor Wind und Treibsand beraubt worden war.

Schließlich verloren wir die Insel Plum aus den Augen, und zu unserer Linken erstreckte sich bis zum fernen Horizont der Atlantische Ozean. Unser schmaler Fahrweg begann jetzt anzusteigen, und ich empfand ein einzigartiges Gefühl der Beunruhigung, als ich vor uns den einsamen Kamm der Anhöhe erblickte, dort, wo die ausgefahrene Straße den Horizont berührte. Es war, als wolle der Bus immer wieder aufwärts fahren, die sichere Erde hinter sich lassen und in die unbekannten Geheimnisse der oberen Luftschichten und des kryptischen Himmels eintauchen. Der Geruch des Meeres weckte schlimme Vorahnungen, und der steife Rücken und der schmale Kopf des Fahrers wurden mir immer widerwärtiger. Als ich ihn genauer betrachtete, sah ich, daß sein Hinterkopf fast genauso haarlos war sie sein Gesicht und nur ein paar schüttere gelbe Strähnen hier und da die graue, schuppige Haut verdeckten.

Dann erreichten wir den Gipfel der Anhöhe und sahen in das dahinterliegende Tal hinab, wo der Manuxet ins Meer mündet, unmittelbar nördlich der langen Kette von Klippen, die in Kingsport Head ihre größte Höhe erreicht, um sich dann in einem weitgespannten Bogen bis zum Cape Ann hin fortzusetzen. Am fernen, diesigen Horizont konnte ich gerade noch den Umriß von Kingsport Head ausmachen, mit dem sonderbaren alten Haus darauf, von dem man sich so viele Legenden erzählt; doch im Augenblick galt meine ganze Aufmerksamkeit dem näheren Panorama, das sich unmittelbar vor uns entfaltete. Ich erkannte, daß ich nun endlich dem von Gerüchten überschatteten Innsmouth von Angesicht zu Angesicht gegenüberstand.

Es war eine Stadt von großer Ausdehnung und gedrängter Bauweise, aber mit einem gespenstischen Mangel an sichtbaren Lebenszeichen. Aus den zahllosen Kaminen stieg kaum ein Rauchwölkchen auf, und die drei hohen Türme zeichneten sich nackt und ungetüncht vor dem Himmel über dem Meer ab. Einer von ihnen bröckelte an der Spitze ab, und in diesem oder einem anderen waren nur schwarze, gähnende Löcher, wo eigentlich die Zeiger der Turmuhr hätten sein müssen. Das endlose Gewirr durchhängender Walmdächer und spitzer Giebel rief mit erschreckender Eindringlichkeit die Vorstellung wurmstichigen Verfalls hervor, und als wir auf der nunmehr abfallenden Straße näher kamen, konnte ich sehen, daß viele Dächer gänzlich eingestürzt waren. Es gab auch ein paar große, viereckige, georgianische Häuser mit Walmdächern, Kuppeln und Erkern. Diese waren größtenteils ziemlich weit vom Meer entfernt, und eines oder zwei davon schienen einigermaßen gut erhalten. Von dort aus erstreckten sich die verrosteten, grasüberwucherten Schienen der stillgelegten Eisenbahnlinie ins Hinterland, mit schiefen Telegraphenstangen, die jetzt keine Drähte mehr trugen, und daneben sah ich die fast verwischten Linien der alten Fahrwege nach Rowley und Ipswich.

Am schlimmsten war der Verfall unmittelbar am Meer, doch gerade dort konnte ich den weißen Glockenturm eines ziemlich gut erhaltenen Steingebäudes erkennen, das wie eine kleine Fabrik aussah. Der längst versandete Hafen war von einem uralten Wellenbrecher umschlossen, auf dem ich nach und nach die Umrisse von ein paar sitzenden Fischern ausmachen konnte und an dessen Ende ich noch die Grundmauern eines einstigen Leuchtturms zu erkennen glaubte. Auf der Innenseite dieser Barriere hatte sich ein Sanddamm gebildet, und auf diesem sah ich ein paar verfallene Hütten, vertäute Boote und herumliegende Hummerkörbe. Die einzige Stelle mit tiefem Wasser schien dort zu sein, wo der Fluß an dem Gebäude mit dem Glockenturm vorbeifloß und einen Bogen nach Süden machte, um am Ende des Wellenbrechers in den Ozean zu münden.

Hier und da waren am Ufer noch die ehemaligen Piere erhalten, die jedoch weiter draußen schon völlig zerbröckelt waren, und der Verfall war bei den am weitesten südlich gelegenen am stärksten fortgeschritten. Weit draußen auf dem Meer erkannte ich trotz der Flut eine lange, schwarze Linie, die sich kaum über die Wasserfläche erhob und doch irgendwie unheimlich und bösartig aussah. Das mußte das Teufelsriff sein. Und während ich hinausschaute, schien sich in meinen Abscheu ein sonderbares Gefühl der Verlockung zu mischen; und merkwürdigerweise fand ich diesen Unterton verwirrender als den primären Eindruck.

Auf der Straße war kein Mensch zu sehen, aber wir fuhren jetzt an verlassenen Bauernhöfen in unterschiedlichen Stadien des Verfalls vorbei. Dann gewahrte ich ein paar bewohnte Häuser, deren zerbrochene Fenster mit Lumpen verhängt waren und in deren verwahrlosten Höfen Muscheln und tote Fische herumlagen. Ein- oder zweimal sah ich mürrische Leute, die in unfruchtbaren Gärten arbeiteten oder unten an dem nach Fischen riechenden Ufer nach Muscheln gruben, sowie Gruppen schmutziger, affengesichtiger Kinder, die auf den mit Unkraut überwucherten Vortreppen spielten. Irgendwie schienen diese Menschen beunruhigender als die trostlosen Gebäude, denn fast bei jedem von ihnen wies das Gesicht oder die Art, sich zu bewegen, absonderliche Merkmale auf, die mir instinktiv mißfielen, ohne daß ich sie näher definieren konnte. Eine Sekunde lang glaubte ich, dieser typische Körperbau erinnere mich an irgendein Bild, das ich unter besonders schrecklichen oder traurigen Umständen irgendwo, vielleicht in einem Buch, gesehen hatte; doch diese Schein-Erinnerung ging schnell wieder vorbei.

Als der Bus den Talgrund erreicht hatte, vernahm ich immer deutlicher das gleichmäßige Rauschen eines Wasserfalls in der unnatürlichen Stille. Die windschiefen, ungetünchten Häuser standen näher beisammen, säumten zu beiden Seiten die Straße und wirkten städtischer als diejenigen, die wir hinter uns ließen. Das Panorama vor uns hatte sich zu einer Straßenszene verdichtet, und an manchen Stellen konnte man sehen, daß es dort früher einmal Kopfsteinpflaster und befestigte Bürgersteige gegeben haben mußte. Die Häuser waren offenbar alle verlassen, und hin und wieder gab es Lücken, in denen zusammengestürzte Kamine und Kellerwände die einzigen Überbleibsel der Häuser waren, die früher dort gestanden hatten. Geradezu allgegenwärtig aber war der ekelhafteste Fischgestank, den man sich vorstellen kann.

Bald tauchten Straßenkreuzungen auf; die nach links abzweigenden Seitenstraßen führten in die küstennahen Bezirke ungepflasterten Schmutzes und Verfalls, während die auf der rechten Seite den Blick auf vergangene Größe freigaben. Bis jetzt hatte ich keinen

Menschen in der Stadt gesehen, doch nun entdeckte ich erste Anzeichen dafür, daß sie nicht ganz unbewohnt war – hier und da Vorhänge hinter den Fenstern, und gelegentlich ein klappriges Auto am Straßenrand. Pflaster und Bürgersteige waren nach und nach immer besser erhalten, und obwohl die meisten Häuser ziemlich alt waren – Holz- und massive Häuser aus dem frühen 19. Jahrhundert –, wurden sie offenbar doch bewohnbar gehalten. Als Amateur-Altertumsforscher verlor ich meinen Abscheu vor dem widerwärtigen Geruch und das Gefühl der Bedrohung und des Widerwillens angesichts dieser reichen, unveränderten Zeugen der Vergangenheit.

Doch bevor ich mein Ziel erreichte, hatte ich noch ein Erlebnis, das einen ausgesprochen unangenehmen Eindruck hinterließ. Der Bus war auf einem offenen, kreisförmigen Platz angekommen, mit je einer Kirche auf zwei Seiten und den verstaubten Überresten einer runden Grasfläche in der Mitte, und ich besah gerade eine große Säulenhalle an der rechts vor uns liegenden Abzweigung. Der ehemals weiße Anstrich des Gebäudes war jetzt grau und blätterte ab, und das schwarz-goldene Schild auf dem Giebelfeld war so verwaschen, daß ich nur mit Mühe die Worte »Esoterischer Orden von Dagon« entziffern konnte. Das also war der einstige Freimaurer-Tempel, den der degenerierte Kult übernommen hatte. Während ich noch damit beschäftigt war, die Inschrift zu entziffern, wurde meine Aufmerksamkeit durch die rauhen Töne einer gesprungenen Glocke auf der anderen Seite abgelenkt, und ich wandte mich schnell um und schaute auf meiner Seite aus dem Fenster.

Das Geräusch kam aus einer Steinkirche mit einem gedrungenen Turm, die offenbar wesentlich jüngeren Datums war als die meisten Häuser; sie war in plumpem gotischen Stil erbaut und hatte ein unverhältnismäßig hohes Kellergeschoß, dessen Fenster mit Läden verschlossen waren. Obwohl auf der Seite, die ich sah, die Zeiger der Turmuhr fehlten, wußte ich, daß diese heiseren Töne die elfte Stunde schlugen. Dann wurde plötzlich jeder Gedanke an die Uhrzeit durch ein Trugbild von scharfer Intensität und unerklärlicher Schrecklichkeit verdrängt, das über mich hereinbrach, bevor ich überhaupt wußte, was es war. Die Kellertür der Kirche stand offen und gab den Blick auf ein schwarzes Rechteck im Inneren frei. Und während ich hinschaute, schien mir, daß ein Objekt durch dieses Rechteck huschte;

und dieser Anblick schien mir einen Moment lang der Inbegriff alptraumhaften Schreckens, was mich um so mehr verwirrte, als ich bei nüchterner Analyse keine einzige alptraumhafte Eigenschaft daran feststellen konnte.

Es war ein Lebewesen – außer dem Fahrer das einzige, das ich bisher in der Innenstadt gesehen hatte –, und wäre ich nicht in einer so überreizten Stimmung gewesen, so hätte ich überhaupt nichts Schreckliches darin entdeckt. Offenbar war es der Pastor, wie mir schon im nächsten Augenblick klar wurde; gekleidet in irgendwelche eigentümlichen Gewänder, die man zweifellos eingeführt hatte, als der Orden von Dagon die Riten für die örtlichen Kirchen abgewandelt hatte. Was wahrscheinlich als erstes unwillkürlich mein Auge gefesselt und mir jenen bizarren Schreck eingeflößt hatte, war vermutlich die hohe Tiara gewesen, die er trug, ein fast genaues Gegenstück zu dem Exemplar, das Miss Tilton mir am Abend zuvor gezeigt hatte. Diese Wahrnehmung hatte meine Phantasie angeregt und dem nichtssagenden Gesicht und der von der Robe umhüllten, watschelnden Gestalt, der es gehörte, dieses unsagbar unheimliche Aussehen verliehen. Ich kam sogleich zu dem Schluß, daß ich keinen Grund gehabt hatte, mich von dieser Erinnerung so aus der Fassung bringen zu lassen. War es nicht ganz natürlich, daß ein lokaler Mysterienkult für seine Priester eine außergewöhnliche Kopfbedeckung wählte, die den Gemeindemitgliedern auf irgendeine außergewöhnliche Art – vielleicht als Teil eines Schatzes – vertraut geworden war?

Sehr vereinzelt ließen sich jetzt abstoßend wirkende jüngere Einheimische auf den Bürgersteigen sehen – einzeln oder in schweigenden Gruppen von zwei bis drei Leuten. Die unteren Stockwerke der verfallenden Häuser beherbergten manchmal kleine Läden mit dunklen Schildern, und während wir weiterfuhren, sah ich auch den einen oder anderen geparkten Lastwagen. Das Rauschen des Wasserfalls wurde immer deutlicher, und gleich darauf sah ich vor uns ein ziemlich tiefes Flußtal, das von einer breiten, mit Geländern versehenen Straßenbrücke überspannt wurde und auf dessen anderer Seite sich ein großer Platz öffnete. Als wir über die Brücke ratterten, schaute ich auf beiden Seiten aus dem Fenster und bemerkte mehrere Fabrikgebäude am oberen Rand des grasbewachsenen Steilufers oder ein Stückchen weiter unten. Der Fluß tief unten in der Schlucht führte sehr viel Wasser, und ich konnte flußaufwärts zu meiner Rechten zwei mächtige Wasserfälle und zumindest einen flußabwärts zu meiner Linken ausmachen. Von hier aus war das Rauschen geradezu ohrenbetäubend. Dann erreichten wir den großen, halbkreisförmigen Platz jenseits des Flusses, und der Bus hielt auf der rechten Seite vor einem großen, von einer Kuppel gekrönten Gebäude mit Resten eines ehemals gelben Anstrichs, dessen halbverwischtes Schild es als das Gilman House auswies.

Ich war froh, dem Bus entkommen zu sein, und betrat gleich die schäbige Hotelhalle, um meinen Koffer dort unterzustellen. Es war nur ein Mensch zu sehen – ein älterer Mann, der nicht den »Innsmouth-Look« hatte, wie ich es inzwischen bei mir selbst nannte –, und ich beschloß, ihm keine der Fragen zu stellen, die mir auf der Seele brannten, eingedenk der seltsamen Dinge, die man mir von diesem Hotel berichtet hatte. Statt dessen schlenderte ich auf den Platz hinaus, von dem der Bus schon verschwunden war, und betrachtete aufmerksam und interessiert die Szenerie.

Auf der einen Seite wurde der kopfsteingepflasterte, offene Platz von der geraden Linie des Flußufers begrenzt; die andere Seite war ein Halbkreis aus spitzgieblign, massiven Gebäuden aus der Zeit um 1800, von dem aus strahlenförmig mehrere Straßen nach Südosten, Süden und Südwesten ausgingen. Lampen gab es bedrückend wenige – außerdem waren sie alle klein und mit schwachen Birnen bestückt –, und ich war froh, daß ich die Weiterfahrt noch vor Einbruch der Nacht antreten würde, obwohl ich wußte, daß heller Mondschein sein würde. Die Gebäude waren alle in gutem Zustand und beherbergten vielleicht ein Dutzend geöffneter Läden, von denen einer ein Lebensmittelgeschäft einer bekannten Ladenkette war, während es sich bei drei anderen um ein trübes Restaurant, einen Drugstore und eine Fischgroßhandlung handelte; am östlichen Ende des Halbkreises, nahe beim Fluß, befand sich schließlich ein Büro des einzigen Industriebetriebes der Stadt – der Marsh Refining Company. Es waren vielleicht zehn Leute zu sehen, und vier oder fünf Personen- und Lastautos standen herum. Man brauchte mir nicht zu sagen, daß ich mich in der Stadtmitte von Innsmouth befand. Im Osten konnte ich blau den Hafen durchschimmern sehen, vor dem sich die verfallenden Ruinen dreier einstmals schöner georgianischer Türme abhoben. Und nahe der Küste am anderen Ufer des Flusses sah ich den weißen Glockenturm des Gebäudes, das ich für die Marsh Refining Company hielt.

Aus irgendeinem Grunde beschloß ich, mit meinen Nachforschungen in dem Kettenladen zu beginnen, dessen Personal wahrscheinlich nicht aus Innsmouth stammen würde. Es stellte sich heraus, daß ein junger Mann von ungefähr siebzehn Jahren allein den Laden führte, und ich war sogleich von seinem aufgeweckten, liebenswürdigen Wesen angetan, das auf ein angenehmes und aufschlußreiches Gespräch hoffen ließ. Er brannte förmlich darauf, mit mir zu sprechen, und ich merkte bald, daß er den Ort mit seinem Fischgeruch und seinen verschlagenen Einwohnern nicht mochte. Für ihn war es eine Erholung, mit einem Ortsfremden ein paar Worte wechseln zu können. Er war aus Arkham, wohnte bei einer Familie, die aus Ipswich stammte, und fuhr nach Hause, sooft er ein paar freie Stunden hatte. Seine Familie war nicht damit einverstanden, daß er hier arbeitete, aber er war an diesen Ort versetzt worden und wollte seine Stellung nicht aufgeben.

Er sagte mir, es gebe in Innsmouth weder eine öffentliche Bibliothek noch eine Handelskammer, aber ich würde mich wahrscheinlich schon zurechtfinden. Die Straße, auf der ich gekommen war, sei die Federal Street. Westlich davon lägen die Straßen des schönen alten Wohnviertels – Broad, Washington, Lafayette und Adams Street –, während sich östlich bis zum Hafen die Elendsviertel befänden. In diesen Vierteln – entlang der Main Street – würde ich die alten georgianischen Kirchen finden, die jedoch alle schon seit langer Zeit leerstünden. Es sei ratsam, sich nicht allzu auffällig in diesen Bezirken zu bewegen – insbesondere nördlich vom Fluß –; denn die Leute seien mürrisch und feindselig. Dort seien sogar schon Fremde verschwunden.

An manchen Stellen sei der Zutritt praktisch verboten, was er am eigenen Leibe erfahren habe. Man dürfe sich beispielsweise nicht lange in der Nähe der Marsh Refinery oder irgendeiner der noch benützten Kirchen aufhalten, und das gleiche gelte für die Säulenhalle des Esoterischen Ordens von Dagon. Diese Kirchen seien sehr eigenartig – sie würden samt und sonders von den betreffenden Konfessionen anderswo nicht anerkannt und hätten offenbar die absonderlichsten Zeremonien und liturgischen Gewänder. Ihr Glaube sei heterodox und mysteriös und enthalte Andeutungen über bestimmte wunderbare Verwandlungen, die zu einer Art irdischer Unsterblichkeit führen sollten. Der Pastor des jungen Mannes – Dr. Wallace von der Ashbury M. E. Church in Arkham – habe ihn eindringlich davor gewarnt, einer Kirche in Innsmouth beizutreten.

Was die Leute hier anginge, so wisse er kaum, was er von ihnen halten solle. Sie seien so selten zu sehen wie Tiere, die in Erdlöchern leben, und man könne sich kaum vorstellen, womit sie sich die Zeit vertrieben, abgesehen von ihrer planlosen Fischerei. Nach den Mengen geschmuggelten Alkohols zu urteilen, die sie konsumierten, lägen sie wahrscheinlich fast den ganzen Tag im Delirium. Sie seien anscheinend durch eine Art Bruderschaft und eine mürrische Art von gegenseitigem Einvernehmen miteinander verbunden und verachteten die Welt, als hätten sie Zugang zu anderen, höheren Sphären des Daseins. Ihr Aussehen – insbesondere die starren, nie blinzelnden Augen, die man nie geschlossen sah – sei wirklich abstoßend; außerdem hätten sie widerwärtige Stimmen. Es sei schrecklich, ihre nächtlichen Gesänge in den Kirchen zu hören, besonders während ihrer wichtigsten Feste oder Erweckungsversammlungen, die sie zweimal jährlich, am 30. April und am 31. Oktober, abhielten.

Sie seien sehr gern im Wasser und gingen oft im Fluß oder im Hafen zum Schwimmen; Wettschwimmen zum Teufelsriff würden sehr häufig ausgetragen, und anscheinend sei hier jedermann in der Lage, diese anstrengende Sportart auszuüben. Wenn man es sich recht überlege, so müsse man sagen, daß sich eigentlich nur die jüngeren Leute in der Öffentlichkeit blicken ließen, von denen wiederum die älteren das abstoßende Äußere hätten. Fände sich einmal eine Ausnahme, so handle es sich dabei meist um eine Person, die keinerlei Merkmale einer Mißbildung aufwies, wie zum Beispiel der alte Hotelpförtner. Man müsse sich fragen, wo eigentlich die Leute hinkämen, und ob nicht der »Innsmouth-Look« eine sonderbare und heimtückische Krankheit sei, die sich mit der Zahl der Lebensjahre verschlimmere.

Natürlich könne nur ein sehr außergewöhnliches Leiden solche weitgreifenden und radikalen Veränderungen bei einem reifen Individuum herbeiführen – Veränderungen, die sogar so grundlegende

Merkmale wie die Schädelform betrafen –, doch sei letzten Endes nicht einmal dieser Aspekt so überraschend und ungewöhnlich wie das gesamte Erscheinungsbild der Krankheit. Es würde schwerfallen, so meinte der junge Mann, in dieser Hinsicht irgend etwas Definitives herauszubekommen, denn man lerne die Einheimischen nie persönlich kennen, ganz gleich, wie lange man in Innsmouth lebe.

Der junge Mann war fast sicher, daß viele Leute, die noch schlimmer aussähen als die abstoßenden Gestalten, die sich auf die Straße wagten, irgendwo hinter Schloß und Riegel versteckt würden. Man könne manchmal die absonderlichsten Geräusche hören. Die baufälligen Hütten am Meer, auf der Nordseite des Flusses, seien angeblich durch unterirdische Gänge miteinander verbunden und stellten förmlich eine Brutstätte für nie gesehene Abnormitäten dar. Welche Art fremdländischen Blutes – wenn überhaupt – in den Adern dieser Wesen flösse, könne man unmöglich sagen. Manchmal versteckten sie einige der widerwärtigsten Exemplare, wenn Regierungsbeamte oder andere Ortsfremde in die Stadt kämen.

Es würde keinen Zweck haben, meinte mein Informant, den Einheimischen irgendwelche Fragen über ihre Stadt zu stellen. Der einzige, der vielleicht sprechen würde, sei ein sehr alter, aber normal aussehender Mann, der im Armenhaus am Nordrand der Stadt lebe und seine Zeit damit zubringe, in der Stadt herumzulaufen oder in der Nähe der Feuerwache herumzulungern. Dieser wunderliche Alte, Zadok Allen, habe 96 Jahre auf dem Buckel und sei nicht mehr ganz richtig im Kopf, außerdem ein stadtbekannter Trunkenbold. Er sei ein merkwürdiger, scheuer Mensch, der sich ständig umblicke, als habe er vor etwas Angst, und im nüchternen Zustand könne man ihn nicht dazu bringen, auch nur ein Wort mit einem Fremden zu wechseln. Er könne jedoch nie widerstehen, wenn man ihm seinen Lieblingsstoff anbiete, und wenn er erst einmal betrunken sei, erzähle er einem mit flüsternder Stimme die erstaunlichsten Dinge aus alten Zeiten.

Letztlich könne man von ihm allerdings kaum etwas Vernünftiges erfahren, denn alle seine Geschichten seien verrückte, unvollständige Andeutungen über unmögliche Wunder und Schrecken, die nur seiner eigenen wirren Phantasie entsprungen sein könnten. Kein Mensch glaube ihm auch nur ein Wort, aber die Einheimischen sähen es nicht gerne, wenn er trinke und mit Fremden spreche; und man solle sich besser nicht dabei beobachten lassen, daß man ihm Fragen stelle. Wahrscheinlich sei er es gewesen, der einige der abenteuerlichsten Gerüchte und Wahnvorstellungen hier in die Welt gesetzt habe.

Mehrere nicht aus Innsmouth gebürtige Einwohner hätten von Zeit zu Zeit über monströse Dinge berichtet, die sie gesehen haben wollten, aber es sei kein Wunder, daß Leute, die zwischen den Geschichten des alten Zadok und den mißgestalteten Einheimischen leben mußten, solchen Sinnestäuschungen erlägen. Von den Nicht-Einheimischen bleibe keiner jemals bis spät in die Nacht draußen, weil sie es nicht für ratsam hielten. Außerdem seien die Straßen abscheulich dunkel.

Was die Erwerbsquellen angehe, so sei der Fischreichtum tatsächlich fast unheimlich, doch die Einheimischen nutzten ihn immer weniger aus. Überdies sänken die Preise, und die Konkurrenz verschärfe sich. Natürlich lebe die Stadt in erster Linie von der Raffinerie, deren kaufmännisches Büro sich auf diesem Platz befinde, von unserem Standort aus nur ein paar Häuser weiter. Den alten Marsh bekomme man nie zu sehen, er lasse sich aber manchmal in einem geschlossenen Wagen mit verhängten Fenstern in die Fabrik fahren.

Es gebe alle möglichen Gerüchte darüber, wie Marsh sich im Aussehen verändert habe. Er sei früher ein großer Dandy gewesen, und die Leute behaupteten, er trage noch immer die Gehröcke aus der Zeit König Edwards, die er dergestalt habe abändern lassen, daß sie ihm trotz gewisser Mißbildungen paßten. Seine Söhne hätten früher das Büro auf dem Platz geleitet, doch in letzter Zeit hätten sie sich immer seltener in der Öffentlichkeit gezeigt und die Hauptarbeit der jüngeren Generation überlassen. Die Söhne und ihre Schwestern hätten im Laufe der Zeit immer absonderlicher ausgesehen, besonders die älteren, und es hieße, sie seien nicht bei bester Gesundheit.

Eine der Marsh-Töchter sei eine abstoßende, reptilienhaft aussehende Frau, die sich immer über und über mit Schmuck behänge, der eindeutig von derselben Art sei wie die sonderbare Tiara. Mein Informant hatte diese Juwelen viele Male gesehen und hatte gehört, sie stammten aus irgendeinem geheimen Schatz, entweder von Piraten oder von Dämonen. Die Kleriker – oder Priester oder wie immer man sie jetzt nenne – trügen ebenfalls solchen Schmuck als Kopfbedeckung, aber man bekomme nur selten einen von ihnen zu sehen. Andere Exemplare hatte der junge Mann nicht gesehen, obwohl es angeblich viele davon in und um Innsmouth geben solle.

Die Marshes und auch die anderen drei vornehmen Familien der Stadt – die Waites, die Gilmans und die Eliots – lebten sehr zurückgezogen. Sie bewohnten riesige Häuser an der Washington Street, und von einigen erzähle man sich, sie hielten gewisse lebende Verwandte versteckt, deren Aussehen ein Auftreten in der Öffentlichkeit verbiete und die offiziell als verstorben gälten.

Der junge Mann sagte mir zur Warnung, daß viele Straßenschilder abgerissen seien, und fertigte mir eine grobe, doch ausführliche und sorgfältige Skizze von der Stadt an, in die er die wesentlichen Punkte einzeichnete. Nach kurzer Betrachtung war ich sicher, daß sie mir eine große Hilfe sein würde, steckte sie ein und bedankte mich überschwenglich bei dem jungen Mann. Da mir das eine Restaurant, das ich gesehen hatte, einen gar zu trostlosen Eindruck machte, kaufte ich mir einen ansehnlichen Vorrat an Käseplätzchen und Ingwerwaffeln, die mir später das Mittagessen ersetzen sollten. Als Programm für den Tag nahm ich mir vor, die wichtigsten Straßen entlangzugehen, mit jedem Nicht-Einheimischen zu sprechen, den ich treffen würde, und mit dem Acht-Uhr-Bus nach Arkham weiterzufahren. Ich sah bald, daß die Stadt ein typisches und besonders krasses Beispiel für ein heruntergekommenes Gemeinwesen darstellte, doch da ich kein Soziologe war, wollte ich meine ernsthaften Studien auf das Gebiet der Architektur beschränken.

So machte ich mich also auf meinen systematischen, wenn auch von gemischten Gefühlen begleiteten Rundgang durch die engen, schattendunklen Gassen von Innsmouth. Nachdem ich die Brücke überquert und meine Schritte in Richtung auf das Rauschen des unteren Wasserfalls gelenkt hatte, kam ich nahe an der Marsh Refinery vorbei, aus der merkwürdigerweise überhaupt kein Fabriklärm herausdrang. Das Gebäude stand auf dem Rande des steilen Flußufers in der Nähe einer Brücke und eines Platzes, in den mehrere Straßen einmündeten und von dem ich annahm, daß er früher der

Mittelpunkt der Stadt gewesen war, bis er nach dem Freiheitskrieg von dem jetzigen Stadtplatz abgelöst wurde.

Als ich über die Main-Street-Brücke wieder auf die andere Seite des Flusses hinüberging, befand ich mich plötzlich in einem völlig vereinsamten Viertel, das mich irgendwie schaudern ließ. Das Gewirr der verfallenden Walmdächer zeichnete sich als phantastische zackige Linie vor dem Himmel ab, überragt von dem gespenstischen, an der Spitze abbröckelnden Turm einer alten Kirche. Manche Häuser an der Main Street waren bewohnt, doch die meisten waren fest mit Brettern vernagelt. In den ungepflasterten Seitengassen sah ich die schwarzen, gähnenden Fensterhöhlen verlassener Hütten, von denen manche wegen der teilweise abgesunkenen Fundamente bedenklich schief standen. Diese Fensterhöhlen sahen so gespenstisch aus, daß ich meinen ganzen Mut zusammennehmen mußte, um mich nach Osten zu wenden, in Richtung auf das Meer. Das Grauen, das uns ein verlassenes Haus einflößt, wächst sicherlich in geometrischer und nicht nur arithmetischer Proportion, wenn viele solche Häuser beisammenstehen und eine Stadt von äußerster Trostlosigkeit bilden. Der Anblick solch endloser Straßen toter, fischäugiger Leere und der Gedanke an die zahllosen finsteren Kammern, in denen Spinnweben, Erinnerungen und der gefräßige Wurm das Regiment übernommen haben, wecken in uns halbunbewußte Ängste und Abneigungen, gegen die auch die stärkste Philosophie nichts auszurichten vermag.

Die Fish Street war genauso verlassen wie die Main Street, doch es gab hier immerhin viele Lagerhäuser in massiver Bauweise, die noch in sehr gutem Zustand waren. Beinahe genau dasselbe Bild bot sich mir in der Water Street, nur daß hier die Häuserreihen große Lücken aufwiesen, wo früher die Piere gewesen waren. Keine lebende Seele war zu sehen außer den vereinzelten Fischern weit draußen auf dem Wellenbrecher, und kein Laut war zu hören außer dem Schwappen der Wellen im Hafen und dem Rauschen der Wasserfälle des Manuxet. Die Stadt ging mir mehr und mehr auf die Nerven, und ich blickte mich verstohlen um, als ich über die baufällige Water Street-Brücke den Rückweg antrat. Die Fish-Street-Brücke war laut meiner Skizze nur noch eine Ruine.

Nördlich des Flusses gab es bei aller Verwahrlosung Anzeichen von Leben – in der Water Street waren Fischhallen in Betrieb, hier und da quoll Rauch aus Kaminen auf ausgebesserten Dächern, Geräusche unbekannter Herkunft ließen sich ab und zu vernehmen, und gelegentlich watschelte eine Gestalt über die trostlosen Straßen und ungepflegten Gassen. Doch ich fand es hier noch bedrückender als in den einsamen südlichen Vierteln. Vor allem waren die Leute hier noch abstoßender und abnormaler als die in der Stadtmitte, so daß ich mich mehrmals auf unangenehme Weise an irgend etwas ganz und gar Phantastisches erinnert fühlte, das ich nicht näher bestimmen konnte. Zweifellos waren die fremdartigen Merkmale der Einheimischen hier stärker ausgeprägt als in den anderen Stadtteilen – es sei denn, der »Innsmouth-Look« war mehr eine Krankheit als ein Rassenmerkmal, was bedeutet hätte, daß in diesem Viertel die schwereren Fälle auftraten.

Eine Einzelheit, die mich beunruhigte, war die Verteilung der wenigen schwachen Geräusche, die an mein Ohr drangen. Sie hätten eigentlich nur aus den sichtlich bewohnten Häusern kommen dürfen, doch in Wirklichkeit waren sie oft hinter den am stärksten vernagelten Fassaden am lautesten. Das quietschte und schlurfte und machte alle Arten von unerklärlichen dumpfen Geräuschen; und mir wurde unbehaglich, als ich an die verborgenen Tunnel dachte, von denen der junge Mann in dem Lebensmittelgeschäft gesprochen hatte. Plötzlich wurde mir bewußt, daß ich mich fragte, wie wohl die Stimmen dieser Leute klingen mochten. Bisher hatte ich in diesem Viertel noch niemanden reden hören, und merkwürdigerweise hatte ich auch gar kein Verlangen danach.

Ich verweilte gerade lange genug, um einen Blick auf zwei schöne, aber verfallene alte Kirchen in der Main Street und der Church Street zu werfen, und verließ dann eiligst dieses heruntergekommene Hafenviertel. Mein nächstes Ziel mußte logischerweise der neue Kirchplatz sein, aber aus irgendeinem Grund schien es mir unerträglich, nochmals an der Kirche vorbeizugehen, in deren Keller ich die auf unerklärliche Weise furchterregende Gestalt des Priester oder Pastors mit dem sonderbaren Diadem erblickt hatte. Überdies hatte mir der junge Mann gesagt, daß man sich als Fremder nicht zu nahe an die Kirchen sowie die Halle des Ordens von Dagon heranwagen sollte.

Dementsprechend ging ich die Main Street weiter bis zur Martin Street, wandte mich sodann landeinwärts, überquerte die Federal

Street ein gutes Stück nördlich des Kirchplatzes und erreichte so das verfallende Patrizierviertel der nördlichen Broad, Washington, Lafayette und Adams Streets. Obwohl diese stattlichen alten Alleen heruntergekommen und lange nicht mehr instand gesetzt worden waren, war ihre von Ulmen beschattete Stattlichkeit noch nicht ganz geschwunden. Jede einzelne dieser Villen erregte meine Aufmerksamkeit, aber die meisten von ihnen waren verwittert und mit Brettern vernagelt, die Vorgärten verwildert; immerhin schienen in jeder Straße eine oder zwei bewohnt zu sein. An der Washington Street standen in einer Reihe vier oder fünf solcher Häuser, die alle in sehr gutem Zustand waren und gepflegte Gärten und Rasenflächen hatten. Das prächtigste von ihnen – es war von ausgedehnten, terrassenförmig angelegten Blumenbeeten umgeben, die bis hinüber zur Lafayette Street reichten – hielt ich für die Residenz des alten Marsh, des leidenden Besitzers der Raffinerie.

In all diesen Straßen war kein lebendes Wesen zu sehen, und ich wunderte mich darüber, daß es in Innsmouth offensichtlich weder Katzen noch Hunde gab. Weiter fiel mir auf, daß selbst bei einigen der gepflegtesten Gebäude an vielen Fenstern im dritten Stock oder im Dachgeschoß die Läden verschlossen waren. Heimlichkeit und Verstohlenheit schienen allgegenwärtig in dieser schweigenden Stadt der Befremdung und des Todes, und ich konnte mich nicht des Gefühls erwehren, daß mich an allen Ecken wachsam spähende Augen, die nie geschlossen waren, aus dem Hinterhalt beobachteten.

Ich schauderte, als es von einem Turm zu meiner Linken mit dumpfem Klang drei Uhr schlug. Nur zu gut erinnerte ich mich an die gedrungene Kirche, von der diese Glockenschläge kamen. Als ich jetzt auf der Washington Street auf den Fluß zuging, stand ich plötzlich wieder vor einem früheren Industrie- und Handelsviertel; vor mir sah ich die Ruinen einer Fabrik, während ich weiter flußaufwärts inmitten weiterer Ruinen die Überreste eines alten Bahnhofs sowie einer überdachten Eisenbahnbrücke entdeckte.

Vor der wackligen Brücke, an die ich jetzt kam, war ein Warnschild aufgestellt, aber ich nahm das Risiko auf mich und erreichte abermals das Südufer, wo die Straßen wieder etwas belebter waren. Verstohlen watschelnde Gestalten starrten geheimnisvoll in meine Richtung, und Leute mit normaleren Gesichtern musterten mich kalt und neugierig. Innsmouth wurde mir immer unerträglicher, und ich bog in die Paine Street ein, um auf den Platz zurückzugelangen, wo ich ein Fahrzeug zu finden hoffte, das mich noch vor der späten Abfahrtszeit des unheimlichen Busses nach Arkham bringen würde.

Und da sah ich zu meiner Linken die baufällige Feuerwache und bemerkte den in schäbigen Lumpen gehüllten alten Mann mit dem roten Gesicht, dem buschigen Bart und den wäßrigen Augen, der auf einer Bank vor dem Gebäude saß und sich mit zwei ungepflegten, aber nicht abnormal aussehenden Feuerwehrmännern unterhielt. Das mußte natürlich Zadok Allen sein, der halbverrückte, neunzigjährige Trunkenbold, dessen Geschichten vom alten Innsmouth und seinen Schatten so schrecklich und unglaublich sein sollten.

3

Es muß mich irgendein Teufel geritten haben – oder vielleicht war es auch eine zynische Macht aus dunklen, verborgenen Regionen, die mich unwiderstehlich anzog; wie dem auch sei, ich änderte jedenfalls meine Pläne. Ich hatte mich längst entschlossen, meine Beobachtungen ganz auf die Bauwerke der Stadt zu beschränken, und überdies wollte ich gerade auf den Platz zurückkehren, um so schnell wie möglich ein Transportmittel zu finden, das mich aus dieser modernden Stadt des Todes und des Verfalls wegbringen würde; doch der Anblick des alten Zadok Allen brachte mich auf andere Gedanken und ließ mich unschlüssig meine Schritte verlangsamen.

Man hatte mir versichert, daß ich von dem alten Mann nichts anderes erwarten konnte als Andeutungen über abenteuerliche, unzusammenhängende und unglaubliche Legenden, und man hatte mich gewarnt, daß es gefährlich sei, sich von den Einheimischen im Gespräch mit ihm beobachten zu lassen, doch der Gedanke an diesen alten Zeugen des Verfalls der Stadt, dessen Erinnerungen bis in die gute alte Zeit der Schiffe und Fabriken zurückreichen mußten, war eine Verlockung, der ich trotz aller rationalen Überlegungen nicht widerstehen konnte. Schließlich sind ja die seltsamsten und verrücktesten Mythen oft nichts anderes als Allegorien, die auf Wahrheit beruhen – und der alte Zadok mußte alles miterlebt haben, was sich in den letzten neunzig Jahren in und um Innsmouth zugetragen hatte. Die Neugier gewann die Oberhand über Vernunft und Vorsicht, und in meinem jugendlichen Ehrgeiz bildete ich mir ein, ich könnte doch einen wahren historischen Kern in dem konfusen, überspannten Wortschwall finden, den ich dem Alten wahrscheinlich mit Hilfe von billigem Whiskey würde entlocken können.

Ich wußte, daß ich mich ihm in diesem Augenblick und an dieser Stelle nicht nähern durfte, denn die Feuerwehrleute würden es sicher bemerken und dazwischentreten. Statt dessen, so überlegte ich, würde ich die nötigen Vorbereitungen treffen, indem ich mir in einem Laden, den mir der junge Verkäufer bezeichnet hatte, eine Flasche geschmuggelten Whiskeys besorgte. Dann würde ich mich möglichst unauffällig in der Nähe der Feuerwache postieren und dem alten Zadok folgen, wenn er sich auf einen seiner häufigen Rundgänge machte. Der junge Mann hatte gesagt, er sei sehr ruhelos und bleibe nur selten länger als eine oder zwei Stunden vor der Feuerwache sitzen.

Eine Literflasche Whiskey bekam ich anstandslos – wenn auch keineswegs billig – im Hinterzimmer eines düsteren Kramladens ganz in der Nähe des Platzes in der Eliot Street zu kaufen. Der ungewaschene Kerl, der mich bediente, hatte auch etwas von dem abstoßenden »Innsmouth-Look« an sich, war aber auf seine Art ganz manierlich, vielleicht, weil er an den Umgang mit ortsfremden Kunden – Lastwagenfahrern, Goldkäufern und ähnlichen Leuten – gewöhnt war, die hin und wieder in die Stadt kamen. Als ich wieder auf dem Platz angelangt war, sah ich, daß das Glück mir geneigt war; denn gerade schlurfte eine Gestalt aus der Paine Street um die Ecke des Gilman House, bei der es sich um niemand anderes als den hochgewachsenen, mageren und zittrigen alten Zadok Allen höchstpersönlich handelte. Meinem Plan folgend, lenkte ich seine Aufmerksamkeit auf mich, indem ich die soeben erstandene Flasche schwenkte, und merkte alsbald, daß er angebissen hatte und hinter mir herschlurfte, als ich in die Waite Street einbog, um in die verlassenste Gegend zu gelangen, an die ich mich erinnern konnte.

Ich hielt mich an die Kartenskizze, die der junge Verkäufer mir gezeichnet hatte, und suchte den Weg in ein völlig einsames Viertel am südlichen Teil der Küste, durch das ich vorher schon einmal gekommen war. Die einzigen Menschen in Sichtweite waren dort die Fischer auf dem fernen Wellenbrecher gewesen, und wenn ich noch ein paar Straßen weiter nach Süden ging, würden auch diese Männer keine Gefahr mehr darstellen, und ich brauchte dann nur noch ein geeignetes Plätzchen auf einem alten Pier ausfindig zu machen, um völlig ungestört und solange ich wollte den alten Zadok nach Herzenslust ausfragen zu können. Noch bevor ich die Main Street erreicht hatte, hörte ich hinter mir ein schwaches, keuchendes »Hallo Mister!«, worauf ich den alten Mann sofort aufholen und ein paar kräftige Schluck Whiskey aus meiner Flasche tun ließ.

Ich begann vorzufühlen, während wir durch die allgegenwärtigen verlassenen Häuser und irrwitzigen Ruinen gingen, aber ich mußte feststellen, daß die Zunge des Alten sich nicht so schnell lösen wollte, wie ich erwartet hatte. Schließlich sah ich einen grasüberwucherten Durchschlupf zum Meer zwischen zerbröckelnden Ziegelmauern, und dahinter eine aus Erde und Mauerwerk bestehende, mit Unkraut bewachsene Mole. Haufen bemooster Steine nahe am Wasser versprachen bequeme Sitzgelegenheiten, und der Platz war durch ein verfallenes Lagerhaus im Norden gegen alle neugierigen Blicke abgeschirmt. Dies, so dachte ich, war der ideale Ort für ein langes, heimliches Gespräch, und deshalb lotste ich meinen Begleiter die Gasse hinunter und suchte uns auf den moosbewachsenen Steinen zwei Stellen aus, auf denen man einigermaßen bequem sitzen konnte. Ringsum atmete alles auf gespenstische Weise Tod und Verwesung, und der Fischgestank war fast unerträglich; aber ich war entschlossen, mich durch nichts abschrecken zu lassen.

Es blieben mir noch ungefähr vier Stunden für das Gespräch, wenn ich den Acht-Uhr-Bus nach Arkham noch erreichen wollte, und ich reichte dem betagten Zecher immer häufiger die Flasche, während ich selbst mein frugales Mittagsmahl verzehrte. Bei meinen Zuteilungen achtete ich darauf, daß ich nicht des Guten zuviel tat, denn ich mußte vermeiden, daß Zadoks zu erwartende schnapsselige Geschwätzigkeit allzu schnell in dumpfe Apathie überging. Nach einer Stunde schien er endlich bereit, seine vorsichtige Schweigsamkeit aufzugeben, aber zu meinem Verdruß wich er noch immer meinen Fragen über Innsmouth und seine geheimnisträchtige Vergangenheit aus. Er faselte nur von aktuellen Ereignissen und erwies sich dabei als eifriger Zeitungsleser wie auch als ein Philosoph mit einer ausgeprägten Neigung zu sentenziösen Dorfweisheiten.

Als die zweite Stunde schon fast herum war, befürchtete ich bereits, der eine Liter Whiskey würde noch nicht ausreichen, um die gewünschten Resultate zu zeitigen, und fragte mich, ob ich nicht besser den alten Zadok allein lassen und Nachschub holen sollte. Doch gerade in diesem Augenblick bewirkte ein Zufall das, was ich mit meinen Fragen vergeblich herbeizuführen versucht hatte, und das Geschwafel des keuchenden Alten nahm eine Wende, die mich veranlaßte, mich vorzubeugen und ihm gespannt zu lauschen. Ich saß mit dem Rücken zum Wasser, doch er schaute aufs Meer hinaus, und irgend etwas hatte seinen Blick auf die niedrige, ferne Linie des Teufelsriffs gelenkt, das jetzt deutlich und beinahe faszinierend über der Wasserfläche zu sehen war. Der Anblick schien ihm zu mißfallen, denn er fing an, eine Reihe leiser Flüche auszustoßen, die in einem vertraulichen Flüstern und einem vielsagenden Blick endete. Er beugte sich zu mir, faßte mich am Rockaufschlag und stieß mit zischender Stimme ein paar Andeutungen hervor, die unmißverständlich waren.

»Da drüm hat's alles angefang – da wo das gottverdammte tiefe Wasser anfängt. Tor zur Hölle – da geht's steil runter bis auf'n Grund, wo kein Lot nich runterkommt. Der alte Käpt'n Obed hat's getan – wie er auf'n Südseeinseln mehr gefunden hat, wie ihm bekommen ist.

Damals isses allen dreckich gegang. Mit'm Handel war nischt mehr los, die Fabriken ham auch keine Geschäfte nich mehr gemacht – nich mal die neuen –, un die besten von unsern Männern war'n im Krieg von 1812 als Freibeuter draufgegang oder mit der Brigg *Elizy* und der Schute *Ranger* abgesoff'n – ham beide dem Gilman gehört. Der Obed Marsh, der hat drei Schiffe gehabt – die Brigantine *Columby*, die Brigg *Hetty* un die Bark *Sumatry Queen*. Er ist der einzichste gewes'n, der noch mit'm Ostindjen- und Passifikhandel weitergemacht hat – na ja, achtundzwanzig hat's der Esdras Martin mit seiner Schonerbark *Malay Bride* noch mal probiert.

So ein'n wie den Käpt'n Obed gibt's kein zweites Mal nich – der alte Satansbraten. Ho, ho! Ich weiß noch gut, wie er immer von fremde Länder erzählt hat un die Leute für blöd erklärt hat, weilse inde christliche Kirche gegang sind und sich demütich mit ihr'm Schicksal abgefund'n hab'n. Soll'n sich bessere Götzen anschaffen, sagt er, wie die Völker auf'n Westindischen – solche Götter, wo ihn'n für ihre Opfer jede Menge Fisch geb'n und wirklich die Gebete von'n Leuten erhörn.

Der Matt Eliot, was sein erster Maat gewes'n is, hat auch 'ne Menge gered't, bloß daß der nich mochte, daß die Leute was Heidnisches tun. Der hat uns von 'ner Insel erzählt, östlich von Othaheite, wo's jede Menge Ruinen gab, so alt, daß keiner nischt darüber gewußt hat, so wie die auf Ponape, auf'n Karolin'n, aber mit eingemeißelt'n Gesichtern wie die groß'n Figuren auf'n Osterinseln. Un dicht dabei war auch 'ne kleine Vulkaninsel, auf der gab's wieder andre Ruinen mit andern Bildern – so abgewetzt war'n die Ruinen, als wär'n se früher mal unterm Meer gewesen, un ganz voller Bilder von grausig'n Ungeheuern.

Also, Herr, der Matt sagt, die Eingebornen dort ham soviel Fische, wie se nur fang'n könn', un herrliche Ringe und Armreife un Kopfputz aus 'ner komischen Sorte Gold un ganz voller Bilder von Ungeheuern genau wie die auf den Ruinen auf der klein'n Insel – 'ne Art Fischfrösche oder Froschfische in allen möglichen Stellungen, so als wär'n's menschliche Wesen. Keiner konnt' aus ihnen rausbring, wo se das Zeug alles herhatt'n, un die ganz'n andern Eingebornen ham sich gewundert, wieso die soviel Fische gefang ham, wo doch bei den nächsten Inseln fast keine nich zu finden warn. Den Matt hat das auch gewundert, un auch den Käpt'n Obed. Un der Obed merkt außerdem, daß die hübsch'n jung Leute Jahr um Jahr massenweise verschwind'n und daß fast keine ältern Leute zu sehn sind. Un außerdem meint er, daß manche von den Leuten sogar für Kanaken verdammt komisch aussehn.

's mußte schon einer wie Obed kommen, um die Wahrheit aus den Heiden rauszukrieg'n. Ich hab keine Ahnung, wie er das geschafft hat, aber er hat angefangen, ihnen die Golddinger abzuhandeln, die se getrag'n ham. Hat se gefragt, woher se komm, ob se mehr davon ranschaffen könn, un am Schluß hat er dem Häuptling die ganze Geschichte aus der Nase gezog'n – Walakea hat er geheißen. Keiner außer Obed hätt dem alten gelben Teufel geglaubt, aber der Käpt'n konnt in den Leuten lesen grad, als wärn's Bücher. Ho, ho! Keiner glaubt mir was, wenn ich's ihn'n heut erzähl, Sie wahrscheins auch nich, junger Mann – aber wenn ich mir Ihn'n genauer anseh, Sie ham grad solche scharf'n Augen wie der Obed.«

Der alte Mann senkte die Stimme noch mehr, und ich ertappte mich dabei, wie ich schauderte angesichts der furchtbaren und aufrichtigen Ungeheuerlichkeit seiner Erzählung, obwohl ich wußte, daß es sich nur um die Phantastereien eines Betrunkenen handeln konnte.

»Ja, also der Obed hat erfahrn, daß es auf unsrer Erde Dinge gibt, von den'n die meist'n Leute noch nie nischt gehört ham – und se würden's sowieso nich glaub'n, auch wenn's ihn'n einer erzählen tät. Also 's scheint, daß die Kanaken ihre jungen Männer und Mädchen massenweise irgendwelche Gottwesen geopfert ham, die unter dem Meer gehaust ham, un daß die ihn'n dafür alle möglichen schön'n Dinge gegeb'n ham. Sie sind mit den andern Wesen auf dem Inselchen mit den komischen Ruinen zusammengekomm, un die grausigen Bilder von den Froschfisch-Ungeheuern solln Bilder von den Dingern gewesen sein. Vielleicht warn das die Kreaturen, die mit den ganzen Geschichten von den Seejungfrauen un so angefang'n ham. Auf'm Meeresgrund hatt'n se alle möglichen Städte, un die Insel war früher auch mal unterm Wasser gewesen; 'n paar von den Biestern warn scheint's noch am Leben, wie die Insel auf einmal aufgetaucht ist. Auf die Art ham die Kanaken Wind davon bekomm, daß sie da unten warn. Wie der erste Schreck vorbei war, ham se sich mit den'n in Zeichensprache unterhalten, un dann hat's nich mehr lange gedauert, un der Handel war perfekt.

Die Biester ham Menschenopfer gern gemocht. Hatten schon mal viel früher welche gehabt, aber nach 'ner Zeit die Verbindung mit der oberen Welt verlorn. Was se mit den Opfern angestellt ham, kann ich nich sag'n, un der Obed war bestimmt auch nich scharf drauf, se zu frag'n. Aber für de Heiden war's gut, denn's war ihn'n schlechtgegang, un se warn ganz verzweifelt gewes'n. Zweimal im Jahr ham se 'ne bestimmte Anzahl von ihrn jung'n Leut'n den Seeungeheuern geopfert – am Abend vorm erst'n Mai un am Abend vor Allerheilj'n – regelmäßig jedes Jahr. Außerdem ham sie ihn'n was von dem geschnitzten Trödelkram gegeb'n, den se gemacht ham. Un dafür hamse von den Biestern jede Menge Fische bekomm – die hamse aus'm ganzen Meer zusammengetrieb'n – un ab und zu 'n paar von den Golddingern. Die Eingebornen, sag ich, ham sich mit den Biestern auf der klein'n Vulkaninsel getroff'n – da sind se mit den Opfern un dem andern Zeug in Kanus rübergefahrn, un auf'm Rückweg hamse die Goldjuwel'n mitgebracht, wenn se welche gekriegt hatt'n. Am Anfang sind die Biester nie auf die Hauptinsel gegang, aber nach 'ner Weile wollten se dann. Warn wahrscheins scharf darauf, sich mit'n Menschen zu vermischen un mit ihn'n zusamm Feste zu feiern an den beiden großen Tag'n – erster Mai un Allerheiljn. Wissen Se, die konnten nämlich im Wasser un auf'm Land leb'n – Amphibjen heißt man so was wohl. Die Kanaken ham ihn'n gesagt, daß de Leute vonne andern Inseln se womöglich ausrott'n würd'n, wenn se Wind davon bekomm würd'n, aber die Biester ham gesagt, das is ihn'n ganz egal, weilse de ganze Menschenbrut ausrott'n könnt'n, wenn se sich de Mühe mach'n würd'n – jed'nfalls alle, wo nich bestimmte Zeichen hatt'n, wie se früher mal die alten Wes'n verwendet ham solln – was das für welche warn, weiß ich auch nich. Aber se wollt'n kein'n Ärger machen und würd'n verschwind'n, wenn Fremde auf der Insel sein sollt'n.

Wie nu die Kanaken sich mit den krötigen Fischen paaren sollt'n, wollt'n se nich so recht, aber dann hamse was erfahren, was die ganze Sache in'n andres Licht gestellt hat. Die Menschen ham scheint's 'ne Art Verwandtschaft mit solch'n Wasserviechern, weil alle Lebewes'n früher mal aus'm Wasser gekomm sind un sich bloß'n bißchen verändern brauchen un wieder zurückkönn. Diese Biester ham nu den Kanaken erzählt, daß, wenn se sich mit ihn vermisch'n würd'n, die Kinder am Anfang ganz wie Menschen aussehn würd'n, aber später würd'n se immer mehr den Viechern gleichsehn und am Schluß für immer ins Wasser gehn un dort drunten mit ihn' zusammen weiterleb'n. Und nu kommt das Wichtigste, junger Mann – wennse sich erst mal in Fische verwandelt hätt'n und ins Wasser gegang wärn, würd'n se nie sterben. Die Biester starb'n nämlich nich, wenn se nich mit Gewalt umgebracht wurd'n.

Ja, also 's scheint, daß die Kanaken voller Fischblut von den Biestern aus'm Meer warn, wie Obed hingekomm is. Wenn se alt wurd'n und man's ihn'n schon ansehn konnte, ham se sich versteckt, bis se für immer ins Wasser gehn konnt'n. Bei manchen war's stärker wie bei den andern, un manche ham sich überhaupt nich genug verändert, um für immer ins Wasser zu gehn; aber meistenteils sind se so geword'n, wie's die Biester gesagt hatt'n. Einer, der bei der Geburt mehr wie die Biester aussah, hat sich früher verändert, aber die, die fast wie Menschen warn, sind manchmal auf der Insel geblieb'n, bis se über siebzich warn, allerdings sind se oft probeweise für 'ne Weile unters Meer gegang. Die Leute, die schon unten warn, sind oft zum Besuch zurückgekomm, und so isses gekomm, daß ein Mensch sich mit seim eigenen Urururgroßvater unterhalt'n konnte, der vor hundert Jahrn oder so vom Land ins Meer gegang war.

Ans Sterb'n hat kein Mensch nich mehr gedacht – umgekomm sind se höchstens noch in Kanu-Kriegen mit den andern Eingebornen oder als Opfer für die Meergötter oder durch 'nen Schlangenbiß oder 'ne galoppierende Seuche oder so was, bevor se ins Meer gegang sind –, sondern si ham sich nur auf 'ne Art Verwandlung gefaßt gemacht, die nach 'ner Weile als was ganz Normales angesehn wurde. Sie ham gemeint, daß das, was se gekriegt ham, viel mehr war als alles, was se aufgeb'n mußten – un ich könn mir vorstell'n, daß der Obed sich genau dasselbe gedacht hat, wie er sich dem Walakea seine Geschichte hat durch'n Kopf gehn lassen. Der Walakea war allerdings einer von den wenigen, die überhaupt kein Fischblut nich hatt'n – weil er aus einem königlichen Geschlecht war, das sich nur mit königlichen Geschlechtern von andern Inseln vermischt.

Walakea hat dem Obed 'ne Menge Zauberformeln und Beschwörungen beigebracht, die was mit den Viechern aus dem Meer zu tun hatt'n, un ihm 'ne Menge von den Leuten im Dorf gezeigt, die schon fast gar nich mehr wie Menschen ausgesehn ham. Aber irgendwie hat er ihn nie eins von den richtigen Ungeheuern aus'm Meer sehn lass'n. Am Schluß hat er ihm so'n komisches Zauberding aus Blei oder so was Ähnliches gegeb'n un gesagt, daß er damit die Froschfische aus'm Meer hochholn kann, überall wo ein Nest von ihn'n is. Er braucht's nur ins Wasser fall'n lass'n un die richtigen Gebete oder so was Ähnliches dabei sprechen. Walakea hat gemeint, daß die Biester über die ganze Welt verstreut sind un jeder, wenn er die Augen aufmacht, ein Nest find'n un sie hochhol'n kann, wenn se gebraucht werd'n.

Dem Matt hat das Geschäft überhaupt nicht gefall'n, un er hat gemeint, der Obed sollt' nich mehr auf die Insel gehn; aber der Käpt'n war habgierig un hat gemerkt, daß er die Golddinger so billig gekriegt hat, daß es sich gelohnt hat, sich bloß noch dadrum zu kümmern. So isses dann jahrelang weitergegang, un der Obed hat so viel von dem goldartigen Zeug gekriegt, daß er in dem Wait seiner alt'n morsch'n Fabrik die Raffinerie eingericht' hat. Er hat sich nich getraut, die Dinger so zu verkauf'n, wie se warn, weil die Leute sonst bloß dumme Frag'n gestellt hätt'n. Seine Männer ham aber doch ab un zu so'n Ding in die Finger gekriegt un ham's verkauft, trotzdem se schwör'n ham müss'n, daß sie keim nischt sag'n; un er selber hat manche von den Dingern, die 'n bißchen menschlicher ausgesehn ham, sein'n Weibern gegeben, un die ham se sich umgehängt.

Ja, un wie nu das Jahr achtunddreißich gekomm ist – ich war da grad sieb'n –, da hat der Obed gemerkt, daß die Leute auf der Insel alle ausgerottet word'n warn, seit er das letztemal dort gewes'n war. Die andern Eingebornen hatt'n scheint's Wind bekomm von der ganzen Sache und was dageg'n unternomm. Die müss'n wahrscheins doch die alten magisch'n Zeichen gehabt ham, die das einzige warn, wo die Meerungeheuer Angst vor gehabt ham. Weiß der Himmel, was die Kanaken alles in die Finger bekomm ham, wie die Insel vom Meeresgrund aufgetaucht is, mit den Ruinen drauf, die älter warn als die Sündflut. Un die Kerle ham gleich richtich aufgeräumt – nischt hamse stehngelass'n, nich auf der Hauptinsel un auch nich auf der klein'n Vulkaninsel, außer die Ruinen, die so groß warn, daß se se nich kaputtmach'n konnt'n. An manchen Stellen ham viele kleine Steine rumgeleg'n – wie Fetische – mit eim Zeichen darauf, wo man heute Hakenkreuz zu sag'n tät. Wahrscheins warn das die Zeichen von den Alt'n Wes'n. Die Leute warn alle wie weggeblas'n, keine Spur von den Golddingern, un keiner von den Kanaken in der ganzen Gegend hat ein'n Ton gesagt. Se wollt'n nich mal zugeb'n, daß es auf der Insel mal Mensch'n gegeb'n hatte.

Das hat den Obed natürlich ganz schön mitgenomm, weil mit seim übrigen Handel überhaupt nich viel los war. Un außerdem hat ganz Innsmouth den Schad'n gehabt, weil, was dem Besitzer von eim Schiff genutzt hat, hat meistens auch der Mannschaft genutzt. Die meist'n Leute in der Stadt ham sich wie die Schafe mit ihr'm Schicksal abgefund'n, aber es ist ihn' dreckich gegang, weil se immer weniger

Fische gefang ham, un die Fabriken ham auch nich mehr viel gebracht.

Un zu der Zeit hat der Obed angefang, mit den Leuten zu fluch'n, weil se blöd wie die Schafe sind un den christlichen Gott anbet'n, der ihn'n überhaupt nich hilft. Un hat ihn'n gesagt, daß er Menschen kennt, die andere Götter anbet'n, wo ihn'n was geb'n, was se wirklich brauch'n könn; un wenn ihm die andern Männer helf'n, sagt er, dann kann er vielleicht solche Götter ruf'n, die ihn'n jede Menge Fische un auch 'n hübschen Haufen Gold geben. Natürlich ham die Männer, was auf der *Sumatry Queen* gedient un die Insel gesehn ham, gewußt, was er meint, un warn nich scharf drauf, mit den Meerungeheuern zusammenzukomm, von den'n se gehört hatt'n, aber die andern, die keine Ahnung gehabt ham, was der Obed meint, warn ganz begeistert un ham ihn gefragt, was er tun kann, damit se an den Glaub'n komm, der ihn'n wirklich hilft.«

Hier brach der alte Mann plötzlich ab, murmelte etwas Unverständliches und versank in grüblerisches, ängstliches Schweigen; er schaute nervös über seine Schulter, wandte sich dann wieder um und blickte fasziniert zu dem fernen schwarzen Riff hinüber. Als ich ihn ansprach, gab er keine Antwort, und ich wußte, daß ich ihm den restlichen Whiskey geben mußte. Die verrückte Geschichte, die er mir erzählte, interessierte mich ungeheuer, weil ich mir einbildete, sie enthielte im Kern doch eine Art Allegorie, die sich auf die seltsamen Vorfälle in Innsmouth gründete und von einer Phantasie ausgeschmückt war, die gleichzeitig schöpferisch und voller Bruchstücke exotischer Legenden war. Keinen Augenblick lang glaubte ich, daß die Erzählung auch nur den geringsten realen Hintergrund hätte, trotzdem hatte der Bericht einen Unterton echten Grauens, wenn auch vielleicht nur wegen der Anspielungen auf seltsame Juwelen von derselben Art wie die unheimliche Tiara, die ich in Newburyport gesehen hatte. Vielleicht stammte dieser Schmuck letzten Endes doch von irgendeiner fernen Insel, und möglicherweise stammte das abenteuerliche Seemannsgarn von dem verblichenen Obed selbst und nicht von dem alten Säufer, der jetzt vor mir saß.

Ich reichte Zadok die Flasche, und er leerte sie bis zum letzten Tropfen. Es war erstaunlich, wieviel er vertragen konnte, denn ich konnte in seiner hohen, keuchenden Stimme nicht das geringste

Anzeichen von Heiserkeit entdecken. Er leckte den Flaschenhals ab und ließ die leere Flasche in seiner Tasche verschwinden. Dann fing er an, zu nicken und leise vor sich hinzumurmeln. Ich beugte mich dicht zu ihm hinüber, um mir keines der verständlichen Worte entgehen zu lassen, und glaubte, unter dem fleckigen, buschigen Schnurrbart ein sardonisches Lächeln zu erkennen. Ja, seine Lippen formten tatsächlich Worte, und ich konnte sogar die meisten davon verstehen.

»Der arme Matt – er war immer dageg'n gewes'n un hat versucht, die Leute auf seine Seite zu bringen, un hat lange mit den Predigern geredet, aber alles umsonst – den Pastor von der freien Gemeinde ham se aus der Stadt gejagt, un der von den Methodisten is von alleine gegang, un den Resolved Babcock, was der Pastor von den Baptisten war, hab ich nie mehr gesehn – der Zorn Jehovas –, ich war noch'n verdammt kleiner Kerl, aber was ich gehört hab, hab ich gehört, un was ich gesehn hab, hab ich gesehn – Dagon un Asthoreth – Belial un Beelzebub – 's Goldne Kalb un die Götzen von den Philistern – babylonische Lästerung – *Mene, mene, tekel, upharsin* –.«

Er brach wieder ab, und der Blick seiner wasserblauen Augen ließ mich befürchten, daß er nun doch jeden Augenblick in tiefe Apathie verfallen würde. Aber als ich ihn sanft an der Schulter rüttelte, wandte er sich mir mit überraschender Lebhaftigkeit zu und stieß wieder ein paar geheimnisvolle Sätze hervor.

»Sie glaub'n mir nich, eh? Ho, ho, ho – dann sagen Sie mir doch, junger Mann, warum der Käpt'n Obed so oft mit zwanzich andern in pechschwarzer Nacht zum Teufelsriff hinausgerudert is un se dort so laut gesung hab'n, daß man se in der ganzen Stadt hör'n konnte, wenn der Wind richtich gestanden hat? Was sagen Se dazu, he? Un sagen Se mir doch, warum der Obed immer so schwere Dinger versenkt hat in dem tiefen Wasser auf der andern Seite von dem Riff, wo der Grund so steil wie 'ne Klippe abfällt un so tief, daß man's nich auslot'n kann? Sagen Se mir, was er mit dem komischen Dingsda aus Blei gemacht hat, was der Walakea ihm gegeben hatte? Na, Sie Grünschnabel? Un was hamse in der Nacht vorm ersten Mai alle miteinander da drauß'n gesung un dann wieder in der Nacht vor Allerheiligen? Un warum ham die neuen Pastoren, was früher mal

Seeleute gewes'n warn, so komische Roben angehabt und die Golddinger getrag'n, die der Obed gebracht hatte, he?«

Die wasserblauen Augen blickten jetzt wild und wie im Delirium, und der schmutzige weiße Bart knisterte wie elektrisiert. Der alte Zadok bemerkte wahrscheinlich, wie ich zurückprallte, denn er fing bösartig zu kichern an. »Ho, ho, ho, ho! Geht Ihn'n jetzt langsam 'n Licht auf, ja? Vielleicht wärn Se gern an meiner Stelle gewes'n damals, wie ich von der Kuppel von unserm Haus die Dinger draußen auf'm Meer gesehn hab? Ich kann Ihn'n sag'n, kleine Jungs ham große Ohr'n, un mir is nischt entgang von dem, was die Leute über den Käpt'n Obed und die andern draußen auf'm Riff getuschelt ham! He, he, he! Un was war in der Nacht, wo ich den Fernstecher von meim Vater mit in die Kuppel raufgenomm hab und gesehn hab, wie's auf'm Riff gewimmelt hat von Gestalt'n, die haste was kannste untergetaucht sind, wie der Mond aufgegang ist? Obed un seine Leute warn im Boot, aber die Gestalt'n sin auf der andern Seite im tief'n Wasser untergetaucht un nimmer raufgekomm... Wie tät Ihn'n das gefall'n, 'n kleiner Pimpf, der alleine oben in der Kuppel sitzt un *Gestalt'n sieht, was keine menschlich'n Gestalt'n nich sind?*... Hi, hi, hi?«

Der Alte wurde allmählich hysterisch, und ich schauderte, ohne zu wissen, weshalb. Er legte mir seine knorrige Klaue auf die Schulter, und ich spürte, daß er zitterte – ganz bestimmt nicht vor Freude.

»Stell'n Se sich vor, Se würd'n sehn, wie auf der andern Seite vom Riff was Schweres aus Obeds Boot gehievt wird, un am nächsten Tag hör'n Se, daß 'n junger Bursch nich nach Hause gekomm is. He! Hat irgend jemand nochmal was von Hiram Gilman gehört? Na? Un Nick Pierce, und Luelly Waite, un Adoniram Southwick und Henry Garrison, he? Hi, hi, hi, hi... Gestalt'n, die mit den Händ'n red'n, wenn se überhaupt richtige Hände hatt'n...

Ja, Herr, das war die Zeit, wo's dem Obed allmählich wieder besser gegang is. Die Leute ham gesehn, daß seine drei Töchter Schmuck aus Gold oder so was Ähnlichem getrag'n ham, den se noch nich lange ham konnt'n, un aus dem Schornstein von der Raffinerie is Rauch gekomm. Andern Leut'n ging's auch auf 'n Mal wieder besser – Fische gab's in rauhen Mengen, un der Himmel weiß, was für Ladungen davon nach Newburyport, Arkham un Boston ging. Un dann hat Obed durchgesetzt, daß die Nebenstrecke von der Eisenbahn gebaut word'n is. Fischer aus Kingsport ham gehört, was es bei uns zu fang gibt, un sind mit ihr'n Schaluppen gekomm, aber se sind alle verschwund'n. Niemand hat se mehr gesehn. Un genau zu der Zeit ham unsre Leute den Esoterisch'n Ord'n von Dagon gegründet un ham dafür der Kalvarien-Loge den Freimaurertempel abgekauft... hi, hi, hi! Matt Eliot war selber 'n Freimaurer un gegen den Verkauf, aber er is grad um die Zeit verschwund'n.

Aber ich will garnich sag'n, daß der Obed alles so ham wollt, wie's auf der Kanakeninsel gewes'n war. Am Anfang wollt' er bestimmt nich, daß die Leute sich mit den da unt'n vermischen un Kinder kieg'n, die ins Wasser gehn un sich in Fische verwandeln un ewig leb'n. Er wollt' bloß die Golddinger un wollt' viel dafür bezahl'n, un ich glaub, die Biester war'n für 'ne Weile zufrieden...

Wie dann das Jahr sechsunvierzig gekomm is, ham die Leute in der Stadt sich inzwisch'n schon ihre eignen Gedank'n gemacht gehabt – die Sonntagspredigten sin immer komischer geword'n – un immer mehr Klatsch über das Riff. Ich glaub, ich hab selber was dazu getan, wie ich dem Selectman Mowry erzählt hab, was ich von der Kuppel aus gesehn hatte. Un eines Nacht is'n Trupp von Männern dem Obed un sein'n Leut'n zum Riff raus nachgefahrn, un ich hab zwischen den Boot'n Schüsse gehört. Am nächsten Tag warn Obed un zweiunddreißich andre im Gefängnis, un alle Welt hat sich gefragt, was los war un was se verbroch'n hatt'n. Mein Gott, wenn nur einer hätt' in die Zukunft schaun könn... vierzehn Tage später, als die ganze Zeit nischt mehr ins Meer geworfen word'n war...«

Zadok sah verängstigt und erschöpft aus, und ich ließ ihn sich eine Weile ausruhen, schaute aber ängstlich auf meine Uhr. Inzwischen hatte der Gezeitenwechsel stattgefunden; es war jetzt Flut, und das Rauschen der Wellen schien ihn wieder aufzuwecken. Ich war froh darüber, daß das Wasser stieg, denn bei Flut würde der Fischgestank vielleicht nicht mehr ganz so widerwärtig sein. Wieder mußte ich mich anstrengen, um sein Gemurmel zu verstehen.

»Diese schreckliche Nacht... ich hab se gesehen. Ich war in der Kuppel oben... Horden von ihn'n... ganze Scharen... auf dem ganzen Riff warnse un im Hafen un im Manuxet sind se geschwomm... Gott, was in der Nacht in den Straß'n von Innsmouth passiert is ... sie ham an unser Tür gerüttelt, aber mein Vater hat ihn'n nich aufgemacht ... un dann is er aus'm Küchenfenster geklettert mit seiner Muskete un wollt' sehn, wo Selectman Mowry war un was er tun könnt ... un drauß'n Haufen von Toten und Sterbenden ... Schüsse un Schreie ... Rufe auf'm Alten Platz un auf'm Stadtplatz un auf'm Neuen Kirchplatz – Gefängnis aufgebroch'n ... – Proklamation ... Verrat ... un dann hamse gesagt, 'ne Seuche wär's gewes'n, als Fremde gekomm sind und gesehn ham, daß die Hälfte von unsern Leuten verschwund'n war ... niemand war mehr übrig außer den'n, die zu Obed un den Ungeheuern gehalt'n oder wenigstens nischt verrat'n ham ... von meim Vater hab ich nischt mehr gehört ...«

Der alte Mann rang nach Luft und war in Schweiß gebadet. Er packte mich noch fester an der Schulter.

»In der Früh war alles weggeräumt – aber *Spuren* warn noch da ... Obed hat das Kommando übernomm un gesagt, alles wird anders ... *andere* wer'n mit uns zusamm in die Kirche gehn, sagt er, un manche Häuser müss'n *Gäste* aufnehm ... sie wollt'n sich vermischen, wie sie's mit den Kanaken gemacht hatt'n, un er jedenfalls wollt' se nich davon abhalt'n. Ziemlich weit is er gegang, der Obed ... ganz verrückt war er, wenn's dadrum ging. Die andern ham uns Fische un Schmuck gebracht, sagt er, un wir müss'n ihn dafür geb'n, was sie unbedingt ham woll'n ...

Nach außen soll sich gar nischt ändern, aber wir soll'n nich mit Fremden reden, wenn uns unser Leb'n lieb is. Alle müss'n wir den Eid auf Dagon schwör'n, un manche später noch'n zweit'n und dritt'n Eid. Wer am meisten hilft, kriegt auch am meisten – Gold un solches Zeugs –, un keiner kann nischt dagegen tun, weil von den andern Millionen da unten sind. Den andern isses lieber, wenn se nich raufkomm un die ganze Menschheit ausrott'n brauch'n, aber wenn se einer *zwingt*, könn se genau das vielleicht doch mach'n. Wir ham nich die Zaubermittel, sagt der Obed, um se uns vom Hals zu halt'n, wie's die in der Südsee gemacht ham, un die Kanaken verrat'n keim ihr Geheimnis.

Wir brauch'n bloß genug Opfer un Trödelkram geb'n un se in der Stadt aufnehm, wenn se das woll'n, un se lass'n uns in Ruh. Un Fremden werd'n se nischt tun, damit die draußen nischt rumerzähln, aber nur, wenn se nich neugierig werd'n. Un alle sind wir dem Ord'n von Dagon treu ergeb'n, un die Kinder soll'n nie sterb'n, sondern zur Mutter Hydra un zum Vater Dagon zurückkehr'n, wo wir alle früher mal hergekomm sind ... Iä! Iä! *Cthulhu fhtagn! Ph'nglui mglw' nafh Cthulhu R'lyeh wgah-nagl fhtaga* –«

Der alte Zadok schien jetzt immer schneller in blanke Raserei zu verfallen, und ich hielt den Atem an. Bejammernswerte Kreatur – in welche Abgründe der Halluzinationen hatten der Alkohol und der Haß auf Verfall, Fremdheit und Krankheit diesen einst fruchtbaren, schöpferischen Geist gestürzt! Er fing jetzt zu stöhnen an, und Tränen rollten ihm über die zerfurchten Wangen in den Bart.

»Mein Gott, was ich gesehn hab, seit ich fünfzehn war – *Mene, mene tekel, upharsin!* –, die Leute, die verschwund'n sind, un die, die sich umgebracht ham – un wenn einer in Arkham oder Ipswich oder solchen Orten was erzählt hat, ham se ihn für verrückt erklärt, genauso, wie Sie's jetzt mit mir mach'n – aber Herrgott noch mal, was ich gesehn hab – Se hätt'n mich schon längst umgebracht, weil ich zuviel weiß, aber ich hab den erst'n un zweit'n Eid auf Dagon geschwört, un das schützt mich, wenn nich ein Gericht von ihn'n beweist, daß ich mit Bewußtsein un absichtlich Sachen 'rumerzähl ... aber den dritt'n Eid leg ich nich ab – lieber sterb ich, als daß ich das mach –

In der Zeit um den Bürgerkrieg isses dann noch schlimmer geword'n, *wie die Kinder aufgewachs'n sind, die seit sechunvierzich gebor'n warn* – jedenfalls manche von ihn'n. Ich hab Angst gehabt – bin seit der schrecklich'n Nacht nie mehr neugierig gewes'n un hab mein ganzes Leben kein'n von ... den andern ... aus der Nähe gesehn, jedenfalls kein'n reinrassigen. Ich bin im Krieg gewes'n, un wenn ich bloß'n bißchen Grips gehabt hätt', wär ich nie zurückgekomm, sondern woanders geblieb'n. Aber die Leute ham mir geschrieb'n, 's wär nich mehr so schlimm. Das war wahrscheins deswegen, weil nach dreiunsechzich Regierungstruppen in der Stadt warn. Nach'm Krieg war's genau so schlimm wie vorher. Den Leuten isses immer dreckicher gegang – Fabriken un Läden ham zugemacht – Schiffe kamen keine mehr, un der Hafen is versandet – die Eisenbahn hamse stillgelegt – aber *die* – die sind immer noch von dem verdammten Riff rübergeschwomm un den Manuxet rauf – un immer mehr Dachfenster sind vernagelt word'n, un immer mehr Geräusche hat man aus Häusern gehört, wo alle gedacht ham, daß kein Mensch nich drin is ...

Die Leute draußen erzähl'n sich Geschicht'n über uns – wahrscheins ham se auch 'ne Menge davon gehört, wenn ich so hör', was für Fragen Se stell'n – Geschichten über Dinge, die se ab un zu gesehn ham, un über die komischen Juwel'n, die noch immer irgendwo herkomm un noch nicht alle eingeschmolz'n sind – aber keiner weiß was Genaues. Und keiner glaubt eim nischt. Se mein'n, daß die Golddinger aus 'nem Piratenschatz sind un daß die Leute in Innsmouth fremdes Blut ham oder 'ne Krankheit oder so. Außerdem scheuchen die Einheimischen die Fremden weg, sooft se nur könn, un sorg'n dafür, daß die andern nich allzu neugierig werd'n, besonders in der Nacht. Die Hunde bell'n die Kreatur'n an, un die Pferde scheu'n vor ihn'n – aber seit's die Autos gibt, macht das ja nischt mehr aus.

Im Jahr sechsunvierzich hat sich der Käpt'n Obed 'ne zweite Frau genomm, *die kein Mensch in der Stadt nie nich zu sehn gekriegt hat* – manche sag'n, er wollte gar nich, sondern ist gezwung word'n von den'n, die er geruf'n hatte. Drei Kinder hat er von ihr gehabt – zwei sind schon als Kinder verschwund'n, aber ein Mädchen hat ganz normal ausgesehn un is in Europa erzog'n word'n. Der Obed hat se dann mit ein Mann aus Arkham verheirat't, der keine Ahnung gehabt hat. Aber draußen will heut niemand nischt mit den Leuten aus Innsmouth zu tun ham. Barnabas Marsh, dem jetzt die Raffinerie gehört, is Obeds Enkel von der erst'n Frau – ein Sohn vom Onesiphorus, seinem ältesten Sohn, *aber seine Mutter war auch eine von denen, die man nie auf der Straße gesehen hat.*

Barnabas hat sich grad jetz in letzter Zeit verwandelt. Kann seine Augen nich mehr zumach'n un hat 'ne ganz andre Körperform. Sie sag'n, er trägt noch Kleidung, aber er wird bald ins Wasser gehn. Vielleicht hat er's schon probiert – manchmal gehnse schon für 'ne kleine Weile runter, bevor se für immer runtergehn. Hat sich gut zehn Jahre nich mehr in der Stadt blick'n lass'n. Keine Ahnung, wie seine arme Frau sich wohl vorkommt – sie is aus Ipswich, un se hätt'n den Barnabas fast gelyncht, als er vor fuffzich Jahr oder so um ihre Hand angehalt'n hat. Obed is achtundsiebzich gestorb'n – die

Kinder von der *erst'n* Frau sind tot, un die andern ... weiß der Himmel ...«

Das Rauschen der steigenden Flut wurde immer lauter, und ganz allmählich schien die Stimmung des alten Mannes sich aus tränenreicher Melancholie in ängstliche Vorsicht zu verwandeln. Hin und wieder brach er ab, um nervös hinter sich oder auf das Riff hinauszuschauen, und trotz der Absurdität seiner abenteuerlichen Geschichte konnte ich nichts dagegen tun, daß seine unbestimmte Angst sich auch auf mich übertrug. Er sprach jetzt lauter, wahrscheinlich, um sich selber Mut zu machen.

»He, he, warum sagen Se denn nischt? Wie würd's Ihn'n gefall'n, in soner Stadt zu leb'n, wo alles vermodert un stirbt und versteckte Ungeheuer an jeder Ecke in dunklen Kellern un Dachkammern rumkriechen und blöken und quaken un springen? He? Wie würd's Ihn'n gefall'n, sich Nacht für Nacht das Geheul anzuhör'n, was aus den Kirch'n un der Halle vom Orden von Dagon kommt, *un zu wissen, aus was für Kehlen das Geheul kommt?* Möcht'n Se nich gern wiss'n, was jedes Jahr vorm ersten Mai un vor Allerheilj'n von dem verdammten Riff rübergeschwomm kommt? He? Se denk'n sich, der Alte ist verrückt? *Dann muß ich Ihn'n sag'n, daß Se das Schlimmste noch gar nich gehört ham!*«

Zadok schrie jetzt förmlich, und der irre Klang seiner Stimme beunruhigte mich mehr, als ich mir eingestehen wollte.

»Verdammich, sitzen Se nich einfach da, un glotzen Se mich nich mit *den* Augen an – ich sag, Obed Marsh is in der Hölle, un da muß er auch bleib'n. Hi, hi ... in der Hölle sag ich! Kann mich nich krieg'n – hab nischt getan un keim nischt gesagt –

Also, junger Mann? Ich hab bis jetzt noch keim nischt gesagt, aber jetzt tu ich's. Un hör'n Se gut zu, Sie Grünschnabel – das hab ich noch keim nich erzählt ... ich hab gesagt, seit der Nacht bin ich nie mehr neugierig gewes'n – *aber ich hab trotzdem alles rausgekriegt!*

Möcht'n gern wiss'n, was das Schlimmste is, he? Also gut, es is das – es is nich das, was diese Fischteufel *getan haben, sondern, was se noch tun werd'n!* Sie bringen Sachen von da unt'n, wo se herkomm, mit in die Stadt – seit Jahr'n schon, un in letzter Zeit ham se 'n bißchen langsamer gemacht. Die Häuser auf der Nordseite vom Fluß, zwischen der Walter Street un der Main Street, sind voll davon – voll von den Teufeln *und dem, was se mitgebracht ham* – un wenn se sich fertigmachen – ich sag, *wenn se sich fertigmachen* ... ham Se schon mal was von einem *Schoggothen* gehört?

He, ham Se gehört? Ich sag Ihn'n, ich *weiß, was das für Dinger sind – ich hab se mal in der Nacht gesehn, als* ... eh-aaaahhh! e'yaaahh ...«
Der gräßliche Schrei des alten Mannes kam so plötzlich und war so unmenschlich, daß ich fast die Besinnung verlor. Seine Augen, die an mir vorbei auf die übelriechende See hinausstarrten, traten förmlich aus den Höhlen, während sein Gesicht sich in eine starre Maske der Furcht verwandelt hatte, die einer griechischen Tragödie würdig gewesen wäre. Seine knochige Klaue grub sich krampfhaft in meine Schulter, und er regte sich nicht, als ich meinen Kopf drehte, um zu sehen, welch ein Anblick ihn so erschreckt hatte.

Aber ich sah nichts. Nichts als die heranrauschende Flut, und nur eine einzige Stelle, die vielleicht etwas stärker aufgewühlt war als die langgezogenen Schaumkronen der Wellen. Aber nun schüttelte Zadok mich, und ich drehte mich wieder und sah gerade noch, wie das in Furcht erstarrte Gesicht in ein Chaos aus zuckenden Augenlidern und zitternden Lippen zerfiel. Im nächsten Augenblick hatte er seine Stimme wiedergefunden – doch es wurde nur noch ein schwaches Flüstern.

»*Verschwinden Se hier, schnell!* Verschwinden Se! *Se ham uns gesehn* – laufen Se um Ihr Leb'n! Nu machen Se schon – *sie ham uns gesehn* – schnell, laufen Se davon – *aus der Stadt raus* –«

Eine Woge brach sich an dem lockeren Mauerwerk des einstigen Piers und verwandelte das Geflüster des verrückten Alten in einen weiteren unmenschlichen, markerschütternden Schrei. »E-yaaaahh! ... yhaaaaaaa ...«

Bevor ich überhaupt begriff, was geschah, ließ er meine Schulter los, rannte Hals über Kopf auf die Häuser zu und verschwand in nördlicher Richtung hinter dem verfallenen Lagerhaus.

Ich sah noch einmal auf das Meer hinaus, aber da war nichts. Und als ich in die Water Street einbog und nach allen Richtungen Ausschau hielt, war nichts mehr von Zadok Allen zu sehen.

4

Es läßt sich kaum beschreiben, in welcher Stimmung ich mich nach diesem schaurigen Erlebnis befand, einem Erlebnis, das zugleich verrückt und erbarmungswürdig, grotesk und furchterregend gewesen war. Der junge Lebensmittelverkäufer hatte mich darauf vorbereitet, doch die Wirklichkeit hatte mich trotzdem bedrückt und verstört. So kindlich die Geschichte war, der wahnwitzige Ernst und das Entsetzen des alten Zadok hatten mich mit einer wachsenden Unruhe erfüllt, die den schon vorher verspürten Abscheu vor dieser von unfaßbaren Schatten heimgesuchten Stadt noch verstärkte.

Später wollte ich mir die Geschichte noch einmal durch den Kopf gehen lassen und herauszufinden suchen, ob sie einen historischen Kern haben konnte; aber im Augenblick wollte ich nicht mehr daran denken. Es war bedenklich spät geworden – auf meiner Uhr war es Viertel nach sieben, und der Bus nach Arkham fuhr um acht auf dem Stadtplatz ab –, und ich versuchte, meine Gedanken mit möglichst neutralen und praktischen Dingen zu beschäftigen. Unterdessen ging ich mit schnellen Schritten durch die verlassenen Straßen mit den klaffenden Dächern und windschiefen Häusern in Richtung auf das Hotel, wo ich meinen Koffer abgestellt hatte und den Bus finden würde.

Obwohl das goldene Abendlicht die uralten Dächer und zerbröckelten Kamine in einen mystischen Glanz voller Anmut und Frieden tauchte, konnte ich nicht umhin, mich ab und zu einmal umzuschauen. Ich war wirklich froh, daß ich jetzt bald dieses übelriechende und angstüberschattete Innsmouth verlassen konnte, und ich hätte viel darum gegeben, wenn ich mit einem anderen Fahrzeug als dem Bus hätte fahren können, den dieser finstere Sargent lenkte. Trotz allem beeilte ich mich aber nicht übermäßig, denn es gab an jeder Ecke der unbelebten Straßen noch architektonische Details zu bewundern, und ich rechnete mir aus, daß ich die Strecke mühelos in einer halben Stunde zurücklegen konnte.

Ich nahm mir noch einmal die Kartenskizze vor, um einen Weg zu finden, auf dem ich bisher noch nicht gegangen war, und beschloß, mich diesmal dem Stadtplatz auf der Marsh Street statt der State Street zu nähern. An der Kreuzung mit der Fall Street fielen mir die ersten verstreuten Gruppen verstohlen flüsternder Müßiggänger auf, und als ich schließlich den Platz erreicht hatte, sah ich, daß anscheinend fast alle Herumtreiber der Stadt sich vor der Tür des Hotels versammelt hatten. Es schien mir, als starrten mich viele hervortretende, wäßrige, lidlose Augen unverwandt an, als ich meinen Koffer in der Hotelhalle abholte, und ich hoffte, daß keine dieser merkwürdigen Kreaturen im Bus mitfahren würde.

Der Bus kam kurz vor acht, also etwas zu früh, angerattert; es saßen drei Fahrgäste drin, und ein übler Kerl sprach vom Bordstein verstohlen ein paar unverständliche Worte mit dem Fahrer. Sargent warf einen Postsack und ein Bündel Zeitungen heraus und ging in das Hotel; die Passagiere – es waren dieselben Männer, die ich am Vormittag bei der Ankunft in Newburyport gesehen hatte – stolperten unterdessen aus dem Bus und wechselten auf dem Bürgersteig mit einem Müßiggänger ein paar gutturale Worte, und ich hätte beschwören können, daß sie nicht englisch sprachen. Ich bestieg den leeren Bus und setzte mich auf denselben Platz wie am Vormittag, aber ich saß noch gar nicht richtig, als Sargent wieder auftauchte und mit einer eigenartig abstoßenden, kehligen Stimme zu nuscheln anfing.

Anscheinend hatte ich ganz besonderes Pech. Irgend etwas war mit dem Motor nicht in Ordnung gewesen, obwohl man die Strecke von Newburyport in so kurzer Zeit zurückgelegt hatte, und der Bus konnte nicht nach Arkham weiterfahren. Nein, heute abend könne er auf keinen Fall mehr repariert werden, und es gebe auch kein anderes Verkehrsmittel, das mich nach Arkham oder woandershin bringen könne. Es täte ihm leid, meinte Sargent, aber ich müsse wohl die Nacht im Gilman verbringen. Man würde mir wahrscheinlich einen niedrigen Preis machen, aber sonst könne man leider nichts tun. Ich war bestürzt über diesen unverhofften Aufenthalt und sah dem Anbruch der Nacht in dieser verfallenden, fast unbeleuchteten Stadt mit tausend Ängsten entgegen. Aber ich stieg aus und ging wieder in die Hotelhalle zurück. Der mürrische, sonderbar dreinblickende Nachtportier sagte mir, ich könne für einen Dollar das Zimmer 428 im vorletzten Stock haben; es sei groß, habe aber kein fließendes Wasser.

Trotz alledem, was ich in Newburyport über dieses Hotel gehört hatte, trug ich mich ins Register ein, bezahlte meinen Dollar, gab dem Portier meinen Koffer und stieg hinter diesem griesgrämigen Faktotum drei knarrende Treppen hinauf, vorbei an verstaubten Korridoren, die völlig verödet schienen. Von dem trostlosen Zimmer, das zwei Fenster hatte und mit billigen Möbeln schlecht und recht eingerichtet war, sah man in einen düsteren, auf den anderen Seiten von niedrigen, leerstehenden Ziegelbauten umschlossenen Hof hinab; dahinter erstreckten sich die verfallenen Dächer nach Westen, und in der Ferne war gerade noch das offene Sumpfland zu erkennen. Am Ende des Korridors war ein Badezimmer – eine entmutigende Reliquie mit einer uralten Marmorschüssel, einer Zinnwanne, schwacher elektrischer Beleuchtung und modrigen Holzverkleidungen an allen Installationsrohren.

Da es noch hell war, ging ich auf den Platz hinunter, um zu sehen, wo ich ein Abendessen bekommen würde; dabei bemerkte ich, daß die herumlungernden Kerle mich mit sonderbaren Blicken musterten. Da der Lebensmittelladen geschlossen war, blieb mir nichts anderes übrig, als nun doch in das Restaurant zu gehen, das ich am Mittag gemieden hatte; ein gebückter, schmalköpfiger Mann mit unverwandt starrenden Augen und eine plattnasige Schlampe mit unglaublich dicken, plumpen Händen bedienten mich. Das Essen wurde hinter der Theke zubereitet, und ich stellte mit Erleichterung fest, daß die meisten Sachen offenbar aus Büchsen und Packungen stammten. Eine Terrine Gemüsesuppe mit Zwieback reichte mir vollauf, und bald darauf begab ich mich wieder in mein unfreundliches Zimmer im Gilman; von dem mürrischen Portier ließ ich mir noch eine Abendzeitung und ein mit Fliegendreck verunziertes Magazin aus dem wackligen Zeitungsstand neben der Theke geben.

Als es zu dunkeln begann, knipste ich die schwache Glühbirne über dem billigen Eisenbett an und versuchte, so gut es ging, meine begonnene Lektüre fortzusetzen. Ich hielt es für ratsam, meine Gedanken mit normalen Dingen zu beschäftigen, denn es hätte nichts eingebracht, über die Abnormitäten dieser uralten, von einem Pesthauch überschatteten Stadt nachzugrübeln, solange ich mich noch in ihren Mauern befand. Die irrsinnigen Geschichten, die der betagte Säufer mir erzählt hatte, versprachen keine allzu angenehmen Träume, und ich spürte, daß ich die Erinnerung an seine wilden, wäßrigen Augen so gut wie möglich aus meinem Bewußtsein verdrängen mußte.

Auch durfte ich nicht andauernd daran denken, was dieser Gewerbeinspektor dem Fahrkartenverkäufer in Newburyport über das Gilman und die Stimmen seiner nächtlichen Bewohner erzählt hatte – genausowenig wie an das Gesicht unter der Tiara in der dunklen Kirchentür, jenes Gesicht, für dessen Abscheulichkeit ich noch immer keine plausible Erklärung gefunden hatte. Es wäre mir wahrscheinlich leichter gefallen, mich aller beunruhigenden Gedanken zu erwehren, wenn das Zimmer nicht so grauenhaft muffig gewesen wäre. So aber vermischte sich diese tödliche Muffigkeit auf schreckliche Weise mit dem allgegenwärtigen Fischgeruch der Stadt und ließ mich an nichts anderes als Tod und Verwesung denken.

Was mich außerdem beunruhigte, war die Tatsache, daß die Tür zum Korridor keinen Riegel hatte. Es war früher einmal einer daran gewesen, was man noch deutlich sehen konnte, doch er mußte vor kurzem abmontiert worden sein. Zweifellos war er kaputt gewesen, wie so vieles andere auch in diesem baufälligen Gemäuer. In meiner Nervosität schaute ich mich im Zimmer um und entdeckte am Kleiderschrank einen Riegel, der nach den Spuren zu urteilen dieselbe Größe haben mußte wie der, den man von der Zimmertür entfernt hatte. Um mich wenigstens für eine Weile abzulenken, beschäftigte ich mich damit, diesen Riegel loszumachen und an der Zimmertür anzuschrauben, wobei mir ein kleiner Schraubenzieher zustatten kam, den ich zusammen mit einem Dorn und einem Bohrer an meinem Schlüsselbund trug. Der Riegel paßte genau, und es beruhigte mich ein wenig, daß ich nun vor dem Zubettgehen die Tür sicher verriegeln konnte. Zwar befürchtete ich im Grunde nicht, daß dies nötig sein würde, aber ein solches Symbol der Sicherheit war in einer Umgebung wie dieser recht angenehm. Die Riegel an den beiden Verbindungstüren zu den angrenzenden Zimmern waren intakt, und ich schob sie auch sogleich vor. Ich zog mich nicht aus, sondern beschloß zu lesen, bis ich schläfrig würde, und mich dann nur meiner Jacke, des Kragens und der Schuhe zu entledigen. Ich nahm eine Taschenlampe aus meinem Koffer und steckte sie in die Hosentasche, um auf die Uhr schauen zu können, wenn ich später im Dunkeln aufwachen sollte. Doch es wollte sich keine Müdigkeit einstellen, und als ich einmal innehielt, um über das nachzudenken, was ich gerade gelesen hatte, wurde mir klar, daß ich die ganze Zeit unbewußt auf etwas gehorcht hatte – etwas, das ich nicht definieren konnte, wovor ich aber trotzdem Angst hatte. Die Geschichte von diesem Inspektor mußte meine Phantasie doch mehr beschäftigen, als ich vermutet hatte. Ich versuchte weiterzulesen, kam aber nicht voran.

Nach einer Weile glaubte ich zu hören, wie die Treppen und die Dielen auf dem Korridor unter Fußtritten knarrten, und ich fragte mich, ob wohl jetzt die anderen Gäste nach und nach ihre Zimmer aufsuchten. Ich hörte jedoch keine Stimmen, und es schien mir plötzlich, daß das Knarren etwas Verstohlenes hatte. Es war mir nicht geheuer, und ich ging mit mir zu Rate, ob ich überhaupt versuchen sollte zu schlafen. In dieser Stadt gab es sonderbare Leute, und es waren hier ohne Zweifel schon öfter Fremde verschwunden. War dies eine jener Herbergen, in denen die Gäste ihres Geldes wegen erschlagen werden? Aber ich sah gewiß nicht gerade wohlhabend aus. Oder nahmen es die Einheimischen wirklich so übel, wenn ein Ortsfremder sich in ihrer Stadt umsah? War ich bei meiner Stadtbesichtigung unangenehm aufgefallen, vielleicht weil ich so oft auf meine Karte gesehen hatte? Mir kam der Gedanke, daß es mit meiner nervlichen Verfassung nicht zum besten stehen konnte, wenn ich gleich so zu grübeln anfing, nur weil irgendwo ein paar Dielen geknarrt hatten – aber ich bedauerte trotzdem, keine Waffe bei mir zu haben.

Als ich schließlich Müdigkeit verspürte, ohne jedoch schläfrig zu sein, schob ich den neu angebrachten Riegel vor, machte das Licht aus und warf mich auf das harte, durchgelegene Bett – vollständig angezogen, einschließlich Jacke, Kragen und Schuhen. In der Dunkelheit kam mir jedes kleine Nachtgeräusch laut vor, und eine Flut doppelt unangenehmer Gedanken brach über mich herein. Ich bereute es, das Licht ausgemacht zu haben, war aber zu müde, um aufzustehen und es wieder anzuknipsen. Und dann, nach einer langen, ermüdenden Pause, knarrten wieder die Stiegen und die Dielen im Korridor, und ich hörte jenes unmißverständliche Geräusch, das wie eine bösartige Bestätigung all meiner Befürchtungen schien. Es konnte auch nicht den Schatten eines Zweifels geben, daß jemand vorsichtig und verstohlen mit einem Schlüssel an meinem Türschloß herumprobierte.

Meine Empfindungen in dem Augenblick, da ich dieses Anzeichen akuter Gefahr wahrnahm, waren vielleicht eher weniger heftig als vorher, weil ich die ganze Zeit Angst vor dem Ungewissen gehabt hatte. Ich war, wenn auch ohne bestimmten Grund, instinktiv auf der Hut gewesen, und das kam mir jetzt in dieser neuen und realen Krise zustatten, wie immer diese sich auch entwickeln mochte. Trotzdem versetzte mir dieser Übergang von einer vagen Vorahnung zu unmittelbarer Bedrohung einen heftigen Schock und traf mich mit der Wucht eines Faustschlages. Daß das Gefummel an der Tür vielleicht nur auf ein Versehen zurückzuführen war, kam mir überhaupt nicht in den Sinn. Ich konnte nur an zielbewußte Bösartigkeit denken und lag mucksmäuschenstill, während ich auf den nächsten Schritt des vermeintlichen Eindringlings wartete.

Nach einer Weile hörte das vorsichtige Rütteln auf, und ich hörte, wie jemand sich mit einem Hauptschlüssel in das nördliche Nebenzimmer Eintritt verschaffte. Dann wurde vorsichtig an der Verbindungstür gerüttelt. Der Riegel hielt natürlich stand, und ich hörte den Fußboden knarren, als der Eindringling das Zimmer verließ. Nach einer Weile hörte ich wieder das leise Knirschen eines Schlüssels und wußte, daß jemand das südliche Nebenzimmer betreten hatte. Abermals vorsichtiges Rütteln an der Verbindungstür und gleich darauf sich entfernende Schritte. Diesmal konnte ich das Knarren den Korridor entlang und die Treppe hinunter verfolgen, woraus ich schloß, daß der Eindringling gemerkt hatte, daß meine Türen verriegelt waren, und seine Versuche für eine kürzere oder längere Zeitspanne aufschieben würde; für wie lange, das blieb abzuwarten.

Die Schnelligkeit, mit der ich mir einen Plan zurechtlegte, beweist, daß ich schon vorher irgendeine Bedrohung befürchtet und über einen möglichen Fluchtweg nachgedacht haben mußte. Von Anfang an spürte ich, daß der unbekannte Störenfried eine Gefahr darstellte, der ich mich nicht stellen durfte, sondern vor der ich nur so rasch wie möglich flüchten konnte. Es kam jetzt nur darauf an, auf dem schnellsten Wege das Hotel zu verlassen, wobei die Haupttreppe und die Halle nicht in Betracht kommen konnten.

Ich stand vorsichtig auf und knipste meine Taschenlampe an, um die Glühbirne über meinem Bett anzuschalten und ein paar von meinen Habseligkeiten für eine kofferlose Flucht auszuwählen und einzustecken. Aber es tat sich nichts, offenbar war der Strom abgeschaltet worden. Es waren zweifellos irgendwelche dunklen, bösen Machenschaften im Gange – was für welche, konnte ich mir nicht vorstellen. Während ich noch mit der Hand an dem nutzlos gewordenen Schalter dastand und überlegte, was zu tun sei, hörte ich unter mir ein gedämpftes Knarren von Dielen und glaubte außerdem, die Stimmen mehrerer Leute zu vernehmen. Einen Augenblick später war ich schon nicht mehr so sicher, daß es sich bei den tieferen Tönen um Stimmen handle, da das heisere Gebell und abgehackte Gequake wenig mit normaler menschlicher Sprache gemeinsam hatte. Dann erinnerte ich mich wieder lebhaft an das, was der Gewerbeinspektor in jener Nacht in diesem vermodernden und verpesteten Gebäude gehört hatte.

Nachdem ich mit Hilfe der Taschenlampe ein paar Sachen zusammengesucht hatte, schlich ich auf Zehenspitzen ans Fenster, um meine Chancen für ein Entkommen abzuschätzen. Trotz der staatlichen Sicherheitsvorschriften hatte das Hotel auf dieser Seite keine Feuerleiter, und ich sah, daß zwischen meinen Fenstern und dem drei Stockwerke tiefer liegenden, gepflasterten Hof nur die nackte Mauer war. Rechts und links jedoch schlossen sich alte, massiv gebaute Wirtschaftsgebäude an das Hotel an, deren steile Dächer so hoch hinaufreichten, daß man sie vom vierten Stock aus, in dem ich mich befand, halbwegs sicher hätte im Sprung erreichen können. Um über eine dieser beiden Gebäudereihen zu gelangen, hätte ich zwei Zimmer weiter südlich oder nördlich sein müssen, und ich begann sofort zu kalkulieren, wie groß meine Chancen waren, einen dieser Räume zu erreichen. Auf den Korridor hinauszugehen, schien mir zu gewagt, denn man würde sicherlich meine Schritte hören, und überdies würde es sich als schwierig, wenn nicht sogar unmöglich erweisen, vom Gang aus in das betreffende Zimmer zu gelangen. Wenn überhaupt, blieb mir also nur der Weg durch die weniger stabilen Verbindungstüren zwischen den Zimmern, die ich gewaltsam mit der Schulter würde aufbrechen müssen, wenn Schlösser und Riegel sich auf der anderen Seite befinden würden. Das dürfte, so überlegte ich, angesichts der Altersschwäche des Hauses und all seiner Einrichtungsgegenstände nicht allzu schwierig sein; es war mir klar, daß es dabei nicht ohne Lärm abgehen würde. Ich mußte mich ganz auf meine Schnelligkeit verlassen, denn ich würde nur eine Chance haben, wenn es mir gelang, ein Fenster zu erreichen, bevor die feindlichen Kräfte sich so weit gesammelt hatten, um die richtige Tür mit einem Hauptschlüssel zu öffnen. Die Außentür meines eigenen Zimmers verbarrikadierte ich mit einer Kommode, die ich Stück für Stück weiterschob, um möglichst wenig Lärm zu machen.

Ich wußte, daß meine Aussichten sehr gering waren, und bereitete mich auf jeden möglichen Zwischenfall vor. Auch wenn ich eines der Dächer erreichen sollte, würden damit noch längst nicht alle Probleme gelöst sein, denn dann würde sich mir erst die Hauptaufgabe stellen, auf den Erdboden hinunterzugelangen und aus der Stadt zu fliehen. Günstig für mich waren der verlassene und ruinöse Zustand der Anbauten und die große Zahl weit offener Dachluken in jeder Reihe.

Nachdem ich auf der Kartenskizze des jungen Verkäufers festgestellt hatte, daß der günstigste Fluchtweg aus der Stadt nach Süden führen würde, untersuchte ich zunächst die Verbindungstür in der Südwand des Zimmers. Aber sie war auch von der anderen Seite verriegelt, und da sie so angebracht war, daß sie sich in mein Zimmer geöffnet hätte, eignete sie sich nicht besonders gut zum Aufbrechen. Dementsprechend schloß ich sie als möglichen Fluchtweg aus und schob vorsichtig das Bettgestell davor, um einen möglichen Angriff zu erschweren, der vielleicht später von dem Nebenzimmer aus unternommen würde. Die Tür in der Nordwand war so eingehängt, daß sie sich in das andere Zimmer öffnete, und obwohl es sich herausstellte, daß sie von der anderen Seite verschlossen oder verriegelt war, kam nur sie in Frage. Wenn es mir gelang, auf das Dach der Nebengebäude in der Paine Street hinunterzuspringen und von dort aus den Boden zu erreichen, würde ich vielleicht über den Hof und durch die anschließenden oder gegenüberliegenden Gebäude auf die Washington oder Bates Street hinauslaufen – oder aber in der Paine Street herauskommen und mich nach Süden zur Washington Street durchschlagen. Auf jeden Fall würde ich versuchen, irgendwie die Washington Street zu erreichen und mich so schnell wie möglich aus der Gegend um den Stadtplatz zu entfernen. Die Paine Street wollte ich nur im Notfall benutzen, denn die Feuerwache dort war vielleicht die ganze Nacht hindurch besetzt.

Während ich mir all dies durch den Kopf gehen ließ, schaute ich aus dem Fenster über das schmutzige Meer verfallender Dächer unter mir, das jetzt von den Strahlen eines Mondes erleuchtet war, der gerade erst abzunehmen anfing. Zur Rechten durchschnitt die schwarze Rinne des Flußtales das Panorama, an deren Steilwände stillgelegte Fabriken und der verlassene Bahnhof sich wie Entenmuscheln anklammerten. Weiter draußen zogen sich die verrosteten Eisenbahngleise und die Straße nach Rowley durch flaches, sumpfiges Gelände, das mit einzelnen trockenen und mit Büschen bewachsenen Hügeln durchsetzt war. Auf der linken Seite war das von Flüßchen durchzogene Flachland nicht so weit weg, und die schmale Straße nach Ipswich glänzte weiß im Mondlicht. Die südliche Route nach Arkham, die ich nehmen wollte, konnte ich von dieser Seite des Hotels aus nicht sehen.

Ich überlegte noch unschlüssig, wann ich die nördliche Tür in Angriff nehmen sollte und wie ich dabei unnötigen Lärm vermeiden könnte, als ich bemerkte, daß die schwachen Geräusche unter mir durch ein abermaliges, stärkeres Knarren der Treppenstufen abgelöst wurden. Durch das Oberlicht meiner Tür sah ich einen flackernden Lichtschein, und die Dielen des Korridors ächzten unter einer schweren Last. Gedämpfte Laute, menschlichen Stimmen nicht ganz unähnlich, näherten sich, und schließlich klopfte es laut an meine Gangtür. Einen Moment lang hielt ich nur den Atem an und wartete. Ewigkeiten schienen zu vergehen, und der widerwärtige Fischgeruch schien sich mit einemmal auffällig zu verstärken. Dann wiederholte sich das Klopfen – immer wieder und mit ständig wachsender Heftigkeit. Ich wußte, daß es Zeit war zu handeln, schob den Riegel an der nördlichen Verbindungstür zurück und nahm all meine Kraft zusammen, um sie aufzubrechen. Das Pochen wurde immer lauter, und ich hoffte, daß es den Lärm, den ich machte, übertönen würde. Der Augenblick war gekommen – wieder und wieder warf ich mich mit der linken Schulter gegen die Türfüllung, ohne auf Schmerz oder Erschütterung zu achten. Die Tür war noch widerstandsfähiger, als ich erwartet hatte, aber ich ließ nicht ab. Unterdessen wurde draußen auf dem Gang das Gepolter immer lauter.

Endlich gab die Verbindungstür nach, aber mit einem solchen Krach, daß die anderen draußen auf dem Gang es gehört haben mußten. Das Pochen steigerte sich augenblicklich zu einem wilden Trommelfeuer, während gleichzeitig in den Schlössern der beiden Zimmer rechts und links von mir unheilverkündend Schlüssel knirschten. Ich stürzte durch die soeben geschaffene Öffnung in das Nebenzimmer und konnte gerade noch den Riegel an der Gangtür vorschieben, bevor der Schlüssel herumgedreht wurde; doch noch während ich dies tat, hörte ich, wie schon an der Gangtür des dritten Zimmers – aus dessen Fenster ich auf das Dach hinunterspringen wollte – mit einem Schlüssel herumprobiert wurde.

Einen Augenblick lang wollte ich verzweifeln, da ich mich schon hoffnungslos in einem Zimmer eingesperrt sah, das über kein Fenster verfügte. Eine Welle unsagbaren Entsetzens ergriff mich und verlieh den Spuren, die der Eindringling im Staub vor der Tür hinterlassen hatte und die ich im Licht meiner Taschenlampe eine Sekunde lang sah, eine unerklärliche, aber grauenerregende Abnormität. Doch dann rannte ich trotz der Hoffnungslosigkeit meiner Lage in blindem Automatismus an die nächste Verbindungstür, um sie aufzubrechen und, falls der Riegel noch genauso intakt war wie der in dem zweiten Zimmer, die Gangtür von innen zu verriegeln, bevor sie von draußen aufgeschlossen werden konnte.

Doch da kam mir ein glücklicher Zufall zu Hilfe – die Verbindungstür war nicht nur unverschlossen, sondern stand sogar offen. Im Nu war ich im nächsten Zimmer und stemmte mich mit Knie und Schulter gegen die Gangtür, die sich gerade nach innen öffnete. Der andere mußte auf meinen Gegendruck nicht gefaßt gewesen sein, denn die Tür ging wieder zu, und ich konnte den kräftigen Riegel vorschieben, wie ich es schon an der anderen Tür getan hatte. Als ich mir diesen Aufschub verschafft hatte, hörte ich, wie das Getrommel an den anderen beiden Türen verstummte, während sich hinter der Verbindungstür, die ich mit dem Bettgestell abgesichert hatte, ein konfuses Geklapper vernehmen ließ. Offenbar war die Masse meiner Angreifer in das südliche Zimmer eingedrungen und formierte sich zu einer Attacke von der Flanke her. Doch im selben Moment knirschte ein Schlüssel in der Tür des nächsten nördlichen Zimmers, und ich erkannte, daß mir unmittelbare Gefahr drohte.

Die nördliche Verbindungstür stand weit offen, aber es war nicht mehr daran zu denken, die Gangtür zu verriegeln, in deren Schloß sich bereits der Schlüssel herumdrehte. Ich konnte nicht mehr tun, als die offene Verbindungstür zu schließen und zu verriegeln, ebenso ihr Gegenstück auf der anderen Seite; dann verbarrikadierte ich die eine mit einem Bett und die andere mit einer Kommode und schob ein Waschgestell vor die Gangtür. Ich sah, daß ich mich auf solche provisorischen Hindernisse verlassen mußte, bis ich aus dem Fenster auf das Dach des Blocks an der Paine Street hinunterspringen konnte. Doch selbst in diesem Augenblick akuter Bedrohung graute es mir am meisten vor etwas anderem, das mit der unmittelbaren Schwäche meiner Verteidigungsposition nichts zu tun hatte. Ich schauderte deshalb, weil kein einziger von meinen Verfolgern auch nur ein einziges verständliches Wort von sich gab; was ich hörte, war nur schreckliches Gestöhn und Gegrunze und in unregelmäßigen Abständen ein gedämpftes Quaken.

Als ich die Möbel vor die Tür geschoben hatte und ans Fenster stürzte, hörte ich ein fürchterliches Getrappel in Richtung auf das Zimmer nördlich von mir, wogegen das Getrommel auf der Südseite verstummt war. Offenbar konzentrierten sich die meisten meiner Widersacher auf die schwache Verbindungstür, hinter der sich mich wußten. Draußen umspielte das Mondlicht den First des Daches unter mir, und ich erkannte, daß der Sprung verzweifelt riskant sein würde wegen der starken Neigung der Fläche, auf der ich landen mußte.

Nach kurzem Überlegen wählte ich das südlichere der beiden Fenster als Fluchtweg; ich würde auf die Innenseite des Daches springen und dann zu der nächsten Dachluke kriechen. Sobald ich im Innern der baufälligen Gemäuer war, würde ich mit Verfolgung rechnen müssen; aber ich hoffte, es würde mir gelingen, das Erdgeschoß zu erreichen und den dunklen Hof zu überqueren, wobei ich mich immer wieder in einer der finsteren Türöffnungen würde verstecken können; sodann mußte ich mich zur Washington Street durchschlagen und in südliche Richtung schleichen.

Das Gepolter an der nördlichen Verbindungstür war jetzt ohrenbetäubend, und ich sah, daß die schwache Türfüllung schon zu splittern begann. Offensichtlich benutzten die Belagerer jetzt einen schweren Gegenstand als Rammbock. Doch das Bettgestell hielt noch stand, so daß ich zumindest eine kleine Chance hatte, doch noch aus dem Hotel zu entkommen. Als ich das Fenster öffnete, bemerkte ich, daß es mit schweren Veloursvorhängen drapiert war, die an Messingringen von einer Gardinenstange herabhingen; außerdem war draußen an der Mauer ein solider Eisenhaken zur Befestigung des Fensterladens. Ich erkannte sogleich die Möglichkeit, den riskanten Sprung zu vermeiden, zerrte mit meinem ganzen Gewicht an den Vorhängen und holte sie mitsamt der Gardinenstange herunter; dann hängte ich rasch zwei von den Ringen in den Eisenhaken und schwenkte die Vorhänge nach draußen. Sie reichten bis auf das Dach hinunter, und ich vertraute darauf, daß die Ringe und der Haken mein Gewicht aushalten würden. Ich kletterte also aus dem Fenster, hangelte mich die improvisierte Strickleiter hinab und hatte damit das morbide, grauenerregende Gemäuer des Gilman House ein für allemal hinter mich gebracht.

Ich landete unversehrt auf den lockeren Ziegeln des steilen Daches und erreichte, ohne auszurutschen, die gähnend schwarze Dachluke. Als ich zu dem Fenster hinaufschaute, durch das ich entkommen war, sah ich, daß es noch immer dunkel war, doch weit hinter den zerbröckelnden Kaminen im Norden sah ich ominös flackernde Lichter hinter den Fenstern der Halle des Ordens von Dagon, der Baptistenkirche und der Kirche der freien Gemeinde, an die ich mit Schaudern zurückdachte. Im Hof war dem Anschein nach niemand gewesen, und ich hoffte, ich würde entkommen können, bevor allgemeiner Alarm gegeben wurde. Ich leuchtete mit der Taschenlampe in die Dachluke hinab und sah, daß keine Treppe da war. Die Höhe war jedoch gering, deshalb stieg ich in die Luke und ließ mich fallen; ich landete auf einem staubbedeckten Fußboden, auf dem vermodernde Kisten und Fässer herumstanden.

Es war ein gespenstischer Ort, aber auf solche Eindrücke konnte ich jetzt nicht mehr achten; nach einem hastigen Blick auf meine Uhr – es war zwei Uhr morgens – kletterte ich gleich die Treppe hinunter, die ich im Licht meiner Taschenlampe entdeckt hatte. Die Stufen knarrten, schienen aber noch hinlänglich stabil. An einem scheunenartigen zweiten Stockwerk vorbei stieg ich hastig bis ins Erdgeschoß hinab. Ringsum regte sich nichts, und das einzige Geräusch war der Widerhall meiner eigenen Schritte. Schließlich gelangte ich in eine niedrigere Halle, an deren einem Ende ich ein schwach erleuchtetes

Rechteck wahrnahm, bei dem es sich um die abbröckelnde Türöffnung zur Paine Street handeln mußte. Ich ging in die andere Richtung, fand auch die Hintertür offen, hastete hinaus und gelangte über fünf Steinstufen hinunter auf das grasüberwucherte Pflaster des Hofes.

Der Mond stand hinter den Häusern, doch ich fand mich trotzdem auch ohne die Taschenlampe zurecht. Einige Fenster auf der Seite des Hotels waren schwach erhellt, und ich glaubte, drinnen ein Stimmengewirr zu hören. Ich schlich mich auf der Seite der Washington Street hinüber, entdeckte mehrere offene Türen und entschied mich für die nächstliegende. Drinnen war es stockfinster, und als ich am anderen Ende des Ganges angelangt war, fand ich die Tür zur Straße fest verschlossen. In der Absicht, es mit einem anderen Gebäude zu versuchen, tappte ich im Dunkeln wieder zurück, blieb aber kurz vor der Tür zum Hof wie angewurzelt stehen.

Denn aus einer Tür des Hotels Gilman strömten scharenweise dubiose Gestalten hervor – Laternen tanzten in der Dunkelheit, und ich hörte Zurufe in fürchterlich quakenden Stimmen und einer Sprache, die ganz bestimmt nicht Englisch war. Die Gestalten liefen unschlüssig hierhin und dorthin, und ich merkte zu meiner Erleichterung, daß sie nicht wußten, wohin ich entkommen war; doch ich schauderte trotzdem am ganzen Körper. Ihre Umrisse waren nicht zu erkennen, aber ihr gebückter, watschelnder Gang war unbeschreiblich widerwärtig. Und was das Schlimmste war – eine der Gestalten war in eine eigenartige Robe gehüllt und trug auf dem Kopf eine Tiara, deren Form mir nur allzu bekannt vorkam. Während die Gestalten nach und nach über den ganzen Hof ausschwärmten, spürte ich, wie meine Angst wuchs. Wenn ich nun keinen Durchgang zur Straße entdeckte? Der Fischgestank war ekelerregend, und ich fragte mich, wie lange ich ihn noch ertragen würde, ohne die Besinnung zu verlieren. Vorsichtig zog ich mich wieder zurück, fand in einer Seitenwand eine offene Tür und gelangte in einen leeren Raum mit Fenstern, die keine Scheiben mehr hatten, aber fest mit Läden verschlossen waren. Ich rüttelte im Schein meiner Taschenlampe an einem der Läden, und es gelang mir, ihn aufzustoßen. Einen Augenblick später war ich hinausgeklettert und hatte die Öffnung hinter mir wieder sorgfältig verschlossen.

Ich stand auf der Washington Street und sah zunächst kein lebendes Wesen und kein Licht außer dem des Mondes. In der Ferne konnte ich jedoch aus mehreren Richtungen krächzende Stimmen hören, begleitet von dem Geräusch vieler Schritte und einem sonderbaren Trappeln, das auf keinen Fall von menschlichen Füßen herrühren konnte. Es war klar, daß ich keine Zeit zu verlieren hatte. Die Himmelsrichtungen waren mir bekannt, und ich war froh, daß die Straßenlampen alle ausgeschaltet waren, wie es in ärmeren ländlichen Gemeinden in mondhellen Nächten oft der Brauch ist. Manche der Geräusche kamen von Süden, doch ich blieb bei meinem Entschluß, in dieser Richtung aus der Stadt zu fliehen. Ich wußte, daß ich genügend finstere Hauseingänge finden würde, in denen ich mich verstecken konnte, falls mir irgendeine Gestalt oder mehrere Gestalten über den Weg liefen, die wie Verfolger aussahen.

Ich ging rasch, leise und immer an den verfallenen Häusern entlang. Ohne Hut und zerzaust wie ich seit der anstrengenden Hangelei war, würde ich wohl kein sonderliches Aufsehen erregen und hatte gute Aussichten, unbeachtet zu entkommen, falls mir zufällig jemand über den Weg lief. Auf der Höhe der Bates Street versteckte ich mich in einem offenen Vorhof, als vor mir zwei watschelnde Gestalten über die Straße gingen, aber gleich darauf setzte ich meinen Weg fort und näherte mich dem offenen Platz, wo an der Kreuzung mit der South Street die Eliot Street in spitzem Winkel die Washington Street schneidet. Obwohl ich diesen Platz nie zuvor gesehen hatte, wußte ich von meiner Kartenskizze her, daß er mir gefährlich werden konnte, weil er im vollen Mondschein daliegen mußte. Es hätte keinen Sinn gehabt, ihn zu umgehen, weil jede andere mögliche Route Umwege bedeutet hätte, die zu Verzögerungen oder gar zur Entdeckung geführt hätten. Es bieb mir nichts anderes übrig, als mit dreister Unbekümmertheit den Platz zu überqueren, den typischen Gang der Einheimischen so gut ich konnte zu imitieren und darauf zu hoffen, daß niemand – oder zumindest keiner meiner Verfolger – mir in die Quere kommen würde.

Wie gut die Verfolgungsjagd organisiert war und welchen Zweck man überhaupt damit verfolgte, davon konnte ich mir kein Bild machen. Die Stadt schien von außerordentlicher Unruhe erfüllt, aber ich nahm an, daß die Nachricht von meiner Flucht aus dem Hotel sich noch nicht herumgesprochen hatte. Ich würde natürlich über kurz oder lang von der Washington Street auf eine andere nach Süden führende Straße überwechseln müssen, denn diese Gestalten aus dem Hotel würden mir bald auf den Fersen sein. Sicherlich hatten sie an den Spuren, die ich im Staub des letzten alten Gebäudes hinterlassen haben mußte, gesehen, auf welchem Weg ich auf die Straße gelangt war.

Der offene Platz lag erwartungsgemäß im hellen Mondlicht, und in seiner Mitte sah ich die Reste einer parkartigen, mit einem Eisengeländer umfriedeten Grünfläche. Glücklicherweise war niemand in der Nähe, obwohl sich vom Stadtplatz her ein immer lauter werdendes Summen oder Dröhnen vernehmen ließ. Die South Street war sehr breit und führte mit leichtem Gefälle direkt zum Hafen hinunter, so daß man weit aufs Meer hinausschauen konnte. Ich hoffte, es möchte niemand aus der Ferne diese Straße hinaufschauen, während ich sie im hellen Mondlicht überquerte.

Ich ging unbehindert weiter und hörte nichts, was darauf hätte schließen lassen, daß man mich entdeckt hatte. Ich schaute nach allen Richtungen und verlangsamte unwillkürlich für einen Augenblick meine Schritte, als ich unten am Ende der Straße das Meer sah, das phantastisch im gleißenden Mondlicht glitzerte. Weit draußen hinter dem Wellenbrecher war die dunkel schimmernde Linie des Teufelsriffs, und ich konnte nicht umhin, an alle die schrecklichen Legenden zu denken, die ich in den letzten vierunddreißig Stunden gehört hatte – Legenden, nach denen dieser rauhe Felsen ein veritables Tor zu Regionen unergründlichen Grauens und unvorstellbarer Abnormität war.

Und dann sah ich plötzlich auf dem fernen Riff in Abständen ein Licht aufblitzen. Es war ohne Zweifel eine Art Blinklicht, und bei seinem Anblick erfaßte mich blindes, von keinerlei Vernunft gebändigtes Entsetzen. Ich spannte unwillkürlich meine Muskeln, um in panischer Angst zu fliehen, und nur eine gewisse unbewußte Vorsicht und eine beinahe hypnotische Faszination hielten mich zurück. Zu allem Unglück sandte jetzt die hohe Kuppel des Hotels, das hinter mir gegen Nordosten aufragte, eine Serie analoger, jedoch in anderen Abständen aufblinkender Lichtblitze aus, die nichts anderes sein konnten als ein Antwortsignal.

Ich gewann die Kontrolle über meine Muskeln zurück und machte mir aufs neue klar, wie deutlich ich zu sehen sein mußte; sogleich verfiel ich wieder in die raschere und vorgetäuscht watschelnde Gangart, schaute aber weiter auf das höllische, unheildrohende Riff hinaus, solange noch die South Street den Blick auf das Meer freiließ. Was das Ganze zu bedeuten hatte, konnte ich mir nicht vorstellen, es sei denn, es handelte sich um irgendeinen seltsamen Ritus im Zusammenhang mit dem Teufelsriff oder um Leute, die mit einem Boot zu diesem unheimlichen Felsen hinausgefahren waren. Ich wandte mich jetzt nach links, an der verwahrlosten Grünfläche vorbei, und schaute noch immer auf den gespenstisch im Licht des Sommermondes glänzenden Ozean hinaus und beobachtete das geheimnisvolle Blinken dieser namenlosen, unerklärlichen Leuchttürme.

Und dann kam jener Eindruck, der schrecklicher war als alles andere, der mich vollends meiner Selbstbeherrschung beraubte und mich wie wahnsinnig in südlicher Richtung losrennen ließ, vorbei an den schwarzen, gähnenden Türöffnungen und fischäugig starrenden Fenstern dieser alptraumhaften Straße. Denn als ich genauer hinschaute, sah ich, daß die mondbeschienene Wasserfläche und das Ufer alles andere als leer waren. Vielmehr wimmelte es überall von unzähligen Gestalten, die auf die Stadt zuschwammen; und selbst aus der großen Entfernung und in dem einen kurzen Augenblick konnte ich erkennen, daß die auf und ab tanzenden Köpfe und wirbelnden Arme in einer Weise fremdartig und anormal waren, wie man es kaum beschreiben oder bewußt formulieren kann.

Doch meine kopflose Flucht war zu Ende, bevor ich auch nur die nächste Kreuzung erreicht hatte, denn zu meiner Linken hörte ich jetzt das Geschrei und Getrappel organisierter Verfolgung. Ich vernahm Schritte und guturale Rufe, und ein Auto keuchte mit ratterndem Motor die Federal Street entlang. Im Nu hatte ich all meine Pläne umgestoßen – denn falls die Straße nach Süden vor mir blockiert wurde, mußte ich natürlich einen anderen Ausweg aus Innsmouth finden. Ich verbarg mich in einem Hauseingang und überlegte, was für ein Glück ich gehabt hatte, daß ich den mondhellen Platz hinter mich gebracht hatte, bevor die Verfolger die Parallelstraße entlanggekommen waren.

Eine zweite Überlegung war weniger tröstlich. Da die Verfolger auf einer anderen Straße waren, bestand kein Zweifel, daß sie nicht unmittelbar hinter mir her waren. Sie hatten mich nicht gesehen, sondern hatten einfach die Absicht, mir jeden Fluchtweg abzuschneiden. Das aber bedeutete, daß alle Straßen, die aus Innsmouth hinausführten, von ähnlichen Patrouillen überwacht wurden, denn die Leute konnten nicht wissen, in welcher Richtung ich fliehen würde. Wenn dies der Fall war, würde ich mich fernab von jeder Straße querfeldein durchschlagen müssen. Wie aber sollte ich das bewerkstelligen angesichts des sumpfigen Charakters der ganzen Umgebung und der vielen Flüsse, die sie durchschnitten? Einen Augenblick lang war ich wie betäubt, sowohl durch die Hoffnungslosigkeit meiner Lage als auch durch den zusehends stärker werdenden, allgegenwärtigen Fischgestank.

Dann fiel mir die stillgelegte Eisenbahnlinie nach Rowley ein, die sich noch immer auf ihrem soliden, mit Unkraut überwucherten Erddamm von dem verfallenden Bahnhof am Rande des steilen Flußufers nach Nordwesten erstreckte. Es war immerhin möglich, daß die Städter daran nicht denken würden, denn die Strecke war wegen des Dornengestrüpps fast unpassierbar und deshalb die unwahrscheinlichste Route für eine Flucht aus der Stadt. Ich hatte sie vom Hotelfenster aus deutlich gesehen und wußte ungefähr, wo sie lag. Das erste Stück war leider zum größten Teil von der Straße nach Rowley und höher gelegenen Punkten der Stadt aus gut zu übersehen, aber vielleicht konnte ich das Unterholz als Deckung benutzen. Auf jeden Fall stellte sie meine letzte Fluchtmöglichkeit dar, und es blieb mir nichts anderes übrig, als es zu versuchen.

Ich zog mich in den Innenraum meines verlassenen Verstecks zurück und studierte noch einmal mit Hilfe der Taschenlampe meine Kartenskizze. Das unmittelbare Problem war, wie ich die alte Eisenbahnstrecke erreichen sollte, und ich kam zu dem Schluß, daß ich am besten zunächst zur Babson Street ging, dann in westlicher Richtung zur Lafayette Street – wo ich um einen ähnlichen Platz wie den anderen herumgehen würde, ohne ihn zu überqueren – und schließlich abwechselnd in nördlicher und westlicher Richtung in einer Zickzacklinie durch die Lafayette, Bates und Bank Street – diese letztere zog sich am Fluß entlang – bis hin zu dem verlassenen und zerbröckelnden Bahnhof, den ich von meinem Fenster aus gesehen hatte. Bis zur Babson Street gehen wollte ich deshalb, weil ich weder noch einmal den offenen Platz überqueren noch meine Flucht nach Westen auf einer so breiten Querstraße wie der South Street beginnen wollte.

Ich machte mich wieder auf und ging auf die rechte Straßenseite hinüber, um möglichst unauffällig in die Babson Street einbiegen zu können. Von der Federal Street drang noch immer der Lärm herüber, und als ich mich umblickte, glaubte ich einen Lichtschein in der Nähe des Gebäudes wahrzunehmen, durch das ich entkommen war. Um möglichst bald die Washington Street verlassen zu können, fiel ich in einen leisen Hundetrab und hoffte, daß kein wachsames Auge mich beobachten möge. Kurz vor der Kreuzung mit der Babson Street stellte ich beunruhigt fest, daß eines der Häuser noch bewohnt war, denn es hatte Gardinen an den Fenstern; aber drinnen war alles dunkel, und ich kam ohne Zwischenfall vorbei.

In der Babson Street, die die Federal Street kreuzt und mich deshalb der Gefahr aussetzte, von meinen Verfolgern entdeckt zu werden, schlich ich mich so dicht wie möglich an den windschiefen Häusern entlang; zweimal versteckte ich mich in einem Torbogen, als der Lärm hinter mir für kurze Zeit anschwoll. Der offene Platz vor mir lag vereinsamt im Mondschein da, aber ich war nicht gezwungen, ihn zu überqueren. Während der zweiten Pause vernahm ich von irgendwoher ein neues Geräusch, und als ich vorsichtig aus meiner Deckung hervorspähte, erblickte ich ein Auto, das in schneller Fahrt den Platz überquerte und auf der Eliot Street, die sowohl die Babson Street als auch die Lafayette Street kreuzt, stadtauswärts davonfuhr.

Der Fischgestank, der einen Augenblick lang nachgelassen hatte, wurde plötzlich wieder unerträglich, und ich erblickte eine Horde unheimlicher, gebückter Gestalten, die hüpfend und watschelnd in derselben Richtung wie das Auto verschwanden; das mußte die Patrouille für die Landstraße nach Ipswich sein, die Verlängerung der Eliot Street. Zwei der Gestalten waren in wallende Roben gehüllt, und eine trug ein hohes Diadem, das weißlich im Mondlicht glitzerte. Der Gang dieses Wesens war so sonderbar, daß mich ein Schauder überlief, denn es schien mir fast, als hüpfe die Kreatur.

Als die Horde außer Sichtweite war, schlich ich mich weiter, huschte um die Ecke in die Lafayette Street und überquerte in höchster Eile die Eliot Street, falls sich womöglich noch einige Nachzügler auf dieser Durchgangsstraße herumtrieben. Vom Stadtplatz her vernahm ich tatsächlich in der Ferne quakende und schnatternde Geräusche, aber ich erreichte unbehelligt die andere Seite. Die meiste Angst hatte ich vor der erneuten Überquerung der breiten und mondhellen South Street, von der aus man aufs Meer hinuntersah, und ich bereitete mich innerlich auf diese Nervenprobe vor. Es hätte gut sein können, daß irgend jemand in meine Richtung schaute, und eventuelle Herumtreiber hätten mich von zwei Punkten der Eliot Street aus unweigerlich bemerkt. Im letzten Augenblick sagte ich mir, daß ich besser meine Schritte verlangsamen und wie zuvor den watschelnden Gang des durchschnittlichen Einheimischen imitieren würde, solange ich möglichen Späherblicken ausgesetzt war.

Als sich abermals die Aussicht auf das Meer öffnete, diesmal zu meiner Rechten, war ich beinahe entschlossen, nicht mehr hinzuschauen. Doch ich konnte der Versuchung nicht widerstehen und blickte verstohlen zur Seite, während ich vorsichtig auf den schützenden Schatten vor mir loswatschelte. Ich hatte fast erwartet, ein Schiff zu sehen, aber statt dessen entdeckte ich nur ein kleines Ruderboot, das auf die verlassenen Piere zuhielt und dessen voluminöse Ladung mit einer Plane zugedeckt war. Die Ruderer sahen selbst aus der großen Entfernung ganz besonders abstoßend aus. Auch konnte ich immer noch mehrere Schwimmer ausmachen, während draußen auf dem schwarzen Riff ein schwaches, gleichmäßiges Glimmen zu erkennen war, das sich deutlich von dem zuvor bemerkten Blinklicht unterschied und von einer sonderbaren Farbe war, die ich nicht genau identifizieren konnte. Auf der rechten Seite überragte die große Kuppel des Hotels Gilman die spitzgieblingen Dächer, aber sie war jetzt vollständig dunkel. Der Fischgeruch, den für einen Augenblick eine wohltätige Brise etwas zerstreut hatte, stieg mir wieder mit fürchterlicher Intensität in die Nase.

Ich hatte noch nicht ganz die andere Straßenseite erreicht, als ich das Gemurmel einer Gruppe von Leuten hörte, die sich auf der Washington Street von Norden her näherten. Als sie den großen offenen Platz erreicht hatten, von dem aus ich den ersten beunruhigenden Blick aufs mondhelle Meer hinaus getan hatte, konnte ich sie deutlich weniger als einen Block von mir entfernt sehen – und erschrak zu Tode über die bestialische Abnormität ihrer Gesichter und die hündische Untermenschlichkeit ihres kriechenden Ganges. Einer der Männer bewegte sich genau wie ein Affe, und seine langen Arme baumelten bis auf die Erde. Eine andere Gestalt, angetan mit Robe und Tiara, schien sich dagegen beinahe hopsend vorwärts zu bewegen. Ich glaubte, in dieser Gruppe dieselbe zu erkennen, die ich im Hof des Hotels gesehen hatte und die mir deshalb am dichtesten auf den Fersen sein mußte. Als einige der Gestalten sich umwandten und zu mir herschauten, war ich beinahe starr vor Schreck, doch es gelang mir trotzdem, meinen unauffälligen, watschelnden Gang beizubehalten. Bis heute weiß ich nicht, ob sie mich sahen oder nicht. Falls sie mich sahen, muß meine List sie getäuscht haben, denn sie zogen weiter über den mondhellen Platz, ohne die Richtung zu ändern, und quakten und schnatterten dabei in irgendeinem abscheulichen Dialekt, den ich nicht identifizieren konnte.

Als ich wieder im Schatten war, begann ich aufs neue an den verfallenen Häusern entlangzutraben, die mit blinden Fenstern in die Nacht starrten. Nachdem ich auf den westlichen Bürgersteig hinübergegangen war, bog ich um die nächste Ecke in die Bates Street ein, wo ich mich immer dicht an die Gebäude auf der Südseite hielt. Ich passierte zwei dem Anschein nach bewohnte Häuser, von denen das eine schwach erleuchtete Fenster im obersten Stockwerk aufwies, stieß aber auf keine Hindernisse. Ich bog in die Adams Street ein und glaubte mich schon halb in Sicherheit, als plötzlich ein Mann aus einem schwarzen Torbogen direkt vor mir auftauchte. Ich prallte erschrocken zurück, doch im nächsten Augenblick merkte ich, daß er hoffnungslos betrunken war und keine Bedrohung darstellte. Unbehelligt erreichte ich dann die Ruinen der Lagerhäuser in der Bank Street.

Nichts regte sich in dieser toten Straße am Fluß, und das Rauschen der Wasserfälle übertönte meine Schritte. Es war noch ein weiter Weg bis zu der Bahnhofsruine, und die hohen Ziegelmauern der Lagerhäuser schienen noch furchterregender zu sein als die Fassaden der Privathäuser. Endlich erkannte ich vor mir die Arkaden des Bahnhofsgebäudes – oder was davon übriggeblieben war – und steuerte gleich auf die Gleise los, die am anderen Ende anfingen.

Die Schienen waren verrostet, aber im wesentlichen noch intakt, und nicht mehr als die Hälfte der Schwellen war verrottet. Auf einer solchen Grundlage zu gehen oder zu laufen, war sehr beschwerlich, aber ich tat mein Bestes und kam recht gut voran. Eine Weile liefen die Gleise am Fluß entlang, doch dann gelangte ich an die lange überdachte Brücke, wo sie in schwindelnder Höhe die Schlucht überquerten. Der Zustand dieser Brücke war ausschlaggebend für meinen nächsten Schritt. Wenn es nach menschlichem Ermessen zumutbar war, würde ich hinübergehen; wenn nicht, würde ich mich erneut auf die Straße wagen und die nächste Straßenbrücke nehmen müssen.

Die riesige, scheunenartige Brücke glänzte in ihrer ganzen Länge gespenstisch im Mondschein, und ich sah, daß die Schwellen zumindest auf den ersten Metern begehbar waren. Also ging ich hinein, knipste die Taschenlampe an und wäre beinahe gestürzt, als mich plötzlich eine Wolke von Feldermäusen umflatterte. Ungefähr in der Mitte der Brücke wiesen die Schwellen eine gefährliche Lücke auf, und ich glaubte schon, ich würde nicht mehr weiterkommen, aber schließlich riskierte ich einen verzweifelten Sprung und erreichte zum Glück unversehrt die andere Seite.

Ich war froh, wieder das Mondlicht zu sehen, als ich aus diesem makabren Tunnel auftauchte. Die alten Schienen kreuzten die River Street auf gleicher Höhe und machten gleich darauf einen Bogen in Richtung auf ein zunehmend ländliches Gebiet, in dem der entsetzliche Fischgeruch von Innsmouth zusehends schwächer wurde. Hier behinderte mich das dichte Gestrüpp aus Unkraut und Dornbüschen, und ich zerriß mir die Kleider; doch ich war trotzdem froh, daß sie mir im Falle der Gefahr Deckung bieten würden. Ich wußte, daß ein Großteil der Strecke von der Landstraße nach Rowley her einzusehen war.

Sehr bald fing das sumpfige Gelände an; das Gleis verlief hier auf einem niedrigen, grasbewachsenen Damm, auf dem das Unkraut etwas weniger dicht wucherte. Dann kam ein Hügel, der wie eine Insel aus dem umgebenden flachen Gelände aufragte. Der Durchstich, den man hier für die Bahnlinie angelegt hatte, war mit Büschen und Dornengestrüpp fast zugewachsen. Ich war sehr froh, wenigstens hier vor Blicken sicher zu sein, denn an dieser Stelle kam die Landstraße nach Rowley, wie ich vom Hotel aus gesehen hatte, dem Bahndamm bedenklich nahe. Am Ende des Durchstichs würde sie die Gleise kreuzen und sich von der Bahnlinie entfernen; vorerst aber mußte ich besonders vorsichtig sein. Inzwischen konnte ich, gottlob!, sicher sein, daß die Bahnlinie selbst nicht überwacht wurde.

Als ich unmittelbar vor dem Durchstich angelangt war, blickte ich zurück, konnte aber keine Spur von einem Verfolger entdecken. Die uralten Türme und Dächer des verfallenden Innsmouth schimmerten anmutig und ätherisch im zauberhaft gelben Mondlicht, und ich dachte daran, wie es in früheren Zeiten ausgesehen haben mußte, bevor der Schatten darüberfiel. Als ich dann meinen Blick von der Stadt wieder aufs Land hinauswandern ließ, erregte etwas weniger Friedliches mein Augenmerk und ließ mich einen Moment reglos dastehen.

Was ich mit Beunruhigung sah – oder zu sehen meinte –, war so etwas wie eine Wellenbewegung weit südlich von mir, eine Wahrnehmung, die mich zu dem Schluß kommen ließ, daß eine große Horde die flache Straße nach Ipswich entlang aus der Stadt strömte. Die Entfernung war groß, und ich konnte keine Einzelheiten erkennen; doch das Aussehen dieser Kolonne wollte mir gar nicht gefallen. Sie bewegte sich allzu wellenförmig und glänzte allzu hell im Licht des Mondes, der sich schon nach Westen zu neigen begann. Auch meinte ich Geräusche wahrzunehmen, obwohl der Wind nicht von dorther wehte – Geräusche wie von tierischem Krächzen und Brüllen, schlimmer noch als das Gestammel der Gruppen, die ich bisher belauscht hatte.

Alle Arten unerfreulicher Vermutungen gingen mir durch den Sinn. Ich dachte an jene extremsten Typen unter den Einheimischen von Innsmouth, die angeblich in den verfallenden, jahrhundertealten Hütten am Meer versteckt gehalten wurden. Und auch an jene namenlose Schwimmer, die ich gesehen hatte. Wenn ich die Gruppen mit einrechnete, die ich bis jetzt gesehen hatte, sowie diejenigen, die auf den übrigen Straßen patrouillieren mußten, so war die Zahl meiner Verfolger für eine so entvölkerte Stadt wie Innsmouth erstaunlich groß.

Woher konnten die vielen Leute gekommen sein, aus denen diese Kolonne bestand? Wimmelte es in diesen uralten, unergründeten Pferchen von ungestaltem, nicht katalogisiertem, ungeahntem Leben? Oder hatte tatsächlich irgendein Schiff insgeheim eine Legion unbekannter Fremder auf diesem höllischen Riff abgesetzt? Wer waren sie? Warum waren sie hier? Und wenn eine solche Kolonne von ihnen die Straße nach Ipswich entlangzog, würde man dann nicht die Patrouillen auf den anderen Landstraßen in gleicher Weise verstärken?

Ich war in das Gestrüpp des Durchstichs eingedrungen und arbeitete mich mühsam vorwärts, als der abscheuliche Fischgeruch abermals überhandnahm. Hatte sich der Wind plötzlich nach Osten gedreht, so daß er jetzt vom Meer her über die Stadt wehte? Das mußte die Erklärung sein, denn ich hörte jetzt auch furchterregendes, gutturales Gemurmel aus dieser Richtung, in der es bisher still gewesen war. Auch war da noch ein anderes Geräusch – eine Art Klatschen oder Flattern wie von unzähligen kolossalen Flügeln oder Flossen, das irgendwie Assoziationen der fürchterlichsten Art heraufbeschwor. Es ließ mich unwillkürlich an die Kolonne auf der fernen Straße nach Ipswich mit ihren wellenförmigen Bewegungen denken.

Und dann verstärkten sich Gestank und Geräusche gleichzeitig, so daß ich schaudernd stehenblieb, dankbar für den Schutz, den der Durchstich mir bot. An dieser Stelle, so erinnerte ich mich, kam die Straße nach Rowley so nahe an die alte Bahnlinie heran, bevor sie sie in westlicher Richtung kreuzte und sich von ihr entfernte. Irgend etwas kam diese Straße entlang, und ich mußte mich flach hinlegen, bis es vorbei war und in der Ferne verschwand. Gottlob verwendeten diese Kreaturen keine Spürhunde – aber das hätte bei dem allgegenwärtigen Gestank in dieser Gegend wohl ohnehin keinen Zweck gehabt. Ich kauerte mich im Gestrüpp dieser sandigen Spalte nieder und fühlte mich einigermaßen sicher, obwohl ich wußte, daß meine Verfolger kaum hundert Meter vor mir das Gleis überqueren mußten. Ich würde sie sehen können, aber sie würden mich nicht entdecken, wenn nicht irgendein unerwartetes Unglück geschah.

Ich hatte jetzt schon Angst davor, sie zu sehen, während sie vorüberzogen. Ich sah die Stelle im Mondlicht nahe vor mir liegen und machte mir sonderbare Gedanken über die untilgbare Verunreinigung dieses Ortes. Wahrscheinlich waren sie die schlimmste Sorte der Bewohner von Innsmouth – Gestalten, an die man sich nicht gerne erinnern würde.

Der Gestank wurde unerträglich, und der Lärm schwoll zu einem bestialischen Durcheinander von Gekrächz, Gequake und Gebell an, das nichts mit menschlicher Sprache gemein hatte. Waren dies tatsächlich die Stimmen meiner Verfolger? Oder hatten sie etwa doch Hunde? Bisher hatte ich noch keine Säugetiere in Innsmouth gesehen. Dieses Klatschen oder Flügelschlagen war monströs – ich würde keinen Blick auf die Kreaturen werfen, die es erzeugten. Ich würde meine Augen geschlossen halten, bis der Lärm sich nach Westen entfernte. Die Horde war jetzt sehr nahe herangekommen – die Luft dröhnte von ihrem heiseren Geknurr, und die Erde erzitterte beinahe unter dem absonderlichen Rhythmus ihrer Tritte. Ich wagte kaum noch zu atmen und bot meine ganze Willenskraft auf, um meine Augenlider geschlossen zu halten.

Ich möchte auch heute noch nicht mit Bestimmtheit sagen, ob das, was dann folgte, schreckliche Wirklichkeit oder nur eine alptraumhafte Halluzination gewesen ist. Die spätere Intervention der Regierung auf meine verzweifelten Bitten hin spricht dafür, daß es monströse Wahrheit war; aber hätte sich nicht eine Halluzination unter dem beinahe hypnotischen Bann dieser uralten, heimgesuchten und überschatteten Stadt jederzeit wiederholen können? Solche Orte verfügen über geheimnisvolle Kräfte, und das Vermächtnis wahnwitziger Legenden könnte durchaus auch die Phantasie anderer Menschen beeinflußt haben, inmitten dieser toten, von Gestank erfüllten Straßen und dieses Gewirrs zerfallender Dächer und abbröckelnder Türme. Wäre es nicht möglich, daß in den Tiefen jenes Schattens über Innsmouth der Keim eines ansteckenden Irrsinns lauert? Wer kann noch sicher sein, was Wirklichkeit ist, wenn er Dinge wie die Erzählung des alten Zadok Allen gehört hat? Die Leute von der Regierung haben den armen Zadok nicht gefunden und keine Vermutungen über seinen Verbleib angestellt. Wo hört der Wahnsinn auf, und wo fängt die Wirklichkeit an? Ist es möglich, daß auch meine jüngsten Ängste bloße Trugbilder sind?

Aber ich muß berichten, was ich in jener Nacht unter dem kalten gelben Mond zu sehen meinte – was dicht vor mir hüpfend die Straße nach Rowley entlangströmte, während ich mich in die wilden Dornbüsche dieses abgelegenen Bahndurchstichs kauerte. Natürlich war ich meinem Vorsatz, die Augen nicht aufzumachen, schließlich doch untreu geworden. Er war von vornherein zum Scheitern verurteilt, denn wer brächte es fertig, sich blind hinzuducken, während eine Legion krächzender, bellender, stinkender Kreaturen von unbekannter Herkunft kaum hundert Meter entfernt vorbeiwatschelt!

Ich dachte, ich sei auf das Schlimmste gefaßt, und ich hätte in Anbetracht dessen, was ich schon gesehen hatte, auch wirklich darauf gefaßt sein müssen. Meine anderen Verfolger waren auf unheimliche Weise abnorm gewesen – hätte ich also nicht in der Lage sein müssen, den Anblick noch schlimmerer Abnormitäten zu ertragen und Gestalten anzusehen, die überhaupt nichts Normales mehr an sich hatten? Ich machte die Augen nicht auf, bis das heisere Geschrei deutlich von vorne kam. Da wußte ich, daß ein großer Teil der Kolonne an der Stelle zu sehen sein mußte, wo die Seiten des Durchstichs ins Flache ausliefen und die Straße den Bahnkörper kreuzte – und ich konnte mich nicht mehr beherrschen, ich mußte einfach hinsehen, was für Schreckgestalten auch immer der tückische gelbe Mond enthüllen mochte.

Das war für den Rest meiner Tage auf der Oberfläche dieses Planeten das Ende jeglichen Seelenfriedens, das Ende meines Vertrauens in die Integrität der Natur und des menschlichen Geistes. Nichts, was ich mir hätte vorstellen können – auch nichts, was ich hätte folgern können, hätte ich der Erzählung des alten Zadok in denkbar wörtlichstem Sinne Glauben geschenkt –, wäre auf irgendeine Weise der dämonischen, blasphemischen Wirklichkeit vergleichbar, die ich sah – oder zu sehen meinte. Ich habe anzudeuten versucht, was es gewesen ist, um den schrecklichen Augenblick, da ich es ohne Umschweife niederschreiben muß, möglichst lange hinauszuschieben. Ist es möglich, daß dieser Planet tatsächlich solche Wesen ausgebrütet hat, daß Menschenaugen wirklich und leibhaftig etwas gesehen haben, was der Mensch bisher nur aus Fieberträumen und dunklen Legenden gekannt hat?

Und doch sah ich sie – ein nicht enden wollender Strom watschelnder, hopsender, quakender, blökender Gestalten, der sich unmenschlich unter dem gespenstischen Mond wie in einer grotesken, bösartigen Sarabande aus einem phantastischen Alptraum dahinwälzte. Und manche von ihnen hatten Tiaren aus jenem namenlosen, weißlich-goldenen Metall ... und manche trugen sonderbare Roben ... und einer, der den Zug anführte, war in einen gespenstisch buckligen schwarzen Mantel und gestreifte Hosen gekleidet und trug einen normalen Filzhut auf dem formlosen Gebilde, das ihm den Kopf ersetzte.

Ich glaube, ihre vorherrschende Farbe war graugrün, doch die Bäuche waren weiß. Sie waren überwiegend glänzend und glitschig, aber die Wülste auf ihren Rücken waren schuppig. Ihre Gestalt erinnerte entfernt an menschliche Wesen, doch ihre Köpfe waren die Köpfe von Fischen, mit grotesk glotzenden Augen, die sich nie schlossen. Am Halse hatten sie auf beiden Seiten pochende Kiemen, und ihre langen Klauen hatten Schwimmhäute. Sie hopsten unregelmäßig, manchmal auf zwei Beinen und manchmal auf allen vieren. Ich war irgendwie erleichtert, daß sie nicht mehr als vier Glieder hatten. Ihre quakenden, bellenden Stimmen, die sie offensichtlich für artikulierte Sprache benutzten, waren all der dunklen Schattierungen des Ausdrucks fähig, die ihren starrenden Gesichtern versagt blieben.

Doch bei aller Monstrosität waren sie mir nicht ganz fremd. Ich wußte zu gut, daß es sie geben mußte, denn war mir nicht die Erinnerung an die unheimliche Tiara in Newburyport frisch im Gedächtnis? Sie waren die blasphemischen Froschfische jener namenlosen Verzierungen – lebendig und schrecklich –, und als ich sie sah, wußte ich auch, woran mich der bucklige Priester mit der Tiara im dunklen Keller jener Kirche auf so furchterregende Weise erinnert hatte. Ihre Zahl hätte ich nicht einmal schätzen können. Es schien mir, als seien die Schwärme unübersehbar – und dabei konnte ich doch in diesem kurzen Augenblick nur einen ganz geringen Bruchteil davon gesehen haben. Einen Moment später wurde alles durch einen wohltätigen Ohnmachtsanfall ausgelöscht – den ersten, den ich je gehabt hatte.

5

Ein sanfter Tagesregen weckte mich aus meiner Betäubung, und als ich aus dem Gestrüpp des Bahndurchstichs auf die Straße hinaus wankte, sah ich keinerlei Spuren in dem frischen Schlamm. Auch der Fischgeruch war verschwunden, und die morschen Dächer und abbröckelnden Türme von Innsmouth ragten grau in den Südwesthimmel, doch auf all den öden Salzsümpfen ringsum konnte ich kein lebendes Wesen entdecken. Meine Uhr ging noch, und ich stellte fest, daß die Mittagsstunde schon vorüber war.

Ich war mir ganz und gar nicht sicher, ob das, was ich erlebt zu haben meinte, Wirklichkeit gewesen war, aber ich spürte, daß irgend etwas Schreckliches hinter mir lag. Ich mußte von dem geheimnisträchtigen Innsmouth fortkommen, und begann deshalb, meine müden verkrampften Glieder zu lockern. Nach einer Weile stellte sich heraus, daß ich trotz Schwäche, Hunger, Grauen und Verwirrung noch gehen konnte; also setzte ich mich langsam auf der schlammigen Straße in Richtung Rowley in Bewegung. Ich erreichte das Dorf noch vor dem Abend, aß etwas und besorgte mir ordentliche Kleider. Dann fuhr ich mit dem Abendzug nach Arkham, und am nächsten Tag unterhielt ich mich dort lange und ernst mit Regierungsbeamten; dasselbe tat ich später noch einmal in Boston. Über die wichtigsten Ergebnisse dieser Unterhaltungen ist die Öffentlichkeit heute im Bilde – und ich wünschte, im Interesse der Normalität, daß es darüber hinaus nichts zu berichten gäbe. Vielleicht hält Wahnsinn mich jetzt gefangen – aber vielleicht greift auch ein größerer Schrecken – oder ein größeres Wunder – nach mir.

Man kann sich vorstellen, daß ich auf die meisten Dinge verzichtete, die ich mir für den Rest meiner Rundreise vorgenommen hatte – die landschaftlichen, architektonischen und heimatkundlichen Eindrücke, auf die ich mich so gefreut hatte. Auch wagte ich nicht, mir jenes eigenartige Kleinod anzuschauen, das sich im Museum der Miskatonic-Universität befinden sollte. Ich nutzte jedoch meinen Aufenthalt in Arkham zur Beschaffung einiger genealogischer Daten, die ich seit langem schon besitzen wollte; meine Nachforschungen waren zwar sehr oberflächlich und hastig, doch ich würde das gewonnene Material später gut gebrauchen können, wenn ich Zeit haben würde, es zu vergleichen und in eine systematische Ordnung zu bringen. Der Kustos der dortigen Historischen Gesellschaft, Mr. E. Lapham Peabody, war sehr bemüht, mich zu unterstützen, und zeigte außerordentliches Interesse, als ich ihm sagte, ich sei ein Enkel von Eliza Orne aus Arkham, die im Jahre 1867 geboren worden war und im Alter von siebzehn Jahren James Williamson aus Ohio geheiratet hatte.

Es schien, daß ein Onkel mütterlicherseits vor vielen Jahren schon einmal mit demselben Anliegen wie ich hierhergekommen war und daß die Familie meiner Großmutter hier eine gewisse lokale Berühmtheit genoß. Kurz nach dem Sezessionskrieg, so sagte mir Mr. Peabody, wurde viel über die Heirat ihres Vaters Benjamin Orne geredet, da die Abstammung der Braut höchst rätselhaft war. Sie war angeblich Waise, eine Marsh aus New Hampshire – und eine Cousine der Marshes aus der Grafschaft Essex –, war aber in Frankreich erzogen worden und wußte sehr wenig von ihrer Familie. Ihr Vormund hatte bei einer Bostoner Bank ein Konto eingerichtet, aus dem sie und ihre französische Gouvernante ihren Lebensunterhalt bestritten; aber dieser Vormund war in Arkham unbekannt gewesen, und nach einiger Zeit verschwand er, so daß die Gouvernante auf einen Gerichtsbeschluß hin seine Rolle übernahm. Die Französin – sie war längst gestorben – war sehr schweigsam gewesen, und manche Leute meinten, sie hätte mehr gewußt, als sie habe sagen wollen.

Das Merkwürdigste aber war, daß niemand wußte, aus welcher bekannten Familie die Eltern der jungen Frau – Enoch und Lydia (geb. Meserve) Marsh – stammten. Viele waren der Meinung, sie sei eine uneheliche Tochter eines prominenten Marsh – denn sie hatte wirklich die charakteristischen Augen der Marshes. Das eigentliche Rätselraten begann aber erst nach ihrem frühen Tode; sie war bei der Geburt meiner Großmutter – ihres einzigen Kindes – gestorben. Da sich bei mir mit dem Namen Marsh inzwischen einige recht unangenehme Vorstellungen verbanden, war ich nicht erbaut zu erfahren, daß diese Familie zu meinem eigenen Stammbaum gehörte; genausowenig gefiel mir Mr. Peabodys Behauptung, ich habe ebenfalls die charakteristischen Augen der Marshes. Ich war jedoch dankbar für das Material, das sich bestimmt als nützlich erweisen würde, und machte mir umfangreiche Notizen und Exzerpte über die in den Dokumenten häufig erwähnte Familie Orne.

Von Boston aus fuhr ich direkt heim nach Toledo, und danach erholte ich mich einen Monat lang in Maumee von den Strapazen, die ich durchgemacht hatte. Im September begann mein erstes Jahr in Oberlin, und von da an bis zum Juni des folgenden Jahres war ich mit meinen Studien und anderen erbaulichen Dingen beschäftigt; an meine schrecklichen Erlebnisse wurde ich nur hin und wieder durch offizielle Besuche von Regierungsbeamten im Zusammenhang mit der Kampagne erinnert, die auf meine Bitten und Schilderungen hin in Gang gekommen war. Etwa Mitte Juli – also genau ein Jahr nach meinem Erlebnis in Innsmouth – verbrachte ich eine Woche bei der Familie meiner verstorbenen Mutter in Cleveland; dort verglich ich meine neuen genealogischen Daten mit den Aufzeichnungen, Erinnerungen und Erbstücken der Familie und versuchte, aus all diesen Bruchstücken einen größeren Zusammenhang zu konstruieren. Im Grunde machte mir diese Arbeit kein Vergnügen, denn die Atmosphäre im Haus der Williamsons hatte mich immer deprimiert. Es hatte einen Anflug von Morbidität, und meine Mutter hatte mich, als ich klein war, nie ermuntert, ihre Eltern zu besuchen, obwohl sie sich immer freute, wenn ihr Vater zu uns nach Toledo kam. Meine in Arkham geborene Großmutter hatte auf mich immer sonderbar und beinahe furchteinflößend gewirkt, und ich glaube nicht, daß ich traurig war, als sie verschwand. Ich war damals acht Jahre alt, und man sagte mir, sie sei aus Gram über den Selbstmord meines Onkels Douglas, ihres ältesten Sohnes, fortgegangen. Er hatte sich nach einer Reise durch Neuengland erschossen – zweifellos derselben Reise, aufgrund deren man sich in der Historischen Gesellschaft von Arkham seiner erinnerte.

Dieser Onkel hatte ihr ähnlich gesehen, und ich hatte auch ihn nie gemocht. Irgend etwas an dem unverwandt starrenden Gesichtsausdruck der beiden hatte mir ein vages, unerklärliches Unbehagen eingeflößt. Meine Mutter und Onkel Walter hatten nicht so ausgesehen. Sie ähnelten ihrem Vater, obwohl der arme kleine Cousin Lawrence – Walters Sohn – seiner Großmutter wie aus dem Gesicht geschnitten war. Seit man ihn vor vier Jahren für immer in das Sanatorium in Canton hatte einliefern müssen, hatte ich ihn nicht mehr gesehen, aber mein Onkel hatte einmal angedeutet, sein Zustand sei – körperlich wie geistig – sehr bedenklich. Diese Sorge war wahrscheinlich der Hauptgrund für den Tod seiner Mutter zwei Jahre zuvor gewesen.

Mein Großvater und sein verwitweter Sohn Walter wohnten jetzt allein in dem Haus in Cleveland, doch man wurde auf Schritt und Tritt an vergangene Zeiten gemahnt. Ich fühlte mich dort noch immer unbehaglich und gab mir Mühe, meine Nachforschungen so schnell wie möglich abzuschließen. Über die Familiengeschichte der Williamsons erfuhr ich sehr viel von meinem Großvater, doch in bezug auf die Ornes war ich ganz auf meinen Onkel Walter angewiesen, der mir all seine Unterlagen, darunter Aufzeichnungen, Briefe, Ausschnitte, Erbstücke, Photos und Miniaturgemälde, zur Verfügung stellte.

Als ich nun diese Briefe und Photos der Ornes durchsah, beschlich mich zum erstenmal ein gewisses Grauen vor meiner eigenen Abstammung. Wie ich schon sagte, hatten meine Großmutter und Onkel Douglas mich immer beunruhigt. Doch jetzt, Jahre nach ihrem Hinscheiden, betrachtete ich ihre Porträts mit einem merklich stärkeren Gefühl des Abscheus und der Befremdung. Zunächst konnte ich mir diese Veränderung nicht erklären, doch nach und nach drängte sich meinem Unterbewußtsein ein fürchterlicher Vergleich auf, obwohl mein Verstand sich beharrlich weigerte, auch nur die geringste Andeutung davon zur Kenntnis zu nehmen. Mir ging auf, daß der typische Ausdruck dieser Gesichter jetzt an etwas gemahnte, was ich vorher nie bemerkt hatte – etwas, das mich in blankes Entsetzen stürzen würde, wenn ich zu offen darüber nachdachte.

Doch der schlimmste Schock traf mich, als mein Onkel mir die Juwelen der Ornes in einem Safe drunten in der Stadt zeigte. Manche der Stücke waren höchst kunstvoll gearbeitet und von begeisternder Schönheit, aber außerdem war da eine Kassette, die von meiner geheimnisvollen Urgroßmutter stammte und die mein Onkel nur widerwillig hervorholte. Diese Juwelen, so sagte er mir, seien äußerst grotesk und beinahe abstoßend und seines Wissens nie in der Öffentlichkeit getragen worden, wiewohl meine Großmutter sie gerne angeschaut habe. Dunkle Legenden rankten sich um sie, und die französische Gouvernante meiner Urgroßmutter habe gesagt, man solle sie in Neuengland nicht anlegen, obwohl man sie in Europa ohne weiteres tragen könne.

Während mein Onkel langsam und widerwillig die Schmuckstücke auszuwickeln begann, beschwor er mich, nicht über ihre sonderbaren und oft auch furchteinflößenden Formen zu erschrecken.

Künstler und Archäologen, denen man sie vorgelegt habe, hätten sie einmütig als Beispiele höchster Kunstfertigkeit und erlesener Exotik gerühmt, doch anscheinend sei niemand in der Lage gewesen, ihr Material genau zu bestimmen oder sie irgendeiner bestimmten Kunstepoche zuzuordnen. Zum Vorschein kamen zwei Armreife, eine Tiara und eine Art Brustschmuck; der letztere war mit Figuren in Hochrelief verziert, die beinahe unerträglich befremdend waren.

Während seiner Beschreibung hatte ich meine Gefühle unter Kontrolle gehalten, doch mein Gesicht muß meine wachsende Angst verraten haben. Mein Onkel sah besorgt aus und hielt mit dem Auswickeln inne, um mich prüfend anzuschauen. Ich bedeutete ihm, er solle weitermachen, was er nur nach neuerlichem Zögern tat. Er schien auf irgendeine Äußerung meinerseits gefaßt zu sein, als das erste Stück – eine Tiara – sichtbar wurde, doch ich bezweifle, ob er auch auf das gefaßt war, was sich wirklich ereignete. Ich selbst war genausowenig darauf vorbereitet, denn ich hatte mir ganz bestimmte, aber falsche Vorstellungen vom Aussehen der Juwelen gemacht. Als es soweit war, fiel ich auf der Stelle in Ohnmacht, genau wie ein Jahr zuvor in jenem mit Gestrüpp zugewachsenen Bahndurchstich.

Seit diesem Tag ist mein Leben ein von ängstlichem Grübeln erfüllter Alptraum, und ich weiß nicht einmal, wieviel davon schreckliche Wahrheit und wieviel schierer Wahnsinn ist. Meine Urgroßmutter war eine Marsh gewesen, deren Eltern niemand kannte und deren Ehemann in Arkham lebte – und hatte nicht der alte Zadok gesagt, die Tochter, die Obed Marsh von einer monströsen Frau gehabt habe, sei an einen ahnungslosen Mann aus Arkham verheiratet worden? Was hatte der betagte Zecher von der Ähnlichkeit meiner Augen mit denen des Kapitäns Obed gefaselt? Auch in Arkham hatte mir der Kustos gesagt, ich hätte die charakteristischen Augen der Marhes. War Obed Marsh mein eigener Ururgroßvater? Wer – oder was – war dann meine Ururgroßmutter? Aber vielleicht war all das nur Wahnsinn. Dieses weißlich-goldene Geschmeide konnte ohne weiteres der Vater meiner Urgroßmutter, wer immer er gewesen sein mochte, von irgendeinem Seemann aus Innsmouth gekauft haben. Und dieser Ausdruck auf den starräugigen Gesichtern meiner Großmutter und des Onkels, der sich selbst umgebracht hatte, konnte reine Einbildung meinerseits sein – reine Einbildung, noch zusätzlich angefacht durch jenen Schatten über Innsmouth, der seither meine ganze Vorstellungswelt verfinsterte. Aber warum hatte mein Onkel sich umgebracht, nachdem er in Neuengland Familienforschung betrieben hatte?

Über zwei Jahre lang kämpfte ich mit wechselndem Erfolg gegen diese Überlegungen an. Mein Vater besorgte mir eine Stellung in einem Versicherungsbüro, und ich vergrub mich, so tief ich konnte, in Routinearbeiten. Doch im Winter 1930-31 begannen die Träume. Sie waren zunächst nur sehr verschwommen und heimtückisch, wurden aber in den folgenden Wochen immer häufiger und deutlicher. Große Räume unter Wasser taten sich vor mir auf, und ich glaubte durch titanische versunkene Säulenhallen und Labyrinthe mit zyklopischen, überwucherten Mauern zu wandern, begleitet von grotesken Fischen. Dann begannen die anderen Gestalten aufzutauchen, die mich im Augenblick des Erwachens mit unsagbarem Grauen erfüllten. Doch im Traum erschrak ich überhaupt nicht vor ihnen – ich war eins mit ihnen, trug ihr unmenschliches Geschmeide, beschritt ihre Wege tief unten im Wasser und verrichtete monströse Gebete in ihren unheilschwangeren Tempeln auf dem Meeresgrund.

Im Traum erlebte ich viel mehr, als mir im Gedächtnis blieb, doch schon allein das, woran ich mich am Morgen noch erinnerte, würde ausreichen, mich zum Wahnsinnigen oder zum Genie zu stempeln, wenn ich es jemals wagen würde, es niederzuschreiben. Ich spürte, daß irgendeine schreckliche Macht mich ganz allmählich aus der normalen Welt vernünftigen Lebens in unnennbare Abgründe der Finsternis und Befremdung hinabziehen wollte. Der Vorgang zehrte ungeheuerlich an meinen Kräften. Meine Gesundheit und mein Aussehen verschlechterten sich zusehends, bis ich schließlich gezwungen war, meine Stellung aufzugeben und das stille, zurückgezogene Leben eines Invaliden zu führen. Irgendein sonderbares Nervenleiden hatte mich befallen, und manchmal wollte es mir kaum gelingen, meine Augen zu schließen.

Zu jener Zeit fing ich an, mich mit wachsender Besorgnis im Spiegel zu betrachten. Die langsamen Verheerungen, die eine Krankheit anrichtet, sind nicht schön anzusehen, aber in meinem Fall stand noch etwas Diffizileres, Rätselhafteres im Hintergrund.

Auch mein Vater schien das zu bemerken, denn er fing an, mich forschend und beinahe erschrocken zu mustern. Was geschah mit mir? Konnte es sein, daß ich immer mehr Ähnlichkeit mit meiner Großmutter und Onkel Douglas bekam?

Eines Nachts hatte ich einen schrecklichen Traum, in dem ich unter dem Meer meiner Großmutter begegnete. Sie lebte in einem phosphoreszierenden Palast mit vielen Terrassen und Gärten aus leprösen Korallen und grotesk verzweigten Blüten und begrüßte mich mit einer Freundlichkeit, die vielleicht zynisch war. Sie hatte sich verwandelt, so wie jene, die für immer ins Wasser gehen, sich zu verwandeln pflegen – und sagte mir, sie sei nie gestorben. Statt dessen sei sie an einen Ort gegangen, von dem ihr toter Sohn gewußt habe, und sei in ein Reich hinabgesprungen, dessen Wunder er – wiewohl sie auch ihm bestimmt gewesen seien – mit einer rauchenden Pistole in der Hand verschmäht habe. Und das würde auch mein Reich sein – ich könne ihm nicht entrinnen. Ich würde nie sterben, sondern mit denen leben, die schon am Leben waren, als noch kein Mensch auf Erden wandelte.

Ich traf auch die, die ihre Großmutter gewesen war. Achtzigtausend Jahre hatte Pth'thya-l'yi in Y'ha-nthlei gelebt, und dorthin war sie zurückgekehrt, als Obed Marsh starb. Y'ha-nthlei wurde nicht zerstört, als die oberirdischen Menschen todbringende Geschosse auf den Meeresgrund schickten. Es wurde beschädigt, aber nicht zerstört. Die Tiefen Wesen konnten nie vernichtet werden, wenn sie sich auch bisweilen dem paläogenen Zauber der vergessenen Alten Wesen beugen mußten. Fürs erste würden sie sich ruhig verhalten; doch eines Tages – wenn sie sich erinnerten – würden sie wieder aufsteigen, um den Tribut zu fordern, nach dem der Große Cthulhu sich sehnte. Das nächste Mal würde es eine größere Stadt als Innsmouth sein. Sie hatten vorgehabt, sich auszubreiten, und hatten mit hinaufgenommen, was ihnen helfen würde, doch nun mußten sie abermals warten. Weil ich schuld war, daß die oberirdischen Menschen ihnen Tod gebracht hatten, würde ich Buße tun müssen, doch diese würde nicht schwer sein. Das war der Traum, in dem ich zum erstenmal einen *Schoggothen* sah, und dieser Anblick ließ mich mit einem irrsinnigen Schrei aus dem Schlaf hochfahren. An jenem Morgen sagte mir der Spiegel, daß ich endgültig den *Innsmouth-Look* angenommen hatte.

Bis jetzt habe ich mich noch nicht erschossen wie mein Onkel Douglas. Ich kaufte mir eine Selbstladepistole und hätte beinahe den Schritt gewagt, doch gewisse Träume hielten mich davon ab. Die Spannung äußersten Grauens beginnt sich zu lösen, und ich fühle mich auf sonderbare Weise in diese Meerestiefe hinabgezogen, anstatt sie zu fürchten. Ich höre und tue seltsame Dinge im Schlaf und erwache in einer Art Verzückung anstelle von Furcht und Schrecken. Ich glaube nicht, daß ich auf die vollständige Verwandlung warten muß, wie die meisten es getan haben. Würde ich es tun, so würde mein Vater mich wahrscheinlich in ein Sanatorium sperren wie meinen armen kleinen Cousin. Phantastische, nie gehörte Herrlichkeiten harren meiner dort unten, und ich werde sie bald aufsuchen. *Iä-R'lyeh! Cthulhu fhtagn! Iä! Iä!* Nein, ich werde mich nicht erschießen – nichts wird mich dazu bringen, mich zu erschießen!

Ich werde die Flucht meines Cousins aus diesem Irrenhaus in Canton vorbereiten, und gemeinsam werden wir uns nach Innsmouth begeben, der Stadt wundervoller Geheimnisse. Wir werden hinausschwimmen zu jenem dämmrigen Riff im Meer und hinabtauchen durch schwarze Abgründe ins zyklopische und säulenumstandene Y'ha-nthlei, und an dieser Stätte der Tiefen Wesen werden wir inmitten von Pracht und Herrlichkeit in Ewigkeit leben.

Die Musik des Erich Zann

Mit größter Sorgfalt studierte ich Pläne und Karten der Stadt, fand jedoch nie wieder jene Rue d'Auseil. Und es waren nicht nur moderne Pläne, die ich untersuchte; ich weiß, daß Straßennamen häufig Veränderungen unterworfen sind. Ich ließ es mir, im Gegenteil, nicht entgehen, die seltensten und ältesten Karten dieser bizarren Stadt durchzuforschen, ich unterließ nichts, in dieser immerwährenden Dämmerung eine wenn auch noch so bescheidene Spur zu verfolgen, die mich vielleicht doch nach dieser verschollenen, traumversponnenen Straße hätte führen können; allein, was ich auch tat, meine Unternehmungen waren von Anfang an zum Mißlingen verurteilt, und es blieb mir nichts denn die demütige Erkenntnis, daß es für mich in aller Zukunft ein Ding der Unmöglichkeit sein würde, jemals dieses Haus, diese Straße, ja selbst die weitere Umgebung wiederzufinden, in der ich in den letzten Monaten meines Hungerlebens als Student der Metaphysik Erich Zanns Musik vernahm.

Es wundert mich keinesfalls, daß meine Erinnerung zerstört ist, denn meine Gesundheit, körperlich wie geistig, hatte während meines Aufenthaltes in der Rue d'Orsay schwer gelitten; auch entsinne ich mich nicht, jemals einen von den wenigen Bekannten, die ich hatte, dorthin mitgenommen zu haben. Daß ich jedoch diesen Ort nicht mehr aufzufinden vermag, erscheint mir einzig dastehend und verwirrend – war er doch keine halbe Stunde Wegs von der Universität entfernt, und außerdem gab es da einige besondere Einzelheiten, die einer, der die Gegend gesehen hatte, kaum mehr hätte vergessen können. Ich bin allerdings noch mit keinem Menschen zusammengetroffen, der die Rue d'Auseil gekannt hätte.

Die Rue d'Auseil lag jenseits eines finsteren, von uralten Lagerhäusern und Speichern begleiteten Flusses, der träge in ein nebeliges Nichts zog. Irgendwo überspannte eine wuchtige Brücke aus schwarzem Stein seine Wässer. Diese Gegend um den Fluß lag fast immerwährend in einem Gedämmer aus Schatten und dem Rauch trauriger Ausdünstungen. Die vielen Fabriken, die seine Nachbarschaft ausmachten, schienen die Sonne schon von vornherein ausgeschlossen zu haben. Der Fluß selbst war voll von übelriechendem Dunst, einem eigenartigen Gestank, der mir sonst noch nirgendwo begegnet ist – und vielleicht wird mir dieser Umstand einmal dienlich sein, die verlorene Straße wiederzufinden, da ich diesen eklen Geruch aus hundert anderen herauserkennen würde. Auf der anderen Seite der Brücke befanden sich enge, bucklig gepflasterte Straßen mit Eisengeländern; und bald darauf erreichte man einen Anstieg, der sich zuerst gemächlich hochzog, dann aber, kurz bevor man in die Rue d'Auseil kam, unglaublich steil wurde. Ich habe in meinem Leben noch keine so enge Straße gesehen! Sie war nahezu für alle Fahrzeuge gesperrt, eine Klippe, die aus mehreren durch Stufen verbundenen Plätzchen oder Etagen bestand, und sie wurde an ihrer höchsten Stelle von einer riesigen, mit grauem Efeu überwucherten Mauer abgeschlossen. Das Pflaster war unterschiedlich: hier breite Steinplatten, dort katzbuckeliges, festgefügtes Geröll, manchmal auch nur die bloße, von fahlgrünen, namenlosen Moosen und Gräsern bedeckte Erde. Die Häuser waren hoch, spitzgiebelig und unglaublich alt, hin und wieder beugten sie sich weit vor; man hätte meinen können, die Dachtraufen berührten einander, und man konnte den Himmel nicht mehr erkennen. Ja, man hatte sogar häufig das Gefühl, durch langgestreckte Torbögen zu gehen, ein Umstand, der das Licht nahezu verbannte, und wenn ich mich recht entsinne, so war diese traurige Region aus Dunkelheit und Schemen an verschiedenen Stellen von kleinen Brücken, die Haus mit Haus verbanden, überspannt.

Auch die Bewohner dieser Straße übten auf mich einen sonderbaren Eindruck aus. Zuerst glaubte ich, sie seien nur schweigsam und verschlossen; später aber kam ich darauf, daß ich es mit sehr, sehr alten Menschen zu tun hatte. Was mich ursprünglich bewogen hatte, in einer solchen Straße zu wohnen, habe ich vergessen; aber ich war, als ich dorthinzog, kaum mehr Herr meiner selbst. Ich hatte bereits in vielen, höchst elenden Vierteln gelebt, mein ständiger Geldmangel ließ mir keine andere Wahl, bis ich schließlich in diesem zerfallenden Haus in der Rue d'Auseil landete, das von Monsieur Blandot, einem halbgelähmten Greis, unterhalten wurde. Es war das dritte Haus von oben und bei weitem das höchste von allen.

Mein Zimmer lag im fünften Stock. Es war dort der einzige bewohnte Raum, das übrige Haus stand fast leer. In jener Nacht, in der ich einzog, vernahm ich vom Dachboden aus über mir seltsame Melodien und erkundigte mich am nächsten Morgen bei Blandot nach ihrer Bedeutung. Er sagte mir, daß über mir ein alter Violinspieler wohne, ein Deutscher namens Erich Zann, der Abend für Abend im Orchester eines drittklassigen Tingeltangels sein Brot verdiene. Die so hoch gelegene Behausung habe er nur deshalb gemietet, weil er stets nach Beendigung der Vorstellung für sich selbst musiziere und dabei möglichst ungestört sein wolle. Das eine Giebelfenster, welches sein Raum besaß, war die einzige Stelle in dieser Gegend, von der aus man über die Mauer hinweg auf das dahinterliegende Panorama blicken konnte.

In der Folge hörte ich Zann jede Nacht spielen, und obgleich ich deshalb oft keinen Schlaf finden konnte, war ich von der Unheimlichkeit seiner Melodien begeistert. Ich verstehe kaum etwas von Musik, aber dennoch wurde mir bald bewußt, daß Zanns Musik auch nicht im geringsten mit den Kompositionen, die ich bisher gehört hatte, in Verbindung gebracht werden konnte. Dieses war der Grund, weshalb ich zu der Erkenntnis gelangte, daß Erich Zann ein Komponist von höchster Genialität sein müsse. Und je länger ich seinem Spiel lauschte, desto mehr war ich davon bezaubert. Nach einer Woche war ich so weit, daß ich mich entschloß, die Bekanntschaft des alten Mannes zu suchen.

Als er eines Nachts heimkehrte, hielt ich ihn im Treppenhaus an, sagte ihm, daß ich ihn gern kennenlernen wolle, und bat ihn auch, einmal seinem Spiel zuhören zu dürfen. Er war ein kleiner, magerer, vornübergebeugter Mann, in schäbigen Kleidern, hatte blaue Augen, ein wunderliches Satyrsgesicht, und war nahezu kahl. Anfangs schienen ihn meine Worte zu verärgern und zu erschrecken, aber schließlich brach meine offensichtliche Freundlichkeit das Eis, und er bedeutete mir brummend, ihm über die knarrenden, quietschenden Dachbodentreppen zu folgen. Sein Zimmer – es gab deren nur zwei unter dem hochgiebeligen Dach des Hauses – lag an der Westseite, also jener hohen Mauer gegenüber, die das obere Ende der steilen Straße bildete. Es war äußerst geräumig und schien durch seine große Kahlheit und Verwahrlosung noch größer zu wirken. Die spärliche Einrichtung bestand aus einer schmalen, eisernen Bettstatt, einem verschmutzten Waschständer, einem Tischchen, einem hohen Bücherregal, einem Notenpult und drei altmodischen Stühlen. Stöße von Notenblättern waren über die Dielen verstreut, gestapelt, die Wände hatten wahrscheinlich nie einen Verputz gesehen, und die Unmenge von Spinnweben, die überall staubschwer herunterhingen, ließen diese Räumlichkeit eher verlassen als bewohnt erscheinen. Offensichtlich lag Zanns ästhetische Welt in irgendeinem unendlich fernen Kosmos seiner Imagination.

Der stumme Alte verschloß mit einem großen Holzriegel die Türe und gab mir ein Zeichen, mich zu setzen. Dann entzündete er ein Wachslicht, um genauer sehen zu können, wen er da mitgebracht hatte. Er nahm sein Instrument aus einem mottenzernagten Tuch, setzte es ans Kinn und ließ sich auf dem Stuhl nieder, der ihm von den dreien am wenigsten unbequem schien. Er spielte ohne Noten, fragte mich auch nicht nach meinen Wünschen, sondern improvisierte frei drauflos und unterhielt mich über eine Stunde lang mit der wunderseltsamsten Musik; Melodien, die er sich gerade ausgedacht haben mußte. Für den unerfahrenen Zuhörer, wie ich einer bin, ist die Eigenart dieser Harmonien nicht zu beschreiben. Es war eine Art Fuge, deren stets wiederkehrendes Thema durch seine unglaubliche Vollendung die Seele fesselte; allein in den Nächten zuvor, von meinem Zimmer aus, hatte ich noch ganz andere Klänge gehört – ich vermißte jetzt diese vollends unirdischen, unheimlichen Klänge, die der alte Mann in seiner Einsamkeit für sich selbst hervorzubringen pflegte.

Als nun der Geiger sein Instrument absetzte, bat ich ihn, mir doch eines jener Stücke vorzuspielen, aus denen ich bereits seit Tagen Stellen vor mich hinpfiff oder ganz unbewußt summte. Bei diesen Worten verlor das runzlige Satyrsgesicht mit einem Male die dumpfe Gelassenheit, die ihm während des Spieles wie eine Maske angelegen hatte, um einer ähnlichen Mischung aus Furcht und Ärger Platz zu machen, wie ich sie zuvor im Treppenhaus an ihm beobachtet hatte. Ich dachte zuerst daran, ihm gut zuzureden; alte Leute, so schien es mir, sind ziemlich leicht umzustimmen; auch überlegte ich, ob es nicht angebracht sei, einige Fetzen dieser merkwürdigen Musik zu pfeifen. Das allerdings gab ich sogleich wieder auf, denn das Gesicht des stummen Musikers verzerrte sich plötzlich zu einer unmöglich zu beschreibenden Grimasse; seine lange, kalte, knochige Hand fuchtelte mir vor dem Mund herum, um meine plumpe Imitation zu ersticken. Gleichzeitig warf er einen angsterfüllten Blick nach dem verhängten Fenster, als fürchte er irgendeinen Eindringling – ein Blick, der mir doppelt absurd schien, da doch dieses Fenster so hoch und unerreichbar über all den andern Giebeln und Dächern lag und, wie mir der Hausmeister erzählt hatte, selbst die ungeheure Mauer überragte.

Der verstohlene Blick des Alten rief mir wieder Blandots Bemerkung ins Gedächtnis zurück, und in mir wurde der Wunsch wach, selbst einmal über die mondüberglänzten Dächer zu schauen. Ich trat auf das Fenster zu und hätte den Vorhang weggezogen, wäre mir nicht Erich Zann mit noch größerem Zorn als zuvor in den Arm gefallen. Und während er sich mühte, mich mit beiden Händen vom Fenster wegzuzerren, deutete er mit dem Kopf nach der Türe. Nun vollends angewidert vom Betragen meines Gastgebers, befahl ich ihm, mich loszulassen, da ich auf der Stelle gehen wolle. Sein knochiger Griff, der meine Handgelenke umspannte, ließ nach, und da er meines Ekels und meiner Betroffenheit gewahr wurde, verminderte sich sein eigener Zorn. Gleich darauf verstärkte er aber wieder seinen Griff, diesmal jedoch in einer herzlichen Art, und nötigte mich zum Sitzen; dann, mit einem Ausdruck leiser Traurigkeit, begab er sich an den unaufgeräumten Tisch, nahm einen Bleistift und schrieb in der ungelenken Art, wie sie Ausländern eigen ist, Sätze in Französisch auf ein Blatt Papier.

Die Mitteilung, die er mir schließlich hinschob, war eine Bitte um Nachsicht und Verzeihung. Zann brachte darin zum Ausdruck, daß er alt und einsam sei, von seltsamen Ängsten, Nervositäten befallen, die mit seiner Musik und gewissen anderen Dingen zusammenhingen. Er habe sich über mein Zuhören gefreut und sähe gerne, daß ich wiederkäme, wenn ich mich nicht zu sehr an seinem exzentrischen Benehmen störte. Die unheimlichen Melodien könne er jedoch unmöglich für einen anderen spielen, er könne es nicht ertragen, daß sie ein zweiter höre, noch litte er es, daß ein Fremder etwas in seinem Zimmer berühre. Zann hatte bis zu unserem Gespräch im Treppenhaus keine Ahnung davon gehabt, daß man sein Musizieren vernehmen könne, und fragte mich nun, ob mir Blandot nicht ein tiefer gelegenes Zimmer beschaffen könne; er habe es nicht gerne, wenn man ihn bei seinem Spiel belausche. Für die Differenz der Miete, so schrieb er in seiner Mitteilung, würde er ohne weiteres aufkommen.

Als ich so dasaß und das jämmerliche Französisch zu entziffern versuchte, fühlte ich mich dem alten Manne gegenüber schon erheblich milder gestimmt. War er doch, wie ich, Opfer physischer Leiden und nervöser Bedrückungen! Und meine metaphysischen Studien hatten mich gelehrt, tolerant zu sein. Vom Fenster her drang ein schwacher Laut durch die Stille – wahrscheinlich hatte sich ein Fensterladen im Nachtwind bewegt, und aus irgendeinem Grund fuhr ich fast ebenso heftig zusammen wie Erich Zann. Nachdem ich fertig gelesen hatte, schüttelte ich meinem Gastgeber die Hand und schied als Freund.

Tags darauf gab mir Blandot ein besseres Zimmer im dritten Stock. Es befand sich zwischen den Wohnungen eines Geldverleihers und eines achtbaren Tapezierers. Der vierte Stock war unbewohnt.

Es dauerte nicht lange, und ich fand heraus, daß Erich Zann gar nicht so sehr an meiner Gesellschaft gelegen war, wie es zuerst den Anschein gehabt hatte, als er mich überredete, aus dem fünften Stock auszuziehen. Er bat mich nicht mehr um meinen Besuch, und als ich dann doch zu ihm ging, spielte er unaufmerksam und eher verdrossen. Diese Besuche waren stets nur zur Nacht möglich – tagsüber schlief er und ließ niemanden zu sich. Dadurch wuchs meine Zuneigung zu ihm nicht gerade, aber dieses Dachzimmer und die unheimliche Musik übten immer noch eine seltsame Faszination auf mich aus. Ich hatte große Lust, einmal durch dieses Fenster zu blicken, über die hohe Mauer hinweg, hinter der, wie ich dachte, die Türme und Dächer der Stadt schimmern müßten. Einmal schlich ich mich hinauf – Zann war gerade im Theater –, aber ich fand die Türe abgeschlossen vor.

Mehr Glück hatte ich beim Belauschen des nokturnen Spiels. Auf Zehenspitzen tappte ich durch die zitternde Dunkelheit zu meiner früheren Wohnung hinauf, wurde aber bald kühn genug, über die knarrenden Treppen bis vor das Zimmer des Alten zu steigen. Dort, in dem engen Vorraum, stand ich an der verriegelten, schlüssellochverhangenen Türe und lauschte den Klängen, die mich manchmal mit einer bizarren, unerklärbaren Furcht durchdrangen – mit einer Furcht aus nebelhaften Wundern und brütenden Geheimnissen. Nicht, daß die Musik an sich furchterregend gewesen wäre, das kann man wirklich nicht behaupten – aber irgend etwas lag in ihren Schwingungen, das nicht aus dieser Welt sein konnte. Ja, hin und wieder erreichte das Spiel symphonische Qualität, von der man sich nur schwer vorstellen konnte, daß sie von einem einzigen Musiker hervorgebracht wurde. Eines stand jedenfalls fest: Erich Zann war ein Genius von wilder Kraft. Im Laufe der folgenden Wochen wurde sein Spiel immer ungebärdiger, während er selbst in zunehmendem Maße körperlich verfiel, so daß es ein Jammer war, ihn anzusehen. Er wollte mich erst überhaupt nicht mehr zu sich lassen und wich mir aus, wenn wir einander auf der Treppe begegneten.

Als ich eines Nachts wieder an seiner Türe lauschte, türmten sich die Klänge der schrillenden Violine zu einem chaotischen Babel von Harmonien; an mein Ohr drang ein wahnwitziges Pandämonium, das mich an meinem eigenen Verstand hätte zweifeln machen können, hätte nicht plötzlich ein Schrei aus dem Zimmer des Alten bewiesen, daß dieser Horror kein Traum war – ein ungeheuerlicher Schrei in höchster Furcht und grausigstem Schrecken, unartikuliert, wie ihn nur ein Stummer hervorbringen kann. Ich trommelte mit den Fäusten gegen die Türfüllung, erhielt aber keine Antwort. Vor Grauen und Kälte zitternd wartete ich, ich weiß nicht wie lange, in der Dunkelheit des Vorraumes, bis ich endlich vernahm, wie sich drinnen der arme Musiker mit schwachen Kräften an einem Stuhl hochzuziehen versuchte. Da ich vermutete, daß er gerade aus einer Ohnmacht erwacht sei, pochte ich abermals und rief ihn beim Namen. Ich vernahm, wie Zann ans Fenster taumelte und es verschloß. Dann kam er an die Türe, um mich einzulassen. Diesmal war seine Freude, mich bei sich zu haben, aufrichtig; denn ein Ausdruck der Erleichterung leuchtete aus seinen verzerrten Gesichtszügen, und er klammerte sich wie ein Kind an meine Kleider.

Heftig zitternd drückte er mich auf einen Stuhl, setzte sich selbst auf einen anderen, neben dem achtlos hingeworfen Violine und Bogen lagen. Er verharrte untätig eine Zeitlang, es war mir aber dennoch, als lausche er bang in die Stille hinein. Nach und nach schien er sich zu fassen, schließlich wandte er sich zum Tisch und schrieb etwas auf einen Zettel. Seine kurze Notiz beschwor mich, um Gottes willen so lange zu warten – und sei es nur, um meine Neugier zu befriedigen –, bis er mir einen vollständigen Bericht über die Wunder und Schrecken, von denen er besessen sei, in deutscher Sprache abgefaßt habe. Ich wartete, und der Bleistift des Stummen flog über das Papier. Es war etwa eine Stunde später, und die fieberhaft bekritzelten Blätter des alten Musikers waren allmählich zu einem Stapel angewachsen, als ich bemerkte, wie Zann plötzlich hochfuhr, von eisigem Schreck durchzuckt. Seine Augen waren starr auf das Fenster gerichtet, er wand sich förmlich vor Schauder; dann war mir, als hörte ich ein feines Klingen, fand es aber keineswegs furchterregend – es war eher eine Harmonie, die mir unglaublich zart und endlos ferne schien. Ich hielt es für Geigenspiel in einem benachbarten Haus oder in irgendeiner Wohnung, die hinter dieser Mauer lag, über die ich noch niemals hatte blicken können. Auf Zann aber hatte es eine schreckliche Wirkung; er ließ seinen Bleistift fallen, erhob sich mit einem Ruck, griff nach Violine und Bogen und spielte die ganze Nacht so besessen und wild, daß ich diese Musik nur mit der von mir heimlich belauschten vergleichen konnte.

Es wäre ein vergebliches Unterfangen, das Spiel Erich Zanns in jener schrecklichen Nacht beschreiben zu wollen. Es war grauenvoller als alles, was ich je in meinem Leben gehört habe, und ich sah zum ersten Mal den Ausdruck seines Gesichts während des Spiels, ein Antlitz, aus dem ich lesen konnte, daß diesmal blanke Furcht das Motiv war. Er versuchte etwas zu übertönen, das von draußen her einzudringen drohte – was es aber war, konnte ich mir nicht erklären, doch fühlte ich instinktiv seine Schrecklichkeit. Das Spiel wurde immer phantastischer, fiebriger und hysterischer, drückte aber bis ins kleinste Detail das Genie des alten Mannes aus. Nun erkannte ich auch die Melodie – es war eine wilde ungarische Zigeunerweise, und mir wurde für einen Augenblick bewußt, daß ich zum ersten Mal Zann das Werk eines anderen Komponisten spielen hörte.

Lauter und immer toller stieg das Schreien und Wimmern des vom Wahnsinn ergriffenen Instrumentes. Sein Spieler schien sich in unheimlichem Schweiße aufzulösen, verrenkte sich wie ein Affe und starrte in sich steigernder Panik nach dem verhängten Fenster. Ich sah in seinen irrsinnsnahen Klangfetzen förmlich bacchanalisch tanzende Satyrn, die in einem delirischen Reigen durch brodelnde, kochende Schlünde und Wolkenschluchten, durch Blitze infernalische Dämpfe wirbelten. Und dann war mir, als hörte ich dazwischen einen fremden, schrilleren Ton – langgezogen schwoll er an: ein ruhiger, wohlüberlegter, zweckbedingter, spöttischer Klang von fern her aus dem Westen.

In diesem Augenblick begannen die Fensterläden in einem heulenden Nachtsturm, der draußen unvermittelt eingesetzt hatte, wie irrsinnig zu rütteln, als wollten sie dem Geigenden damit antworten. Zanns Violine brachte nun Töne hervor, wie ich sie in einem solchen Instrument niemals vermutet hätte. Die Fensterläden klapperten immer lauter und wilder, rissen sich endlich los und schlugen mit aller Gewalt gegen die Scheiben. Dann zerbarst das Glas, und der frostige Sturm stieß in das Zimmer, brachte die Kerzenflamme fast zum Verlöschen und fuhr jaulend in die Blätter, auf die Zann sein furchtbares Geheimnis zu schreiben begonnen hatte. Ich blickte zu ihm hinüber und sah, daß er bereits die Grenzen des klaren Bewußtseins überschritten hatte. Seine wasserblauen Augen traten unnatürlich hervor, sie starrten glasig und trübe wie verfaulte Holzäpfel, sein aberwitziges Geigenspiel aber war in eine blinde, unkontrollierte mechanische Orgie übergegangen, die keine Feder wiederzugeben vermag.

Ein jäher Luftstrom, der alle vorhergegangenen übertraf, erfaßte die beschriebenen Blätter und trieb sie dem Fenster zu. Ich griff verzweifelt nach ihnen, aber noch ehe ich sie fassen konnte, waren sie durch die zerbrochenen Scheiben ins Freie gerissen. Wieder stieg in mir mein alter Wunsch hoch, einmal durch dieses Fenster zu spähen, durch das einzige Fenster, das von hier aus den Blick auf den Abhang hinter der Mauer, auf die sich ausbreitende Stadt freigeben mußte. Es war sehr dunkel draußen, aber die Lichter der Stadt würden immerhin brennen, iedenfalls hoffte ich sie durch Wind und Regen zu sehen. Als ich aber durch dieses höchste aller Giebelfenster blickte, bot sich mir kein freundlich schimmerndes Licht, ich sah keine Stadt, die sich unter mir ausbreitete, sondern die Lichtlosigkeit eines unermeßlichen Alls, ein schwarzes unvorstellbares Chaos, das von einer völlig außerirdischen Musik erfüllt war. Ich stand da und blickte in namenlosem Grauen in die Nacht hinaus. Der Wind hatte nun die beiden Kerzen gelöscht, ich befand mich in einer tobenden, undurchdringlichen Finsternis: vor mir das dämonische Chaos, hinter mir der infernalische Wahnsinn der rasend gewordenen Violine. Ich tappte in die Dunkelheit zurück, Streichholz hatte ich keines, stieß gegen den Tisch, warf einen der Stühle um und erreichte schließlich die Stelle, wo die schreckliche Musik ertönte. Wenigstens mich und Zann aus dieser ungeheuren Bedrohung zu retten wollte ich nicht unversucht lassen! Plötzlich fühlte ich, wie mich eine schauerliche Kälte überrieselte, und ich schrie entsetzt auf, aber mein Schrei ging in diesem Pandämonium der irrsinnigen Geige unter. Da traf mich unversehens der wie toll sägende Geigenbogen aus der Dunkelheit. Ich wußte nun, daß ich neben dem Alten stand; ich griff aufs Geratewohl ins Ungewisse, berührte die Lehne von Zanns Stuhl, bekam ihn selbst an der Schulter zu fassen und schüttelte ihn, um ihn wieder zur Besinnung zu bringen.

Er aber reagierte nicht, seine Violine schrillte unvermindert weiter. Ich hielt mit der Hand das mechanische Nicken seines kahlen Schädels an, dann schrie ich ihm ins Ohr, daß wir vor diesen unbekannten Dingen der Nacht fliehen müßten. Er aber antwortete nicht, ließ auch nicht im mindesten von seinem unaussprechlichen Musizieren ab, während durch das offene Fenster seltsame Windströme fuhren und in diesem Tohuwabohu aus Dunkelheit und Grauen zu tanzen schienen. Als meine Hand zufällig sein Ohr berührte, durchzuckte mich ein kalter Schauer, obgleich ich nicht wußte, warum – bis ich endlich sein eisiges, nicht atmendes Gesicht berührte, dessen hervorquellendes Augenpaar in ein sinnloses Nichts starrte.

Und dann, wie durch ein Wunder, fand ich die Türe und den großen Holzriegel. Von einer wilden Panik gejagt, floh ich dieses glasäugige Etwas in der Dunkelheit, floh ich das ghoulische Geheule jener verfluchten Violine, deren Wüten noch zunahm, als ich in das finstere Treppenhaus hinausstürzte.

Ich rannte, sprang, flog diese nicht endenwollenden Stufen hinunter, durchquerte das verruchte Haus, raste wie besinnungslos auf die enge Straße hinaus; stolperte über das verkommene, buckelige Pflaster, lief den stinkenden Hafenkai entlang, hastete keuchend über die große, finstere Steinbrücke – bis ich endlich die breiteren, gesünderen Straßen und Boulevards der Stadt erreichte, die wir alle kennen.

Das sind die grauenhaften Eindrücke, die noch immer meine Seele verfolgen und bedrängen. Und ich entsinne mich, daß es windstill war, ein schöner Mond stand am Himmel, und die hellen Lichter der Stadt flimmerten wie eh und je.

Trotz der sorgfältigsten Nachforschungen und Untersuchungen ist es mir nie wieder gelungen, jene Rue d'Auseil wiederzufinden. Aber ich bin darüber nicht so sehr betrübt; auch nicht darüber, daß jene engbeschriebenen Blätter, die allein Erich Zanns Musik hätten erklären können, von den unträumbaren Abgründen des schwärzesten Nichts verschlungen wurden.

Copyrightnachweise

Cthulhus Ruf (The Call of Cthulhu)
© 1928 by the Popular Fiction Publishing Company, for *Weird Tales*;
© 1963 by August Derleth
Aus dem Amerikanischen von H. C. Artmann

Der Fall Charles Dexter Ward (The Case of Charles Dexter Ward)
© 1928 by the Popular Fiction Publishing Company, for *Weird Tales*;
© 1943 by August Derleth and Donald Wandrei for *Beyond the Wall of Sleep*;
© 1964 by August Derleth
Aus dem Amerikanischen von Rudolf Hermstein

Die Farbe aus dem All (The Colour out of Space)
© 1927 by the Experimenter Publishing Company for *Amazing Stories*
Aus dem Amerikanischen von H. C. Artmann

Berge des Wahnsinns (At the Mountains of Madness)
© 1963/64 by August Derleth
Aus dem Amerikanischen von Rudolf Hermstein

Stadt ohne Namen (The Nameless City)
© 1938 by the Popular Fiction Publishing Company, for *Weird Tales*;
© 1939 by August Derleth and Donald Wandrei for *The Outsider and Others*;
© 1965 by August Derleth for *Dagon and other Macabre Tales*
Aus dem Amerikanischen von Charlotte Gräfin von Klinckowstroem

Die Ratten im Gemäuer (The Rats in the Walls)
© 1939, 1945 by August Derleth and Donald Wandrei
Aus dem Amerikanischen von H. C. Artmann

Schatten über Innsmouth (The Shadow over Innsmouth)
© 1936 by Visionary Publishing Company;
© 1939 by August Derleth and Donald Wandrei for *The Outsider and Others*;
© 1941 by *Weird Tales*; © by August Derleth
Aus dem Amerikanischen von Rudolf Hermstein

Die Musik des Erich Zann (The Music of Erich Zann)
© 1925 by the Popular Fiction Publishing Company, for *Weird Tales*
Aus dem Amerikanischen von H. C. Artmann

H. P. Lovecraft
im Suhrkamp Verlag

Azathoth. Vermischte Schriften. Übersetzt von Franz Rottensteiner. Ausgewählt von Kalju Kirde. st 1627. 320 Seiten

Berge des Wahnsinns. Eine Horrorgeschichte. Übersetzt von Rudolf Hermstein. st 2760. 192 Seiten

Cthulhu. Geistergeschichten. Übersetzt von H. C. Artmann. st 29. 256 Seiten

The Best of H. P. Lovecraft. Übersetzt von H. C. Artmann u. a. st 2552. 240 Seiten

Das Ding auf der Schwelle. Unheimliche Geschichten. Übersetzt von Rudolf Hermstein. Mit einem Nachwort von Kalju Kirde. st 357. 244 Seiten

Der Fall Charles Dexter Ward. Eine Horrorgeschichte. Übersetzt von Rudolf Hermstein. st 1782. 240 Seiten

Der Flüsterer im Dunkeln. Eine Horrorgeschichte. Übersetzt von Rudolf Hermstein. st 2761. 123 Seiten

Das Grauen im Museum und andere Erzählungen. Übersetzt von Rudolf Hermstein. Ausgewählt von Kalju Kirde. st 1067. 332 Seiten

Horror Stories. Ausgewählt von Wolfgang Hohlbein. st 4604. 519 Seiten

In der Gruft und andere makabre Erzählungen. Übersetzt von Michael Walter. st 2757. 224 Seiten

Lesebuch. Herausgegeben von Franz Rottensteiner. Mit einem Essay von Barton Lévi St. Armand. st 1306. 448 Seiten

Die Literatur der Angst. Zur Geschichte der Phantastik. Übersetzt von Michael Koseler. st 2422. 152 Seiten

Der Schatten aus der Zeit. Erzählung. Übersetzt von Rudolf Hermstein. st 2762. 128 Seiten

Schatten über Innsmouth. Eine Horrorgeschichte. Übersetzt von Rudolf Hermstein. st 1783. 128 Seiten

Stadt ohne Namen. Horrorgeschichten. Übersetzt von Charlotte von Klinckowstroem. Mit einem Nachwort von Dirk W. Mosig. st 2756. 320 Seiten

H. P. Lovecraft / August Derleth

Die dunkle Brüderschaft. Unheimliche Geschichten. Übersetzt von Franz Rottensteiner. st 1256. 233 Seiten

Das Tor des Verderbens. Übersetzt von Michael Koseler. st 2287. 192 Seiten